프롤로그

1800년 1월 5일, 새로운 세기의 여명과 함께 태어난 앨마 휘태커가 우리 세상으로 밀려 들어왔다.

재빨리, 거의 순식간에 온갖 의견이 그녀를 둘러싸고 쏟아져 나왔다.

아기를 처음 본 순간, 앨마의 어머니는 결과에 꽤 만족했다. 베아트릭스 휘태커는 이제껏 후손을 낳는 데 운이 따르지 않는 편이었다. 처음 세 번의 임신은 태동조차 없이 슬픔의 계곡 속으로 사라져 버렸다. 가장 최근의 시도에서는 아들을 완벽하게 키워 내는 데 성공했지만, 삶의 바로 직전, 출산 예정일 아침에 아이는 돌연 마음을 바꾸었는지 이미 숨진 채로 세상에 태어났다. 그렇게 여러 차례 상실을 겪은 뒤였기에, 무사히 살아남은 것만으로도 어떤 아이든 만족스러웠다.

베아트릭스는 건강한 아기를 안고서 모국어인 네덜란드어

로 기도를 읊조렸다. 딸이 건강하고 분별 있고 지적으로 자라
나기를, 그리고 지나치게 분을 바르는 여자애들과 절대로 친
하게 지내지 않기를, 저속한 이야기에 웃음을 터뜨리거나 경
박한 남자들과 도박 테이블에 둘러앉거나, 프랑스 소설을 읽
거나, 야만스러운 원주민들에게나 어울리는 무례한 행동을 하
거나, 어쨌든 좋은 가문에 최악의 불명예를 가져올 만한 그 어
떤 일도 하지 않기를 기도했다. 다시 말해 네덜란드어로 '에인
온노젤(een onnozel)', 얼간이로 자라나지 않게 해 달라는 기도
였다. 어머니의 축복은 그렇게 마무리되었다. 베아트릭스 휘
태커처럼 엄격한 여인으로서는 그 정도 축복이면 충분했다.

근방에 살던 독일 출신 산파는 이런 수준의 괜찮은 집에서
순산을 했으니, 따라서 앨마 휘태커 역시 괜찮은 아기라는 의
견을 내놓았다. 방은 따뜻했고 주방에서는 수프와 맥주를 끊
임없이 들여왔으며, 산모는 네덜란드인이라면 마땅히 그래야
하듯 튼실했다. 그리고 산파는 보수를, 그것도 두둑이 챙겨 받
게 될 것임을 알고 있었다. 돈을 안겨 주는 아기라면 누구든 그
럭저럭 괜찮은 아기였다. 그래서 산파는 앨마에게 축복을 빌
어 주었다. 비록 아주 열렬하지는 않았지만.

저택의 수석 가정부인 한네커 데 그루트는 별 감흥이 없었
다. 아기는 사내아이도 아니고 예쁘지도 않았다. 얼굴은 죽 그
릇 같았고 회칠한 바닥처럼 창백했다. 아이들이 으레 다 그렇
듯 이 아기도 일거리를 만들어 내리라. 그리고 일거리라는 게
다 그렇듯, 아마도 그 책임은 그녀의 어깨 위에 놓일 터였다.

하지만 신생아를 축복하는 일은 의무에 속했고 한네커 데 그루트는 항상 의무를 준수했으므로, 어쨌거나 그녀도 아이를 축복했다. 한네커는 산파에게 돈을 주어 보내고 침대보를 갈았다. 별로 손끝이 여물지 못한 젊은 하녀 한 명도 옆에서 그녀를 도왔다. 최근 집안에 들인 이 수다스러운 시골 아가씨는 침실 정돈보다 아기를 들여다보는 데 더 관심이 있었다. 한네커 데 그루트가 바로 다음 날 쓸모없다며 해고하고 추천서도 없이 내쫓았으므로 하녀의 이름은 기록하지 않겠다. 하지만 그날 하룻밤 동안 이 쓸모없는 비운의 하녀는 갓난아기를 두고 호들갑을 떨면서 자기도 아기를 낳고 싶어 했고, 어린 앨마에게 다정하고 진심 어린 축복을 내려 주었다.

키가 크고 위협적인 요크셔 출신의 딕 얀시는 집주인 대신 엄격한 관리자로서 국제 무역과 관계된 일을 전부 도맡아 하고 있었는데(필라델피아 항구가 해빙되어 네덜란드령 서인도 제도로 떠날 수 있게 될 때까지 기다리느라 그해 1월, 마침 저택에서 지내고 있었다.) 갓난아기에 대해서는 거의 아무 말도 없었다. 공정하게 따지자면 그는 어떠한 상황에서도 말이 많은 사람이 아니었다. 휘태커 부인이 건강한 딸을 출산했다는 소식을 듣자, 얀시 씨는 다만 인상을 찌푸리며 말을 아끼는 특유의 태도로 "어려운 거래를 살렸군."이라고 언급했다. 그게 축복이었을까? 단언하기는 좀 어렵다. 하지만 그는 늘 회의적이었으므로, 약간의 특혜를 적용해서 그냥 축복으로 받아들이자. 분명 저주할 생각으로 그런 말을 하지는 않았을 테니까.

저택의 주인이자 앨마의 아버지, 헨리 휘태커로 말할 것 같으면, 그는 아기를 보고 기뻐했다. 아니, 가장 기뻐했다. 아기가 아들이 아니라거나 예쁘지 않다는 점 따위는 상관없었다. 그는 앨마를 축복하지 않았는데, 그 까닭은 다만 그가 축복을 입에 올리는 유형이 아니기 때문이었다.("신의 사업은 나와는 상관없는 일."이라고 그는 종종 이야기했다.) 하지만 헨리는 거리낌 없이 자기 자식을 '감탄 어린 눈길'로 바라보았다. 그렇게 그는 자식을 만드는 데에서도 또 한차례 성공을 거두었고, 헨리 휘태커는 삶에 대해서 자신이 만들어 낸 것이면 뭐든지 기꺼이 감탄하는 경향이 있었다.

그날을 기리고자 헨리는 가장 큰 온실에서 파인애플을 하나 따다가 집안 식솔들에게 전부 똑같이 나눠 주었다. 밖은 눈이 내리는 완벽한 펜실베이니아의 겨울이었지만, 그는 석탄으로 난방하도록 직접 설계한 온실을 여러 채 갖고 있었다. 온실 덕분에 그는 미국의 모든 원예가와 식물학자 들뿐만 아니라 거부들 사이에서도 부러움의 대상이었다. 만약 1월에 파인애플이 먹고 싶으면 그는 1월에도 능히 파인애플을 먹을 수 있었다. 마찬가지로 3월에 체리를 먹을 수도 있었다.

그러고 나서 그는 서재로 물러나, 매일 밤 공적이든 사적이든 저택에서 일어난 모든 일들을 샅샅이 기록하는 장부를 펼쳤다. "새롭고 신기하며 흥미로운 손님 하나가 우리를 차자와 따."라고 문장을 시작한 그는 연신 앨마 휘태커의 출생에 대한 시간, 비용, 여러 세부 사항을 적어 나갔다. 그의 필체는 부끄

모든 것의 이름으로

러울 정도로 엉망이었다. 문장마다 대문자와 소문자가 비좁게 뒤엉켜서 마치 붐비는 마을 같았고 꿈틀거리는 글자는 페이지 밖으로 탈출하려는 듯했다. 맞춤법은 이미 제멋대로의 수준을 한참 벗어났고, 문장 부호는 한숨이 나올 수준이었다.

그럼에도 헨리는 장부를 적어 나갔다. 그에게는 매사를 계속 기록하는 일이 중요했다. 교육받은 사람이 본다면 경악할 노릇이라는 점도 알았지만, 아내 말고는 자기 글을 볼 사람이 아무도 없다는 점 또한 알고 있었다. 베아트릭스는 몸을 추스르고 나면 그의 기록을 자기 장부에 옮겨 적을 것이다. 항상 그러하듯 헨리의 악필을 우아한 펜글씨체로 옮긴 그녀의 기록은 집안의 공식적인 비망록이 되리라. 그의 반려자는 베아트릭스였고, 배우자로서 매우 훌륭한 사람이었다. 그녀는 남편을 위해서 그 일뿐만 아니라 다른 백 가지 업무도 맡아서 해 줄 터였다.

신의 가호 아래, 아내는 곧 제자리로 돌아올 것이다.

벌써부터 서류가 쌓여 가고 있었다.

1부
해열제 나무

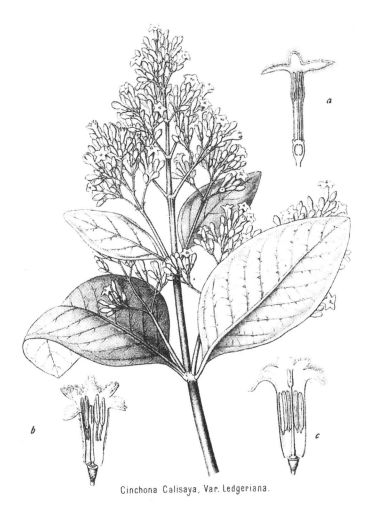

Cinchona Calisaya, Var. Ledgeriana.

기나나무

싱코나 칼리사야(Cinchona Calisaya), 아종(亞種) 레제리아나(Ledgeriana)

1

인생의 처음 다섯 해 동안 앨마 휘태커는 그야말로 그냥 세상에 찾아온 손님에 지나지 않았고(우리 모두가 어릴 때 그러하듯이), 이 예쁘지 않은 어린아이가 질병이나 사고 없이, 당시 미국은 물론이고 고상한 필라델피아 사회에서도 유례 없는 어마어마한 부에 둘러싸여 유아기를 보냈다는 사실 말고 딱히 고귀하다거나 흥미로운 이야기는 없었다. 소녀가 자라나서 다시 우리 관심을 사로잡기를 기다리는 동안, 그의 아버지가 어떻게 그토록 엄청난 부를 소유하게 되었는지 여기서 한 번쯤 짚고 넘어갈 만하다. 가난하게 태어나 거의 문맹에 가까운 사람이 대도시에서 가장 부유한 인물이 된다는 것은 1800년대에도 결코 흔한 일이 아니었으며, 비록 스스로 고백했다시피 애당초 고결한 방법은 아닐지 모르지만, 헨리 휘태커가 부자가 된 사연은 참으로 흥미진진하다.

헨리 휘태커는 1760년, 런던 템스 강 바로 위에 자리한 리치먼드 마을에서 태어났다. 아이들 두엇도 이미 벅찰 지경인 가난한 부모의 막내아들이었다. 그는 흙바닥이긴 해도 지붕이 거의 제대로 덮인 방 두 개짜리 집에서 자랐다. 화덕에는 거의 매일 음식이 준비되어 있었으며 술을 마시지 않는 어머니와 가족을 때리지 않는 아버지 밑에서 자랐다. 달리 말해, 당시 수많은 가정들과 비교하면 고상하다고도 할 수 있는 환경이었다. 심지어 그의 어머니는 숙녀처럼 집 뒤쪽 개인 화단에서 장식용으로 미나리아재비와 층층이부채꽃을 길렀다. 하지만 헨리는 미아리아재비와 층층이부채꽃의 화려한 눈속임에 넘어가지 않았다. 그는 돼지들과 벽 하나를 두고 잠을 자며 자랐고, 가난 때문에 모욕감을 느끼지 않은 적이 평생 단 한순간도 없었다.

자신의 가난한 환경과 비교할 만한 부자를 본 적이 없었다면 아마 헨리도 자기 운명에 반감을 덜 가졌을지 모르겠다. 하지만 소년은 부자뿐만 아니라 왕족까지 목격하며 성장했다. 리치먼드에는 왕궁이 있었고 어거스타 공주 휘하의 전문가들이 가꾸는 '큐 가든(Kew garden)'이라는 이름의 공원도 있었다. 공주가 독일에서 수행원으로 데려온 정원사들은 완연히 소박한 영국 초원을 개조해서 장엄한 인공 풍경으로 만드는 데 열과 성을 다했다. 훗날 조지 3세로 등극할 공주의 아들은 그곳에서 어린 시절의 여름을 보냈다. 왕이 된 조지는 큐 가든을 대륙의 경쟁국 수준에 걸맞은 식물원으로 탈바꿈하고자 했다.

춥고 습한 섬에 고립된 영국은 다른 유럽 국가보다 식물학 분야에서 많이 뒤처져 있었고, 조지 3세는 그것을 따라잡는 데 열정을 쏟았다.

헨리의 아버지는 큐 가든의 과수원지기였고, 주인들에게서 딱 그러한 사람들이 받을 수 있는 만큼의 취급을 받는 미천한 사람이었다. 휘태커 씨는 나무에 열매를 맺게 하는 일에 재능이 있었고, 나무에게 존경심을 품었다.("딴것들하고 다르게 나무는 땅이 주는 만큼 갚아 주는 법이지."라는 말을 입버릇처럼 했다.) 한번은 왕이 가장 아끼던 사과나무가 병들자 좀 더 튼튼한 대목(臺木)에 접붙이기를 한 뒤 진흙으로 고정해 주었다. 나무는 바로 그해, 새 접가지에 열매를 맺었고 곧 몇 바구니씩 사과를 생산했다. 이 기적 덕분에 휘태커 씨는 왕이 직접 하사한 '사과 마법사'라는 별명을 얻었다.

그 모든 재능에도 불구하고 '사과 마법사'는 소극적인 아내를 둔 평범한 남자에 불과했지만, 어쨌거나 두 사람은 거칠고 난폭한 여섯 아들('리치먼드의 무서운 놈'이라고 불리던 아들 하나와 술집에서 싸움에 휘말려 죽고 만 다른 아들 둘을 포함해)을 낳았다. 막내 헨리는 어떤 면에서 그들 중 가장 거칠었는데, 형들 사이에서 살아남으려면 아마 그럴 수밖에 없었을 터다. 그는 고집불통에 참을성 많은 작은 사냥개처럼 깡마른 몸을 폭발적으로 움직였고, 형들이 때려도 묵묵히 참아 낼 수 있으리라는 신뢰를 주었으며, 용감한 성격 탓에 종종 위험한 일에 끌어들이기를 즐기던 다른 형들한테 시험당하곤 했다. 굳이 형들이 아니더라도 헨리는 위험천만한 모험가여서, 불법 방화를 서슴지 않았고 지붕을 타 넘고 다니면서 주부들을 놀라게 했으며 꼬마들을 위협했다. 교회 첨탑에서 떨어졌다거나 템스 강에 빠져 죽었다는 소식이 들려도 놀라울 것이 없는 소년이었지만 전적으로 우연의 조화 덕분에 그러한 일은 한 번도 일어나지 않았다.

하지만 형들과 달리 헨리에게는 단점을 보완할 만한 특성이 있었다. 정확히는 두 가지 특성이었다. 그는 총명했고 나무에 관심이 많았다. 아버지가 그러했듯 나무에 존경심을 품었다면 과장이겠지만, 가난한 세상에서 손쉽게 배울 수 있는 몇 안 되는 공부였기 때문에 헨리는 나무에 관심을 품었고, 그게 뭐든 배운 사람은 못 배운 사람들보다 유리하다는 사실을 경험으로 이미 알고 있었다. 인간이 삶을 지속하고자 한다면(헨리는 그랬다.) 또한 궁극적으로 잘 살고 싶다면(헨리는 그랬다.) 배울 수 있는 것은 무엇이든 배워야 했다. 라틴어, 습자, 활쏘기, 승마, 춤…… 이러한 것들은 전부 헨리의 손에 닿지 않는 기술들이었다. 하지만 그에게는 나무가 있었고, 사과 마법사인 아버지가 있었으며 아버지는 아들을 가르치는 수고를 끈기 있게 감수했다.

그래서 헨리는 진흙과 밀랍, 칼 따위의 접붙이기 도구에 대해, 발아와 착과, 접지, 식재, 신중한 가지치기 비법에 관해 모조리 익혔다. 토양이 기름지고 밀도 높다면 봄철에 나무를 옮겨 심어야 하고, 토양이 척박하고 메마른 경우 가을에 옮겨 심

모든 것의 이름으로

어야 함을, 그리고 그 방법을 배웠다. 풍해를 막기 위해서는 살구나무에 어떻게 버팀목을 대고 가지를 기대 주어야 하는지, 오렌지나무 온실에서 감귤을 재배하는 법, 연기를 피워 구스베리에 생긴 흰곰팡이를 퇴치하는 법, 병든 무화과 가지를 절단하는 법, 그리고 나무에 손을 대지 말아야 할 때는 언제인지도 배웠다. 늙은 나무의 갈라진 껍질을 벗겨 내는 법과 앞으로 다가올 수십 번의 계절 변화 속에서 생명을 되살리려면 감상이나 회한 없이 완전히 나무를 잘라 버려야 함도 배웠다.

헨리는 아버지를 나약하다고 여기며 부끄러워하면서도 많은 것을 배웠다. 휘태커 씨가 정말로 사과 마법사라면 어째서 왕의 칭송을 충분히 이용해 부자가 되지 않았는지 헨리는 궁금했다. 강한 사람들은 부자였고, 실제로도 많은 사람들이 그랬다. 바로 코앞에 드넓은 왕궁 잔디밭이 있고, 왕비의 시종들은 내전 정원에 마련된 쾌적한 저택에서 프랑스제 침대보에 몸을 감싼 채 잠을 청하는데, 왜 휘태커 집안사람들은 여전히 돼지들과 같이 살아야 하는가? 어느 날 정교한 정원 담장 꼭대기에 올라간 헨리는 상앗빛 드레스를 입은 숙녀 한 명이 하인에게 바이올린 연주를 부탁하고 티 한 점 없이 새하얀 말을 타고 승마 연습을 하는 광경을 훔쳐보았다. 휘태커 집안에는 마룻바닥도 없는데, 다른 사람들은 똑같은 리치먼드 땅에서 그토록 화려하게 살고 있었다.

반면 헨리의 아버지는 무엇이든 좋은 것을 손에 넣으려고 싸워 본 적이 없었다. 그는 삼십 년째 똑같이 쥐꼬리만 한 봉급을 벌어들였고 단 한 번도 그런 현실에 토를 달거나, 건강이 나빠질 정도로 나쁜 날씨 속에서 장시간 바깥일을 하는 것에 대해서도 불평해 본 적이 전혀 없었다. 헨리의 아버지는 인생을 헤쳐 나가며 특히 자기보다 더 나은 사람들과 어울릴 때 최고로 눈치를 살폈고, 모든 이들이 다 자신보다 낫다고 여겼다. 휘태커 씨는 절대 범죄를 저지르지 않았고, 눈앞에 이익이 있더라도 절대 나서서 잇속을 챙기지 않는다는 것을 신조로 삼았다. 그는 아들에게 말했다. "헨리, 무모하게 굴지 마라. 양을 도살할 기회는 딱 한 번뿐이야. 하지만 조심히 참으면 해마다 양털을 깎을 수 있지."

그렇게 무력하고 현실에 안주한 아버지를 둔 헨리가 인생에서 뭐든 손에 잡히는 대로 안간힘을 쓰는 수밖에 달리 뭘 기대할 수 있었겠는가? 겨우 열세 살 때 헨리는 남자라면 본때를 보여 줘야 한다고 속으로 다짐하기 시작했다. 남자라면 매일 양을 한 마리씩 도살해야 한다고.

그러나 어디에서 양을 찾을 것인가?

헨리 휘태커가 도둑질을 시작한 것은 바로 이 무렵이었다.

✳

1770년대 중반까지 이미 수천 종의 표본을 수집해 확보한 덕에 식물학계에서 노아의 방주가 된 큐 가든에는 매주마다 새로운 수하물이 들어왔다. 극동 지역에서 온 수국, 중국에서 온 목련, 서인도 제도에서 온 양치식물 등이었다. 그뿐만 아니라 큐 가든에는 야심만만한 새 관리자가 나타났다. 쿡 선장이 이끄는 영국 군함 '인데버 호'에 수석 식물학자로 승선해서 득의양양하게 세계 일주를 갓 마치고 돌아온 조지프 뱅크스 경이었다. 무급으로 일하는(그는 대영제국의 영광에만 관심이 있다고 말하곤 했지만 다들 그가 스스로의 영달에만 관심을 기울일 뿐이라고 수군댔다.) 뱅크스 경은 기필코 호화로운 왕립 식물원을 만들겠다고 결심하고서 어마어마한 열정을 쏟아 식물들을 수집하고 있었다.

아, 조지프 뱅크스 경! 아름답고 정력적이고 자신만만하고 호승심에 불타는 모험가! 그 남자는 헨리의 아버지가 갖추지 못한 모든 것을 지닌 인물이었다. 스물셋의 나이로 연수입 6000파운드에 달하는 엄청난 유산을 물려받은 뱅크스는 영국에서 가장 부유한 사람 중 하나였다. 논란의 여지는 있지만 그는 또한 가장 잘생긴 남자이기도 했다. 나태하게 사치에 빠져서 평생을 놀며 허송세월할 수도 있었으나 그러는 대신 뱅크스는 대담하기 그지없는 식물 탐험가의 길로 들어섰다. 빛나는 영광과 화려함을 조금도 희생하지 않고서 그가 선택한 소명이었다. 뱅크스는 쿡 선장의 첫 번째 원정 비용을 상당 부분 제 주머니에서 부담했고, 그래서 흑인 하인 둘과 백인 하인 둘, 보조 식물학자 하나, 과학 전문 비서 하나, 화가 둘, 제도공 하나, 이탈리아산 그레이하운드 두 마리를 비좁은 배에 태울 수 있었다. 모험을 하는 동안 뱅크스는 타히티 여왕들을 유혹했고 해변에서 야만인들과 나체로 춤을 추었으며, 어린 이교도 아가씨들이 달빛 아래서 엉덩이에 문신을 새기는 광경을 지켜보았다. 그는 반려동물로 삼고자 '오마이'라는 이름의 타히티 남자 하나를 영국으로 데려오면서, 거의 4000여 종에 이르는 식물 표본 또한 고국으로 가져왔는데 거의 절반은 과학계에서 아무도 본 적 없는 것들이었다. 조지프 뱅크스 경은 영국에서 가장 유명하고 멋진 남자였고, 헨리는 그를 완전히 숭배했다.

하지만 숭배와는 별개로 헨리는 그의 물건을 훔쳐 냈다.

기회는 그냥 '거기'에 보란 듯이 있었는데, 그것도 굉장히 확실한 기회였다. 뱅크스는 과학계에서 단순히 대단한 식물 수집가로만 알려진 것이 아니라 위대한 식물 배양가로도 이름을 날렸다. 예의범절을 차리던 당시 식물학자들은 일반적으로 자신이 발견한 내용을 자유롭게 서로 공유했지만 뱅크스는 아무것도 공유하지 않았다. 교수, 고위 관리, 수집가 들이 씨앗이나 꺾꽂이용 나뭇가지를 비롯해 막대한 뱅크스의 식물 표본을 얻어 보겠다는 당연한 희망을 품고 전 세계에서 몰려들었으나 뱅크스는 그들을 전부 쫓아냈다.

어린 헨리는 배양가로서 뱅크스를 숭배했지만(뱅크스는 자신이 소유한 그 어떤 보물도 공유하려 들지 않았다.) 각국에서 찾아왔다가 낙담한 방문객들의 성난 얼굴에서 이내 기회를 포착했다. 그들이 큐 가든 마당을 벗어날 때까지 기다리거나, 프랑스어나 독일어, 네덜란드어, 또는 이탈리아어로 조지프 뱅크스 경을 욕하며 식물원을 떠날 때 그들을 붙잡기만 해도 충분

모든 것의 이름으로

했다. 헨리는 그들에게 다가가서 손에 넣고자 하는 표본이 무엇인지 물은 뒤, 그것을 주말까지 구해다 주겠다고 약속했다. 그는 항상 수첩과 목수용 연필을 가지고 다녔다. 상대가 영어를 못하면 헨리는 그들더러 원하는 물건의 그림을 그리게 했다. 그들은 하나같이 뛰어난 식물화가이기도 했으므로 자기네 요구 사항을 쉽고 명확하게 전달했다. 헨리는 저녁 늦게 온실에 숨어들어, 밤새도록 한기를 몰아낼 거대한 난로를 때는 일꾼들을 요리조리 피해 다니며 돈을 벌어다 줄 식물을 훔쳐냈다.

헨리는 그런 작업에 매우 적합한 소년이었다. 식물을 구분하는 데도 뛰어났고 꺾꽂이용 나뭇가지를 살려 보존하는 데에는 전문가였으며 정원을 돌아다녀도 아무 의심을 불러일으키지 않을 만큼 낯익은 얼굴인 데다 흔적을 감추는 데도 탁월했다. 무엇보다 최고의 재능은 잠을 많이 자지 않아도 쌩쌩하다는 점이었다. 그는 아버지와 함께 과수원에서 온종일 일을 하고 나서 다시 밤새 도둑질을 했다. 희한한 식물, 귀중한 식물, 작란화, 열대 난초, 신세계에서 가져온 신기한 식충식물 등이었다. 또한 그는 저명한 신사들이 그려 준 식물 그림을 잘 간직했고, 세상이 탐내는 모든 식물들의 수술 하나, 꽃잎 하나까지 속속들이 알게 될 때까지 그 그림들을 공부했다.

훌륭한 도둑들이 그러하듯 헨리는 보안에 철저했다. 그는 자신의 비밀에 대해서는 아무한테도 털어놓지 않았고, 몇 차례 현금으로 벌어들인 수입을 큐 가든 곳곳에 파묻었다. 그러고선 그 돈에 대해 전혀 신경조차 쓰지 않았다. 그는 튼실한 구근을 보관하듯 흙 속에 은화를 잠재워 두었다. 그는 차곡차곡 모인 은화가 엄청나게 불어나서 부자가 될 수 있는 권리를 살 수 있게 되기를 바랐다.

일 년 사이에 헨리에겐 단골이 몇 명 생겼다. 그 가운데 파리 식물원에서 온 나이 든 난초 재배가 한 사람은 아마도 소년이 평생 처음 들어 보는 칭찬을 해 주었다. "이거, 제법 쓸 만한 꼬맹이 아냐?" 이 년째에는 거래가 활발해져서 헨리는 본격적인 식물학자들뿐만 아니라 개인 소장용으로 이국적인 품종을 손에 넣고자 애쓰던 부유한 런던의 중산층에게도 식물을 팔았다. 삼 년째 접어들어서는 전문가다운 실력으로 잘라 낸 식물 견본이 오랜 여정에 확실히 견딜 수 있도록 이끼와 밀랍으로 포장한 뒤 프랑스와 이탈리아로 밀반출했다.

그러나 이처럼 중범죄에 해당하는 사업을 벌인 지 삼 년 만에 결국 헨리 휘태커는 덜미를 잡혔다. 그것도 자기 아버지에게.

평소 깊이 잠드는 휘태커 씨는 어느 날 밤 자정이 지난 뒤에 아들이 집 밖으로 나가는 낌새를 알아채고, 아버지의 본능적인 직감으로 상심한 채 온실까지 아들을 따라갔다. 그리고는 소년이 표본을 골라 도둑질해 낸 다음, 능숙하게 포장하는 모습을 지켜보았다. 그는 불법 행위를 저지르는 도둑의 조심스러운 손길을 이내 눈치챘다.

헨리의 아버지는 아들들이 맞을 짓을 했을 때조차(아이들

모든 것의 이름으로

은 종종 맞을 짓을 저질렀다.) 한 번도 때려 본 적이 없는 남자였고, 그날 밤에도 헨리를 때리지 않았다. 아들과 정면으로 맞서지도 않았다. 헨리는 도둑질을 들켰다는 사실조차 알아차리지 못했다. 휘태커 씨는 좀 더 가혹한 방법을 택했다. 다음 날 아침 그는 제일 먼저 조지프 뱅크스 경에게 개인 면담을 청했다. 휘태커 같은 가난한 일꾼이 뱅크스 같은 신사에게 대화를 청하는 것은 자주 있는 일이 아니었지만, 헨리의 아버지는 삼십 년간 큐 가든에서 충분히 존경받아 온 인물이었기에 이번 한 번쯤은 허락받을 수 있었다. 그는 지독하게 가난한 늙은이에 불과했지만 또한 왕이 가장 아끼는 나무를 살려 낸 사과 마법사이기도 했으므로, 그 호칭을 봐서라도 면담을 수락한 것이다.

휘태커 씨는 거의 무릎으로 기다시피 뱅크스에게 다가가서 머리를 조아리며 성인(聖人)처럼 참회했다. 그는 아들에 대한 부끄러운 이야기를 고백했고, 아마도 헨리가 수년째 도둑질을 해 온 것 같다는 의심도 함께 전했다. 아들이 체포당하거나 해를 입는 일을 피할 수만 있다면, 그 범죄에 대한 처벌로 자기가 식물원에서 퇴직하겠다고 했다. 사과 마법사는 가족을 데리고 리치먼드를 떠나 다시는 큐 가든에 얼씬거리지 않겠으며, 두 번 다시 휘태커 집안 때문에 뱅크스 경이 모욕당하는 일은 결코 없으리라고 약속했다.

과수원지기의 드높은 양심에 감동한 뱅크스는 퇴직 제안을 거부한 뒤, 어린 헨리를 직접 불러들였다. 이 또한 유별난 사건이었다. 조지프 뱅크스 경이 서재에서 무식한 정원사를 만난 게 드문 일이라면, 무식한 정원사의 열여섯 살짜리 아들, 그러니까 어린 도둑을 만난 건 지극히 드문 사건이었다. 어쩌면 그냥 간단하게 녀석을 체포했어야 마땅했을 터다. 아닌 게 아니라 절도는 교수형에 상당하는 중범죄였고 헨리보다 어린 아이들도 훨씬 가벼운 죄목으로 툭하면 목매달렸다. 자기 소장품을 노렸음은 가증스러웠지만 뱅크스는 집행관을 부르기에 앞서 스스로 먼저 이 범죄를 밝혀낸 아이의 아버지에게 꽤 연민을 느꼈다.

조지프 뱅크스 경의 서재에 들어선 문제의 장본인은 막대기 같은 몸집에 연한 적갈색 머리, 꾹 다문 입술, 희뿌연 파란 눈, 어깨는 넓고 가슴은 납작한 데다 창백한 얼굴은 바람과 비와 햇빛에 너무 심하게 노출되어서 벌써 거칠거칠한 소년이었다. 변변히 얻어먹지 못하고 자란 듯한 체구였지만 키는 크고 손도 큼지막했다. 뱅크스는 그가 제대로 된 식사를 한다면 언젠가 거구의 사내가 될 수도 있음을 알아차렸다.

헨리는 뱅크스의 서재에 소환된 이유를 알지 못했지만, 최악의 경우를 짐작할 만한 머리는 있었으므로 잔뜩 긴장했다. 순전히 두둑한 뱃심 덕분에 덜덜 떨지 않고 뱅크스의 서재까지 들어갈 수 있었을 뿐이었다.

하지만 맙소사, 그토록 아름다운 서재라니! 그리고 윤기가 자르르 흐르는 가발에 빛나는 검은색 벨벳 양복을 입고 신발 장식을 번쩍이며 새하얀 스타킹까지 차려입은 조지프 뱅크스의 모습은 어찌나 눈이 부시던지. 헨리는 문을 들어서며 이미 섬세한 마호가니 책상의 값어치를 셈했고, 선반마다 쌓여 있는 고급 수집품 상자들을 부러운 눈초리로 살피다가 벽에 걸린 쿡 선장의 잘생긴 초상화를 바라보며 감탄했다. 세상에, 초상화 액자 값만 해도 틀림없이 90파운드는 족히 나가리라.

아버지와 달리 헨리는 뱅크스 앞에서 허리를 굽히지 않았고, 위대한 남자 앞에 서서 그의 눈을 똑바로 쳐다보았다. 앉아 있던 뱅크스는 침묵 속에 서 있는 헨리를 지켜보며 어쩌면 고백이나 애원을 기다렸는지도 모르겠다. 그러나 헨리는 고백도, 애원도 하지 않았고 수치심에 고개를 떨구지도 않았다. 이렇게 심각한 상황에서 헨리 휘태커가 먼저 실토할 만큼 바보라고 생각했다면 조지프 뱅크스야말로 뭘 몰라도 한참 모르는 것이었으리라.

그리하여 오랜 정적이 흐른 뒤 뱅크스가 물었다.

"그래, 어디 한번 들어 보자. 내가 왜 네 녀석을 타이번에서 목매달리지 않게 눈감아 줘야 하는지."

그거였군, 하고 헨리는 생각했다. 덜미를 잡힌 거야.

그럼에도 소년은 난관을 돌파하고자 고심했다. 당장 계략을 찾아내야 했다. 그것도 순식간에 재빨리. 형들에게 가차 없이 매질당하면서 살아온 인생인데, 그가 싸움에 관해 아무것도 배운 게 없을 리 없었다. 더 크고 강한 상대가 첫 타격을 날렸을 때 더 맞아서 떡이 되기 전에 맞받아칠 기회는 오직 딱 한 번뿐이고, 뜻밖의 반격을 가하는 것만이 최선이었다.

"제 솜씨는 제법 쓸 만하니까요."

헨리가 말했다.

흔치 않은 사건을 즐기던 뱅크스는 놀라서 웃음을 터뜨렸다.

"솔직히 내 눈에는 네 어디가 쓸모 있다는 소린지 안 보이는구나. 네가 한 짓이라곤 내가 힘들게 손에 넣은 보물을 도둑질해 간 것뿐이잖아."

그것은 질문이 아니었지만 어쨌거나 헨리는 대답했다.

"어쩌면 약간 잘라 내서 다듬어 준 것일 수도 있죠."

"아니라곤 못 하는군?"

"온 세상에 떠들어 댄다고 상황이 바뀌진 않잖아요, 아닌가요?"

다시 한 번 뱅크스는 웃음을 터뜨렸다. 그는 소년이 용감한 척할 뿐이라고 생각했을지도 모르지만 헨리의 용기는 진심이었다. 그가 느끼는 공포만큼이나. 반성이 없는 것 또한 진심이었다. 헨리는 평생 동안 반성이란 약해 빠진 짓이라고 생각했다.

뱅크스는 전략을 바꾸었다.

"너희 아버지에게는 네 녀석이 지독한 골칫거리겠구나."

"아버지도 저한테 그런 사람입니다, 나리."

헨리가 지지 않고 맞받아쳤다.

또 한 번 뱅크스는 놀라서 크게 웃었다.

"그러냐? 그렇게 선량하신 분이 너한테 무슨 해를 입히셨을까?"

"저를 가난하게 만들었잖아요."

모든 것의 이름으로

헨리가 말했다. 그러고는 문득 모든 것을 깨달은 듯 덧붙였다.

"아버지였군요, 맞죠? 저를 나리께 고자질한 사람 말이에요."

"그렇고말고. 너희 아버지는 영혼이 고결한 분이다."

헨리는 어깨를 으쓱했다.

"저한테는 아닐걸요?"

뱅크스는 너그럽게 요점을 알아들었다는 듯 고개를 끄덕이고는 물었다.

"내 식물을 누구한테 판 거냐?"

헨리는 손가락을 꼽으며 이름을 주워섬겼다.

"만치니, 플러드, 윌링크, 르파브르, 마일스, 세이더, 예바셉스키, 포이얼, 레시그 경, 가너 경⋯⋯."

뱅크스는 손짓으로 그의 말허리를 잘랐다. 그는 놀라움을 선연하게 드러내며 소년을 응시했다. 이상스럽게도 명단이 보잘것없었다면 뱅크스는 더 분노했을 것 같았다. 하지만 그 이름들은 당대 최고로 존경받는 식물학자들의 이름이었다. 그중 몇몇은 뱅크스가 친구라고 부르는 이들이었다. 소년이 그들을 어떻게 찾아냈을까? 더군다나 일부는 수년째 영국을 떠나 있었다. 아이가 분명 '수출'을 하고 있었다는 의미다. 바로 코밑에서 이 녀석은 대체 무슨 짓을 벌이고 있었던가?

"식물 다루는 법은 대체 어떻게 알았지?"

뱅크스가 물었다.

"식물에 대해서는 평생 늘 알고 있었습니다. 원래부터 미리 다 알고 있었던 것처럼요."

"그래서 그 사람들이 너한테 돈을 주더냐?"

"안 그러고서야 식물을 넘겨줄 턱이 있겠어요?"

"돈벌이가 쏠쏠했겠구나. 지난 몇 년간 정말로 꽤 큰돈을 벌어들였겠어."

그런 말에 냉큼 대답하기에 헨리는 지나치게 영리했다.

뱅크스가 다그쳤다.

"그 돈으로 뭘 했지? 옷에 투자를 한 것 같진 않군. 네가 번 돈은 틀림없이 식물원의 재산이다. 그러니까 말해라, 어디에 뒀지?"

"다 사라졌습니다, 나리."

"어디로 사라져?"

"주사위에요. 제가 도박에 좀 약하거든요."

진실일 수도, 아닐 수도 있겠다고 뱅크스는 생각했다. 하지만 소년은 확실히 그가 이제껏 만나 본 두 발 달린 짐승 가운데 가장 배짱이 두둑했다. 뱅크스는 호기심이 동했다. 실상 그는 이교도를 반려동물로 소유한 사람이었고, 본인 역시 절반은 이교도나 다름없다는 세간의 평판을 솔직히 즐기고 있었다. 현실적인 지위 때문에 최소한의 신사도를 추구해야 했었지만 남몰래 그는 약간의 야만성을 선망해 왔다. 그런데 이토록 어리면서도 야만스러운 녀석이 다 있다니! 뱅크스는 시간이 갈수록 이렇게 흥미진진한 인간 유형을 경관에게 넘겨주고 싶지 않았다.

모든 것을 간파하고 있던 헨리는 뱅크스의 얼굴에서 무언

모든 것의 이름으로

가 변화가 있음을 알아차렸다. 굳은 표정이 펴지면서 호기심이 싹트는 것 같았고, 목숨을 건질 만한 일말의 기회마저 엿보였다. 충동적인 자기 보호 본능에 휩싸인 소년은 마지막으로 한 번 더 작은 희망에 판돈을 걸었다.

"저를 교수대로 보내지 마세요, 나리. 그러면 후회하실 겁니다."

"그 대신에 나더러 너를 어쩌라는 거냐?"

"저를 써먹으세요."

"내가 왜 그래야 하지?"

뱅크스가 물었다.

"그 누구보다 제가 더 나으니까요."

2

　그래서 결국 헨리는 타이번에서 교수대에 목매달리지도 않았고, 그의 아버지도 식물원에서 일자리를 잃지 않았다. 휘태커 일가는 기적적으로 사면되었고 헨리만이 바다로 추방되었을 뿐이었다. 조지프 뱅크스 경은 세상이 그를 어떻게 성장시킬지 지켜볼 요량으로 헨리를 떠나보냈다.

　1776년, 쿡 선장이 세 번째 세계 일주 여행을 떠나려 하고 있었다. 뱅크스는 이번 여정에 합류하지 않았다. 간단히 말해서 그는 초청받지 못했다. 그는 두 번째 항해에도 초청받지 못했고 그래서 마음이 상했다. 뱅크스의 호사스러움과 사람들의 시선을 의식하는 태도가 쿡 선장의 반감을 샀고, 그래서 민망스럽게도 다른 사람에게 자리를 빼앗기고 말았다. 쿡 선장은 이제 좀 더 다루기 쉽고 좀 더 겸손한 식물학자와 여행을 떠날 예정이었다. 그 남자의 이름은 데이비드 넬슨이었는데, 큐 가든 출신의 배포는 작고 실력은 뛰어난 정원사였다. 하지만 뱅크스는 어떻게든 이번 여행에 일손을 보태고 싶어 했으며, 필사적으로 넬슨의 식물 수집을 감시하고자 했다. 그는 무슨 일이든 자기 등 뒤에서 중대한 과학적 업적이 이루어지는 걸 달가워하지 않았다. 그래서 그는 넬슨의 조수 일행한테 헨리를 포함시켜 여행을 보내면서, 소년에게는 모든 것을 감시하고 모든 것을 알아내고 모든 것을 기억한 뒤에 훗날 모든 것을 뱅크스에게 보고하라는 지시를 내렸다. 염탐꾼으로 심어 놓는 것보다 헨리 휘태커를 더 잘 써먹을 방법이 어디 있겠는가?

더욱이 헨리를 바다로 추방한 조치는 몇 년간 큐 가든을 녀석으로부터 안전하게 지키면서, 헨리가 정확히 어떤 부류의 인물이 될지 확인할 수 있는 좋은 전략이었다. 선상에서 보내는 삼 년은 소년의 진정한 기질을 드러나게 할 훌륭한 기회가 되리라. 헨리가 도둑이나 살인범, 반란자로 몰려 돛대 끄트머리 난간에서 교수형에 처해지더라도…… 그건 쿡 선장의 문제일 뿐 뱅크스의 문제는 아니었다. 혹시라도 탐험 이후에 난폭함을 어느 정도 다스려서 소년이 무언가 자질을 스스로 입증한다면, 뱅크스는 장차 녀석을 써먹을지도 몰랐다.

뱅크스는 넬슨 씨에게 다음과 같이 헨리를 소개했다. "넬슨, 앞으로 자네 오른팔이 될, 리치먼드 휘태커 가문 출신의 헨리 휘태커 군을 소개하고 싶군. 솜씨가 제법 봐줄 만해. 식물에 관해서라면 태어나면서부터 전부 다 알고 있는 녀석이라는 걸 자네도 곧 알게 되리라 믿네."

나중에 뱅크스는 소년을 바다로 내보내기 전에 마지막으로 은밀히 조언해 주었다. "항해하는 동안 매일같이 열심히 운동해서 건강을 지켜야 한다. 넬슨 씨 말에는 귀를 기울여라. 따분한 사람이긴 해도 식물에 관해서라면 네가 앞으로 배우게 될 것보다도 더 많이 아는 사람이야. 나이 많은 선원들한테 휘둘릴 테지만 절대로 불평해선 안 돼, 안 그러면 상황이 네게 불리해질 뿐이다. 프랑스 괴질에 걸리고 싶지 않다면 창녀들은 멀리해라. 배 두 척이 항해에 나가겠지만 너는 쿡 선장과 함께 영국 군함 '레졸루션 호'에 탈 거다. 절대로 선장 앞에서 얼쩡대지 말고, 입도 뻥긋하지 마라. 아예 선장과는 말을 섞지 말아야겠지만, 혹시라도 그와 얘기하게 되면 네 녀석이 이따금씩 내 앞에서 하던 대로 방자한 태도를 결코 보여선 안 된다. 선장은 나처럼 그런 꼴을 봐주지 않을 거다. 쿡과 나는 닮은 데가 없는 사람이지. 그 사람은 깍듯한 예절을 중시하는 거물이다. 그 사람 눈에 띄지 않는 편이 네 신상에 이로울 거다. 마지막으로, 영국 군함은 다 마찬가지지만 '레졸루션 호'에서 지내다 보면 불한당과 신사가 기묘하게 뒤섞인 무리 속에서 살아가야 할 거다. 헨리, 영리하게 굴어라. 신사들을 네 본보기로 삼아라."

　　일부러 표정을 지운 헨리의 얼굴 때문에 누구라도 그의 본심을 알아차리기는 불가능했다. 따라서 뱅크스는 이 마지막 훈계가 얼마나 효과적으로 받아들여졌을지 알 수 없었다. 그러나 헨리가 듣기에, 뱅크스는 지금 뭔가 상당히 엉뚱한 일, 즉 언젠가 헨리도 신사가 될 수 있으리라는 가능성을 제안한 셈이었다. 더욱이 그것은 가능성에 그치지 않고 명령처럼 들리기도 했으며, 그렇다면 가장 반가운 명령이었다. '헨리, 세상에 나아가서 신사가 되는 법을 배워라.' 헨리가 바다에서 보내게 될 힘겹고 외로운 세월 동안, 어쩌면 대수롭지 않은 뱅크스의 이 당부는 그의 마음속에서 점점 더 커져 갈 터였다. 급기야 온통 그 생각에만 매달리게 될지도 몰랐다. 야심만만하고 열심인 데다 출세욕에 완전히 사로잡힌 헨리 휘태커는 그 말을 오래도록 '약속'으로 기억하게 될지도 몰랐다.

*

헨리는 1776년 7월에 영국을 떠나 항해를 시작했다. 쿡 선장의 세 번째 항해 목표는 명목상 두 가지였다. 첫 번째는 조지프 뱅크스의 반려동물인 오마이를 고향으로 돌려보내는 것이었다. 오마이는 궁정 생활을 점점 지루해했고 이제는 고향으로 돌아가기를 소망했다. 부루퉁해진 그는 살집이 붙고 까다롭게 굴었는데, 뱅크스는 그런 반려동물에 정떨어진 모양이었다. 두 번째 임무는 아메리카 대륙의 태평양 연안을 따라 북쪽으로 끝까지 올라가서 북서 항로를 개척하는 것이었다.

헨리의 고난은 곧바로 시작되었다. 그는 닭장과 술통을 두는 아래 갑판에 배치되었다. 가금과 염소들이 온통 그를 둘러싸고 울어 댔지만 그는 불평하지 않았다. 그는 소금에 찌든 손과 쇳덩어리 같은 손목을 지닌 장정들에게 괴롭힘과 조롱과 손찌검을 당했다. 나이 든 선원들은 먼바다 항해의 혹독함을 전혀 모르는 그를 바다에 나온 민물장어처럼 취급했다. 모든 원정 중에는 죽어 나가는 사람들이 있기 마련이라며 다들 헨리가 첫 희생양이 되리라고 입을 모았다.

그들은 헨리를 과소평가했다.

헨리는 가장 어렸지만, 이내 밝혀졌듯이 가장 약하지는 않았다. 지금 겪는 일은 그가 항상 인생이라 알고 살아온 것을 따져 봤을 때 훨씬 더 고달프지도 않았다. 그는 배워야 할 것이라면 무엇이든 배웠다. 과학적 견문을 기록하기 위해 넬슨 씨에게 식물을 어떻게 말려야 하는지, 야외에서 식물 표본은 어떻게 그려야 하는지(물감을 섞으면서 안료로 날아드는 파리까지 쫓아야 했다.) 배우면서, 한편으로 배에서 쓸모 있는 존재가 되는 법 또한 배웠다. 그에게는 식초로 '레졸루션 호'의 온갖 틈새를 문지르는 임무가 주어졌고, 선배 선원들의 침상에서 빈대도 잡아야 했다. 선상 도축업자가 돼지고기를 소금에 절여 통에 저장하는 일을 돕기도 했고, 정수기 작동법도 배웠다. 뱃멀미하는 모습을 보고 다른 사람들이 득의양양해하지 않도록 토사물을 삼키는 법 역시 배웠다. 그는 하늘에게도, 인간에게도 두려움을 내보이지 않고 폭풍을 견뎌 냈다. 그는 상어 고기를 먹었고 상어 배 속에서 절반쯤 부패한 생선을 주저 없이 먹어 치웠다. 그는 조금도 거침없었다.

그는 마데이라, 테네리페, 테이블 만에 당도했다. 케이프타운에서 그는 처음 네덜란드 동인도 회사 사람들을 만났고, 그 사람들의 진지함과 능수능란함, 부유함에 깊은 인상을 받았다. 그는 선원들이 번 돈을 몽땅 도박판에서 잃는 광경을 보았다. 사람들은 네덜란드인에게 돈을 빌렸는데, 정작 그들은 도박에 손을 대지 않는 듯했다. 헨리도 도박을 하지 않았다. 그는 동료 선원이 속임수를 쓰다가 걸려서 쿡 선장의 명에 따라 '사기 미수죄'로 무자비하게 채찍질당하는 모습을 지켜보았다. 헨리는 절대 범죄를 저지르지 않았다. 얼음과 폭풍 속에서 희망봉을 돌며 그는 밤마다 얇은 담요 한 장 밑에서 부들부들 떨었고, 너무 세게 턱을 부딪다 이 하나를 부러뜨렸지만 불평하지 않았다. 그는 혹독하게 추운, 바다사자와 펭귄 들의 섬에서 크리스마스를 보냈다.

그는 태즈메이니아 섬에 상륙해서 벌거벗은 원주민을 만났다. 영국인들은 그들(사실 자기들이 보기에 구릿빛 피부인 모든 사람들)을 '인디언'이라고 불렀다. 그는 쿡 선장이 이 역사적 조우를 기리기 위해 인디언들에게 조지 3세의 초상과 원정 날짜가 찍힌 기념 메달을 나누어 주는 광경을 목격했다. 인디언들은 즉각 메달을 망치로 두들겨서 낚시용 갈고리와 창의 촉을 만들었다. 헨리는 이 하나가 더 빠졌다. 영국 선원 중 아무도 인디언 야만인들이 감화되리라고 생각지 않는 가운데, 쿡 선장이 무모하게 인디언들을 가르치려고 애쓰는 모습을 헨리는 지켜보았다. 선원들이 말로 꼬드길 수 없는 여자들은 강제로 탐하고, 탐할 능력이 안 되는 여자들은 말로 꼬드기고, 간단히 아비에게 돈을 쥐여 주고 딸을 사고자 여자와 맞바꿀 쇠붙

이만 있으면 언제든 달려드는 모습을 목격하기도 했다. 헨리
는 모든 여자들을 멀리했다.

헨리는 배 안에서 넬슨 씨를 도와서 식물 표본을 그리고 기
록하고 고정하고 분류하며 긴 시간을 보냈다. 넬슨 씨에게 특
별한 애정을 느끼지 않았지만, 그는 넬슨 씨가 이미 알고 있는
모든 것을 배우고자 했다.

뉴질랜드에 상륙했을 때는, 몸값으로 싸구려 못 두어 줌만
건네주면 문신한 소녀들을 살 수 있는 점을 제외하면 그의 눈
에 그곳은 영국과 똑같아 보였다. 헨리는 소녀들을 사지 않았
다. 동료 선원들은 뉴질랜드에서 부지런하고 활기 넘치는 두
형제(열 살과 열다섯 살)를 아비에게 돈을 주고 사들였다. 원주
민 소년들은 일손을 도와 잡일을 했다. 아이들이 따라오고 싶
어 했다고 선원들은 주장했다. 그러나 헨리는 소년들이 고향
을 떠나게 되리라는 사실을 몰랐으리라고 생각했다. 이름은
각각 티뷰라와 고와였다. 아이들은 그나마 나이 차가 가장 적
은 헨리와 친해지려고 했지만 헨리는 그들을 무시했다. 그들은
노예였고 어차피 운명이 정해진 목숨이었다. 헨리는 불행한 운
명이 예정된 이들과 어울리고 싶지 않았다. 그는 뉴질랜드 소년
들이 개의 날고기를 먹으며 향수병으로 수척해져 가는 모습을
지켜보았다. 헨리는 그들이 결국 죽으리라는 사실을 알았다.

그는 푸르른 신록이 빽빽하고 향기로운 타히티 땅에 도착
했다. 헨리는 쿡 선장이 위대한 왕, 위대한 친구로서 타히티에
돌아왔음을 환영받는 모습을 보았다. 인디언들은 쿡의 이름을

모든 것의 이름으로

외치며 배가 있는 곳까지 떼 지어 헤엄쳐 나와서 '레졸루션 호'
를 맞이했다. 헨리는 영국 국왕 조지 3세를 알현한 타히티 원
주민 오마이가 고국에서 처음에는 영웅 대접을 받다가 차츰
외부인으로 따돌림받는 광경을 목격했다. 이제 오마이는 어느
곳에도 속하지 못함을 알 수 있었다. 타히티인들이 영국 뿔피
리와 백파이프에 맞춰 춤을 추는 모습을 쳐다보고 있노라니,
스승이자 따분한 식물학자 넬슨 씨가 한밤에 온통 취해서 웃
통을 벗어젖히고 타히티 북소리에 맞춰 춤을 추고 있었다. 헨
리는 춤을 추지 않았다. 쿡 선장은 '레졸루션 호'의 대장간에서
쇠붙이를 두 번이나 훔쳐 간 원주민 남자의 양쪽 귀를 관자놀
이에서 베어 버리라고 군함 전속 이발사에게 명령을 내렸고,
헨리는 그 광경 역시 눈에 담았다. 타히티인 추장 하나가 영국
인이 키우는 고양이 한 마리를 훔치려다 들켜서 벌로 얼굴에
채찍질을 당하는 광경도 보았다.

쿡 선장은 원주민들에게 감동을 주려고 마타바이 만 위로
불꽃을 쏘아 올렸지만 되레 겁만 주었을 뿐이었다. 어느 고요
한 밤, 헨리는 타히티 하늘에 박힌 수백만 개도 넘을 천국의 등
불을 보았다. 그는 코코넛 수액을 마셨고, 개와 쥐의 고기도 먹
었다. 그는 인간의 두개골이 나뒹구는 석조 신전에도 갔다. 그
는 바위 절벽과 폭포 옆으로 난 위험천만한 길을 기어 올라가
서, 등산을 하지 않는 넬슨 씨를 대신해 이끼 표본을 수집했다.
그는 난잡해진 기강을 바로잡고자 쿡 선장이 애쓰는 모습을
보았다. 선원과 장교 모두 타히티 아가씨들과 사랑에 빠졌고,

그 여자들은 하나같이 특별하고 비밀스러운 사랑의 행위를 잘 아는 것으로 정평이 나 있었다. 남자들은 결코 그 섬을 떠나고 싶어 하지 않았다. 헨리는 모든 여자들을 멀리했다. 아름다운 여자들은 풍만한 가슴을 뽐내고, 윤기 있는 머리카락에 독특한 체취를 풍기면서 헨리의 꿈속에 머물렀지만 대부분 이미 프랑스 괴질에 걸려 있었다. 그는 수백 번의 향기로운 유혹을 물리쳤다. 그래서 놀림받았지만 의연하게 버텼다. 그는 스스로에게 좀 더 큰 계획을 품고 있었다. 그는 식물에만 집중했다. 그는 치자나무, 난초, 재스민, 빵나무 열매를 수집했다.

항해는 계속되었다. 프렌들리 섬 ᵏ ᵘᵏ 선장이 통가에 붙인 이름.에서는 '레졸루션 호'에서 손도끼를 훔친 혐의로 쿡 선장의 명에 따라 원주민의 팔 하나가 잘려 나갔다. 헨리와 넬슨 씨는 그 섬에서 식물 표본을 수집하다가 원주민들에게 습격당해서 옷을 몽땅 빼앗겼는데, 함께 빼앗긴 식물 표본과 기록장의 손해가 훨씬 컸다. 두 사람은 벌거벗은 채로 햇빛에 화상을 입고 덜덜 떨면서 배로 돌아왔지만 헨리는 여전히 불평하지 않았다.

소년은 배에 탄 신사들의 행동을 주시하며 유심히 관찰했다. 그는 그들의 말투를 따라 했다. 그들의 발음도 연습했다. 그러자 행동거지가 나아졌다. 그는 어느 장교가 동료에게 한 말을 엿들었다. "제 놈들도 귀족인 양 회유하는 게 못 배우고 열등한 놈들을 상대할 때 제일 잘 먹힌다니까." 헨리는 장교들이, 귀족 같아 보이는(혹은 최소한 귀족에 대한 영국인의 개념에 부합하는) 원주민에게라면 누구에게든 거듭 정중하게 대하는

모든 것의 이름으로

모습을 목격했다. 그들이 방문하는 모든 섬에서 '레졸루션 호' 의 장교들은 갈색 피부를 지닌 사람들 중에서 유독 다른 이들 보다 머리 장식이 화려하다든지, 문신을 더 많이 새겼다든지, 더 큰 창을 갖고 있다든지, 아내를 더 많이 거느렸다든지, 다른 사람들에게 약간이라도 더 우러름을 받는다든지, 그런 사치스 러운 요소가 전혀 없을 경우에는 하는 수 없이 '키가 큰' 사람 이라도 골라냈다. 영국인들은 그런 사람에게 예의를 갖춰 대 우했다. 그들이 협상을 하고 선물을 안겨 주고, 때로는 '왕'으 로 앉혀야 할 상대는 바로 그런 부류였다. 헨리는 영국 신사들 이 세계 어느 곳에 가든 항상 왕을 찾는다고, 결론을 내렸다.

　헨리는 거북 사냥을 나갔고 돌고래 고기를 먹었다. 그는 흑 개미에 물렸다. 항해는 이어졌다. 그는 귀에 거대한 조개를 매 단 왜소한 원주민들을 만났다. 열대 지방의 폭풍이 하늘을 소 름 끼치는 초록색으로 물들이는 광경도 지켜봤는데, 나이 든 선원들을 눈에 띄게 겁먹게 하는 유일한 현상이었다. 그는 화 산이라고 불리는, 불타는 산도 구경했다. 그들은 북쪽으로 더 멀리 항해했다. 다시 추워졌다. 그는 또 쥐 고기를 먹어야 했 다. 일행은 북아메리카 대륙 서쪽 해안에 상륙했다. 헨리는 사 슴 고기와 순록 고기를 먹었다. 모피 옷을 걸치고 비버 가죽을 거래하는 사람들이 나타났다. 선원 하나가 닻 사슬에 다리가 걸려서 갑판 위로 끌려 올라갔다가 죽는 모습도 목격했다. 그 들은 계속해서 북쪽으로 더 올라갔다. 고래 갈비뼈로 만든 집 들이 있었다. 그는 늑대 모피를 한 장 샀다. 그는 넬슨 씨와 함

께 앵초와 제비꽃, 까치밥나무, 노간주나무를 채집했다. 땅속
에 구멍을 파고 살며 영국인들을 피해 여자들을 감춰 둔 원주
민들과 마주치기도 했다. 그는 구더기가 군데군데 박힌, 소금
에 절인 돼지고기를 먹었다. 이가 하나 더 빠졌다. 베링 해협에
당도하자 극지방에서 울부짖는 밤 짐승들의 울음소리가 들려
왔다. 가진 물건 중에 가장 보송보송한 것마저 모두 축축하게
젖더니 이내 얼어붙었다. 그에게도 수염이 자라났다. 듬성듬
성 났음에도 고드름이 매달리기는 마찬가지였다. 저녁 식사는
먹기도 전에 접시에서 꽝꽝 얼어붙었다. 그는 불평하지 않았
다. 조지프 뱅크스 경에게, 그가 한 번이라도 불평했더라는 보
고가 들어가기를 원치 않았기 때문이다. 그는 늑대 모피를 설
상화 한 켤레와 바꾸었다. 선상 의사였던 앤더슨 씨가 죽어서,
인간이 상상할 수 있는 가장 끔찍한 상황, 즉 밤만 계속되는 얼
어붙은 세상의 바닷속에 수장해야 했다. 선원들이 재미 삼아서
해안가의 바다사자들에게 일제히 대포를 쏘아 댔고, 포격은 해
변의 살아 있는 동물들이 모조리 사라질 때까지 이어졌다.

헨리는 러시아인들이 '엘라스카'라고 부르는 땅을 보았다.
그는 스프루스 소나무로 맥주 만드는 것을 도왔는데, 선원들
은 싫어했지만 마실 거라곤 그것뿐이었다. 그들이 사냥하고
잡아먹는 짐승들의 거주지보다 한 치도 나을 것 없어 보이는
불편한 동굴에서 사는 원주민들과 고래잡이 기지에 발이 묶
인 러시아인들을 만났다. 책임자인 듯한 러시아 장교(키가 크
고 잘생긴 금발 남자)에 대해서 쿡 선장이 하는 말을, 헨리는 우

연히 들었다. "그 친구는 분명 좋은 가문 출신의 신사야." 어디를 가든, 심지어 이토록 암울한 툰드라에서조차 '좋은 가문 출신의 신사'라는 점은 중요한 모양이었다. 8월에, 쿡 선장은 단념했다. 그는 북서 항로를 찾아내지 못했고 '레졸루션 호'는 이미 성벽처럼 주위를 둘러싼 빙산에 갇혀 있었다. 그들은 항로를 되돌려서 남쪽으로 향했다.

하와이에 다다를 때까지 그들은 거의 멈추지 않았다. 그러나 절대로 하와이까지 가서는 안 될 일이었다. 차라리 얼음에 갇혀 굶는 쪽이 더 안전했으리라. 하와이의 추장들은 분노에 차 있었고, 노략질을 일삼는 원주민들 역시 공격적이었다. 하와이인들은 다정한 친구 타이히인들과 사뭇 달랐으며 더욱이 수가 수천 명에 달했다. 하지만 쿡 선장은 깨끗한 물이 필요했으므로 보급품을 다시 채울 때까지 항구에 머물러야 했다. 원주민들의 약탈도, 영국인들의 보복도 빈번했다. 총탄에 원주민들이 부상을 당하자 추장들은 겁에 질렸고 서로 협박이 오갔다. 쿡 선장이 흐려진 정신 탓에 약탈을 당할 때마다 점점 더 잔혹해지고, 더욱더 갑작스러운 짜증을 토하며, 화도 더 많이 낸다고 몇몇 사람들이 수군거렸다. 그런데도 원주민들은 도둑질을 이어 갔다. 용납될 수 없는 일이었다. 그들은 배에서 곧장 못을 뽑아 갔다. 구명정과 무기도 훔쳐 갔다. 더 많은 총이 발포되었으며 더 많은 원주민들이 목숨을 잃었다. 헨리는 불침번을 서느라 며칠이나 잠을 자지 못했다. 사실 아무도 잠을 자지 않았다.

쿡 선장은 추장들과 만나서 달래 볼 심산으로 육지에 내려 갔지만, 생각과는 달리 성난 하와이 원주민들 수백 명과 맞닥 뜨렸다. 군중은 순식간에 폭도로 변했다. 쿡 선장은 원주민의 창에 가슴이 뚫리고 머리에 몽둥이질을 당했으며, 헨리는 그의 피가 파도에 뒤섞이는 장면을 보았다. 위대한 항해사는 한순간 에 사라지고 말았다. 원주민들은 그의 시신을 끌어가 버렸다. 그날 밤, 마지막 모독으로 카누를 탄 원주민 하나가 다가오더 니 쿡 선장의 허벅지를 '레졸루션 호'의 갑판에 던졌다.

모독에 대한 응징으로 영국 선원들이 원주민들의 거주지 전체를 불태우는 광경을 헨리는 지켜보았다. 섬의 원주민이라 면 남자, 여자, 아이를 가리지 않고 살육하는 영국 선원들을 그 무엇으로도 말릴 수 없었다. 선원들은 원주민 둘의 머리를 잘 라서 창에 꽂으며, 제대로 장례식을 치를 수 있도록 쿡 선장의 시신을 돌려보내지 않으면 더 많은 이들의 머리를 자르겠다고 선언했다. 다음 날 등골과 두 발을 뺀, 쿡 선장의 나머지 시신 이 '레졸루션 호'에 당도했는데, 사라진 부분은 결코 되찾지 못 했다. 헨리는 선장의 남은 육신이 바다에 수장되는 광경을 바 라보았다. 쿡 선장은 헨리에게 단 한 마디도 말을 건넨 적이 없 었으며, 뱅크스의 충고를 따라 헨리도 쿡 선장의 눈앞에 절대 얼씬거리지 않았다. 하지만 지금 헨리 휘태커는 살아 있고, 쿡 선장은 그러지 못했다.

그 같은 재앙을 겪었으니 이제 영국으로 돌아갈지도 모른 다고 헨리는 생각했지만, 배는 돌아가지 않았다. 클러크 씨라

모든 것의 이름으로

는 사람이 선장이 되었다. 그들에게는 아직도 북서 항로 개척이라는 임무가 남아 있었다. 여름이 돌아오자 다시 한 번 북쪽으로, 끔찍한 추위 속으로 항해를 떠났다. 헨리의 온몸은 화산재와 돌가루로 뒤덮였다. 신선한 채소는 이미 오래전에 떨어졌으며, 다들 찝찔한 물을 마셨다. 변소에서 떨어지는 음식물 찌꺼기를 받아먹느라 상어들이 배를 따라왔다. 헨리와 넬슨 씨는 새로 발견한 극지방의 오리 열한 종을 기록한 뒤 아홉 종을 잡아먹었다. 거대한 백곰이 나른하게 위협하듯 배 옆을 헤엄쳐 지나갔다. 털가죽을 덮은 작은 카누에 제 몸을 묶은 원주민들이, 배와 한 몸이 되어서 마치 짐승처럼 바다를 누비는 모습도 보았다. 원주민들이 개를 앞장세운 썰매를 타고 얼음 위를 달려가는 광경도 보았다. 헨리는 쿡 선장의 후임이었던 클러크 선장이 서른여덟의 나이로 죽어서 바다에 수장되는 장면을 또 지켜보았다.

이제 헨리는 영국인 선장을 둘이나 앞서 떠나보내고 살아남았다.

일행은 다시 한 번 북서 항로를 포기했다. 배는 마카오로 항해했다. 중국 정크선이 줄지어 늘어선 풍경 가운데, 이번에도 네덜란드 동인도 회사의 임원들이 나타났다. 장식 없는 검은 옷과 소박한 나막신을 신은 그들은 세계 어디든 진출해 있는 듯했다. 헨리로서는 세계 어디를 가든 누군가는 꼭 네덜란드인에게 돈을 빚지고 있는 듯 보였다. 중국에 이르러 헨리는 프랑스에서 전쟁이 일어났으며, 미국에서는 혁명이 있었다는 소식을 듣게 되었다. 처음 들어 보는 이야기였다. 마닐라에서는 대형 스페인 범선 한 척을 보았는데, 200만 파운드에 달하는 은제 보물을 싣고 있다는 소문이었다. 그는 갖고 있던 설상화를 스페인 해군 재킷과 맞바꾸었다. 그는 이질에 걸려 앓았지만(모두들 그랬다.) 살아남았다. 그는 수마트라에 도착했고, 이어 자바에 당도해서 또 한 번 네덜란드인들이 돈을 벌어들이고 있는 모습을 보았다. 그는 그 점을 눈여겨봐 두었다.

그들은 마지막으로 한 번 더 희망봉을 돌아서 영국으로 향했다. 1780년 10월 6일, 그들은 무사히 뎃퍼드 항으로 귀환했다. 헨리는 무려 4년 3개월 2일 동안 모국을 떠나 있었다. 이제 그는 스물두 살의 청년이었다. 여행 내내 그는 스스로 신사다운 예의범절을 익혔다. 헨리는 그것이 곧 자신의 평판으로 이어지기를 바라고 기대했다. 열의에 가득 찬 관찰자이자 잘 훈련된 식물 수집가로 성장한 만큼, 이제 헨리는 조지프 뱅크스 경에게 자기 가치를 자랑할 준비가 되어 있었다.

하선한 그는 임금을 받은 뒤 런던으로 갈 교통편을 알아보았다. 도시는 지저분하고 무시무시했다. 1780년은 특히 영국에 가혹한 해였다. 폭도들, 폭력 사태, 구교도에 대한 증오 범죄, 맨스필드 경의 저택은 불타서 잿더미로 변했고, 대로변에서 요크 대주교의 소매를 잡아 찢어 얼굴에 집어 던지는 봉변이 벌어졌으며, 감옥은 뚫렸고 계엄령마저 떨어졌지만 헨리는 그중 어떤 일에도 무관심했고 신경 쓰지 않았다. 그는 곧장 뱅크스의 개인 저택이 있는 소호 스퀘어 32번지로 걸어갔다. 헨리는 현관문을 두들기고 자신의 이름을 알린 뒤, 마땅한 상을 받고자 떡 버티고 서 있었다.

*

뱅크스는 그를 페루로 보냈다.

'그것'이 헨리가 받은 상이었다.

뱅크스는 헨리 휘태커가 문 앞에 서 있는 모습을 보고서 도리어 말문이 막혀 버렸다. 실은 지난 몇 년간 그 아이에 대해 거의 잊고 지냈지만, 머리 회전이 빠르고 예의가 뭔지 알았으므로 그런 티를 내지 않았다. 뱅크스는 주섬주섬 머릿속에서 잊고 있던 정보와 함께, 상당한 책임감을 되살려 냈다. 그는 큐가든을 돌보고 있을 뿐만 아니라 세계 각지로 떠나는 수많은 식물 탐험을 감독하고, 재정을 지원했다. 1780년대에 런던을 찾은 배 중에서 조지프 뱅크스 경에게 식물이나 씨앗, 구근, 꺾꽂이 가지를 하나쯤 실어 나르지 않은 배는 없었다. 그뿐만 아니라 그는 상류 사회의 일원으로서 화학, 천문학, 양 사육에 이르기까지 유럽에서 벌어지는 모든 새로운 과학적 진보에도 꾸준히 손길을 뻗고 있었다. 간단히 말해서 조지프 뱅크스는 할 일이 지나치게 많은 신사였으므로, 지난 사 년간 헨리 휘태커가 그를 생각했던 것만큼 헨리 휘태커에 대해서 생각할 겨를이 없었다.

그럼에도 불구하고 청년이 과수원지기의 아들임을 떠올린

그는 헨리를 서재로 불러들였다. 그러고는 포트와인 한 잔을 권했지만 헨리는 술을 거절했다. 그는 헨리에게 여행에 관해서 낱낱이 얘기해 달라고 청했다. 물론 뱅크스는 '레졸루션 호'가 영국에 무사히 당도했음을 이미 알았고, 줄곧 넬슨 씨에게 편지도 받고 있었다. 하지만 헨리는 살아서 돌아온, 그리고 자신을 찾아온 첫 번째 인물이었으므로, 일단 그가 누군지 기억해 낸 뒤 뱅크스는 엄청난 호기심에 휩싸인 채 청년을 반겼다. 헨리는 식물과 관련한 온갖 이야기와 개인적 경험을 소상히, 거의 두 시간에 걸쳐서 이야기했다. 체면을 차리기보다는 자유분방하게 이야기했기에 헨리의 설명은 더욱 값졌다. 이야기가 끝날 무렵, 뱅크스는 최고로 흥미로운 정보를 입수했다고 여겼다. 뱅크스에게 가장 신나는 일이란, 다른 사람들이 꿈에도 모를 정보들을 알아 두는 것이었는데, 바로 이렇게 정치적으로 각색된 '레졸루션 호'의 공식적인 일지가 그의 손에 들어오기도 훨씬 전에, 쿡 선장의 세 번째 탐험에서 일어난 모든 사건들을 이미 알게 된 셈이었다.

헨리의 이야기를 들으며 뱅크스는 점점 더 깊은 인상을 받았다. 뱅크스는 헨리가 지난 몇 년 동안 식물학을 정복할 기세로 죽도록 연구했을 뿐만 아니라, 이제는 최고의 식물 전문가가 될 가능성까지 갖추었음을 알아볼 수 있었다. 뱅크스는 다른 사람이 채어 가기 전에 이 청년을 붙잡아 둘 필요가 있음을 깨달았다. 뱅크스 역시 벌써 여러 차례 인재를 도둑질해 온 사람이었다. 그는 종종 돈과 화려한 언변으로 다른 연구소와 탐험대에서 활동하는 촉망받는 젊은이들을 빼돌려서는 큐 가든에 일자리를 마련해 주었다. 당연한 얘기지만 그도 수년간 젊은이들을 몇 명 빼앗겼다. 안정적이고 수입 많은, 부유한 저택의 정원사 자리로 다들 옮겨 갔기 때문이었다. 뱅크스는 이 녀석만큼은 잃어버리면 안 되겠다고 결심했다.

헨리가 좀 본데없이 자라기는 했지만, 뱅크스는 일만 잘한다면 그런 사람도 상관하지 않았다. 대영제국은 아마 씨처럼 허다하게 동식물 연구가를 배출했으나, 그들 대부분은 돌대가리 호사가에 지나지 않았다. 한편 뱅크스는 새로운 식물을 입수하는 데에 필사적이었다. 기꺼이 몸소 탐험을 떠나고 싶었지만 50대에 들어서고 보니 심한 통풍에 시달렸다. 그는 다리가 퉁퉁 붓고 아파서 하루 종일 책상 앞 의자에 묶여 있어야 했다. 그래서 그를 대신할 수집가를 파견해야 했지만, 수집가를 찾기란 사람들이 흔히 생각하는 것처럼 단순한 일이 아니었다. 바라는 만큼 신체 건강한 젊은이는 많지 않았다. 가령 보잘것없는 봉급을 받으며, 마다가스카르 섬에서 말다툼 끝에 죽거나 아조레스 제도 근방에서 난파당하거나 인도에서 노상강도를 만나거나 그레나다에서 포로로 잡히거나 실론 섬에서 홀연히 영영 사라져 버릴 위험마저 감수하고자 하는 젊은이여야만 했다.

그리고 그런 인재를 붙잡아 두는 비결은 헨리가 '이미' 영원히 뱅크스를 위해 일할 운명인 듯 느끼게 해서, 이를테면 그에게 상황을 골똘히 고민해 본다거나, 누군가에게 당장 발을

빼라고 경고를 받는다거나, 번드르르하게 옷을 차려입은 아가
씨와 사랑에 빠진다거나 하는, 미래의 계획을 세울 만한 시간
을 아예 주지 않는 것이었다. 뱅크스는 헨리의 미래가 사전에
계획되어 있으며, 그 미래는 이미 큐 가든에 속해 있음을 납득
시켜야 했다. 헨리는 능력 있는 젊은이였지만, 뱅크스 역시 지
위와 부, 권력, 평판 덕분에 스스로 유리한 위치에 있음을 알고
있었다. 정말로 그런 조건 때문에 종종 그의 손길은 신의 섭리
로 비치기도 했다. 눈도 깜빡하지 않고서, 순식간에 그런 손길
을 휘두르는 것이 중요했다.

"잘했다. 훌륭하게 해냈구나. 다음 주에는 너를 안데스로
보내야겠다."

헨리가 이야기를 마친 뒤 뱅크스가 말했다.

헨리는 잠시 생각해 보아야 했다. 안데스가 뭐였더라? 섬
이던가? 산? 나라 이름이었나, 네덜란드 같은?

그러나 뱅크스는 모든 것이 결정되었다는 듯이 앞서 나아
가고 있었다.

"내가 페루 식물 탐험대의 자금을 대고 있는데, 다음 주 수
요일에 떠난다. 넌 로스 니븐 씨의 인솔을 받게 될 거야. 거친
데다 늙어 빠진 스코틀랜드 사람인데, 솔직히 말해서 어쩌면
이젠 너무 늙었는지 모르겠지만, 그래도 말이다, 앞으로 네가
만나 보게 될 어떤 사람보다도 강인한 양반일 거다. 나무에 대
해서도 잘 알고, 내가 장담하건대, 남아메리카에 대해서도 빠
삭한 인물이야. 이런 종류의 일에는 잉글랜드 사람보다 스코

틀랜드 사람이 더 낫거든. 그쪽 사람들이 더 냉철하고 성실해서, 정신력 하나로 목표를 달성하는 데 더 적당하지. 해외로 사람을 보낼 땐 바로 그런 점을 중시해야 해. 헨리, 네가 받을 봉급은 1년에 40파운드다. 젊은이가 인생을 펼칠 수 있는 만큼의 돈은 아니겠지만, 대영제국의 은혜와 함께 떠나는 영예로운 직책이야. 아직 미혼이니까, 분명 그거면 견딜 수 있으리라고 본다. 지금 검소하게 살면 살수록 너도 언젠가 더 큰 부자가 되는 거야, 헨리."

헨리가 질문을 던지려는 듯이 처다보았으므로 뱅크스는 얼른 일격을 가했다. "너 스페인어는 할 줄 모르지?"라고 못마땅한 듯 그가 물었다.

헨리가 고개를 저었다.

뱅크스는 과장된 실망을 표하며 한숨을 쉬었다.

"음, 앞으로 배우기를 기대하마. 그건 일단 접어 두고, 너의 탐험을 허락하겠다. 말투가 우스꽝스럽긴 해도 니븐이 스페인어를 좀 해. 거기서 스페인 당국자들을 상대하다 보면 어떻게든 너도 말이 늘겠지. 그놈들이 페루에 진을 치고 있어서 골칫거리라는 말이야. 하지만 거긴 그들 땅이니 어쩌겠니. 내 마음 같아선 그곳의 정글이라는 정글은 죄다 뒤져 보고 싶지만 운에 맡겨야겠지. 헨리, 난 스페인 놈들이라면 아주 질색이다. 가는 데마다 일만 지연시키고 썩어 빠진 스페인 법이 압박하는데, 아주 지긋지긋할 정도야. 그놈들의 교회는 더 기가 막히지. 예수회 교인들은 안데스의 네 줄기 강이 바로 창세기에 언급된 낙원의 네 줄기 강이라고 여전히 믿고 있단다. 상상이나 되니? 생각해 봐, 헨리! 오리노코 강을 티그리스 강과 혼동하다니!"

헨리는 뱅크스가 무슨 말을 하는지 좀체 알아듣지 못했지만 침묵을 지켰다. 지난 사 년간 그는 아는 이야기를 할 때만 입을 열어야 한다고 배웠다. 더욱이 침묵은 때로 상대방을 편안하게 해서 지적인 인상을 심어 줄 수도 있음을 배우기도 했다. 마지막으로 그는 정신이 딴 데 팔린 채, 아직도 머릿속에서 울리는 메아리를 듣고 있었다. "너도 언젠가 더 큰 부자가 되는 거야……."

뱅크스가 종을 울리자 창백하고 무표정한 하인 하나가 방에 들어와서 비서 자리에 앉더니 종이를 몇 장 꺼냈다. 뱅크스는 헨리에게 더는 아무 말도 하지 않고 구술을 시작했다.

"조지프 뱅크스 경은 왕립 식물원 큐 가든의 최고 관리자들에게 그대를 기쁜 마음으로 추천하였던바, 기타 등등, 기타 등등…… 그들 또한 헨리 휘태커를 왕립 식물원의 식물 수집가로 임명하게 되었음을 기쁘게 여긴다는 보고를 들었기에, 기타 등등, 기타 등등…… 그에 대한 보상과 보수, 숙식비와 임금, 체류 비용으로 1년에 40파운드를 급여로 지급하게 될 것이니, 기타 등등, 기타 등등, 기타 등등……."

나중에야 헨리도 달랑 1년에 40파운드를 주면서 끔찍이도 많은 '기타 등등'을 끼워 넣었다고 생각할지 모르겠으나, 그에게 달리 무슨 다른 미래가 있었겠는가? 요란하게 펜을 긁어 대는 소리가 들린 뒤, 이어 뱅크스는 나른한 손짓으로 편지를 허공에다 흔들며 마르기를 기다리면서 말했다. "헨리, 네 임무는 기나나무다. 넌 아마 그걸 해열제 나무로 알고 있겠지. 예수회 사제들이 팔아먹는 나무껍질의 원료 말이다. 그 나무에 대해서 가능한 모든 것을 배워 오거라. 그 매력적인 나무에 대해서 나도 좀 더 깊이 연구해 보고 싶구나. 적은 가급적 안 만드는 게 좋다, 헨리. 도둑, 멍청이, 악당 들을 멀리해야 한다. 많은 걸 기록하고, 식물 품종이 어떤 토양에서 자라는지에 대해서도 반드시 나한테 보고해야 함을 명심해라. 모래흙인지, 비옥한 흙인지, 진흙인지 알아내야 우리도 여기, 큐 가든에서 재배 실험을 해 볼 수 있지 않겠니. 돈은 아껴서 쓰거라. 스코틀랜드인처럼 생각해야 해! 지금 덜 방탕하게 살아야 나중에 한 재산 모았을 때 하고 싶은 일을 마음껏 하며 살 수 있단다. 과음, 나태, 여자, 감상주의에 빠지지 마. 그런 모든 쾌락은 나중에, 나처럼 쓸모없는 늙은이가 됐을 때 얼마든지 즐길 수 있으니까. 주의, 또 주의해라. 네가 식물 전문가라는 사실은 아무에게도 알리지 않는 편이 더 낫겠다. 식물 표본을 잘 보호하거라. 염소와 개, 고양이, 돼지, 가금, 곤충, 곰팡이, 선원, 바닷물이 얼씬거리지 않도록 각별히……."

헨리는 건성으로 귀를 기울이고 있었다.

그는 페루에 갈 예정이었다.

다음 주 수요일에.

그는 영국 왕의 임명을 받은 식물 전문가였다.

3

————

헨리는 바다에서 거의 넉 달을 보낸 뒤 리마에 당도했다. 그가 도착한 곳은 5만 명의 영혼이 살아남으려고 발버둥을 치는 식민 기지였고, 지체 높은 스페인 가문의 사람들도 종종 자기들 마차를 끄는 노새보다 더 굶주리는 곳이었다.

그는 그곳에 홀로 도착했다. 탐험 대장 로스 니븐(탐험대라고 해 봤자 인원은 헨리 휘태커와 로스 니븐 둘뿐이었지만)은 항해 도중, 쿠바 해안을 막 벗어났을 무렵에 세상을 떠났다. 그 늙은 스코틀랜드인은 애당초 영국을 떠나면 안 되었을 인물이었다. 그는 폐병에 걸려서 얼굴이 창백했고 기침을 할 때마다 피를 토했지만 고집스럽게 뱅크스한테 병을 숨기고 있었다. 니븐은 바다에서 채 한 달도 견디지 못했다. 쿠바에서 헨리는 뱅크스에게 거의 알아보기 힘든 필체로 편지를 써서 니븐의 죽음을 알리고, 혼자서라도 계속 임무를 수행하겠다는 결심을 전했

모든 것의 이름으로

다. 그는 회신이 오기를 기다리지 않았다. 고국으로 소환되고 싶지 않았으니까.

그래도 니븐은 죽기 전에 헨리에게 기나나무에 대해서 한두 가지 유용한 가르침을 전했다. 니븐에 따르면, 1630년경 페루 안데스를 찾은 예수회 선교사들은 케추아 원주민들이 열병을 치료하고 높은 산중의 지독한 추위가 가져다주는 한기를 달래고자 나무껍질을 가루로 빻아서 뜨거운 차를 만들어 마신다는 사실을 처음 발견했다. 관찰력이 뛰어난 수도사 하나는 쓴맛이 나는 이 나무껍질 가루가 말라리아로 인한 발열과 오한도 치료할 수 있을지 궁금해했다. 페루에는 존재하지도 않았지만, 유럽에서 말라리아는 까마득한 옛날부터 교황이든 거지든 상관없이 앓아눕게 하는 살인적인 질병이었다. 수도사는 임상 실험을 해 본 뒤, 결과서와 함께 기나나무 껍질 몇 개를 로마(말라리아가 지긋지긋하게 기승을 부리는 도시였다.)로 실어보냈다. 이유는 아무도 이해할 수 없었지만, 정말이지 기나나무는 기적적으로 말라리아의 창궐을 막아 냈다. 원인이 무엇이든 그 나무껍질은 말라리아를 말끔히 치료했고, 간혹 오래 지속되는 청각 장애 말고는 부작용도 없는 듯했다. 목숨과 견주어 보면 그 정도 대가는 아무것도 아니었다.

18세기 초엽, 페루산 나무껍질, 즉 기나피는 신세계에서 구세계로 전해지는 가장 가치 있는 수출품이었다. 순수한 기나피 1그램은 이제 은 1그램의 값어치와 맞먹었다. 부자들이나 쓰는 치료약이었지만 유럽에는 부자들이 많았고, 그들 누구도 말라리아로 죽기를 원치 않았다. 그러다 루이 14세가 기나피로 병을 다스리자 값만 더욱 치솟았다. 베네치아가 후추로 부유해지고 중국이 차로 부유해졌듯이, 예수회는 페루산 나무껍질로 점점 부를 쌓고 있었다.

영국인들만이 기나나무의 가치를 인식하는 데 늑장을 부렸다. 주로 그들의 반(反)스페인 정서와 구교도에 대한 편견 탓이었지만, 이상한 가루로 환자들을 치료하기보다는 차라리 사혈을 선호하는 오래된 관습 때문이기도 했다. 그뿐만 아니라, 기나나무에서 약물을 추출하는 과정은 정교한 과학 기술을 요했다. 해당 나무의 종류만 해도 70여 종에 달했고, 정확히 어느 나무의 껍질에 가장 강력한 약효가 있는지조차 밝혀지지 않았다. 사람들은 채집가 개인의 평판에 의존할 수밖에 없었는데, 대개는 9000킬로미터나 떨어진 곳의 원주민들이 그런 일을 맡았다. 런던 약방에서 '기나피'라며 종종 만날 수 있는 가루는 벨기에 해협을 통해 은밀하게 밀수된 물건이었는데, 상당수 가짜여서 효과가 없었다. 그럼에도 불구하고 그 껍질은 급기야 조지프 뱅크스 경의 관심을 끌기에 이르렀고, 그는 나무에 대해 더 알고 싶어 했다. 그리고 이제는 잠재적 부를 얻을지도 모른다는 일말의 가능성 하나만으로 자청해서 탐험 대장으로 나선 헨리 역시 알고 싶어졌다.

얼마 안 되어 헨리는 총검 끝으로 위협이라도 받는 양 페루를 누비고 다녔는데, 그 총검의 정체란 바로 본인의 강렬한 야망이었다. 로스 니븐은 죽기 전에, 남미 여행에 관한 세 가지 중요한 충고를 해 주었고 청년은 현명하게 그 충고를 모두 잘 따랐다. 첫째, 절대로 장화는 신지 마라. 원주민의 발처럼 보일 때까지 맨발을 단련시켜서, 축축한 짐승 가죽에 싸인 채 발이 영영 썩어 가는 걸 피해라. 둘째, 묵직한 옷가지는 버려라. 원주민들처럼 옷을 가볍게 입고 춥게 견디는 법을 배워라. 그러면 더욱 건강해질 거다. 그리고 셋째, 원주민들처럼 매일 강에서 목욕을 해라.

큰돈을 벌 수 있는 기나나무는 안데스의 고산 지대에서만 찾을 수 있고, 록사라고 하는 머나먼 페루 땅에서 자란다는 사실을 제외하면, 니븐의 충고 정도가 헨리가 알고 있는 지식의 전부였다. 그에게는 인력도, 지도도, 지식을 더 가르쳐 줄 책도 없었으므로 혼자 힘으로 모든 것을 해결했다. 록사에 가기 위해 그는 강과 가시, 뱀, 질병, 열기, 추위, 비, 스페인 관료들을 견뎌 내야 했고, 그 가운데 무엇보다도 위험했던 난관은 스스로 고른 고집불통의 노새와 전직 노예, 적대적인 흑인 들이었다. 그들의 언어와 적개심, 비밀스러운 꿍꿍이에 대해선 그저 어림짐작할 뿐이었다.

맨발로 굶주려 가면서도 그는 계속 앞으로 나아갔다. 기력을 유지하려고 헨리도 원주민처럼 코카 잎을 씹었다. 스페인어도 배웠는데, 말하자면 그가 이미 스페인어를 할 줄 안다고 여기며 다른 사람들도 자기 말을 이해하고 있다고 고집스레 우겼다는 의미였다. 그들이 자신의 말을 이해하지 못하면 그는 그들이 말귀를 알아들을 때까지 목청껏 고함을 질러 댔

다. 결국 그는 록사라는 지역에 당도했다. 그는 '카스카릴레로
(cascarilleros)', 즉 '나무껍질 자르는 사람'을 찾아서 돈을 찔러
주었다. 그것은 좋은 나무가 자라는 곳을 아는 원주민들을 의
미하는 말이었다. 그는 탐험을 이어 갔고, 심지어 더 깊숙한 곳
에 감추어진 기나나무 숲을 발견했다.

뼛속까지 과수원지기의 아들이었던 헨리는 기나나무 대부
분이 너무 혹사당해서 병들고 죽어 가고 있음을 재빨리 눈치
챘다. 그의 몸통만큼이나 밑동이 굵은 나무들도 몇 그루 있기
는 했지만 더 큰 나무는 없었다. 그는 껍질이 벗겨져 나간 곳
마다 새살이 돋아날 수 있도록 이끼로 감싸기 시작했다. '카스
카릴레로'들에게는 나무를 수평으로 잘라서 공연히 죽이지 말
고 껍질을 세로로 벗겨 내도록 훈련시켰다. 다른 병든 나무들
은 새로이 성장할 수 있도록 상한 윗부분을 확실하게 잘라 주
었다. 그는 몸이 아플 때에도 일을 계속했다. 병에 걸리거나 감
염되어서 걸을 수 없게 되면 그는 원주민들을 시켜서 무슨 포
로라도 된 양 노새에 몸을 묶은 채 매일같이 나무를 보러 갔다.
그는 기니피그를 잡아먹었다. 재규어도 한 마리 쏘아 죽였다.

그는 맨발로 추위를 견뎠고, 동물의 배설물을 태워 난방하
는 원주민들과 함께 오두막에서 살며, 록사에서 비참한 사 년
을 보냈다. 그는 법적으로 스페인 왕립 약제원 소속인 기나나
무 숲을 연신 돌보며 내심 자기 소유라고 주장했다. 그가 워낙
에 산속 깊숙이 처박혀 있었으므로 간섭하는 스페인 사람들은
없었고, 시간이 지나자 그도 원주민들을 괴롭히지 않게 되었

다. 그는 껍질 색깔이 가장 짙은 기나나무가 다른 품종보다 강력한 약효를 담고 있으며, 새로 자란 나무일수록 가장 효험 있는 껍질을 생산한다는 사실을 알아냈다. 그러므로 가지치기는 많이 할수록 바람직했다. 그는 새로운 기나나무 품종을 일곱 가지 발견해서 이름을 붙여 주었지만, 대부분 쓸모없다고 그는 판단했다. 그는 '로하'라고 부르는 기나나무에 관심을 기울였다. 가장 수확량이 좋은 빨간색 나무였다. 그는 수확량을 늘리고자 '로하'의 가지를 잘라서 좀 더 튼튼하고 질병에 잘 견디는 기나나무 품종의 몸통에 접붙이기를 했다.

또한 그는 많은 생각을 했다. 머나먼 고산 지대의 밀림에서 홀로 지내는 청년에게는 생각할 시간이 충분했고, 급기야 헨리는 위대한 이론을 세웠다. 기나피 무역으로 스페인이 1년에 벌어들이는 돈이 무려 1000만 레알임을 그 역시 고인이 된 로스 니븐한테 들어서 알고 있었다. 우리들도 기나를 팔 수 있는데, 어째서 조지프 뱅크스 경은 내게 그냥 연구만 하라고 했을까? 그리고 왜 이토록 접근 불가능한 지역에서 기나피를 제한적으로만 생산해야 하는 걸까? 인류 역사상 가치 있는 모든 식물은 재배하기 전까지 전부 다 채집으로만 얻을 수 있었으며, 나무를 채집하는(빌어먹을 품종을 찾느라 안데스 산맥을 기어오르는) 것은 재배하는(접근하기 편리한 곳에 통제 가능한 환경을 만들어서 기르는 법을 배우는) 것보다 훨씬 비효율적이라는 아버지의 가르침을 헨리는 기억해 냈다. 그는 프랑스인들이 1730년에 기나나무를 유럽으로 옮겨 심으려고 시도했다가 실패했음을 알고 있었고, 그 이유도 짐작이 갔다. 그들은 고도에 대한 개념이 없었다. 이런 나무는 루아르 계곡에서 기를 수 없다. 기나나무를 키우려면 높은 고도와 희박한 공기, 습한 밀림이 필요한데, 프랑스에는 그런 곳이 없었다. 물론 영국에도 없었다. 그 점에서라면 스페인도 마찬가지였다. 안타까운 일이었다. 기후를 수출할 수 있는 사람은 없었다.

그러나 사 년간 생각을 거듭한 끝에 헨리는 다음과 같은 묘안을 떠올렸다. 답은 인도였다. 헨리는 춥고 습한 히말라야 산기슭에서라면 기나나무가 잘 자라리라고 확신했다. 인도는 한 번도 가 보지 못한 곳이었지만, 마카오를 여행할 때 영국인 장교들에게 들은 이야기가 있었다. 가만 생각해 보니 이 유용한 약용 나무를 정말로 말라리아에 시달리는 지역에서 가까운 곳, 실제로 이것이 꼭 필요한 곳 근처에서 못 키울 이유는 뭐란 말인가. 기나피는 인도의 영국 군대와 원주민 노동자들에게서 대유행하는 열병을 막으려면 필수적인 약품이었다. 현재는 약값이 너무 비싸서 일반 병사와 노동자 들에게 지급할 수 없지만 계속 그렇게 내버려 둬야 한다는 법도 없었다. 1780년대까지 기나피의 가격은 페루에서 공급한 원가와 유럽 시장의 판매가 사이에 200배나 차이가 벌어졌는데, 대부분은 운반비 탓이었다. 이제는 이 나무를 찾아다니며 채집하기를 중단하고, 수요가 있는 지역 인근에서 재배를 시작할 때였다. 이제 스물네 살이 된 헨리 휘태커는 자신이 바로 그 일을 해낼 인물이라고 믿었다.

1785년 초반, 그는 단지 보고서와 막대한 규모의 식물 표본과 아마포에 싼 나무껍질 견본뿐만 아니라, 식재용으로 잘라 낸 뿌리와 기나 '로하' 나무의 씨앗 1만여 개를 챙겨 들고서 페루를 떠났다. 그는 고추 품종도 몇 가지 챙겼을 뿐 아니라, 한련화와 진기한 수령초 몇 가지도 고향으로 가져왔다. 그러나 진짜 보물은 씨앗 저장고였다. 헨리는 가장 좋은 나무의 튼실한 씨앗을 얻고자 서리의 피해 없이 꽃이 피기를 기다리느라 이 년이나 버텨야 했다. 씨앗은 곰팡이가 피지 않도록 두 시간에 한 번씩 뒤집어 가며 꼬박 한 달간 햇볕에 말렸고, 밤에는 이슬을 막고자 아마포에 감싸 두었다. 씨앗은 대양을 건너는 긴긴 항해를 좀처럼 견뎌 내지 못한다는 사실을 알았기에 (심지어 뱅크스조차 쿡 선장과 함께 떠난 여행에서 돌아오며, 씨앗을 무사히 운반하는 데는 실패했다.) 헨리는 포장 방법을 세 가지로 달리해서 실험해 보기로 결심했다. 그는 씨앗을 일부는 모래에 파묻고, 일부는 밀랍으로 봉하고, 일부는 마른 이끼로 헐겁게 포장했다. 이 모든 씨앗은 건조한 상태를 유지하고자 황소 방광에 집어넣은 다음, 알파카의 털로 덮어서 위장했다.

스페인은 여전히 기나나무를 독점하고 있었으므로 이제 헨리는 공식적인 밀수꾼이었다. 그 때문에 그는 번잡한 태평양 연안을 피해서 동쪽으로 향했고, '프랑스 직물 상인'이라고 적힌 여권을 지닌 채 남미 대륙을 횡단했다. 헨리와 노새와 그가 고용한 전직 노예들과 불쌍한 원주민들은 도둑들이나 다니는 길을 골라서 록사부터 자모라 강까지, 아마존을 지나 대서

양 연안으로 이동했다. 그곳에서 그는 아바나로 향했다가 카디즈에 들러 고향, 영국으로 항해했다. 귀국 길에는 총 1년 반이 걸렸다. 그는 해적을 만나지도 않았고 기억에 남을 폭풍도, 힘겨운 병마도 맞닥뜨리지 않았다. 식물 표본도 전부 무사했다. 그렇게 어려운 일도 아니었다.

조지프 뱅크스 경이 기뻐하리라고, 그는 생각했다.

＊

그러나 소호 스퀘어 32번지에서 편안하게 지내던 조지프 뱅크스 경은 다시 헨리와 만났을 때 기뻐하지 않았다. 뱅크스는 그저 전보다 더 늙고 병들고, 정신마저 딴 데에 팔려 있었다. 통풍은 참혹할 정도로 그를 고문했고, 그가 직접 기획한, 대영제국의 미래가 달린 중대한 과학적 연구 때문에 고전하고 있었다.

뱅크스는 외국 면화에 의존하는 영국의 처지를 개선할 방법을 찾고자 애쓰고 있었다. 영국령 서인도 제도에 원예가들을 파견해서 면화를 재배해 봤지만 이제껏 성공을 거두지 못하고 있었다. 또한 네덜란드의 향신료 무역 독점을 막기 위해 큐 가든에서 육두구와 정향을 재배해 보았으나 그 역시 실패했다. 그는 오스트레일리아를 죄수 유형지로 조성하자고 왕에게 청원했지만(단순히 재미 삼아서 내놓은 의견이었다.) 아직 아무도 그의 말에 귀를 기울이지 않았다. 새로운 혜성과 행성의 발견을 열망하는 윌리엄 허셜이라는 천문학자를 위해 12미터 길이의 망원경 제작에도 힘쓰고 있었다. 하지만 뱅크스는 다른 무엇보다도 열기구를 원했다. 프랑스는 벌써 열기구를 보유하고 있었다. 프랑스인들은 줄곧 공기보다 가벼운 기체를 실험했고, 인간을 태운 비행선까지 파리 상공에 띄워 올렸다. 영국이 뒤처지고 있었다! 과학과 국가 안보를 위해서라도 맹세코 '대영제국에는 열기구가 필요했다.'

그래서 그날 뱅크스는 대영제국을 위해 진정으로 필요한 것은, 인도 히말라야 중턱에 기나나무 농장을 세우는 일이라는 헨리 휘태커의 열변에 귀를 기울일 기분이 아니었다. 면화나 향신료 확보, 행성 발견이나 열기구 제작에 대한 명분보다 딱히 훌륭해 보이지도 않았다. 뱅크스는 정신이 어수선했고, 발은 지독한 악마의 고문처럼 쑤셔 대는 데다 헨리의 공격적인 태도 역시 대화의 내용을 깡그리 무시하게 할 만큼 짜증스러웠다. 여기서 조지프 뱅크스 경은 드물게 전략적인 실수를 범하고 말았다. 궁극적으로 영국이 엄청난 대가를 치르게 될 실수였다.

그러나 그날 뱅크스를 접견하며 헨리 또한 전략적 실수를 범했음을 짚고 넘어가야겠다. 사실 여러 가지 실수가 있었다. 사전에 통보 없이 무턱대고 나타난 것이 첫 번째 실수였다. 그렇다, 헨리는 전에도 그런 적이 있었지만 더 이상 풋내기 소년이 아니었으므로 그 같은 결례를 눈감아 줄 만한 처지가 아니었다. 이제 그는 장성한 청년이었기에(게다가 거구였다.) 느닷없이 현관에 나타나서 문을 두들기는 행동은 사교적 무례함뿐 아니라 신체적 위협으로 여겨질 수 있었다.

게다가 헨리는 빈손으로 뱅크스를 찾아왔는데, 식물 수집 가로서 절대 해서는 안 될 행동이었다. 헨리가 페루에서 가져온 수집품은 카디즈부터 타고 온 배 안에 아직 실린 채, 항구에 안전하게 정박해 있었다. 인상적인 수집품이었지만, 표본은 모두 저 멀리 상선에, 황소 방광과 술통, 마대, 운반용 유리 상자에 꽁꽁 감추어져 있었으니, 뱅크스로서는 그 사실을 어찌 알겠는가. 헨리는 직접 가져온 물건을 뭐라도 하나 뱅크스의 손에 쥐여 주었어야 했다. 기나 '로하' 껍질을 직접 들이밀 수 없었다면 최소한 예쁘게 핀 수령초 한 포기라도 안겨야 했다. 무엇으로든 노인의 관심을 끌어서, 그가 헨리 휘태커와 페루에 쏟아부은 연간 40파운드의 돈이 그냥 허비되지 않았음을 믿을 수 있도록 기분을 달래 주어야 했다.

그러나 헨리는 낮은 자세로 기분을 풀어 주는 사람이 아니었다. 오히려 그는 다음과 같은 퉁명스러운 비난을 던져서 스스로의 공을 깎아 먹었다. "기나나무는 장사를 해야 할 물건인데, 단순히 연구만 하라고 지시하신 것은 나리의 잘못입니다!" 충격적일 만큼 신중하지 못했던 이 한마디는 뱅크스를 바보라고 비난하는 것일 뿐만 아니라, '장사'라는 불쾌한 오명으로 고결한 소호 스퀘어 32번지를 더럽혔다. 영국에서 가장 부유한 신사인 조지프 뱅크스 경이 행여나 개인적으로 상업에 종사해야 할 필요성이 있다는 듯이.

공정을 기하고자 헨리 편을 좀 들어 주자면, 그의 머릿속도 전적으로 명료하지는 못했다. 그는 수년간 외딴 숲에서 홀로 지냈고, 그렇게 동떨어져 생활하다 보면 지나칠 만큼 생각의 고삐가 풀려 버리기 마련이었다. 헨리는 '머릿속으로' 이 주제를 수도 없이 뱅크스와 의논했기에 막상 실제로 대화를 나누게 되자 안달이 났다. 헨리의 상상 속에서는 모든 것이 다 처리되어 벌써 성공을 거둔 터였다. 그의 머릿속에서 가능한 결론은 딱 하나뿐이었다. 뱅크스가 훌륭한 생각이라며 그의 제안을 반가워하면서 인도 사무소의 적절한 담당자에게 헨리를 소개해 준 뒤, 필요한 모든 허가서와 재정적 지원을 해결해 주고, 이 야심만만한 계획을 내일 오후에 당장 진행시키는 것이었다. 헨리의 꿈속에서 기나나무 농장은 이미 히말라야에서 번성하는 중이었고, 그는 조지프 뱅크스가 과거에 한때 약속했던 것처럼 눈부시게 부유한 사람이 되어 있었으며, 런던 사회에서도 신사로 환영받고 있었다. 무엇보다도 헨리는 조지프 뱅크스가 이미 서로를 소중하고 절친한 친구라고 여기고 있으리라 홀로 믿고 있었다.

한 가지 작은 문제만 없다면 비로소 헨리 휘태커와 조지프 뱅크스 경은 정말 소중하고 절친한 친구가 되었을지도 모르겠다. 즉 문제는 조지프 뱅크스 경이 헨리 휘태커를 근본 없이 자라서 도둑질이나 일삼던 어린 일꾼 이상으로 생각해 본 적이 없었고, 장차 녀석의 성품이 나아지면 어떻게든 쓸모를 뽑아내려고 그를 살려 두었을 뿐이라는 점이었다.

뱅크스는 자신의 분별력과 명예와 고상한 응접실까지 한꺼번에 싸잡혀서 모욕당한 터라 정신을 차리고자 아직 애쓰는 사이, 헨리가 말했다.

"그리고 저를 왕립 학회 회원으로 추천해 주시는 문제에 대해서도 논의를 해야겠습니다."

"뭐라고. 대체 누가 너를 왕립 학회 회원으로 추천해 준다고 했나?"

"나리께서 해 주시리라고 믿습니다. 제 노고와 성실함에 대한 보상으로요."

뱅크스는 오래도록 말을 잃었다. 그의 눈썹은 제멋대로 이마 꼭대기까지 치켜 올라갔다. 그는 급히 숨을 들이마셨다. 그러고는 너털웃음을 터뜨렸다. 대영제국의 미래를 위해서는 가장 불행한 반응이었다. 너무 격렬하게 웃은 나머지, 그는 헨리 휘태커가 자라난 집 한 채의 값과 거의 맞먹는 벨기에산 레이스 손수건으로 눈가를 훔쳐야 했다. 엄청나게 피곤한 하루를 보낸 끝에 터진 웃음이라 돌연 유쾌해졌으므로, 그는 전심으로 그 웃음에 굴복했다. 그가 하도 열심히 웃어 대자 문밖에서 있던 하인 하나가 난데없이 폭발한 웃음의 연유가 궁금한지 방 안으로 고개를 들이밀었다. 그는 너무 크게 웃느라 말을 할 수가 없었다. 웃지 않았다면 뱅크스도 이 어색한 상황을 표현하는 말을 찾는 데 어려움을 겪었을 터이므로, 어쩌면 그것이 최선이었다. 일찍이 구 년 전에 타이번 교수대에 매달렸어야 마땅한 인물인 데다, 타고난 소매치기처럼 교활한 얼굴에,

모든 것의 이름으로

수년간 끔찍한 필체의 편지로 뱅크스를 아주 재미있게 해 주었으며, 그 아버지(불쌍한 사람!)는 아직도 돼지와 어울려 살고 있는 마당에, 이 젊은 '사기꾼' 헨리 휘태커가 영국에서 최고로 존경받는 신사 과학자들의 모임에 초청되기를 기대한다고? 이토록 기막히게 엄청난 코미디가 또 어디 있겠는가?

물론 조지프 뱅크스 경은 왕립 학회의 회장으로서 널리 사랑받고 있었고(헨리도 잘 아는 사실이었다.) 만일 뱅크스가 사지 불구의 사기꾼을 학회에 추천하더라도 학회에서는 별말 없이 그 대상을 받아들이고 명예 훈장을 수여하리라. 하지만 헨리 휘태커를 받아들인다고? 이 무례하기 짝이 없는 악당, 수염 하나도 제대로 깎을 줄 모르는 풋내기, 쥐뿔도 모르는 촌뜨기의 좀체 알아볼 수 없는 서명 옆에 존귀한 왕립 학회 회원의 표식을 허락하라고?

안 돼.

뱅크스가 웃음을 터뜨리기 시작하자, 헨리의 위장은 똘똘 뭉치고 접히다 못해 작고 단단한 응어리로 변했다. 목구멍이 점점 오그라들더니 마침내 올가미처럼 그를 옥죄었다. 그는 눈을 감고 살인을 떠올렸다. 그는 능히 살인할 수도 있었다. 살인을 상상하면서 그는 조심스레 그 결과를 따져 보았다. 뱅크스가 껄껄거리며 끊임없이 웃는 동안, 그는 곰곰이 살인을 고심했다.

아니야. 헨리는 결심했다. 살인은 아니었다.

그가 눈을 떴을 때 뱅크스는 여전히 웃고 있었고, 이제 헨리는 다른 인간으로 변신했다. 그날 아침까지 그에게 남아 있던 젊음은 이제 바깥으로 내동댕이쳐진 채 숨을 거두었다. 그 시점부터 앞으로 그의 인생은 그가 될 수 있는 존재가 아니라, 그가 손에 넣을 수 있는 것에 의해서 좌우되리라. 그는 절대로 신사가 되지 않을 작정이었다. 될 대로 되라지. 망할 놈의 신사. 다 망해 버려라. 헨리는 세상에 존재하는 그 어느 신사보다도 부자가 되어서, 언젠가 그들을 수없이 거느리며 정상에서 군림하리라고 마음먹었다. 헨리는 뱅크스가 웃음을 그치기를 기다렸다가, 이어 말없이 스스로 방을 나왔다.

그는 거리로 나오자마자 곧장 매춘부를 찾았다. 그는 여자를 뒷골목 벽에 밀어붙이고서 동정을 스스로 내던지며, 여자가 짐승이라고 자신을 욕할 때까지 거칠게 관계했다. 그렇게 여자도, 본인도 상처를 입었다. 그는 술집을 찾아가서 럼주를 두 병이나 퍼마시고 낯선 사람의 배에 주먹질을 하다가 거리로 쫓겨난 채 옆구리를 걷어차였다. 이제 그것으로 끝이었다. 지난 구 년간 존경받는 신사가 되려는 열망에 절제해 왔던 모든 금기는 그것으로 끝장이었다. 얼마나 쉬운지 봤겠지? 확실히 아무런 쾌감도 없었지만, 어쨌든 그는 다 해치웠다.

그는 강을 거슬러서 리치먼드로 데려다줄 뱃사공을 고용했다. 이젠 밤이었다. 비참한 꼬락서니의 부모님 집을 지나치면서도 그는 걸음을 멈추지 않았다. 그는 두 번 다시 가족을 보지 않으리라 다짐했다. 만나고 싶은 마음도 없었다. 그는 큐 가든으로 몰래 숨어들어 삽을 찾아내서는 열여섯 살 때 파묻어

모든 것의 이름으로

두고 떠났던 돈을 모두 파냈다. 땅속에는 상당한 양의 은화가 그를 기다리고 있었고, 그가 기억하는 양보다 훨씬 많았다.

"어린 게 대단하구나."

그는 도둑질로 자금을 비축해 두었던 어린 시절의 자신에게 말했다.

그는 축축한 동전 자루를 베개 삼아 강가에서 잠을 잤다. 다음 날 그는 런던으로 돌아가서 꽤 쓸 만한 양복 한 벌을 사입었다. 그는 카디즈에서 입항한 배에서 하역된 페루산 식물 표본(씨앗과 방광 주머니와 껍질 표본 전부)을 감독한 뒤, 암스테르담으로 향하는 배에 옮겨 실었다. 법적으로 그 모든 수집품은 큐 가든의 소유물이었다. 큐 가든이야 빌어먹든지 말든지. 어디 한번 와서 찾아가 보시지.

사흘 뒤 그는 네덜란드로 항해를 떠났고, 자신의 수집품과 아이디어와 재능을 몽땅 네덜란드 동인도 회사에 팔았다. 그곳의 엄격하고 예리한 관리자가 웃음기라곤 전혀 없이 헨리를 받아주었다는 사실은 언급하고 넘어가야겠다.

4

―――――

육 년 뒤, 헨리 휘태커는 부자였고 여전히 더 큰 부자가 되
는 중이었다. 그의 기나나무 농장은 자바에 있는 네덜란드의
식민 기지에서 나날이 번창했고, 나무들은 펜갈렌간이라고 불
리는 서늘하고 습한 산지의 중턱에서 잡초처럼 행복하게 자
라났다. 헨리가 짐작했듯이 페루 안데스와 히말라야 저지대
의 환경은 똑같았다. 헨리는 자기도 농장에서 지내며, 보물처
럼 귀중한 식물 전리품에 지속적으로 각별한 주의를 기울였
다. 암스테르담에 있는 그의 동업자들은 이제 기나피의 전 세
계 가격을 결정했고, 그들이 추출한 기나는 100파운드당 60플
로린의 이윤을 남겼다. 추출 속도가 수요를 제대로 따라가지
못할 정도였다. 한 재산 벌어들이는 수단이었지만, 정작 큰돈
은 특정한 나무에서만 나왔다. 헨리는 계속 농장을 개선했고,
마침내 열등한 품종과 교잡 수분되는 일까지 막아 냈으므로

모든 것의 이름으로

페루 본토에서 들여오는 것보다 약효가 더 강력하고 생산량도 꾸준했다. 더욱이 부패한 스페인 관료나 인디언들의 방해가 없으니 해상 운반은 늘 순조로웠고, 믿을 만한 상품으로 전 세계에 인식되었다.

네덜란드 식민지는 이제 세계에서 기나피를 가장 많이 생산하고 소모하는 곳이 되었으며, 기나 가루 덕분에 서인도 제도 전역에 파견된 네덜란드 군인들과 관리자, 노동자들은 말라리아 열병에서 해방되었다. 이로 인한 장점은 경쟁국과 비교했을 때(특히 영국에 비해서는) 아예 계산할 수조차 없을 정도였다. 단호한 복수심에 불타던 헨리는 영국 시장엔 자신의 상품을 들이지 않으려 했고, 혹여 기나피가 영국이나 영국의 식민지로 흘러들어 가면 최소한 가격이라도 올려 받았다.

이제 게임에서 한참이나 뒤처진 큐 가든과 조지프 뱅크스 경은 결국 히말라야에서 기나나무를 재배하려고 시도했지만 헨리의 전문 지식 없이는 더딜 따름이었다. 영국인들은 잘못된 고도에서 잘못된 품종의 기나나무를 기르려고 돈과 에너지를 허비하며 노심초사하고 있었는데, 헨리는 그 사실을 알아채고 싸늘한 기쁨을 맛보았다. 1790년대에 이르자 네덜란드인들이 씩씩하게 앞으로 진격하는 데 반해, 인도에 와 있는 영국 시민들과 백성들은 품질 좋은 기나피를 제대로 구하지 못해서 매주 말라리아로 수없이 죽어 나갔다.

헨리는 네덜란드인을 존경했고, 그들과 함께 일했다. 그는 굳이 수고를 들이지 않고도 네덜란드 국민들을 이해했다. 부지런하고, 지칠 줄 모르고, 중노동을 마다하지 않고, 맥주를 마시고, 직설적으로 이야기하고, 푼돈까지 아낄 줄 아는 이 칼뱅주의자들은 16세기부터 무역 질서를 거머쥐었고, 신은 자기들이 부자가 되기를 원한다는 철석같은 믿음 속에서 매일 밤 평화롭게 잠을 잤다. 금융가와 상인, 정원사의 나라인 네덜란드 사람들은 헨리가 자신의 장래를 좋아하듯(말하자면, 수익으로 번쩍이는 미래를) 동일한 방식으로 자기들의 장래를 좋아했는데, 가령 드높은 이자율을 무기 삼아서 온 세상을 포로로 잡고 있었다. 그들은 헨리의 거친 태도와 공격적인 말투로 사람 됨됨이를 판단하지 않았다. 오래지 않아 헨리 휘태커와 네덜란드인들은 서로를 대단한 부자로 만들어 주고 있었다. 네덜란드에는 헨리를 '페루의 왕자'라고 부르는 사람들도 있었다.

서른한 살의 나이로 부자가 되었으니 헨리도 이제는 남은 인생을 조율할 때였다. 우선은 네덜란드인 동업자들과 완전히 별개로 이제 자신만의 사업을 시작할 기회였으니, 그는 조심스레 자기 앞에 놓인 가능성들을 따져 보았다. 그는 광물이나 보석에는 전문 지식이 없었기 때문에 그쪽 분야에는 관심을 두지 않았다. 마찬가지로 선박과 출판, 섬유 쪽도 문외한이었다. 그렇다면 식물 분야가 답이었다. 하지만 어떤 종류의 식물을? 향신료 사업을 하면 막대한 이윤을 거둘 수 있음은 널리 알려진 사실이었지만 헨리는 향신료 무역에 뛰어들고 싶지 않았다. 향신료에는 이미 너무 많은 나라가 개입해 있었고, 헨리가 보기에 해적과 수많은 도둑 떼를 피해서 상품을 운반하는 비용 탓에 수익마저 적었다. 근본적으로 노예 제도에 묶여 있을 뿐만 아니라 알게 모르게 비용이 많이 들어가는 설탕이나 면화 무역에도 그는 생각이 없었다. 헨리는 노예와 관련한 일은 아무것도 하고 싶지 않았다. 도덕적으로 혐오스럽기 때문이 아니라 경제적으로 비효율적이고 깔끔하지 못하며 비용도 많이 들고, 지상에서 가장 불쾌한 노예 중개상들에게 사업이 좌우되기 때문이었다. 그는 약용 식물 분야에 진지한 관심을 기울였고, 그쪽 시장에는 아무도 대대적으로 투자한 적이 없었다.

그렇다면 약용 식물과 약제 산업이야말로 그가 가야 할 길이었다.

그다음으로는 어디에서 살지를 결정해야 했다. 그는 자바에 하인을 100명이나 거느린 훌륭한 저택을 소유하고 있었지만 여러 해 동안 그곳에서 지내며 기후 때문에 병을 앓았고, 한평생 주기적으로 그의 건강을 위협하는 열대성 질환을 지병으로 얻고 말았다. 그는 보다 온화한 지역에서 자리 잡고자 했다. 영국에서 다시 사느니 그는 차라리 팔을 자르는 쪽을 택할 터였다. 대륙은 끌리지 않았다. 프랑스는 짜증스러운 국민들로 가득했고, 스페인은 부패해서 불안했으며, 러시아는 아예 불가능했고, 이탈리아는 터무니없고, 독일은 꽉 막혔고, 포르투갈은 쇠락하고 있었다. 그가 그나마 호감을 품고 있던 네덜란드는 따분했다.

미합중국에 가능성이 있다고, 그는 결론지었다. 헨리는 아직 거기에 가 보지 못했지만 전도유망한 곳이라는 이야기를 들은 적이 있었다. 특히 젊은 나라의 활기찬 수도인 필라델피아의 장래가 촉망된다고 했다. 꽤 쓸 만한 선적항도 있고, 동부 연안의 중심지이며 실용적인 퀘이커 교도와 약제사, 열심히 일하는 농부들로 가득한 도시라고 말이다. 소문으로는 오만불손한 귀족들도 없고(보스턴과 달리) 쾌락을 두려워하는 청교도들도 없으며(코네티컷과 달리) 봉건 영주인 척하는 골치 아픈 인물들도 없다고 했다.(버지니아와 달리) 종교적 관용과 언론의 자유, 수려한 경관이라는 확고한 원칙을 바탕으로 윌리엄 펜이 건설한 도시였다. 그는 욕조에서 묘목을 키우며 자신이 세운 대도시가 식물과 사상의 위대한 온상이 되기를 상상하던 인물이었다. 필라델피아에서는 누구든, 전적으로 아무나 환영받았다. 물론 유대인은 예외였다. 이 모든 사실을 전해 들은 헨리는 필라델피아가 아직 실현되지 못한 막대한 이윤을 거두어들일 배경이 되리라 짐작했고, 그곳을 자기 사업의 발판으로 삼겠다는 목표를 세웠다.

그러나 어디에든 정착하기 전에 그는 아내를 맞이하고 싶었고, 바보가 아니었으므로 이왕이면 네덜란드인 배우자를 원했다. 그는 영리하고 정숙하면서 경솔한 짓을 저지르지 않을 만한 여자를 원했고, 그런 여자라면 네덜란드에서 찾는 것이 제격이었다. 헨리는 수년간 이따금씩 매춘부들과 어울리는 한편, 펜갈렌간의 저택에 어린 자바 아가씨를 두고 있었다. 그러나 이제는 제대로 된 아내를 얻을 때가 왔으므로 그는 오래전

모든 것의 이름으로

에 현자처럼 생긴 한 포르투갈 선원이 들려준 충고를 떠올렸다. "넉넉하고 행복한 인생을 살려면 말이다, 헨리, 비결은 간단해. 여자를 하나 고르되, 아주 잘 골라서 말을 잘 듣는 거야."

그래서 그는 아내를 고르기 위해 네덜란드로 되돌아갔다. 그는 재빨리 따져 보았고, 암스테르담에 위치한 호르투스 식물원을 대대로 관리해 온 점잖고 유서 깊은 반 데벤더르 가문에서 아내를 선택했다. 호르투스는 유럽에서 가장 선구적인 연구용 식물원이었고(식물 재배와 학문 연구, 상업 거래 사이의 긴밀한 관계를 가장 오래 이어 온 곳이었다.) 반 데벤더르 가문은 항상 명예롭게 식물원을 관리했다. 그들은 어느 면에서든 귀족이 아니었고 눈에 띄는 부자도 아니었지만 헨리에겐 부유한 여자가 필요 없었다. 하지만 반 데벤더르 가문은 지식과 과학 분야에서 유럽 최고 수준의 집안이었으므로, 그는 그 점을 존경했다.

불행히도 존경심은 헨리만의 감정이었다. 집안의 가장이자 호르투스 식물원의 책임자(또한 알로에 재배 분야의 거장이었다.)인 야코프 반 데벤더르는 헨리 휘태커를 이미 알고 있었고, 그에 관한 소문을 마뜩잖아 했다. 그는 이 청년이 과거에 도둑질한 전적이 있으며, 이윤 때문에 조국을 배신했다는 사실도 알고 있었다. 야코프 반 데벤더르가 용납할 수 있는 종류의 행동은 아니었다. 야코프도 네덜란드인이었으므로 물론 헨리의 돈을 마음에 들어 했지만, 그는 금융가도, 투기꾼도 아니었다. 그는 사람의 가치를 재산의 규모로 판단하지 않았다.

그런데 야코프 반 데벤더르에게는 훌륭한 딸이 하나 있었다. 어쨌든 헨리는 그렇게 생각했다. 그녀의 이름은 베아트릭스로, 박색도 미인도 아니었다. 그래서 아내의 자질에 더욱 적합한 듯했다. 그녀는 튼튼했고, 가슴이 납작해서 여자의 몸매치고는 완전히 밋밋했으며, 헨리와 만났을 때는 이미 노처녀를 향해 가는 나이였다. 여느 구혼자들의 취향에 비춰 볼 때, 베아트릭스 반 데벤더르는 남편을 위압할 만큼 과도한 교육을 받은 듯했다. 그녀는 현재 통용되는 다섯 가지 언어로 대화할 수 있었는데, 사라진 언어도 두 가지나 익혔고, 식물학 분야에서는 웬만한 남자 못지않은 지식을 갖고 있었다. 결단코 이 여자는 요부가 아니었다. 거실의 장식품 같은 여자도 아니었다. 옷차림도 요란하지 않고, 수수한 색깔만 입었다. 그녀는 열정과 과장, 아름다움에 대해서 강한 의구심을 품은 채, 견고하고 믿음직한 대상에만 확신을 가졌으며 항상 충동적 본능보다 경험적 지혜를 신뢰했다. 헨리는 그녀가 삶의 중심을 잡아 줄 바닥짐 같은 존재라고 인식했는데, 바로 그가 원하는 면이었다.

베아트릭스는 헨리한테서 어떤 면을 보았을까? 이 대목에서 우리는 약간의 미스터리와 만나게 된다. 헨리는 잘생기지 않았다. 확실히 세련미도 없었다. 불그레한 얼굴과 큼지막한 손, 거친 태도에서 마을 대장장이 같은 인상을 풍김은 엄연한 사실이었다. 대부분의 사람들 눈에는 그가 듬직하지도 믿을 만해 보이지도 않았다. 헨리 휘태커는 충동적이고 시끄럽고 호전적이며, 전 세계에 적을 두고 있는 남자였다. 또한 지난 몇 년 사이 그는 약간의 음주벽도 생겼다. 존경할 만한 젊은 여자가 어째서 그런 인물을 기꺼이 남편감으로 선택한단 말인가?

"그 작자는 원칙이 없는 남자다."

야코프 반 데벤더르가 딸에게 반대 의사를 밝혔다.

"오, 아버지가 완전히 잘못 보신 거예요. 휘태커 씨는 여러 가지 원칙을 가진 사람이에요. 최고로 꼽을 만한 종류의 원칙이 아닐 뿐이죠."

베아트릭스가 무미건조하게 아버지의 오해를 바로잡았다.

헨리가 부자임은 틀림없는 사실이었으므로, 어떤 이들은 아마도 베아트릭스가 그의 재산을 내심 더 높이 평가했을지도 모른다고 짐작했다. 또한 헨리는 신부를 데리고 미국으로 건너갈 계획이었으므로, 어쩌면 주변 호사가들이 떠벌리듯이 베아트릭스에게 네덜란드를 영원히 떠나야만 하는 비밀스럽고 수치스러운 이유가 있었을지도 몰랐다.

그러나 진실은 좀 더 단순했다. 베아트릭스 반 데벤더르는 헨리 휘태커가 마음에 들었기 때문에 결혼했다. 그녀는 헨리의 강인함과 교활함과 카리스마와 전도유망함이 좋았다. 그가 거친 사람임은 틀림없었지만, 본인도 앙증맞은 꽃 같은 유형의 인물은 아니었다. 그녀는 헨리의 무뚝뚝함을 존중했고, 그도 그녀의 성품을 존중했다. 그녀는 헨리가 자신에게 바라는 바를 이해했고, 그와 함께 뭐든 해낼 수 있으리라는 자신감을 느꼈다. 어쩌면 약간은 그를 자기 뜻대로 조종할 수도 있을 듯했다. 그리하여 헨리와 베아트릭스는 재빨리, 단도직입적으로 동맹을 맺었다. 두 사람의 결합을 정확히 표현해 주는 유일한 낱말은, 네덜란드에서 사업상 쓰이는 용어였다. '파르텐레더리.(partenrederij.)' 내일의 이윤은 오늘 맺은 약속의 결과며, 양측의 협력이 동등하게 사업을 번창하게 하는, 정직한 거래와 공평한 대우를 기본으로 하는 동반자 관계 말이다.

베아트릭스의 부모는 딸과 의절했다. 어쩌면 베아트릭스가 부모와 의절을 했다는 것이 좀 더 정확한 말이리라. 그들은 엄격한 가족이었고, 모두 다 그랬다. 그들은 베아트릭스의 동맹에 반대했고, 반 데벤더르 집안의 반대는 영원히 지속되곤 했다. 헨리를 선택해서 미국으로 떠난 이후, 베아트릭스는 두 번 다시 암스테르담의 가족과 연락하지 않았다. 그녀가 본 가족의 마지막 모습이란, 열 살짜리 남동생 데이스가 눈물을 흘리며 떠나는 누나의 치맛자락을 붙잡고 소리쳤을 때였다. "우리 누나를 빼앗아 가려고 해! 사람들이 우리 누나를 빼앗아 가려고 해!" 그녀는 치맛자락을 붙든 남동생의 손가락을 풀어낸 뒤, 앞으로 절대 사람들 앞에서 눈물을 흘리며 스스로를 부끄럽게 하지 말라고 당부하고는 떠나가 버렸다.

베아트릭스는 자신의 하녀 한 사람을 미국으로 데려갔다. 한네커 데 그루트라는 이름의 젊은 여인은 대단히 유능하고 쓸모 있는, 마치 세숫대야 같은 인물이었다. 또한 그녀는 아버지의 서재에서 로버트 후크의 『마이크로그래피아(Micrographia)』 1665년 판본 한 권과, 레온하르트 푸흐가 식물 삽화를 그린 대단히 귀중한 개설서 한 권을 챙겼다. 여행용 드레스에는 주머니를 열두 개나 달아 각 주머니마다 호르투스가 보유한 가장 진귀한 튤립 구근을 이끼에 조심스레 싸서 채워 넣었다. 새 회계 장부도 수십 권 챙겨 갔다.

그녀는 이미 자신의 서재와 정원, 미래를 계획하고 있는 듯했다.

＊

1793년 초반, 베아트릭스와 헨리 휘태커는 필라델피아에 도착했다. 성벽이나 요새 같은 보호 시설로 둘러싸이지 않은 이 도시는, 당시 분주한 항구와 불과 몇 블록밖에 떨어져 있지 않은 상업 지구, 관공서, 농사꾼들의 주택지, 새로 지어진 대저택 몇 채로 구성되어 있었다. 그 땅은 점점 커져 가는 막대한 가능성의 도시, 무궁무진한 잠재력으로 비옥한 충적지였다. 한 해 전에 미합중국 제1은행이 바로 이곳에 문을 열었다. 펜실베이니아주 전체가 숲과 전쟁을 벌이는 중이었는데, 도끼며 황소며 야심으로 무장한 주민들이 승리를 거두고 있었다. 헨리는 스쿠컬 강 서안을 따라서 펼쳐진 비탈진 초원과 아직 개발되지 않은 숲을 350에이커 사들였고, 능력이 닿는 대로 인근 땅을 더 사들일 작정이었다.

헨리는 원래 마흔 살 전에 부자가 될 계획이었지만, 관용적인 표현대로 말의 볼기를 너무 세게 때린 결과, 자기 목표에 일찍 도달했다. 불과 서른둘의 나이로 그는 은행에 파운드화와 플로린, 기니, 심지어 러시아 코펙으로까지 돈을 쌓아 두었다. 그는 계속 더 부자가 되겠다는 목표를 세웠고, 필라델피아에 당도한 지금이야말로 그것을 만천하에 펼칠 때였다.

헨리 휘태커는 자기 땅에 본인의 성을 장난스레 바꾼 '화이트에이커(White Acre)'라는 이름을 붙이고는, 이제껏 그 도시에 존재했던 어느 사저보다 더 장엄한 규모의 아름다운 팔라디오풍 대저택을 짓는 데 착수했다. 그 석조 건물은 거대하면서도 조화로워야 했다. 동쪽과 서쪽에는 멋진 부속 건물을 두고, 남쪽에는 신전처럼 높은 기둥을 세운 주랑 현관을 세우고, 북쪽에는 드넓은 테라스를 둘 예정이었다. 또한 그는 거대한 마차 차고와 넓은 대장간, 최첨단의 대문 관리실뿐 아니라, 앞으로 수많은 개별 군락을 이룰 첫 번째 온실을 포함해서, 큐 가든의 유명한 건축물을 본뜬 오렌지나무 재배 온실, 믿기지 않을 정도로 거대한 규모의 유리 온실 등을 함께 건축했다. 불과 오십 년 전까지만 해도 인디언들이 야생 양파를 수확하던 비옥한 스쿠컬 강둑을 따라서, 템스 강 주변에 서 있는 오래된 대저택들처럼 바지선을 댈 수 있도록 전용 선창을 만들었다.

당시 대부분의 필라델피아 사람들은 여전히 검소하게 살고 있었지만, 헨리는 뻔뻔스우리만치 절약이라는 미덕을 모욕하려는 듯 화이트에이커를 설계했다. 그는 집에서 사치스러움이 흘러넘치기를 바랐다. 그는 선망받기를 두려워하지 않았다. 정말로 그는 부러움의 대상이 되기를 무척 즐겼고, 부러움에 젖어 든 사람들이 주변으로 몰려드는 일은 사업상으로도

모든 것의 이름으로

이로웠다. 곶처럼 툭 튀어나온 곳에 위풍당당하게 드높이 자리 잡고 태연자약하게 반대편 도시를 굽어보는 그의 저택은 저 멀리에서도 쉽게 눈에 띄고 웅장해 보이도록 설계되었고, 구석구석 부유함을 뽐내게끔 건축되었다. 모든 문손잡이는 황동이었을 뿐 아니라 번쩍거려야 했다. 가구는 런던의 세던 공방에서 직접 수입해 왔으며, 벽에는 벨기에산 벽지가 도배되었고, 도자기 접시는 중국 광저우산이었고, 지하 창고에는 자메이카산 럼과 프랑스산 레드와인이 들어찼고, 전등은 베네치아에서 입으로 불어 만든 수공예품이었으며, 저택 주변에 심긴 라일락은 오스만 제국에서 처음 꽃을 피웠던 품종이었다.

그는 자신의 부에 대한 소문이 거침없이 퍼져 나가도록 내버려 두었다. 헨리 수준의 부자라면, 사람들이 그를 더 대단한 부자로 상상해도 상관없었다. 이웃들이 헨리 휘태커의 말은 은제 발굽을 박았다고 수군거리기 시작하자, 그는 사람들이 계속 그렇게 믿도록 놔두었다. 그러나 솔직히 은제 말발굽은 아니었다. 다른 모든 이들의 말처럼 쇠발굽을 달았고, 무려 헨리가 직접 박은 것이었다.(페루에서 엉터리 도구로 형편없는 노새의 발굽을 달아 줄 때 배운 기술이었다.) 이렇듯 소문이 훨씬 즐겁고 대단한데, 무엇 때문에 사람들에게 진실을 알려 줘야 한단 말인가.

헨리는 돈의 매력을 이해했을 뿐 아니라, 좀 더 신비로운 권력의 매력까지도 간파했다. 그는 자신의 저택이 단순히 황홀한 수준을 넘어서 위협적이기까지 하다는 사실을 알고 있었다. 루이 14세가 자신의 궁정을 찾은 방문객들을 걸어 다니게 한 까닭은, 그저 재미로 기분을 전환해 주기 위해서가 아니라 힘을 과시하기 위해서였다. 그곳의 이국적인 나무며 값어치를 따질 수 없는 그리스 조각상은 하나같이, 온 세상을 상대로 한 가지 메시지를 똑똑히 전달하려는 수단에 불과했다. '다들 나에게 대들지 않는 편이 좋을 거야!' 헨리는 화이트에이커 역시 그런 메시지이기를 바랐다.

헨리는 전 세계에서 쏟아져 들어오는 약용 식물을 보관하고자 필라델피아 항구 옆에 대형 창고와 공장도 지었다. 토근, 소태나무, 대황, 유창목 껍질, 차이나루트, 사르사 등이었다. 그는 제임스 개릭이라는 이름의 건장한 퀘이커교도 약제사와 동업을 맺었고, 두 사람은 곧 알약과 가루약, 연고, 물약을 만들기 시작했다.

그가 개릭과 사업을 시작한 시기는 정말 기가 막힌 타이밍이었다. 1793년 여름, 황열병이 필라델피아를 뒤흔들었다. 거리마다 시체들이 즐비하게 쌓였고, 시궁창에서는 고아들이 죽은 어머니에게 매달려 있었다. 사람들은 쌍으로, 온 가족이 전부, 십수 명씩 한꺼번에 죽어 나갔고, 최후의 순간에 그들이 식도와 내장에서 토해 낸 고약한 검은 액체는 강물처럼 넘실댔다. 지역 의사들은 유일한 치료법으로 구토와 설사를 반복해서 환자의 몸을 더 극심하게 정화해야 한다고, 세상에서 가장 잘 알려진 설사약, 할라파라는 식물을 복용해야 한다고 결론지었다. 마침 헨리가 이미 멕시코에서 다량으로 수입하던 식물이었다.

헨리는 할라파 치료법을 엉터리라고 의심했고, 제 식솔들은 그 누구도 먹지 못하게 했다. 그는 북미 주민들보다 훨씬 황열병에 친숙한 카리브해 주변의 크리올 의사들이 훨씬 덜 야만적인 방법으로 치료함을, 강장제와 휴식을 처방하고 있음을 알고 있었다. 하지만 강장제와 휴식으로는 돈을 벌어들일 수 없는 반면, 할라파는 엄청난 상품이었다. 이것이 바로 1793년 말까지 필라델피아 인구의 3분의 1이 황열병으로 죽고, 헨리는 재산을 두 배로 늘리게 된 내막이었다.

헨리는 이때 벌어들인 돈으로 온실을 두 채 더 지었다. 베아트릭스의 제안으로, 그는 미국 고유 품종의 꽃을 재배하기 시작했고 곧 유럽에 관목을 수출했다. 값진 아이디어였다. 미국의 초원과 숲에는 유럽인들의 눈에 이국적으로 보이는 식물 품종이 가득했고, 아주 쉽게 해외 시장에 팔 수 있었다. 헨리는 필라델피아 항구에서 빈 배를 출항시키기가 지루하던 참이었는데, 이제 양쪽으로 돈을 벌 수 있었다. 그는 여전히 네덜란드 동업자들과 자바에서 기나피를 추출해 큰돈을 벌어들이고 있었지만, 이제는 본국에서도 돈벌이가 가능해졌다. 1796년 무렵, 헨리는 중국에 수출할 인삼 뿌리를 채집하기 위해 수집가들을 펜실베이니아 산악 지대로 파견했다. 사실상 그는 미국에서, 앞으로 수년간, 중국인들에게 뭐든 팔아 보고자 궁리를 하던 유일한 인물이었다.

1798년 말까지, 헨리는 미국의 신흥 귀족들에게 판매할 이국적인 열대 식물로 온실을 가득 채웠다. 미합중국의 경제가 돌연 가파르게 성장했다. 조지 워싱턴과 토머스 제퍼슨은 둘 다 전원에 풍요로운 대저택을 소유했는데, 마침 모두들 그러한 대저택을 원했다. 젊은 국가는 갑자기 방탕의 한계를 시험하고 있었다. 일부 시민들은 부자가 되었고, 다른 이들은 극빈자로 전락했다. 그럼에도 헨리의 인생 궤도는 승승장구할 뿐이었다. 헨리 휘태커는 '나는 승리할 것이다.'라는 생각 아래 계획을 세웠고, 그는 수입과 수출, 제조 등 모든 분야에서 변함없이 승리를 거두었다. 돈이 헨리를 사랑하는 듯했다. 돈은 신난 작은 개처럼 그를 따라다녔다. 1800년에 이르러 그는 힘들이지 않고 필라델피아 최고의 부자가 되었고, 서반구에서 가장 부유한 세 사람에 손꼽히게 되었다.

그래서 그해 태어난 헨리의 딸 앨마는(조지 워싱턴이 죽은 지 딱 삼 주 만이었다.) 이제껏 세상에 단 한 번도 유례가 없는, 완전히 새로운 부류의 존재로 탄생했다. 이를테면 전대미문의 강력한, 미국적 술탄의 탄생이었다.

DICRANACEAE
Dicranum

Tab.V.

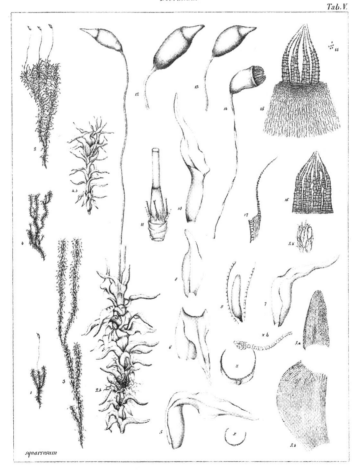

꼬리이끼 과 꼬리이끼 속
디크라나세아에(Dicranaceae) 디크라눔(Dicranum)

5

앨마는 이런 아버지의 딸이었다. 아이는 처음부터 그런 말을 들었다. 우선 앨마 휘태커는 헨리를 꼭 빼닮았다. 흐린 적갈색 머리, 불그레한 피부, 작은 입, 넓은 이마, 큼지막한 코. 몇 년 뒤에나 깨닫게 되겠지만 그것은 앨마에게 다소 불리했다. 헨리의 얼굴은 어린 여자아이보다 장성한 남자에게 훨씬 잘 어울리는 생김새였다. 그렇다고 헨리가 그러한 상황을 못마땅해하지는 않았다. 헨리 휘태커는 자신의 모습을 마주할 기회가 있을 때마다(거울이든, 초상화든, 아이의 얼굴에서든) 마음껏 즐겼으므로 앨마의 생김새를 항상 흡족해했다.

"누구 씨인지 분명하잖아!"라고 그는 으스댔다.

그뿐만 아니라 앨마는 헨리처럼 영리했고, 튼튼하기도 했다. 튼튼하고 건강한 단봉낙타처럼, 아이는 지칠 줄 몰랐고 불평도 하지 않았다. 절대 아프지도 않았다. 그리고 고집불통이었다. 아이는 말을 배운 순간부터 언쟁을 쉬는 법이 없었다. 어머니가 맷돌처럼 아이의 건방진 태도를 꾸준히 갈아 내지 않았다면 아이는 확실히 버릇없는 인물이 되었으리라. 하지만 사실 아이는 그저 집요할 뿐이었다. 아이는 세상을 이해하고 싶어 했고, 마치 국가적 위기라도 닥친 양 감춰진 모든 정보를 끝까지 캐내는 버릇까지 있었다. 아이는 조랑말이 어째서 새끼 말이 아닌지, 더운 여름밤에 이불 위로 양손을 비벼 대면 왜 정전기가 생겨나는지 알려고 했다. 버섯이 식물인지 동물인지 알기를 원할 뿐만 아니라, 설령 대답해 줘도 '왜 그것이 무슨 이유로 확실한지' 알고 싶어 했다.

앨마는 끊임없이 질문을 던져 대는 아이에게 딱 맞는 부모를 만난 셈이었다. 질문을 정중하게 표현하는 한, 아이는 대답을 들을 수 있었다. 헨리와 베아트릭스 휘태커는 둘 다 따분함을 못 견디는 성격이라 딸아이의 탐구 정신을 격려했다. 심지어 버섯에 대한 앨마의 궁금증은 진지한 답변으로 이어졌다.(이런 경우에 베아트릭스가 대답해 주었다. 그녀는 존경받는 스웨덴의 식물 분류학자 칼 린네를 인용하며 광물과 식물을 구분하는 법과, 식물과 동물을 구분하는 법을 알려 주었다. "돌은 자라날 뿐이고, 식물은 자라면서 생명을 지녔어. 동물은 자라고 생명을 지닌 데다 느끼기까지 한단다.") 베아트릭스는 린네를 논하기에, 네 살짜리 아이가 너무 어리다고 생각하지 않았다. 실제로 베아트릭스는 앨마가 거의 홀로 똑바로 서자마자 공식적인 교육을 시작했다. 다른 사람들의 아이가 아장아장 걸을 무렵에, 앨마가 말을 시작해서 혀짤배기소리로 기도문을 암송하고 교리 문답을 배울 수 있다면, 베아트릭스는 자기 아이에게 '무엇'이든 가르칠 수 있으리라고 확신했다.

그 결과 앨마는 만으로 네 살도 되기 전에 숫자를 익혔다. 그것도 영어, 네덜란드어, 프랑스어, 라틴어로. 라틴어 공부는 특히 중요했다. 라틴어에 무지한 사람은 영어로든, 프랑스어로든 제대로 된 문장을 쓸 수 없다는 것이 베아트릭스의 믿음이었기 때문이다. 비교적 덜 서두르긴 했지만, 일찍이 그리스어도 조금씩 가르쳤다.(아무리 베아트릭스더라도 아이가 다섯 살 이전에 그리스어를 배워야 한다고는 믿지 않았다.) 베아트릭스는 지적인 딸을 직접 가르쳤고, 만족스러움을 맛보았다. 아이에게 직접 생각하는 법을 가르치지 않는 부모는 용납할 수 없었다. 또한 베아트릭스는 인류의 지능이 기원후 2세기부터 꾸준히 하락했다고 믿었던 탓에, 자기 딸을 위해서라도 필라델피아에 아테네식 사설 학원이 유행하는 풍조를 크게 반겼다.

수석 가정부 한네커 데 그루트는 과도한 공부 때문에 어린 여자애일 뿐인 앨마의 뇌가 혹사당한다고 여겼지만 베아트릭스는 자신도 그렇게 교육받았으며, 반 데벤더르 가문의 아이는 남녀를 막론하고 태곳적부터 그런 방식으로 가르침을 받았노라고 주변의 우려를 들은 척도 하지 않았다. "멍청한 생각 마, 한네커. 역사적으로 잘 먹고 건강하고 총명한 여자애가 '너무 많이 공부해서' 죽은 적은 없어." 베아트릭스는 가정부를 꾸짖었다.

베아트릭스는 멍하니 있는 것보다는 쓸모 있는 지식을, 오락보다는 교양을 숭배했다. 그녀는 사람들이 '순수한 재미'라고 부르는 모든 것들을 의심했고, 어리석거나 불쾌한 것들이라면 단호히 혐오했다. 그녀에게 어리석고 불쾌한 것들이란 술집, 화장한 여자들, 투표일(언제든 폭도가 날뛸 수 있으니까.), 아이스크림 먹기, 아이스크림 가게 드나들기, 영국 성공회 신자들(변장한 가톨릭 신자와 비슷한 이들로, 성공회 자체가 도덕성과 상식의 반대편에 서 있는 듯 보였으니까.), 홍차(훌륭한 네덜란드 여자들은 커피만 마셨으니까.), 말에 종을 매달지 않고 겨울에 썰매를 모는 사람들(위험하게도 뒤에서 다가오는 소리를 들을 수가 없으니까!), 값싼 가정부(문제가 많은 흥정이니까.), 하인들에게 돈 대신 럼주로 임금을 지급하는 사람들(공공연한 음주를 조장하니까.), 고민을 들고 찾아왔으면서 막상 진지한 충고를 거절하는 사람들, 새해 전야의 축하 파티(종을 울리든 말든 새해는 어차피 오니까.), 귀족(인간의 고귀함은 행동에 근거해야지 출생에 좌우돼서는 안 되니까.), 아이들을 지나치게 칭찬하는 것(얌전한 행동은 당연한 것이지, 보상해 줄 일이 아니니까.) 따위였다.

그녀는 '라보르 입세 볼룹타스(Labor ipse voluptas)', 즉 일 자체가 보상이라는 말을 신조로 삼았다. 그녀는 타고난 기품을 함양하면 자극적 충동에 냉담하고 무관심하게 되리라고 믿었다. 또한 그녀는 자극적 충동에 무관심한 태도야말로 기품의 정의라고 믿었다. 무엇보다도 베아트릭스 휘태커는 존경받을 수 있는 기상과 도덕성을 신봉했지만, 둘 중 하나를 선택하라고 강요받는다면 아마도 존경받을 수 있는 기상을 선택했으리라.

그녀는 이 모든 것을 딸에게 가르치고자 고군분투했다.

＊

헨리 휘태커는 분명 앨마에게 고전을 가르칠 수 없는 입장이었지만, 베아트릭스의 교육열을 고마워했다. 영리하지만 제대로 교육받지 못한 식물 전문가로서 그는 항상 그리스어와 라틴어를 지식의 세계로 향하는 문을 가로막는 거대한 장애물처럼 느꼈다. 자식에게도 그런 장애물을 물려주고 싶지 않았다. 사실 그는 앨마가 그 어떠한 장애물도 겪지 않게 할 작정이었다.

그렇다면 헨리는 앨마에게 무엇을 가르쳤을까? 글쎄, 그는 아이에게 아무것도 가르치지 않았다. 다시 말해, 그는 직접적으로 아무것도 가르치지 않았다. 그는 정식으로 교육할 정도의 끈기가 없었고, 아이들이 주변에 얼씬거리는 것도 좋아하지 않았다. 그러나 앨마가 아버지한테 간접적으로 배운 가르침은 적잖았다. 가장 중요한 첫 번째 가르침은, 아버지를 짜증나게 해서는 안 된다는 점이었다. 아버지를 짜증 나게 하는 순간, 그녀는 방에서 쫓겨났으므로 젖먹이 시절의 까마득한 무의식 속에서부터 앨마는 절대로 헨리의 화를 돋우거나 신경을 긁어서는 안 된다는 사실을 알았다. 타고난 본능(정확히는 상대의 화를 돋우고 짜증 나게 하는 것)을 애써 떨쳐 내야 했으므로, 이것은 앨마에게 꽤 어려운 도전이었다. 하지만 진지하고 흥미로운, 또는 정확한 질문을 던지는 것에 대해서만큼은 아버지가 전혀 꺼리지 않는다는 점 역시 배웠다. 마찬가지로 아버지의 연설이나 사색을 절대 방해해서는 안 된다는 점(이게 좀 더 어려운 부분이었다.)도 깨달았다. 이따금 어떤 질문은 아버지를 즐겁게 해 주었는데 그녀로서는 그 이유의 정체를 항상 짐작할 수 없었다. 예컨대, 황소는 암소랑 언제나 일을 빨리 치르는데, 어째서 수퇘지는 암퇘지 등에 올라타는 데도 그렇게 오래 걸리느냐는 질문 말이다. 헨리는 그 질문에 웃음을 터뜨렸다. 앨마는 누가 자기 때문에 웃음을 터뜨리는 상황이 싫었다. 그런 질문은 두 번 다시 꺼내지 않아야 함을, 그녀는 배웠다.

앨마는 아버지가 일꾼이나 집안 손님들, 그리고 아내와 딸을 대하고, 심지어 말을 몰 때조차 조바심을 내지만 식물 앞에서만큼은 결코 흥분하지 않는다는 사실 또한 알게 되었다. 헨리는 식물에게 항상 자비롭고 너그러웠다. 그래서 앨마는 때때로 식물이 되고 싶다고 바랐다. 하지만 바보같이 보일까 봐 그런 바람을 결코 입 밖에 내지는 않았다. 사람은 절대 바보같이 보여선 안 된다는 사실을 헨리한테 배웠기 때문이었다. "세상은 속아 넘어가려고 안달하는 바보들 천지야."라고 그는 종종 말했고, 멍청이와 현명한 사람 사이에는 어마어마한 간극이 있으며, 인간이라면 반드시 똑똑한 축에 들어야 함을 딸에게 누누이 강조했다. 가령, 도저히 가질 수 없는 것을 갈망하는 것은 어리석은 축에 들었다.

세상에는 한번 찾아갔다가 다시 돌아오지 못할 정도로 아주 머나먼 땅이 있지만, 아버지가 그런 곳에 갔다가 '돌아왔'음을 앨마는 알았다.(앨마는 그가 자기 아버지가 되고자 집으로 돌아왔다고 상상하기를 좋아했다. 비록 헨리는 그러한 뜻을 결코 내비친 적이 없었지만 말이다.) 헨리가 모진 세상을 견뎌 낼 수 있었던 까닭은 용감했기 때문이란 사실도 깨달았다. 그리고 헨리는 딸이 제아무리 경악할 만한 상황에 처하더라도 언제나 용감하기를 바란다는 점도 일러 주었다. 경악할 만한 상황이란 곧 천둥, 쫓아오는 거위, 스쿨킬 강의 홍수, 목에 쇠사슬을 맨, 땜장이 마차의 원숭이 같은 것들이었다. 헨리는 앨마가 그러한 것들을 두려워하도록 내버려 두지 않았다. 아이가 죽음을 제대로 이해하기도 전에, 그는 죽음 또한 두려워하는 일을 금지했다.

"사람들은 매일 죽는단다. 하지만 네가 그런 처지를 피할 기회는 8000가지나 되지."

헨리가 그녀에게 말했다.

앨마는 살아가면서 주간(週間)이라는 것이 있음을 배웠다. 특히 비가 내리는 주간이면 아버지의 몸은 기독교 국가의 그 어떤 인간도 견딜 수 없을 만큼 혹독하게 아팠다. 헨리는 부러졌다가 잘못 붙은 한쪽 다리 탓에 영구적 통증을 앓았고, 멀고 위험한 세상 건너편에서 얻은 재발성 열병에 끊임없이 시달렸다. 한 달의 절반 내내 침대에서 아예 벗어나지 못할 때도 있었다. 그런 상황이면 절대로 아빠를 귀찮게 해서는 안 됐다. 그에게 우편물을 가져다주더라도 누구든 조용히 움직여야 했다. 헨리가 더는 여행을 못 하는 이유도 이러한 질환 때문이었고, 그가 온 세상을 자기 곁으로 불러들이는 이유이기도 했다. 화이트에이커에 항상 수많은 방문객들이 득실거리고, 응접실과 식탁에서 수많은 사업 이야기가 오가는 것도 그 때문이었다. 또한 헨리가 딕 얀시라는 이름의 남자를 고용한 까닭도 마찬가지였다. 무시무시한 생김새에 과묵하고, 대머리에다 차가운 눈빛을 지닌 요크셔 출신의 남자는 헨리 대신 여행을 다니면서 휘태커 회사의 이름으로 세상을 감독했다. 앨마는 딕 얀시와 절대 말을 섞지 않도록 가르침을 받았다.

또 아버지가 안식일을 안 지키는데도, 앨마와 어머니가 일요일마다 찾아가서 시간을 보내는 스웨덴 루터교회에 자신의 이름으로 된 고급 가족석을 그대로 유지하고 있음을 앨마는 알게 되었다. 앨마의 어머니가 스웨덴 사람들을 특별히 좋아했던 것은 아니었다. 단지 근처에 네덜란드 개신교회가 없었으므로 아무것도 없는 것보다 스웨덴 교회가 그나마 낫다고 여겼기 때문이었다. 적어도 스웨덴 사람들은 칼뱅파의 중요한 이념을 이해하고 공유했다. 인간은 현생에 책임이 있으며, 반드시 죽을 운명이므로 미래는 끔찍이도 암울하다는 믿음이었다. 베아트릭스에게는 그런 믿음이 편안하고 익숙했다. 달콤한 말로 거짓된 확신을 주는 다른 종교들보다 나았던 것이다.

앨마는 일요일에 교회에 가지 않고, 아버지처럼 집에 머물면서 식물을 돌보고 싶어 했다. 교회는 따분하고 불편하고 담뱃진 냄새를 풍겼다. 여름이면 견딜 수 없는 열기를 피해서 그늘을 찾아온 칠면조와 개 들이 열린 문으로 어슬렁거리며 들어왔다. 겨울이면 오래된 석조 건물은 못 견디게 추웠다. 높이 솟은 두꺼운 유리창으로 한 줄기 빛이 비쳐 들면, 앨마는 아버지의 온실에서 자라나는 열대의 덩굴식물처럼 자기도 몰래 빠져나가고 싶다고 소망하며 그쪽으로 얼굴을 들어 올렸다.

앨마의 아버지는 교회나 종교를 좋아하지 않았지만 적들을 저주할 때면 자주 신을 들먹였다. 그 밖에도 헨리가 좋아하지 않는 것들의 목록은 꽤 길었는데, 앨마는 그것들에 대해서 속속들이 알게 되었다. 그녀는 아버지가 작은 개를 키우는 덩치 큰 사람들을 혐오한다는 사실을 알게 되었다. 또한 그는 잘 탈 줄도 모르면서 빠른 말을 사들이는 사람들을 혐오했다. 헨리가 혐오하는 것들의 목록은 끝도 없었다. 오락용 범선, 감정사, 조악한 신발, 프랑스와 관련한 것(언어, 음식, 사람들…….), 초조하게 구는 사무원, 남자 손에만 닿으면 깨져 버리는 망할 놈의 앙증맞은 도자기 접시, 시(하지만 노래는 괜찮음!), 겁쟁이의 움츠린 등, 매춘부의 손버릇 나쁜 아들들, 거짓말하는 혀, 바이올린 소리, 군대(어떤 군대든 말이다.), 튤립("허풍쟁이 양파라니까!"), 큰어치새, 커피 마시기("신경질 나게 구질구질한 네덜란드의 습관이지!"), 그리고 앨마가 아직 제대로 된 의미를 몰랐던 노예제와 노예 해방론자들.

헨리는 성미가 불같은 사람이었다. 그는 다른 사람들이 조끼 단추를 채우는 것만큼이나 빨리 앨마를 모욕하고 깔아뭉갤수도 있었지만("멍청하고 이기적인 새끼 돼지는 아무도 좋아하지 않아!") 확실히 딸을 좋아하고, 심지어 자랑스러워하는 듯한 순간마저 있었다. 어느 날 앨마가 승마를 배우는 데 필요한 망아지를 팔고자, 낯선 사람들이 화이트에이커를 찾았다. 망아지의 이름은 소엄스였고, 케이크에 올리는 새하얀 설탕 장식의 색깔이었는데, 앨마는 그 말을 보자마자 마음에 들어 했다. 가격 흥정이 이루어졌고, 두 남자는 3달러에 합의를 보았다. 여섯 살밖에 안 됐던 앨마가 물었다. "실례지만 그 가격에 지금 망아지한테 달린 고삐랑 안장도 포함되어 있나요?"

그 질문에 장사꾼은 어안이 벙벙했고, 헨리는 요란하게 너털웃음을 터뜨렸다. "당신, 꼬맹이한테 한 방 먹었군!" 그는 고함치듯 말하더니, 그날 내내 앨마가 근처에 올 때면 머리를 쓰다듬으며 "이렇게 어리고 훌륭한 흥정꾼이 내 딸이라니!"라고 외쳤다.

앨마는 아버지가 저녁마다 몇 병씩 들이켜는 술병 속에 위험(격앙된 목청, 추방 명령)이 담겨 있다지만, 때때로 기적 또한 담겨 있음을 배웠다. 이를테면 아버지의 무릎에 앉을 수 있고, 아버지 품에서 근사한 이야기를 들으며, 지극히 드물게 '자두'라는 별명으로 불리는 등의 기적 말이다. 그런 밤이면 헨리는 "자두야, 넌 유괴당했을 경우에 목숨 값을 지불할 수 있도록 금붙이를 항상 넉넉하게 갖고 다녀야 한다. 필요하다면 치맛단에 꿰매는 한이 있더라도 절대 빈손으로 다녀선 안 돼!" 따위의 이야기를 들려주었다. 헨리는 사막에 사는 베두인족들이 위급한 경우를 대비해서 간혹 살갗 밑에 보석을 꿰매 놓기도 한다고 이야기해 주었다. 자기도 남미에서 손에 넣은 에메랄드를 느슨한 뱃가죽 아래 꿰매 두었는데 모르는 사람이 보면 총상 흉터로 여겼다면서, 앨마에게 결코 보여 주지는 않았지만 본인 역시 에메랄드를 분명 지니고 있다고 선언했다.

"너도 늘 마지막으로 내놓을 뇌물을 갖고 있어야 한다, 자두야."

앨마는 아버지의 무릎에 앉아서 헨리가 쿡 선장이라는 위대한 남자와 세계를 누볐다는 사실을 알게 되었다. 그 시절의 이야기가 단연 최고였다. 하루는 거대한 고래가 입을 쩍 벌리고 바닷물 위로 떠오르자, 쿡 선장이 곧장 배를 고래 입속으로 몰고 들어가서 고래 배 속을 한 바퀴 돌아본 뒤에 되돌아 나왔다는 것이다! 한번은 헨리가 바다에서 울부짖는 소리를 듣고 수면을 쳐다보니 인어가 떠올라 있었다고 한다. 인어는 상어에게 부상당한 터였고, 헨리가 밧줄을 던져서 인어를 구해 주었지만 인어는 곧 그의 품 안에서 죽고 말았다. 그때 인어가 하늘에 맹세코 헨리 휘태커는 언젠가 부자가 되리라며 축복을 내려 주었다. 그가 이렇게나 큰 집을 소유하게 된 까닭은, 바로 인어의 축복 덕분이라는 것이었다!

"인어는 어느 나라의 말을 했어요?" 틀림없이 그리스어이리라고 상상하며, 앨마가 캐물었다.

"그야 영어지! 맙소사, 자두야, 내가 왜 지독한 외국말이나 쓰는 인어를 구해 줬겠니?" 헨리가 말했다.

앨마는 외경심에 사로잡혔고, 가끔 어머니에게 기가 꺾이기는 했지만 아버지를 몹시 따랐다. 아이는 아버지를 그 누구보다도 사랑했다. 망아지 소엄스보다도 아버지를 사랑했다. 아버지는 거인이었고, 아이는 그의 거대한 다리 사이로 세상을 내다보았다. 아버지와 비교하면 성경에 나오는 하느님은 따분하고 소원하게만 느껴졌다. 그런데 성경의 하느님처럼 헨리도 가끔 앨마의 사랑을 시험했다. 술병을 여럿 비우고 난 뒤에 유독 그랬다. "자두야, 너의 그 가늘고 긴 다리로 있는 힘껏 부두까지 달려가서, 혹시라도 중국에서 돌아온 아버지의 배가 있는지 알아보고 오지 그러냐?"

부두는 강 건너, 11킬로미터 밖에 있었다. 혹독하게 추운 3월의 폭풍이 불어치는, 일요일 밤 9시였지만 앨마는 곧장 아버지 무릎에서 뛰어 내리더니 달리기 시작했다. 하인 하나가 문에서 아이를 붙잡아 거실로 도로 데려왔기에 망정이지, 안 그랬더라면 여섯 살짜리 아이는 외투도 모자도 없이, 주머니에 넣어 둔 푼돈이나 치맛단에 꿰맨 금붙이 한 조각도 없이 기필코 그 일을 해냈으리라.

＊

이 꼬마는 대체 얼마나 파란만장한 어린 시절을 보냈던가!
앨마에게는 영향력 있고 영리한 부모만 있었던 게 아니라 드넓은 화이트에이커 영지 전체가 마음껏 탐험할 수 있는 터전이었다. 그곳은 보고 느낄 것들이 지천인 진정한 이상향이었다. 저택만 해도 무한한 경이로움의 연속이었다. 동쪽 별채에는 속을 울퉁불퉁하게 채워서 놀란 듯 우스운 표정을 짓고 있는 기린 박제가 있었다. 저택 앞쪽 아트리움^{건물 현관 안쪽의 넓은 중앙홀. 보통 높은 천장에 채광창을 둔다.}에는 근처의 농부가 밭에서 파낸 뒤, 헨리의 새로 산 장총 한 자루와 바꿔 간 거대한 마스토돈 갈비뼈 세 쌍이 놓여 있었다. 온통 반짝거리는 텅 빈 연회실도 있었다. 언젠가 한번은 싸늘한 늦가을 날, 연회실에 갇힌 벌새를 만난 적도 있었는데, 아주 놀라운 궤도를 그리며 앨마의 귓가를 쌩하고 스쳐 날아갔다.(작은 대포에서 발사된 보석 박힌 미사일 같았다.) 아버지의 서재에는 머나먼 중국에서 가져온 찌르레기가 새장에 들어 있었는데, 원래 열정적인 웅변조로 말할 수 있는 새이지만(헨리는 그렇게 주장했다.) 모국어만 할 수 있다는 점이 흠이었다. 밀짚과 톱밥을 채워서 보관 중인 진기한 뱀가죽도 있었고, 남양산 산호와 자바산 우상, 고대 이집트의 청금석으로 만든 장신구, 먼지 덮인 터키 책력 등이 빽빽이 들어찬 선반도 있었다.

뭔가를 먹을 수 있는 장소도 굉장히 많았다! 식당, 거실, 주방, 객실, 서재, 일광욕실, 나무 그늘이 드리운 베란다……. 차와 생강빵, 밤, 복숭아가 아침 식사로 함께 나왔다.(한쪽은 분홍색, 다른 쪽은 황금색인 복숭아였다.) 겨울에는 2층에 있는 어린이 방에서 수프를 마시며, 황량한 하늘 아래 잘 닦아 놓은 거울처럼 반짝거리는 강을 내려다볼 수도 있었다.

하지만 집 밖은 더 많은 즐거움과 미스터리로 가득했다. 우아한 온실에는 보온을 위해 고약한 냄새가 나는 무두질한 가죽으로 온통 꽁꽁 싸 놓은 소철, 야자수, 양치식물이 가득했다. 온실을 습윤하게 유지하느라 시끄럽게 돌아가는 무시무시한 급수 동력기도 있었다. 신비로운 속성 재배 온실은 항상 어지러울 만큼 더웠는데, 오랜 바다 여행을 마친 섬세한 수입 식물들을 치유하는 곳으로, 새 힘을 얻은 난초들이 꽃을 피웠다. 감귤류 온실에서 자라는 레몬나무는 해마다 여름이면 폐병 환자처럼 바퀴 달린 받침대에 실린 채 자연의 햇빛을 맞곤 했다. 참나무가 줄지어 선 길 뒤쪽으로는 작은 그리스 신전이 숨어 있어서, 신의 땅 올림포스를 떠올리게 했다.

유제품 공방과 그 옆에 자리한 식료품 저장고에는 매혹적인 연금술과 미신, 마법의 기운이 감돌았다. 유제품을 만드는 독일인 하녀들은 식료품 저장고 문에 분필로 보호 부적을 그려 놓고, 그곳에 들어갈 때마다 주문을 외웠다. 그들은 악마가 저주를 내리면 치즈가 만들어지지 않는다고, 앨마에게 말했다. 앨마가 어머니에게 그 얘기를 물어보면, 어머니는 잘 속아 넘어가는 순진함을 꾸짖으며 실제로 치즈가 만들어지는 과정에 대해 긴 강의를 펼쳤다. 알고 보니, 치즈는 신선한 우유에 응고 효소를 넣고 완벽하게 합리적인 화학적 변형을 거친 뒤, 밀랍 껍질에 담아 적절한 온도에서 숙성시키는 것이었다. 강의를 끝마치고, 베아트릭스는 식료품 저장고 문에 그려진 육각형 별을 지우더니 미신에 사로잡힌 바보들이라며, 유제품 공방의 하녀들을 혼내 주었다. 다음 날, 앨마는 분필로 그린 육각형 별이 다시 생겨났음을 보았다. 어떤 방법이든 치즈는 계속 제대로 만들어졌다.

숲이 끝없이 우거진 삼림 지대도 있었다. 일부러 경작하지 않고 그대로 둔 땅에선 토끼와 여우가 뛰놀았고, 손에 먹이를 올려놓으면 공원 사슴들이 다가와서 먹곤 했다. 앨마는 자연을 배우기 위해 마음대로 숲속을 돌아다녀도 좋다는 부모의 허락을, 아니 격려를 받았다! 앨마는 딱정벌레와 거미, 나방을 수집했다. 어느 날 그녀는 큼지막한 줄무늬 뱀이 훨씬 큰 검은 뱀한테 산 채로 잡아먹히는 광경을 목격했다. 식사가 끝나기까지 몇 시간이나 걸렸지만 끔찍해도 멋진 광경이었다. 호랑거미가 분탄에 대롱을 깊이 박는 모습과, 개똥지빠귀가 둥지를 짓느라 강가에서 이끼와 진흙을 물어 오는 모습도 보았다. 한번은 잘생긴 작은 애벌레(애벌레치고 잘생겼다는 의미다.)를 입양해서 친구로 삼고자 집에 가져왔다가 나중에 실수로 깔고 앉는 바람에 죽이기도 했다. 굉장한 충격이었지만 아이는 쭉 살아갔다. 그때 어머니가 해 준 말이 있었다. "울음을 뚝 그치고 계속 살아가야 해." 모든 생명은 다 죽는다는 설명이었다. 양이나 암소 같은 일부 동물들은 죽는 것 '이외에' 다른 목적 없이 태어나기도 한다. 인간은 모든 죽음을 슬퍼할 수 없다. 앨마는 여덟 살 때 이미 베아트릭스의 도움을 받아서 양의 머리를 잘랐다.

앨마는 항상 가장 편안한 옷차림으로, 유리병과 작은 보관함, 탈지면, 수첩이 들어 있는 개인 채집 도구로 무장한 채 숲에 들어갔다. 날씨가 달라질 때마다 각기 느끼는 즐거움 역시 변했으므로 그녀는 어떤 날씨에도 밖으로 나갔다. 어느 해, 늦은 4월이었던가, 눈 폭풍이 새의 노랫소리와 썰매 종소리랑 함께 뒤섞여 들려오기도 했는데, 그것만으로도 집 밖으로 나가기에 충분했다. 부츠나 치맛자락을 버리지 않으려고 진흙탕 위를 살금살금 걷는다면 결코 제대로 된 탐험할 수 없다는 점도 그녀는 배웠다. 개인 식물 표본집에 넣을 멋진 표본을 구해서 돌아오기만 하면, 그녀는 신발과 치마가 온통 진흙투성이가 된 채 귀가해도 절대 혼나는 법이 없었다.

망아지 소엄스는 그러한 탐험 나들이에 늘 앨마와 동행했다. 때로는 숲으로 그녀를 태워 가기도 하고 때로는 훈련을 잘 받은 커다란 개처럼 뒤에서 졸졸 따라갔다. 여름에는 파리가 달려들지 못하도록 소엄스의 귀에 실크로 만든 근사한 수술을 매달았다. 겨울이면 안장 밑에 모피를 깔아 주었다. 사람이 상상할 수 있는 최고의 식물 채집 파트너인 소엄스에게 앨마는 온종일 조잘거렸다. 날쌔게 움직이는 것만 빼면 망아지는 그녀를 위해서 무엇이든 해 주었다. 아주 간간이 식물 표본을 먹어 치우는 사태도 일어나긴 했지만.

아홉 번째 여름을 맞이한 앨마는 완전히 혼자 힘으로 꽃이 피고 지는 시간을 알게 되었다. 오전 5시에 관찰하면 언제나 눈개승마꽃이 꽃잎을 벌리고 있었다. 6시에는 데이지와 금

모든 것의 이름으로

매화가 피어났다. 시계가 7시를 알리면 민들레가 깨어났다. 8시엔 별봄맞이꽃의 차례였다. 9시엔 별꽃, 10시엔 콜히쿰. 11시가 되면 모든 과정이 거꾸로 돌아가기 시작한다. 정오 무렵, 눈개승마꽃이 오므라들었다. 1시에는 별꽃이 닫혔고, 3시에는 민들레가 꽃잎을 접었다. 금매화가 꽃잎을 닫고, 달맞이꽃이 피어나기 시작하는 저녁 5시 즈음은, 앨마가 깨끗이 손을 씻고 집에 돌아와 있지 않으면 혼이 나는 시각이었다.

앨마는 무엇보다도 세상이 돌아가는 이치를 가장 알고 싶어 했다. 모든 것을 뒤에서 시계처럼 조종하는 창조주의 비결은 무엇일까? 그녀는 꽃잎을 일일이 따서 내부의 구조를 연구했다. 곤충도 마찬가지였고, 곤충의 사체를 발견할 때마다 해부에 몰두했다. 어느 9월 말의 아침, 앨마는 이제껏 봄에만 피어난다고 알고 있던 크로커스가 난데없이 피어났음을 보고 매혹되었다. 엄청난 발견이야! 다른 모든 식물이 죽어 가기만 하는 추운 초가을에, 보호해 줄 잎사귀도 없이, 도대체 왜 무슨 생각으로 피어났을까, 그녀는 그 누구에게도 흡족한 대답을 들을 수 없었다. "가을 크로커스니까 그렇지."라고 베아트릭스가 딸에게 말했다. 맞다, 그들이 가을 크로커스임은 분명하고도 확실했다. 하지만 무슨 이유로? 멍청한 꽃이라서? 시간의 흐름을 잊은 걸까? 얼마나 중요한 사무실에 꽂히겠다고 밤새 내린 혹독한 첫서리를 뚫고 꽃을 피워 내는 고통마저 감수한단 말인가? 누구도 그 이유를 설명해 주지 못했다. "그저 다양성의 결과란다." 베아트릭스가 설명해 주었지만, 앨마에게는 도무지 마음에 들지 않는 심드렁한 대답이었다. 앨마가 더 깊이 파고들자 베아트릭스는 대꾸했다. "모든 것에 해답이 있지는 않아."

앨마는 이를 너무나도 믿기 어려운 지식의 한 조각이라고 여기며, 몇 시간 동안이나 멍하니 앉은 채 놀라워했다. 너무 놀란 나머지 그저 가만히 앉아서 몽롱하게 생각에 빠지는 것 말고는 아무것도 할 수 없었다. 정신이 든 그녀는 수첩에 신비로운 가을 크로커스를 그리고, 날짜와 함께 자신의 의문과 주장을 적어 두었다. 이처럼 그녀는 부지런했다. 무슨 일이든, 심지어 이해할 수 없는 것이라 하더라도 기록해 두어야만 했다. 베아트릭스는 항상 발견한 대상을 가능한 한 정확하게 그림으로 기록해 두고, 가능할 때마다 체계적으로 분류해 놓으라고 딸에게 가르쳤던 것이다.

앨마는 스케치하기를 좋아했지만 완성된 그림에 종종 실망하곤 했다. 사람 얼굴이나 동물은 잘 못 그렸지만(심지어 나비도 그녀가 그리면 흉물스러워 보였다.) 마침내 식물 그림만큼은 그렇게까지 '젬병'이 아니라는 사실을 깨닫게 되었다. 첫 성공작은 방사형 꽃잎 형태를 꽤 근사하게 잡아낸 그림이었다. 당근과에 속하는 산형화의 가냘픈 줄기와 납작한 꽃무리를 포착했다. 앨마가 그린 산형화들은 정확했지만, 내심 정확한 것 이상을 바랐다. 그 그림이 아름답기를 바랐다. 어머니에게 그런 속마음을 털어놓자, 베아트릭스는 딸의 생각을 고쳐 주었다. "아름다울 필요는 없어. 아름다움은 정확함을 방해할 뿐이야."

삼림 지대를 탐험하는 나들이에서 앨마는 가끔 다른 아이들과 맞닥뜨렸다. 그럴 때마다 그녀는 항상 불안에 떨었다. 말을 건네 본 적 없어도 침입자들이 누군지는 알고 있었다. 그들은 부모님이 고용한 사람들의 자식들이었다. 화이트에이커 저택은 살아 있는 거대한 짐승과도 같아서 엄청난 몸집의 절반만 건사하려 해도 하인들이 필요했다. 게을러빠진 토박이 미국인들보다 아버지가 선호하는 독일과 스코틀랜드 출신 정원사들, 어머니가 고집을 부리며 의존하는 네덜란드 태생의 하녀들이 대부분이었다. 집안일을 맡은 하인들은 다락에서 지냈고, 바깥일을 하는 노동자와 그들 가족은 영지 사방에 지은 주택과 오두막에서 살았다. 모두 꽤 괜찮은 집들이었다. 일꾼들의 복지를 걱정해서가 아니라, 불결한 꼴을 그냥 보고 넘기지 못하는 헨리의 성격 때문이었다.

숲에서 일꾼의 자식들과 맞닥뜨릴 때마다 앨마는 두려움과 공포에 사로잡혔다. 그래도 그런 만남에서 살아남는 방법은 있었다. 아무도 보지 못한 듯 행동하는 것이었다. 그녀는 충직한 망아지를 탄 채 아이들보다 '위'로 지나갔다.(소엄스는 언제나 그러하듯, 차갑게 식은 당밀처럼 느릿느릿 심드렁한 속도로 움직였다.) 앨마는 왼쪽도 오른쪽도 보지 않은 채, 안전하게 침입자들을 벗어날 때까지 숨을 참고서 지나쳤다. 마치 쳐다보지 않으면 그 존재를 믿지 않아도 된다는 듯이.

일꾼의 자식들은 절대 앨마를 방해하지 않았다. 혼자 내버려 두라고 경고라도 받은 듯했다. 모두들 헨리 휘태커를 두려워했으므로 그의 딸 역시 자연히 두려움의 대상이었다. 하지만 그래도 가끔 앨마는 안전한 거리에서 아이들을 훔쳐보았다. 그 아이들이 하는 놀이는 거칠고 이해할 수 없었다. 옷차림도 앨마와 달랐다. 그중에 앨마처럼 식물 채집 도구를 어깨에 둘러맨 아이는 아무도 없었고, 귀에 화려한 색깔의 실크 수술을 매단 망아지를 타는 아이도 없었다. 그들은 서로 밀치고 거친 언어로 고함을 질러 댔다. 앨마는 세상 그 무엇보다도 그 아이들을 무서워했다. 종종 그들이 출몰하는 악몽을 꾸기도 했다.

하지만 악몽을 꾸고 나면 앨마가 꼭 하는 일이 있었다. 한네커 데 그루트를 찾아서 저택 지하실로 내려가는 것이었다. 그러면 마음을 진정하는 데 도움이 되었다. 수석 가정부인 한네커 데 그루트는 화이트에이커의 우주 전체를 관장하는 권위의 소유자로, 그 권위는 차분한 위엄에서 나왔다. 한네커는 절대 불 꺼지는 법이 없는 지하 주방 옆 개인 숙소에서 잠을 잤다. 그녀는 따뜻한 욕실 같으면서도 기둥마다 걸린 절인 햄 냄새가 자욱한 지하실 공기 속에서 살아갔다. 한네커는 집안의 은제 식기와 값비싼 접시에 손을 댈 수 있는 유일한 사람인 데다 모든 일꾼의 봉급을 관리하고 있었기 때문에 그녀 숙소의 창과 문에는 쇠창살이 쳐 있었다. 앨마가 보기에 한네커는 꼭 새장에서 사는 것만 같았다.

"나는 새장에 사는 게 아니야. 은행 금고 안에서 사는 거지." 언젠가 한네커가 앨마의 생각을 바로잡아 주었다.

악몽 때문에 잠 못 이룰 때면 앨마는 용기를 내서 어두운 계단을 세 층이나 내려가야 하는 무시무시한 여행을 감행했고, 지하층에서도 제일 먼 한네커의 숙소 앞 쇠창살에 매달린 채 들여보내 달라고 소리쳤다. 그러한 모험은 항상 도박이었다. 이따금 한네커는 자리에서 일어나 잠에 취해 불평하면서도 쇠창살 문을 열어 준 뒤, 앨마가 침대로 숨어들도록 허락해 주었다. 하지만 매번 그러지는 않았다. 가끔 그녀는 아기 같은 짓이라고 앨마를 꾸짖고는 피곤한 네덜란드 여자를 괴롭히지 말라고 하면서, 무시무시하고 어두운 계단의 건너편, 제 방으로 돌아가도록 쫓아냈다.

하지만 드물게든 한네커의 침대로 숨어들 수만 있다면, 꾸지람을 듣고 쫓겨나더라도 얼마든지 감수할 만했다. 침대 안에서 한네커는 이야기를 들려주곤 했는데, 아는 것이 너무도 많았다! 한네커는 앨마의 어머니가 아주 어렸을 때의 일도 알고 있었다. 한네커는 베아트릭스가 절대로 해 준 적 없는 암스테르담 시절의 이야기를 들려주었다. 한네커는 항상 앨마에게 네덜란드어로 이야기했고, 앨마의 귀에 들리는 네덜란드어는 영원히 위로와 은행 금고와 절인 햄과 안전함의 언어로 남았다.

밤새 위로가 필요하더라도 앨마가 바로 옆방에 있는 어머니에게 달려가는 일은 결코 없었다. 앨마의 어머니는 다재다능한 여자였지만, 위로하는 재주만큼은 없었다. 베아트릭스 휘태커가 종종 이야기하듯, 걷고 말하고 이유를 따질 수 있는 나이가 된 아이라면 누구나 다른 도움 없이 스스로 위로할 수 있어야 했다.

✳

그런가 하면 집에는 손님들도 있었다. 마차나 말, 배를 타거나 걸어서 화이트에이커를 찾아오는 방문객들이 거의 매일 끊임없이 나타났다. 앨마의 아버지는 지루해지는 상황을 공포로 여기며 사는 사람이라, 그를 즐겁게 해 주고 세상 돌아가는 소식을 전하거나 새로운 투자 아이디어를 전해 줄 사람들을 저녁 식탁으로 불러들이기를 좋아했다. 헨리 휘태커가 사람들을 부르면 그들은 두말없이 감사한 마음으로 찾아왔다.

"가진 돈이 많을수록 사람들이 널 대하는 태도 역시 좋아지는 법이다. 아주 분명한 사실이지." 헨리가 앨마에게 설명했다.

그 무렵 헨리는 상당한 양의 돈을 쌓아 두고 있었다. 1803년 5월, 그는 미국 서부로 진출하는 '루이스 & 클라크'를 위해, 의료 물품을 조달하는 정부 관리 이즈리얼 웰렌이라는 남자와 계약을 맺었다. 헨리는 원정단을 위해 수은, 아편 팅크, 대황, 아편, 콜롬보 뿌리, 감홍, 토근, 납, 아연, 황을 모아 주었다. 실제로 의료에 도움이 되는 약제는 일부에 불과했지만 전부 다 수익성이 좋았다. 1804년에는 독일인 약제사들이 최초로 양귀비에서 약용 모르핀을 추출해 냈고, 헨리는 그 유용한 상품의 초기 투자자였다. 다음 해에는 전 미군에 의약품을 공급하는 계약을 따냈다. 이로써 그는 금융계의 권력뿐만 아니라 상당한 정치적 권력까지 거머쥐게 되었고, 따라서 사람들은 그의 식탁으로 몰려왔다.

어떻게 보더라도 고급스러운 사교계 만찬은 아니었다. 휘태커 가문은 배타적으로 작게 유지되는 필라델피아 상류 사회에서 결코 환영받지 못했다. 도시에 처음 도착했을 때, 휘태커 부부는 딱 한 번 윌리엄 빙엄과 앤 빙엄 부부에게 저녁 초대를 받아서 스푸르스 3번가를 찾은 적이 있었지만, 일은 잘 풀리지 않았다. 디저트를 먹던 도중, 런던 세인트제임스 가의 왕궁에 있는 듯 행동하던 빙엄 부인이 헨리에게 물었다. "휘태커라는 성의 유래는 어떻게 되죠? 통 들어 본 적이 없어서요."

"중부 잉글랜드 출신입니다. 워윅셔에서 유래했죠."

"워윅셔가 댁의 가문 본향인가요?"

"거기나 다른 데나 마찬가지죠. 우리 휘태커 가문은 의자만 있으면 어디든 눌러앉는 경향이 있습니다."

"하지만 댁의 아버님은 아직 워윅셔에 영지를 갖고 계시죠?"

"부인, 아직 살아 계시다면 저희 아버지가 가진 건 돼지 두 마리와 침대 밑에 둔 요강뿐일 겁니다. 침대도 아버지 소유인지 의문이거든요."

휘태커 부부는 두 번 다시 빙엄 부부에게 저녁 초대를 받지 못했다. 휘태커 부부는 별로 신경 쓰지 않았다. 어차피 베아트릭스는 유행에 민감한 숙녀들의 대화와 옷차림을 못마땅해했고, 헨리는 세련된 응접실에서 지켜야 하는 따분한 예의범절을 혐오했다. 그 대신에 헨리는 도시에서 강을 건너와 언덕 높은 곳에 자신만의 사교계를 형성했다. 화이트에이커의 만찬은 가십거리를 주고받는 장이 아니라, 지적이고 상업적인 자극이 오가는 곳이었다. 세상으로 나아가 어디선가 흥미로운 업적을 달성할 만한 대범한 젊은이가 있다면, 헨리는 그 청년을 만찬 식탁에 불러들이고 싶어 했다. 필라델피아를 거쳐 가는 덕망 있는 철학자나 존경받는 과학자, 장래가 촉망되는 신참 발명 가들 또한 초대되었다. 때로는 여자들도 만찬에 참여했는데, 존경받는 사상가의 부인이거나 중요한 책의 번역가이거나 미국을 순회 중인 흥미로운 여성 배우들이었다.

헨리의 식탁은 어떤 이들에게 약간 부담스러웠다. 굴, 비프스테이크, 꿩 요리 등 음식 자체는 풍요로웠지만, 화이트에이커에서 만찬을 즐기려면 완전히 느긋한 마음으로 있을 수는 없었다. 손님들은 심문을 받기도 하고 도전이나 도발을 당하기도 했다. 잘 알려진 적수가 식탁에 나란히 배치되었다. 예의를 차리기보다는 격렬한 반격이 난무하는 대화 속에서 고결한 신념이 두들겨 맞기도 했다. 몇몇 명사들은 뼛속 깊이 분노하며 화이트에이커를 떠나기도 했다. 좀 더 영리하거나, 얼굴이 좀 더 두껍거나 혹은 후원자가 절실한 다른 손님들은 돈벌이에 유리한 합의나 수익 높은 동업 관계, 아니면 브라질에 있는 주요 인사에게 전할 적절한 소개장을 얻어서 화이트에이커를 떠났다. 화이트에이커의 만찬장은 아주 위험한 경기장이었지만, 그곳에서 얻은 승리는 당사자에게 평생 가는 경력을 쌓아 줄 수도 있었다.

앨마는 네 살 때부터 이처럼 경쟁적인 식탁에서 환영받았고 종종 아버지 옆에 앉았다. 터무니없이 멍청한 질문이 아닌 한은 언제든 질문해도 좋았다. 심지어 일부 손님들은 아이에게 매혹되기도 했다. 한번은 화학적 안정성에 대해 연구하는 전문가 한 사람이 외쳤다. "와, 마치 말할 줄 아는 조그만 책처럼 똑똑하구나!" 앨마가 절대 잊지 못할 칭찬이었다. 다른 위대한 과학자들은 어린 여자애한테 질문을 받는 데 익숙하지 않은 것으로 드러났다. 하지만 헨리가 지적하듯, 위대한 과학자가 어린 여자애를 상대로도 자기 이론을 옹호하지 못한다면 그저 사기꾼일 따름이었다.

헨리는 자식 앞에서 의논하기에 너무 어둡거나 복잡하거나 난감한 주제는 없다고 믿었고, 베아트릭스도 강력하게 동의했다. 만일 앨마가 무슨 이야기가 오가는지 이해하지 못한다면, 다음번에는 뒤처지지 않고자 더욱 열심히 배우려고 노력하게 되리라는 게 베아트릭스의 논리였다. 대화에 참여할 만한 지식이 전혀 없을 경우에는 마지막으로 이야기한 사람에게 미소 지으며 공손하게 "계속하세요."라고 중얼거리라고, 베아트릭스는 앨마에게 가르쳤다. 앨마가 식탁에서 홀로 지루해하더라도, 분명 누구든 걱정할 일은 아니었다. 화이트에이커의 만찬 모임은 아이가 재미있어하라고 마련된 것이 아니었으므로(사실 베아트릭스는 인생에서 귀중한 것들을 어린이의 재미를 위해 소모해서는 안 된다고 주장했다.) 앨마가 몇 시간이고 등받이가 딱딱한 의자에 가만히 앉아 도무지 알아듣기 어려운 이야기에 유심히 귀를 기울이는 법을 빨리 배우면 배울수록 앞으로 더욱 잘 적응하게 될 터였다.

그래서 앨마는 세상에서 제일 경이로운 대화에 귀를 기울이며 어린 시절을 보냈다. 인간의 유해가 분해되는 과정을 연구하는 사람, 새로 개발된 벨기에산 소방 호스를 미국으로 수입하려는 사람, 기괴한 의학적 신체 기형을 전문적으로 그리는 사람, 복용할 수 있는 모든 약물을 피부에 흡수시켜도 동일한 효과를 얻을 수 있다고 믿는 사람, 유황 온천의 유기물을 조사하는 사람, 물새의 폐 기능을 연구하는 전문가(그의 주장은 자연계의 어떠한 주제보다 훨씬 짜릿하고 흥미로운 내용으로 가득했지만, 만찬 식탁에서 웅얼거리며 발표한 바를 자세히 들어 본 결과, 진실이 아닌 것으로 판명되었다.)와 대화를 나누었다.

이러한 저녁 시간 가운데 몇 차례는 앨마도 즐겁게 보낼 수 있었다. 배우와 탐험가 들이 찾아와서 흥미진진한 이야기를 들려줄 때면 정말 즐거웠다. 논쟁 때문에 날이 선 긴장감으로 팽팽한 날이 있는가 하면, 고문으로 느껴질 만큼 따분한 이야기만 오가는 날도 있었다. 가끔은 눈을 뜬 채로 식탁에서 잠든 적도 있었는데, 그럼에도 의자에 똑바로 앉아 있을 수 있었던 까닭은 어머니의 꾸지람이 무엇보다도 공포스러웠을 뿐 아니라, 버팀대가 들어 있는 정장 드레스가 지지해 준 덕택이었다. 한편 앨마가 영원히 기억하게 될 저녁 만찬은, 이탈리아인 천문학자가 방문했던 날이었다. 문득 돌이켜 보았을 때, 그날은 앨마의 유년 시절 중 최고의 하루였다.

✳

때는 1808년 늦여름으로, 헨리 휘태커는 새 망원경을 장만
했다. 그는 고급 독일 렌즈를 통해 바라보는 밤하늘에 감탄하
면서도 천체에 관해서는 스스로 무식쟁이가 아닌가 하고 느끼
기 시작했다. 별에 대한 그의 지식은 선원들이 갖는 지식에 지
나지 않았는데 하찮다고 할 수준은 아니었지만 최근에 발견한
최신 정보까지는 알지 못했다. 천문학 분야는 엄청난 속도로
발전하고 있었다. 헨리는 점차 밤하늘을, 간신히 읽을 수 있게
된 또 하나의 도서관처럼 여겼다. 그래서 명석한 이탈리아 천
문학자 마에스트로 루카 폰테실리가 미국 철학 학회에서 연설
하고자 필라델피아를 방문하자, 헨리는 그에게 경의를 표하는
의미로 무도회를 열어서 그를 화이트에이커로 불러들였다. 폰
테실리가 춤에 열광한다는 소문을 들었던 헨리는 무도회라면
거부하지 못하리라고 짐작했다.

　그날은 휘태커 부부가 이제껏 시도했던 연회 가운데 가장
성대한 행사였다. 필라델피아 최고의 연회 전문가들이(풀을 빳
빳하게 먹인 하얀색 유니폼을 입은 흑인들이었다.) 오후 일찍부터
찾아와서 우아한 머랭을 진열하고, 알록달록한 펀치를 만들었
다. 한 번도 훈훈한 온실 밖으로 나와 본 적 없던 열대 꽃들이
저택 곳곳의 탁자를 장식했다. 별안간 무도회장으로 쏟아져
들어온 시무룩한 표정의 낯선 관현악단이 악기를 조율하며 투
덜투덜 더위를 탓했다. 앨마는 구석구석 씻은 뒤 새하얀 크리

놀린 드레스로 몸을 휘감고, 닭 벼슬처럼 제멋대로 치솟는 빨강 머리카락에는 거의 머리 크기만 한 새틴 리본을 달았다. 그러고 있으려니 실크와 분으로 치장한 손님들이 구름처럼 몰려들었다.

더웠다. 그달 들어 내내 더웠지만 그날이 가장 더운 날이었다. 불쾌한 날씨를 예상해서 휘태커 부부는 무도회를 해가 지고 한참 뒤인 9시까지 개시하지 않았지만, 지독한 한낮의 열기는 여전히 가실 줄 몰랐다. 무도회장은 이내 푹푹 찌고 축축한 온실이 되었다. 열대 식물들이야 그런 환경을 좋아했겠지만 숙녀들은 그렇지 못했다. 연주자들은 고생하며 땀을 흘렸다. 손님들은 더위를 피해 문밖으로 나가서 베란다를 돌아다니며 대리석 조각에 몸을 기댄 채 조금이라도 돌의 서늘한 기운을 느껴 보려고 헛된 노력을 기울였다.

사람들은 갈증을 떨쳐 내느라 펀치를 원래 주량보다 엄청나게 더 마셔 댔다. 그 결과 자연스럽게 거리감이 사라지고, 모두 약간 어지럽고 경솔한 분위기에 젖어들었다. 관현악단은 무도회의 격식을 내던져 버리고 넓은 잔디밭에서 생기발랄한 실외용 음악을 연주했다. 등불과 횃불도 밖으로 내왔으므로 파도처럼 일렁이는 그림자가 모든 손님들에게 드리웠다. 매력적인 이탈리아 천문학자는 필라델피아 신사들에게 요란한 나폴리식 춤의 스텝을 가르쳐 주려고 했으며, 모든 숙녀들과 춤을 추었다. 사람들은 하나같이 그가 우스꽝스럽고 대범하고 황홀한 인물이라고 여겼다. 심지어 연회를 위해 고용한 흑인들과도 춤을 추고자 애쓰는 바람에, 그를 본 사람들 모두는 깔깔거리며 웃음을 터뜨렸다.

그날 밤 폰테실리는 공들인 그림과 공식을 동원해서 행성의 타원형 궤도와 속도를 보여 주는 내용을 강연할 예정이었다. 하지만 그날 저녁, 시간이 어느 정도 지나자 그런 생각은 싹 사라져 버리고 말았다. 마음껏 즐기는 파티가 벌어진 마당에 누가 다시 가만히 앉아서 진지한 과학 강연을 듣겠는가.

누가 떠올린 생각이었는지 앨마는 결코 알지 못했지만(폰테실리의 발상인지, 아버지의 발상인지) 자정이 지난 직후, 그 유명한 이탈리아 천문학자는 손님들을 직접 천체로 삼아서 화이트에이커의 드넓은 잔디밭에다 우주 모형을 재현해 보기로 결정했다. 정확한 비율의 모형은 아니겠지만, 최소한 행성의 일생과 각 행성 사이의 관계에 대해서 숙녀들도 감 정도는 잡을 수 있으리라고, 이탈리아인은 얼근히 술에 취해서 설명했다.

폰테실리는 놀랍게도 권위와 익살을 함께 발휘하며 헨리 휘태커(태양이었다.)를 잔디밭 중앙에 세웠다. 그러고는 행성 역할을 하는 다른 신사들을 방사형으로 배치했다. 모여 있는 모든 사람들의 즐거움을 위해, 폰테실리는 각자 맡을 행성을 사람들의 외모로 결정했다. 그래서 자그마한 수성 역할은 저 먼타운 출신의, 체구는 작지만 위엄 있는 곡물 상인이 맡았다. 금성과 지구는 수성보다 크지만 서로 거의 같은 크기였으므로, 폰테실리는 델라웨어 출신의 형제에게 두 행성을 맡겼다. 두 형제는 키와 몸집, 생김새가 거의 완벽하게 같았다. 화성은 곡물 상인보다 크더라도 델라웨어 출신의 두 형제만큼 크면 곤란했다. 늘씬한 몸매의 저명한 금융가가 그 역할에 딱이었다. 목성 역할로 폰테실리가 뽑은 사람은 은퇴한 선장이었는데, 우스꽝스러울 만큼 뚱뚱한 남자였다. 그의 비대한 체구가 태양계에 자리 잡자, 거기에 있던 사람들 모두가 발작적 웃음을 터뜨렸다. 토성은 약간 덜 뚱뚱하지만 여전히 재미있을 만큼 비대한 언론인이 맡았다.

태양을 중심으로 모든 행성이 적당한 거리를 두고 잔디밭에 펼쳐질 때까지 사람들을 계속 호명했다. 그러고 나서 폰테실리는 술에 취한 신사들이 올바른 천체 궤도를 유지하도록 필사적으로 인도하며, 헨리 주변으로 각각 궤도를 지정해 주었다. 곧 숙녀들도 떠들썩한 오락에 합류했고, 폰테실리는 남자들 주변으로 그들을 배치했다. 숙녀들은 저마다 좁은 궤도를 움직이는 각각의 위성 역할을 맡았다.(앨마의 어머니는 서늘한 달 같은 표정으로, 지구의 달 역할을 완벽하게 수행했다.) 그런 다음 마에스트로는 가장 예쁜 아가씨들을 선발해서 잔디밭 가장자리에 별자리를 수놓았다.

관현악단이 다시 연주를 시작했고, 천체로 이루어진 이 풍경은 선량한 필라델피아 시민들이 평생 보아 온 것 중 가장 기이하고도 아름다운 왈츠였다. 정중앙에 선 태양왕 헨리는 활짝 웃으며 불꽃처럼 머리카락을 빛냈고, 크고 작은 체구의 다른 남자들은 그의 주변을 빙글빙글 돌았다. 그러자 여자들도 그 남자들의 주변을 회전했다. 아가씨들의 무리는, 우주의 가장 바깥쪽 구석에서 머나먼 미지의 은하계를 나타내며 반짝거렸다. 폰테실리는 높은 정원 담벼락에 올라가서 위험하게 비틀거리며, 전체적인 예술 작품을 지휘하고 고함을 질러 대면서 명령을 내렸다. "속도를 지키세요, 신사분들! 숙녀분들은 궤도를 이탈하지 마시고요!"

앨마도 끼고 싶었다. 이렇게 짜릿한 광경은 본 적이 없었다. 악몽을 꾸고 난 뒤를 제외하면 이렇게 늦은 시각까지 깨어 있던 적도 없었지만, 어쩐 일인지 그녀는 이 유쾌한 유희에서 망각된 존재였다. 평생 '그 자리에 참석한 유일한 아이'로 지내 왔듯 그날도 그녀는 거기 참석한 유일한 아이였다. 그녀는 정원 담장으로 달려가서 위험스레 비틀거리는 마에스트로 폰테실리에게 소리쳤다. "저도 끼워 주세요!" 이탈리아인은 서 있던 곳에서 앨마를 내려다보며 초점을 맞추는 데 어려움을 겪었다. 이 꼬맹이는 누구지? 어쩌면 앨마는 완전히 무시당했을 수도 있었다. 그런데 그때 마침 헨리가 태양계의 중앙에서 소리쳤다. "그 아이한테도 '자리'를 주시오!"

폰테실리는 어깨를 으쓱했다. 그는 여전히 팔을 휘저으며 우주를 지휘하고 있는 듯 시늉했고, 앨마에게 소리쳤다. "너는 혜성이다!"

"혜성은 뭘 하는데요?"

"사방팔방으로 날아다니는 거야!" 이탈리아인이 명령했다.

앨마는 그대로 따랐다. 그녀는 행성들 사이로 뛰어 들어가서 모든 사람들의 궤도를 파고들기도 하고 같이 따라 돌기도

하고 이리저리 뛰어다니며 리본이 머리에서 떨어질 지경으로 맴돌았다. 아버지 근처에 갈 때마다 헨리는 "나한테는 너무 가까이 오지 마라, 자두야. 안 그러면 불타서 재로 변해 버릴 거야!"라고 소리치며 모든 것을 활활 태워 버리는 스스로를 피해 가도록, 다른 방향으로 달아나도록 딸을 밀어냈다.

언제부터인가 놀랍게도 쉭쉭거리는 횃불이 그녀 손에 들려 있었다. 앨마는 누가 그것을 주었는지 제대로 보지 못했다. 이제껏 불 같은 건 만져 본 적도 없었다. 그녀가 우주를 누비고 뛰어다니는 사이, 횃불은 불똥을 튕기며 타오르더니 불붙은 타르 조각을 뒤쪽 허공으로 날려 보냈다. 앨마는 천체의 엄격한 타원형 궤도에 고정되어 있지 않은 유일한 존재였다.

아무도 그녀를 막지 않았다.

그녀는 혜성이었다.

그녀는 자기가 날 수 없음을 깨닫지 못했다.

모든 것의 이름으로

6

앨마의 유년 시절(이라기보다는 그중에서도 가장 단순하고 가
상 순수했던 부분)은 다른 때 같았으면 그저 평범한 화요일이었
을 1809년 11월의 어느 한밤중에 느닷없이 끝나 버렸다.

흥분한 목소리와 자갈길을 지나는 마차 바퀴 소리에 앨마
는 깊은 잠에서 깨어났다. 그렇게 늦은 시각이라면 조용해야
마땅할 곳들이(예컨대 그녀의 방 바깥 복도라든지, 위층에 있는 하
인들 숙소라든지) 사방에서 오가는 발소리로 어지러웠다. 그녀
는 싸늘한 밤공기 속에서 일어나 초에 불을 붙이고는 장화를
찾아 신고 숄을 챙겼다. 본능적으로 화이트에이커에 무슨 문
제가 생긴 듯했고, 도움이 필요할지도 몰랐다. 나중에 생각해
보면 그 상황이 어처구니없었을 테지만(어떻게 그녀가 진짜 도
움이 될 수 있으리라고 믿었을까?) 당시 앨마의 생각으로는, 자
기도 거의 열 살이 다 된 숙녀였고 자신의 중요성에 대해 제법

확신하고 있었다.

넓은 계단 꼭대기에 당도한 앨마는 저택 현관 입구에 등불을 든 남자들이 모여 있는 모습을 보았다. 잠옷 위에 외투를 걸친 아버지가 짜증으로 굳어진 얼굴을 하고 한가운데 서 있었다. 수면 모자를 쓴 한네커 데 그루트도, 앨마의 어머니도 거기 있었다. 그렇다면 심각한 일이 틀림없었다. 앨마는 어머니가 이 시각에 깨어 있는 모습을 한 번도 본 적이 없었다.

그러나 그 밖의 다른 것이 앨마의 시선을 곧장 끌어당겼다. 밝은 금발을 등 뒤로 땋아서 늘어뜨린, 앨마보다 약간 작은 소녀 하나가 베아트릭스와 한네커 사이에 서 있었다. 두 여인은 소녀의 가냘픈 양어깨에 각각 한 손씩을 얹고 있었다. 앨마는 아이가 어딘가 낯이 익다고 생각했다. 어느 일꾼의 딸인가? 확신할 수 없었다. 그 애가 누구든, 등불에 비친 아이의 얼굴은 충격과 공포에 물들어 있었지만 아주 예뻤다.

하지만 앨마가 불안감을 느낀 이유는 여자애의 얼굴 때문이 아니라 소유권을 주장하듯 아이의 어깨를 짚고 있는 베아트릭스와 한네커의 단호한 태도 때문이었다. 한 남자가 여자애를 데려가려는 듯 다가서자 두 여인은 아이를 더욱 세게 붙잡으며 간격을 좁혔다. 남자는 물러갔다. 현명한 행동이라고 앨마는 생각했다. 어머니의 표정에서 한 치의 양보도 없는 사나움을 얼핏 보았기 때문이었다. 앨마의 인생에서 가장 중요한 두 여인의 얼굴에 똑같이 떠오른 사나운 표정을 발견하자 형언할 수 없는 공포가 전신을 훑고 내려갔다. 무언가 두려운 일이 벌어지고 있었다.

그 시점에 베아트릭스와 한네커는 동시에 고개를 돌려서, 앨마가 투박한 장화를 신고 촛불을 손에 든 채 멍하니 쳐다보고 있는 계단 꼭대기 쪽을 올려다보았다. 그들은 마치 앨마가 자신들의 이름을 부르기라도 한 듯 돌아보았고, 방해받아서 성가시다는 표정이었다.

"가서 자거라."라고 두 사람이 함께 소리쳤다. 베아트릭스는 영어로, 한네커는 네덜란드어로.

앨마는 어쩌면 반항하려 했을 테지만, 두 사람이 힘을 합하면 도저히 맞설 수 없었다. 엄하게 굳은 두 사람의 얼굴에 그녀는 겁을 먹었다. 한 번도 본 적 없는 모습이었다. 앨마는 그곳에 있을 필요도 없고, 명백히 아무도 원하지 않는 존재였다.

앨마는 낯선 사람들 한가운데 서 있는 예쁜 아이를 걱정스레 한 번 더 쳐다본 뒤 방으로 달아났다. 길게 느껴지는 한 시간 동안 그녀는 침대에 걸터앉은 채 귀가 아파 올 때까지 바깥에 귀를 기울이며 누구든 와서 설명이나 위로를 해 주기를 바랐다. 그러나 사람들 목소리가 잦아들고 떠나가는 말발굽 소리도 멀어졌지만 아무도 찾아오지 않았다. 마침내 앨마는 이불 위로 쓰러져 장화를 신은 채, 숄로 몸을 감싸고 잠이 들었다. 아침에 잠이 깨었을 때는, 낯선 사람들이 모두 화이트에이커에서 자취를 감추었음을 알게 되었다.

그러나 소녀는 아직 남아 있었다.

*

그 아이의 이름은 프루던스였다.

아니, 폴리였다.

아니, 정확히 말하자면, 폴리였다가 프루던스가 되었다.

아이의 사연은 끔찍했다. 화이트에이커에서는 그 이야기를 쉬쉬하려고 노력했지만, 그런 사연은 숨어 있기를 좋아하지 않는 법이라 곧 앨마도 알게 되었다. 소녀는 화이트에이커의 채소 담당 수석 정원사의 딸이었는데, 그 조용한 독일인 남자는 멜론 온실을 혁신적으로 바꾸어서 크게 수익을 냈다. 정원사의 아내는 밑바닥 출신의 필라델피아 여자였는데 미모로 유명했지만 음탕하기로도 잘 알려져 있었다. 그녀의 남편은 아내를 아꼈지만 결코 통제하지는 못했다. 그 또한 널리 알려진 사실이었다. 여자는 수년간 끊임없이 남편 뒤에서 바람을 피웠고, 자신의 부정한 행동을 숨기려고도 하지 않았다. 남자는 그것을 묵묵히 참아 냈으나(몰랐거나 모르는 체했거나) 급기야 난데없이 인내심을 내던져 버렸다.

1809년 11월 화요일, 그 밤에 정원사는 옆에서 평화롭게 자고 있던 아내를 깨운 뒤 머리채를 잡고 밖으로 끌어내서 그녀의 목을 완전히 그어 버렸다. 이후 남자도 곧 근처 느릅나무에 스스로 목을 맸다. 소동에 놀라 일어난 화이트에이커의 다른 일꾼들이 집에서 달려 나왔고, 모두 상황을 살폈다. 갑작스러운 이 모든 죽음으로 폴리라는 이름의 어린 소녀만이 남게 되었다.

폴리는 앨마와 동갑이었지만, 가냘픈 체구에 놀랍도록 아름다웠다. 아이는 고급 프랑스 비누를 조각해서 만든 완벽한 인형에다 누군가가 반짝거리는 청록색 눈동자 한 쌍을 박아 놓은 듯한 모습이었다. 그러나 이 소녀를 단순히 예쁘장한 아이 이상으로 만들어 준 것은, 바로 작고 도톰한 분홍색 입술이었다. 그 입술 때문에 아이는 사람의 마음을 들썩이게 하는 요염함을 풍겼고, 작은 밧세바 구약 성경의 등장인물로, 우리야의 아내였으나 목욕 중 다윗의 눈에 들어서 결국 교활한 다윗의 아내가 되고 그 때문에 신의 노여움을 샀다. 처럼 보였다.

비극적인 그날 밤, 폴리가 순경과 함께 거구의 일꾼들에 둘러싸인 채 화이트에이커 저택으로 왔을 때(남자들 모두가 아이 몸에 손을 올리고 있었다.) 베아트릭스와 한네커는 곧바로 아이의 앞날에 위험밖에 없음을 예견했다. 일부는 소녀를 빈민 구호소로 보내라고 제안했지만, 다른 사람들은 이미 그 고아를 자기가 책임지고 키우겠노라 주장했다. 그곳에 있던 남자들 절반은 어느 시점에든 여자애의 어머니와 놀아난 장본인이었고(베아트릭스와 한네커도 그 사실을 잘 알고 있었다.), 두 여인은 헤픈 여자가 낳은 이 예쁜 여자아이에게 어떤 일이 닥칠지 상상하고 싶지 않았다.

두 여인은 한 사람처럼 움직이며 폴리를 남자들 무리에서 떼어 놓았고 연신 곁에 얼씬도 못 하게 했다. 숙고해서 내린 결정은 결코 아니었다. 따뜻한 모성애에서 샘솟아 나온 자비심도 아니었다. 단지 그것은 세상이 어떻게 돌아가는지 말하지 않아도 잘 아는 여자로서의 깊은 본능에서 우러나온 행동이었다. 한밤중에 격앙된 열 명의 남자들과 함께 그토록 작고 아름다운 여자아이를 홀로 내버려 두어선 안 될 일이었다.

그러나 일단 남자들을 떼어 내고 폴리를 안전하게 지켜 낸 뒤에, 베아트릭스와 한네커는 어쩔 작정이었을까? 그제야 두 사람은 숙고하고 결정을 내렸다. 사실 결정을 내릴 권한은 베아트릭스 홀로 갖고 있었으므로, 결국 그녀의 선택이었다. 그녀는 다소 충격적인 결정을 내렸다. 폴리를 휘태커 집안의 일원으로 당장 입양해서 영원히 데리고 있겠다고 말이다.

나중에 앨마는 아버지가 그 생각에 반대를 했음을 알게 되었지만(헨리는 갑작스럽게 딸을 맞게 됨은 물론, 한밤중에 깨어난 일조차 못마땅해했다.) 베아트릭스는 단호한 시선으로 그의 불만을 단숨에 잠재웠고, 헨리는 거듭 반대해서는 안 된다는 정도의 분별력을 지닌 사람이었다. 그럼 그렇게 하든지. 어쨌든 그들 가족은 수가 너무 적었고, 베아트릭스는 절대 아이를 낳을 수 없었다. 앨마 이후로도 아기가 둘이나 더 태어나지 않았던가? 그 아기들은 한 번도 숨을 못 내쉬지 않았던가? 결국 그 아기들은 아무에게도 도움이 되지 못한 채, 지금 루터교회 묘지에 매장되어 있지 않았던가? 베아트릭스는 항상 다른 아이를 원했고, 이제 신의 섭리에 따라서 아이가 여기 나타났다. 폴리를 집안에 들이면 휘태커 가문의 자녀는 하룻밤 사이에 두 배로 불어나리라. 모든 것이 딱 맞아떨어졌다. 베아트릭스의 결정은 신속했고 주저하지도 않았다. 헨리는 더 반대하지 않

모든 것의 이름으로

고 수긍했다. 더구나 그에게는 선택의 여지마저 없었다.

어쨌거나 소녀는 예뻤으며 완전히 멍청해 보이지도 않았다. 실제로 흥분이 가라앉자 폴리는 예의 바른 태도를 보였고 (거의 귀족적인 몸가짐이었다.) 방금 양친의 죽음을 목격한 아이 치고는 더욱 그랬다.

폴리한테서 베아트릭스는 아이를 위해 자신이 만들어 줄 수 있는 훌륭한 미래뿐만 아니라 막연하게나마 장래의 가능성까지도 감지했다. 제대로 된 집안에서 올바른 도덕적 영향을 받고 자란다면, 이 소녀는 제 어머니가 극단적 대가를 치러야 했던 쾌락과 사악함의 길로부터 방향을 틀 수 있으리라고 베아트릭스는 믿었다. 첫 번째로 해야 할 일은 아이를 씻기는 것이었다. 가엾은 아이는 신발과 손이 피투성이였다. 두 번째로 할 일은 이름을 바꾸는 것이었다. 폴리는 애완용 새와 일자리를 구하는 거리의 아가씨에게나 어울리는 이름이었다. 이 시점부터 아이의 이름은 프루던스 prudence. 영어로 '신중함'이라는 뜻.가 되리라. 아이를 더 올바른 방향으로 이끌어 줄 표지판 같은 역할을 해 줄 이름이라고 베아트릭스는 바라고 또 기대했다.

그리하여 모든 것이 해결되었다. 불과 한 시간 내에 이루어진 결과였다. 이것이 바로 다음 날 아침, 잠에서 깨어난 앨마 휘태커에게 이제 여자 형제가 생겼으며, 그 아이의 이름은 프루던스라는 깜짝 놀랄 만한 이야기가 전해진 사연이었다.

프루던스의 등장은 화이트에이커의 모든 것을 바꾸어 놓았다. 훗날 앨마가 여성 과학자가 된 이후였다면, 통제된 환경에 어떤 형태로든 새로운 요소가 유입됐을 때 다방면으로, 그리고 예측 불가능한 방식으로 변화가 생긴다는 점을 더 잘 이해했겠지만, 어린아이로서는 적의 침입 같은, 불쾌감과 비운의 예감만을 느낄 뿐이었다. 앨마는 따뜻한 마음으로 침입자를 안아 주지 않았다. 다시 한 번 말하지만, 왜 그래야 하겠는가? 우리 중에 과연 누가 침입자를 따뜻한 마음으로 안아 줄 수 있겠는가?

처음에 앨마는 그 여자애가 왜 여기에 와 있는지조차 막연하게나마 이해하지 못했다. 프루던스의 개인사를 결국 알게 되면서 많은 부분을 이해하게 되었지만(유제품을 만드는 하녀들에게 독일어로 캐낸 사연이었다!) 프루던스가 등장한 첫날에는 그 누구도 아무런 설명을 해 주지 않았다. 심지어 보통 다른 사람들보다 신비로운 이야기를 많이 들려주던 한네커 데 그루트마저 "다 신의 뜻이고, 그게 최선이야."라고만 말해 줬을 뿐이었다. 앨마가 가정부에게 더 캐묻자 한네커는 날카롭게 속삭였다. "마음 곱게 쓰고, 더는 나한테 물어보지 마!"

두 소녀는 아침 식탁에서 공식적으로 서로 소개받았다. 전날 밤의 마주침에 대해서는 아무런 언급도 없었다. 앨마는 프루던스를 향한 시선을 거두지 못했고, 프루던스는 접시를 향한 시선을 거두지 못했다. 베아트릭스는 아무 일도 아니라는 듯이 아이들에게 말했다. 그녀는 지금 입고 있는 것보다 좀 더 적절한 옷감으로 프루던스에게 새 옷을 지어 주기 위해 오후에 스패너 부인이라는 사람이 시내에서 방문한다고 설명했다. 새 망아지도 오기로 되어 있으니, 조만간 프루던스도 승마를 배워야 한다고 했다. 또한 앞으로는 화이트에이커에 가정교사를 둘 예정이었다. 베아트릭스는 동시에 둘을 직접 가르치기는 지나치게 힘든 일이 되리라고 결론지었고, 프루던스는 이제껏 평생 공식 교육을 받아 본 적이 없었으므로 젊은 가정교사를 집안에 들이는 편이 나을 터였다. 어린이 방은 이제 공부에 전념하는 교실로 탈바꿈할 예정이었다. 굳이 말할 필요도 없이 앨마는 자매가 된 아이에게 글씨 연습과 셈, 숫자 공부를 하도록 도와주어야 했다. 물론 앨마가 정신적인 훈련 측면에서 훨씬 더 앞서 있었지만 프루던스도 열심히 노력한다면, 그리고 자매의 도움을 받는다면 장차 잘 해낼 수 있을 터였다. 아이의 지능이란 원래 대단히 탄력적인 데다 프루던스는 아직 어리므로 따라잡기에 충분하다고, 베아트릭스는 말했다. 꾸준히 훈련하면 인간의 정신은 우리가 요구하는 그 어떤 것도 수행할 수 있다고. 그건 그저 열심히 노력을 하느냐 마느냐의 문제라고.

베아트릭스가 이야기를 하는 동안에도 앨마는 빤히 쳐다보고 있었다. 이 세상에서 프루던스의 얼굴만큼 짜증 나는 것이 또 있을까? 어머니가 항상 말씀하시듯 아름다움이 정말로 정확함의 훼방꾼이라면, 프루던스를 아름답게 만들어 낸 존재는 대체 뭐지? 세상에서 가장 덜 정확하고 가장 거추장스러운 인물이잖아! 앨마의 불안감은 시시각각 커져 갔다. 미처 심사숙고해 볼 만한 근거를 떠올리기도 전에 그녀는 무언가를, 무언가 자신에게 끔찍한 사실을 깨닫기 시작했다. '나는 예쁜 아이가 아니다.'라는 점이었다. 기분 나쁜 비교 덕분에 앨마는 갑자기 그 사실을 인식하게 되었다. 프루던스는 귀엽고 앨마는 거대했다. 프루던스의 머리카락은 은빛 도는 비단 같은 금발이었지만 앨마의 머리카락은 녹슨 쇠의 색깔이었다. 심지어 그녀의 머리는 조금도 말을 듣지 않았고, 아래쪽을 제외하면 온 사방으로 뻗치며 자라났다. 프루던스의 코는 작은 꽃 같았다. 앨마의 코는 쑥쑥 자라는 마 같았다. 머리부터 발끝까지, 그렇듯 비참하고 우울한 비교는 끝도 없었다.

아침 식사가 끝난 뒤 베아트릭스가 말했다. "얘들아, 이제 자매로서 서로 껴안아라." 앨마는 순종적으로 프루던스를 껴안았지만 따뜻한 태도는 아니었다. 나란히 서자 대조는 더욱 극명했다. 무엇보다도 앨마에게는, 마치 둘의 모습이 작은 울새의 완벽한 알과 바로 그 옆에 난데없이 떨어진 큼지막하고 보잘것없는 솔방울처럼 느껴졌다.

그런 점을 깨닫자 앨마는 울음을 터뜨리든지 싸우고 싶어졌다. 얼굴이 어둡고 시무룩하게 변해 가고 있음이 느껴졌다. 어머니도 분명 그 모습을 보았는지 "프루던스, 잠시 네 자매와 이야기를 나눠야겠으니 우리 둘만 나가 있으마."라고 말했다. 베아트릭스는 불에 데인 듯이 아프게 앨마의 팔 위쪽을 꽉 붙잡고 복도로 데려갔다. 앨마는 눈물이 나오고 있음을 느꼈지만 억지로 참았고, 또다시 꾹 참고, 이어서 또 한 번 꾹 참아 냈다.

베아트릭스는 자신이 낳은 친자식을 내려다보며 서늘한

모든 것의 이름으로

화강암 같은 목소리로 입을 열었다. "내 딸의 얼굴에서 방금 본 것 같은 그런 표정을 두 번 다시 보고 싶지 않구나. 내 말 알아듣겠니?"

앨마가 울먹이며 겨우 한 단어를 꺼내자("하지만…….") 어머니는 더 듣지 않고 말을 잘랐다.

"주님의 눈앞에서 질투나 악의를 내보이는 건 환영받지 못할 일이고, 네 가족의 눈앞에서도 그런 행동은 환영받지 못한다. 혹시라도 네 안에 그렇게 불쾌하거나 무자비한 감정이 있거든, 당장 땅에 파묻어라. 네 자신의 주인이 되라는 말이야, 앨마 휘태커. 알겠니?"

이번에 앨마는 그 말("하지만…….")을 분명 생각만 했는데도 너무 큰 소리로 떠올렸는지, 어머니가 그 소리를 들은 듯했다. 이제 베아트릭스는 완전히 끝까지 밀어붙였다.

"네가 이토록 다른 사람들에 대한 배려도 모르는 이기적인 사람이라니, 네 입장을 생각하더라도 유감이로구나." 베아트릭스는 정말 화난 표정으로 얼굴을 일그러뜨리고서 말했다. 마지막으로 그녀가 뱉은 말은 날카로운 얼음 조각 같았다.

"더 나은 사람이 되거라."

＊

하지만 더 나은 사람이 되어야 함은 프루던스도 마찬가지였고, 갈 길도 아주 멀었다!

우선 그녀는 교육 문제에 있어서 앨마보다 엄청나게 뒤처졌다. 하지만 공정하게 따져 보자면 어느 아이가 앨마를 능가할 수 있겠는가? 아홉 살의 나이로 앨마는 카이사르의 『회고록』과 코르넬리우스 네포스의 글을 원전으로 술술 읽을 수 있었다. 벌써부터 테오프라스투스를 플리니우스와 견주어 옹호할 수도 있었다.(한 사람은 자연 과학계의 진정한 학자인 반면, 다른 한 사람은 단순한 모방꾼에 불과하다고 그녀는 주장했다.) 앨마가 수학의 모호한 형태라고 여기며 사랑해 마지않던 그리스어 실력도 나날이 늘고 있었다.

그에 비해 프루던스는 글자와 숫자 정도만 알았다. 상냥하고 노래하는 듯한 목소리였으나 말씨 자체는 불행했던 성장 배경을 확연하게 드러냈으므로 많이 고쳐야 했다. 프루던스가 화이트에이커에서 막 지내기 시작한 시기에 베아트릭스는 소녀의 언어를 끊임없이 지적했고, 뾰족하게 다듬은 뜨개바늘처럼 언제든 저속하거나 천박하게 들리는 말을 교정해 주었다. 앨마도 프루던스의 교정을 도와주라는 주문을 받았다. 베아트릭스는 프루던스에게 '오락가락'이라는 말을 절대 쓰지 말고, 그 대신에 좀 더 세련된 표현인 '왔다 갔다'라는 말을 사용하라고 가르쳤다. '환장한다'라는 말은 어떤 맥락에서든 저속하게 들리며, '노친네들'도 마찬가지였다. 화이트에이커에서는 누군가 편지를 쓰면 그것을 '날리는' 게 아니라 '발송'했다. '구들장을 지고' 눕는 것이 아니라 '편치 않아서' 눕는다고 표현해야 했다. 교회로 '이제 얼른 가려는' 것이 아니라, '즉시 출발'한다

모든 것의 이름으로

고 해야 옳았다. '다 와 간다'고 하는 대신에 '거의 당도했다'라고, '헐레벌떡 갔다'가 아니라 '급히 떠났다'라고 해야 마땅했다. 그리고 이 집안 가족들은 '얘기 좀 하는' 것이 아니라 '대화를 나누었다.'

나약한 아이였다면 아예 말하기를 포기했을지도 모르겠다. 좀 더 전투적인 아이였다면 어째서 다른 가족들은 변호사처럼 '대화를 나누'는데, 헨리 휘태커만은 천박한 부두 노동자처럼 '얘기 좀 하는'지 알고 싶다고 따져 물었을지도 모르겠다. 가령 헨리는 저녁 식탁에 앉아서 상대방의 면전에 대고 '불알 처먹은 당나귀 같은 놈'이라고 욕지거리를 해도 왜 베아트릭스에게 언어 교정을 받지 않는지 말이다. 하지만 프루던스는 나약하지도 전투적이지도 않았다. 그 대신에 그녀는 매일같이 영혼의 칼날을 연마해서 두 번 다시 같은 실수를 저지르지 않으려고 완벽하게 노력을 기울이는 꾸준함과, 흔들림 없는 조심성을 지닌 아이였다. 화이트에이커에서 다섯 달을 보내고 나자 프루던스의 말씨는 더 고쳐 줄 필요가 없을 정도였다. 항상 꼬투리를 잡으려고 빠짐없이 감시하던 앨마조차 실수를 찾아낼 수 없었다. 그 밖에 푸르던스는 자세, 예절, 평소 몸단장 같은 다른 측면에서도 빠르게 점수를 땄다.

프루던스는 불평 없이 모든 교정을 받아들였다. 실제로 그녀는 고칠 부분을 찾아다녔고, 특히 베아트릭스에게 고쳐 달라고 부탁했다! 프루던스는 할 일을 제대로 해내지 못했다거나 옹졸한 생각에 빠졌다거나 신중하지 못한 말을 했을 때, 스스로 베아트릭스에게 찾아가서 자신의 잘못을 인정하고 기꺼이 설교를 청해 들었다. 그런 식으로 프루던스는 베아트릭스를 단순히 어머니로서뿐 아니라, 어머니이자 고해 성사를 베푸는 사람처럼 우러렀다. 아장아장 걸음마를 뗄 때부터 자신의 잘못을 감추고 단점에 대해서는 거짓말을 해 왔던 앨마는 그러한 행동을 도저히 이해할 수 없었다.

그 결과, 앨마는 프루던스를 더욱더 의심스러운 눈초리로 바라보았다. 프루던스에게는 다이아몬드처럼 단단한 면이 있었는데, 앨마는 그 안에 무언가 못되고 어쩌면 사악하기까지 한 것이 감추어져 있으리라고 믿었다. 앨마에게는 그저 의뭉스럽고 약삭빠른 아이로 보일 뿐이었다. 프루던스는 누구에게도 등을 돌리지 않고서, 문 닫는 소리조차 내지 않은 채 방에서 빠져나가는 재주가 있었다. 또한 프루던스는 다른 사람들에게 중요한 날짜를 절대로 잊는 법이 없었고 적절한 때에 항상 하녀들에게 생일 축하를 건네거나 편안한 안식일을 보내라는 인사를 빠뜨리지 않았으며 온갖 종류의 일을 챙기는 등, 전체적으로 다른 사람들을 지나치게 배려했다. 앨마 눈에는 부지런히 선을 추구하는 그러한 행동과 인내심이 전부 너무 앞서 나가는 가식으로 보였다.

어쨌거나 의심의 여지 없이 앨마가 깨달은 사실은, 프루던스처럼 완벽한 사람과 비교되면 자신에게 이로울 것이 하나도 없다는 점이었다. 헨리조차 프루던스를 '우리 귀여운 예쁜이'라고 부르는 바람에 앨마의 옛날 별명인 '자두'는 초라하고 평범하게 느껴졌다. 프루던스와 관련한 모든 것들이 앨마를 초라하고 평범한 사람으로 느끼게 했다.

그러나 위안거리는 있었다. 최소한 교실에서는 앨마가 항상 우위를 차지했다. 프루던스는 절대로 학업에서 그녀를 따라오지 못했다. 분명히 열심히 공부하는 학생이었으므로 프루던스의 노력이 부족한 것도 아니었다. 가엾은 아이는 바스크 석공처럼 책에 열심히 매달렸다. 프루던스에게 모든 책은 뙤약볕 아래서 헐떡거리며 언덕 위로 끌고 올라가야 하는 화강암 덩어리 같았다. 지켜보기에 거의 고통스러울 지경이었지만, 프루던스는 고집스레 매달렸고 절대로 눈물을 보이지도 않았다. 결국 그녀는 발전했다. 성장 배경을 감안한다면 인상적인 수준의 발전이라고 인정해 줄 정도였다. 수학은 그녀에게 늘 난제였지만, 머리를 두들겨 가며 기초 라틴어를 습득했고 시간이 흐르자 꽤 유창한 억양으로 그럴듯한 프랑스어도 구사할 수 있게 되었다. 글씨 연습만 해도, 프루던스는 공작 부인의 필체만큼이나 세련되어질 때까지 연습을 멈추지 않았다.

하지만 세상의 모든 훈육 방법을 동원해도 학문 영역에서의 진짜 차이를 좁히기란 불가능했으며 앨마는 프루던스가 절대 가닿을 수 없는 영역 너머로까지 뻗어 나가는 정신력을 재능으로서 갖고 있었다. 앨마는 단어 암기력이 대단했고 계산에도 천부적이었다. 그녀는 반복적인 연습과 시험, 공식, 원리를 사랑했다. 앨마에게 무언가를 한 번 읽는다는 것은 그 내용을 영원히 소유함을 의미했다. 훌륭한 군인이 어둠 속에서 반쯤 잠에 취한 채 자기 총을 분해해도 모든 부품을 완벽하게 제자리에 놓듯이, 앨마는 자신의 논리를 낱낱이 해체해서 설명할 수 있었다. 미적분은 그녀를 황홀경으로 이끌었다. 문법은 오래된 친구였다. 어쩌면 그토록 수많은 언어를 동시에 구사하며 자라난 덕분이었다. 조물주의 목구멍을 직접 들여다보기라도 하듯이, 자신의 오른쪽 눈을 마법처럼 확장해 주는 망원경도 앨마의 애용품이었다.

이런 이유로 베아트릭스가 소녀들을 위해 고용한 가정 교사가 결국 프루던스보다 앨마를 더 선호했으리라고 생각할지도 모르겠으나 실상은 그렇지 않았다. 사실 그는 두 아이 중에 누구를 편애하는지 드러내지 않고자 조심하면서 단조롭고 의무적인 태도로 똑같이 둘을 대했다. 가정 교사는 영국 태생의 다소 따분한 청년이었는데, 형편없이 창백하고 항상 걱정에 사로잡힌 얼굴이었다. 그는 엄청나게 한숨을 쉬어 댔다. 그의 이름은 아서 딕슨이었고, 에든버러 대학교를 최근에 졸업했다. 베아트릭스는 십여 명의 다른 후보들을 포함해 엄격한 면접 과정을 통해서 그를 선택했는데 다른 후보들은 너무 멍청하거나, 너무 수다스럽거나, 너무 종교적이거나, 너무 종교적이지 않거나, 너무 급진적이거나, 너무 잘생겼거나, 너무 뚱뚱하거나, 너무 말을 더듬는다는 이유로 거부당했다.

아서 딕슨을 고용한 첫해에는 베아트릭스도 종종 교실 구석에 앉아서 바느질을 하며 아서가 근거 없는 실수를 저지르지는 않는지, 어울리지 않는 태도로 여자애들을 다루지는 않는지 지켜보았다. 결국 그녀는 흡족해했다. 젊은 딕슨은 완벽하게 따분한 학문의 귀재로, 미숙한 점이나 유머러스한 부분이라곤 전혀 없는 듯했다. 그렇다면 일주일에 나흘간, 휘태커 집안의 딸들에게 자연 철학과 라틴어, 프랑스어, 그리스어, 화학, 천문학, 광물학, 식물학, 역사 수업을 각각 돌아가며 가르치도록 전적으로 신임할 수 있었다. 앨마는 별도로 광학과 대수, 구면 기하학 수업도 받았지만, 프루던스는 제외되었다. 베아트릭스의 입장에서 보자면 드물게 자비심을 베푼 결과였다.

금요일에는 학업에서 벗어나, 미술 교사와 무용 교사, 음악 교사를 초빙해서 소녀들의 교육 커리큘럼을 완성했다. 아침마다 두 소녀는 어머니가 홀로 가꾸는 그리스식 정원에서 어머니와 나란히 일을 해야 했다. 그곳은 베아트릭스가 엄격한 유클리드 대칭 원리에 따라(모든 식물을 구형과 원뿔형, 복잡한 삼각형으로 정확하게 다듬어 놓았다.) 모든 통로와 토피어리^{조경수의} ^{정형법. 주로 상록수 등을 전정하여 특정한 모양으로 다듬는다.}를 배치해서 기능 수학의 승리를 구현한 공간이었다. 소녀들은 또한 일주일에 몇 시간씩 바느질을 익히는 데 노력을 기울여야 했다. 저녁 시간이면 앨마와 프루던스는 공식 만찬 식탁에 불려 가서 전 세계에서 온 손님들과 지적 교류를 함께했다. 집에 손님이 없는 경우, 앨마와 프루던스는 응접실에서 밤늦게까지 아버지와 어머니를 도와 화이트에이커의 공식 서신을 작성했다. 일요일은 교회에 가는 날이었다. 잠자기 전에는 기나긴 밤 기도를 올렸다.

그 밖의 시간은 그들 마음대로 써도 되었다.

＊

하지만 앨마에게는 정말로 별반 괴로운 일과가 아니었다. 그녀는 활기 넘치고 매력적인 젊은 숙녀로, 거의 휴식할 필요가 없었다. 앨마는 정신 활동과 원예 노동, 만찬 모임에서 오가는 대화를 즐겼다. 밤늦도록 아버지의 서신 작성을 도우며 시간을 보내는 일은 늘 행복했다.(종종 그 순간만이 아버지와 가까이 지낼 수 있는 유일한 기회였다.) 어떻게든 그녀는 혼자만의 시간을 만들어 냈고 그런 시간에는 주로 독창적인 원예 기획을 창안했다. 잘라 온 버드나무 가지와 씨름하며, 때로는 싹에서 뿌리가 나오기도 하고 때로는 잎에서 뿌리가 나오기도 하는 이유를 고민했다. 그녀는 손에 들어오는 모든 식물을 해부하고 기억하고 보존하고 분류했다. 그녀는 말린 식물로 아름다운 '호르투스 시쿠스(hortus siccus)', 즉 멋들어진 작은 식물 표본집을 만들었다.

앨마는 날이 갈수록 식물학을 더 좋아하게 됐다. 그녀를 그만큼 매혹시킨 건 식물의 아름다움이 아니라 그 마법 같은 질서였다. 앨마는 체계와 순차 배열, 분류, 색인 같은 것들에 무한한 애정을 느꼈으며, 식물학은 그런 기쁨에 탐닉할 수 있는 폭넓은 기회를 제공했다. 그녀는 일단 분류 체계의 순서에 따라 배열된 식물들이 그 순서를 고수한다는 사실을 알아냈다. 또한 식물의 대칭에는 복잡한 수학적 규칙이 깃들어 있었고, 앨마는 그러한 규칙에서 평온함과 경의를 느꼈다. 예컨대 식물의 모든 종은 꽃받침 개수와 꽃잎의 분할 사이에 일정한 비율을 지녔고, 그 비율은 절대 변하지 않았다. 그 규칙에 시계를 맞출 수도 있을 정도였다. 변함없이 위안이 되고 흔들림 없는 법칙이었다.

앨마에게 소원이 있다면 식물 연구에 쏟을 시간이 더 생겼으면 하는 것뿐이었다. 그녀는 기묘한 환상을 품었다. 자연 과학을 연구하는 군대 막사 같은 곳에서 새벽이면 나팔소리에 기상한 뒤 제복을 차려입은 젊은 동식물 학자들과 함께 행진하고, 온종일 숲과 개울과 실험실에서 연구하며 지내는 삶을 소망했다. 다른 헌신적인 분류학자들에게 둘러싸여서, 아무도 서로의 연구를 방해하지 않고 다만 가장 짜릿한 발견의 순간만을 공유하는 식물학 수도원이나 식물학 수녀원 같은 곳에서 살고 싶었다. 심지어 식물학 교도소라도 좋을 것 같았다!(세상에는 벽으로 격리되어 지적 망명이 허락되는 곳이 존재함을, 그리고 그런 곳을 '대학'이라고 부른다는 사실을 앨마는 미처 알지 못했다. 하지만 1810년대의 어린 소녀들은 대학을 꿈꿀 수 없었다. 베아트릭스 휘태커의 딸들조차 못 할 일이었다.)

따라서 앨마는 죽도록 공부하는 일을 싫어하지 않았다. 하지만 금요일만큼은 지독히 싫었다. 미술, 무용, 음악 수업은 그저 짜증스러울 뿐 아무런 재미도 없었다. 우선 앨마는 우아하지 않았다. 그녀는 유명한 그림들을 제대로 구분하지 못했고, 인물화를 그려 놓으면 꼭 겁에 질렸거나 죽은 사람의 얼굴처럼 보였다. 음악에도 영 재능이 없어서 앨마가 열한 살이 되었을 무렵, 아버지는 피아노를 그만 고문하라고 공식적으로 요구했다. 이런 과목에서는 전부 프루던스가 월등했다. 프루던스는 바느질도 예쁘게 잘했고, 능숙하고 섬세하게 차 대접도 할 수 있었으며, 그 밖에도 신경에 거슬릴 만큼 사소한 재능이 많았다. 금요일만 되면 앨마는 프루던스에 대해서 가장 사악하고 시기에 찬 생각을 품고 있을 가능성이 높았다. 이를테면 '단 한 번이라도' 좋으니 프루던스처럼 예쁘게 편지 봉투를 접을 수 있는 단순한 능력을 가질 수만 있다면, 여러 언어 능력 가운데 하나(그리스어만 빼면 뭐든!)와 기꺼이 바꾸겠다고 진지하게 생각하는 것이었다.

이 모든 여건에도 불구하고(혹은 그렇기 때문에) 앨마는 프루던스보다 뛰어난 분야에 진심으로 만족감을 느꼈다. 앨마의 탁월함이 가장 두드러지는 분야가 하나 있다면 바로 휘태커 가문의 유명한 만찬 자리였으며, 특히 도전적인 아이디어들이 팽팽히 오갈 때면 그녀는 더욱 돋보였다. 성장해 나가면서 앨마의 발언은 좀 더 대담하고 분명해졌으며 더 큰 영향력을 발휘했다. 하지만 프루던스는 식탁에서 그런 자신감을 개발하지 못했다. 매번 모임에서 그녀는 쓸모없는 장식품처럼 그냥 손님들 사이에 자리할 뿐, 아름다움 외에는 아무 기여도 하지 못한 채 사랑스럽지만 말없이 앉아 있는 편이었다. 한편으로는 그것이 바로 프루던스의 미덕이었다. 프루던스 옆에는 누구든 앉힐 수 있었고, 그녀도 불평하지 않았다. 그래서 가엾은 소녀는 가장 지루하고 귀먹고 늙은 교수들 옆에 앉는 날이 많았다. 포크로 이를 쑤시거나 주변에서 열띤 토론이 오가는데 작게 코를 골며 식사 도중에 잠이 드는 사람들을 위한 완벽한 무덤이었다. 프루던스는 절대 거부하지 않았으며 좀 더 매력적인 만찬 파트너를 요구한 적도 없었다. 정말로 프루던스는 옆에 누가 앉든 상관이 없는 듯했다. 그녀의 태도와 조심스러운 얼굴 표정은 결코 변하지 않았다.

한편 앨마는 토양 관리부터 기체 분자, 눈물의 생리학에 이르기까지 가능한 모든 주제를 놓고 토론에 뛰어들었다. 하루는 페르시아에서 방금 돌아온 손님이 화이트에이커를 찾았는데, 그는 이스파한이라는 고대 도시의 외곽에서 발견한 식물 견본을 암모니아 고무가 틀림없다고 철석같이 믿고 있었다. 고대로부터 전해져 온, 큰돈을 벌어다 주는 그 의약품 재료는 산적들이 거래를 장악하고 있었으므로 그때까지도 서양 세계에서는 신비한 원료로 남아 있었다. 영국 왕실을 위해 일하고 있었지만 청년은 상관들에게 환멸을 느끼고 연구 작업을 이어 갈 자금을 지원받고자 헨리 휘태커와 의논하고 싶어 했다. 한 사람같이 생각하고 일하는 헨리와 앨마는 종종 만찬 식탁에서 그러하듯이 양 한 마리를 구석으로 모는 두 마리의 양치기 개처럼 각자 번갈아 가며 청년에게 질문을 퍼부었다.

"페르시아의 그쪽 기후는 어떤가?" 헨리가 물었다.

"그리고 고도는요?" 앨마가 덧붙였다.

"음, 말씀드린 식물은 넓은 평원에서 자랍니다. 거기서 확보할 수 있는 고무의 양이 풍부하기 때문에 제 생각엔 대량으로 짜내면……."

"그래, 그래, 그렇겠지. 하지만 그건 자네 주장일 뿐이고, 증거라고 가져온 건 극소량의 고무밖에 없으니까, 우린 자네의 확답이 필요해. 그나저나 페르시아 관료들에게는 얼마나 돈을 찔러줘야 하나? 그들의 땅을 마음대로 돌아다니며 고무 표본을 수집하는 특권을 누리려면 쥐여 줘야 하는 뇌물 말이네."

"음, 약간의 뇌물을 요구하긴 합니다만 얼마 안 되는 금액이라……."

"휘태커 회사는 절대로 뇌물을 바치지 않아. 듣기만 해도 마음에 안 드는군. 무슨 일을 하는지 왜 그쪽 사람들에게 정보를 알려 줘야 하지?"

"그야, 밀수업자처럼 일할 순 없으니까요!"

"정말인가? 그럴 수 없다고?" 헨리가 한쪽 눈썹을 들어 올렸다.

"그 식물을 다른 곳에서 기를 순 없나요? 해마다 고무 채취 원정대를 꾸려서 이스파한으로 당신을 보내려면 우리한테 별로 이로울 게 없잖아요." 앨마가 끼어들었다.

"그런 가능성을 확인해 볼 기회가 아직 없었기 때문에……."

"카티아와르에서 경작할 수 있을까? 자네 카티아와르에 아는 사람 있나?" 헨리가 물었다.

"음, 모르겠습니다, 전 단지……."

"미국 남부에서 경작할 수도 있을까요? 재배하는 데 물은 얼마나 필요하죠?" 앨마가 참견했다.

"너도 잘 알다시피, 나는 미국 남부에서 경작해야 하는 작물에는 투자할 생각이 없다." 헨리가 말했다.

"하지만 아버지, 사람들 말이 미주리 지역은⋯⋯."

"솔직하게 말해 봐라, 앨마. 저 창백하고 작달막한 영국인 애송이가 미주리 지역에서 살아남을 수 있으리라고 생각하니?"

논란의 대상으로 떠오른 창백하고 작달막한 영국인 애송이는 말문이 막힌 듯 눈만 껌뻑거렸다. 하지만 앨마는 더욱 열을 내서 질문하며 손님을 몰아붙였다.

"댁이 말씀하고 계신 그 식물이 정말로 디오스코리데스 1세기에 활동한 그리스 의사이자 약초학자.가 언급한 '마테리아 메디카(materia medica)' 라틴어로 의약품이라는 뜻.라고 생각하세요? 그게 사실이라면 근사한 일이네요, 그렇죠? 저희 집 서재에도 디오스코리데스의 멋진 초기 서적들이 있어요. 괜찮으시면 저녁 식사 이후에 제가 보여 드릴게요!"

드디어 이 대목에서 베아트릭스가 개입했고, 열네 살짜리 딸을 나무랐다.

"앨마, 굳이 온 세상에 네가 생각하는 걸 전부 알릴 필요는 없단다. 가엾은 손님께 또 다른 질문을 퍼붓기 전에 한 가지 질문에라도 대답하시도록 가만히 좀 있지 그러니? 젊은 분, 다시 말씀해 보세요. 무슨 말씀을 하시려고 했죠?"

하지만 이번에는 헨리가 다시 입을 열었다.

"자넨 그 식물 견본도 가져오질 않았지?"

헨리가 압도당해 버린 청년에게 물었다. 이쯤 되자 그는 휘태커의 어느 질문에 먼저 대답해야 할지 몰라서 아무에게도 대답하지 않는 실수를 범하고 말았다. 긴 침묵이 이어졌고 모두들 그를 빤히 응시했다. 여전히 청년은 한 마디도 입을 열지 못했다.

넌더리가 난 헨리는 앨마를 돌아보며 정적을 깼다.

"아, 그 얘긴 넘어가자, 앨마. 이젠 관심 없어. 저 친구는 철저하게 준비해 오질 않았다고. 그런데 녀석 꼴 좀 봐라! 여전히 저기 앉아서 내가 차려 준 저녁을 먹고 내 와인을 마시면서 내 돈까지 얻어 가길 바라고 있잖니!"

결국 앨마는 암모니아 고무나 디오스코리데스나 페르시아 부족의 관습에 대해서는 더 논의하지 않고 넘어갔다. 그 대신에 그녀는 식탁에 앉은 다른 신사에게 관심을 보이며(그 두 번째 젊은이가 돌연 창백해졌다는 사실을 알아채지 못한 채) 밝게 물었다. "선생님이 쓰신 논문을 읽어 봤는데 아주 굉장한 화석을 발견하셨다면서요! 그 뼈를 현생 동물의 견본하고 비교해 보셨는지요? 정말로 그걸 하이에나의 이빨이라고 보시나요? 아직도 그 동굴에 홍수가 났다고 믿으세요? 원시 시대의 홍수에 관한 윈스턴 씨의 최근 논문은 읽어 보셨어요?"

그러는 동안 푸르던스는 아무도 눈치채지 못하게 차분한 태도로 고개를 돌리고서, 완전히 만신창이가 된 채 충격에 빠져 있는 옆자리의 영국 청년에게 중얼거렸다. "식사 계속하세요."

✱

그날 밤 잠자리에 들기 전, 언제나처럼 회계 장부를 정리하고 기도를 올리고 난 뒤, 베아트릭스가 항상 하던 대로 딸들을 단속했다.

"앨마, 공손한 대화는 말꼬리 빼앗기 놀이가 아니란다. 드물겠지만 그런 태도가 상대방에게 생각을 마무리할 수 있도록 도와주는 세련된 행동이 될 수도 있겠지. 하지만 안주인으로서의 가치는 본인의 지식을 과시하는 데 있지 않고, 손님들이 재능을 펼칠 수 있도록 기회를 마련하는 데 있어."

앨마가 반박하기 시작했다. "하지만……."

베아트릭스는 그녀의 말을 자르고 설교를 이어 갔다.

"그뿐만 아니라, 일단 농담이 의도한 대로 재미를 제공하고 나면 지나치게 웃어 줄 필요는 없단다. 최근 들어서 넌 지나치게 오래도록 웃어 대더구나. 거위처럼 꽥꽥거리는데도 기품 있는 여자를 나는 만나 본 적이 없다."

그러고 나서 베아트릭스는 프루던스에게 향했다.

"프루던스, 네가 무의미하고 거슬리는 수다에 참여하지 않았음은 감탄할 일이다만, 대화를 아예 마다하는 건 다른 문제다. 실제로 그렇지 않은데도, 방문객들은 널 모자란 아이로 생각할 거야. 사람들이 내 딸들 중에서 한 사람만 말할 줄 안다고 여긴다면, 그건 우리 가문의 평판을 떨어뜨리는 불쾌한 낙인이 될 거다. 여러 차례 이야기했듯이 수줍음은 또 다른 종류의 허영심이야, 버리거라."

"죄송합니다, 어머니. 오늘 저녁에는 몸 상태가 좋지 않았어요."라고 프루던스가 말했다.

"오늘 저녁에 몸 상태가 좋지 않았다는 건 너의 '생각'이겠지. 하지만 난 저녁 식사 바로 직전에, 네가 가벼운 시집을 들고서 상당히 기분 좋게 독서하는 모습을 봤다. 식사 직전에 가벼운 시집을 읽을 수 있는 사람이라면 누구든 불과 한 시간 만에 몸이 불편해질 리 없어."

"죄송합니다, 어머니." 프루던스가 되풀이해서 말했다.

"오늘 저녁 식탁에서 에드워드 포터 씨에 대해서도 너한테 할 얘기가 있다. 그 남자가 그렇게 오래 너를 빤히 응시하도록 내버려 두어선 안 되는 일이었다. 그런 종류의 주시는 모든 이들을 모욕하는 행동이야. 너는 진지한 주제에 관해서 지적이고 자신감 있는 태도로 이야기함으로써 남자들의 그런 행동을 따돌리는 법을 배워야겠다. 가령 네가 포터 씨와 러시아 주둔군에 대해서 토론했더라면 그 사람도 더 일찍 정신을 차렸을지도 모르지. 그저 착하게만 군다고 능사가 아니야, 프루던스. 넌 영리해져야 해. 물론 여자는 남자들보다 항상 도덕적이지만, 스스로를 방어할 만한 재치를 연마하지 않는다면 도덕성만으로는 아무 소용이 없다."

"알겠습니다, 어머니." 프루던스가 말했다.

"기품만큼 중요한 건 아무것도 없다. 누구에게 기품이 있고 누구에게 없는지, 시간이 흐르면 드러날 거다."

*

눈먼 자와 다리를 절뚝이는 사람처럼, 휘태커의 딸들이 서로의 단점을 채워 주며 돕는 법을 배웠다면 인생은 훨씬 유쾌해졌으리라. 하지만 그들은 침묵 속에 나란히 서서 절룩거렸고, 각자 자신의 단점과 문제를 뚫고 더듬더듬 헤쳐 나가도록 방치했다.

본인과 어머니의 체면을 생각해서 서로 예의를 지키기는 했지만, 두 소녀는 서로를 불편해하지 않은 적이 단 한 번도 없었다. 못된 말을 주고받은 적도 없었다. 그들은 빗속을 걸을 때면 서로를 위해 팔짱을 낀 채 우산을 나누어 썼다. 복도에서 마주치면 기꺼이 서로 먼저 지나가도록 한 걸음 물러났다. 마지막 타르트 조각이라든지, 제일 좋은 자리, 난로의 온기를 서로에게 양보했다. 크리스마스이브에는 서로에게 소박하면서도 사려 깊은 선물을 했다. 어느 해엔가 앨마는('정확하게'는 아니지만 아름답게) 꽃 그리기를 좋아하는 프루던스에게 『모든 숙녀를 위한 그림 그리기 숙련법』이라는 제목의 예쁜 식물 스케치 지침서를 선물했다. 같은 해에 프루던스는 앨마가 제일 좋아하는 색깔인 가지색으로 멋진 새틴 바늘꽂이를 만들어 주었다. 그렇게 그들은 사려 깊게 행동하려고 노력했다.

"바늘꽂이 고마워. 핀을 쓸 일이 생길 때마다 꼭 사용할게."
라고 앨마는 신중하게 예의를 갖춰서 프루던스에게 짧은 감사 카드를 썼다.

해가 거듭될수록 휘태커 가문의 딸들은 세상에서 제일 까다로운 교정을 거쳐 서로를 향해 조금씩 다가갔지만, 아마도 그 동기는 달랐을 것이다. 프루던스가 교정받기 힘들어하던 부분은 자연스럽게 있는 그대로를 표현하는 것이었다. 한편 앨마는 부단한 노력을 기울이는 일을 어려워했다. 그것은 부끄러운 모든 본능을 끊임없이, 거의 물리적으로 억눌러서 도덕적 규율에 순종하거나 어머니가 못마땅하게 여기는 것을 두려워하는 마음에 굴복함을 의미했다. 따라서 예의범절은 준수됐고, 겉으로 보기에 화이트에이커의 모든 것이 평화로웠다. 그러나 진실을 들여다보면 앨마와 프루던스 사이에는 거대한 방파제가 존재했고, 그 방파제는 꿈쩍도 하지 않았다. 더 큰 문제는 그걸 무너뜨리도록 두 사람을 돕는 이가 아무도 없다는 점이었다.

어느 겨울날, 두 소녀가 열다섯 살 무렵에, 캘커타 식물원에 있는 헨리의 오랜 친구가 수년 만에 화이트에이커를 방문했다. 입구에 들어서서도 연신 외투에 쌓인 눈을 털어 내며 그 손님이 소리쳤다. "헨리 휘태커, 이 족제비 같은 놈! 내 귀가 닳도록 소문 자자한 그 유명한 딸내미 좀 보여 주시지!"

마침 딸들은 바로 옆 응접실에서 식물 자료를 기록하고 있었다. 그들도 그 말을 빠짐없이 다 들었다.

헨리가 쩌렁쩌렁 울리는 목소리로 말했다.

"앨마! 당장 오너라! 널 보자는구나!"

앨마가 기대감으로 얼굴을 빛내며 현관으로 달려갔다. 낯선 손님은 잠시 그녀를 쳐다보더니 웃음을 터뜨렸다. 그는 "멍청하긴, 내 말뜻은 그게 아니었어! 난 예쁜 아이를 보고 싶단 말이야!"라고 말했다.

힐난하는 기색 없이 헨리가 대꾸했다. "아, 우리 귀여운 예쁜이한테 관심이 있으시군? 프루던스, 이리 와라! 널 보자는구나!"

프루던스는 현관으로 걸어 나와서, 돌연 끔찍하게 질퍽한 습지로 변해 버린 듯한 마룻바닥 위에 꼼짝 못 하고 서 있는 앨마 옆에 나란히 섰다.

손님은 값이라도 매길 듯이 프루던스를 찬찬히 훑어보았다.

"그렇군! '정말' 대단한 아이야, 안 그런가? 픽이나 궁금했다네. 다들 과장하는 거라고 의심했지 뭔가."

헨리는 쓸데없는 소리라는 듯 손을 내저었다. "아, 다들 프루던스만 가지고 너무 떠들어 댄다니까. 내 생각엔 저 못생긴 아이가 예쁜 아이보다 열 배는 더 가치 있다네."

다들 짐작하겠지만 두 소녀는 아마도 똑같이 괴로워했으리라.

7

――――――――――

　1816년은 화이트에이커뿐만 아니라 세계 전역에서 여름이 없었던 해로 기억될 것이었다. 인도네시아의 화산 폭발로 지구의 대기가 화산재와 어둠으로 뒤덮였고 북미 대륙에는 가뭄을, 유럽과 아시아 지역 대부분에는 혹한으로 인한 기근을 안겼다. 뉴잉글랜드는 옥수수가 흉년이었고, 중국은 벼가 시들었으며, 북유럽 전역에서 밀 이삭이 쓰러져 버렸다. 아일랜드에서는 만 명 이상이 굶어 죽었다. 사료 부족으로 말들과 소들이 대량 몰살당했다. 프랑스와 영국, 스위스에서는 식량 폭동이 일어났다. 퀘벡 시에선 6월에 30센티미터나 눈이 내렸다. 이탈리아에서는 갈색과 빨간색 눈이 내렸으므로 사람들은 종말이 찾아왔다며 공포에 떨었다.

　펜실베이니아도 그 암울한 해의 6월과 7월, 8월 내내 온 들판이 탁하고 춥고 짙은 안개에 휩싸였다. 생명은 거의 자라나

　　　　　모든 것의 이름으로

지 않았다. 수천 가구가 모든 것을 잃었다. 하지만 헨리 휘태커에게는 불행한 해가 아니었다. 온실 난로는 어둑어둑한 날씨 속에서도 열대 식물들을 대부분 지켜 냈고, 어차피 그는 위험천만한 노지 농사에 생계를 맡겨 본 적이 없었다. 그가 취급하는 의약용 식물은 대부분, 기후 변화에 영향받지 않은 남미 대륙에서 수입되었다. 더욱이 날씨 때문에 사람들이 병들었고 병든 사람들은 더 많은 약을 찾았다. 따라서 식물 재배나 재정적으로 헨리는 거의 영향받지 않았다.

아니, 헨리는 오히려 그해에 부동산과 진기한 고서를 횡재했다. 농부들은 더 밝은 태양과 건강한 토양과 더 호의적인 환경을 찾겠다는 희망을 안고서 떼 지어 펜실베이니아를 떠나 서부로 몰려갔다. 헨리는 그렇게 파멸당한 사람들이 남기고 간 땅을 대거 사들였고, 그 덕에 훌륭한 제재소와 숲, 초원을 소유하게 되었다. 지위와 명망 높은 필라델피아의 몇몇 가문도 그해 나쁜 기후로 인한 경제 불황의 여파로 몰락했다. 헨리에게는 멋진 소식이었다. 다른 부유한 가문이 망할 때마다 그는 말도 안 되는 가격으로 그들의 땅이며 가구, 말, 프랑스산 고급 안장, 페르시아산 직물을 사들일 수 있었다. 그중에서도 가장 만족스러운 매물은 그들의 장서였다.

해를 거듭하면서 헨리는 귀중본을 수집하는 데 열광하게 되었다. 영어로 쓰인 책도 좀처럼 안 읽는 데다, 카툴루스 ^{기원전 1세기 무렵의 로마 서정시인.} 같은 것은 확실히 읽을 줄도 모르는 사람치고는 특이한 열정이었다. 그러나 헨리는 책을 읽고 싶어 했다기보다, 점점 방대해지는 화이트에이커의 서재에 모셔 둘 전리품을 얻고 싶어 할 뿐이었다. 헨리는 다른 책보다도 유독 의학 서적과 철학 서적, 절묘한 삽화가 들어간 식물학 서적을 갈망했다. 그는 방문객들이 온실에서 자라는 열대 보물들만큼이나 그런 책들에 황홀해한다는 사실을 알고 있었다. 심지어 그는 만찬 전에 진귀한 책을 하나 선택해서(혹은 베아트릭스에게 골라 달라고 해서) 모여든 손님들에게 보여 주기를 하나의 의례로 삼을 정도였다. 특히 유명한 학자들이 방문할 때면 그러한 의식을 거행했는데, 그들이 숨을 멈추고서 소유욕에 정신이 아득해지는 모습을 지켜보기 위해서였다. 문필가들은 대부분 한쪽에는 그리스어가, 다른 한쪽에는 라틴어가 적혀 있는, 16세기 초에 발행된 에라스무스의 귀중본을 직접 만져 볼 기회가 있으리라고는 짐작도 못 했으리라.

헨리는 탐욕스럽게 책들을 손에 넣었다. 몇 권씩이 아니라 아예 트렁크째로 사들였다. 그런 류의 장서들은 응당 분류해 둬야 했지만, 물론 헨리는 책을 분류하고 있을 만한 사람이 아니었다. 육체적으로나 지적으로나 고달픈 분류 작업은 수년째 베아트릭스의 몫이었고, 그녀는 통째로 들어오는 책을 솎아 내서 보석 같은 책만 남겨 두고 나머지 수많은 싸구려 책들은 필라델피아 공립 도서관으로 실어 보냈다. 그러나 1816년 가을이 되자 베아트릭스의 분류 작업은 점점 뒤처졌다. 책들은 그녀가 분류할 수 있는 속도보다 더 빠르게 쏟아져 들어왔다. 마차 차고의 창고마다 아직 열어 보지조차 못한 가방이 쌓여 갔고,

그 안에는 책들이 가득 들어 있었다. 매주 온갖 개인 서재의 장서 전체가 새로이 화이트에이커로 폭포처럼 쏟아져 들어오자 (명문가들이 차례차례 파산했다는 의미였다.) 분류 작업은 도저히 처리할 수 없는 골칫덩이가 될 지경이었다.

그래서 베아트릭스는 책을 살피고 분류하는 작업의 조력자로 앨마를 선택했다. 앨마는 그 일에 적합한 인물이었다. 프루던스는 그리스어를 거의 몰랐고 라틴어에도 거의 무능한 데다, 식물학 서적의 경우 1753년을 기준으로 그 이전과 이후 판본(다시 말해, 린네 분류법이 도입되기 이전과 이후)을 정확하게 구분해야 했는데, 그 방법을 도무지 이해하지 못했으므로 큰 도움이 되지 못했다. 하지만 이제 열여섯 살이 된 앨마는 화이트에이커의 서재를 질서 있게 정리하는 임무에 제격이면서도 열심이었다. 그녀는 자신이 처리하는 책에 관한 심오한 역사적 지식을 갖고 있었고, 열의를 가지고 부지런히 색인을 작성했다. 묵직한 나무 상자를 옮길 만큼 신체적으로도 튼튼했다. 게다가 1816년에는 날씨가 워낙 안 좋았으므로 실외에서 즐길 만한 오락거리가 거의 없었으며, 정원에서 일을 해 본들 얻을 것도 별로 없었다. 앨마는 일종의 실내 원예 작업이라고 생각하면서 행복한 마음으로 서재 일을 도맡았고, 덤으로 근육을 쓰는 일과 아름다운 책을 누리는 데에 매우 기뻐했다.

앨마는 책 수선에도 재능이 있음을 알게 되었다. 식물 표본을 고정해 본 경험이 많아서 제본실에 있는 각종 재료를 사용하는 데도 익숙한 상황이었다. 제본실은 서재 바로 옆에 잘 보이지 않게 난 문으로 통하는 작고 어두운 방이었는데, 베아트릭스는 낡은 옛날 책들을 보존하고 복원하는 데 필요한 종이와 천, 가죽, 밀랍, 아교를 전부 그곳에 보관해 두었다. 몇 달이 지나자 앨마는 그 모든 임무를 완벽하게 잘 해냈고, 베아트릭스는 분류된 책이든 되지 않은 책이든 화이트에이커의 서재 관리를 전적으로 앨마에게 일임했다. 베아트릭스는 서재 사다리를 오르내리기에는 너무 몸도 불고 지쳐서, 그 일 자체에 진력이 나 있는 상태였다.

어쩌면 누군가는 교양 있는 미혼의 열여섯 살 소녀가 검열받지 않은 책의 소용돌이 속에서 아무런 감독도 없이 홀로, 절제되지 않은 사상의 막강한 습격을 받으며 잘 헤쳐 나갈 수 있었을지 의문을 품을지도 모르겠다. 어쩌면 베아트릭스는 실용적이고 정숙한 젊은 여성으로 자라도록 이미 앨마를 성공적으로 교육해 냈으므로, 불결한 사상을 거부하는 방법쯤은 분명 알고 있으리라고 생각했을 것이다. 또 어쩌면 앨마가 책이 든 가방들을 열었을 때 맞닥뜨리게 될 것들에 대해서 철저히 생각하지 못했을 수도 있었다. 혹시 어쩌면 앨마의 못생긴 외모와 어색한 태도 때문에 '관능'의 위험에 면역되었으리라 믿었는지도 모르겠다. 아니면 (쉰 살이 다 되어 현기증과 집중력 결핍을 수시로 겪고 있던) 베아트릭스가 단순히 부주의했을 수도 있었다.

어쨌든 앨마 휘태커는 혼자 있다가 그 책을 발견했다.

모든 것의 이름으로

✳

누구의 서재에서 나온 책인지는 알 수 없었다. 주로 의학 서적이 들어 있던, 아무 표시도 없고 달리 주목할 것도 없는 가방 안에서 앨마는 그 물건을 찾아냈다. 흔한 갈레노스 ^{2세기 무렵 활동한 그리스의 의사.} 의 책 몇 권과 히포크라테스의 최신판 번역서 몇 권이 들었을 뿐 새롭거나 흥미진진한 책은 없었다. 그런데 그 책들 가운데 두툼하고 송아지 가죽으로 튼튼하게 장정되어 있는, 익명의 저자가 쓴 『쿰 그라노 살리스(Cum Grano Salis)』라는 책이 있었다. '소금 한 알갱이로'라니 우스운 제목도 다 있었다. 처음에 앨마는 4세기에 쓰인 『데 레 코퀴나리아(De Re Coquinaria)』 '요리에 대하여'라는 뜻. 를 15세기 베네치아에서 다시 펴냈듯 그저 요리에 관한 논문인가 생각했는데, 그 책은 화이트에이커 서재에 이미 소장되어 있었다. 하지만 재빨리 책장을 넘겨 보니 그 책은 영어로 적혀 있었고, 요리와 관련한 그림이나 목록이 전혀 없었다. 앨마는 첫 장을 펼쳤고 마음을 사납게 두근거리게 하는 내용을 읽고 말았다.

익명의 저자는 머리말에 다음과 같이 적고 있었다. "우리는 누구나 태어나면서 가장 놀라운 신체의 돌기와 구멍을 부여받으며, 아주 어린아이들은 그 신체의 일부를 순수한 즐거움의 대상으로 알고 있음에도, 우리는 문명이라는 이름으로 절대 만지지도, 절대 공유하지도, 절대 즐기지도 말아야 한다며 억압하고 또 혐오하는 척해야 한다. 이런 사실이 내게는 의아하기 짝이 없다! 대체 왜 우리는 그러한 인체의 선물을 본인과 동료의 몸에서 탐구하면 안 되는가? 그러한 황홀경을 가로막는 것은 오로지 우리의 정신에 불과하며, 그렇게나 순수한 오락을 금지하는 까닭은 인위적 '문명'의 논리뿐이다. 한때 딱딱한 예절의 감옥에 갇혀 있던 나의 정신은 수년간 가장 절묘한 신체적 쾌락의 도움으로 깨우침을 얻었다. 음악이나 그림, 문학을 대하듯 똑같이 전념하고 연습한다면 진실로 성적 표현 또한 순수 예술의 하나로 추구할 수 있음을 나는 확인하였다.

존경하는 독자여, 이 책장에 담긴 이야기들은 평생에 걸친 나의 에로틱한 모험을 솔직하게 기술한 것이며, 혹자들은 '추악하다'고 할지 모르겠으나 나로서는 청년 시절부터 행복하게, 또한 나의 신념상 악의 없이 추구한 결과다. 만일 내가 종교를 지닌 사람이었다면 수치심의 굴레에 얽매여서 이 책을 '고백록'이라 불렀을지도 모르겠다. 그러나 나는 관능에 관한 수치심에 동의하지 않으며, 연구 결과 '전 세계에 걸쳐 수많은 인류 종족 또한 관능적 행동을 수치심으로 여기지 않는다.'라는 사실을 확인하였다. 나는 어쩌면 그러한 수치심의 부재야말로 인류라는 종의 자연적 상태라고 믿기에 이르렀다. 다만 서글프게도 우리 문명이 그 상태를 왜곡한 것이다. 그러한 이유로 나는 평범하지 않은 개인사를 '고백'하는 것이 아니라 '폭로'하는 바이다. 나의 폭로가 신사들뿐만 아니라 모험을 즐기는 교육받은 숙녀들에게도 안내서이자 여흥으로 읽히기를 바라고 믿는다."

앨마는 책을 덮었다. 그녀도 아는 목소리였다. 물론 개인적으로 저자를 알지는 못했지만 어떤 유형의 인물인지를 알아차렸다. 화이트에이커 만찬에도 종종 참석하곤 하는, 잘 교육받은 문필가 부류였다. 메뚜기를 주제로 자연 철학에 대해서 400페이지쯤 아무 어려움 없이 논하는 한편, 이 경우처럼 관능적 모험에 대해서도 400페이지를 훌쩍 넘게 써낼 수 있는 부류였다. 누군지 알 것 같은 느낌과 익숙함은 앨마를 혼란스럽게 하면서 동시에 유혹했다. 점잖은 신사가 점잖은 목소리로 쓴 논문이라면 내용이 어떻더라도 점잖은 책이라 할 수 있을까?

베아트릭스가 뭐라고 할까? 앨마는 그냥 알 수 있었다. 베아트릭스는 이런 책이 사회적 통념에 어긋나며 위험하고 혐오스럽다고 말하리라. 악덕의 총체라고. 베아트릭스는 책을 없애려고 했을 터다. 프루던스가 이런 책을 발견했다면 어떻게 했을까? 프루던스라면 삿대로도 건드리지 않았을 것이다. 혹시라도 프루던스가 어쩌다 이런 책을 손에 넣게 되었다면 얌전히 베아트릭스에게 가져가서 없애 버리도록 한 뒤, 애당초 그러한 물건에 손댔음에 대해서 분명 엄벌을 청했으리라. 하지만 앨마는 프루던스가 아니었다.

그렇다면 앨마는 어떻게 했을까?

앨마는 책을 없애 버린 다음, 아무에게도 이야기하지 않기로 결심했다. 실은 당장 없애 버릴 작정이었다. 바로 오늘 오후에. 한 단어도 더 읽지 않고서.

그녀는 무작위로 다시 책장을 펼쳤다. 또다시 도저히 믿기지 않는 주제에 대해 점잖은 목소리로 이야기하는 낯익은 목소리를 만났다.

"나는 여성이 몇 살에 관능적 쾌감을 잃게 되는지 알아내고 싶었다. 매음굴을 소유하고 있어서 과거에도 수많은 실험에 도움을 주었던 친구의 말로는, 14세부터 64세까지 활동적으로 자신의 직업을 즐긴 창녀 하나가 현재 70세의 나이로 내 집에서 멀지 않은 도시에 살고 있다고 했다. 나는 문제의 그 여인에게 편지를 보냈고, 그녀는 허심탄회하게 매혹적이고도 따뜻한 답장을 보내왔다. 한 달 내로 나는 그녀를 방문했고 여인은 자신의 성기를 내가 관찰하도록 허락해 주었는데, 성기로 보아서는 훨씬 젊은 여자와 쉽게 구분할 수 없었다. 실제로 그녀는 쾌감을 온전히 느낄 수 있음을 시연으로 보여 주었다. 손가락과 열정의 샘에 바를 약간의 견과유만을 이용해서 그녀는 자위 행위만으로도 황홀경의 절정을 향해……."

앨마는 책을 탁 덮었다. 이 책은 그냥 두어서는 곤란했다. 부엌 화로에서 태워야지. 누군가 볼 수도 있으니 오늘 오후에는 곤란하고 이따가 밤에.

그녀는 또 한 번 무작위로 다시 책장을 펼쳤다.

차분한 화자가 이야기를 이어 갔다. "나는 벌거벗은 둔부를 주기적으로 구타당함으로써 심신의 안정감을 얻는 사람들이 더러 있다는 사실을 믿게 되었다. 남녀 누구든 공히 이러한 관행으로 쾌락을 느끼는 경우를 다수 목격하였으며, 우리가 앓고 있는 우울증이나 기타 정신 질환에 이것이 이로운 치료법일지도 모른다는 생각마저 든다. 이 년간 꼬박, 나는 모자 상점에서 일하는 가장 유쾌한 하녀와 친분을 맺었는데, 순결하고 심지어 천사 같았던 그녀의 보석은 반복되는 채찍질에 단단하고 강해졌으며, 일상적으로 채찍의 맛을 보아야 슬픔이 사라졌다. 앞에서 언급하였듯이, 한동안 나의 사무실에는 런던의 고급 가구업자에게 특별히 의뢰해서 만든, 상대를 들어 올릴 수 있는 도구와 밧줄을 부착한 정교한 소파가 놓여 있었다. 하녀는 그 소파에 단단히 묶이기를 그 무엇보다도 즐겼으며, 그 상태로 하녀가 내 물건을 입에 넣고서 아이가 막대 사탕을 즐기듯 나를 빨아들이는 동안 일행은……."

앨마는 다시 책을 탁 덮었다. 음탕함을 멀리하려는 정신을 소유한 사람이라면 누구든 당장 그만 읽으려고 할 것이다. 하지만 앨마의 배 속에서 살고 있던 호기심이 벌레처럼 스멀스멀 기어 나오는 것을 어떻게 막을 수 있었겠는가. 새롭고 놀라우며 '진실한' 것을 매일 섭취하고 싶어 하는 욕망을.

앨마는 다시 책을 펼쳤고 한 시간 동안 읽으며 자극과 의심과 대혼란에 사로잡혔다. 양심은 그녀의 치맛자락을 잡아당기며 멈춰 달라고 애원했지만, 스스로 그만둘 수가 없었다. 책장 속에서 발견한 내용 때문에 초조한 한편, 붕 뜬 기분을 느꼈다가 숨이 가빠졌다. 머릿속에서 요동치는 상상의 나래 때문에 정말 기절할지도 모르겠다는 생각이 들자, 드디어 그녀는 책을 덮고 도로 가방에 다시 집어넣고 잠갔다.

그녀는 축축이 젖은 손으로 앞치마를 어루만지며 서둘러

서 마차 차고를 떠났다. 그해 내내 그러했듯이, 밖은 서늘하지만 거슬리는 안개로 희뿌옜다. 공기가 너무도 탁해서 수술칼로 해부라도 할 수 있을 듯했다. 그날은 완수해야 할 중요한 임무가 여럿 있었다. 앨마는 겨울 동안 지하실에서 보관할 사과주 상자들을 아래로 옮기는 작업을 감독해 주기로, 한네커 데 그루트에게 약속했다. 누군가 남쪽 나무 울타리를 따라 심어 놓은 라일락 나무 아래에 종이 더미를 버려 놓아서 그것도 치워야 했다. 또 어머니의 그리스식 정원 뒤쪽 관목이 담쟁이덩굴의 침입을 받았으므로, 아이를 보내서 잘라 버려야 했다. 능률적인 습관을 동원해서 앨마는 책임을 즉각 완수해 낼 것이었다.

'돌기와 구멍'.

하지만 그녀의 머릿속은 온통 '돌기와 구멍'뿐이었다.

＊

저녁 시간이 되었다. 식당에 불이 켜지고 식기가 놓였다. 손님들이 곧 나타날 터였다. 앨마는 값비싼 두 겹 모슬린으로 만든 만찬용 드레스를 새로 갈아입었다. 응접실에서 손님들을 기다리고 있어야 했지만 그녀는 잠시 핑계를 대고 서재로 향했다. 그녀는 서재 입구 바로 옆으로 숨겨진 문 뒤쪽의 제본실에 들어가서 문을 잠갔다. 단단한 자물쇠가 달린 가장 가까운 문이었다. 그녀는 그 책을 갖고 있지 않았다. 책은 필요 없었다. 저택을 돌아다니는 동안 오후 내내 집요하게 따라다녔던 치명적인 이미지를 찾아서 떠올리기만 하면 될 일이었다.

머릿속에 꽉 찬 생각들이 몸에 무모한 요구를 했다. 아랫도리가 아파 왔다. 뭔가를 박탈당한 느낌이었다. 오후 내내 그러한 아픔이 쌓였다. 다리 사이에서 느껴지는 고통스러운 박탈감은 일종의 마법이나 악마의 출몰처럼 느껴졌다. 그녀의 성기는 격렬하게 마찰을 원했다. 치맛자락이 걸림돌이었다. 그녀는 몸이 간질간질했고 드레스 안에서 죽어 가고 있었다. 그녀는 치맛자락을 들어 올렸다. 작고 어둡고 아교와 가죽 냄새가 풍기는, 은밀한 제본실에 놓인 작은 앉은뱅이 의자에 앉아서 그녀는 다리를 벌렸고 손가락을 둥글게 움직이며 스펀지처럼 부드러운 자신의 꽃잎을 미친 듯이 탐닉했다. 그리고 그곳에 숨어 있는 악마를 찾아내서, 자신의 손으로 그 악마를 지워 버리기 위해 열심히 애썼다.

앨마는 그것을 찾아냈다. 점점 더 세게 문질렀다. 긴장감이 풀렸다. 성기에서 전해지던 아픔이 무언가 다른 것으로, 높은 곳에서 타는 불길, 쾌감의 소용돌이, 굴뚝 효과를 내는 열기로 바뀌었다. 그녀는 쾌락이 이끄는 곳으로 따라갔다. 무게감도 없고 이름도 없고 생각도 없고 역사도 없었다. 그러다가 눈 바로 안쪽에서 불꽃놀이가 벌어지듯 푸른빛이 번쩍 터지더니 끝이 났다. 차분하고 따뜻한 느낌이 들었다. 평생 처음으로 의식하는 아주 짧은 순간, 그녀의 마음은 의구심이나 걱정, 일거리, 당혹감으로부터 자유로워졌다. 그러자 놀라운 정적 한가운데

서 하나의 생각이 자리를 잡더니 확고하게 굳어졌다.

'난 이걸 또 해야겠어.'

✳

30분도 채 지나지 않아서 앨마는 당혹감에 얼굴을 붉히며 화이트에이커의 아트리움에 서서 만찬 손님을 맞이했다. 그날 밤 찾아온 손님들 중에는 뛰어난 식물 그림과 서적, 정기 간행물, 학술지를 출간하는 진지한 필라델피아 청년 출판업자 조지 호크스와, 뉴저지에 있는 프린스턴 대학교에서 학생들을 가르치며 최근 흑인들의 생리학에 관한 책을 출간한 제임스 K. 펙이라는 저명한 노신사가 포함되어 있었다. 소녀들의 창백한 가정 교사 아서 딕슨도 평소처럼 가족들과 함께 저녁 식사를 했지만, 그는 대화에 참여하는 일이 드물었고 식사 시간 내내 걱정스러운 표정으로 자기 손톱만 쳐다보는 편이었다.

식물학 전문 출판업자인 조지 호크스는 전에도 화이트에이커를 여러 번 방문한 손님이었고 앨마는 그를 좋아했다. 수줍음이 많지만 친절하고 매우 지적인 데다 어색해서 어쩔 줄 몰라 하는 거대한 곰 같은 체구의 남자였다. 한편 옷은 너무 컸고 안 어울리는 모자에, 정확히 자신의 설 자리가 어딘지 절대 모르겠다는 얼굴이었다. 조지 호크스를 열띤 대화에 끌어들이기는 도전이라 할 만큼 어려웠지만, 일단 말을 시작하기만 하면 그는 유쾌한 보석 같은 존재였다. 그는 필라델피아의 그 누구보다 식물학 서적 석판 인쇄에 대해 밝았고 출판물 역시 최상급이었다. 그는 식물과 예술가와 책 제본 기술에 대해서 애정을 담아 이야기했으며, 앨마는 그 남자의 존재를 굉장히 기뻐했다.

다른 손님인 펙 교수로 말할 것 같으면, 만찬에 새로이 합류한 인물이었는데 앨마는 처음 본 순간부터 그가 싫었다. 온몸에서 따분함이 뚝뚝 흐를 것만 같은, 작정하고 따분하게 구는 사람이었다. 도착하자마자 그는 화이트에이커의 아트리움에서 20분을 잡아먹으며 마차를 타고 프린스턴에서 필라델피아까지 오는 여정에 대해 호메로스처럼 시시콜콜 늘어놓았다. 일단 퍽이나 매력적인 그 주제를 실컷 얘기하고 나서는, 대화 내용을 분명 따라잡지도 못할 여자들 — 앨마와 프루던스, 베아트릭스가 신사들과 함께 만찬 식탁에 앉는다는 사실을 놀라워했다.

"아, 그렇지 않소. 내 아내와 딸들은 충분히 대화에 참여할 능력이 있음을 곧 알게 될 겁니다." 헨리가 손님의 생각을 바로 잡았다.

"그럴까요? 어떤 주제로요?" 노신사는 노골적으로 납득할 수 없다는 듯 물었다.

"글쎄요." 헨리는 턱을 문지르며 가족을 돌아보았다. "여기 베아트릭스는 모든 분야를 다 알고, 프루던스는 예술과 음악 방면에 조예가 있고, 저기 키가 큰 아이 앨마는 식물학에 적합한 인물이죠."

팩 교수는 능숙하게 겸손을 떨며 헨리의 말을 받았다.

"식물학이라, 아가씨들을 위한 가장 진보된 여가 선용입니다. 저도 항상 주장하는 바입니다만, 엄정함이나 수학적 규칙이 없다는 점에서 여성에게 유일하게 적합한 과학 작업이지요. 제 딸도 야생화를 꽤 잘 그립니다."

"관찰력이 뛰어난 아가씨겠군요." 베아트릭스가 중얼거렸다.

"네, 그런 편이죠." 팩 교수가 대꾸하더니 앨마에게 돌아섰다.

"알다시피, 숙녀의 손가락은 더 나긋나긋하니까요. 남자 손보다 부드럽죠. 식물 수집 같은 더 섬세한 작업에는 남자들 손길보다 낫다고 혹자들은 이야기합니다."

앨마는 원래 얼굴을 붉히는 사람이 아니지만 그 순간 뼛속까지 빨개졌다. 이 남자는 왜 난데없이 손가락의 나긋나긋함과 섬세함과 부드러움에 대해서 이야기를 하는 걸까? 이제 모든 사람들이 얼마 전까지만 해도 자신의 성기 깊숙이 파묻혀 있던 앨마의 손을 쳐다보았다. 끔찍했다. 곁눈질로 보니, 오랜 친구인 조지 호크스가 연민을 느끼듯 조마조마한 미소를 그녀에게 지어 보였다. 조지는 항상 얼굴을 붉혔다. 그는 누군가 그를 쳐다볼 때마다, 그리고 말하기를 강요받을 때마다 얼굴을 붉혔다. 어쩌면 그는 앨마에게 동정심을 표하고 있으리라. 조지의 시선을 받은 앨마는 여전히 더욱 붉게 달아오름을 느꼈다. 평생 처음으로 그녀는 할 말을 찾지 못했고, 아무도 자신을 쳐다보지 않기를 바랐다. 그날 밤 만찬을 피할 수 있다면 무슨 짓이든 할 수 있을 듯했다.

앨마에게 다행스럽게도, 펙 교수는 자신 외에는 아무것에도 특별히 관심을 두지 않는 듯했고, 일단 음식이 나오자 화이트에이커를 강의실로, 그를 초대한 집주인들을 학생으로 착각한 듯 길고 자세한 논문을 발표하기 시작했다.

그가 냅킨을 공들여서 접은 뒤 입을 열었다.

"흑인종이 된 건 단순히 피부의 질병이므로 혹시라도, 올바른 조합의 화학 약물을 이용해서 '깨끗이 닦아 내면', 그러니까 흑인을 건강한 백인으로 탈바꿈시킬 수 있다고 최근 주장하는 이들도 있습니다. 그건 잘못된 생각이에요. 제 연구 결과에 따르면 흑인은 병든 백인이 아니라 나름의 고유한 종으로서, 제가 설명하는……."

앨마는 정신을 집중하기가 어려웠다. 그녀의 생각은 『쿰 그라노 살리스』와 제본실에 가 있었다. 앨마가 성기나 인간의 성적 기능에 대해서 이날 처음 접한 것은 아니었다. 아기는 인디언들이 데려다준다는 둥, 여자의 몸 옆구리에 난 작은 상처 속으로 씨앗이 들어가서 임신이 된다는 둥 가족들에게 이야기를 듣고 자란 다른 소녀들과 달리, 앨마는 남녀 인체 해부학의 기초를 모두 알고 있었다. 그런 주제에 관해 완전히 무지한 채로 지내기에 화이트에이커에는 의학 논문과 과학 서적이 너무 많았고, 앨마가 속속들이 익숙해진 식물학의 전반적인 언어도 대단히 성적인 뉘앙스를 담고 있었다.(린네 스스로도 수분을 '결혼'이라 칭했으며, 꽃잎을 '고귀한 침대 커튼'으로 불렀고, 수술 아홉 개와 암술 하나로 구성된 꽃을 '아홉 남자가 한 여자와 같은 신방에 들어간' 것과 같다고 대담히 묘사한 적도 있었다.)

더욱이 베아트릭스는 특히 프루던스의 친어머니가 겪은 불운한 개인사를 감안해서 자기 딸들만큼은 스스로를 위험에 내던지는 순진무구한 여성으로 키우고 싶지 않았기에, 직접 더듬더듬 얼굴을 붉히고 목덜미에 열심히 부채질을 해 가며 앨마와 프루던스에게 인간의 번식 과정에 관한 필수적인 지식을 전수했다. 그런 대화는 누구도 즐기지 않았고, 함께 공부하면서도 모두들 가능하면 빨리 끝내고 싶어 했지만 어쨌거나 정보는 전달되었다. 심지어 베아트릭스는 언젠가 앨마에게 인체의 특정 부위는 청결 목적 이외에는 절대 손대지 말아야 하며, 홀로 부정한 열정에 휩싸일 위험을 피하기 위해서라도 화장실에서 절대 오래 머뭇거려선 안 된다고 경고한 적도 있었다. 앨마는 도무지 말이 되지 않는 이야기라 여겼으므로 당시에는 그런 경고를 신경 쓰지도 않았다. 화장실에서 오래 머뭇거리고 싶어 하는 사람이 대체 누가 있다고?

하지만 『쿰 그라노 살리스』를 발견하면서 앨마는 도저히 상상할 수도 없는 성적 사건들이 온 세상에 만연해 있음을 돌연 알게 되었다. 남녀는 서로에게 그야말로 놀라운 짓을 벌이고 있었으며 출산뿐만 아니라 여흥을 위해서도 그런 행위를 하고 있었다. 남자와 남자가, 여자와 여자가, 아이들과 하인들이, 농부들과 여행자들이, 선원들과 재봉사들이, 그리고 때로는 심지어 남편들과 아내들까지도! 앨마가 제본실에서 방금 배웠듯이 인간은 '자신'에게도 가장 놀라운 행위를 할 수 있었다. 견과유를 가볍게 바르든 아니든 상관없이.

다른 사람들도 그 짓을 할까? 체조 같은 삽입 행위뿐만 아니라 홀로 하는 은밀한 애무도? 익명의 저자는 많은 사람들이 그 행위를 한다고 적고 있었다. 자신의 주장과 경험으로 볼 때 고결한 태생의 숙녀들까지도. 프루던스는 어떨까? 그 아이도 그런 짓을 할까? 스펀지 같은 꽃잎과 불꽃의 소용돌이, 파란 불꽃의 폭발을 그 아이도 경험한 적이 있을까? 상상 자체가 불가능했다. 프루던스는 땀조차 흘리지 않았다. 옷 아래 무엇을 감추고 있는지, 또는 마음속에 무엇을 숨기고 있는지는 고사하고 프루던스의 얼굴 표정을 읽어 내는 것부터 어려운 지경이었다.

가정 교사인 아서 딕슨은 어떨까? 학문적 지루함 이외에도 그의 마음에 무언가 도사리고 있을까? 경련과 고질적인 마른기침 이외에도 그의 몸에 무언가 감추어져 있을까? 앨마는 아서를 쳐다보며 뭐든 성생활의 징후를 찾아보았지만 그의 몸매와 얼굴에서는 아무것도 드러나지 않았다. 그녀가 방금 제본실에서 경험했던 것과 같은 황홀경의 전율을 느끼는 그를 도무지 상상할 수 없었다. 심지어는 비스듬히 눕는 장면도 좀처럼 상상되지 않았고 옷을 벗은 모습 역시 확실히 상상할 수 없었다. 그는 꼿꼿이 앉은 채로 태어나 몸에 딱 붙는 조끼와 모직 바지를 입고서 두툼한 책을 들고 불행한 한숨을 쉬는 남자일 뿐이라고 사방에 증명하고 있었다. 만약 저 사람에게도 욕정이 있다면 언제 어디에서 그것을 해소할까?

앨마는 팔에 와닿는 서늘한 손길을 느꼈다. 어머니의 손이
었다.

"펙 교수님의 논문에 대한 네 의견은 어떠니, 앨마?"

베아트릭스는 앨마가 귀를 기울이지 않고 있음을 알고 있
었다. 어떻게 알았을까? 어머니는 그 밖에 뭘 더 알고 있을까?
앨마는 재빨리 정신을 차리고 초반부를 지나는 만찬에 다시
집중하며 실제로 들은 몇 가지 이야기를 짜내려 애썼다. 평소
답지 않게 그녀는 아무 의견도 생각해 내지 못했다. 그녀는 헛
기침을 한 뒤 말했다. "어떤 판단이든 내리기 전에 펙 교수님의
책 전체를 읽어 보고 싶어요."

베아트릭스는 날카로운 눈초리로 딸을 쏘아보았다. 놀라
움과 비난과 실망이 담긴 눈빛이었다.

하지만 펙 교수는 앨마의 말을 좀 더 이야기해 보라는 요청
으로 받아들였고, 식탁에 앉아 있는 숙녀들을 위해 자기 책의
첫 장 대부분을 기억나는 대로 '암송'했다. 헨리 휘태커는 보통
자신의 식탁에서 그렇게까지 완벽히 지루한 행동을 용납하는
사람이 아니었지만 앨마는 아버지의 얼굴에서 지치고 위축된
기색을 알아차렸다. 또다시 그의 고질병이 도진 것이 분명했
다. 곧 닥쳐올 병마가 아니고서야 아버지가 이렇게까지 입을
다물고 있을 이유는 없었다. 앨마는 헨리를 잘 알았기에 그가
다음 날 온종일, 어쩌면 다가오는 주간 내내 침대에 누워 지내
게 되리라는 점을 짐작할 수 있었다. 하지만 그러기 전까지 헨
리는 당분간 연이어 레드와인을 따라 마시고 오랜 시간 눈을

감은 채로 펙 교수의 단조로운 암송을 견뎌 냈다.

한편 앨마는 식물 서적 출판업자인 조지 호크스를 관찰했다. 그도 그런 짓을 할까? 그도 자위를 통해 쾌감의 절정에 이른 적이 있을까? 익명의 저자는 여자들보다 남자들이 더 자주 수음을 한다고 적어 놓았다. 건강하고 활력 넘치는 청년은 하루에도 여러 번 수음으로 사정할 수 있다고 쓰여 있었다. 누구도 조지 호크스를 활력으로 가득 찬 존재라고 묘사하지 않겠지만, 어쨌든 그는 크고 묵직하고 땀을 뻘뻘 흘리는 육체를 지닌 청년이었다. '무언가' 가득 차 있는 듯한 몸이었다. 조지도 최근에 그런 행위를 했을까, 혹시 오늘이라도? 조지 호크스의 물건은 지금 이 순간 무얼 하고 있을까? 나른하게 휴식? 혹은 욕망을 향한 준비?

갑자기 예상하지 못한 놀라운 사건이 벌어졌다.

프루던스 휘태커가 '말을 한' 것이었다.

프루던스는 얌전한 시선으로 정확히 펙 교수를 응시하며 상대에게 말을 걸었다.

"실례지만, 제가 교수님 말씀을 올바르게 이해했다면 단지 모발의 질감이 다르다는 점을 증거로 들어서 흑인과 인디언, 동양인, 백인이 모두 다른 종이라고 구분하신 것 같네요. 하지만 전 교수님의 가설에 의문을 품지 않을 수가 없습니다. 바로 이곳 영지에서도 저희는 몇 가지 다른 품종의 양을 키우고 있어요. 혹시 초저녁에 오시면서 보셨나요? 어떤 양은 털이 부드럽고 어떤 양은 털이 거칠고 어떤 양은 털이 고불거리고 아주 촘촘하죠. 외관상 털에 차이가 있지만, 그들 모두 양이라는 데는 교수님도 이견이 없으시겠죠. 그리고 좀 더 실례의 말씀을 올리자면, 다른 품종의 양이라도 전부 문제없이 교배가 가능하다고 알고 있습니다. 인간도 똑같지 않을까요? 그러니까 흑인과 인디언, 동양인, 백인 또한 모두 하나의 종이라고 주장할 수 있지 않을까요?"

모든 이들의 시선이 프루던스에게 쏠렸다. 앨마는 얼음물을 덮어쓰고 확 잠에서 깨어난 느낌이었다. 헨리가 눈을 떴다. 그는 술잔을 내려놓고 자세를 고쳐 앉으며 관심을 온전히 기울였다. 예민한 사람의 눈에만 보였을 테지만 베아트릭스 역시 경계하듯 약간 더 자세를 곧추세웠다. 가정 교사인 아서 딕슨은 놀라서 휘둥그렇게 뜬 눈으로 프루던스를 쳐다보더니, 마치 방금 있었던 발언 탓에 벌써 비난이라도 받은 듯 걱정스레 주변을 돌아보았다. 정말로 엄청나게 놀랄 일이었다. 그것은 프루던스가 식탁에서든, 실제로 '어느 곳'에서든 언급했던 말 가운데 가장 긴 연설이었다.

불행히도 앨마는 이 시점까지 토론의 맥락을 따라가지 못했으므로 프루던스의 발언이 정확한지 혹은 관련성이나 있는지 전적으로 확신할 수 없었다. 하지만 맙소사, 저 아이가 말을 하다니! 평소처럼 서늘한 미모를 뽐내며 흔들림 없이 새파랗고 맑은 눈을 동그랗게 뜨고 대답을 기다리듯 펙 교수를 응시하는 프루던스 본인을 제외하고는 모두들 깜짝 놀란 듯했다. 마치 일상에서 매일같이 저명한 프린스턴 대학교의 교수를 상대하기라도 하는 듯한 태도였다.

펙 교수가 바로잡고 나섰다.

"인간을 양과 비교할 순 없습니다. 단순히 두 생물의 교배가 가능하다고 해서…… 아, 숙녀분들 앞에서 이런 주제를 언급해도 될지 먼저 아버님의 허락을 구해야겠지요?"

헨리는 이제 상당히 집중하고 있었으므로 군주처럼 손을 휘저으며 허락을 알렸다.

"단순히 두 생물의 교배가 가능하다고 해서 같은 종에 속한다는 의미는 아닙니다. 아가씨도 알고 있을지 모르겠지만, 말은 당나귀와 교배할 수 있지요. 또한 카나리아는 되새류와, 수탉은 자고새와, 숫염소는 암양과 교배가 가능합니다. 그렇다고 해서 그들이 생물학적으로 동종이라고 볼 순 없습니다. 더욱이 흑인들을 공격하는 머릿니와 기생충도 백인과는 다른 유형이며 따라서 반박의 여지없이 종간 차이의 증거가 된다는 사실은 널리 알려져 있습니다."

프루던스는 공손하게 손님에게 고개를 끄덕였다. "제가 실수했네요. 부디 계속 말씀하세요."라고 그녀가 말했다.

앨마는 연신 어리둥절하고 말문이 막혔다. 왜 하필 교배 이야기람? 하고많은 밤 가운데 왜 하필 오늘?

펙 교수가 설명을 이어 갔다.

"종간의 '차이'는 어린아이가 보기에도 명백합니다. 백인의 '우수성'은 인류의 역사와 기원에 관해 희미하게나마 교육받은 사람이라면 누구든 명확하게 알 수 있는 사실이니까요.

튜턴 민족이자 기독교인으로서 우리는 미덕과 활기찬 건강, 검약, 도덕성을 소중히 여기죠. 우리는 열정을 다스립니다. 따라서 우리가 우월합니다. 문명을 거슬러 올라가 보면 다른 인종들은 화폐, 알파벳, 도구 제조 같은 진보를 이룩한 적이 아예 없습니다. 하지만 그들 중 누구도 흑인들만큼 무능한 인종은 없습니다. 흑인들은 감정적 감각을 과도하게 표현하는데, 그것은 자제력이 심각하게 부족함을 의미합니다. 전체적으로 눈, 입술, 코, 귀가 지나치게 두드러져 있으며, 이는 한마디로 흑인들이 감각에 지나치게 자극받을 수밖에 없음을 가리키죠. 그러므로 흑인들은 가장 따뜻한 애정을 품을 수도 있지만 가장 어두운 폭력 성향 또한 갖고 있습니다. 더욱 중요한 것은 흑인들은 홍조를 띨 수 없으며, 따라서 수치심도 느낄 수 없다는 점입니다."

단순히 홍조와 수치심에 대한 언급만 듣고도 앨마는 수치감에 얼굴이 붉어졌다. 그날 밤 앨마는 자신의 감각을 도무지 통제할 수 없었다. 조지 호크스는 또 한 번 따뜻하게 동감을 표하듯 그녀에게 미소 지어 주었는데, 앨마의 홍조를 더욱 짙게 할 뿐이었다. 베아트릭스가 무시무시하게 조롱하는 듯한 시선으로 쏘아보았으므로 앨마는 순간적으로 뺨을 맞을지도 모른다고 겁을 먹었다. 머리가 맑아질 수만 있다면 앨마는 거의 뺨맞기를 '청하고' 싶을 지경이었다.

놀랍게도 프루던스가 다시 입을 열었다.

차분하고 온화한 목소리로 그녀가 이의를 제기했다.

"가장 지혜로운 흑인이라면 혹시라도, 가장 어리석은 백인보다는 지적으로 우세할 수 있지 않을까요? 펙 교수님, 제가 이런 질문들 드리는 이유는 작년에 저희 가정 교사인 딕슨 씨께서 언젠가 축제에 참가했다가 그곳에서 전직 노예였던 메릴랜드 출신의 풀러 씨를 만났는데, 빠른 암산으로 유명한 사람이라고 했어요. 딕슨 씨에 따르면, 그 흑인은 누구든 태어난 날짜와 시간을 정확히 알려 주면 즉각 '초' 단위로 이제껏 살아온 시간을 계산할 수 있는데, 심지어 윤년까지 감안해서 헤아린다고 했습니다. 정말로 대단히 인상적인 능력이지요."

아서 딕슨은 기절이라도 할 것 같은 표정이었다.

교수는 이제 노골적으로 신경질을 내며 응대했다. "어린 아가씨, 나는 축제에 나온 노새한테도 셈을 가르치는 걸 목격한 적이 있습니다."

프루던스는 또다시 침착하고도 흔들림 없는 말투로 대꾸했다. "저도 본 적 있어요. 하지만 윤년까지 계산하는 법을 가르칠 수 있는 노새는 단 한 번도 만나 본 적이 없어서요."

펙 교수는 그처럼 대담한 언사에 약간 놀랐지만 이내 예의를 차린 뒤 고개를 끄덕이고는 말을 이어 갔다.

"그렇군요. 아가씨 질문에 대답하자면, 모든 종에는 멍청한 개체도 있고 특히 비범한 개체도 있기 마련입니다. 하지만 어떤 방향으로든 그들은 표준이 될 수 없어요. 나는 수년간 백인과 흑인 들의 두개골을 수집해서 수치를 측정하고 있는데, 현재까지 얻은 연구 결과로는 두개골에 물을 채웠을 때 백인의 두개골 용량이 흑인의 두개골보다 평균 120밀리리터 크다는 결론이 나왔습니다. 따라서 지적 수용력도 더 크다는 사실이 입증된 거죠."

"저는 죽은 사람의 두개골에 물을 채우기보다는 살아 있는 흑인의 두개골에 지식을 쏟아부었을 때 과연 어떤 일이 일어 날지 궁금해지네요." 프루던스가 나긋하게 말했다.

식탁에서는 경직된 정적이 흘렀다. 조지 호크스는 그날 저녁 아직 한 마디도 하지 않았고, 새삼 입을 열 마음 역시 확실히 없어 보였다. 아서 딕슨은 훌륭하게 시체 흉내를 내고 있었다. 펙 교수의 얼굴이 눈에 띄게 보랏빛으로 물들었다. 프루던스는 평소처럼 나무랄 데 없이 말간 도자기 같은 얼굴로 대답을 기다렸다. 헨리는 새삼 놀라운 마음으로 양딸을 응시했지만 어떤 연유인지 아직 말을 하지 않고 있었다. 어쩌면 몸이 좋지 않아서 직접 응대할 수 없었거나, 또 어쩌면 이 깜짝 놀랄 만한 뜻밖의 대화가 이제 어떻게 진행될지 그저 호기심이 일었는지도 몰랐다. 마찬가지로 앨마도 아무런 기여를 하지 못했다. 솔직히 앨마는 '덧붙일' 의견이 없었다. 그녀가 이토록 할 말이 없었던 적도 없었지만, 프루던스가 이토록 말이 많았던 적도 없었다. 그래서 식탁에 다시 원활한 대화를 되찾아 주는 임무는 베아트릭스에게 떨어졌고, 그녀는 네덜란드인 특유의 책임 의식을 발휘해서 입을 열었다.

"흑인과 백인 사이에는 머릿니와 기생충에도 다양한 차이가 있다고 좀 전에 교수님께서 언급하신 연구 내용을 읽어 볼

수 있다면 흥미로울 것 같군요. 혹시 관련 문헌을 갖고 계신가
요? 기쁜 마음으로 한번 보고 싶습니다. 기생충에 관한 생물학
은 제가 가장 관심을 갖고 있는 분야랍니다."

"관련 문헌을 가져오진 않았습니다, 부인. 그럴 필요도 없
고요. 이 경우 문헌은 필요하지 않습니다. 흑인과 백인 간에 머
릿니와 기생충에 차이가 있다는 점은 널리 알려진 사실이니까
요." 교수는 천천히 위엄을 되찾으며 말했다.

거의 믿어지지 않는 일이었지만 프루던스가 '또다시' 입을
열었다.

"안타까운 일이네요. 죄송하지만 저희 집안에서는 정확한
문헌이 뒷받침되어야 할 필요성을 모면할 만큼 잘 알려진 사
실이더라도 그런 가설을 그대로 받아들이는 일이 결코 용납되
지 않는답니다." 그녀는 대리석처럼 차갑게 중얼거렸다.

아프고 지쳐 있었지만 헨리는 폭발하듯 웃음을 터뜨렸다.

"그리고 '그 점이야말로' 널리 알려진 사실이오!" 그가 교수
에게 쩌렁쩌렁한 목소리로 말했다.

베아트릭스는 아무 일도 없었다는 듯 집사에게 관심을 돌
리고는 "이젠 푸딩을 들 준비가 된 것 같군요."라고 말했다.

✳

그날 밤 손님들은 화이트에이커에서 묵을 예정이었지만,
당황하고 짜증이 난 팩 교수는 다음 날 새벽같이 프린스턴으

로 돌아가야 하는 고된 여정을 시작하려면 시내 호텔에서 묵는 편이 낫겠다고 선언하며 굳이 마차를 준비시킨 뒤 시내로 돌아갔다. 아무도 그가 떠나는 것을 아쉬워하지 않았다. 조지 호크스는 혹시 필라델피아 중심지까지 마차를 같이 태워 줄 수 있는지 물었고, 교수는 퉁명스럽게 동의했다. 그러나 떠나기 전에 조지는 앨마와 프루던스에게만 잠시 시간을 내줄 수 있겠느냐고 물었다. 저녁 내내 좀처럼 한 마디도 하지 않던 그가 이제는 무언가 할 말이 있는 듯했고, 두 소녀에게 그 말을 하고 싶은 모양이었다. 다른 사람들은 현관 앞 아트리움에 모여서 외투와 짐 꾸러미를 챙기고 있는 사이 앨마와 프루던스, 조지 세 사람은 함께 응접실로 들어갔다.

프루던스한테 거의 보일 듯 말 듯한 고갯짓을 받고 나서 조지가 앨마에게 말했다.

"휘태커 양, 자매분께 들으니 순전히 본인의 호기심을 만족시키고자 '부생' 식물에 관해 대단히 흥미로운 논문을 쓰셨다더군요. 너무 피곤하시지 않다면, 주요 내용만이라도 저에게 알려 주시지 않겠습니까?"

앨마는 어리둥절했다. 참으로 기이한 날의 기이한 시간에 듣는 기이한 요청이었다.

"이렇게 늦었는데, 식물학에 대한 저의 취미를 논하기에는 너무 피곤하지 않으시겠어요?"

"전혀 피곤하지 않습니다, 휘태커 양. 저로서는 환영이죠. 어떠한 것이든 저의 긴장을 풀어 주니까요." 조지가 말했다.

모든 것의 이름으로

그 말을 들으니 앨마도 긴장이 풀리는 듯했다. 드디어 단순한 주제로군! 드디어 식물학이야!

"호크스 씨도 잘 아시겠지만, 부생 식물 중 '구상난풀'은 그늘에서만 자라고 병이 든 것 같은 흰색이라 거의 유령 같은 느낌이죠. 과거 동식물학자들은 햇빛이 부족한 주변 환경 때문에 '구상난풀'에 색소가 없다고 추측했지만, 양치식물이나 이끼같이 그늘에서 자라는 식물들도 아주 생생한 초록색을 띠기에 그 이론은 이치에 맞지 않는다고 생각했어요. 좀 더 조사를 해 보니까 '구상난풀'은 햇빛을 '향해서' 자라기도 하고 햇빛을 '피해서' 자라나는 경우도 많았죠. 그렇다면 햇빛에서 영양분을 얻는 것이 아니라 다른 원천에서 영양분을 얻는 것이 아닐까, 하는 방향으로 연구하게 됐죠. 그러다 '구상난풀'은 부생하는 식물에서 영양분을 얻는다는 믿음을 갖게 됐고요. 달리 말해 기생식물이라는 뜻이에요."

"그 말씀을 들으니 아까, 오늘 저녁에 들은 주제로 되돌아가게 되는군요." 조지가 살짝 미소 지으며 말했다.

맙소사, 조지 호크스가 농담을 하다니! 조지가 농담을 할 줄 아는 사람이라는 것조차 몰랐던 앨마는 이제 그의 농담을 알아차리고 기쁨의 웃음을 터뜨렸다. 프루던스는 웃지 않았고, 그림처럼 예쁘고 동떨어진 채 가만히 앉아서 두 사람을 지켜볼 뿐이었다.

더욱 탄력받은 앨마가 말했다.

"네, 그러네요! 하지만 펙 교수님과 그의 머릿니 이론과는 달리 저는 문헌을 제시할 수 있어요. '구상난풀'의 줄기에는 일반적으로 다른 식물에서 보이는 공기와 수분을 공급받는 표피층 구멍이 없고, 토양에서 수분을 빨아들이는 역학 관계도 보이지 않는다는 사실을 제가 현미경으로 확인했거든요. '구상난풀'은 영양분과 수분을 숙주 식물로부터 얻는다고 생각해요. 시체처럼 엽록소가 없는 이유는, 말하자면 숙주가 이미 소화한 음식을 먹는다는 점에서 유래한 거죠."

"정말로 탁월한 가설입니다." 조지 호크스가 말했다.

"글쎄요, 현재로서는 단순히 가설이에요. 어쩌면 언젠가 제가 현미경으로 본 걸 화학적으로 입증할 수 있을지도 모르지만 지금으로선 그저 의견일 뿐이죠."

"이번 주에 그 논문을 저한테도 보여 주신다면 출판을 고려해 보고 싶습니다."

앨마는 이 뜻밖의 초대에 완전히 매혹되어(낮에 겪었던 기묘한 사건에 너무 당황하기도 했고, 조금 전까지 관능적인 상상을 품었던 성인 남자와 직접 대화를 나누고 있다는 사실이 너무 짜릿했다.) 이 모든 대화에서 가장 기이한 요소에 대한 생각을 결코 멈출 수 없었다. 즉, 자매인 푸르던스의 역할이었다. 프루던스가 이 대화 자리에 함께 있는 이유는 뭘까? 프루던스는 왜 맨처음 이야기를 시작하도록 조지 호크스에게 고갯짓으로 신호를 보냈을까? 그리고 언제, 앨마가 알지 못하는 어느 시점에, 프루던스가 앨마의 사적인 식물학 연구에 대해서 조지 호크스와 이야기를 나누었을까?

다른 날 같으면 그런 질문들이 앨마의 머릿속을 떠나지 않은 채 호기심을 불러일으켰겠지만, 그날 저녁 앨마는 그런 생각을 떨쳐 버렸다. 평생 가장 기이하고 정신이 산만했던 날을 마감하는 저녁이었기에, 또 뱅글뱅글 돌아 버릴 정도로 너무 많은 생각들이 앨마의 머릿속으로 한꺼번에 몰려들었으므로 모두 물리쳐 버렸다. 어리벙벙하고 지친 데다 약간 현기증마저 나는 가운데 그녀는 조지 호크스에게 작별 인사를 한 뒤, 프루던스와 단둘이 응접실에 앉아 베아트릭스가 들어와서 혼내 주기를 기다렸다.

베아트릭스를 생각하자 앨마의 행복한 마음은 사라졌다. 저녁마다 두 딸의 단점을 꼬집는 베아트릭스의 설교는 아무래도 즐거운 일이 아니었지만, 오늘 밤 앨마는 평소보다 그 설교가 더 두려웠다. 그날 앨마의 행동(그 책을 발견하고 민망한 생각에 잠겨 홀로 제본실에서 열정을 즐긴)은 눈에 띄는 죄악을 저지른 것처럼 보였을 터다. 어떻게든 베아트릭스가 그 사실을 감지해 낼지 모른다는 걱정 말고도 오늘 밤 만찬 식탁에서 오간 대화는 치명적이었다. 프루던스가 거의 무례함에 가까울 정도로 유례없는 활약을 보이는 동안 앨마는 공공연히 멍청이 노릇을 했다. 베아트릭스는 둘 다 못마땅했으리라. 앨마와 프루던스는 수녀처럼 조용히 응접실에서 어머니를 기다렸다. 그들은 둘만 있을 때면 항상 조용했다. 두 사람은 편안한 이야깃거리를 찾았던 적이 한 번도 없었다. 수다를 지껄인 적도 없었다. 앞으로 그럴 일 역시 없었다. 프루던스가 묵묵히 양손을 붙잡고 앉아 있는 동안 앨마는 손수건 귀퉁이를 쥐고 안절부절못했다. 앨마는 딱히 집어낼 수 없는 무언가를 찾아서 프루던스를 흘끔거렸다. 어쩌면 동료 의식. 온기. 일종의 동병상련. 아니면 저녁에 벌어진 사건에 대한 언급이라도. 그러나 평소처럼 단아하게 반짝거리는 프루던스는 친밀함을 내비치지 않았다. 그럼에도 앨마는 시도해 보기로 결심했다.

"오늘 밤에 네가 표현한 생각들 말이야, 프루던스, 어쩌다 그런 얘기가 나온 거야?" 앨마가 물었다.

"대부분 딕슨 씨한테 들은 거야. 아프리카 인종의 환경과 역경은 우리 선량한 가정 교사 선생님이 선호하는 주제거든."

"그래? 나는 선생님이 그런 얘기를 하는 걸 한 번도 들어 본 적이 없는걸."

"그렇더라도 그분은 그 주제에 대해서 진지한 감정을 갖고 계셔." 표정 변화 없이 프루던스가 말했다.

"그럼 노예 폐지론자야?"

"맞아."

"맙소사. 어머니랑 아버지는 그런 얘기 안 들으시는 편이 낫겠다!" 아서 딕슨이 '무엇에든' 진지한 감정을 갖고 있다는 데 놀라워하며 앨마가 말했다.

"어머니는 아셔." 프루던스가 대꾸했다.

"아신다고? 그럼 아버지는?"

프루던스는 대답하지 않았다. 앨마는 질문할 게 더 있었지만, 심지어 아주 많았지만 프루던스에겐 의논하고 싶은 열의가 없는 듯했다. 또다시 실내는 정적에 휩싸였다. 그러다 앨마가 돌연 정적을 깨며 억제되지 않은 감정을 담아서 난감한 질문을 입에 올렸다.

"프루던스, 조지 호크스 씨에 대해 어떻게 생각해?"

"점잖은 신사라고 생각해."

"난 그 사람하고 운명적인 사랑에 빠진 것 같아!" 뜬금없고 예기치 못한 고백에 스스로도 충격을 받으며 앨마가 외쳤다.

프루던스가 대꾸도 하기 전에(실제로 그녀가 대꾸할 작정이었다면 말이다.) 베아트릭스가 응접실로 들어와서 긴 의자에 앉아 있는 두 딸을 쳐다보았다. 오래도록 베아트릭스는 말을 하지 않았다. 단호하고 흔들림 없는 시선으로 딸들을 한 사람씩 차례로 응시했을 뿐이었다. 침묵은 불확실하면서도 무엇이든 다 알고 있을 것 같은 두려운 가능성을 내포하고 있었으므로 앨마는 그 어떤 설교보다도 겁에 질렸다. 베아트릭스는 무엇이든 알아낼 수 있고 '모든 것'을 알아차릴 수 있는 사람이었다. 프루던스의 표정과 자세는 변함이 없었다.

마침내 끔찍한 정적을 깨고 베아트릭스가 말했다. "오늘 밤은 피곤하구나." 그녀는 앨마를 쳐다보며 말했다. "앨마, 오늘 밤에는 너의 단점에 대해서 이야기하고 싶은 마음이 없다. 내 기분만 더 나빠질 뿐이겠지. 앞으로 또다시 저녁 식탁에서 그렇게 입을 헤벌리고 정신이 딴 데 팔려 있는 모습을 보게 된다면, 다음부터 넌 다른 데 가서 식사하게 될 거라고만 말해 두겠다."

"하지만 어머니……."라고 앨마가 말문을 열었다.

"변명하지 마라. 구차하구나."

베아트릭스는 방을 나가려는 듯 돌아섰다가 뒤돌아서서, 방금 무언가를 기억해 낸 듯 프루던스를 쳐다보았다.

"프루던스. 오늘 밤 훌륭했다."

그것은 평범함을 완전히 벗어나는 언급이었다. 베아트릭스는 절대 칭찬하는 법이 없었다. 하지만 그날 평범한 것이 하나라도 있었던가? 앨마는 놀라서 프루던스를 돌아보며 또다시 무언가를 찾아보았다. 스스로에 대한 인정? 동정의 표현? 놀라움의 공유? 그러나 프루던스는 아무것도 드러내지 않고 시선을 마주쳐 주지조차 않았으므로 앨마는 단념했다. 그녀는 의자에서 일어나 계단을 오르며 침실로 향했다. 그러나 그녀는 계단 밑에서 프루던스를 돌아보며 한 번 더 자신을 놀라게 했다.

"잘 자, 자매님."

앨마가 말했다. 여태껏 한 번도 써 본 적 없는 표현이었다.

프루던스는 "너도."라고 대꾸했을 뿐이었다.

모든 것의 이름으로

8

1816년 겨울부터 1820년 가을 사이에 앨마 휘태커는 조지 호크스를 위해 36편 이상의 논문을 썼고, 모든 논문은 그가 발행하는 월간 학술지《보타니카 아메리카나(Botanica Americana)》에 실렸다. 선구적인 논문은 아니었지만 그녀의 아이디어는 명석했고, 삽화에는 오류가 없었으며, 학구열은 간절하고도 견실했다. 앨마의 연구가 세상에 불을 지피지는 않았겠지만 앨마에게는 분명 불을 지피는 자극제가 되었고, 그녀가 기울인 노력은《보타니카 아메리카나》지면에 실리는 것 이상의 가치가 있었다.

앨마는 월계수와 미모사, 버베나에 대해서 깊이 있는 논문을 집필했다. 포도나무와 동백나무, 도금양 오렌지, 무화과 재배에 대해서도 논문을 썼다. 그녀는 'A. 휘태커'라는 이름으로 논문을 발표했다. 앨마가 잡지에 스스로 여성임을 밝히는 것은 아무런 이득이 되지 못한다는 점을 앨마와 조지 호크스 모두 익히 알고 있었다. 당시 과학계에는 여전히 '식물학'(남자들이 연구하는 식물학)과 '의례 식물학'(여자들이 연구하는 식물학) 사이에 엄격한 구분이 존재했다. '의례 식물학'은 종종 '식물학'과 구분할 수 없는 분야였지만(전자는 존중받지 못하고 후자는 존중받는다는 점만 빼면) 그래도 앨마는 단순히 의례 식물학자로 무시당하고 싶지 않았다.

물론 휘태커 가문은 식물학계와 과학계에서 유명했으므로 상당수의 식물학자들은 'A. 휘태커'가 누군지 이미 정확히 알고 있었다. 그러나 전부는 아니었다. 그래서 앨마는 가끔 전 세계의 식물학자들이 조지 호크스의 인쇄소로 보내온, 자기 논문에 관한 편지를 받기도 했다. 어떤 편지는 '친애하는 선생님께'로 시작되었다. 'A. 휘태커 씨' 앞으로 보낸 편지들도 있었다. 상당히 기억에 남는 편지 하나는 심지어 'A. 휘태커 박사' 앞으로 되어 있었다.(앨마는 뜻하지 않은 경칭에 우쭐해져서 그 편지를 오래도록 간직했다.)

조지와 앨마가 서로의 연구 결과를 공유하고 함께 학술지를 편집하면서, 그는 더욱 자주 화이트에이커를 찾게 되었다. 다행스럽게도 조지의 수줍음은 누그러졌다. 이제는 식탁에서 그가 말하는 모습을 자주 볼 수 있게 되었는데, 심지어 종종 재치 있는 농담을 시도했다.

프루던스는 두 번 다시 저녁 식탁에서 입을 열지 않았다. 펙 교수가 방문했던 날 그녀가 보여 준 태도는 그저 지나가는 열병이었는지, 두 번 다시 그런 모습을 볼 수 없었을 뿐만 아니라 또다시 손님을 도발하는 일도 없었다. 헨리는 그날 밤 이후 프루던스를 '유색 인종을 아끼는 우리의 전사'라고 부르며 끝도 없이 양딸의 견해를 놀려 댔다. 그럼에도 프루던스는 결단코 그 주제에 대해 언급하기를 거부했다. 그녀는 침착하고 막연하고 신비로운 태도로 되돌아가서, 평소처럼 모든 이들과 모든 사물을 똑같이 무관심하고 도무지 속을 알 수 없는 공손함으로 대했다.

소녀들은 더 나이를 먹었다. 그들이 열여덟 살이 되자 베아트릭스는 마침내 딸들의 교육이 끝났다고 선언하며 가정 교사의 수업을 중단했다. 곧바로 가엾고 따분한 아서 딕슨을 내보냈고, 그는 펜실베이니아 대학교 고전어 강사직을 수락했다. 이건 두 사람이 더 이상 아이 취급을 받지 않는다는 의미였다. 베아트릭스 휘태커가 아니라 다른 어머니였다면 이 시기를 훌륭한 남편감을 찾는 시기로 여겼을 터다. 다른 어머니였다면 이제는 야심만만하게 앨마와 프루던스를 사교계에 등장시켜, 남자들과 시시덕거리고 춤을 추고 구혼받도록 부추겼으리라. 새 드레스를 주문하고 새 머리 모양을 시도하고, 새 초상화를 의뢰하기에 딱 알맞은 시기였을지도 모르겠다. 그러나 베아트릭스는 전혀 그럴 생각이 없는 듯했다.

사실 베아트릭스는 프루던스나 앨마에게 결혼 가능성을 암시한 적조차 없었다. 엄청난 교육을 시키고도 더 나은 가문과의 교류를 막은 걸 보면 휘태커 부부는 딸들의 결혼을 전적으로 반대하는 게 틀림없다는 수군거림마저 필라델피아 사람들 사이에서 떠돌았다. 둘 다 친구가 없었다. 앨마도 프루던스도 과학과 무역에 종사하는 성인 남자들과 식사를 같이했을 뿐, 정신세계까지 확실히 형성되어 있다고는 할 수 없었다. 둘은 젊은 구혼자들과 적절하게 대화하는 법 따위에 대해서는 아무런 훈련도 받지 못했다. 앨마는 화이트에이커의 아름다운 연못에 핀 수련을 보고 감탄하는 젊은 방문객이 나타나면, "아니에요. 잘못 아셨군요. 저건 수련이 아니에요. 연꽃이죠. 수련은 수면에 떠 있지만 연꽃은 수면 위로 한참 올라오거든요. 차이점을 한번 알고 나면 다시는 실수하지 않으실 거예요."라고 대꾸하는 종류의 아가씨였다.

앨마는 이제 남자만큼이나 키가 크고 어깨도 넓었다. 도끼도 휘두를 수 있을 듯한 외모였다.(솔직히 따지면 그녀는 정말로 도끼를 휘두를 수 있었으며, 아닌 게 아니라 현장에서 식물 연구를 하다 보면 종종 도끼질을 해야만 했다.) 그렇다고 해서 반드시 그녀가 결혼에서 배제되리라는 법은 없었다. 강인한 성격을 증명하는 큰 체구의 여자를 좋아하는 남자들도 더러 있는 법이고, 앨마의 옆모습은 꽤 잘생겼다고 할 만했다. 최소한 왼쪽에서 보면 말이다. 게다가 그녀는 확실히 유쾌하고 다정한 성품이었다. 하지만 무언가 눈에 보이지 않는 필수적 요소가 결핍되어 있었기에, 앨마의 몸에 감추어진 솔직한 에로티시즘에도 불구하고 그녀의 존재는 같은 방에 있는 남자들에게서 열정을 불러일으키지 못했다.

앨마가 스스로 자신이 사랑스럽지 않다고 믿고 있는 점 또한 도움이 안 되었다. 앨마가 그런 생각을 굳게 믿은 까닭은, 자라면서 너무도 수많은 방법으로 헤아릴 수 없이 사랑스럽지 않다는 말을 자주 들어 왔기 때문이었다. 가장 최근에도 아버지는 그녀더러 못생겼다고 얘기했다. 어느 날 저녁 럼주를 너무 많이 마셔서 취했는지 헨리가 뜬금없이 그녀에게 말했다. "하나도 신경 쓰지 마라, 내 딸!"

"뭘 신경 쓰지 마요, 아버지?" 아버지 대신 쓰고 있던 편지에서 고개를 들며 앨마가 물었다.

"풀 죽지 말라고, 앨마. 얼굴이 좀 반반하다고 해서 전부 얻을 수 있는 건 아니야. 미인이 아니어도 사랑받는 여자들은 많단다. 네 어머니를 생각해 봐. 네 어머니는 평생 단 하루도 예쁜 적이 없었지만 남편을 찾았잖니, 안 그러냐? 다리 아래쪽에 사는 캐번디시 부인을 생각해 봐! 무섭게 생긴 여자인데도 남편이 아이들을 일곱이나 만들어 냈으니, 그만큼 충분히 부인감이라고 여긴다는 뜻이야. 그러니까 너한테도 누군가 나타날 거다, 자두야. 널 갖게 되는 남자는 행운아일 거야."

이 모든 이야기가 '위로'의 방편이었다고 생각해 보라!

프루던스로 말할 것 같으면 그녀는 미모로 널리 알려져 있었다. 논란의 여지가 있긴 해도 필라델피아 최고의 미녀였다. 그러나 너무 냉랭해서 그녀의 마음을 얻기는 불가능하다는 것이 온 도시의 공통된 의견이었다. 프루던스는 여자들 사이에서 질투심을 불러일으켰지만 남자들에게 열정을 불러일으키는지는 확실하지 않았다. 프루던스는 남자들로 하여금 전혀 범접할 수 없으리라 느끼게 하는 재주가 있었고, 그래서 남자들 역시 현명하게 접근하지 않았다. 프루던스 휘태커를 쳐다보지 않을 방법은 없었으므로 모두들 그녀를 빤히 쳐다보았지만, 접근하는 이는 없었다.

누군가는 재산을 노리고 휘태커의 딸들에게 달려드는 남자들이 있으리라고 우려할지도 모르겠다. 사실 가문의 재산을 탐내는 청년들이 있기는 했지만, 헨리 휘태커의 사위가 된다는 것은 뜻밖의 횡재라기보다 위험에 가까운 듯했고, 어차피 헨리가 재산을 나누어 주리라고 믿는 사람은 아무도 없었다. 이래저래 부자가 되려는 꿈조차 화이트에이커에 구혼자들을 불러들이지 못했다.

물론 저택을 찾아오는 남자들은 항상 있었지만 그들은 딸들이 아니라 헨리를 만나러 온 사람들이었다. 화이트에이커의 아트리움에는 하루 종일 언제라도 헨리 휘태커와 대면하기를 바라며 기다리고 서 있는 사람들이 있었다. 온갖 부류의 남자들이 다 모여들었다. 절박한 남자, 꿈꾸는 남자, 성난 남자, 거짓말하는 남자. 진열용 상자나 발명품, 그림, 기획서, 소송장을 들고 저택을 찾아오는 남자들도 있었다. 사람들은 혹시 헨리가 자금을 투자해 줄까 해서, 주식 분할이나 대출 요청, 새로운 진공 펌프 시제품, 황달 치료제 따위를 제안했다. 그러나 구혼의 기쁨을 위해 화이트에이커를 찾는 이는 없었다.

그러나 조지 호크스는 달랐다. 그는 헨리에게 물질적인 것은 아무것도 바라지 않았고, 그저 그와 대화를 나누거나 화려한 온실을 즐기려고 찾아왔다. 조지가 발행하는 학술지에는 과학계의 최신 연구와 발견이 실렸고, 조지 역시 식물학계에서 일어나는 일에 대해서는 전부 다 알고 있는 인물이었으므로, 헨리는 그가 드나드는 것을 좋아했다. 조지는 분명코 구혼자로서 처신하지 않았지만(시시덕거리지도, 장난치지도 않았다.) 휘태커의 딸들을 '알고' 지냈고 그들에게 친절했다. 그는 항상 프루던스를 세심하게 배려했고, 앨마 또한 명망 있는 식물학계의 동료인 듯 대우해 주었다. 앨마는 조지의 친절한 배려가 고마웠지만 더 많은 것을 바랐다. 학술 토론은 젊은 남자가 사랑하는 아가씨에게 말을 건네는 방식이 아니라고 느꼈기 때문이다. 앨마는 온 마음을 다해서 진심으로 조지 호크스를 사랑하고 있었으므로 그것은 꽤나 불운한 일이었다.

그는 사랑에 빠지기에는 묘한 상대였다. 누구도 조지를 잘생긴 남자로 평가하지 않겠지만 앨마의 눈에 그는 모범적인 남성의 전형이었다. 그녀는 두 사람이 멋진 한 쌍이 되리라고, 어쩌면 당연히 한 쌍이 되어야 한다고 느꼈다. 조지가 지나치게 거구에다 창백하고 행동 역시 어색하고 서투르다는 점에는 의심의 여지가 없었지만, 그건 앨마도 마찬가지였다. 그는 항상 옷을 볼품없이 입었으나 유행을 모르는 건 앨마도 똑같았다. 조지의 조끼는 언제나 너무 꽉 조였고 바지는 지나치게 헐렁했는데, 앨마가 남자였다면 아마 자기도 저렇게 입었으리라 생각했다. 그녀 역시 옷을 차려입을 때마다 항상 어리둥절한 기분을 느끼며 그와 비슷한 어려움을 겪었기 때문이다. 조지는 이마가 너무 넓고 턱은 무척 빈약했지만, 앨마가 고이 어루만져 보고 싶어 할 만큼 짙은 머리카락만큼은 촉촉하고 풍성했다.

앨마는 교태를 어떻게 부려야 하는지 도무지 몰랐다. 점점 더 모호한 식물학 주제로 논문을 쓰고 또 쓰는 것 말고는 조지에게 구애할 방법도 생각해 내지 못했다. 조지와 앨마 사이에서 객관적으로 애정이라고 해석할 수 있을 만한 순간은 딱 한 번뿐이었다. 1818년 4월, 앨마는 현미경으로 아름다운 '나무가지종벌레 섬모충'의 모습을 조지 호크스에게 보여 주었다.(종 모양의 돌기와 손짓하는 듯한 미세한 섬모, 꽃처럼 피어난 줄기를 자랑하며, 작은 물웅덩이에서 완벽하게 반짝이고 행복하게 춤추는 모습이었다.) 조지는 앨마의 왼손을 붙잡고 큼지막하고 축축한 양 손바닥으로 누르며 말했다. "당신이야말로 내 별이에요, 휘태커 양! 정말 뛰어난 현미경 학자가 되었군요!"

그 접촉과 밀착된 손의 감각과 칭찬은 앨마의 심장 박동을 당장 격하게 부추겼다. 그녀는 제본실로 달려가서 또 한 번 자신의 손으로 욕구를 해소해야만 했다. 그렇다, 또다시 제본실을 찾은 것이다!

1816년 가을 이후, 앨마는 제본실을 매일 찾아갔다. 사실 생리 기간에만 중단되었을 뿐, 어떤 날은 하루에 여러 번씩 찾기도 했다. 그 많은 공부와 책임에 시달리며 언제 그런 일을 할 시간을 낼 수 있었는지 의아할지도 모르겠지만, 간단히 말하자면 '하지 않는' 쪽이 오히려 불가능했다. 큰 키에 남자 같은 체형, 단단하고 주근깨 가득한 얼굴, 굵은 뼈대, 두툼한 마디, 펑퍼짐한 엉덩이, 단단한 가슴으로 이루어진 앨마의 몸은 몇 년 새 믿기지 않을 정도로 성적 욕망에 불타는 신체가 되었으므로 그녀는 끊임없이 욕정에 시달렸다.

『쿰 그라노 살리스』는 하도 읽은 나머지 이제는 뇌리에 새겨져 있을 정도였고, 그녀는 위험한 다른 읽을거리로 옮겨 갔다. 아버지가 다른 사람들의 장서를 사들일 때마다 앨마는 책을 분류하며 아주 주의 깊게 살폈고 언제나 무해한 책들 사이에서 교묘하게 표지를 속인 위험천만한 책을 찾아냈다. 사포와 디드로, 일본 성애 비법서의 놀라운 번역본도 그렇게 해서 찾아냈다. 『연간 연애(L'Année Galante)』라는 제목으로 열두 달에 걸쳐 후궁들의 일탈과 호색한 사제, 타락한 발레리나, 유혹에 넘어간 가정 교사들의 이야기 따위가 담겨 있는 프랑스 책 한 권도 발견했다.(아, 유혹에 넘어간 가정 교사의 지난한 고생담이라니! 대부분의 가정 교사들이 몰락해서 파멸의 길을 걷는다! 그 사람들은 왜 음란 서적마다 전부 출연하는 걸까! 강간당해서 성 노예로 전락하는 것이 유일한 운명인데 대체 누가 가정 교사가 되려 하는지 앨마는 궁금할 지경이었다.) 심지어 앨마는 런던에 있다는 비밀스러운 '숙녀들의 채찍 클럽' 안내서뿐만 아니라 로마 시대의 난잡한 파티와 외설스러운 힌두교의 개안 의식에 관한 이야기도 읽었다. 그런 책은 모두 다른 책들과 분리해서 마차 차고의 낡은 건초 다락 위 트렁크 안에 감추어 두었다.

그러나 그것뿐만이 아니었다. 그녀는 의학 잡지도 유심히 살폈고, 거기서 가끔은 인체에 관한 가장 기묘하고도 괴상한 보고서를 발견할 수 있었다. 그녀는 아담과 이브가 자웅동체였을 가능성을 논하는 이론을 진지하게 읽었다. 인간의 성기에 나는 체모는 놀랍도록 풍성하게 자라기 때문에 잘라서 가발을 만들어 팔 수도 있다는 과학적 조사 결과도 읽었다. 보스턴 지역 매춘부들의 건강에 관한 통계도 읽었다. 바다표범과 성관계를 했다고 주장하는 선원들의 보고서도 읽었다. 각기 다른 인종과 문화에 따라, 다양한 포유류의 종별 차이에 따라 음경 크기를 비교한 논문도 읽었다.

그런 자료들이 금기임을 알았지만 그녀도 자신을 막을 수 없었다. 그녀는 배울 수 있는 것은 모두 알고 싶었다. 그와 같은 일련의 독서로 인해 그녀의 머릿속은 묘기를 부리는 인체의 향연으로 꽉 차 버렸다. 벌거벗은 채 채찍질을 당하고, 타락 끝에 밑바닥에서 뒹굴고, 갈망하고, 조각조각 분해된(나중에 다시 합체하지만 더 심한 타락이 기다리고 있을 뿐인) 인체들이었다. 또한 그녀는 뭔가를 자신의 입에 집어넣고 싶다는 생각에 사로잡혀 있었다. 구체적으로 말하자면, 숙녀라면 절대 입에 넣고자 욕망해서는 안 되는 물체들이었다. 다른 사람의 신체 일부 같은 것들. 그중에서도 특히 남자의 음경. 그녀는 남자의 물건을 자신의 성기에 들이기보다 더 간절히 입속에 넣어 볼 수 있기를 갈망했다. 가능한 한 가장 가깝게 그 물건과 접촉해 보고 싶기 때문이었다. 가까이에서 현미경으로 들여다보듯 음경을 살펴보고, 가장 깊이 감추어진 남자의 측면을, 가장 은밀한 존재의 둥지를 눈으로 보고 심지어 맛보고 싶은 마음이었다. 이 모든 생각은 자신의 입술과 혀에 깃든 아찔한 자각과 하나 되어 해결할 수 없는 집착이 되었고, 그녀가 거의 꼼짝도 하지 못할 때까지 욕망으로 쌓였다. 이러한 문제는 오로지 그녀의 손가락 끝으로만 해소할 수 있었고, 제본실 안에서만 다스릴 수 있었다. 안전하게 차단된 어둠 속, 익숙한 가죽과 아교 냄새가 떠돌고, 문에는 믿음직한 자물쇠가 달려 있는 곳에서. 그녀는 한 손을 다리 사이에 넣고 다른 손은 입속에 넣어야만 그 문제를 해치울 수 있었다.

앨마는 자위행위가 부정함의 절정이며, 건강에도 해가 될지 모른다는 사실을 알고 있었다. 금지된 것을 찾아내려는 욕구를 중단할 수 없었던 그녀는 그 주제에 관해서도 연구했으며, 그 결과 깨우친 사실은 그녀를 낙심하게 했다. 영국에서 발간된 의학 잡지에는 건강한 음식과 신선한 공기 속에서 자라는 아이들이라면 희미하게나마 몸 안에서 발생하는 성적 충동을 느끼는 경우가 결단코 없을뿐더러 성적 정보를 접해서도 안 된다고 적혀 있었다. 전원생활의 단순한 즐거움만으로도 젊은이들에게 충분한 오락거리가 되므로 자신의 성기를 탐구하고자 하는 욕망에 사로잡힐 리 없다는 것이, 저자의 주장이었다. 다른 의학 잡지에서 그녀는 조숙한 성욕이 야뇨증이나 유년기에 당한 지나친 매질, 기생충으로 인한 직장 부근의 자극, 또는(이 대목에서 앨마는 숨을 멈추었다.) '조숙한 지적 성장'

때문에 야기될 수 있음을 알게 되었다. 앨마는 자신에게 일어난 일을 가리키는 것이 틀림없다고 생각했다. 어린 나이에 정신이 지나치게 성숙하면 변태 성욕의 발현을 피할 수 없고, 희생자는 스스로 성관계의 대체 행위에 탐닉하게 된다. 이는 사내아이들의 성장 과정에서 주로 나타나는 문제이지만 드문 경우 여자아이들에게도 나타난다. 자신의 몸을 탐닉하는 데 심취한 젊은 사람들은 훗날 결혼하면 일주일 내내 매일 밤 배우자에게 성관계를 강요하다가 결국 가정을 병들게 하고 쇠락하게 한 끝에 파멸하고 만다. 또한 자위행위는 신체의 건강을 해치며, 곱사병과 절룩거리는 걸음걸이를 만든다.

다시 말해서 그런 습관은 자랑삼아 널리 알릴 수 없는 행동이다. 하지만 앨마는 애당초 그것을 그렇게 습관처럼 되풀이하고 싶지 않았다. 그녀는 정말로 진지하고 심각하게 그만둘 것을 맹세했다. '초반'에는 그랬다는 뜻이다. 음란 서적을 읽는 것도 그만두겠다고 자신과 약속했다. 조지 호크스와 그의 촉촉한 검은 머리카락을 두고 성적 환상에 빠져드는 짓도 관두겠다고 다짐했다. 두 번 다시 감추어진 그의 물건을 입속에 넣는 상상도 하지 않을 것이었다. 책을 수선할 일이 있더라도 제본실에는 결코 들어가지 않겠다고 맹세했다!

하지만 결심이 흔들리는 것을 피할 수 없었다. 그녀는 딱 한 번만 더 제본실을 찾겠노라고 다짐하곤 했다. 딱 한 번만 더, 자극적이고 혐오스러운 생각들로 머리를 채우리라. 딱 한 번만 더 손가락을 성기와 입속에 넣고 휘두르며 다리가 조여지고 얼굴이 달아오름을 느낄 것이다. 온몸이 딱 한 번만 더 어찔하고 퇴폐적인 물결에 휩싸이도록 하리라. 딱 한 번만 더. 그러고 나서는 어쩌면 한 번 더.

이내 그 같은 욕망을 이길 방도는 없음이 확실해졌고 마침내 앨마로서는 조용히 자신의 행동을 인정하고 계속하는 것 외에 아무런 선택의 여지도 없었다. 하루 종일 매 시간 내면에서 소용돌이치는 욕망을 달리 어떻게 해소한단 말인가? 더욱이 스스로 건강과 정신을 망가뜨린다는 자위행위의 악영향은 잡지에서 읽은 것과 상당히 다르게 나타났고, 한동안 그녀는 제대로만 한다면 해가 되지 않고 혹시 몸에 이로울 수 있지 않을까 생각했다. 그렇지 않고서야 결국 끊지 못한 비밀스러운 행동의 결과로, 의학 잡지에서 경고했던 심각한 부작용이 나타나지 않은 이유를 설명할 도리가 없었다. 그 행위는 앨마에게 병이 아니라 안도감을 주었다. 얼굴에서 모든 생명력이 빠져나가기는커녕 두 뺨을 더욱 건강한 색깔로 빛나게 했다. 그랬다, 충동이 일면 수치심을 느끼기는 했지만 일단 그 행위를 마치고 나면 언제나 정신이 맑아지면서 앨마는 생생하고 고요한 상태에 빠져들었다. 제본실에서 곧장 밖으로 달려 나가서는 연구 작업에 몰두했고, 짜릿하고 생기 넘치는 육신의 충동을 느끼면서부터 새삼스레 일의 순서가 한눈에 들어오는 명석한 상태로, 학문에 열정적으로 몰두했다. 그녀가 가장 즐겁고 생생하게 깨어 있는 순간은 언제나 그 행위를 한 다음이었다. 그녀의 작업이 정말로 잘 진행되는 때도 그 이후였다.

한술 더 떠서 이제 앨마에게는 일할 공간이 생겼다. 자신만의 서재, 아니 최소한 그녀가 '서재'라고 부를 만한 공간을 갖게 된 것이다. 마차 차고에서 흘러넘치는 아버지의 책들을 모두 치우고 난 뒤에 그녀는 1층에 있던, 그간 사용하지 않던 큼지막한 마구 보관실 하나를 차지했고, 공부를 위한 피신처로 바꿔 놓았다. 위치도 훌륭했다. 화이트에이커의 마차 차고는 위풍당당하면서도 평화롭고 아름다운 벽돌 건물이었는데, 둥근 천장과 사방으로 탁 트인 넓은 창문을 갖추고 있었다. 북쪽에서 햇빛이 비쳐 들어오고 바닥에는 깨끗한 타일 바닥을 깔았으며, 흠잡을 데 없는 어머니의 그리스식 정원이 내다보이는 앨마의 서재는 마차 창고에서도 제일 좋은 공간이었다. 방에서는 건초와 먼지와 말 냄새가 풍겼고, 책과 체, 접시, 프라이팬, 식물 표본, 우편물, 유리병, 오래된 사탕 깡통이 마음 편히 어질러져 있었다. 열아홉 번째 생일에 어머니로부터 '카메라 루시다.'프리즘과 거울, 현미경을 이용해서 바닥에 화상을 비추는 사생 장치.를 선물받은 앨마는 이제 식물 표본을 확대해서 자세히 들여다볼 수 있게 되었고, 더 정확한 과학 삽화를 그려 낼 수 있었다. 이탈리아제 고급 프리즘 세트도 갖게 되었는데, 약간이나마 뉴턴이 된 듯한 느낌을 주는 물건이었다. 단단하고 멋진 책상도 있고, 각종 실험을 진행할 널찍한 연구용 벤치도 완비되어 있었다. 치맛자락이 걸리는 일 없이 돌아다니기에 더욱 편하도록 그녀는 제대로 된 의자 대신 낡은 술통을 의자로 사용했다. 독일제 현미경도 갖고 있었는데 그녀는 자수의 달인이 섬세하게 손을 놀리듯 복잡한 현미경 조작법을(조지 호크스도 알아보았듯이!) 익혔다. 처음에는 그 서재에서 겨울을 나기가 불편했지만(잉크가 얼어붙을 만큼 추웠다.) 곧 작은 프랭클린 난로를 들여놓고 마른 이끼로 손수 벽에 난 틈새를 막았다. 비로소 그녀의 서재는 일 년 내내 모든 이들이 부러워할 만큼 아늑하고 사랑스러운 도피처가 되었다.

바로 그 마차 차고에서 앨마는 식물 표본집을 만들고 분류법에 대한 이해를 마쳤으며 좀 더 복잡한 실험을 진행했다. 필립 밀러의 『정원사 사전』은 하도 많이 들여다보아서 책이 너덜너덜해질 지경이었다. 그녀는 부종으로 고통받는 환자들에게 이로운 디기탈리스의 효능과 성병 치료에 쓰이는 코파이바의 성능에 대한 최신 의학 논문을 읽었다. 식물 도안 그리기 실력을 향상하는 데에도 힘썼다. 그녀의 도안은 결코 아름답다고 할 수 없었지만 언제나 기막히게 정확했다. 그녀는 지칠 줄 모르고 부지런히 일했고, 수첩을 오가는 그녀의 손가락은 행복하게 속도를 냈으며 입술은 기도문을 읊조리듯 움직였다.

화이트에이커의 나머지 공간이 의례적 활동과 전투 속에서 흘러가는 동안, 두 공간(제본실과 마차 차고의 서재)은 앨마에게 사생활을 보장하고 스스로를 있는 그대로 드러낼 수 있는 쌍둥이 같은 은신처가 되었다. 한쪽 방은 몸을 위한 곳이고 다른 방은 정신을 위한 곳이었다. 한쪽 방은 작고 창문이 없지만 다른 방은 환기가 잘되고 조명도 쾌적했다. 한쪽 방에서는 오래된 아교 냄새가 풍겼고 다른 방에서는 싱그러운 건초 냄새가 났다. 한쪽 방에서는 비밀스러운 생각들이 흘러나왔고, 다른 방에서는 널리 출판해 공유할 수 있는 발상이 넘쳐흘렀다. 두 방은 잔디밭과 정원을 사이에 두고, 저택으로 이어지는 자갈 깔린 넓은 진입로로 구분되어 각기 서로 떨어진 건물에 존재했다. 둘의 상관관계를 그 누구도 알아차린 적은 없었다.

하지만 두 방 모두 앨마 휘태커에게만 속한 공간이었고, 그녀는 그 두 방 안에서 존재했다.

9

1819년 가을 어느 날, 마차 차고 책상에 앉아 무척추동물에 관한 장바티스트 라마르크의 『자연사』 4권을 읽고 있던 앨마는 어머니의 그리스식 정원을 가로지르는 형체를 목격했다.

화이트에이커에서 일꾼이 맡은 일을 하러 오가거나 자고 새나 공작이 돌아다니며 땅바닥에서 뭔가를 쪼아 대는 광경은 앨마에게도 익숙했지만, 그 형체는 일꾼도 새도 아니었다. 그 주인공은 검은 머리를 예쁘게 손질하고, 아주 잘 어울리는 장밋빛 산책용 드레스를 입은 열여덟 살쯤 되어 보이는 아가씨였다. 그녀는 정원을 거닐며 초록색 수술이 달린 양산을 무심코 흔들었다. 확실하지는 않지만 그 아가씨는 혼잣말을 하고 있는 듯했다. 앨마는 라마르크를 내려놓고 지켜보았다. 낯선 아가씨는 조금도 서두르는 기색 없이, 결국에는 벤치를 찾아가서 앉더니 곧이어 놀랍게도 등을 대고 '눕기'까지 했다. 앨마는 그녀가 움직이기를 기다리며 지켜보았지만, 잠이 든 듯했다.

모든 게 굉장히 괴상한 광경이었다. 그 주에 화이트에이커를 찾은 방문객이 있기는 했지만(예일 대학교 출신의 식충 식물 전문가와 온실 환기에 관한 주요 논문을 집필한 따분한 학자), 누구도 딸을 데려온 사람은 없었다. 소녀는 분명 저택에서 일하는 일꾼들과도 관련이 없어 보였다. 딸에게 그 정도로 고급스러운 양산을 사 줄 만큼 여유 있는 정원사는 없었고, 일꾼의 딸이라면 감히 베아트릭스 휘태커가 소중히 가꾸는 그리스식 정원에서 저렇게 스스럼없이 돌아다닐 리 없었다.

호기심을 느낀 앨마는 일감을 내버려 두고 밖으로 나갔다. 그녀는 소녀를 공연히 깨우고 싶지 않았으므로 조심스럽게 다가갔지만, 좀 더 가까이에서 보니 소녀는 낮잠을 자고 있는 것이 아니라 윤기 나는 곱슬머리를 베개 삼아 그냥 하늘을 올려다보고 있었다.

"안녕하세요." 앨마가 그녀를 내려다보며 말했다.

"어머, 안녕하세요! 난 그냥 벤치한테 엄청나게 고마움을 표현하고 있던 중이에요!" 앨마의 출현에도 전혀 놀라지 않고 소녀가 대꾸했다.

소녀는 환하게 미소 지으며 벌떡 일어나 앉더니 옆자리를 톡톡 두드려서 앨마도 함께 앉기를 청했다. 앨마는 순순히 자리를 잡고 앉으며 옆에 앉은 사람을 관찰했다. 소녀는 확실히 묘한 외모였다. 멀리서 볼 때가 더 예쁜 듯했다. 이목구비는 확실히 사랑스러웠고 멋지게 매만진 머리와 시선을 끄는 보조개는 인상적이었지만, 가까이에서 보니 얼굴이 좀 평평하고 동그래서 마치 접시 같았으며 초록색 눈은 전체적으로 너무 커서 생각하는 것이 그대로 드러나 보였다. 그녀는 끊임없이 눈을 깜박거렸다. 그래서 전반적으로 지나치게 어려 보이는 데다 그렇게 똑똑한 인상은 아니었고, 약간 제정신이 아닌 것도 같았다.

소녀는 약간 모자라 보이는 얼굴을 들어 올리더니 앨마를 쳐다보며 물었다. "있잖아요, 어젯밤에 울리던 종소리, 댁도 들었어요?"

난데없는 질문에 앨마는 생각에 잠겼다. 사실 어젯밤에 종소리를 '듣기는' 했다. 페어몬트 힐에 화재가 나서 온 도시에 위험을 알리는 종소리가 울렸기 때문이다.

"들었어요." 앨마가 말했다.

소녀는 흡족한 듯 고개를 끄덕이며 손뼉을 쳤다. "그럴 줄 알았어요!"

"어젯밤에 내가 종소리를 들었다는 걸 알았다고요?"

"종소리가 '진짜'라는 걸 알았다고요!"

"서로 만난 적 있는 것 같지는 않군요." 앨마가 조심스레 말했다.

"아, 만난 적 없어요! 나는 레타 스노라고 해요. 여기까지 쭉 걸어왔어요!"

"그랬어요? 어디서 왔는지 물어도 될까요?"

'동화책 속에서요!'라는 대답을 기대할 수 있을 정도였지만, 그녀는 그러는 대신 "저쪽에서요."라고 말하며 남쪽을 가리켰다. 앨마는 순간적으로 모든 사실을 직감했다. 화이트에이커에서 강을 따라 불과 삼 킬로미터쯤 떨어진 곳에 새로 지은 저택이 있었고, 집주인은 메릴랜드 출신의 부유한 원단 상인이었다. 소녀는 그 상인의 딸이 틀림없었다.

"이 근처에 내 또래가 살면 좋을 텐데 했어요. 몇 살인지 터놓고 물어봐도 돼요?" 레타가 말했다.

"열아홉 살이에요." 자기 스스로 아주 나이가 많은 것처럼, 더군다나 이 어린 여자애보다는 훨씬 더 많으리라 짐작하면서 앨마가 대꾸했다.

"말도 안 돼!" 레타가 또다시 손뼉을 쳤다. "난 열여덟 살이니까, 나이 차가 그렇게 크지는 않죠? 이제 뭐 하나만 솔직히 얘기해 줬으면 하는데, 내 드레스 어때 보여요?"

"좋지만 좀……." 앨마는 드레스에 대해서는 아는 게 없었다.

"맞아요! 내 옷 중에 제일 좋은 드레스는 아니에요. 다른 드레스를 봤다면 당신도 맞장구를 더 세게 쳐 주었을 텐데, 아주 굉장한 드레스가 몇 벌 있거든요! 그래도 완전히 보기 싫진 않죠, 그렇죠?"

"글쎄요……." 앨마는 또다시 대답할 말을 찾고자 고심했다.

레타가 그녀의 고민을 대신 해결해 주었다. "당신 나한테 정말 다정하군요! 내 감정을 상하지 않게 하려는 거잖아요! 난 이미 당신을 내 친구라고 생각해요! 턱이 참 아름답고 자신감 넘치네요. 턱 때문에 사람들이 당신을 믿고 싶어 할 거예요."

레타는 앨마의 허리에 한 팔을 두르고는 따스하게 어깨에 머리를 기댔다. 앨마가 그러한 행동을 반가워할 이유는 하나도 없었다. 레타 스노가 누군지는 몰라도, 터무니없는 성격에 완전히 멍청하고 정신 산만한 어린 계집애임에 분명했다. 앨마에게는 할 일이 있었고, 소녀는 훼방꾼이었다.

그러나 여태까지 누구도 앨마를 친구라고 불러 준 적이 없었다.

그 누구도 앨마에게 드레스에 대한 의견을 물어본 적이 없었다.

그 누구도 앨마의 턱을 칭찬해 준 적이 없었다.

두 소녀는 한동안 따뜻하고 놀라운 포옹을 풀지 않은 채 벤치에 앉아 있었다. 이어 레타가 몸을 떼고는 앨마를 올려다보며 미소 지었다. 유치하고 속기 쉬워 보이고 매력적인 얼굴이었다.

"다음에는 우리 뭘 할까요? 저기, 이름 뭐예요?" 그녀가 물었다.

앨마는 웃음을 터뜨리며 자신을 소개하고는, 그다음에 뭘 해야 할지 자기도 모르겠다고 고백했다.

"다른 아가씨들도 있어요?" 레타가 물었다.

"자매가 있어요."

"자매가 있군요! 운이 좋네요! 같이 가서 만나 봐요."

그래서 두 사람은 함께 마당을 어슬렁거리다가 이윽고 장미 정원에서 이젤을 세우고 그림을 그리고 있던 프루던스를 찾아냈다.

"당신이 틀림없군요!" 레타는 상이라도 탄 듯 프루던스에게 달려가며 소리쳤다. 프루던스는 말 그대로 선물다웠다.

평소처럼 꼿꼿한 자세로 서 있던 프루던스는 붓을 내려놓고 예의 바르게 레타에게 손을 내밀어 악수를 했다. 레타는 지나칠 정도로 기뻐하며 프루던스의 팔을 두드리고 나서는 고개를 한쪽으로 기울인 채 잠시 프루던스를 빤히 쳐다보았다. 앨마는 레타가 프루던스의 미모에 대해 언급하거나, 앨마와 프루던스가 어떻게 자매일 수 있는지 묻기를 기다리며 잔뜩 긴장했다. 처음 앨마와 프루던스를 함께 보는 경우, 두 명 중 하나 꼴로 꼭 이런 질문을 던졌다. '자매라면서 한 사람은 피부가 완전히 도자기 인형인데, 한 사람은 어떻게 이토록 낯빛이 붉지?', '어떻게 한쪽은 이토록 가녀린데, 한쪽은 이다지도 몸집이 크지?' 프루던스 역시 그런 달갑지 않은 질문을 기다리며 긴장했다. 그러나 레타는 조금도 프루던스의 미모에 정신이 팔리거나 위축된 것 같지 않았고, 두 사람이 사실상 자매라는 사실에 아연실색하지도 않은 듯했다. 그녀는 단지 프루던스를 머리부터 발끝까지 살펴보더니 기뻐하며 손뼉을 쳐 댔다.

"그러니까 이제 우리는 셋이 됐네요! 이런 행운이! 우리가 남자였다면 이제부터 뭘 했을지 알아요? 서로 끔찍하게 신경을 긁어 대다가 뒤엉켜 나뒹굴고 싸우면서 코피를 냈을 거예요. 그러다가 싸움을 마치면 상처만 잔뜩 나서 괴로워하다가 절친한 친구가 되었겠죠. 정말이에요! 그렇게 되는 걸 내가 봤거든요! 한편으로는 엄청 재미있겠지만, 새 드레스를 망치면 속상할 것도 같고요. 앨마가 지적했듯이 내 옷 중에서 제일 좋은 건 아니라도 말이에요. 그러니까 오늘은 우리가 남자가 아님을 하늘에 감사할래요. 그리고 우린 남자가 아니니까 전혀 싸우지 않고도 친한 친구가 될 수 있다는 뜻이잖아요. 동감하죠?"

누구에게도 동감할 시간을 주지 않고 레타가 계속 재잘거렸다. "그럼 결정된 거예요! 우리는 세 단짝 친구예요. 누군가 우리에 대해서 노랫말을 지어야겠어요. 두 분 중에 노랫말 만들 줄 아는 사람 있어요?"

프루던스와 앨마는 어안이 벙벙해서 서로를 쳐다보았다.

"그럼 어쩔 수 없이 내가 할게요! 잠깐 시간을 주세요."

레타는 눈을 감고 입술을 오물거리며 음절을 세듯 손가락으로 허리를 톡톡 두드렸다.

프루던스는 앨마에게 대체 이게 다 뭐냐는 시선을 보냈고 앨마는 어깨를 으쓱했다.

레타 스노 말고는 세상 그 누구라도 어색하게 느낄 만큼 오랜 정적이 흐른 뒤에 레타가 다시 눈을 떴다.

"된 것 같아요. 내가 음악에는 영 소질이 없어서 작곡은 누군가 다른 사람이 해야겠지만, 처음 가사를 지어 봤어요. 우리의 우정을 완벽하게 담아낸 것 같아요. 어떻게 생각해요?" 그녀가 헛기침을 하고는 암송하기 시작했다.

우리는 바이올린, 포크, 스푼
우리는 달과 함께 춤을 추네
우리에게 도둑 키스를 하려면
서두르는 게 좋을걸!

앨마가 이 짧고 웃기는 시를 이해하려고 노력해 보기도 전에(누가 바이올린이고 누가 포크이고 누가 스푼인지) 프루던스가 웃음을 터뜨렸다. 프루던스는 절대 소리 내서 웃는 법이 없었으므로, 이것은 놀라운 사건이었다. 그녀의 웃음소리는 호탕하고 유쾌하고 컸다. 그렇게 인형같이 생긴 사람의 입에서 절대 나올 것 같지 않은 웃음이었다.

"누구세요?" 프루던스가 마침내 웃음을 멈추고 나서 물었다.

"난 레타 스노, 절대로 길을 잃지 않는 당신의 새 친구랍니다."

"글쎄요. 레타 스노, 내가 보기엔 길도 잃고 정신도 잃은 것 같은데요."

"다들 그렇게 말해요! 하지만 그러거나 말거나 난 여기 있잖아요."

레타가 야단스레 허리를 숙여 절을 하며 말했다.

✳

정말이었다.

레타 스노는 곧 화이트에이커 저택 주변을 맴도는 붙박이가 되었다. 어렸을 때 앨마는 그런 식으로 영지를 돌아다니며 마음에 드는 곳을 정복하는 새끼 고양이를 기른 적이 있었다. 선명한 노란색 줄무늬가 들어간 예쁜 고양이는 햇빛 좋은 날이면 무작정 화이트에이커의 주방으로 걸어 들어오더니 모든 사람들의 다리에 몸을 비벼 대고 나서, 화로 옆에 자리를 잡고 앉아 꼬리를 휘감은 채 가볍게 가르랑 소리를 내며 흡족한 듯 반쯤 눈을 감았다. 고양이의 태도가 너무도 확신에 넘치고 편안해 보여서 감히 아무도 쫓아낼 엄두를 내지 못했고, 그래서 결국 고양이를 집에 두게 되었다.

레타의 행동도 그와 비슷했다. 그날 화이트에이커에 나타난 레타는 제멋대로 편하게 굴었으며, 그러다 보니 문득 항상 거기 드나들던 사람처럼 여겨졌다. 엄밀히는 아무도 레타를 초대한 적 없었지만, 레타는 어떤 일에도 초대를 필요로 하는 아가씨가 아닌 듯했다. 그녀는 자기가 내키는 시간에 찾아와서 원하는 만큼 머물다가, 하고 싶은 일은 무엇이든 자기 마음대로 하고는 스스로 갈 준비가 되면 떠나갔다.

레타 스노는 충격적일 정도로(부럽기도 했다.) 제멋대로 살았다. 레타의 어머니는 아침마다 몸단장에 몇 시간씩 시간을 보내는 사교계의 고정 멤버였고 오후에는 또 다른 사교계의 고정 멤버들을 만나느라 시간을 보냈으며 저녁 시간도 늘 댄스파티로 끔찍이 바쁜 사람이었다. 늘 집을 비우는 아버지는 딸이 하고 싶다는 것은 다 들어주었고, 결국에는 튼실한 말 한 마리와 이륜마차를 사 줘서 딸이 마음 내키는 대로 필라델피아를 어디든 쏘다니도록 해 주었다. 그녀는 행복하게 떠도는 한 마리 벌처럼 마차를 타고 온 세상을 돌아다니며 하루하루를 보냈다. 그녀는 극장에 가고 싶으면 극장에 갔다. 거리 행진을 구경하고 싶으면 거리 행진을 찾아갔다. 화이트에이커에서 온종일 지내고 싶으면 느긋하게 그렇게 했다.

다음 해까지 앨마는 화이트에이커의 가장 놀라운 장소 여러 곳에서 레타를 발견했다. 「추문 패거리(The School for Scandal)」영국 사교계를 풍자한 희극.에서 곧장 튀어나온 사람처럼 통 위에 올라서서 유제품을 만드는 하녀들을 웃기고 있다거나, 선창에 앉아 기름이 둥둥 떠다니는 스쿠컬 강물에 두 발을 대롱거리며 담그고선 발가락으로 물고기를 잡는 시늉을 한다거나, 방금 숄이 예쁘다고 칭찬한 하녀에게 나눠 주겠다며 아름다운 숄을 반으로 가르고 있다거나.("봐요, 숄을 나눠 가졌으니까 우린 이제부터 쌍둥이예요!") 그녀를 어떻게 해야 좋을지 아무도 몰랐지만 그 누구도 그녀를 쫓아내진 못했다. 레타가 엄청난 매력으로 사람들을 사로잡은 것도 아니었다. 단지 그녀를 회피하는 일이 불가능했을 뿐이었다. 누구든 수긍하는 수밖에 달리 선택의 여지가 없었다.

심지어 레타는 베아트릭스 휘태커까지도 자기편으로 만드는 놀라운 성과를 이루어 냈다. 모든 논리적 잣대를 동원하자면 레타는 바로 베아트릭스가 가장 두려워하는 여자 유형의 현신이었기 때문에 혐오함이 마땅했다. 레타는 베아트릭스가 앨마와 프루던스를 키우면서 갖지 '않기'를 바랐던 모든 단점을 한데 합쳐 놓은 것이나 다름없었다. 화장은 진하고, 머리는 텅 비고, 외모를 꾸미는 데 허영을 부렸으며, 값비싼 댄스용 신발을 진흙에 담가서 망가뜨리고, 금세 울다가 깔깔 웃음을 터뜨리고, 어리석게 사람들 앞에서 손가락질을 하고, 독서하는 모습은 도통 볼 수 없으며, 비가 오는데 머리를 가릴 정도의 분별력조차 없는 아이였다. 그런 존재를 베아트릭스가 어떻게 껴안을 수 있겠는가?

문제를 예견한 앨마는 두 사람이 서로 만났을 때 최악의 상황을 두려워했다. 우정이 시작된 초기에는 레타 스노를 베아트릭스의 눈에 띄지 않게 숨기려고 노력했다. 하지만 레타는 쉽게 숨길 수 있는 사람이 아니었고, 베아트릭스 역시 쉽게 속아 넘어가는 사람이 아니었다. 사실 일주일도 되지 않은 어느 날, 베아트릭스가 아침 식탁에서 앨마에게 물었다. "요즘 들어 항상 집 안을 배회하고 다니는 그 '양산' 쓴 '애'는 누구니? 어째서 내가 볼 때마다 그 애가 '너'와 함께 있는 거지?"

마지못해 앨마는 레타를 어머니에게 소개했다.

"안녕하세요, 휘태커 부인." 좀 지나치게 연극적이기는 했지만 예의범절을 기억해 낸 레타가 상당히 적절하게 첫 대면을 시작했다.

"그쪽도 안녕한가요?" 베아트릭스가 대꾸했다.

베아트릭스는 그 질문에 솔직한 대답을 기대하지 않았지만 레타는 심각하게 받아들인 듯 약간 생각하더니 대답했다. "아무래도 말씀드려야겠네요, 휘태커 부인. 전 전혀 안녕하지 못하답니다. 오늘 아침 저희 집에 끔찍한 비극이 일어났거든요."

앨마는 끼어들지도 못하고 바짝 긴장해서 쳐다보고만 있을 뿐이었다. 앨마는 레타가 어쩌다 그런 얘기를 꺼내게 되었는지 상상할 수조차 없었다. 그날 레타는 온종일 화이트에이커에서 지냈지만, 스노 집안의 끔찍한 비극에 대해서는 앨마마저 금시초문이었다. 앨마는 레타가 입을 다물기를 기도했지만, 그녀는 베아트릭스가 계속하라고 부추기기라도 하는 듯말을 이었다.

"오늘 아침만 해도 전 신경이 곤두서서 어쩔 줄 몰랐어요, 휘태커 부인. 저희 사용인 하나가, 정확히 말씀드리자면 저의 영국인 하녀가 아침 식탁에서 눈물을 보이더라고요. 그래서 식사가 끝난 뒤에 슬퍼하는 이유가 뭔지 알아보려고 하녀 방으로 제가 따라갔죠. 거기서 뭘 알게 됐는지 상상도 못 하실 거예요! 글쎄, 하녀의 할머니가 정확히 삼 년 전, '바로 오늘' 돌아가셨다는 거예요! 그런 비극을 들은 제가 마냥 울어 버리고 말았다는 건 부인께서도 충분히 상상하실 수 있겠죠! 가엾은 하녀의 침대에서 한 시간은 울었을 거예요. 감사하게도 하녀가 곁에서 저를 위로해 주었답니다. 사연을 들으니 부인께서도 울고 싶어지시죠, 휘태커 부인? 겨우 삼 년 전에 할머니를 잃었다고 생각해 보세요!"

단지 그 사건을 떠올리는 것만으로도 레타의 커다란 초록색 눈에 눈물이 고이더니 이내 흘러넘쳤다.

"터무니없는 말을 다 듣겠군요." 베아트릭스가 낱말 하나하나 강조하며 힐난했고, 앨마는 음절 하나하나에 움찔움찔했다. "내 나이가 되면 얼마나 많은 사람들이 할머니를 잃는 걸 지켜봤을지 상상이 되겠지요? 그럴 때마다 울면 어떻게 되겠어요? 누군가의 할머니가 돌아가시는 건 비극이 아니에요. 누군가의 할머니가 삼 년 전에 돌아가셨다는 건 더군다나 마냥 눈물을 흘릴 일이 분명 아니죠. 젊은 세대에게 품위와 분별력을 가르쳐서 전하고 난 이후에 죽음을 맞이하는 것이 조모의 역할이라고 주장하는 사람도 있을 겁니다. 더욱이 슬퍼하는 하녀의 침대에 쓰러져서 눈물을 흘리기보다는 절제되고 엄격한 태도로 하녀에게 모범을 보였다면 더 나은 시중을 받았을 텐데, 아가씨는 그 하녀에게 아무런 위로도 되지 못했군요."

앨마가 괴로움에 움츠러드는 사이, 레타는 멍한 표정으로 꾸지람을 들었다. 그것으로 레타 스노는 끝장이라고 앨마는 생각했다. 그러나 뜻밖에도 이어서 레타가 웃음을 터뜨렸다. "아주 옳은 말씀이세요! 어쩜 그렇게 상황을 참신하게 받아들이시는지! 부인 말씀이 전적으로 옳아요! 저도 앞으로는 두 번 다시 누군가의 할머니가 돌아가시는 일을 비극이라고 생각하지 않겠어요!"

레타의 뺨 위로 흘러내리던 눈물이 스스로 말려 올라가서 완벽하게 사라지는 모습을 거의 실제로 보는 느낌이었다.

"이제 전 그만 가 봐야겠어요." 레타가 새벽처럼 싱그러운 태도로 말했다. "오늘 저녁에는 산책을 나갈 작정이라 집에 돌아가서 제일 어울리는 산책용 모자를 골라야 하거든요. 저는 정말이지 산책을 좋아하지만 어울리지 않는 모자를 쓰면 곤란하잖아요. 휘태커 부인도 분명 제 마음 잘 아실 거예요." 레타가 베아트릭스에게 손을 내밀자, 그녀도 마주 잡는 수밖에 없었다. "휘태커 부인, 정말이지 유용한 만남이었어요! 지혜로운 조언에 어떻게 감사의 말씀을 드려야 할지 모르겠어요. 부인은 여자 솔로몬이세요, 따님들이 부인을 그렇게 존경하는 것도 당연하네요. 휘태커 부인이 제 어머니라고 상상해 보세요. 그래서 저도 멍청하지 않은 사람이 되었다고 상상해 보세요! 유감스럽게도 저희 어머니는 평생 분별 있는 생각이라면 해 보신 적이 없는 분이세요. 더 심한 건 어머니가 밀랍과 연고와 분으로 얼굴을 하도 두껍게 치장하고 다니는 바람에 꼭 재단사의 마네킹처럼 보인다는 점이에요. 그러니까 부인 같은 분이 아니라 교육 못 받은 재단사의 마네킹 손에 자란 저의 불운은 어떻겠어요. 음, 그럼 전 그만 가 볼게요!"

베아트릭스가 입을 떡 벌리고 있는 사이, 레타는 총총히 사라졌다.

"어쩌면 사람이 저렇게 웃기는 꼴을 할 수 있는지 원." 레타가 가고 나자 베아트릭스가 중얼거렸고, 집 안에는 다시 정적이 찾아왔다.

유일한 친구를 옹호하겠다는 과감한 시도로 앨마가 나섰다. "좀 웃기는 아이라는 건 분명해요, 어머니. 하지만 자비로운 애예요."

"저 아이의 마음은 자비로울 수도 있고 아닐 수도 있을 거다, 앨마. 그런 판단은 하느님만이 내릴 수 있는 거다. 하지만 저 아이 얼굴은 확실히 우습구나. 뭔가를 표현해 낼 순 있겠지만 지성이라곤 안 보이는 얼굴이야."

레타는 바로 다음 날 화이트에이커를 찾아왔고, 첫 만남에서 들은 꾸지람 따위는 아예 없었다는 듯이 햇살처럼 환한 얼굴로 호의를 보이며 베아트릭스에게 인사를 했다. 심지어 그녀는 베아트릭스에게 작은 꽃다발을 가져다주었는데, 대범하게도 화이트에이커의 정원에서 잘라 낸 꽃이었다. 베아트릭스는 기적처럼 아무 말 없이 꽃다발을 받아들었다. 그날 이후 레타 스노는 저택에 드나드는 것을 허락받았다.

앨마가 보기에 베아트릭스를 무장 해제시킨 것은 레타가 이룬 최고로 훌륭한 업적이었다. 거의 마법과도 같은 일이었다. 너무도 순식간에 일어난 일이라 더 놀라웠다. 딱 한 번의 대범한 만남에서 어머니를 감언이설로 설득해 흔쾌히('완전히' 흔쾌히는 아니었더라도) 허락을 받아 낸 레타는 이제 마음 내킬 때면 언제든 드나들 수 있는 '평생 보증서'를 손에 넣었다. 어떻게 그럴 수 있었을까? 자신은 없지만 앨마는 몇 가지 이론을 세웠다. 첫째, 레타는 말리기 어려운 인물이었다. 더욱이 베아트릭스는 점점 나이 들고 기력이 쇠약해져, 요즘 들어서는 싸움 끝에 상대를 죽음으로 내모는 경우가 드물었다. 어쩌면 앨마의 어머니는 더 이상 세속적인 레타 스노의 적수가 못 되는지도 몰랐다. 하지만 무엇보다도 중요한 건 바로 이것이었다. 앨마의 어머니는 허튼소리를 싫어하는 데다 아양으로 쉽게 넘어가기가 매우 어려운 여인이었지만, 레타 스노는 베아트릭스 휘태커를 '여자 솔로몬'이라 부름으로써 좀처럼 들어 보기 힘든, 더할 나위 없는 칭송을 선사했다.

어쩌면 레타는 겉보기만큼 멍청하지 않은지도 몰랐다.

그리하여 레타는 살아남았다. 사실 1819년 가을이 깊어 가는 동안, 앨마는 매일 아침 식물학 연구를 위해 서재에 가 보면 이미 레타가 기다리고 있는 모습을 발견할 때가 많았다. 레타는 최신판 《조이스 레이디스 북》에 실린 패션 삽화 같은 차림새로 구석에 놓인 낡은 벤치에 앉아 있었다.

"어머, 어서 와 친구!" 마치 미리 약속이라도 되어 있다는 듯 레타는 고개를 들고 밝게 외쳤다.

시간이 흐르며 앨마는 그런 만남에 더는 놀라지 않았다. 레타는 훼방꾼 노릇을 하지 않았다. 절대로 과학 도구들을 만지는 법도 없었고(저항할 수 없을 만큼 매력적인 프리즘은 예외로 하고) 앨마가 "맙소사, 저기, 나 계산해야 하니까 이젠 입 좀 다물어 줘."라고 말하면 레타는 입을 다물고 앨마가 계산을 하도록 가만히 있었다. 다른 건 몰라도 앨마에게 어리석고 다정한 친구가 생겼음은 즐거운 일이었다. 앨마가 일하는 동안 구석에 놓인 새장에서 이따금씩 지저귀는 예쁜 새를 데리고 있는 것 같았다.

과학지에 낼 논문의 최종 교정을 의논하느라 조지 호크스가 앨마의 서재에 들를 때면 그는 그곳에 있는 레타의 모습을 보고 항상 아연실색하는 표정이었다. 조지는 레타 스노를 어떻게 대해야 할지 아예 몰랐다. 조지는 지적이고 진지한 남자였기 때문에 레타의 멍청함은 그를 완전히 불안하게 했다.

"앨마랑 조지 호크스 씨는 오늘 뭘 의논하나요?" 11월의 어느 날, 그림 잡지를 보다가 지루해진 레타가 물었다.

"붕어마름." 앨마가 대꾸했다.

"어머, 이름이 무시무시하다. 동물이야, 앨마?"

"아니, 동물 아니야. 식물이야."

"먹을 수도 있는 거야?"

"사슴이 아니고선 못 먹을걸. 그 정도로 배고픈 사슴이어야겠지만." 앨마가 웃음을 터뜨리며 말했다.

"사슴이 되면 얼마나 멋질까. 불쌍하게 빗속을 추적추적 돌아다니는 사슴만 아니면 돼. 그 붕어마름이라는 식물에 대해서 저한테도 얘기해 주세요, 조지 호크스 씨. 하지만 저처럼 머리가 텅 빈 사람도 이해할 수 있도록 쉽게 말씀하셔야 해요."

조지 호크스의 언어생활은 오로지 학술적이고 유식한 대화에 최적화되어 있을 뿐, 머리가 텅 빈 사람에게 전혀 맞추어져 있지 않았으므로, 이를테면 불공평한 요구였다.

"글쎄요, 스노 양. 이들은 가장 복잡성이 떨어지는 식물군으로서……"

"야박하게도 말씀하시네요!"

"독립 영양이 가능하며……"

"그 식물의 부모가 제 자식들을 얼마나 자랑스러워할까요!"

"글쎄요…… 으음." 조지가 말을 더듬었다. 이젠 할 말도 없는 모양이었다.

조지를 가엾게 여긴 앨마가 이 대목에서 끼어들었다. "레타, 독립 영양이란 제 스스로 먹이를 만들 수 있다는 뜻이야."

"그럼 난 절대로 붕어마름이 될 수 없겠네." 서글픈 듯 한숨을 쉬며 레타가 말했다.

"당연하지! 하지만 좀 더 잘 알게 되면 너도 붕어마름을 좋아하게 될지도 몰라. 현미경으로 보면 상당히 예쁘거든."

레타는 어림없는 말이라는 듯 손을 휘저었다. "어휴, 난 현미경에서 어디를 '봐야' 하는지 절대 모르겠어!"

"어디를 보다니? 레타, 그냥 접안렌즈로 보면 돼!" 앨마가 믿기지 않는 듯 웃음을 터뜨렸다.

"하지만 접안렌즈는 너무 '비좁고' 거기 비친 작은 물체의 상은 너무 '놀랍잖아.' 멀미한단 말이야. 조지 호크스 씨, 당신은 현미경을 들여다볼 때 멀미한 적 없으세요?"

그 질문에 난감한 듯 조지는 바닥을 응시했다.

"이젠 입 다물어, 레타. 호크스 씨랑 나는 집중해서 할 일이 있어."

"나더러 계속 입 다물라고 할 거면 난 가서 프루던스나 찾아볼 거야. 프루던스가 찻잔에 꽂힌 꽃을 그리면서 나를 좀 더 고상한 사람으로 만들려고 노력하는 동안 방해나 해야겠어."

"그럼 가 보시지!" 앨마가 기다렸다는 듯이 말했다.

"솔직히 두 사람 말이야, 나는 두 사람이 왜 항상 그렇게 열심히 일하는지 도무지 이해가 안 돼. 그러느라고 계속 상점 거리나 술집을 멀리한다면야 영영 해가 될 건 없겠지만……."

"가라니까!" 앨마가 애정 어린 손길로 레타를 밀어내며 말했다. 통통 튀듯 들뜬 걸음걸이로 걸어가는 모습을 보며 뒤에 남은 앨마는 미소 지었고, 조지 호크스는 몹시 당황했다.

"고백하자면 난 저 아가씨가 하는 말을 단 한 마디도 못 알아듣겠습니다." 레타가 사라지고 난 뒤에 조지가 말했다.

"염려 마세요, 호크스 씨. 레타도 호크스 씨 말을 이해 못 하니까요."

"하지만 저 아가씬 왜 항상 앨마 곁을 맴돌죠? 앨마와 함께 지내면서 자신을 향상시키려고 애쓰는 걸까요?" 조지가 골똘히 생각에 잠겼다.

칭찬을 들은 기쁨에 얼굴이 달아올랐지만(자신에게 그저 함께 있는 것만으로도 누군가를 향상시킬 만한 영향력이 있다고, 조지가 생각한다는 사실에 행복했다.) 앨마는 그저 이렇게 말했을 따름이었다.

"우린 절대로 스노 양의 동기를 확신할 수 없을 거예요, 호크스 씨. 누가 또 아나요? 혹시 레타가 '저'를 향상시키려고 애쓰는 중인지."

＊

크리스마스가 다가올 무렵 레타는 앨마와 프루던스의 둘

도 없는 친구가 되었고, 휘태커의 딸들을 자기 저택으로 초대해서 오찬을 즐기기에 이르렀다. 앨마를 식물학 연구에서 떼어 놓고, 프루던스도 하던 일과에서 벗어나도록 하기 위해서였다.

우스꽝스러운 레타의 성격처럼 레타의 집에서 즐기는 오찬도 우스꽝스러운 일의 연속이었다. 사랑스럽지만 그다지 일을 잘하는 것 같지는 않은 레타의 영국인 하녀가 드는 시중(그것도 시중이라고 할 수 있다면)을 받으며, 아이스크림과 잡다한 음식과 건배 제의가 뒤죽박죽 이어졌다. 그 집 안에서는 가치 있다거나 중요한 대화라곤 단 한 번도 오간 적이 없었지만, 레타는 항상 유치하거나 재미있는 오락을 즐길 준비가 되어 있었다. 그녀는 터무니없는 실내 놀이에 앨마와 프루던스까지 끌어들이고야 말았다. '우체국 놀이', '열쇠 구멍을 찾아라', '벙어리 연사' 같은, 어린아이들에게나 어울리는 놀이였다. 하나같이 끔찍이도 어리석은 놀이들이었지만 무척 재미있었다. 사실 앨마와 프루던스는 둘이서든, 혼자서든, 다른 아이들과 함께든 여태껏 한 번도 '놀아' 본 적이 없었다. 앨마는 특히 놀이라는 게 무엇인지조차 이해하지 못했다.

하지만 놀이는 레타 스노가 할 줄 아는 유일한 것이었다. 그녀가 제일 좋아하는 것은, 앨마와 프루던스를 재미있게 해 주고자 지역 신문의 사건 기사를 큰 소리로 읽어 주는 일이었다. 황당하지만 즐거웠다. 레타는 스카프와 모자를 쓰고서 외국인 억양으로 사건의 가장 소름 끼치는 장면을 연기해 보였

모든 것의 이름으로

다. 난로에 떨어지는 아기라든지, 추락하는 목재에 깔려서 불구가 된 노동자, 마차에서 나가떨어진 바람에 깊은 시궁창에 처박힌 다섯 아이의 어머니까지.(아이들이 공포의 비명을 지르며 무기력하게 지켜보는 사이, 신발이 허공을 향하도록 거꾸로 떨어진 채 익사했다.)

"그런 걸로 장난치면 안 되잖아!" 프루던스가 반대했지만 레타는 결국 그들이 모두 하도 웃어 대서 숨을 몰아쉴 때까지 연기를 그치지 않았다. 사실 가끔 레타는 자기감정에 너무 복받쳐서 혼자 힘으로는 웃음을 멈출 수 없을 때마저 있었다. 스스로 기분을 억제하지 못해서 너무 심하게 발작적 웃음에 휩쓸리는 경우였다. 때로는 놀랍게도 바닥에서 구르기까지 했다. 그럴 때면 레타 스스로 웃는 것이 아니라 외부에서 악마한테 조종이나 '지배'를 받는 듯했다. 그녀는 얼굴 표정이 거의 공포스럽게 일그러지고 발작이 찾아온 듯 어깨를 심하게 들썩이기 시작할 때까지 웃어 댔다. 앨마와 프루던스가 걱정스러워서 조용해지려고 하면 그제야 레타는 이성을 되찾았다. 그녀는 땀에 젖은 이마를 닦아 내며 벌떡 일어서서 외쳤다. "땅이 있어서 얼마나 다행이야! 안 그러면 우리가 어디에 앉겠어?"

레타 스노는 필라델피아에서 제일 이상한 아가씨였지만, 앨마의 인생에서, 그리고 프루던스의 인생에서도 특별한 역할을 맡은 듯했다. 셋이 함께 있으면 앨마는 자신이 거의 평범한 아가씨인 듯 느껴졌고, 그런 기분은 예전에 한 번도 느껴 보지 못한 것이었다. 친구와 자매랑 함께 웃음을 터뜨리고 있노라면 화이트에이커 저택의 앨마 휘태커가 아니라 여느 평범한 필라델피아 아가씨인 척할 수 있었다. 대부호에, 해야 할 일도 많고, 대단한 학식과 다양한 언어로 무장한 데다, 자기 이름으로 학술 논문도 수십 편 발행했으며, 머릿속에는 충격적이고 외설스러운 로마 시대의 난교 파티 장면이 떠다니는 키 크고 사랑스럽지 못한 젊은 여성이 아니라.

더욱이 레타는 세상에서 프루던스를 소리 내서 웃게 하는 유일한 사람이었고, 이 또한 정말 초현실적으로 경이로웠다. 그렇게 웃음을 터뜨리면 프루던스는 놀라운 변신을 했다. 얼음처럼 차가운 보석에서 상냥한 여학생으로 변하는 것이었다. 그럴 때면 앨마는 프루던스도 거의 평범한 필라델피아 아가씨라고 느꼈고, 충동적으로 자매를 껴안으며 함께 즐거워할 수 있을 것 같았다.

하지만 안타깝게도 앨마와 프루던스 사이의 친밀감은 레타가 함께 있을 때만 존재했다. 앨마와 프루던스가 스노 저택을 나와 화이트에이커로 나란히 걸어서 돌아가는 순간, 두 자매는 또다시 침묵에 휩싸였다. 앨마는 레타가 곁에 없을 때에도 따뜻한 관계를 유지할 수 있는 법을 배우게 되기를 항상 소망했지만 소용이 없었다. 집으로 돌아가는 긴 산책길에 오후에 들었던 농담이나 익살을 시도해 보아도 돌아오는 건 딱딱함과 어색함과 당혹스러움뿐이었다.

1820년 2월, 그렇게 집으로 걸어서 돌아오던 중 앨마는 광란의 도가니였던 그날의 기분에 취한 채 마음이 들떠서 모험을 감행했다. 그녀는 조지 호크스에 대한 애정을 한 번 더 과감하게 언급했다. 앨마는 조지가 언젠가 자신을 뛰어난 현미경 학자라고 칭찬한 적이 있으며, 그 말에 엄청나게 기뻤다고 구체적으로 프루던스에게 털어놓았다. 앨마는 "언젠가 조지 호크스 같은 남편을 맞이하고 싶어. 내 노력을 인정해 주고 내가 존경할 수 있는 좋은 남자 말이야."라고 고백했다.

프루던스는 아무 말도 하지 않았다. 긴 침묵이 흐른 뒤에 앨마가 말을 이었다.

"호크스 씨에 대한 내 생각은 거의 변함없어, 프루던스. 가끔은 그 사람을…… 껴안는 상상을 하기도 해."

뻔뻔한 주장이었지만, 평범한 자매라면 다 그러지 않나? 필라델피아 전역의 평범한 소녀들이라면 자신이 바라는 구혼자에 대해서 자매들과 의논하지 않을까? 마음에 담아 둔 바람을 솔직히 털어놓으면서? 미래의 남편에 대한 꿈을 그려 보지 않을까?

그러나 자매와 친해지려는 앨마의 시도는 먹히지 않았다.

프루던스는 "그렇구나."라고만 대꾸했을 뿐 더 의논할 의향을 내비치지 않았다. 화이트에이커까지 남은 길을 걷는 동안 평소처럼 그들은 입을 다물었다. 앨마는 그날 아침 레타 때문에 중단되었던 일을 끝내러 서재로 돌아갔고, 프루던스는 늘 하던 대로 미지의 임무를 향해 사라졌다.

앨마는 두 번 다시 자매로서 그런 종류의 고백을 시도하지 않았다. 레타가 앨마와 프루던스 사이에 어떤 신비한 구멍을 뚫어 놓았는지 몰라도, 그 구멍은 두 자매만 남게 되면 언제나 그 즉시 다시 꽉 막히고 말았다. 개선의 희망조차 없었다. 그래도 가끔 앨마는 응석받이에다 어리석기 짝이 없지만 모든 사람들을 무장 해제시키고, 누구나 따뜻한 온기와 애정으로 이끄는 레타가 그들의 자매였다면, 막내 여동생, 셋째 딸이었다면 인생이 어땠을지 상상해 보지 않을 수 없었다. 레타가 스노 가문이 아니라 휘태커 가문에 태어났더라면! 어쩌면 모든 것이 달라졌으리라. 가족이 더 있었다면 앨마와 프루던스도 스스럼없이 친밀감을 가지고 친구로서…… 자매로서 살아가는 법을 배웠을지도 몰랐다!

그런 생각을 하면 앨마는 지독한 서글픔에 사로잡혔지만 어찌해 볼 도리가 없었다. 어머니에게 수없이 가르침을 받았듯이 세상은 원래 있는 그대로일 수밖에 없었다.

바꿀 수 없는 것이라면 냉정하게 견뎌 내야 했다.

모든 것의 이름으로

10

1820년 7월 말이 되었다.

미합중국은 경제 불황에 시달리며 짧은 역사에서 최초로 침체기를 맞이했고, 헨리 휘태커도 처음으로 그해만큼은 승승 장구하지 못했다. 어떤 기준으로 보더라도 굉장한 곤경에 처했다고는 할 수 없었지만, 그는 익숙하지 않은 압박감을 느꼈다. 필라델피아의 이국적인 열대 식물 시장은 포화 상태였고, 유럽인들은 미국에서 수출하는 식물에 흥미를 잃었다. 설상가상으로 요즘 들어서는 도시에 사는 퀘이커 교도마다 약품 조제실을 열고 직접 알약과 연고를 제조하는 듯했다. 아직 '개릭 & 휘태커' 제품의 인기를 넘어설 만한 경쟁 상품은 등장하지 않았지만 곧 추월당할지도 몰랐다.

헨리는 그 문제에 관해서 아내의 조언을 바랐지만 베아트릭스는 그해 내내 건강이 좋지 않았다. 수시로 현기증에 시달리던 그녀는 너무나 덥고 불편한 여름을 지나며 상태가 더욱 악화되었다. 하던 일은 힘에 부쳤고 숨은 언제나 가빴다. 그녀는 불평하지 않고 소임을 다하고자 애썼고, 건강하지 않은데도 한사코 의사의 진료를 거부했다. 그녀는 의사나 약사, 약을 믿지 않았다. 가업이 가져다준 아이러니였다.

헨리의 건강도 그리 좋지 못했다. 이제 그는 예순 살이었다. 요즘 들어서는 오랜 지병인 열대병의 병치레 기간이 더 길어졌다. 헨리와 베아트릭스가 손님을 맞이할 만한 건강 상태인지 누구도 알 수 없었으므로 만찬 회동은 계획하기가 어려워졌다. 그래서 헨리는 성을 내며 지루해했고, 그의 분노는 화이트에이커에서 일어나는 만사를 더 어렵게 했다. 그의 감정 분출은 차츰 독설이 되었다. "누군가 대가를 치러야 해! 그 애비 없는 자식은 끝장이야! 내가 놈을 끝장내 주고 말겠어!" 하녀들은 헨리가 다가오는 모습만 봐도 구석으로 달아나서 몸을 숨겼다.

유럽에서도 나쁜 소식이 들려왔다. 헨리의 해외 대리인이자 특사인 딕 얀시(어린 앨마가 그토록 무서워하던 키 큰 요크셔 출신의 남자)는 매우 심란한 소식을 들고 화이트에이커에 당도했다. 파리의 화학자 두어 명이 최근 기나피에서 '키니네'라고 이름 붙인 물질을 분리해 냈다는 것이었다. 그들은 이 물질이 바로 말라리아 치료에 그토록 효능을 발휘하던 기나피의 신비로운 성분이라고 주장했다. 그러한 지식을 바탕으로 프랑스 화학자들은 껍질에서 중량도 더 가볍고 농도도 더 진하고 약

모든 것의 이름으로

효도 더 강한 제품을 곧 만들어 낼 수 있을지도 몰랐다.

헨리는 이런 일이 일어나리라고 예견하지 못한 자신을(그리고 약간은 딕 얀시도) 탓했다. "우리가 직접 발견해 냈어야 했어!" 하지만 화학은 헨리의 분야가 아니었다. 그는 따를 자가 없는 수목 재배가이자, 무자비한 장사꾼, 뛰어난 혁신가였지만 제아무리 노력하더라도 세상의 모든 새로운 과학적 진보를 나란히 따라갈 수는 없었다. 지식은 너무나 빠르게 그를 앞서 갔다. 또 다른 프랑스인은 최근 '아리소미터(arithometer)'라고 하는 수학 계산 기계의 특허를 냈는데, 12 이상의 수로 나누기도 가능했다. 한 덴마크 물리학자는 전기와 자석의 관계를 발표했는데, 헨리는 그 사람이 무슨 이야기를 하는지조차 이해하지 못했다.

달리 말해서, 최근에는 새로운 발명은 물론, 하나같이 너무도 복잡하고 멀게만 느껴지는 새로운 아이디어들이 무진장 많았다. 온갖 분야에서 다 짭짤한 수익을 내는 보편적인 전문가는 더 이상 존재할 수 없었다. 핸리 휘태커가 늙었다고 느끼기에 충분한 상황이었다.

하지만 그렇다고 모든 상황이 나쁜 것만은 아니었다. 딕 얀시는 방문 기간 동안 깜짝 놀랄 만한 좋은 소식 한 가지를 전했다. 조지프 뱅크스 경이 죽었다는 것이었다.

한때 유럽에서 가장 잘생긴 남자로 꼽히며 모든 왕들의 신임을 받았고, 세계 일주를 했고, 탁 트인 바닷가에서 이교도 여왕과 잠자리를 같이했으며 수천 종의 새로운 식물 품종을 영국에 소개했고, 어린 헨리를 세상에 내보내서 '헨리 휘태커'가 되도록 이끌었던, 바로 그 장본인이 죽은 것이다.

그는 헤스턴의 어디쯤 지하에서 죽은 채 썩어 가고 있었다.

딕 얀시가 도착해서 이 소식을 전했을 때 아버지의 서재에 앉아 편지를 옮겨 적던 앨마는 충격받고 흠칫 놀라서 "신의 가호로 편히 잠들기를."이라고 말했다.

"신의 가호로 저주를 받아야지. 그자는 나를 파멸시키려 했지만 내가 이겼다." 헨리가 고쳐 말했다.

의심할 나위 없이 헨리가 조지프 뱅크스를 이겼음은 확실해 보였다. 최소한 헨리는 그와 동등했다. 아주 오랜 과거에 뱅크스에게 받은 뼈아픈 모욕에도 불구하고 헨리는 상상을 초월할 정도의 부를 축적했다. 그는 단순히 기나나무 무역에서만 승리한 것이 아니라, 세계 각지에서 사업상의 이윤을 내고 있었다. 그는 명사가 되었다. 그의 이웃들은 거의 전부 그에게 빚을 지고 있었다. 상원 의원, 선주, 온갖 종류의 장사치 들이 그의 은혜를 빌었고 후원을 바랐다.

지난 삼십 년간 헨리는 큐 가든에서 본 그 어떤 온실에도 뒤지지 않는 온실들을 웨스트필라델피아에 세웠다. 뱅크스가 템스 강가에서 결코 개화시키지 못했던 다양한 난초 품종들을 화이트에이커에서 꽃피워 냈다. 뱅크스가 큐 가든 동물원에 들일 180킬로그램이나 되는 거북을 확보했다는 소식을 처음 들었을 때, 헨리는 아예 '한 쌍'을 화이트에이커로 주문했고, 갈라파고스에서 잡은 거북 한 쌍을 지칠 줄 모르는 딕 얀시가 직접 배달했다. 심지어 헨리는 아마존에 사는 대왕 수련(수련 잎이 너무 크고 튼튼해서 어린아이가 서 있어도 끄떡없을 정도였다.)을 화이트에이커로 가져왔지만 죽음을 목전에 둔 뱅크스는 대왕 수련을 '본' 적조차 없었다.

그뿐만 아니라 헨리는 뱅크스만큼이나 부유한 삶을 영위했다. 그는 뱅크스가 영국에서 살았던 그 어떤 집보다도 크고 장엄한 저택을 미국에 지었다. 언덕 위에 자리 잡은 그의 저택은 봉수대처럼 필라델피아 도시 전체로 인상적인 빛을 뿜어댔다.

심지어 헨리는 오랜 세월이 흐른 지금까지도 조지프 뱅크스 경처럼 옷을 입었다. 소년 시절에 그의 옷차림이 얼마나 눈부셨는지 결코 잊지 못했던 헨리는 부자로서 삶을 누리는 동안 줄곧 뱅크스의 옷장을 흉내 내면서 동시에 능가하겠다는 원칙을 세웠다. 그 결과 1820년까지도 헨리는 여전히 상당히 구식인 옷차림을 고수하고 있었다. 미국의 다른 남자들은 전부 오래전에 간단한 형태의 긴 바지로 바꿔 입었지만, 헨리는 여전히 실크 스타킹과 반바지에, 꼬리가 길게 늘어진 정교한 하얀 가발, 번쩍거리는 은장식이 달린 신발, 소매 단이 넓은 재킷과 러플이 풍성하게 너울거리는 블라우스, 연보라색과 에메랄드빛이 선명한 양단 조끼를 착용했다.

조지 왕조 시대의 알록달록한 복장과 보석으로 치장하고 필라델피아 전역을 활보하는 헨리는 위풍당당하기는 했지만 골동품 같은 차림새 때문에 대단히 진기한 구경거리였다. 제임스 필 정교한 미니어처 제작으로 유명한 미국 화가.의 화랑에 전시된 밀랍 인형 같아 보인다며 흉보는 사람도 있었지만 그는 개의치 않았다. 그것이야말로 헨리가 정확히 바라는 모습이었기 때문이었다. 1776년에 도둑 헨리(깡마르고 굶주리고 야심만만했던)가 탐험가 뱅크스(잘생기고 고상하고 호사스러웠던)에게 불려 갔을 때 큐 가든의 사무실에서 처음 '그'의 앞에 나타났던 조지프 뱅크스 경과 똑같은 모습 말이다.

그러나 이제 뱅크스는 죽었다. 죽어서도 귀족임은 틀림없 겠지만 어쨌든 그는 죽은 사람이었다. 반면에 가난하게 태어 났지만 미국 식물계의 제왕처럼 잘 차려입은 헨리 휘태커는 살아서 승승장구하고 있었다. 그렇다, 그의 다리는 쑤시고 아 내는 병들었고 말라리아 사업 분야에서는 프랑스인들이 바짝 뒤쫓아 오고 미국 은행들은 그의 주변에서 하나같이 망해 가 는 중이고 옷장에는 오래된 가발만 가득 차 있고 아들은 결코 보지 못했지만 맹세코 헨리 휘태커는 드디어 조지프 뱅크스 경을 물리쳤다.

그는 축배를 들어야겠으니 앨마에게 와인 저장고에 내려 가서 가장 좋은 럼주 한 병을 가져오라고 지시했다.

"두 병 가져오너라." 좀 더 생각해 본 뒤 그가 말했다.

"오늘 저녁에는 과음하시지 않는 편이 좋겠어요." 앨마가 조심스레 충고했다. 아버지가 최근 열병에서 회복한 지 얼마 되지 않았기 때문이었는데, 아버지의 표정을 본 그녀는 움찔 했다. 무섭도록 일그러진 감정이 드러났기 때문이다.

"오늘 밤에는 우리 아주 흥청망청 내키는 대로 마셔 보세, 친구." 헨리는 앨마한테 아무 소리도 듣지 못한 듯 딕 얀시에게 말했다.

"내키는 것 '이상'을 마셔야지." 얀시 역시 앨마의 등골을 서늘하게 할 만큼 노려보면서 말했다. 아버지는 그를 굉장히 높이 평가했지만 앨마는 그 남자가 싫었다. 언젠가 앨마의 아버지가 진심에서 우러나온 자부심 어린 목소리로 이야기한 바에 따르면 딕 얀시는 다툼이 있을 때 해결사로 써먹기 아주 좋은 친구였다. 다툼을 말로 해결하지 않고 칼로 해결했기 때문이었다. 두 남자는 1788년에 술라웨시 부두에서 만났는데, 헨리는 얀시가 말 한 마디 없이 영국 해군 장교 둘을 두들겨 패더니 고분고분하게 만드는 광경을 지켜보았다. 헨리는 그 모습을 보자마자 그를 대리인이자 집행자로 고용했고, 두 남자는 이후 함께 세계를 약탈했다.

앨마는 늘 딕 얀시가 무서웠다. 모두들 그랬다. 헨리조차도 딕을 '조련된 악어'라고 불렀고 한번은 "조련된 악어와 야생 악어 중 어느 쪽이 더 위험한지 말하기 어렵지. 어느 쪽이든 난 그 친구의 입속에 오래 손을 넣고 있진 않을 거다. 그 친구에게 신의 은총이 내리기를."이라고 말한 적이 있었다.

어린아이였을 때 앨마는 세상에는 두 종류의 말없는 남자가 있다는 사실을 본능적으로 이해했다. 한쪽은 유순하고 공손한 부류이고, 다른 한쪽은 딕 얀시였다. 그의 두 눈은 서서히 맴도는 상어 같았고, 지금도 앨마를 응시하는 그의 눈은 또렷하게 '럼주 가져와.'라고 말하고 있었다.

그래서 앨마는 지하실로 내려가서 순순히 두 사람이 각각 한 병씩 양껏 마시도록 두 병을 가져왔다. 그러고는 마차 차고로 가서 취기를 피해 일에 파묻혔다. 자정이 지나고서도 한참 뒤 그녀는 집으로 돌아가는 대신, 불편하지만 긴 의자에서 잠들었다. 그녀는 새벽에 깨어나 본채에서 아침 식사를 하려고 그리스식 정원을 가로질러 걸어갔다. 그러나 본채에 다가가자 아버지와 딕 얀시가 아직도 깨어 있는 소리가 들렸다. 그들은 목청껏 선원들의 노래를 부르고 있었다. 헨리는 삼십 년간 바다에 나가지 못했으나 노래만큼은 아직도 전부 기억하고 있었다.

앨마는 입구에 서서 현관문에 몸을 기대고 귀를 기울였다. 잿빛 아침의 여명 속에서 저택을 쩌렁쩌렁 울리며 들려오는 아버지의 목소리는 어쩐지 초라하고 섬뜩하고 지친 듯했다. 꼭 머나먼 대양에서 떠도는 유령의 목소리 같았다.

✳

그날로부터 이 주도 채 지나기 전인 1820년 8월 10일 아침, 베아트릭스 휘태커가 화이트에이커의 중앙 계단에서 넘어졌다.

그날 아침 일찍 잠을 깬 그녀는 정원 일을 좀 할 수 있을 정도로 몸이 가뿐하다고 느낀 모양이었다. 그녀는 오래된 정원

모든 것의 이름으로

용 가죽 슬리퍼를 신고 네덜란드식 머릿수건으로 머리카락을
단단히 감싼 뒤 일하러 계단을 내려갔다. 그러나 하필 계단은
전날 왁스를 칠해 둔 상태였고, 베아트릭스의 가죽 슬리퍼 바
닥은 너무 미끄러웠다. 그녀는 앞으로 고꾸라졌다.

　이미 마차 차고 서재에서 통발의 포충낭에 관해《보태니카
아메리카나》에 게재할 논문을 열심히 교정 중이던 앨마는 한
네커 데 그루트가 자기를 찾아서 그리스식 정원을 달려오는
광경을 보았다. 처음 퍼뜩 든 생각은 나이 든 가정부가 뛰는 모
습이 얼마나 우스꽝스러운가, 하는 것이었다. 치맛자락을 휘
날리며 두 팔을 허우적거리는 그녀의 얼굴은 붉게 상기되고
잔뜩 굳어 있었다. 거대한 맥주 통이 드레스를 두른 채 마당을
튕기며 굴러오는 것만 같았다. 앨마는 하마터면 소리 내서 웃
을 뻔했다. 그러나 바로 다음 순간 앨마는 진지해졌다. 한네커
는 분명 놀란 얼굴이었는데, 그녀는 평소에 아무 일에나 놀라
는 여자가 아니었다. 무언가 끔찍한 일이 벌어졌음이 틀림없
었다.

　앨마는 생각했다. '아버지가 돌아가셨나.'

　그녀는 심장에 한 손을 얹었다. '제발, 아니길. 제발, 아버지
는 아니길.'

　이제 한네커는 눈을 휘둥그렇게 뜨고 거칠게 숨을 몰아쉬
며 문 앞에 와 있었다. 숨이 막힌 가정부가 꿀꺽 침을 삼킨 뒤
소리쳤다. "니 어마니 주것다."

　'네 어머니 죽었다.'

*

하인들이 베아트릭스를 방으로 다시 옮긴 뒤 침대에 눕혀
놓았다. 앨마는 들어가기가 두려울 지경이었다. 그녀는 좀처
럼 어머니 방에 들어가 본 적이 없었다. 잿빛으로 변한 어머니
의 얼굴이 보였다. 이마는 멍이 들어서 툭 튀어나왔고 입술도
찢어져서 피투성이였다. 살갗은 차가웠다. 하인들이 침대를
둘러싸고 서 있었다. 하녀 하나가 베아트릭스의 코밑에 거울
을 대고 숨이 붙었는지 확인하는 중이었다.

"아버지는 어디 계세요?" 앨마가 물었다.

"아직 주무십니다." 하녀가 말했다.

"아버진 깨우지 마세요. 한네커, 어머니 코르셋 좀 풀어요."
앨마가 명령했다.

베아트릭스는 항상 숨 쉬기가 어려울 정도로 위엄 있게 단
단히 몸통을 조이곤 했다. 그들은 몸을 옆으로 돌려 눕혔고 한
네커가 코르셋의 끈을 풀었다. 여전히 베아트릭스는 숨을 쉬
지 않았다.

앨마는 나이 어린 하인 한 명에게 돌아섰다. 꽤 뜀박질이
빨라 보이는 사내아이였다.

"살 볼라틸레(sal volatile)를 가져와."

소년은 멍한 표정으로 그녀를 응시했다.

앨마는 다급하고 초조한 마음에 방금 아이에게 라틴어를
사용했음을 깨달았다. 그녀는 말을 바꾸었다. "탄산암모늄을

모든 것의 이름으로

가져오란 말이야."

또다시 멍한 표정. 앨마는 홱 돌아서서 방 안에 있는 다른 모든 사람들을 쳐다보았다. 모두들 어리둥절한 얼굴이었다. 그녀가 무슨 말을 하는지 아무도 알지 못했다. 그녀가 올바른 낱말을 쓰지 못한 탓이었다. 앨마는 정신을 가다듬고서 다시 시도해 보았다.

"녹각정액을 가져와."

그러나 그것 역시 친숙한 용어가 아니거나, 그 사람들이 쓰는 말이 아닌 듯했다. 하기야 녹각정(옛날에는 사슴뿔에서 뽑아낸 재료를 암모니아의 원료로 삼았다.)은 학자들이나 알고 쓸 법한 고어였다. 그녀는 눈을 질끈 감고서 자신이 원하는 물건의 가장 널리 알려진 이름을 찾아내고자 고심했다. 평범한 사람들은 그걸 뭐라고 불렀더라? 플리니우스는 그것을 '함모니아쿠스 살(hammoniacus sal)'이라고 불렀다. 13세기 연금술사들은 항상 그 물질을 사용했다. 그러나 이 상황에서 플리니우스나 13세기의 연금술을 언급하는 일은 방 안에 있는 그 누구에게도 도움이 될 리 없었다. 앨마는 죽은 언어와 쓸모없는 정보로만 가득 찬 쓰레기통 같은 자신의 머리를 저주했다. 소중한 시간을 낭비하고 있었다.

드디어 기억이 떠올랐다. 그녀는 눈을 뜨고서 실제로 들어먹힐 만한 명령을 내질렀다. "코 자극제! 어서! 가서 찾아봐! 이리 가져와!"

재빨리 코 자극제를 대령했다. 앨마가 그 '이름'을 생각하는 데 걸린 시간에 비하면 거의 순식간에 이루어진 일이었다.

앨마는 소금처럼 생긴 결정을 어머니의 코밑에 갖다 댔다. 낮게 컥 소리를 내며 베아트릭스가 숨을 쉬었다. 둘러서 있던 하녀들과 하인들이 다양한 종류의 탄성을 내뱉었고 여자 하나는 "주님을 찬미합니다!"라고 소리쳤다.

그 결과 베아트릭스는 죽지 않았지만 일주일 내내 의식을 찾지 못했다. 앨마와 프루던스는 길고 긴 낮과 밤 동안 교대로 어머니 곁을 지키며 간호했다. 첫날 밤에 베아트릭스는 자면서 구토했고 앨마가 어머니를 씻겨 주었다. 소변과 악취 나는 분비물도 닦아 냈다. 앨마는 어머니의 얼굴과 목, 손 이외의 몸을 한 번도 본 적이 없었다. 하지만 침대에 죽은 듯 누워 있는 어머니의 몸을 닦아 주면서, 어머니의 가슴 양쪽에 군데군데 딱딱한 응어리가 일그러진 채 뭉쳐 있음을 발견했다. 종양이었다. 크기도 컸다. 종양 하나는 아예 피부를 뚫고 나온 궤양 상태였고, 진한 고름까지 흘러나왔다. 그 광경을 본 앨마는 자기도 쓰러져 버릴 것 같았다. 그리스어로 그 말이 머릿속에 떠올랐다. '카르키노스.(karkinos.)' '게'라는 뜻이었다. 바로 암! 베아트릭스는 꽤 오래 병을 앓았음이 분명했다. 수년간은 아니더라도 몇 달간 고통 속에 살았을 것이다. 어머니는 한 번도 불평한 적이 없었다. 통증을 견딜 수 없는 날에는 그저 식탁에 모습을 드러내지 않았을 뿐 흔한 현기증이라고 넘겼다.

한네커 데 그루트는 그 주 내내 거의 잠을 자지 않으며 수시로 붕대와 수프를 날라다 주었다. 한네커는 베아트릭스의 머리에 새로 적신 헝겊을 대 주고, 궤사된 가슴을 치료하고, 두 딸에게는 버터 바른 빵을 가져다주고 베아트릭스의 갈라진 입술 사이로 묽은 수프를 흘려 넣고자 애썼다. 부끄럽게도 앨마는 어머니 곁에서 마음의 동요를 느꼈지만 한네커는 끈기 있게 온갖 보살핌을 도맡았다. 베아트릭스와 한네커는 평생을 함께한 사이였다. 두 사람은 암스테르담 식물원에서 나란히 성장했다. 그들은 네덜란드에서 함께 배를 타고 왔다. 그들은 둘 다 필라델피아로 떠나며 가족과 헤어졌고 두 번 다시 부모나 형제자매를 만나지 못했다. 때때로 한네커는 안주인을 위해 눈물을 흘렸고 네덜란드어로 기도를 올렸다. 앨마는 눈물을 흘리지도 기도를 올리지도 않았다. 프루던스도 마찬가지였다. 아무도 그런 모습을 보지 못했다.

헨리는 넋이 빠진 채 불안해하며 수시로 아내의 방에 드나들었다. 그는 아무런 도움도 되지 못했다. 차라리 없는 편이 훨씬 나았다. 그는 아내 곁에 잠시 앉아 있다가는 이내 "아, 난 못 견디겠다!"라고 소리치다가 폭풍 같은 욕설을 지껄이며 방을 나갔다. 그는 점점 흐트러졌지만 앨마는 아버지를 챙길 여유가 없었다. 그녀는 어머니가 벨기에산 고급 침구를 덮은 채 시들어 가는 모습을 지켜보고 있었다. 만만하지 않은 여자 베아트릭스 반 데벤더르는 이제 거기에 없었다. 거기 있는 것은 쇠락함으로 점철된 채 악취를 풍기며, 의식을 잃은 아주 비참하고 서글픈 존재일 뿐이었다. 닷새가 지나자 베아트릭스는 소변을 전혀 보지 못했다. 배가 단단하게 부풀어 올라서 뜨거워졌다. 이제는 얼마 남지 않았다.

약제사 제임스 개릭이 보낸 의사가 당도했지만 앨마는 그를 돌려보냈다. 지금 사혈해서 피를 받아 내 봤자 어머니에게 이로울 것이 없었다. 그 대신에 앨마는 개릭 씨에게 매시간 어머니의 입에 소량씩 넣어 드릴 수 있도록 액체로 된 아편을 조제해 달라고 부탁하는 전갈을 보냈다.

이레째 밤에 베아트릭스 곁에 앉아서 간호하던 프루던스가 자기 침대에서 자고 있던 앨마의 어깨를 살짝 잡아 깨웠다.

"말씀을 하셔." 프루던스가 말했다.

앨마는 여기가 어딘지 생각해 내느라 머리를 흔들었다. 그녀는 프루던스가 들고 있는 촛불을 응시하며 눈을 깜박였다. 누가 말씀을 하신다고? 그녀는 말발굽과 날개 달린 짐승들이 나오는 꿈을 꾸고 있었다. 그녀는 다시 머리를 흔들며 정신을 차리고 기억해 냈다.

"뭐라고 말씀하셔?" 앨마가 물었다.

"나더러 나가라고 하셨어. 널 찾으셔." 프루던스는 감정 없이 말했다.

앨마는 어깨에 숄을 둘렀다.

"넌 이제 자."라고 프루던스에게 말한 뒤 그녀는 촛불을 들고 어머니 방으로 갔다.

베아트릭스는 눈을 뜨고 있었다. 한쪽 눈에는 핏발이 서렸다. 그쪽 눈은 움직이지 않았다. 성한 한쪽 눈이 앨마의 얼굴을 지그시 바라보았다.

모든 것의 이름으로

"어머니." 앨마는 베아트릭스가 마실 것을 찾고자 주변을 둘러보았다. 침대 머리맡 탁자에 프루던스가 밤샘을 하며 마신 듯한 찻잔이 차갑게 식은 채 놓여 있었다. 베아트릭스는 죽어 가는 침대에서도 빌어먹을 영국 차는 원하지 않을 것이다. 그래도 마실 거라곤 그것뿐이었다. 앨마는 어머니의 메마른 입술에 찻잔을 대 주었다. 베아트릭스는 한 모금 마신 뒤 당연히 얼굴을 찌푸렸다.

"커피 가져다 드릴게요."

베아트릭스는 아주 살짝 고개를 저었다.

"뭘 가져다 드릴까요?"

대답이 없었다.

"한네커를 불러올까요?"

베아트릭스가 들은 것 같지 않아서, 이번에는 같은 의미의 네덜란드어로 질문을 반복했다.

"잘 이크 한네커 로이펜?(Zal ik Hanneke roepen?)"

베아트릭스는 눈을 감았다.

"잘 이크 헨리 로이펜?(Zal ik Henry roepen?)"

아버지 이름을 댔지만 역시 대꾸가 없었다.

앨마는 차갑고 작게 느껴지는 어머니의 손을 잡았다. 모녀는 이제껏 손을 잡아 본 적이 없었다. 앨마는 기다렸다. 베아트릭스는 눈을 뜨지 않았다. 앨마가 거의 깜박 졸려는 참에 어머니가 영어로 말했다.

"앨마."

"네, 어머니."

"절대 떠나지 마라."

"전 어머니를 떠나지 않아요."

하지만 베아트릭스가 고개를 저었다. 그것은 어머니가 하려는 말의 의미가 아니었다. 한 번 더 어머니가 눈을 감았다. 죽음의 기운으로 가득 찬 암담한 방 분위기에 압도당한 채 앨마는 또다시 기다렸다. 베아트릭스가 문장을 온전히 다 말할 기력을 찾기까지는 오랜 시간이 걸렸다.

"절대 네 아버지를 떠나지 마라."

앨마는 무슨 말을 할 수 있었을까? 임종의 순간을 맞은 여인에게 어떤 약속을? 더구나 그 여인이 자신의 어머니라면? 어떤 약속이라도 했을 것이다.

"절대 떠나지 않을게요."

베아트릭스는 맹세의 진실성을 가늠해 보려는 듯 성한 한쪽 눈으로 앨마의 얼굴을 살폈다. 만족스러웠는지 그녀는 다시 눈을 감았다.

앨마는 어머니에게 아편을 한 방울 더 넣어 드렸다. 이제 베아트릭스의 호흡은 상당히 밭았고 살갗은 차가웠다. 앨마는 어머니가 이미 마지막 유언을 했다고 확신했지만 거의 두 시간 뒤 의자에 앉은 채로 잠들었던 앨마는 가릉거리는 기침 소리에 퍼뜩 놀라서 깨어났다. 베아트릭스가 기침을 하는 거라 생각했지만, 그녀는 단지 다시 말을 하고자 애쓰고 있을 뿐이었다. 다시 한 번 앨마는 베아트릭스의 입술을 그녀가 싫어하

모든 것의 이름으로

는 영국 차로 적셨다.

베아트릭스는 "머리가 어지럽다."라고 말했다.

앨마는 "한네커를 데려올게요."라고 말했다.

놀랍게도 베아트릭스는 미소 지었다. "아니다. 헤트 이스 피인.(Het is fijn.)"

'기분이 좋구나.'

그리고 나서 베아트릭스는 눈을 감았고, 마치 처음부터 자신이 결정한 듯 세상을 떠났다.

＊

다음 날 아침, 앨마와 프루던스, 한네커는 함께 시신을 닦고 옷을 입힌 뒤 천으로 감싸서 매장을 준비했다. 말없이 이루어진 서글픈 작업이었다.

지역의 관습에 따라 거실에 관을 놓고 시신을 공개하는 일은 피했다. 베아트릭스는 구경당하기를 바라지 않았을 테니까. 또 헨리도 아내의 시신을 보고 싶어 하지 않았다. 그는 견딜 수가 없다고 말했다. 더욱이 이렇게 더운 날씨에는 빨리 매장하는 것이 가장 현명하고도 위생적인 행동이었다. 베아트릭스의 몸은 이미 사망 전부터 썩어 가고 있었기 때문에, 다들 부패가 빠르게 진행될까 봐 두려워했다. 한네커는 빨리 장식 없는 관 하나를 짜 오도록 화이트에이커의 목수 한 사람에게 명했다. 관이 준비되자마자 세 여인은 냄새를 줄이기 위해 시신을 감싼 천 구석구석에 라벤더 향낭을 집어넣었고, 베아트릭스의 관은 장례식 전까지 서늘한 지하에 보관하도록 마차에 실어서 교회로 옮겨 놓았다. 앨마와 프루던스, 한네커는 팔 위쪽에 검은색 천으로 상장을 감았다. 그들은 앞으로 육 개월 동안 상장을 하고 지낼 예정이었다. 팔에 상장이 단단히 감기자 앨마는 지지대에 고정된 나무 같다고 느꼈다.

장례식이 있던 날 오후, 그들은 관이 실린 마차 뒤를 따라 걸으며 스웨덴 루터교회 묘지로 갔다. 매장식은 짧고 간단하고 효율적이면서 엄숙했다. 열 명 남짓한 사람들이 참석했다. 약제사 제임스 개릭도 왔다. 그는 예식 내내 지독한 기침을 해 댔다. 그를 부자로 만들어 준 할라파 가루와 오랜 세월 씨름한 끝에 폐가 망가졌음을 앨마는 알고 있었다. 딕 얀시도 벗어진 정수리를 무기처럼 햇빛에 번쩍이며 참석했다. 조지 호크스도 와 있었는데, 앨마는 그의 품에 달려가서 안길 수 있으면 좋겠다고 간절히 원했다. 놀랍게도 창백한 낯빛의 예전 가정 교사 아서 딕슨도 와 있었다. 앨마는 딕슨 씨가 어떻게 베아트릭스의 사망 소식을 들었을지 상상할 수조차 없었고 그가 과거의 고용주를 좋아했다는 사실 역시 짐작 못 했지만, 어쨌든 그가 왔음에 감동해서 감사의 마음을 그에게 전했다. 레타 스노도 왔다. 레타는 앨마와 프루던스 사이에 서서 두 사람 손을 하나씩 잡은 채로 평소답지 않게 줄곧 침묵을 지켰다. 사실 레타는 그날 거의 휘태커 가문의 일원이나 마찬가지로 내내 엄숙했다.

아무도 눈물을 흘리지 않았지만, 베아트릭스 역시 눈물을 바라지는 않았을 것이었다. 태어나서 죽을 때까지 베아트릭스는 항상 신의와 관용과 절제를 추구해야 한다고 가르쳤다. 평생 기품 있게 산 사람이 자신의 마지막 순간에 모든 상황이 감상적으로 치우쳐 버리는 광경을 봤더라면 안타까워했을 터다. 장례식을 마친 뒤에도 화이트에이커에는 레모네이드를 마시며 고인에 대한 추억을 공유하고 위로하는 자리가 마련되지 않았다. 베아트릭스는 그런 것을 바라지 않았으리라. 앨마는 식물 분류학의 아버지인 린네가 자신의 장례 절차에 대해 가족에게 남겼던 당부를 어머니가 항상 칭송했음을 알고 있었다. "아무도 대접하지 말고 아무런 위로도 받지 마라."

새로 판 진흙 무덤 속으로 관이 내려졌다. 루터교 목사가 입을 열었다. 예배식과 연도 기도, 사도 신경이 빠르게 진행되었다. 루터교회의 방식대로 추도사는 따로 없었지만 전형적이고 엄숙한 설교 정도는 있었다. 앨마는 귀를 기울이려 했지만 목사가 워낙 단조롭게 웅얼거렸으므로 정신이 아득해져서 단편적인 일부 내용만 알아들을 수 있었다. 죄는 누구나 타고나는 것이다. 은총은 신이 내리는 신비이다. 은총은 구하여 얻거나 낭비되거나 더해지거나 줄어들 수 없다. 은총은 드물다. 누가 은총을 받았는지 아무도 알지 못한다. 우리는 죽음으로 세례를 받는다. 우리는 신을 찬미한다.

낮게 걸린 뜨거운 여름 태양이 앨마의 얼굴을 잔인하게 비추었다. 모두들 짜증스레 눈을 찌푸렸다. 헨리 휘태커는 얼이 빠져서 멍한 모습이었다. 그의 요구 사항은 하나뿐이었다. 일

단 하관을 하고 나면 관 뚜껑을 밀짚으로 덮어 달라는 요청이
었다. 그는 첫 삽에 담긴 흙이 아내의 관 위로 떨어질 때 나는
끔찍한 소리를 줄이고 싶어 했다.

11

이제 앨마 휘태커는 스무 살 나이로 화이트에이커의 안주인이 되었다.

그녀는 마치 평생 훈련받아 온 사람처럼 어머니가 과거에 맡았던 역할을 도맡았는데, 어떤 의미에서는 정말로 훈련 기간이 끝났다고 할 수 있었다.

베아트릭스의 장례식 다음 날, 아버지의 서재에 들어가서 쌓여 있는 서류와 편지 더미를 분류하기 시작한 앨마는 전통적으로 베아트릭스가 수행했던 모든 업무를 즉시 파악했다. 안타깝게도 회계 관리, 청구서 접수, 서신 발송 등 화이트에이커의 중요한 업무 상당수가 지난 몇 달간, 심지어 베아트릭스의 건강이 악화되었던 작년부터 방치되어 있었다. 앨마는 그런 상황을 좀 더 일찍 알아채지 못한 자신을 저주했다. 헨리의 책상은 항상 중요한 서류와 쓸모없는 잡동사니가 뒤섞인 채 엉망이었지만, 아버지의 서재를 더 자세히 들여다보기 전까지 얼마나 심각하게 엉망진창인지 파악하지 못하고 있었다.

앨마가 발견한 상황은 이랬다. 중요한 서류들이 몇 달간 그대로 쌓이다 못해 바닥으로 쏟아져 내려서 지층처럼 켜켜이 놓여 있었다. 경악스럽게도 책장 깊숙한 곳에는 분류되지 않은 서류 상자들이 더 숨겨져 있었다. 앨마가 대충 훑어본 결과, 청구서는 지난 5월부터 지불되지 않았고, 급여 지급은 손댄 적 조차 없었으며, 발주를 기다리는 건축업자와 급한 질문을 적어 보낸 동업자, 해외 수집가, 변호사, 특허 사무소, 전 세계의 각종 식물원, 다양한 박물관 관계자들의 편지들이 엄청나게 밀려 있었다. 이렇게나 많은 서신이 버려져 있다는 사실을 더 일찍 알았더라면 앨마가 몇 달 전부터 처리했을 것이다. 이제는 거의 위기 상황이었다. 바로 그 순간에도 휘태커 상사의 식물 표본을 가득 실은 배 한 척이 선장에게 비용을 지불하지 않았다는 이유로 하역하지도 못한 채 값비싼 정박료를 물며 필라델피아 항구에 묶여 있었다.

더 괴로운 것은, 긴급한 업무가 순전히 시간만 빼앗는 사소한 쓰레기 서류와 두서없이 뒤죽박죽 섞여 있다는 점이었다. 웨스트 필라델피아에 사는 어느 여인이 보내온, 방금 핀을 삼킨 아이가 죽을까 봐 두렵다면서 화이트에이커의 누군가가 해결 방법을 알려 줄 수 있는지 묻는, 거의 알아볼 수조차 없는 필체로 쓴 편지마저 있었다. 십오 년 전 안티구아에서 헨리를 위해 일했다는 자연 과학자의 미망인은 가난을 호소하며 연금을 요구했다. 화이트에이커의 수석 조경사가 보낸 때늦은 편지도 발견되었는데, 정원사 하나가 근무 시간 이후에 자기 방으로 젊은 여자들 여럿을 불러들여서 수박과 럼주를 대접하며 파티를 벌였으니 당장 해고해야 한다는 내용이었다.

그 모든 일들 말고도 어머니가 언제나 이런 것들까지 처리해 오셨던 걸까? 핀을 삼킨 아기? 비탄에 잠긴 미망인? 수박과 럼주?

앨마는 아우게이아스 왕의 외양간 ^{3000여 마리의 소를 키우며 30여 년간 청소하지 않았던 외양간을 헤라클레스가 강물로 하루 만에 치웠다는 이야기.} 같은 서재를 한 번에, 서류 하나씩 정리하는 수밖에 없었다. 그녀는 아버지를 달래서 옆에 앉혀 놓고, 수많은 항목이 뭘 뜻하는지, 진지하게 법정 소송을 요하는 사안은 어느 것인지, 또는 작년 이후 사르사의 가격이 폭등한 이유는 무엇인지 도와 달라고 청했다. 베아트릭스가 마치 암호처럼, 이탈리아어 비슷하게 세 단계로 정리해 놓은 회계 서류를 두 사람 다 완벽하게 해석해 낼 수 없었지만, 앨마는 어머니보다 더 뛰어난 수학자였으므로 수수께끼 같은 장부 내용을 최선을 다해서 풀어냄과 동시에, 앞으로 사용할 더 쉬운 방법도 고안해 냈다. 앨마는 한 장 한 장 답장을 보내야 하는 정중한 서신 작성을 프루던스에게 일임했고, 헨리는 큰 소리로 불평해 대며 서신의 가장 중요한 부분을 구술했다.

앨마는 어머니의 죽음을 애도했을까? 그 부분은 쉽게 말할 수 없다. 일단 그럴 시간이 없었다. 그녀는 넘쳐 나는 일과 좌절감의 늪에 빠져서 허우적거렸고, 그런 감정은 슬픔 자체와 완전히 구분되지 않았다. 그녀는 피로와 압박감을 느꼈다. 간혹 일을 하다 말고 뭘 좀 물어보려고 어머니가 늘 앉아 있던 의자 쪽을 넘겨다보다가 아무도 없음을 깨닫고 퍼뜩 놀라는 순간마저 있었다. 수년간 벽에 걸려 있던 시계가 사라져서 텅 빈 공간만 남아 있음을 바라보는 느낌이었다. 그쪽을 자꾸 쳐다보지 않는 습관을 들이기 전이라, 매번 허전해서 깜짝 놀랐다.

그러나 앨마는 어머니에게 화도 났다. 몇 달간 매달려야 할 정도로 혼란의 도가니인 서류들을 훑으며, 앨마는 중병을 앓고 있었을 베아트릭스가 왜 일 년 전쯤부터 누군가에게 도움을 청하지 않았는지 의문이었다. 어째서 조수를 찾지 않고 서류를 상자에 담아서 책장에 넣어 두었을까? 베아트릭스는 왜 그 누구에게도 복잡한 회계 정리 방법을 가르치지 않았을까? 다른 건 몰라도 전년도 서류 파일을 어디에서 찾아야 하는지 정도는 알려 주었어야 하지 않았을까?

앨마는 몇 년 전 어머니가 해 준 충고를 기억했다. "내일엔 더 일할 시간이 있으리라고 바라면서 해가 높이 떠 있는데도 할 일을 미루는 짓은 절대로 하지 마라, 앨마. 일단 맡은 책임에 뒤처지고 나면 결코 따라잡을 수 없게 돼."

그런데 왜 그런 베아트릭스가 이토록 무책임하게 일을 방치했을까?

어쩌면 자신이 죽는다는 사실을 못 믿었을지도 몰랐다.

어쩌면 너무 통증에 시달린 나머지 정신이 흐려져서 세상의 흐름을 놓쳤을 수도 있었다.

혹은 베아트릭스가 죽음 이후에 오래도록 그 모든 살아남은 이들을 벌줄 생각이었는지도 모른다고 앨마는 씁쓸하게 생각했다.

한네커 데 그루트의 경우, 앨마는 그 여자가 성인(聖人)이라는 사실을 얼른 눈치챘다. 앨마는 한네커가 얼마나 많은 일을 하는지 이제껏 제대로 파악했던 적이 없었다. 한네커는 수십 명에 달하는 일손들을 고용하고 훈련하고 유지하고 꾸짖었다. 그녀는 음식 창고를 관리했고, 마치 기사단의 선봉장처럼 영지의 모든 밭과 정원에서 나는 채소 관리를 진두지휘했다. 군대를 이끌듯 하녀들을 시켜서 은제 식기에 광을 내고, 그레이비소스를 젓고, 카펫을 두들겨 털고, 벽을 새하얗게 청소하고, 돼지고기를 절이고, 진입로에 자갈을 깔고, 돼지기름을 정제하고, 푸딩을 요리했다. 차분한 성격과 단호한 절제력으로 한네커는 수많은 사람들의 시기와 게으름과 멍청함을 어떻게든 감당해 냈는데, 베아트릭스가 병든 이후에도 저택이 계속 제대로 유지될 수 있었던 유일한 이유가 있다면 바로 한네커 덕분이었다.

어머니가 돌아가신 직후 어느 날 아침, 앨마는 한네커가 총으로 쏘기라도 할 듯 찬방 하녀 셋을 벽에 줄지어 세워 놓고 혼내는 모습을 목격했다.

"일 잘하는 일꾼 하나면 너희 셋을 대신할 수 있어. 내 장담하건대 일 잘하는 일꾼 하나를 '꼭 찾아내서' 너희 셋을 다 내

보내고 말겠어! 그때까지 가서 일들이나 해, 창피한 줄도 모르고 경솔하게 사고나 치지 좀 말고." 한네커가 고함을 쳤다.

하녀들이 가고 난 뒤 앨마가 한네커에게 말했다. "한네커한테 얼마나 고마운지 말로 다 할 수가 없어요. 언젠가는 저도 집안일 관리에 좀 더 도움드릴 수 있겠지만, 일단 아버지의 사업 일부터 처리해야 하니까 지금은 한네커가 모든 집안일을 다 맡아 줘야겠어요."

"모든 일을 항상 내가 맡았는걸 뭐." 한네커는 불평하는 기색 없이 대꾸했다.

"정말 그랬더라고요. 남자들 열 명 몫의 일은 하는 것 같아요."

"너희 어머니는 남자들 스무 명 몫의 일을 했어, 앨마. 거기다 너희 아버지까지 돌봐야 했지."

한네커가 나가려고 돌아서자 앨마가 손을 뻗어서 팔을 잡았다.

"한네커, 핀을 삼킨 아기한테는 어떻게 해 줘야 해요?" 지친 표정으로 인상을 찡그리며 앨마가 물었다.

망설임 없이, 혹은 난데없이 어쩌다 그런 질문이 튀어나왔는지 묻지도 않고 한네커가 대답했다. "아기한테 날달걀 흰자를 먹이고 나서 이제 어머니는 인내심을 갖고 기다려야지. 핀은 아마 별일 없이 수일 내로 변과 함께 빠져나올 거라고, 어머니를 안심시켜. 좀 더 큰 아이라면 줄넘기를 시켜서 배변을 촉진할 수도 있어."

"아이가 죽는 경우도 있나요?" 앨마가 물었다.

한네커는 어깨를 으쓱했다. "가끔은. 하지만 그 방법을 확실하게 처방해 주면, 아이 어머니도 그리 무력하게 느끼진 않을 거야."

"고마워요."

✳

레타 스노는 베아트릭스가 죽은 뒤 첫째 주에 몇 번이나 화이트에이커를 찾았지만 밀린 집안일을 처리하느라 정신없는 앨마와 프루던스는 친구에게 할애할 시간이 없었다.

"나도 도울 수 있어!" 레타가 말했지만 실상 도와줄 수 없음을 모두들 알고 있었다.

몇 번이나 연거푸 돌아서야 하는 상황이 되자 마침내 레타는 앨마에게 말했다.

"그럼 나 매일같이 마차 차고 서재에서 기다릴게. 할 일 다 끝나면 만나러 와 줘. 네가 말도 안 되는 엄청난 연구를 하는 동안 나는 수다를 떨게. 내가 굉장한 이야기를 들려주면 너는 깔깔 웃으면서 신기해하겠지. 진짜 충격적인 이야기들과 소식들이 엄청 많아!"

앨마는 연구를 지속하는 건 고사하고, 레타와 깔깔대며 웃거나 신기해할 여유를 또다시 누리게 될지 상상할 수 없었다. 어머니가 돌아가시고 한동안은 자기에게도 따로 할 일이 있었다는 사실조차 잊고 지냈다. 지금 그녀는 하급 서기이자 공 증인이자 아버지의 책상에 매인 노예이자, 밀림처럼 무성하게 버려진 일을 헤치고 나아가는, 무시무시할 정도로 대담한 집 행자였다. 두 달간 꼬박 그녀는 거의 아버지의 서재 밖으로 나 간 적이 없었다. 가능한 한 아버지도 서재를 떠나지 못하게 붙 잡았다.

"모든 일처리에 아버지 도움이 필요해요, 안 그러면 결코 다시는 따라잡을 수 없을 거예요." 앨마가 헨리에게 간청했다.

그러던 10월의 어느 날 늦은 오후, 온갖 분류 작업과 계산, 대책을 확인하던 도중에 헨리가 잠자코 일어나더니 나머지 서 류 처리를 앨마와 프루던스에게 맡긴 채 서재를 걸어 나갔다.

"어디 가세요?" 앨마가 물었다.

"술 마시러 간다. 왜, 내가 무서워서 못 할 것 같냐." 그가 사 납고 음산한 목소리로 말했다.

"아버지……."

"너 혼자 끝내거라." 그가 명령했다.

그래서 앨마는 그렇게 했다.

프루던스와 한네커의 도움을 받긴 했지만 주로 자기만의 방식을 사용해서 앨마는 서재를 완벽히 정돈했다. 그녀는 힘 겨운 문제를 한 번에 하나씩 해결하며, 모든 칙령과 법원 명령 서, 사업 지시서, 규정서를 검토하고, 모든 서신에 답장을 쓰 고, 모든 전표를 지불하고, 모든 투자자를 안심시키고, 모든 공 급처를 달래고 모든 앙금을 처리할 때까지, 아버지의 업무를 하나하나 처리해 나갔다.

모두 마무리된 때는 1월 중순이었고, 이제 그녀는 휘태커 상사의 업무를 처음부터 끝까지 모두 파악했다. 상복을 입은 지도 오 개월째였다. 그녀는 가을이 오는지 가는지 전혀 알지 못한 채 세월을 보냈다. 그녀는 아버지의 책상에서 일어나더니 팔에 둘렀던 검은 상장을 풀어냈다. 그녀는 쓰레기와 폐기물이 담긴 마지막 통에 상장도 함께 넣어서 태워 버리도록 했다. 그쯤이면 충분했다.

앨마는 서재 바로 옆의 제본실로 걸어 들어가서 문을 잠그고 재빨리 쾌감을 즐겼다. 몇 달간 자기 성기에 손을 대지 않았던 그녀는 오랜만의 반가운 해방감에 눈물을 흘릴 지경이었다. 그녀는 몇 달 동안 눈물을 흘리지 않았다. 아니, 그건 정확한 표현이 아니었다. 그녀는 수년 내내 눈물을 흘리지 않았다. 또한 바로 일주일 전, 자신의 스물한 번째 생일도 모른 채 지나갔다는 사실을 깨달았다. 대개 작지만 사려 깊은 선물을 준비하곤 했던 프루던스조차 아무 말이 없었다.

하기야 무얼 기대했던가? 이제 그녀는 더 나이를 먹었다. 그녀는 필라델피아에서 가장 큰 저택의 안주인이었고, 지구상에서 가장 많은 물량의 식물을 수입하는 회사의 수석 회계원이기도 했다. 유치한 일에 얽매일 때는 지나갔다.

제본실에서 나온 앨마는 옷을 벗고, 아직 토요일은 아니었지만 목욕을 한 뒤 오후 5시에 잠자리에 들었다. 그녀는 열다섯 시간 동안 잠을 잤다. 깨어나 보니 집 안은 고요했다. 몇 달

만에 처음으로 그녀를 필요로 하는 집안일이 하나도 없었다. 정적이 음악처럼 들렸다. 그녀는 천천히 옷을 입고 차와 토스트를 음미했다. 그러고는 이제 얼음으로 뒤덮인 오래된 어머니의 그리스식 정원을 지나서 마차 차고로 걸어갔다. 다만 몇 시간만이라도, 어머니가 계단에서 굴러 넘어진 날, 문장을 다 듬다 말았던 자신만의 일감으로 돌아갈 시간이었다.

놀랍게도 마차 차고로 다가가자 굴뚝에서 가늘게 연기가 피어오르는 광경이 보였다. 서재에 당도해 보니, 약속한 대로 레타 스노가 두툼한 모직 담요를 덮고 깊이 잠든 채 긴 의자에서 웅크리고 앨마를 기다리고 있었다.

*

"레타, 대체 여기서 뭐하는 거야?" 앨마가 친구의 팔을 살짝 건드렸다.

레타는 커다란 초록색 눈을 번쩍 떴다. 처음 한동안은 깨어나서도 스스로 어디에 있는지 모르는 듯했고, 앨마를 알아보는 것 같지도 않았다. 그 순간 레타의 얼굴에 어떤 섬뜩한 기미가 떠올랐다. 왠지 산 사람 같지 않고, 심지어 위험해 보였으므로 앨마는 궁지에 몰린 강아지처럼 두려움에 움츠러들었다. 그러나 레타가 미소 짓자 그 느낌은 금세 사라졌다. 그녀는 다시 상냥하기만 한 예전 모습으로 되돌아왔다.

"성실한 나의 친구."라고 잠이 덜 깬 목소리로 말하며 레타가 앨마에게 손을 뻗었다. "누가 너를 가장 사랑할까? 누가 너를 최고로 사랑하지? 다른 이들이 편안히 쉬고 있을 때에도 너를 생각하는 사람은 누구지?"

앨마가 방을 둘러보니 은신처처럼 빈 과자 깡통 몇 개와 바닥에 쌓인 옷더미가 눈에 들어왔다. "왜 내 서재에서 자고 있어, 레타?"

"우리 집은 다 못 견디게 지루하니까. 물론 여기도 좀 지루하지만, 최소한 인내심만 가지면 네 밝은 얼굴을 볼 수 있는 기회라도 있잖아. 식물 표본실에 생쥐 있는 거 알고 있어? 이 방에 고양이 한 마리를 들여서 잡게 하지 그래? 마녀 본 적 있어? 지난주에 마차 차고에서 마녀를 본 것 같아. 웃음소리가 들렸어. 너희 아버님께 말씀드려야 하지 않을까? 집에 마녀가 돌아다니는 건 위험하잖아. 아냐, 어쩌면 아버님은 그냥 내가 미쳤다고 생각하실지도 몰라. 어차피 그렇게 생각하시는 것 같지만. 차 남은 거 좀 없어? 요샌 아침마다 지독하게 춥지 않아? 너도 여름이 너무너무 그립지? 팔에 둘렀던 검은 상장은 어쨌어?"

앨마는 자리에 앉으며 친구의 입술을 한 손으로 눌렀다. 몇 달 동안 심각한 일만 하다가 또다시 헛소리를 들으니 기분이 좋았다. "어느 질문부터 먼저 대답해야 좋을지 정말 모르겠어, 레타."

"중간부터 시작해서 양쪽 방향으로 나가면 되잖아."

"마녀가 어떻게 생겼든?" 앨마가 물었다.

"흥! 이제 여기서 질문을 너무 많이 하는 사람은 바로 '너' 거든! 그나저나 오늘은 우리 일을 할 거야?"

레타가 긴 의자에서 벌떡 일어나며 잠을 떨쳐 냈다.

앨마는 미소 지었다. "응, 오늘은 우리 일을 하자, 드디어."

"우리가 공부할 건 뭐야, 가장 사랑하는 나의 친구 앨마?"

"클란데스티나 통발을 공부할 거야, 가장 사랑하는 나의 친구 레타."

"식물이야?"

"당연하지."

"와, 예쁜 식물인가 봐!"

"그렇지 않다는 점만 알아 둬. 하지만 흥미롭지. 그런데 오늘 레타가 공부할 건 뭐야?"

앨마는 의자 옆 바닥에 놓인 여성지를 집어 들고 영문 모를 페이지를 뒤적거렸다.

"난 유행을 아는 아가씨가 결혼식 때 입어야 하는 드레스를 공부하고 있어." 레타가 가볍게 말했다.

"그런 드레스를 고르고 있단 말이야?" 앨마도 똑같이 가볍게 대꾸했다.

"완전 진짜야!"

"그런 드레스로 무얼 하려고, 귀여운 종달새 아가씨?"

"아, 그야 내 결혼식 날 입을 계획이지."

"기발한 계획이네!" 앨마는 다섯 달 전에 중단한 글을 다시 매만질 수 있을지 고민하며 실험대 쪽으로 다가갔다.

레타가 연신 종알거렸다.

"하지만 이 그림에 있는 것들은 다 소매가 좀 짧아서 추울까 봐 걱정이야. 하녀 말대로 숄을 걸치면 되겠지만, 그럼 어머니가 빌려주신다는 목걸이를 아무도 못 보잖아. 게다가 난 장미꽃 장식을 주렁주렁 달고 싶거든, 요새 유행이 아니라고, 장미꽃 장식을 다는 건 우아하지 않다고 말하는 사람들도 있지만 말이야."

앨마는 돌아서서 다시 한 번 친구의 얼굴을 마주 보았다. 이번에는 좀 더 진지한 어조로 그녀가 말했다. "레타, 너 정말로 결혼해?"

"나도 그러길 바라! 결혼은 진심으로 바랄 때만 해야 하는 거라고 하잖아!" 레타는 웃음을 터뜨렸다.

"누구랑 결혼할 작정인데?"

"조지 호크스 씨하고. 그 웃기고 심각한 남자 말이야. 앨마, 내 신랑감이 너 역시 좋아하는 사람이라서 정말 기뻐. 그럼 우리 다 친구가 될 수 있다는 뜻이잖아. 그 사람은 너를 대단히 존경하고, 너도 그 사람을 무척 존경하니까, 그 사람은 분명 좋은 사람일 거야. 사실 조지에 대한 너의 호감 때문에 나도 그 사람을 믿게 됐다니까. 그 사람은 너희 어머니가 돌아가시고 얼마 안 있다가 나한테 청혼했는데, 네가 너무 괴로워하고 있어서 더 일찍 얘기를 꺼낼 수 없었어. 난 그 사람이 나를 좋아하는지도 몰랐지만, 어머니 말씀으로는 누구나 나를 좋아한대. 고마운 일이지만, 뭐 좋아할 수밖에 없다나."

앨마는 바닥에 주저앉았다. 주저앉는 것 '이외에는' 다른 선택의 여지가 없었다.

레타가 친구에게 달려와서 곁에 앉았다. "어쩜 좋아! 너도 나 때문에 기가 막히는구나! 나를 너무 염려하니까!"

레타는 두 사람이 처음 만났던 날처럼 앨마의 허리를 붙잡고 다정하게 포옹했다.

"솔직히 고백하자면 나도 아직 약간은 기가 막혀. 그렇게 똑똑한 남자가 나처럼 멍청하고 하찮은 여자한테 바라는 게 뭘까? 우리 아버지도 깜짝 놀라셨어! '로레타 마리 스노, 난 항상 네가 긴 장화나 신고 다니며 놀이 삼아 여우 사냥을 하는, 잘생기고 멍청한 녀석과 결혼하리라고 생각했단다!'라고 하시더라고. 그런데 나를 봐, 그 대신에 학자와 결혼하게 됐잖아. 그렇게 정신이 고결한 남자와 결혼하게 되어서 결국 나도 똑똑해진다고 생각해 봐. 조지는 너처럼 내 질문에 참을성 있게 대답해 주지는 않지만 말이야. 그 사람 말로는 식물학 출판이라는 주제를 설명하기가 너무 어렵다나 봐. 하긴 나는 아직도 석판 인쇄랑 판화의 차이점도 몰라. 석판 인쇄가 다 판화지 뭐야? 그러니까 결국 난 전과 똑같이 멍청이로 남을지도 몰라! 어쨌거나, 우린 강 바로 건너편에 살 거니까, 결혼한 뒤에도 참 재미있을 거야! 아버지가 조지의 인쇄소 바로 옆에 멋진 새집을 지어 주겠다고 약속하셨어. 너도 매일 나 만나러 와야 해! 우리 셋이 같이 '옛 드루어리' 연극을 보러 가자!"

앨마는 여전히 바닥에 앉아서 할 말을 잃은 채였다. 레타가 자기 가슴에 머리를 기댄 채 재잘대고 있어서 얼굴을 볼 수 없다는 점이 그저 고마울 따름이었다.

조지 호크스가 레타 스노와 결혼한다고?

하지만 조지는 앨마의 남편이 되어야 할 사람이었다. 벌써 오 년 가까이 그녀의 머릿속에서 생생하게 보아 온 모습이었다. 제본실에 있을 때 그녀는 그(그의 몸!)에 대한 환상을 떠올렸다. 하지만 그에 대해서는 더 순결한 생각도 품었다. 그녀는 좁은 서재에서 그와 함께 일하는 모습을 상상했다. 조지와 결혼할 때가 되어서 자신도 화이트에이커를 떠나는 장면을 항상 마음에 그렸다. 둘이 함께 따뜻한 잉크와 종이 냄새로 가득한 그의 인쇄소 2층에 있는 작은 방에서 살리라고. 함께 보스턴으로 여행을 떠나거나, 알프스같이 먼 곳으로 가서 할미꽃과 앵초를 찾아 바위를 오르는 광경을 상상했다. 그가 "이 종은 어떤 것 같아?"라고 물으면 그녀는 "훌륭한 희귀종이에요."라고 대답할 것이다.

그는 항상 앨마에게 매우 친절했다. 한 번은 양손으로 그녀의 손을 꼭 잡기도 했다. 두 사람은 '셀 수 없이 여러 번' 같은 망원경을 들여다보았고, 그 발견에 경이로워하며 서로 번갈아 살펴보곤 했다.

대체 조지 호크스가 레타 스노한테서 어떤 매력을 보았을까? 앨마의 기억에 따르면 조지는 난처한 당혹감 없이 레타 스노를 제대로 '쳐다보지도' 못했다. 레타가 이야기할 때마다 도움이나 위안, 해석을 청하듯 혼란스러운 표정으로 자신을 돌아보던 조지의 모습도 기억했다. 다른 건 몰라도 레타에 '관해' 조지와 앨마가 잠깐씩 주고받던 시선은 둘 사이의 가장 달콤한 친밀감의 표현이었다. 혹은 앨마 쪽에서만 그렇다고 꿈꾸었거나.

하지만 앨마에게는 다른 꿈도 많았다.

그녀의 마음 한구석에서는 이것이 그저 레타의 기묘한 게임 중 하나이거나, 어쩌면 친구의 상상에서 비롯한 거짓 속임수라고 믿고 있었다. 방금 전까지만 해도 레타는 마차 차고에 마녀가 살고 있다고 주장했으니 무엇이든 가능했다. 그러나 아니었다. 앨마는 레타를 너무 잘 알았다. 레타는 지금 장난치는 게 아니었다. 레타는 진지했다. 레타는 2월의 결혼식에서 입을 드레스의 소매와 숄 문제에 대해 재잘거리고 있었다. 레타는 꽤 값나가는 물건이기는 해도 전혀 레타의 취향이 아닌 어머니의 목걸이를 빌려야 하는 문제에 대해서도 제법 진지하게 걱정하고 있었다. "체인이 너무 길면 어쩌지? 몸에 걸려서 엉키면?"

앨마는 갑자기 일어나더니 레타를 바닥에서 일으켜 세웠다. 더는 견딜 수 없었다. 가만히 앉아서 그런 이야기를 한마디도 더 들을 수 없었다. 딱히 어떤 행동을 더 해야 할지 몰라서 그녀는 레타를 껴안았다. 친구를 쳐다보는 것보다 껴안는 편이 훨씬 쉬웠다. 또한 레타의 입을 다물게 하는 효과도 있었다. 그녀가 레타를 얼마나 세게 껴안았던지, 숨을 들이마시던 친구는 놀라서 켁 소리를 냈다. 레타가 또다시 입을 열기 시작하

　　　　모든 것의 이름으로

리라는 생각이 든 순간, 앨마는 "쉿."이라고 명령한 뒤 친구를 더욱 꼭 껴안았다.

앨마의 팔은 남달리 강했고(아버지가 그러했듯 그녀도 팔이 대장장이 같았다.) 아기 토끼 같은 갈비뼈를 가진 레타는 너무도 가냘팠다. 이런 식으로 숨이 완전히 멎을 때까지 점점 더 세게 포박해서 목숨을 앗아 가는 뱀도 있었다. 앨마는 더 세게 팔을 조였다. 레타가 또 한 번 작게 켁 소리를 냈다. 그래도 앨마는 여전히 더 세게 껴안았고 레타를 바닥에서 들어 올릴 만큼 힘을 주었다.

앨마와 프루던스, 레타가 만났던 날이 떠올랐다. '바이올린과 포크, 스푼.' 레타는 "우리가 남자였다면 지금 싸웠어야 했을 거예요."라고 말했다. 음, 레타는 싸움꾼이 아니었다. 그런 싸움에서는 레타가 졌을 것이다. 처참하게 패배했으리라. 앨마는 이 여리고 쓸모없고 소중한 사람을 감싼 팔에 더욱더 힘을 주었다. 그녀는 최대한 눈을 꽉 감았지만 그래도 어쩔 수 없이 눈가로 눈물이 흘러나왔다. 레타가 품 안에서 축 늘어지고 있음을 느꼈다. 그녀의 숨을 끊어 버리기란 아주 쉬운 일일 것이다. 멍청한 레타. 사랑받지 않기 위한 모든 노력을(심지어 지금도!) 잘도 퉁겨 내는 소중한 레타.

앨마는 친구를 바닥에 내려놓았다.

레타는 헉 소리를 내며 떨어져 내린 뒤 반동으로 튀어 오를 뻔했다.

앨마는 강제로 목소리를 끌어냈다. "행복한 일이야, 축하해."

레타는 한 번 훌쩍거리더니 떨리는 손으로 앨마의 몸통을 꼭 잡았다. 그녀는 너무나 바보처럼 끝도 없이 신뢰하는 미소를 지었다. "앨마는 정말 좋은 사람이야! 게다가 날 얼마나 많이 사랑하는지!"

앨마는 거의 남자 같은 기묘한 격식을 차리며 레타에게 악수를 청하더니, 갈라진 목구멍으로 어렵사리 한마디 더 토해냈다. "넌 누구보다도 그럴 만한 자격 있어."

✳

"알고 있었어?"

한 시간도 채 지나지 않아, 응접실에서 바느질을 하던 프루던스를 찾아낸 앨마가 물었다.

프루던스는 일감을 무릎에 내려놓고 양손을 맞잡은 채 아무 말도 하지 않았다.

프루던스는 상황을 완벽하기 이해하기 전까지 절대 대화에 끼지 않았다. 하지만 앨마는 그녀가 억지로라도 입을 열기를, 뭔가 꼬투리라도 잡을 수 있기를 바라며 대꾸하길 기다렸다. 그런데 무슨 꼬투리를 잡겠다는 건가? 프루던스의 얼굴에는 아무것도 드러나지 않았고, 프루던스 휘태커가 이런 종류의 난감한 상황에서 먼저 입을 열 만큼 바보라고 생각했다면 앨마는 프루던스 휘태커를 단단히 잘못 알고 있다는 의미였다.

침묵이 이어지자 앨마는 자신의 분한 기분이 뭔가 더 비극적이고 심통 맞은 분노로, 뭔가 망쳐 버린 듯한 슬픔으로 바뀌고 있음을 느꼈다. 결국 앨마가 쥐어짜듯 물었다. "레타 스노가 조지 호크스랑 결혼한다는 거 알고 있었어?"

프루던스의 표정은 변함없었지만, 살짝 입술을 꾹 다문 듯 잠시나마 그녀의 입가로 미세하게 새하얀 선이 그어지는 순간을 앨마는 보았다. 그러나 그 선은 생겨났을 때만큼이나 빠르게 사라졌다. 순전히 앨마가 상상한 것인지도 몰랐다.

"아니."라고 프루던스가 대답했다.

"어떻게 이런 일이 있을 수 있어?" 앨마가 물었다. 프루던스는 아무 말도 하지 않았으므로 앨마가 말을 이었다. "레타 말로는 우리 어머니가 돌아가신 주부터 약혼한 상태였대."

"그렇구나." 오래 뜸을 들이다 프루던스가 말했다.

"레타가 혹시 알았을까, 내가……." 이 대목에서 앨마는 머뭇거리며 거의 눈물을 흘릴 뻔했다. "내가 그 사람한테 마음이 있다는 걸 레타가 혹시 알았을까?"

"내가 그 질문에 어떻게 대답하겠니?"

"너한테 들은 거 아냐?" 앨마의 목소리는 집요하면서도 지쳐 있었다. "걔한테 말한 적 없어? 내가 조지를 사랑한다는 걸 걔한테 말할 수 있는 사람은 너뿐이야."

이번에는 프루던스 입가의 새하얀 선이 좀 더 오래 머물렀다. 오해가 아니었다. 그것은 분노였다.

"그렇게 오랜 세월을 보냈으면 너도 내 성격에 대해서는 좀 더 잘 알았으면 좋겠는데. 내가 소문이나 옮기려고 찾아온 사람을 만족시켜 줄 것 같아?"

"레타가 너한테 소문을 퍼뜨리러 찾아온 적 있어?"

"걔가 그런 적이 있든 없든 상관없어, 앨마. 내가 누군가의 비밀을 털어놓은 적 있었어?"

"수수께끼처럼 대답하는 것 좀 집어치워!" 앨마가 소리쳤다. 이어 그녀가 목소리를 낮췄다. "내가 조지 호크스를 사랑한다고 레타한테 얘기했어, 안 했어?"

앨마는 문가에서 어른거리던 그림자가 망설이다 사라지는 모습을 보았다. 얼핏 본 거라곤 앞치마의 잔상뿐이었다. 하녀 중 누군가가 응접실로 들어오려다가 마음을 바꿔서 달아난 듯했다. 왜 이 집안에서는 조금도 사생활이 보장되지 않을까? 프루던스 역시 그 그림자를 보았고, 그래서 마음이 쓰이는 듯했다. 이제 자리에서 일어난 그녀가 다가오더니 앨마를 정면으로 마주 보았다. 사실 거의 위협적인 태도였다. 둘의 신장 차이가 워낙 커서 두 자매는 서로 눈과 눈을 마주칠 수 없었지만, 그럼에도 프루던스는 삼십 센티미터쯤 아래에서도 앨마를 깔보듯 쳐다보았다.

"아니. 난 누구한테든 아무 말을 하지 않았고 앞으로도 절대 하지 않을 거야. 게다가 너의 지레짐작은 나에 대한 모욕일 뿐만 아니라 레타와 호크스 씨 두 사람에게도 불공평한 일이야. 그건 어디까지나 두 사람 일이니까. 무엇보다 최악인 점은 그런 질문을 해서 너의 격이 떨어진다는 거야. 네가 실망한 건 유감스럽지만, 우리에게는 친구들의 행운을 기뻐해 주고 축복을 빌어 줄 의무가 있어."

앨마는 다시 무슨 말이든 하려고 했지만 프루던스가 먼저 입을 막고 경고했다. "말을 계속하기 전에 자제력을 되찾는 게 좋을 거야, 앨마. 안 그러면 무슨 말이든 본심을 드러냈음을 후회하게 될 테니까."

반박의 여지가 없었다. 앨마는 이미 속마음을 드러냈음을 '깊이' 후회했다. 이런 대화를 아예 시작하지도 말았으면 좋았겠다고 생각했다. 그러나 그러기에는 너무 늦었다. 이제 최선의 방법은 당장 대화를 끝내는 것이었다. 지금이야말로 앨마가 입을 다물어야 할 귀중한 기회였다. 그러나 공포스럽게도 그녀는 스스로를 억제할 수 없었다.

"난 레타가 나를 배신했는지 알고 싶었을 뿐이야." 앨마가 기어이 발설하고 말았다.

"그래? 그러니까 너의 친구이자 나의 친구이기도 한 레타 스노 양이, 내 평생 만나 본 사람 중에서 제일 정직한 존재가 의도적으로 너한테서 조지 호크스를 빼앗았다는 게 너의 짐작이니? 무슨 목적으로? 재미로? 그리고 그런 질문을 던지면서 넌 나도 널 배신했으리라고 믿고 있었지? 내가 널 놀려 주려고 레타한테 너의 비밀을 이야기했으리라고 믿니? 무슨 저속한 게임이라도 하는 것처럼 호크스 씨한테 구애하라고, 내가 레타를 부추겼을 것 같아? 네가 벌받는 모습을 보고 싶어 하는 마음이 나한테 있다고 생각해?"

맙소사, 프루던스에게는 집요한 구석이 있었다. 남자였다면 만만찮은 변호사가 되었을 터다. 앨마는 지금까지 이토록 참담하거나 형편없이 쩨쩨해진 느낌을 한 번도 겪어 본 적이 없었다. 그녀는 가장 가까운 의자에 주저앉아서 바닥을 뚫어져라 쳐다보았다. 하지만 프루던스는 의자까지 앨마를 쫓아와서 그녀를 굽어보며 계속 이야기했다.

"그건 그렇고 나도 너한테 할 이야기가 있는데, 비슷한 상황이니까 지금 너한테 얘기할게. 이런 화제를 꺼내는 건 탈상 때까지 기다릴 작정이었는데, 넌 이미 우리 가족의 애도 기간이 끝났다고 결정한 것 같구나."

그러면서 프루던스는 검은색 상장이 사라진 앨마의 오른팔을 살짝 만졌고, 앨마는 거의 움찔하며 소스라쳤다.

"나도 결혼할 거야. 아서 딕슨 씨가 청혼했는데 승낙했어." 프루던스는 승리감이나 기쁜 기색 없이 담담하게 발표했다.

순간적으로 앨마는 머릿속이 텅 비었다. 도대체 아서 딕슨이 누구더라? 천만다행으로 그 질문을 소리 내서 말하지 않았고, 바로 다음 순간에 그가 누군지 기억해 내고는 애당초 자신이 그 이름을 떠올리지 못했다는 사실에 어처구니가 없었다. 아서 딕슨, 그들의 가정 교사. 프루던스의 머리에 어떻게든 프랑스어를 새겨 넣는 데 성공했으며, 아무런 기쁨 없이 앨마가 그리스어에 통달하도록 도와준 그 불행하고 구부정한 남자. 축축한 한숨과 눈물겨운 기침으로 기억되는 그 서글픈 존재. 마지막으로 본 이후로 생각해 본 적조차 없는 그 따분한 얼굴.

그게 언제였더라? 사 년 전인가? 펜실베이니아 대학교의 고전어 교수가 되어서 마침내 화이트에이커를 떠났을 때인가? 아니다, 앨마는 퍼뜩 놀라며 잘못된 기억임을 깨달았다. 그녀는 최근 어머니의 장례식에서도 아서 딕슨을 보았다. 심지어 그와 이야기도 나누었다. 그는 친절하게 애도하며 위로해 줬고 앨마는 그가 여긴 웬일일까, 의아해했다.

이제야 알겠군. 그는 필라델피아에서 가장 아름다운 아가씨이면서 잠재적으로 가장 부유하기도 한 옛 제자에게 구혼하러 온 것이었다.

"약혼은 언제 한 거야?" 앨마가 물었다.

"어머니 돌아가시기 직전에."

"어떻게?"

"전통적인 방식으로." 프루던스는 초연하게 대꾸했다.

"그 모든 일이 '동시에' 일어났단 말이야?" 앨마가 다그쳤다. 생각만 해도 속이 메스꺼웠다. "레타 스노가 조지 호크스와 약혼한 것과 같은 시기에 너도 딕슨 씨와 약혼했던 거야?"

"다른 사람들 일은 나도 모르겠어." 프루던스가 말했다. 그러나 이어 그녀는 약간 태도를 누그러뜨리며 수긍했다. "하지만 보아하니 그런 것 같네. 비슷한 시기였나 봐. 내 약혼이 며칠 더 빨랐던 것 같아. 별 상관은 없겠지만."

"아버지도 아셔?"

"곧 알게 되실 거야. 아서는 애도 기간이 지날 때까지 결혼 허락을 기다리고 있었어."

"대체 아서 딕슨이 아버지한테 뭐라고 말할까, 프루던스? 그 사람, 아버지 무서워하잖아. 난 상상이 안 돼. 기절해서 넘어가지 않고 딕슨 씨가 어떻게 대화를 이어 나갈까? 그리고 넌 '학자'와 결혼해서 남은 평생 동안 뭘 할 거야?"

프루던스는 더욱 키를 높이며 당당히 서서 치맛자락을 폈다. "앨마, 네가 아는지는 모르겠지만 약혼 발표에 대한 좀 더 전통적인 반응은 예비 신부에게 오래도록 건강하고 행복하기를 빌어 주는 거야, 특히 예비 신부가 네 자매라면 말이야."

"오, 프루던스, 사과할게……." 그날 앨마는 대략 열두 번째로 자신에게 수치심을 느끼며 입을 열었다.

"그러지 않아도 돼. 나도 뭔가 다른 반응을 기대하진 않았으니까." 프루던스가 문 쪽으로 돌아서며 말했다.

✳

인생을 살다 보면 누구나 우리 존재의 기록에서 지워 버리고 싶은 나날이 있기 마련이다. 그렇게 지워 버리고 싶어 하는 이유는 그 특정한 하루가 다시 떠올리는 일조차 견딜 수 없을 만큼 가슴 찢어지는 슬픔을 안겨 주기 때문이리라. 어쩌면 너무 형편없이 굴었기 때문에 사건 자체를 통째로 영영 들어내고 싶은지도 모른다. 낯 뜨거울 만큼 이기적으로 굴었다거나 유별나게 어리석었다거나. 또는 다른 사람에게 상처를 입힌 죄책감을 기억에서 지워 버리고 싶을 수도 있겠다. 비극적이게도 평생 살다 보면 그런 세 가지 일이 한꺼번에 일어나는 날도 있다. 자기 마음이 찢길 뿐만 아니라, 멍청이처럼 굴고 다른 사람에게 용서받을 수 없는 상처를 주는 일이 동시에 일어나는 것 말이다. 앨마에게는 1821년 1월 10일이 그런 날이었다. 인생의 연대기에서 그날 전체를 없애 버릴 수만 있다면 그녀는 무엇이든 하고 싶은 심정이었다.

다정한 친구와 가엾은 자매 두 사람의 행복한 소식을 듣고서 비열한 질투심과 경솔함과 신체적인 폭력(레타의 경우에만 해당되지만)으로 반응했다는 점에 대해서 앨마는 자신을 용서할 수 없었다. 베아트릭스가 항상 딸에게 가르친 것이 무엇이었던가? "기품만큼 중요한 건 아무것도 없다. 누구는 기품 있고 누구는 없는지, 시간이 지나면 드러날 거다." 1821년 1월 10일, 앨마는 기품이라곤 전혀 찾아볼 수 없는 인간임을 스스로 폭로하고 말았다.

그것은 앞으로 몇 년간 그녀를 괴롭히게 될 일이었다. 앨마는 그날 폭발하는 감정을 좀 더 잘 절제했더라면 사뭇 달라졌을 상황을 거듭 상상하며 자신을 고문했다. 레타와 나눈 대화를 수정해 보자면, 앨마는 조지 호크스의 이름이 나오자마자 정말로 부드럽게 친구를 포옹하며 차분한 목소리로 "너를 아내로 맞이하다니 그 사람 참 운도 좋지!"라고 말했다. 또 프루던스와 나눈 대화를 수정해 보자면, 절대로 자신을 배신했느냐고, 레타에게 비밀을 털어놓았느냐고 비난하는 일은 물론, 조지 호크스를 채어 간 레타를 비난하는 일도 결코 없었다. 그리고 프루던스가 아서 딕슨과의 약혼을 발표한 순간, 앨마는 따뜻한 미소를 지으며 애정 어린 손길로 자매의 손을 맞잡고 "너한테 그 사람보다 더 잘 어울리는 신사는 없을 거야!"라고 말했다.

하지만 불행히도 그렇게 낯 뜨거운 실수에는 두 번째 기회가 찾아오지 않는 법이다.

1821년 1월 11일(불과 하루가 지났을 뿐인데!)만 해도 앨마는 훨씬 괜찮은 사람이 되어 있었다. 그녀는 가능한 한 빨리 이성을 되찾았다. 그녀는 두 건의 약혼에 대해서 정중한 태도를 취하도록 스스로를 단단히 추슬렀다. 다른 이들의 행복을 진심으로 기뻐하는 차분한 아가씨의 역할을 해내도록 자신을 다그쳤다. 그래서 바로 다음 달에 불과 일주일 간격으로 두 건의 결혼식이 다가오자, 두 번 다 즐겁고 유쾌한 하객 노릇을 해낼 수 있었다. 앨마는 신부를 거들고 신랑에게는 공손하게 굴었다. 아무도 그녀의 괴로움을 눈치채지 못했다.

겉으로 그러기는 했지만 앨마는 고통스러웠다.

그녀는 조지 호크스를 잃었다. 그녀는 자매와 유일한 친구에게 뒤처진 신세였다. 프루던스와 레타는 둘 다 결혼식을 마치고 강 건너 필라델피아 중심가로 이사를 갔다. 바이올린과 포크, 스푼의 조합은 이제 해체되었다. 화이트에이커에 남겨진 유일한 사람은(오래전 스스로를 '포크'라고 결정했던) 앨마였다.

앨마는 프루던스 말고 조지 호크스에 대한 그녀의 사랑을 아무도 알지 못한다는 사실에 다소 위안을 받았다. 몇 년 전 정말로 부주의하게 프루던스에게 털어놓았던 열정적인 고백을 없던 일로 할 수는 없겠지만(하늘에 맹세코 얼마나 후회를 했던 지!) 최소한 프루던스는 봉인된 무덤과도 같으므로 비밀이 새어 나갈 염려는 없었다. 조지는 앨마가 자신에게 애정을 품었다거나, 그가 '앨마'에게 애정을 품었다고 의심받았다는 사실을 모르는 듯했다. 그는 결혼 후에도 결혼 전과 다를 바 없이 앨마를 대했다. 그는 과거에도 다정하고 전문가다운 태도를 보였고, 지금도 다정하고 전문가다운 태도를 취했다. 그것은 앨마에게 위로가 되기도 했지만 동시에 끔찍이도 가슴 아픈 사실이었다. 그나마 둘 사이에 불편한 앙금이 전혀 없고, 대외적으로 굴욕을 겪을 일도 없다는 점은 위로가 되었다. 하지만 앨마가 혼자서 꿈을 꾼 것 이외에는 둘 사이에 아무것도 없었다는 사실 때문에 가슴이 아팠다.

돌이켜 보면 모든 것이 비참할 만큼 수치스러웠다. 하지만 서글프게도 자주 돌이켜 볼 수밖에 없었다.

그뿐만 아니라 이제 앨마는 화이트에이커에 영원히 머물러야 할 듯했다. 아버지에게는 그녀가 필요했다. 그것은 매일매일 점점 더 명확해졌다. 헨리는 별 반대 없이 프루던스가 떠나도록 내버려 두었지만(사실 그는 꽤 넉넉한 지참금을 주며 양딸을 축복했고, 사위가 따분한 인물에 장로교 신자라는 사실에도 불구하고 아서 딕슨을 가혹하게 대하지 않았다.) 앨마는 절대로 떠나보내지 않을 것이었다. 프루던스는 헨리에게 아무런 가치도 없었지만 앨마는 그에게 꼭 필요한 사람이었고, 특히나 베아트릭스가 세상을 떠난 지금은 더욱 그러했다.

그래서 앨마는 전적으로 어머니의 역할을 대신했다. 다른 사람은 누구도 헨리를 감당할 수 없었기 때문에 그녀가 강제로 떠맡은 역할이었다. 앨마는 아버지의 편지를 대신 쓰고, 그의 회계 장부를 정리하고, 푸념에 귀를 기울이고, 럼주를 얼마나 마시는지 신경 쓰고, 계획에 의견을 내고, 분노를 진정시켰다. 밤낮으로 시간을 가리지 않고 아버지의 서재로 불려 갈 때마다 앨마는 아버지가 자신에게 바라는 것이 정확히 뭔지, 또는 그 일이 얼마나 오래 걸릴지 전혀 예측할 수 없었다. 막상 가 보면 책상에 앉아서 가짜 금인지 확인하려고 바늘로 금화 더미를 하나하나 긁고 있다가 앨마의 의견을 묻기도 했다. 그냥 좀 따분해져서 앨마에게 차 한 잔을 가져오게 하거나, 크리비지 게임을 하자고 하거나, 아버지 대신 옛날 노래의 가사를 떠올려야 하는 경우도 있었다. 몸이 아프거나, 혹은 단지 치아 하나를 뽑았거나 가슴에 물집이 생긴 날에는 앨마를 서재로 불러내서 그저 통증이 얼마나 심한지에 대해 떠들어 댈 때도 있었다. 또는 아무런 이유 없이 단순히 불평불만을 늘어놓기도 했다.("왜 이 집구석의 새끼 양고기에선 늙은 '숫양' 맛이 나냐?" 혹은 "왜 하녀들은 끊임없이 카펫 위치를 바꾸어서 내가 '발'을 어디에 두어야 좋을지 모르게 하는 거냐? 나더러 얼마나 더 음식을 쏟으라는 거야?")

헨리가 좀 더 바쁘고 건강이 허락되는 날에는 앨마에게 진짜 일을 시키는 경우도 있었다. 빚 상환이 늦어진 채무자에게 보내는 협박 편지를 앨마에게 대신 쓰게 할 때도 있었다.("그 치한테 이 주 안에 돈을 갚지 않으면 자식들을 평생 구빈원에서 썩게 해 주겠다고 해."라고 헨리가 구술하면 앨마는 "친애하는 귀하께. 삼가 경의를 표하며, 금번 채무 상환에 분발해 주실 것을 요청하오니……."라고 쓰는 식이었다.) 혹은 헨리가 해외에서 건조된 식물 표본을 받았을 경우, 표본이 완전히 썩어 사라지기 전에 수분을 보충해서 복원하고 재빨리 삽화를 작성해 놓아야 했는데, 그때마다 앨마를 필요로 했다. 혹은 휘태커 상사를 대신해 이국적 식물을 수집하고자 지구 반대편인 태즈메이니아에서 반죽음이 되도록 일하고 있는 부하 직원에게 헨리 대신 편지를 쓸 때도 있었다.

헨리는 편지지를 책상 위로 내밀며 딸에게 말했다. "그 게을러빠진 놈한테 단단히 일러라. 어쩌고저쩌고하는 품종을 어쩌고저쩌고하는 계곡 둔치에서 발견했다는 보고 따위는 아무 소용이 없다고 말이야. 무슨 지도를 들여다봐도 안 나오는 걸 보면 아마 놈이 그럴듯하게 지어낸 지명이 분명해. 난 '쓸데 있는' 정보가 필요하다고 전해. 놈의 건강이 나빠지고 있다는 소식 따위는 내 알 바 아니라고 해라. 내 건강도 나빠지고 있지만, 내가 놈한테 그런 하소연을 들어 달라고 괴롭히더냐? 모든 품종 100개당 10달러를 보장해 줄 테니까 '정확하게' 하라고, '구분 가능한' 품종이 필요하다고 해. 종이에 마른 표본을 '붙여서' 보내는 짓은 좀 관두라고도 해라. 다 망가진다고. 지금쯤이면 그 빌어먹을 놈도 그 정도쯤은 알아야 할 텐데 말이다. 유리 보관함에는 전부 온도계를 '두 군데' 붙여야 한다고 전해. 하나는 유리 자체에 묶고 하나는 흙 속에 파묻으라고. 표본을 더 선적하기 전에, 만일 부두에 도착했을 때 서리가 내릴 거 같으면 밤에 표본 상자들을 다 하역해야 한다고 선원들한테 단단히 이르라고 해라. 상자에 식물이랍시고 검정 곰팡이만 잔뜩 들어 있는 걸 또 받게 되면 나는 '땡전 한 푼' 지불하지 않을 테니까. 그리고 또다시 봉급을 가불해 줄 수는 없다고도 전해. 아주 나를 파산시키려고 최선을 다하는 자식한테 내가 아직 일자리를 주고 있음을 다행으로 여기라고 말이야. 봉급은 제대로 돈벌이를 했을 때 다시 주겠다고 똑똑히 말해라."(그러면 앨마는 이렇게 편지를 시작했다. "친애하는 귀하께, 휘태커 상사에서는 귀하의 모든 노고에 심심한 사의를 표하는 바이며, 귀하가 겪으신 모든 불편을 유감스럽게⋯⋯.")

다른 사람은 누구도 그 일을 할 수 없었다. 적임자는 앨마뿐이었다. 베아트릭스가 임종 시에 앨마에게 부탁한 일도 그것이 전부였다. 앨마는 아버지를 떠날 수 없었다.

베아트릭스는 앨마가 절대 결혼하지 못하리라는 사실을 짐작했을까? 십중팔구 그랬으리라는 걸 앨마는 이제야 깨달았다. 누가 그녀를 원하겠는가? 180센티미터도 넘는 키에 교육은 지나치게 많이 받았고, 색도 모양도 수탉 벼슬 같은 머리카락의 여자 거인을 누가 데려가겠는가? 조지 호크스가 최고의 후보자, 정말로 유일한 후보자였지만 이제 그는 없었다. 앨마는 적합한 남편감을 찾을 희망이 없음을 알고 있었기에, 베아트릭스의 오래된 그리스식 정원에서 두 여인이 나란히 회양목의 가지치기를 하던 어느 날, 한네커 데 그루트에게 그런 심경을 털어놓았다.

"내 차례는 절대 오지 않을 거예요, 한네커." 앨마가 뜬금없이 말했다. 처량한 말투는 아니었지만 허심탄회한 고백이었다. 네덜란드어로 이야기를 하면(앨마는 한네커와 있을 때만 네덜란드어를 썼다.) 어쩐지 항상 허심탄회한 마음이 들었다.

"시간을 두고 기다려 봐. 장차 남편감이 너를 찾아올지도 모르지." 한네커는 앨마가 무슨 이야기를 하는지 정확히 알고 대꾸했다.

"충직한 한네커, 우리끼리는 솔직해지기로 해요. 어부 아내 같은 내 손에 누가 과연 반지를 끼워 주겠어요? 백과사전만 한 머리에 과연 누가 입을 맞추겠느냐고요?"

"내가 하지."라고 말하며 한네커는 앨마의 머리를 끌어내려서 이마에 입을 맞추었다. "자, 이제 됐지. 불평은 관둬. 넌 항상 뭐든 다 아는 것처럼 행동하지만, 모든 걸 다 알진 못해. 네 어머니도 그런 똑같은 실수를 했지. 너보다 훨씬 오래 산 내가 너보다 지켜본 인생도 더 많아서 하는 말인데 넌 결혼하기에 나이가 너무 많지도 않고, 아직 얼마든지 가족을 꾸릴 수 있어. 서두를 필요 없어. 로커스트 가에 사는 킹스턴 부인을 봐라. 쉰살은 된 거 같아도 남편한테 떡하니 쌍둥이를 안겨 줬잖아! 전형적인 아브라함의 아내 같은 여자지. 누군가 그 여자의 자궁을 연구해 봐야 해."

"한네커, 솔직히 난 킹스턴 부인이 쉰 살이나 됐다고 생각하지 않아요. 부인이 우리한테 자궁 연구를 허락할 리도 없고요."

"난 그저 네가 지금 생각하듯 미래란 알 수 없다는 얘기를 하는 거다. 게다가 너한테 해 주고 싶은 이야기가 있어." 한네커는 이제 일손을 멈추었고 목소리도 진지해졌다. "누구나 실망스러운 부분은 있는 법이다, 얘야."

앨마는 네덜란드어로 "얘야."라고 하는 말소리가 참 좋았다. '킨디에.(kindje.)' 앨마가 어렸을 때 겁에 질려서 한밤중에 가정부의 침대로 기어오르면 항상 한네커가 불렀던 애칭도 그것이었다. '킨디에.' 그 자체만으로도 따뜻함이 느껴지는 소리였다.

"누구나 실망스러운 부분이 있다는 건 나도 알아요, 한네커."

"별로 아는 것 같지 않던데. 넌 아직 어리고 그래서 자기밖에 생각을 못 하지. 넌 네 주변 사방에서 다른 사람들한테 일어나는 곤경을 좀체 알아차리지 못해. 반박하지 마. 그게 사실이니까. 널 나무라는 게 아니야. 나도 네 나이 때는 너만큼이나 이기적이었지. 젊은 사람들이 이기적인 건 전통이야. 난 이제 더 현명해졌어. 안타깝게도 젊은 사람들의 어깨에 늙은이의 머리를 달거나 젊은 사람들이 돌연 현명해질 수는 없는 법이다. 하지만 언젠가 너도 시련 없이 이 세상을 거쳐 가는 사람은 아무도 없다는 사실을 알게 될 거야. 누구든, 굉장한 행운을 타고났다고 여겨지는 사람조차 마찬가지야."

"그럼 우리는 그런 시련을 통해서 뭘 어떻게 해야 하죠?"

모든 것의 이름으로

목사나 철학자, 시인에게도 반문해 본 적 없는 질문이었지만, 그녀는 필사적일 만큼 한네커 데 그루트에게 그 대답을 듣고 싶었다.

"글쎄다, 얘야, 어디까지나 '너의' 시련이니까 너 좋을 대로 뭐든 할 수 있겠지. 네 몫이니 말이다. 하지만 내 몫으로 내가 무얼 하는지는 말해 줘야겠구나. 난 시련의 머리채를 후려잡아 가지고 땅바닥에 패대기친 다음, 장화 뒤꿈치로 갈아 버리지. 너도 배워서 똑같이 해 봐." 한네커가 부드럽게 말했다.

*

그래서 앨마도 그렇게 했다. 그녀는 실망스러운 부분을 장화 뒤꿈치로 갈아 버리는 법을 배웠다. 마침 튼튼한 장화도 갖고 있었으므로 그런 일을 하기에는 제격이었다. 그녀는 도랑으로 걷어차 버릴 수 있도록 슬픔을 모래먼지처럼 미세하게 가는 데 노력을 기울였다. 그녀는 매일같이 그 일을 했고 어떨 때는 하루에도 몇 번씩 시도하면서 앞으로 나아갔다.

몇 달이 지나갔다. 앨마는 아버지를 돕고 한네커를 돕고 온실에서 일하고 가끔은 헨리의 기분 전환을 위해 화이트에이커에서 공식 만찬을 개최했다. 옛 친구 레타는 좀처럼 만나지 못했다. 프루던스를 보는 일은 더 드물었지만 가끔 만날 일이 있기는 했다. 순전히 습관 때문에 앨마는 일요일이면 교회에 가서 예배를 드렸지만, 부끄럽게도 교회에 다녀온 날이면 자위로 마음을 비우기 위해 곧장 제본실로 들어가는 경우가 잦았다. 제본실을 찾는 습관도 더는 기쁘지만은 않았으나 얼마간은 해방감을 주었다.

그녀는 계속 매여 있을 일을 만들었음에도 그것으로 '충분'하지가 않았다. 일 년 만에 그녀는 두려울 정도로 심각한 무기력증에 휩싸였다. 그녀는 막대한 지적 에너지를 쏟아부을 수 있는 직업이나 사업을 갈망했다. 처음에는 아버지의 사업을 도우며 무거운 책임을 완수하는 것만으로도 하루가 다 갔지만 앨마의 효율적 일상은 곧 그녀의 발목을 잡았다. 그녀는 휘태커 상사와 관련한 일을 너무 잘, 그리고 너무 빨리 수행했다. 식물 수입과 수출에 관해 알아야 할 모든 것을 금세 배운 그녀는 하루에 너덧 시간이면 헨리 대신 일을 완수할 수 있었다. 그 정도 시간으로는 만족할 수 없었다. 여전히 남아도는 시간이 너무 많았고, 자유 시간은 위험했다. 자유 시간은 앨마가 발뒤꿈치로 갈아 없애겠다고 작심한 실망에 대해 곱씹어 볼 수 있는 기회를 너무 많이 제공했다.

앨마가 대단히 중대하고도 충격적이기까지 한 깨달음을 얻은 때는 모두들 결혼한 지 일 년쯤 지난 무렵이었다. 그것은 어린 시절의 믿음과 달리, 사실 화이트에이커는 그렇게까지 큰 세계가 아니라는 깨달음이었다. 그 정반대로 '좁아 터진' 곳이었다. 그랬다, 저택의 영지는 수천 에이커까지 확장되어 강을 따라 1.5킬로미터 이상 펼쳐졌고, 상당한 규모의 원시림과 거대한 저택과 훌륭한 서재를 갖추었고, 마구간과 정원, 온실,

연못, 개울이 드넓게 펼쳐져 있기는 했지만, 어떤 사람의 전 세계를 구성하는 경계선으로는(지금 앨마가 그렇듯이) 전혀 큰 것이 아니었다. 자유로이 박차고 떠날 수 없는 곳이라면 어디든 큰 게 아니었다. 특히나 자연 과학자에게는!

문제는 앨마가 화이트에이커의 자연을 연구하는 데 이미 평생을 바쳤기에, 그 땅을 지나치게 잘 안다는 점이었다. 그녀는 모든 나무와 바위와 새와 작란화를 다 알았다. 수많은 거미, 풍뎅이, 개미에 대해서도 다 알았다. 그곳에는 그녀가 탐구할 만한 새로운 것이 아무것도 없었다. 물론 아버지의 인상적인 온실로 매일 들어오는 새로운 열대 식물을 연구할 수는 있겠지만, 그것은 발견이 아니었다! 누군가 다른 사람이 이미 그 식물을 발견했으니까! 앨마가 알기로 자연 과학자의 임무는 발견이었다. 그러나 앨마는 이미 자신에게 주어진 식물학적 경계선의 한계에 도달했으므로, 여기 머물러선 그럴 만한 기회가 없을 터였다. 이 같은 깨달음은 그녀에게 공포였다. 그녀는 밤마다 불면증에 시달렸고, 그래서 공포가 더욱 가중되었다. 앨마는 스멀스멀 피어오르는 마음의 동요가 두려웠다. 두 개골 안에 갇혀 괴로이 서성대는 영혼의 소리가 거의 들리는 듯했으며 묵직한 위협으로 그녀를 짓누르는, 앞으로 살아가야 할 모든 세월의 무게가 느껴졌다.

새로이 분류할 것이라고는 아무것도 없지만 타고난 분류학자인 앨마는 다른 이것저것을 정리하며 불편한 마음을 달랬다. 그녀는 아버지의 서류를 알파벳순으로 분류하고 정돈했다. 별 가치 없는 책들을 버리고 서재도 재정비했다. 선반에 모아 놓은 유리병도 키 순서대로 배열했고, 더 이상 손댈 필요 없는 파일함도 더 편한 방식으로 다시 정리했다. 그러다 1822년 6월 어느 이른 아침에 우연히 뜻밖의 발견을 하게 되었다. 앨마 휘태커는 마차 차고에 홀로 앉아서 조지 호크스를 위해 쓴 연구 논문을 몽땅 들여다보고 있었다. 《보태니카 아메리카나》 과월호들을 주제별로 정리할지, 연도별로 정리할지 고민하는 중이었다. 불필요한 일이었지만 한 시간은 족히 흘러갈 것이었다.

그러다 잡지 더미 맨 아래서 앨마는 가장 초창기 논문을 발견했다. 겨우 열여섯 살 때 '구상난풀'에 관해 쓴 것이었다. 그녀는 논문을 다시 읽었다. 글이 미숙하기는 했지만 과학적 주장은 확고했고, 핏기라곤 하나도 없고 그늘을 사랑하는 영리한 기생 식물에 관한 그녀의 설명은 여전히 유효했다. 하지만 '구상난풀'이라며 그린 옛날 삽화를 자세히 보자 기본부터 조악해서 웃음이 터져 나올 지경이었다. 그것은 꼭 어린아이의 낙서처럼 보였는데, 당연히 실제로도 그랬다. 지난 몇 년 새 앨마가 빛나는 예술가로 탈바꿈한 것은 아니었지만, 초기 그림들은 정말이지 무척 거칠었다. 그런데도 그걸 출판해 준 조지는 친절한 사람이었다. 이끼밭에서 자라난 '구상난풀'을 그릴 의도였지만 앨마의 삽화는 낡은 매트리스에서 울퉁불퉁 자라난 식물처럼 보였다. 그림 아래쪽에 깔린 형편없는 덤불을 이끼라고 생각할 사람은 아무도 없었으리라. 좀 더 세밀하게 그렸어야 했다. 훌륭한 자연 과학자라면, '구상난풀'이 자라나는 이끼의 다양한 품종에 대해서 더욱 정확히 묘사했어야 했다.

그러나 앨마는 조금 더 깊이 생각해 보다가 막상 '구상난풀'이 자라는 이끼 품종들에 대해서 모른다는 사실을 깨달았다. 더 잘 생각해 보니 수많은 이끼의 품종을 구분해 낼 자신도 없었다. 그나저나 이끼의 종류는 얼마나 될까? 서너 종? 십몇 종? 몇백 종? 충격적인 사실이지만 그녀는 알지 못했다.

그러자 다시 생각이 떠올랐다. 그걸 어디에서 배웠지? 이끼에 대해서 누가 책을 쓴 적 있나? 아니면 이끼 식물 전반에 관해서라도? 앨마가 알기로 그 주제를 다룬 권위 있는 책은 단한 권도 없었다. 그 분야로 경력을 쌓은 사람도 없었다. 누가 그런 걸 원하겠어? 이끼는 난초가 아니고, 레바논 삼목도 아니다. 이끼는 크지도, 아름답지도, 눈에 띄지도 않았다. 또한 헨리 휘태커 같은 사람이 재산을 불릴 수 있을 만큼 의학적 성분을 지녀서 돈이 되는 식물도 아니었다.(그래도 아버지가 소중한 기나나무 씨앗을 자바로 운송할 때, 온전히 보존하고자 마른 이끼로 포장했었다는 얘기를 앨마는 기억했다.) 어쩌면 그로노비우스 [18세기에 활동한 네덜란드 식물학자.]가 이끼에 관해 뭔가 저작물을 남겼을 지도? 그런 것도 같았다. 그러나 그 네덜란드인의 저술은 이제 거의 칠십 년이나 해묵은 내용이라서 엄청나게 시대에 뒤떨어지고 내용도 부실했다. 확실한 것은 아무도 이끼에 별다른 관심을 기울이지 않았다는 점이었다. 앨마는 심지어 마차 차고의 낡은 벽 틈을 마른 이끼로 메워 놓기까지 했다. 흔하게 쓰는 이불용 솜이라도 된다는 듯이.

그녀도 이끼를 간과했던 것이다.

앨마는 재빨리 일어나서 숄을 두르고 큼지막한 돋보기를 주머니에 넣은 뒤 밖으로 달려 나갔다. 싱그럽고 서늘하고 약간 흐린 아침이었다. 빛은 완벽했다. 멀리 갈 필요도 없었다. 강둑을 따라 이어진 언덕, 그곳 나무 그늘에 가려진 채 노출되어 있는 축축한 석회암이 있음을 그녀는 알고 있었다. 기억하기로 서재를 단열 처리할 때 얻어 온 이끼도 그곳에서 채취했었다.

그녀의 기억이 맞았다. 바위와 숲이 맞닿는 경계선에서 앨마는 훤히 드러나 있는 첫 번째 바위를 만났다. 바위는 잠든 황소보다도 컸다. 그녀가 짐작하고 바라던 대로 바위는 이끼에 뒤덮여 있었다. 앨마는 훌쩍 자란 풀숲에 무릎을 꿇고서 가능한 한 가까이 바위에 얼굴을 가져다 댔다. 바위 표면에는 손가락 한 마디도 안 되는 높이로 깜찍하고 멋진 숲이 펼쳐져 있었다. 그 이끼들의 세상에서는 아무것도 움직이지 않았다. 코가 닿을 정도로 이끼를 유심히 관찰하고 있으려니 눅눅하고 싱그럽고 오래된 이끼 냄새가 풍겨 왔다. 앨마는 그 빽빽하고 작은 삼림을 손으로 부드럽게 눌러 보았다. 손바닥에 와닿는 감촉은 조밀했고 저항하는 느낌 없이 푹신했다. 이끼가 뭔가 그녀에게 반응하는 듯했다. 이끼는 따뜻하고 폭신해서 주변 공기보다 훨씬 더 따스하게 느껴졌고, 예상보다 훨씬 촉촉했다. 자기만의 기후를 갖고 있는 것 같았다.

앨마는 돋보기를 눈에 대고 다시 들여다보았다. 그녀의 눈

아래로 초소형 숲이 거대하게 확대되었다. 숨을 멈추었다. 그곳은 깜짝 놀랄 만한 왕국이었다. 이를테면 큰 독수리 등에서 내려다본 아마존 정글이었다. 그녀는 놀라운 풍경 속의 길을 따라서 사방을 둘러보았다. 땅에서 늘어뜨린 인어의 머리채 같은 귀여운 나무와 작디작은 덩굴들이 뒤엉킨, 풍성하고 어마어마한 계곡이 그 안에 있었다. 정글 사이로 보일 듯 말 듯한 지류들이 모이더니, 움푹 파인 바위 한가운데의 물이 고인 곳에서 작은 바다를 이루었다.

앨마의 숄 절반만 한 그 바다 바로 건너편에서 그녀는 또 다른 이끼의 대륙을 발견했다. 이 새로운 대륙에서는 모든 것이 달랐다. 그쪽 바위 구석은 다른 곳보다 햇빛이 더 많이 비치는 모양이라고 그녀는 짐작했다. 혹은 비가 덜 들이쳤을 수도 있었다. 어쨌든 그곳의 기후는 전혀 달랐다. 앨마의 팔 길이 정도 되는 산악 지대를 이룬 곳에서는 우아한 소나무처럼 생긴 이끼 군락이 더 진하고 어두운 초록색으로 자라고 있었다. 여전히 같은 바위 표면인데도 또 다른 구석에서는 지극히 작은 소형 사막이 발견되었고, 선인장처럼 생긴 메마르고 건조하고 뾰족뾰족한 이끼가 자라났다. 피오르의 축소판인 깊숙한 바위틈에서는(어찌나 깊은지 6월인 지금 믿을 수 없게도) 겨울 얼음의 흔적을 여전히 간직한 이끼가 발견되었다. 나아가 따뜻한 하구 퇴적지와 자그마한 성당 형태, 엄지 크기만 한 석회암 동굴도 눈에 띄었다.

그러고 나서 앨마는 고개를 들고 눈앞에 펼쳐진 광경을 바라보았다. 그런 바위들이 수십 개나, 헤아릴 수도 없을 만큼 이어져 있었는데, 제각각 비슷한 이끼 카펫을 덮고 있으면서도 저마다 미묘하게 다른 모습이었다. 그녀는 숨이 벅차오름을 느꼈다. '여기가 바로 온 세상이었어.' 그곳은 세상보다 더 컸다. 그곳은 윌리엄 허셜의 막강한 천체 망원경으로 바라본 우주의 창공이었다. 거대한 행성이었다. 고대로부터 내려온 미지의 은하계가 그녀의 눈앞에 펼쳐져 있었다. 바로 그녀의 코앞에! 그곳에서는 여전히 그녀의 집이 내다보였다. 스쿠컬 강을 오가는 낯익은 낡은 배도 보였다. 멀찍이 아버지의 복숭아 과수원에서 일하는 일꾼들의 목소리도 들을 수 있었다. 한네커가 당장이라도 식사 시간을 알리는 종을 치면 들릴 만한 거리였다.

앨마의 세계와 이끼의 세계는 그 오랜 세월 동안 서로가 서로를 뒤덮고, 서로를 향해 얽힌 채 맞물려 있었다. 하지만 한쪽 세계는 시끄럽고 거대하고 빠른 반면, 다른 세계는 조용하고 작고 느려서, 상대편 세계가 서로에게 다가갈 수 없을 듯 보였다.

앨마는 짧은 초록색 모피 같은 이끼 사이로 손가락을 파묻으며 기쁜 예감에 복받쳤다. 내 것이 될 수도 있어! 이제껏 과소평가된 이 식물군을 중점적으로 연구한 이는 아무도 없었지만 앨마라면 할 수 있었다. 그녀에게는 끈기뿐만 아니라 시간도 있었다. 능력도 있었다. 연구에 필요한 현미경도 확실히 가지고 있었다. 심지어 자신의 연구물을 출판해 줄 사람도 있었

모든 것의 이름으로

다. 둘 사이에 무슨 일이 있었든(혹은 무슨 일이 일어나지 않았든) 조지 호크스는 A. 휘태커가 발견한 것이라면 무엇이든, 언제나 행복한 마음으로 틀림없이 발행해 줄 것이기 때문이었다.

이 모든 사실을 깨닫자, 앨마는 스스로의 존재를 더 크게 느낌과 동시에 아주 작다고 느꼈다. 하지만 작아졌다는 그 느낌마저 유쾌했다. 세상이 돌연 끝없는 가능성의 눈금 사이로 줄어들었다. 한평생을 풍요로운 축소판의 세계 속에서 살게 될 수도 있었다. 무엇보다도 최고로 멋진 발견은, 앨마가 이끼에 관한 '모든' 것을 결코 알지 못하리라는 점이었다. 세상에는 너무나 많은 종류의 이끼가 있다는 사실을, 그녀는 그 시점에서 이미 단언할 수 있었다. 이끼는 어딜 가나 있었고, 종류도 심오할 만큼 다양했다. 아마 그녀는 이 작은 바위 하나에 펼쳐진 이끼의 절반도 다 이해하기 전에 늙어 죽을 터였다. '만세!' 그것은 남은 일생 동안 앨마가 해야 할 일이 쫙 펼쳐져 있다는 의미였다. 게으름을 부릴 필요도, 불행해할 필요도 없었다. 어쩌면 외로워할 필요조차 없었다.

그녀에게는 할 일이 있었다.

이끼를 연구하겠어.

앨마가 로마 가톨릭 신자였다면 그 발견에 감사하며 신께 성호를 그었을지도 모르겠다. 몸이 깃털처럼 가벼워지는 짜릿한 종교적 깨달음과 신비한 교감의 순간처럼 느껴졌기 때문이었다. 하지만 앨마는 과도하게 종교적 열정을 표현하는 사람이 아니었다. 그럼에도 불구하고 가슴은 희망으로 부풀어 올랐다. 그녀가 소리 내어 입 밖으로 내뱉은 말은, 어쨌든 약간이나마 기도처럼 들렸다.

"내 앞에 쌓인 일거리에 축복을! 자, 시작해 볼까요."

3부
어긋난 메시지

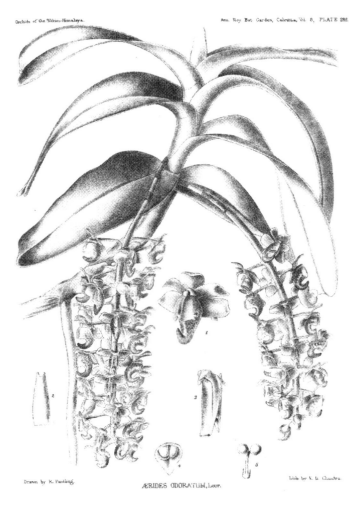

ÆRIDES ODORATUM, Lour.

허말라야 시킴 지방의 난초
아이리데스 오도라툼(Aerides Odoratum)

12

1848년 앨마 휘태커는 새 책 『북아메리카의 모든 이끼(The Complete Mosses of North America)』의 집필을 막 시작했다. 지난 이십육 년간 그녀는 다른 책을 두 권 더 출판했고(『펜실베이니아의 모든 이끼(The Complete Mosses of Pennsylvania)』와 『미국 북동부의 모든 이끼(The Complete Mosses of the Northeastern United States)』), 장대하고 철저하고 아름다운 두 책의 출간은 모두 오랜 친구, 조지 호크스가 맡아 주었다.

앨마의 첫 저서 두 권은 식물학계에서 따뜻한 환영을 받았다. 제법 명망 있는 학술지 몇 군데에서 으쓱해지는 서평을 해 주었고, 앨마는 이끼 분야 분류학에서 달인으로 널리 인정받았다. 그녀는 화이트에이커와 그 주변의 이끼를 연구하는 데에만 통달했을 뿐 아니라, 전국 각지와 전 세계에 있는 식물 수집가들로부터 이끼 견본을 구매하고 거래하고 잘 구슬러서 언어 내는 일에도 발군의 솜씨를 보였다. 그러한 거래는 상당히 쉽게 이루어졌다. 앨마는 이미 식물을 수입하는 법을 알았고, 이끼는 운반하기도 손쉬웠다. 그냥 말려서 상자에 넣은 뒤 배에 실으면 아무런 수고를 들이지 않아도 여행 내내 살아 있었다. 공간을 별로 차지하지 않았고, 무게도 거의 없는 편이라서 선장들은 이끼를 추가로 싣는 걸 마다하지 않았다. 썩지도 않았다. 말린 이끼는 운반하기에 완벽한 형태였고, 사실 사람들은 수 세기 동안 이미 이끼를 포장 재료로 활용하고 있었다. 실제로 연구 초기에 앨마는 부두에 있는 아버지의 창고에 이미 세계 각지에서 들여온 수백 종의 이끼가 나무 상자 안은 물론이고 여기저기에 처박혀 있음을 발견했다. 앨마가 그것들을 현미경 아래로 옮겨 놓기까지는 모두 쓰레기였다.

지난 이십육 년간 그 같은 탐색과 수입을 거쳐 앨마는 8000여 종에 이르는 이끼를 수집했고, 마차 차고의 가장 건조한 건초 다락에 특별한 표본실을 만들어 보관해 두었다. 펜실베이니아 밖으로는 단 한 발자국도 여행해 본 적이 없었지만, 전 세계 이끼 분야에 관한 그녀의 지식은 거의 독보적으로 광범위했다. 그녀는 티에라 델 푸에고 ^{남아메리카 대륙 남쪽 끝에 있는 섬.}부터 스위스에 이르기까지 여러 식물학자들과 계속 교류했고, '네케라이끼'나 '들솔이끼'의 이러저러한 이형이 새로운 종을 구성하는지, 아니면 이미 문서로 정리된 종의 변이에 불과한지 다소 유명하지 않은 학술지에서 오가는 복잡하며 열띤 생태 분류학적 논란을 조심스레 지켜보았다. 가끔은 흠 잡을 데 없이 논리 정연한 논문으로 자신의 의견을 내세우기도 했다.

더 중요한 사실은 이제 앨마가 완전히 본명으로 논문을 출간한다는 점이었다. 그녀는 더 이상 'A. 휘태커'가 아니라 그냥 '앨마 휘태커'였다. 이 이름에는 아무런 약자도 뒤따르지 않았다. 학위 증명도, 남자들만 가입하는 유명 과학 단체의 회원 표시도 없었다. 심지어 숙녀로서 위엄이 뒤따르는 '부인'이라는 호칭도 없었다. 이제는 그녀가 여자라는 사실을 모두 확실히 알았다. 그래도 별로 상관없었다. 이끼는 경쟁적인 분야가 아니었고, 어쩌면 앨마가 그렇게 별다른 저항 없이 식물학계에 진입하도록 허락받은 까닭도 그 때문이었다. 덧붙이자면 지칠 줄 모르는 그녀의 끈기 덕분이기도 했지만.

오랜 세월 이끼 세계를 알아 가면서 앨마는 왜 이제껏 아무도 그 분야를 제대로 연구하지 않았는지 더 확실히 이해할 수 있었다. 순진한 시각으로 보면 연구할 것이 너무 빈약해 보이는 분야였다. 이끼에 대한 전형적 정의는 존재 자체를 있는 그대로 설명하지 않고 부족한 요소에 대한 언급뿐이었는데, 사실 이끼는 식물로서 부족한 점이 많았다. 이끼는 열매를 맺지 못했다. 그리고 뿌리도 없었다. 몸을 지탱할 만한 뼈대 같은 내부 세포 구조 역시 없기 때문에 몇 센티미터 이상 자랄 수 없었다. 몸 안에서 수분을 운반할 수도 없었다. 심지어 암수 구분도 불가능했다.(적어도 백합이나 사과 꽃처럼 암수의 역할이 확실히 구분되지 않고, 두드러진 형태의 암수 기관을 갖추지도 않았다.) 인간의 맨눈으로 보기에 이끼의 번식은 미스터리로 남아 있었다. 그런 이유로 이끼의 또 다른 이름인 민꽃식물의 라틴어 학명, '크립토가메(cryptogamae)'는 '숨은 결혼'이라는 뜻이었다.

어느 면으로 보든 이끼는 평범하고 지루하고 수수하고 원시적이기까지 했다. 도시의 제일 초라한 길가에서 자라는 가장 단순한 형태의 잡초도 이끼와 비교하면 무한히 복잡해 보일 정도였다. 그러나 이끼에 대해서 사람들이 알지 못하는 것들을 앨마는 알게 되었다. 이끼는 믿기지 않을 만큼 강했다. 이끼는 돌을 잡아먹었지만, 반대로 그 어떤 것도 좀처럼 이끼를 잡아먹지 못했다. 이끼는 수 세기 동안 끄떡없었던 바위를 천천히, 그러나 지독히 파고들며 먹이로 삼았다. 시간만 충분하다면 한 줌의 이끼는 절벽을 자갈로 만들 수 있고, 그 자갈을 다시 표토로 바꿀 수도 있었다. 땅 위에 노출된 석회암 아래로 파고든 이끼 군락은 물길을 만들어 살아 있는 해면처럼 바위에 달라붙은 뒤 직접 칼슘을 함유한 수분을 빨아들였다. 시간이 흐르면서 이 같은 이끼와 광물질의 혼합물은 일종의 침전 대리석으로 변해 갔다. 단단하고 우유처럼 새하얀 대리석 표면에는 실핏줄 같은 파란색과 초록색, 회색 무늬가 영원히 남았다. 그것이 바로 태곳적부터 자리 잡은 이끼의 흔적이었다. 바티칸의 성 베드로 대성당 역시 태고의 이끼 군락이 만들어 내고 무늬를 새겨 넣은 대리석으로 지어졌다.

이끼는 다른 식물들이 전혀 살 수 없는 곳에서 자랐다. 벽돌에서도 자랐다. 나무 밑동과 지붕 기와에서도 자랐다. 북극권에서도 자라며 뜨거운 열대 지방에서도 자랐다. 나무늘보의 털, 달팽이 등껍질, 썩어 가는 인간의 유골에서도 자라났다. 이끼는 불타 버렸거나 그 밖의 다른 이유로 황폐해진 땅에서조차 다시 모습을 드러내는 최초의 식물 생명체였다. 숲을 처음부터 다시 살려 내려는 무모함도 보였다. 이끼는 부활의 동력이었다. 한 줌의 이끼는 죽은 듯 건조된 상태로 사십 년 동안 동면한 채 있다가도 그저 물만 적셔 주면 거뜬히 되살아났다.

이끼에게 필요한 것은 시간뿐인데, 세상의 시간이 무궁무진함을 앨마도 이제 깨닫는 중이었다. 다른 학자들도 동일하게 인식하기 시작했다. 1830년대에 이미 앨마는 영국의 지질학자 찰스 라이엘의 『지질학 원리(Principles of Geology)』를 읽었고, 이 책은 지구의 나이가 이제껏 그 누구도 생각하지 못했을 만큼 많다는 점을 시사했다. 어쩌면 수백만 년도 더 됐다는 것이었다. 앨마는 1841년에 이르러, 라이엘의 예측보다 지질학적으로 훨씬 오래된 연대표를 제시한 존 필립스의 최신 저작을 더 신봉했다. 필립스는 지구가 이미 자연사의 세 시대(고생대, 중생대, 신생대)를 거쳐 왔다고 믿었으며, 이끼 화석을 포함해 각 시대에 속하는 식물군과 동물군 화석을 확인했다.

상상할 수조차 없을 만큼 세상이 오래되었다는 개념은 성경의 가르침에 정면으로 위배되었으므로 상당히 많은 사람들이 충격에 휩싸였지만 앨마는 충격받지 않았다. 오히려 앨마는 본인만의 독특한 시간 이론을 정립했고, 그녀의 이론은 라이엘과 필립스가 연구하는 데 참고했던 원시 해양 이판암의 화석 기록으로 더욱 공고해졌다. 사실 앨마는 우주 전체를 운영하는 시간 체계가 여러 종류이리라고 믿고 있었다. 앨마는 성실한 분류학자로서, 심지어 시간 체계를 구분해 이름까지 붙여 두었다. 첫 번째는 '인간의 시간'이었는데, 이는 기록된 역사를 바탕으로 결함 있는 기억을 취합했기 때문에 유한한 인간 기억의 서사였다. 그것은 아주 최근의 과거부터 겨우 상상 가능한 미래까지 곧고 좁게 펼쳐졌다. 그러나 인간의 시간에 있어서 가장 놀라운 특징은 어마어마하게 빠른 속도로 흘러간다는 점이었다. 우주 전체에서 인간의 시간은 손가락을 튕기는 정도의 찰나였다. 필멸의 인생을 살아가는 다른 모든 이들과 마찬가지로, 안타깝지만 앨마의 인생 또한 인간의 시간에 속했다. 따라서 스스로 제일 뼈아프게 알고 있듯이 그녀는 이곳에 오래 머물지 못할 것이다. 앨마는 다른 모든 이들과 마찬가지로 찰나의 존재일 뿐이다.

시간의 스펙트럼 반대편 끝에는 '신의 시간'이 존재한다고, 앨마는 가정했다. 은하계가 생겨나고 신이 살아가는 불가해한 영원을 의미했다. 그녀는 신의 시간에 대해서는 아는 바가 없었다. 아무도 알지 못했다. 사실 그녀는 신의 시간이라는 개념을 어떻게든 이해했다고 주장하는 사람들에게 쉽게 진저리 나곤 했다. 인간의 정신력으로는 신의 시간을 이해할 방법이 없다고 믿었기 때문에, 그녀는 신의 시간을 연구하는 데 관심이 없었다. 그것은 시간 바깥의 시간이었다. 그래서 그녀는 그 부분을 치워 두었다. 그럼에도 그러한 시간의 존재를 감지했고, 그게 어떤 종류든 거대하고 무한한 정체로서 우리 주변에 머물고 있으리라고 짐작했다.

좀 더 가까운 고향인 지구로 돌아오면, 앨마가 '지질학의 시간'이라고 부르는 영역 또한 존재했다. 찰스 라이엘과 존 필립스가 최근 무척이나 설득력 있게 논의한 바로 그 시간대였다. 자연사는 이 범주에 속했다. 지질학의 시간은 '거의' 영원처럼, 신의 시간처럼 느껴지는 속도로 흘러갔다. 바위와 산맥의 속도로 움직였다. 지질학의 시간은 서두르는 법이 없었고, 일부 학자들이 이제야 겨우 주장하듯 지금껏 그 누가 짐작했던 것보다 훨씬 더 오랜 세월에 걸쳐 째깍째깍 흘러가고 있었다.

그러나 지질학의 시간과 인간의 시간 어디 중간쯤에 또 다른 시간이 존재한다고, 앨마는 생각했다. 바로 '이끼의 시간'이었다. 지질학의 시간과 비교하면 이끼의 시간은 앞이 보이지 않을 정도로 빨랐다. 바위가 100만 년 동안 꿈도 꾸지 못할 성취를, 이끼는 고작 1000년 사이에 이뤄 낼 수 있기 때문이었다.

하지만 인간의 시간과 비교하면 이끼의 시간은 매우 느렸다. 교육받지 못한 인간의 눈에는 이끼가 전혀 움직이지 않는 듯 보이리라. 그러나 이끼는 생동하면서 놀라운 결과물을 낳았다. 아무 일도 일어나지 않는 듯하지만, 십 년이나 그 이상의 세월이 흐르면 모든 것이 달라져 있을 것이다. 대부분의 인간이 이끼의 흐름을 추적할 수 없을 만큼 이끼는 천천히 움직이고 있을 뿐이었다.

하지만 앨마는 추적할 수 있었다. 그녀는 '확실히' 추적 중이었다. 1848년 훨씬 이전에도 이미 그녀는 가능한 한 많이, 오랜 세월 이어진 이끼의 시간에 맞게 세상을 관찰하도록 스스로를 훈련했다. 앨마는 별개의 이끼 군락의 발달 과정을 표시하기 위해 노출된 석회암 가장자리에 작은 색깔 깃발들을 박아 놓았고, 이제 벌써 이십육 년째 그 기나긴 드라마를 지켜보고 있었다. 어떤 종의 이끼가 바위 너머로 세력을 확장하고, 또 어떤 종의 이끼가 쇠퇴할 것인가? 그 기간은 얼마나 오래 소요될까? 앨마는 이끼가 천천히 움직이며 영역을 확장하고 수축하는, 위대하고 소리 없는 과정을 관찰했다. 그녀는 오 년에 걸쳐 손톱만큼 자라는 이끼의 생장을 측정했다.

이끼의 시간을 연구하며 앨마는 자신의 유한한 인생을 걱정하지 않으려고 노력했다. 앨마는 인간의 시간이라는 한계에 갇혀 있었지만, 그것은 어찌해 볼 도리가 없는 조건이었다. 자기에게 허락된 하루살이 같은 짧은 삶을 최대한 활용하는 수밖에 없었다. 앨마는 벌써 마흔여덟 살이었다. 사십팔 년은 이끼 군락에게는 아무것도 아닌 시간이지만, 여자에게는 상당한 세월이었다. 월경도 최근 끝났다. 머리카락은 백발이 되어 가고 있었다. 운이 좋다면 이십 년이나 삼십 년, 최대한 잡아 봤자 사십 년 정도 더 인생과 연구를 누릴 수 있으리라. 바랄 수 있는 바는 그것이 최선이었고, 그녀는 그러기를 매일 소망했다. 배울 것이 너무 많은데 그것을 다 배울 만한 시간은 충분하지가 않았다.

앨마 휘태커가 얼마나 빨리 세상에서 사라질지 이끼가 안

모든 것의 이름으로

다면 분명 동정해 줄지도 모른다고, 그녀는 종종 생각했다.

＊

　한편 화이트에이커의 삶은 전과 다름없이 계속되었다. 휘태커 가문의 식물 사업은 수년간 확장하지는 못했지만 위축되지도 않았다. 이윤을 남기는 부지런한 기계처럼 안정 단계에 접어들었다고도 할 수 있을 것이다. 여러 개의 온실은 여전히 미국에서 최고 수준이었고, 현재 보유하고 있는 다양한 식물은 6000종 이상이었다. 미국에서는 한동안 양치식물과 야자수에 열광하는 유행이 돌았고(젠체하는 기자들은 그런 풍조를 양치식물광이라는 의미의 '프테리도마니아(pteridomania)'라고 불렀다.) 헨리는 온갖 종류의 이국적인 엽상체 식물을 길러 팔면서 그 유행의 덕을 톡톡히 보았다. 헨리가 소유한 공장과 농장도 많은 돈을 벌어들였고, 최근 몇 년 사이 철도 회사에 땅을 약간 팔아서 큰 이윤을 남겼다. 그는 급성장하는 고무 무역에 관심을 가지고 그 불확실하지만 새로운 사업에 투자하고자 당시 브라질과 볼리비아에 있던 지인들을 활용했다.
　그렇게 헨리 휘태커는 변함없이 매우 건재했다. 어쩌면 그것이야말로 기적이었다. 여든여덟 살의 고령에도 그의 건강은 크게 쇠약해지지 않았는데, 그가 항상 얼마나 맹렬하게 살아왔는지, 또한 그가 항상 얼마나 억세게 나쁜 건강을 불평했는지를 감안한다면 상당히 인상적인 결과였다. 시력이 나빠지기는 했지만 돋보기와 환한 등불만 있으면 서류도 확인할 수 있었다. 튼튼한 지팡이와 건조한 오후 날씨만 갖춰진다면, 그는 여전히 예전처럼 18세기 영주 같은 복장으로 자신의 영지를 걸어 다닐 수 있었다.

조련된 악어, 딕 얀시 역시 계속 화이트에이커 상사의 해외 사업을 원활히 운영하며 소태나무, 콘드로덴드론 같은 새롭고 돈이 되는 약용 식물들을 수입했다. 헨리의 오랜 퀘이커교도 동업자 제임스 개릭은 이제 세상을 떠났지만 제임스의 아들 존이 제약 회사를 물려받았다. 그렇게 개릭 & 휘태커의 의약품은 꾸준히 필라델피아와 주변 지역에서 널리 팔려 나갔다. 헨리가 장악했던 해외 기나 무역은 프랑스의 경쟁자 때문에 타격을 입었지만 국내 시장에서는 오히려 쾌거를 이루었다. 그는 최근 신제품으로 '개릭 & 휘태커의 자양 강장제'를 출시했는데, 기나피와 몰약 수지, 사사프라스 오일, 증류수를 혼합한 이 물질은 삼일열부터 수포성 발진, 부인병에 이르기까지 인간이 얻을 수 있는 모든 질병에 효과를 발휘한다고 선전되었다. 신제품은 엄청난 성공을 거두었다. 이 약물은 제조 비용이 낮았기에 연신 이윤을 낳았고, 특히 질병과 열병이 온 도시에 창궐해서 가난뱅이든 부자든 집집이 전염병을 겁내며 살아야 하는 여름이면 특히 짭짤했다. 어머니들은 아이들이 어떤 병에 걸리든 그 약부터 먹이고 보는 지경이었다.

도시는 화이트에이커 주변까지 번성했다. 한때는 조용한 농장들만 자리해 있던 이웃 지역이 이제는 몹시 북적거렸다.

모든 것의 이름으로

버스와 운하, 철도, 포장된 고속 도로, 유료 고속 도로, 정기 증기선이 생겨났다. 미합중국 인구는 1792년 휘태커 부부가 처음 당도했을 때의 두 배로 늘어났고, 국기에선 이제 서른 개의 별이 자랑스레 빛났다. 기차가 사방으로 뜨거운 재와 숯덩이를 토해 내며 달려갔다. 성직자들이며 도덕률을 신봉하는 사람들은 그렇게 빠른 이동 수단이 초래할 진동과 흥분이 마음 약한 여성들을 성적인 광란 상태로 몰고 갈까 봐 염려했다. 자연이 눈앞에서 사라져 가고 있음에도 시인들은 여전히 자연에 부치는 송가를 지었다. 한때는 헨리 휘태커가 유일했으나 이제는 필라델피아의 백만장자가 십여 명이나 되었다. 이 모든 것이 새로웠다. 하지만 여전히 콜레라와 황열병, 디프테리아, 폐렴, 죽음이 떠돌았다. 그 모든 것들은 오래도록 사라지지 않았다. 따라서 제약업은 늘 강력했다.

베아트릭스가 죽은 뒤 헨리는 재혼하지 않았고 결혼에 관심조차 없었다. 그에게는 아내가 필요 없었다. 그에게는 앨마가 있었다. 앨마는 헨리에게 헌신했고, 가끔 일 년에 한두 번 정도 아버지가 딸을 칭찬하기도 했다. 이제 앨마는 아버지의 변덕과 요구 속에서 어떻게 자신의 존재를 최대한 활용해야 하는지 잘 깨닫게 되었다. 아버지와 보내는 매시간은 곧 이끼 연구에 쏟아야 할 시간의 손실임을 간파하고 있으면서도 그녀는 대부분 아버지와 함께하는 시간을 즐겼다.(아버지에 대한 그녀의 애정은 어쩔 수 없는 것이었다.) 오후와 저녁 시간은 헨리에게 할애했지만, 오전 시간은 늘 자신의 일에 투자했다. 헨리는 나이 들면서 점점 기상 시간도 느려졌으므로, 그 같은 시간 안배는 서로에게 잘 맞아떨어졌다. 헨리는 가끔 만찬에 손님들을 초대하고 싶어 했지만 어느덧 그 횟수가 훨씬 뜸해졌다. 요새는 손님이 일주일에 네 번이 아니라 일 년에 네 번 정도 방문했다.

헨리는 계속 변덕스럽고 까다롭게 굴었다. 앨마는 한밤중에 통 나이를 먹지 않는 듯한 한네커 데 그루트의 손길에 잠을 깰 때가 있었다. "네 아버지가 찾으신다, 얘야." 그래서 앨마가 따뜻한 가운을 걸치고 아버지의 서재로 가 보면, 새벽 3시에 불면으로 짜증이 난 헨리가 서류를 잔뜩 펼쳐 놓고 뒤적이다가 진을 한잔 마시며 오붓하게 주사위 게임이나 한판 하자고 청했다. 그러면 다음 날 잔뜩 피곤해진 헨리 덕분에 더 많은 시간을 연구에 할애할 수 있음을 잘 알고 있던 앨마는 불평 없이 그의 요구에 응했다.

"내가 실론 섬에 대해서 얘기해 줬던가?"라고 그가 물으면, 앨마는 그가 이야기하다 잠들도록 내버려 두었다. 가끔은 아버지의 옛날이야기를 들으며 그녀도 잠들 때가 있었다. 노인과 머리가 세기 시작한 딸이 미처 끝내지 못한 주사위 게임을 사이에 두고 의자에 앉은 채로 쓰러져 잠이 들면 두 사람 머리 위로 동이 텄다. 그때쯤 앨마가 일어나서 방을 정돈했다. 그녀는 한네커와 집사를 불러서 아버지를 침대로 모시도록 했다. 그러고는 서둘러 아침 식사를 한 뒤, 또다시 자신만의 노동에 집중할 수 있는 마차 차고나 이끼 덮인 바위로 걸어갔다.

이제 벌써 이십오 년 이상 그 같은 일을 반복하고 있었다. 앞으로도 항상 그런 나날이 이어지리라고 앨마는 생각했다. 앨마 휘태커에게는 조용하지만 불행하지 않은 삶이었다.

조금도 불행하지 않았다.

✱

그러나 다른 이들은 그리 운이 좋지 못했다.

예를 들어, 앨마의 오랜 친구 조지 호크스는 레타 스노와의 결혼 생활에서 행복을 찾지 못했다. 레타 또한 조금도 행복하지 않았다. 그 사실을 알게 된 앨마는 아무런 위로도 기쁨도 느끼지 않았다. 다른 여자 같으면 상처받은 마음에 대한 일종의 복수로 그런 소식을 기뻐했을지 모르지만, 앨마는 다른 사람의 괴로움에서 흡족함을 찾는 부류의 인물이 아니었다. 그뿐만 아니라, 두 사람의 결혼에 한때 얼마나 깊은 상처를 받았었는지 오롯이 헤아릴 순 없지만, 앨마는 이제 더는 조지 호크스를 사랑하지 않았다. 불꽃은 오래전에 사그라졌다. 그러한 현실에서 계속 그를 사랑하기란 어처구니없을 만큼 어리석은 짓이었을 테고, 그녀는 이미 너무도 심한 바보짓을 했다. 어찌 되었든 앨마는 조지를 동정했다. 그는 착한 영혼의 소유자였고 그녀에게 항상 좋은 친구였지만, 아내를 선택하는 데 그보다 더 형편없는 결정을 내린 남자는 아무도 없을 터였다.

고루한 식물학 출판업자는 처음에 활발하고 변덕스러운

신부에게 당혹감을 느꼈을 뿐이었지만, 시간이 지나자 점점 더 노골적으로 짜증을 냈다. 결혼 후 처음 몇 년간 조지와 레타는 화이트에이커에서 주기적으로 만찬을 즐겼지만, 앨마는 레타가 입을 열 때마다 조지의 얼굴이 어두워지면서 긴장한다는 사실을 곧 알아차렸다. 마치 레타가 무슨 말을 할지 미리 겁을 내는 듯한 모습이었다. 결국 그는 식탁에서 아예 입을 다물게 되었는데, 마치 자기 아내도 침묵하기를 바라는 마음에서 그러는 듯했다. 만일 그것이 그의 바람이었다면 그의 소망은 이루어지지 않았다. 레타는 말없는 남편 주변에 있으려니 더욱 초조해져서 더 미친 듯이 말을 했고, 반대로 그녀의 남편은 더더욱 작정하고 입을 다물어 버렸다.

그러한 상황이 몇 년간 이어지자 레타에겐 아주 이상한 습관이 생겼는데 앨마는 그 모습을 보고 있기가 고통스러웠다. 레타는 마치 입에서 새어 나오는 말을 잡기라도 하려는 듯 얘기할 때마다 입언저리에서 속수무책으로 양 손가락을 튕겨 댔다. 말을 '중단'시켜서 다시 입에 집어넣기라도 할 것처럼. 가끔 실제로도 정신 나간 것 같은 생각과 수다를 늘어놓는 도중에 문장을 멈추고는, 말이 더 입 밖으로 새어 나가는 것을 막고자 자기 손으로 입술을 꽉 눌렀다. 그리고 마지막에 내뱉은 기이한 문장이 돌연 끊긴 채 불편하게 허공을 맴돌면, 이에 깜짝 놀란 레타가 사죄하는 시선으로 입을 꾹 다문 남편을 쳐다보는 광경을 지켜보기란 더욱 괴로웠다.

그처럼 불편한 장면을 여러 차례 연출하고 난 뒤, 호크스 부부는 아예 만찬 모임에 나타나지 않았다. 앨마는 조지와 출판 문제를 상의하러 아치 가로 찾아갔을 때에만 두 사람을 볼 수 있었다.

알고 보니 아내 노릇 역시 레타 스노 호크스 부인에게 적합하지 않았다. 그녀는 단지 그런 역할을 할 재목이 아니었던 것이다. 정말이지 레타에게는 어른 노릇조차 적합하지 않았다. 어른은 습관의 제약을 받는 데다 지나치게 진지해야 했다. 레타는 더 이상 소형 이두마차를 타고 자유로이 도시를 쏘다닐 수 있는 어리석은 소녀가 아니었다. 이제 그녀는 필라델피아에서 가장 존경받는 출판업자의 부인이자 조력자였고, 스스로도 그 신분에 맞게 처신해야 했다. 레타 혼자 극장에 놀러 가는 일도 더는 허락되지 않았다. 사실 그런 일이 허락된 적은 결코 없었지만 과거엔 아무도 말리지 않았다. 그러나 조지는 그것을 금지했다. 그는 극장을 좋아하지 않았다. 또한 조지는 아내에게 교회 예배에 참석할 것을 요구했다. 사실 일주일에 여러 차례나 교회에 가야 했는데, 그럴 때마다 레타는 지루함 탓에 어린아이처럼 몸을 뒤챘다. 결혼한 이후로 제멋대로 옷을 입을 수도 없었고, 생각나는 대로 대뜸 노래를 부를 수도 없었다. 아니, 노래를 부를 수는 있었고 가끔 그러기도 했지만 옳은 일 같지 않았고, 남편을 화나게 할 뿐이었다.

레타는 모성이라는 역할 또한 완수할 수 없었다. 결혼한 지 일 년 만에 호크스 집안에도 새 생명이 찾아왔지만 그 임신은 유산으로 끝이 났다. 다음 해에도 임신은 출산까지 이어지지 못했고, 그다음 해에도 마찬가지였다. 다섯 번째 아이를 잃은 뒤 레타는 대단히 극심한 우울증에 빠져 방에서 꼼짝도 하지 않았다. 이웃들은 그녀의 울부짖음을 들었고, 몇 집 떨어진 곳에서도 그 소리가 들린다는 소문마저 돌았다. 가엾은 조지 호크스는 이 절박한 여자를 어떻게 대해야 할지 알지 못했고, 아내의 발병 때문에 며칠씩 일터에 나가지도 못했다. 결국 그는 화이트에이커로 전갈을 보내서 앨마에게, 자기로서는 어떻게도 위로할 수 없는 옛 친구의 곁을 지켜 달라고 부탁했다.

그러나 앨마가 도착했을 때 레타는 이미 엄지손가락을 빨며 희미한 겨울 하늘에 드리운 앙상한 검은 나뭇가지처럼 아름다운 머리카락을 베개 위에 흩뜨린 채 잠들어 있었다. 조지는 약국에서 아편팅크를 조금 보내왔다며 약효가 있는 모양이라고 설명했다.

"조지, 제발 습관적으로 약을 먹이지 마세요. 레타는 워낙 민감한 체질이라 아편팅크를 너무 많이 먹이면 해로울지도 몰라요. 가끔 터무니없이 굴기도 하고 비극적으로 군다는 거 알아요. 하지만 제 생각에 레타는 인내와 사랑으로 지켜보면서 스스로 행복해지는 길을 찾도록 도와줘야 해요. 레타한테 조금 더 시간을 주시면 아마……."

"귀찮게 해서 미안합니다."

"아니에요. 전 항상 조지 편이에요, 레타 편이기도 하고요."

앨마는 더 말하고 싶었지만, 뭐라고 해야 했을까? 벌써 함부로 너무 입을 놀렸는지도 모른다고, 혹은 남편으로서의 그를 비난한 거나 마찬가지라고 느껴졌다. 가엾은 남자. 그는 지쳐 있었다.

"우정이 있으니까요, 조지. 그걸 써먹으세요. 절 언제든 부르셔도 좋아요." 앨마가 그의 팔에 손을 얹으며 말했다.

그는 앨마의 말대로 했다. 1826년 레타가 자기 머리카락을 몽땅 잘라 버렸을 때 조지는 앨마를 불렀다. 1835년 레타가 사흘간 사라졌다가 결국 피시타운에서 길거리 아이들과 함께 잠든 채로 발견되었을 때도 앨마를 불렀다. 1842년, 레타가 가위를 들고 하인을 쫓아다니며 유령이라고 주장했을 때도 조지는 앨마를 불렀다. 하인은 크게 다치지 않았지만 이제 아무도 레타에게 아침 식사를 가져다주려고 하지 않았다. 조지는 1846년에 레타가 잉크보다 눈물로 이해할 수 없는 편지들을 써 내려가기 시작했을 때도 앨마를 불렀다.

조지는 그러한 상황과 혼란을 감당하는 방법을 알지 못했다. 모든 것이 그의 사업과 정신에 끔찍한 타격을 주었다. 그는 여러 학술 잡지들과 함께 이제 일 년에 오십 권 이상의 책을 출간했고, 정기 구독자에게만 공급하는 값비싼 계간지 《8절판 이국 화훼》(일 년에 네 차례 발행되었는데, 최고 품질의 대형 석판 채색 인쇄 화보가 곁들여졌다.)를 새로이 발행하고 있었다. 그 모든 일들에는 전적인 집중력이 필요했다. 그에게는 무너져 가는 아내에게 쏟을 시간이 없었다.

앨마 역시 시간이 없기는 마찬가지였지만 그래도 그녀는 레타를 찾아갔다. 가끔 상황이 특히 나쁠 때는 조지가 바로 집 근처의 인쇄소 소파에서 자는 동안, 레타와 함께 밤을 보내며 부들부들 떠는 친구를 껴안고 호크스 부부의 침대에서 잠들기도 했다. 어차피 요즘 들어 조지는 늘 인쇄소에서 자는 거나 마찬가지였다.

"내가 완전히 악마가 되더라도 여전히 나를 사랑하고 여전히 친절하게 굴 거야?" 레타는 한밤중에 앨마에게 묻곤 했다.

"난 항상 널 사랑할 거야." 앨마는 평생의 유일한 친구를 안심시켰다. "그리고 넌 절대로 악마가 될 수 없어, 레타. 넌 그냥 쉬어야 해. 본인도, 다른 사람도 더는 괴롭히지 말고……."

그런 일이 있고 난 아침이면 세 사람은 호크스 집의 식당에서 함께 아침 식사를 했다. 당연히 편안할 리 없었다. 조지는 가장 괜찮은 상황에서도 가볍게 대화를 나누는 사람이 아니었고, 레타는 전날 밤 먹은 아편팅크의 양에 따라서 미친 듯이 떠들어 대거나 멍하니 있거나 둘 중 하나였다. 맑은 정신을 유지하는 기간은 점점 드물어졌다. 때로 레타는 누더기를 씹어 대며 놓지 않으려 했다. 앨마는 세 사람에게 모두 어울릴 만한 대화 주제를 찾으려고 애썼지만 그런 주제란 존재하지 않았다. 물론 그런 주제는 과거에도 존재한 적이 없었다. 그녀는 레타와 무의미한 이야기를 나누거나 조지와 식물학 이야기를 나눌수는 있었지만, 두 사람 모두와 이야기를 나눌 방법은 영영 알아내지 못했다.

그러다가 1848년 4월, 조지 호크스가 또다시 앨마를 불렀다. 그녀는 최근 미네소타의 어느 아마추어 수집가가 보내온, 보존 상태가 영 엉망진창인 '그늘들솔이끼(Dicranum consorbrinum)'를 혼신의 힘을 다해 보살피느라 책상에서 열중하고 있었는데, 어느 깡마른 소년이 말을 타고 급한 전갈을 가져왔다. 휘태커 양이 당장 호크스 댁으로 와 주시기를 바란다는 내용이었다. 사고가 생겼다고 말이다.

"어떤 사고니?" 놀란 앨마가 책상에서 일어나며 물었다.

"불이요!" 소년이 말했다. 아이는 흥분을 감추지 못했다. 사내아이들이란 항상 불을 좋아하는 법이다.

"맙소사! 누구 다친 사람은?"

"없어요." 아이는 눈에 띄게 실망한 표정이었다.

레타가 자기 방에 불을 질렀다는 사실을 앨마는 곧 알게 되었다. 무슨 이유에서인지 레타는 침구와 커튼을 태워야겠다고 결심했다. 다행스럽게도 날씨가 습해서 천은 심하게 그을기만 했을 뿐 불이 옮겨 붙지는 않았다. 불길보다 연기가 더 심했지만 그래도 침실의 화재 피해는 상당했다. 집안 분위기는 더욱 심각한 피해를 입었다. 하녀가 둘이나 더 그만두겠다고 나섰다. 이런 집에서는 누구도 살 수 없다면서. 이렇게 발광하는 안주인을 다들 참아 줄 리 만무했다.

앨마가 도착했을 때 조지는 창백하게 넋이 나가 있었다. 레타는 안정을 되찾고 소파에 축 늘어진 채 잠들어 있었다. 집 안에서는 산불이 난 뒤 비가 내린 듯한 냄새가 풍겼다.

"앨마!" 조지가 그녀에게 달려오며 말했다. 그가 앨마의 손을 잡았다. 예전에도 딱 한 번, 삼십 년도 더 전에 그렇게, 그가 앨마의 손을 잡은 적이 있었다. 이번에는 달랐다. 앨마는 과거의 일을 떠올렸다는 사실만으로도 수치스러웠다. 조지의 눈은 공포로 휘둥그레져 있었다. "저 사람, 더는 여기서 살게 내버려 둘 수 없겠어요."

"레타는 당신 부인이에요, 조지."

"누군지는 나도 압니다! 나도 안다고요. 하지만 여기서 살 순 없어요, 앨마. 레타 스스로도 안전하지 않고, 저 사람 옆에서는 누구도 안전하지 못하다고요. 우릴 다 죽일 수도 있고, 인쇄소도 태워 버릴지 몰라요. 저 사람이 머물 만한 곳을 찾아야 해요."

"병원요?" 앨마가 물었다. 하지만 레타는 굉장히 여러 차례 병원에 입원했고, 그때마다 아무런 도움도 얻지 못한 듯했다. 그녀는 언제나 입원하기 전보다 더 불안한 상태로 퇴원했다.

"아니에요, 앨마. 영구적으로 머물 장소가 필요해요. 다른 종류의 집 말이에요. 내가 무슨 말 하는지 알잖아요! 하룻밤도 더 저 사람을 여기에 둘 수 없어요. 저 사람은 다른 데서 살아야 해요. 이런 나를 용서해 줘요. 당신은 누구보다 이 상황을 잘 알지만, 저 사람이 정말로 어떤 사람이 되었는지는 당신조차 다 모를 거예요. 이번 주 내내 나는 하룻밤도 제대로 못 잤어요. 저 사람이 무슨 짓을 할지 몰라서 이 집 안의 사람들 모두 겁에 질린 채 아무도 잠들 수 없었죠. 저 사람이 자신이나 다른 사람을 해치지 못하도록 말리려면 항상 두 사람은 곁을 지켜야 해요. 더는 말하고 싶지 않군요. 내가 무슨 부탁을 하는지 당신도 알 겁니다. 날 위해서 당신이 손을 써 줘야겠어요."

왜 손을 써야 하는 사람이 '그녀'여야 하는지 한순간도 반문하지 않은 채 앨마는 일처리에 나섰다. 제대로 된 편지를 몇 통 보낸 끝에, 그녀는 재빨리 뉴저지 주 트렌턴에 있는 그리펀 정신 요양원에 친구를 입원시킬 수 있었다. 요양원 건물은 최신식이었다. 명망 있는 필라델피아 유지이자 한때 화이트에이커의 손님이기도 했던 빅터 그리펀 박사는 혼란스러운 영혼들에게 최적의 평온을 전하고자 직접 요양원을 설계했다. 그는 정신병자들을 도덕적으로 보살펴야 한다고 주장하는 미국 최고의 권위자였고, 그의 치료법은 상당히 인간적이라고 평가받았다. 한 예로 그의 환자들은 레타가 필라델피아 종합 병원에 있던 동안 겪었듯이 벽에 사슬로 묶여 있는 일이 없었다. 요양원 자체도 훌륭한 정원을 갖추고 자연스럽게 높은 담장을 두른, 평온하고 아름다운 곳이었다. 사람들은 하나같이 불쾌한 곳이 아니라고 말했다. 다만 앨마가 레타의 일 년치 입원비를 선불로 지불하면서 알게 된 비용은 제법 비쌌다. 그녀는 청구서로 조지를 귀찮게 하고 싶지 않았고, 레타의 부모님 역시 오래전에 돌아가시면서 빚만 남긴 터였다.

그 같은 일처리는 앨마에게 슬픈 결정이었지만, 그것이 최선이라는 점에는 모두 동의하는 바였다. 레타는 그리펀에서 다른 환자들을 해칠 수 없도록 독방을 쓸 예정이었고, 항상 곁에 간호사도 준비되어 있었다. 그 사실을 알자 앨마는 마음이 놓였다. 더욱이 그 정신 요양원의 치료법은 현대적이고 과학적이었다. 레타의 광기는 약수 요법과 원심 회전판 치료, 다정하고 도덕적인 인도에 따라 진행될 예정이었다. 불이나 가위에는 손대지 못하게 할 거라고 했다. 앨마는 이미 레타의 증상을 '원천적 신경 쇠약'이라는 병명으로 진단 내린 그리펀 박사에게 최종적인 사항을 꼼꼼히 확인받았다.

그래서 앨마는 모든 준비를 도맡았다. 조지는 정신 이상 증명서에 서명한 뒤 앨마와 함께 아내를 트렌턴으로 데려가기만 하면 되었다. 레타가 기차를 타면 어떤 행동을 보일지 몰랐으므로 세 사람은 전용 마차를 타고 갔다. 그들은 혹시 레타를 속박해야 할 경우를 대비해서 끈을 가져갔지만, 레타는 가볍게 콧노래를 부르며 스스로를 잘 추슬렀다.

정신 요양원에 도착하자 조지는 빠른 걸음으로 앞장서더니 드넓은 잔디밭을 가로질러 정문으로 향했고, 앨마와 레타는 산책을 즐기듯 나란히 팔짱을 낀 채 바로 그의 뒤를 따랐다.

"참 예쁜 집도 다 있네!" 레타가 우아한 벽돌 건물에 감탄하며 말했다.

"동감이야." 깊이 안도하며 앨마가 말했다. "네 마음에 든다니 나도 기뻐, 레타. 여기가 지금부터 네가 살 집이거든." 레타가 상황을 얼마나 정확하게 이해하는지는 명확하지 않았지만,

적어도 동요하는 것 같지는 않았다.

"정원이 예쁘다." 레타가 다시 말했다.

"동감이야."

"그래도 난 꽃을 꺾는 건 견딜 수 없어."

"하지만 레타, 네가 그런 말을 하다니 말도 안 돼! 갓 꺾은 싱그러운 꽃다발을 너보다 좋아하는 사람이 어디 있다고!"

"나는 입에 올릴 수도 없는 가장 끔찍한 죄의 벌을 받는 거야." 레타가 퍽 차분하게 대꾸했다.

"너는 벌받는 게 아니야."

"나는 무엇보다도 신이 두려워."

"신은 너한테 불만 없으셔, 레타."

"가슴에 아주 이상한 통증이 있어서 괴로워. 가끔 심장이 부서질 것만 같아. 그런 순간이면 심장이 너무 빨리 뛰거든."

"여기선 널 도와줄 친구를 만나게 될 거야."

"나 어렸을 때 남자들이랑 낯 뜨거운 산책을 다니곤 했어. 내가 그랬던 거 너도 알아, 앨마?" 레타가 예의 느긋한 투로 말했다.

"조용히 해, 레타."

"조용히 할 필요 없어. 조지도 알아. 그이한테 여러 번 얘기했어. 난 그 남자들이 하고 싶은 대로 하게 내버려 뒀고, 심지어 돈도 받았어. 너도 알다시피 난 돈이 전혀 필요 없는데도 말이야."

"조용히 해, 레타. 넌 말도 안 되는 이야기를 하고 있어."

"넌 남자들이랑 낮 뜨거운 산책을 다니고 싶었던 적 없어? 너 어렸을 때?"

"레타, 제발……."

"화이트에이커에서 버터 만드는 여자들도 그랬어. 남자한 테 어떻게 해야 하는지 그 여자들이 행동으로 보여 주고, 그 일에 돈을 얼마나 받아야 하는지도 가르쳐 줬어. 그 돈으로 난 장갑이랑 리본을 샀어. 한 번은 너한테 줄 리본을 산 적도 있어!"

앨마는 조지가 두 사람의 이야기를 듣지 못하기를 바라며 걸음을 늦췄다. 그러나 이미 그가 모든 것을 다 들었음을 알고 있었다.

"레타, 넌 너무 지쳤어, 목소리를 아껴야 해……."

"넌 그런 적 없었어, 앨마? 넌 남부끄러운 짓을 저지르고 싶은 적이 '절대로' 없었어? 몸속에서 사악한 허기를 느껴 본 적 없어?" 레타는 앨마의 팔을 붙잡은 채 얼굴을 올려다보며 아주 애처로운 눈길로 낯빛을 살폈다. 이어 그녀는 다시 축 늘어지며 단념했다. "그래, 물론 넌 없겠지. 너는 착하니까. 너랑 프루 던스는 둘 다 착해. 반면에 나는 악마 그 자체야."

이제 앨마는 심장이 찢기는 느낌이었다. 그녀는 앞장서서 걸어가는 조지 호크스의 넓고 구부정한 어깨를 쳐다보았다. 그녀는 수치심에 휩싸였다. 남자들과 낮 뜨거운 짓을 저지르고 싶었던 적이 없었느냐고? 오, 레타가 알았더라면! 누구라도 알았더라면! 앨마는 말라붙은 자궁을 지닌 마흔여덟 살의 노처 녀였지만 아직도, '여전히' 한 달에도 여러 번 제본실을 찾았다. 한 달에도 여러 번! 그뿐만 아니라, 젊은 시절에 읽었던 불법 성애 교과서들(『쿰 그라노 살리스』와 나머지 책들)도 전부 여태껏 그녀의 기억 속에서 요동치고 있었다. 가끔 그녀는 마차 차고 건초 다락에 숨겨 둔 가방에서 그 책들을 꺼내 다시 읽어 보았다. 사악한 육체의 허기에 대해서 앨마가 모르는 게 대체 뭐란 말인가?

앨마는 이 망가지고 연약한 존재에게 위로나 동감의 말을 건네지 않는 것은 비도덕적인 짓이라고 느꼈다. 어떻게 레타더러 스스로를 세상에서 유일하게 사악한 여자라고 믿도록 내버려 둔단 말인가? 하지만 조지 호크스가 바로 몇 발자국 앞에서 걷고 있었으므로, 분명 그는 모든 이야기를 들을 수 있을 터였다. 그래서 앨마는 위로도, 고백도 하지 않았다. 그녀가 한 말은 이것뿐이었다. "나의 친애하는 레타, 일단 여기 새집에 정착하면 매일 정원을 산책할 수 있을 거야. 그럼 너도 평화를 찾을 수 있을 테지."

*

트렌턴에서 집으로 돌아오는 마차를 타고 있는 내내 앨마와 조지는 거의 침묵을 지켰다.

"잘 돌봐 줄 거예요. 그리펀 박사가 직접 저한테 약속했어요." 앨마가 마침내 말했다.

"우린 각자의 문제를 안고 태어나요. 이 세상에 태어난 것 자체가 비극이죠."

조지가 응답의 의미로 대꾸했다.

앨마는 그 과격한 표현에 대해 조심스레 대답했다. "그럴지도 모르죠. 하지만 우리한테 주어진 도전을 견뎌 낼 인내심과 수긍하는 자세를 가져야 해요."

"그래요. 그래야 한다고 배웠죠. 하지만 내가 레타를 계속 고통스러워하거나, 나 아니면 다른 사람들에게 고통을 주는 대신, 차라리 죽음에서 위안을 찾기를 바란 적이 있다는 거 혹시 알아요, 앨마?"

그녀는 어떤 말로 응대해야 할지 감조차 오지 않았다. 조지는 어둡게 고통으로 일그러진 얼굴로 그녀를 응시했다. 잠시 후 그녀가 더듬더듬 억지로 입을 열었다. "삶이 있는 곳에는 아직 희망이 있어요, 조지. 죽음은 너무 끔찍한 최후잖아요. 우리 모두에게 곧 닥칠 일이고요. 저는 누구한테든 죽음이 서둘러 다가오기를 바라는 것이 망설여지는군요."

조지는 눈을 질끈 감고 대답하지 않았다. 위로가 되는 대답은 아닌 모양이었다.

"저는 한 달에 한 번씩 레타를 만나러 트렌턴에 갈 생각이에요. 원한다면 조지도 함께해요. 《조이스 레이디스 북》도 몇 권 가져다줘야겠어요. 레타가 좋아할 거예요."

앨마가 좀 더 가벼운 투로 말했다.

그런 다음 두 시간 동안 조지는 입을 열지 않았다. 한동안 졸다가 깨기를 반복하는 듯했다. 그래도 필라델피아에 가까워지자 그가 눈을 떴다. 그는 앨마가 본 그 누구보다도 불행해 보였다. 그가 안쓰러워진 앨마는 주제를 바꾸었다. 몇 주 전 조지는 런던에서 막 출간된, 도롱뇽 관련 신간을 빌려준 적이 있었다. 혹시 그 책 이야기를 꺼내면 그의 기분이 좀 나아질지도 몰랐다. 그래서 앨마는 새삼 책을 빌려줘서 고맙다고 말한 뒤, 마차가 천천히 도시를 향해 움직이는 동안 책 내용을 상당히 자세히 들려주었다. 그러고는 마침내 이렇게 결론을 내렸다. "전반적으로 타당성 있는 생각과 정확한 분석을 담은 책이긴 한데, 글쓰기와 편집이 아주 조잡한 수준이더군요. 그래서 말인데요, 영국에는 편집자가 없나요?"

조지는 발만 쳐다보던 시선을 들며 뜬금없이 말했다. "자매분의 남편도 최근 곤란을 겪고 있다더군요."

분명 그는 앨마의 얘기를 한마디도 듣지 않고 있었다. 그뿐만 아니라 화제의 흐름 자체가 앨마에게는 놀라웠다. 조지는 소문을 입에 올리는 사람이 아니었으므로, 그가 프루던스의 남편 이야기를 하다니, 대단히 뜻밖이었다. 어쩌면 그날의 사건이 너무도 힘겨워 본래의 모습에서 벗어났는지도 모른다고, 그녀는 생각했다. 그러나 그를 불편하게 하고 싶지는 않았으므로, 앨마는 조지가 언제나 그런 문제를 논의해 왔다는 듯이 대화에 응했다.

"무슨 일이 있었는데요?" 그녀가 물었다.

"아서 딕슨이 무모한 소책자를 출판했는데, 멍청하게도 자기 이름까지 덧붙이면서 미합중국 정부가 인간 노예제를 지속적으로 승인하는 한 야만적인 도덕적 사기꾼 집단에 불과하다고 주장했다더군요." 조지가 지친 듯 설명했다.

충격적일 것도 없는 소식이었다. 오랜 세월 프루던스와 아서 딕슨은 노예 폐지론자로서 활동해 왔다. 그들은 급진적 성향의 반노예제 인사로 필라델피아 전역에 잘 알려져 있었다. 프루던스는 여가 시간에 지역 퀘이커 학교에서 자유의 몸이 된 흑인들에게 글을 가르쳤다. 또한 흑인 고아원에서 아이들을 돌봤고, 여성 노예 폐지론자 모임에 나가 종종 연설하기도 했다. 아서 딕슨은 자주, 아니 끊임없이 소책자를 발간했고, 《리버레이터(Liberater)》의 편집진으로도 활동했다. 솔직히 말해서 필라델피아의 많은 이들이 딕슨 부부와 그들의 소책자와 관련 기사, 연설에 다소 지루해하고 있었다.("스스로 선동가라고 생각하는 사람치고 아서 딕슨은 끔찍이도 따분한 놈이야." 헨리는 항상 사위를 그렇게 평가했다.)

"하지만 그게 뭐가 어때서요? 제 자매와 남편이 그 분야의 활동가라는 사실은 우리 모두 알고 있잖아요." 앨마가 조지 호크스에게 물었다.

"딕슨 교수가 이번에는 좀 지나쳤어요, 앨마. 노예 제도를 당장 폐지하길 바랄 뿐만 아니라, 있을 법하지 않은 그런 날이 올 때까지 세금도 내지 말고 미국 법도 존중하지 말라는 의견까지 내세웠으니까요. 모든 흑인들의 즉각적인 해방을 요구하며, 우리 모두가 횃불을 들고 거리로 나서도록 부추기고 있다니까요."

"아서 '딕슨'이요?" 앨마는 따분한 옛 가정 교사의 성과 이름을 모두 들먹이지 않을 수 없었다. "횃불을 들어요? 그 사람답지 않은 말투네요."

"직접 한번 읽어 봐요. 모두들 그 이야기를 하고 있어요. 그 사람이 아직도 대학에 붙어 있는 게 행운이라고들 합니다. 프루던스도 그 친구와 같은 의견인 양 이야기하고 있고요."

앨마는 그 소식을 곰곰이 곱씹었다. "그건 좀 놀랍네요." 마침내 그녀도 동감했다.

"우린 각자의 문제를 안고 태어나죠." 조지가 피곤한 듯 얼굴을 쓸어내리며 되풀이해서 말했다.

"하지만 우리한테 주어진 도전을 견뎌 낼 인내심과 수긍하는 자세를⋯⋯." 앨마가 또다시 자신 없게 대꾸하는데 조지가 말허리를 잘랐다.

"가엾은 당신 자매의 일입니다. 게다가 그 집엔 어린아이들도 있잖아요. 내가 당신 가족을 도울 수 있다면 뭐든 알려 줘요, 앨마. 당신들은 언제나 우리에게 참 친절했어요."

13

가엾은 당신 자매의 일?

글쎄, 어쩌면…… 하지만 앨마는 확신할 수 없었다.

프루던스 휘태커 딕슨은 동정하기 힘든 부류였고, 오랜 세월 철저히 이해할 수 없는 여자로 남아 있었다. 앨마는 다음 날 화이트에이커로 돌아와서 이끼 군락을 관찰하며 그러한 점에 대해 생각했다.

딕슨 집안은 완벽하게 수수께끼였다! 전혀 행복해 보이지 않는 또 하나의 결혼 생활이 거기에 있었다. 프루던스와 예전 가정 교사가 결혼한 지도 이제 이십오 년이 넘었고, 여섯 아이를 낳았지만 여전히 앨마는 둘 사이에 애정이나 기쁨, 친밀함이 오가는 징후를 단 한 번도 목격한 적이 없었다. 둘 다 소리 내어 웃는 모습조차 본 적이 없었다. 심지어 미소마저 짓지 않았으니까. 서로 분노를 표하는 일도 없었다. 사실 앨마는 둘 사이에 어떤 종류의 감정이든 오가는 광경을 본 적이 없었다. 부부가 수십 년간 성실하게 그리고 단조롭게 같이 걸어가기만 하는 것이 결혼이라면, 대체 무슨 결혼이 그렇게 생겨 먹었단 말인가?

그러나 필라델피아 전체를 떠들썩하게 했던 아서와 프루던스의 결혼이라는 최초의 미스터리부터 시작해서, 프루던스의 결혼 생활에는 항상 의문이 많았다. 지참금은 대체 어떻게되었는가, 하는 것 또한 미스터리였다. 헨리 휘태커는 양딸의결혼을 앞두고 어마어마한 액수의 돈으로 축복해 주었지만,그 돈의 용처는 단 한 푼도 보이지 않았다. 아서와 프루던스 딕슨은 적은 대학 봉급만으로 거지처럼 살았다. 그들은 심지어자기네 소유의 집도 없었다. 그렇다고 집에 '난방'도 하지 않을것까지야! 아서는 사치를 용납하지 않는 사람이었으므로, 메마른 자신의 모습과 마찬가지로 집 안 역시 춥고 피도 눈물도없이 유지했다. 그는 자기 가족을 검소함과 겸손함, 학자, 신실한 인간의 전형이 되도록 통제했으며, 프루던스도 그 원칙에순종했다. 프루던스는 아내라는 직업을 받아들인 첫날부터 모든 사치품을 내려놓고 거의 퀘이커교도처럼 옷을 입었다. 침침한 색깔의 플란넬과 모직 옷에, 가장 편안하고 앞쪽 챙이 넓은 보닛만 썼다. 장신구나 시곗줄 따위도 전혀 지니지 않았고,레이스 한 조각 몸에 걸치는 법이 없었다.

프루던스의 절제는 옷장에만 국한되지 않았다. 식생활도옷차림만큼이나 단순하고 제한적이어서 얼핏 보기에는 옥수

수 빵과 당밀이 먹거리의 전부였다. 와인을 한 잔 마시거나 심지어 차나 레모네이드를 마시는 모습조차 결코 본 적이 없었다. 아이들이 태어났지만 프루던스는 똑같이 인색한 방식으로 양육했다. 유혹적인 산해진미를 외면해야 한다고 배운 프루던스의 아들과 딸에게 근처 나무에서 딴 배 하나는 굉장한 별미였다. 프루던스는 아이들에게도 자신과 똑같은 옷을 입혔다. 깔끔하게 기운 소박한 옷가지들이었다. 마치 자기 아이들이 가난해 보이도록 애쓰는 것 같았다. 혹은 그럴 이유가 없는데도 어쩌면 정말로 가난했거나.

"도대체 그 아이는 입던 옷들을 다 어디에 갖다 버린 게냐? 옷가지로 침대 매트리스라도 채웠나?" 프루던스가 누더기를 입고 화이트에이커에 다녀갈 때마다 헨리는 한탄했다.

그러나 앨마가 목격한 바에 따르면, 프루던스의 침대 매트리스에는 밀짚이 들어 있었다.

필라델피아의 여자들 사이에서는 프루던스와 그 남편이 휘태커 가문의 지참금으로 무엇을 했을지, 짐작해 보는 것이 크나큰 재미였다. 실은 아서 딕슨이 도박꾼이어서 경마나 개싸움에 돈을 날리지는 않았을까? 혹시 그가 다른 도시에 호사스럽게 사는 또 다른 가족을 둔 것은 아닐까? 어쩌면 두 사람은 말 못 할 정도의 재산을 몰래 파묻어 두고서 가난이라는 가면 뒤에 숨어 사는지도 몰랐다.

세월이 흐르자 답이 나타났다. 돈은 전부 노예 폐지론자들을 후원하는 데 쓰였다. 프루던스는 결혼 직후에, 소리 없이 필라델피아 노예 폐지 협회에 지참금의 대부분을 내놓았다. 또한 딕슨 부부는 체포된 노예를 석방시키는 데도 돈을 썼는데, 그 비용이 한 사람당 1300달러까지 치솟기도 했다. 그들은 도망친 노예들이 캐나다까지 안전하게 이동하도록 비용을 대기도 했다. 또 그들은 헤아릴 수 없이 많은 선동용 소책자와 전단의 제작비를 댔다. 심지어 그들은 흑인들 스스로 권리를 주장할 수 있도록 훈련시키는 흑인 토론 클럽까지 재정적으로 뒷받침했다.

이 모든 시시콜콜한 사연들은 《인콰이어러》가 프루던스 휘태커 딕슨의 특이한 삶을 다룬 기사를 통해 이미 1838년에 낱낱이 드러났다. 폭도들이 노예 해방 운동가들의 회의장을 불태워 버린 사건에 자극받은 이 신문은 노예제 반대 운동에 관한 흥미로운(재미도 보장하는) 이야기를 찾고 있었다. 어느 유명한 노예 폐지론자가, 묵묵히 관대한 후원을 아끼지 않은 휘태커 가문의 양녀를 언급한 순간, 기자의 관심은 프루던스 딕슨에게 쏠렸다. 기자는 즉각 흥미를 보였다. 이제껏 휘태커라는 이름은 필라델피아에서 대가 없는 후원 활동과는 거리가 멀었다. 물론 프루던스의 생생한 미모도 한몫했다.(항상 사람들의 관심을 끄는 부분이었다.) 그 빼어난 얼굴과 소박한 생활의 극단적 대조는 오히려 그녀를 더욱 매혹적인 주인공으로 만들 뿐이었다. 칙칙한 옷차림 밖으로 드러나는 우아하고 새하얀 손목과 섬세한 목선 때문에라도 그녀는 포로로 잡힌 여신, 수녀원에 갇힌 아프로디테의 현신으로 보였다. 기자는 그녀를 감히 거부하지 못했다.

기사는 딕슨 부인에 대한 아첨 어린 묘사와 함께 신문 1면에 실렸다. 기사 대부분은 흔한 노예 폐지론자들의 주장이었지만 필라델피아 시민들의 상상력을 사로잡은 것은, 화이트에이커의 궁전 같은 저택에서 자란 프루던스가 수년째 노예의 손으로 생산된 사치품들을 자신과 가족에게 전혀 허용하지 않았다고 선언한 인터뷰 내용이었다.

"사우스캐롤라이나의 면직물을 입는 건 결백한 행동으로 보일 수도 있겠죠. 하지만 악은 그런 식으로 우리 가정에 스며들기 때문에 전혀 결백한 행동이 아닙니다. 아이들에게 사탕을 안겨 주며 응석을 받아 주는 일 역시 순수한 즐거움일 수 있겠지만, 바로 그 사탕이 인간의 고통과 잔혹한 핍박으로 얻어 낸 것이라면 그 같은 즐거움은 죄악입니다. 동일한 이유로 우리 집안에서는 커피나 차도 마시지 않습니다. 저는 필라델피아의 모든 선량한 기독교인들의 양심에 우리와 같은 행동을 촉구하는 바입니다. 노예 제도를 반대한다고 말하면서 우리가 계속 그 착취의 결과물을 즐긴다면 위선일 뿐입니다. 주님께서 우리의 위선에 어떻게 미소 지어 주시리라고 생각하십니까?"

기사 후반부에 이르자 프루던스는 한 발 더 나아갔다. "제 남편과 저는 해방된 흑인 가족의 옆집에서 살고 있는데, 선량하고 정직한 존 해링턴이라는 남자분과 아내 새디, 세 아이들로 이루어진 가정입니다. 그들은 가난에 허덕이며 고통을 겪고 있습니다. 우리는 그들보다 부유하게 살지 않기로 정해 두었습니다. 우리의 집이 그들의 집보다 좋아서는 안 된다고 생각합니다. 해링턴 씨 부부는 종종 저희 집에 와서 함께 일하고, 우리 역시 그들의 집에 가서 일을 돕습니다. 저는 새디 해링턴과 나란히 우리 집 화덕을 청소합니다. 제 남편은 존 해링턴과 나란히 장작을 팹니다. 제 아이들은 해링턴 씨의 아이들과 나란히 글자와 숫자를 배웁니다. 그들은 가끔 저희 집 식탁에서 함께 식사를 합니다. 우리는 그들과 같은 음식을 먹고 그들이 입는 것과 같은 옷을 입습니다. 겨울에 해링턴 씨 댁에서 난방을 못 하면 우리도 난방 없이 지냅니다. 우리는 수치스러움을 느끼지 않기에 안온하며, 예수님도 똑같이 하시리라는 것을 알기에 따뜻합니다. 일요일이면 우리는 해링턴 씨 가족들이 참석하는 소박한 흑인 감리교회에서 똑같이 예배를 드립니다. 그들 교회에는 편의 시설이 없는데, 왜 우리 교회에는 그런 것이 필요하겠습니까? 그 집 아이들은 때로 신발도 없이 다니는데 왜 우리 아이들은 꼭 신발을 신어야 할까요?"

그 대목에서 프루던스의 주장은 도를 지나쳤다.

그 뒤로 며칠 내내 신문사에는 프루던스의 주장에 대한 성난 반응들이 홍수처럼 밀려들었다. 항의 편지의 일부는 질겁한 어머니들이 보낸 것이었지만("헨리 휘태커의 딸은 제 자식이나 계속 맨발로 키워라!") 실상 대부분은 분노한 남자들이 보내온 것이었다.("딕슨 부인이 주장하듯 그토록 아프리카 흑인을 사랑한다면, 제일 예쁜 막내딸을 골라서 이웃집의 시커먼 검둥이 아들놈과 결혼시켜라, 내가 기어이 그 꼴을 보고야 말겠다!")

앨마에게 그 기사는 짜증스러울 수밖에 없었다. 앨마의 눈에 프루던스의 가치관은 어쩐지 자존심이나 허영심으로 보일 만큼 의문스러워 보였다. 프루던스는 평범한 인간이 가질 법한 허영심을 품지는 않았을 테지만(앨마는 프루던스가 거울을 들여다보는 모습조차 본 적이 없었다.) 앨마는 프루던스가 좀 다른 방식으로, 지나친 궁핍과 희생을 과시함으로써 좀 더 섬세하게 허영을 떨고 있다고 느꼈다.

'내가 얼마나 아무것도 필요로 하지 않는지 봐. 내가 얼마나 착하게 사는지 잘 보라고.'라고 말하는 듯했다.

더욱이 앨마는 프루던스의 흑인 이웃인 해링턴 가족이 하룻밤이라도 옥수수 빵과 당밀보다 더 나은 음식을 먹고 싶어 할지도 모른다는 의심을 품지 않을 수 없었다. 그딴 공허한 방식으로 유대감을 가지겠답시고 다 같이 쫄쫄 굶어야 하나? 차라리 딕슨 부부가 그냥 더 좋은 음식을 대접하면 왜 안 된단 말인가?

프루던스의 인터뷰는 결국 문젯거리가 되었다. 필라델피아는 자유로운 도시였을지 모르지만, 그렇다고 해서 시민들이 가난한 흑인들과 고상한 백인 숙녀들이 뒤섞이는 상황까지 좋아한다는 의미는 아니었다. 맨 처음에는 해링턴 가족에 대한 협박과 공격이 자행되었고, 그들은 너무 시달린 나머지 이사를 가야 했다. 그러고 나서는 아서 딕슨이 펜실베이니아 대학교로 출근하던 길에 말똥 세례를 받았다. 어머니들은 딕슨네 아이들과 자기 자식들을 더 이상 같이 놀도록 두지 않았다. 딕슨의 집 대문에는 사우스캐롤라이나산 면직물 조각이 계속

널려 있었고, 계단에는 사탕 덩어리가 쌓여 갔다. 참으로 괴이하고 기발한 경고였다. 그러다 1838년 어느 날, 헨리 휘태커는 우편함에서 무기명의 편지 한 통을 발견했다. "휘태커 씨, 당신 딸의 입을 막는 게 최선일 것이오, 안 그러면 곧 당신의 창고가 불에 타서 재로 변하는 광경을 보게 될 테니까."라는 내용이었다.

헨리는 그런 행동을 참아 줄 수 없었다. 자기 딸이 넉넉하게 챙겨 준 지참금을 엉뚱하게 허비했다는 것도 충분히 모욕적이었지만, 이제는 그의 재산마저 위험에 처했다. 그는 프루던스에게 분별력을 단단히 가르칠 요량으로 딸을 화이트에이커에 불러들였다.

"살살 말씀하세요, 아버지." 앨마는 부녀의 만남에 앞서 미리 경고했다. "프루던스도 많이 혼란스럽고 걱정이 많겠죠. 최근 몇 주간 일어난 사건 때문에 많이 괴로웠을 테고, 아마 아버지 창고가 안전할지보다 자기 아이들이 안전할지를 더 염려할 거예요."

"그렇지도 않을 거다." 헨리가 투덜거렸다.

그러나 프루던스는 겁에 질리지도, 괴로워하는 것 같지도 않았다. 오히려 그녀는 잔 다르크처럼 헨리의 서재로 당당히 걸어 들어와서 조금도 위축되지 않고 아버지 앞에 섰다. 앨마는 유쾌한 인사말을 나누고자 애썼으나 프루던스는 유쾌함 따위에는 아무 관심도 없었다. 헨리도 마찬가지였다. 그는 거두절미하고 말을 꺼냈다. "네가 한 짓을 봐라! 넌 우리 가족의 이름에 먹칠을 했고 그걸로도 모자라서 너 때문에 폭도들이 네 아버지의 집 안까지 쳐들어오게 됐다. 이게 내가 너한테 베푼 모든 것에 대한 보답이냐?"

"죄송하지만 폭도들은 보이지 않는데요."프루던스가 침착하게 말했다.

"그야 곧 나타날지도 모르지!"헨리가 협박 편지를 프루던스에게 내밀자 그녀는 아무 반응도 보이지 않은 채 편지를 읽었다. "잘 들어라, 프루던스. 만약에 다 부서진 건물 폐허에서 사업을 다시 시작해야 한다면 난 도저히 행복하지 않을 거야. 대체 무슨 생각으로 그런 짓거리를 한 거냐? 왜 그런 식으로 신문에 떠들었어? 품위 없는 짓이었다. 베아트릭스도 반대했을 거야."

"저는 제가 한 말이 기록되어서 자랑스러워요. 필라델피아의 모든 신문 기자들 앞에서 똑같은 말을 또다시 자랑스럽게 할 수도 있어요."

프루던스는 상황을 해결하는 데 아무런 도움이 되지 못했다.

헨리가 더욱 성난 목소리로 말했다. "너는 넝마를 입고 여기 나타나지. 내가 후하게 챙겨 줬는데도 불구하고 넌 빈털터리가 되어 가지고 여기 찾아온다. 넌 파산한 네 남편의 지옥에 갇혀 사는 비참한 꼴을 여봐란듯이 우리한테 보여 주면서 네 주변에 있는 우리들까지 비참하게 하려고 여기 얼굴을 들이미는 거야. 너하고 하등 상관도 없는 일에 끼어들어서 도시를 분

열시키고 선동질을 해 대더니 이제는 내 사업까지 망치려 들고 있어! 합당한 이유도 없는 일인데 말이다! 펜실베이니아 주에는 노예 제도가 없다, 프루던스! 그런데 왜 넌 계속 그걸 들쑤시는 거냐? 남부의 죄악은 그치들 스스로 해결하라고 해."

"아버지가 저의 신념을 공유하시지 못하는 건 유감이에요."

"나는 네 신념 따위 코딱지만큼도 관심 없다. 하지만 장담하는데, 만약에 내 창고가 조금이라도 해를 입기만 해 봐라……."

"아버지는 영향력 있는 분이세요." 프루던스가 말꼬리를 잘랐다. "아버지가 이런 명분에 목소리를 내 주시면 큰 힘이 될 테고, 아버지의 돈이면 죄악으로 가득 찬 이 세상을 훨씬 더 좋게 만들 수도 있어요. 아버지도 사무치는 가슴으로 직접……."

"사무치는 가슴 따위 집어치워라! 너는 이 도시에서 열심히 일하는 사업가들을 더 힘들게 만들고 있을 뿐이야!"

"그럼 저더러 어떻게 하라는 말씀이세요, 아버지?"

"입 다물고 네 가족이나 돌봤으면 싶구나."

"고통받는 사람들이 전부 제 가족이에요."

"흰소리 집어치우고 내게 설교할 생각 마라. 그들은 가족이 아니야. 이 방에 있는 사람들이 네 가족이야."

"제겐 다른 사람들과 마찬가지일 뿐이에요." 프루던스가 말했다.

그 말에 헨리가 입을 다물었다. 정말로 그 말은 그의 허를 찔렀다. 그 말에는 앨마 역시 충격을 받았다. 콧등을 세게 얻어맞은 듯 예기치 못하게 눈시울이 뜨거워지는 발언이었다.

"우리를 네 가족으로 여기지 않는다는 거냐?" 일단 평정심을 되찾은 헨리가 침착하게 물었다. "그렇다면 좋다. 나도 너를 우리 가족에서 제외하마."

"오, 아버지, 그런 말씀 마세……." 앨마가 진심으로 놀라며 만류했다.

그러나 프루던스는 앨마의 말문을 막으며, 마치 몇 년간 연습이라도 해 온 것처럼 평온하고 차분한 반응을 보였다. 어쩌면 진짜로 연습을 했는지도 몰랐다.

"마음대로 하세요. 하지만 당신이 이 집안에서 쫓아내는 딸은 항상 당신께 성실했고, 또 당신을 아버지라고 불렀던 한 남자에게 온정과 연민을 바랄 권리가 있었다는 사실만은 알아주세요. 이건 잔인한 짓일 뿐만 아니라 당신의 양심에도 가책을 가져오리라고 믿어요. 당신을 위해 기도하겠어요, 헨리 휘태커. 그리고 기도를 올릴 때 내 아버지의 도덕성에 대체 무슨 문제가 생겼는지 하늘에 계신 주님께 물어볼 거예요. 어쩌면 도덕성이라는 게 없는 사람이었을까요?"

헨리가 벌떡 일어나며 진노한 채 두 손의 주먹을 부르쥐고 책상을 내리쳤다.

"이 바보 같은 녀석! 난 그런 거 절대 없다!"

＊

벌써 십 년 전의 일이었지만, 그날 이후 헨리는 딸을 보지

　　　모든 것의 이름으로

않았고 프루던스 역시 헨리를 만나려고 시도하지 않았다. 앨마는 몇 번 안 되기는 했지만 가끔씩 아무렇지 않은 듯 억지로 호의를 내보이며 딕슨의 집에 들러서 자매를 만났다. 어차피 근처를 지나던 길이었던 척하면서 그녀는 조카들을 위해 작은 선물을 내놓거나, 크리스마스 무렵에 음식을 한 바구니 배달했다. 앨마는 그런 선물과 음식을 프루던스가 더 가난한 가족들에게 나눠 줄 뿐임을 알고 있었지만 그래도 성의를 표시했다. 가족 사이에 불화가 막 생겨난 무렵에는 앨마가 돈을 주겠다고 제안하기도 했지만, 놀랄 것도 없이 프루던스는 돈을 거절했다.

자매의 집을 방문하며 단 한 번도 따뜻한 기운이나 편안한 기분을 느껴 본 적 없었던 앨마는 늘 만남을 마치며 안도했다. 앨마는 프루던스를 볼 때마다 수치심을 느꼈다. 프루던스의 엄격함과 도덕성이 거슬리기는 했지만, 어쩔 수 없이 앨마는 아버지와 프루던스의 마지막 대면에서 아버지가 부끄럽게 행동했다고 느꼈다. 아니, 헨리와 앨마 '둘 다' 부끄럽게 행동했다. 그날의 사건은 그다지 보기 좋지 못한 장면으로 새겨졌다. 프루던스는 선하고 올바른 쪽에 확고하게 서 있는 반면(비록 독실한 신앙인인 척하긴 했지만) 헨리는 단순히 사업상의 이윤을 보호할 목적으로 양딸을 내쳤다. 그럼 앨마는? 글쎄, 앨마는 헨리 휘태커의 편에 섰다. 열렬히 나서서 프루던스를 변호하지 않았을 뿐만 아니라, 프루던스가 걸어 나간 뒤에도 화이트에이커에 마냥 남아 있었으므로 최소한 겉보기엔 그렇게 보였다.

하지만 아버지에게는 그녀가 필요했다! 헨리 휘태커는 관대한 사람도 아니고 친절한 사람도 아닐지 모르지만 귀중한 사람이었고, 그에게는 앨마가 필요했다. 그는 앨마 없이 살 수 없었다. 다른 사람은 그 누구도 아버지의 일을 관리할 수 없었고, 그의 일은 막대하고 중요했다. 앨마는 그렇게 스스로를 달랬다.

그뿐만 아니라 노예 폐지론은 앨마의 가슴에 절실히 와닿는 명분도 아니었다. 그녀는 당연히 노예 제도를 혐오했지만 다른 관심사가 워낙 많아서 그 문제를 매일같이 양심을 후벼 파는 주제로 여기지 못했다. 어쨌든 앨마는 이끼의 시간대에 맞춰 살았지만, 순전히 그 일에만 집중할 수도 없는 처지였다. 일단 아버지까지 돌봐야 했으므로 매일 급변하는 인간의 정치적 드라마에까지 발맞춰 살아갈 수는 없는 노릇이었다. 물론 노예 제도는 터무니없는 불의였고 폐지되어야 마땅했다. 하지만 세상에는 너무도 '많은' 불의가 있었다. 가난도 그중 하나였고, 폭정과 절도, 살인도 있었다. 미국 이끼에 관한 최고의 책을 저술하고, 세계적인 가족 기업의 복잡한 업무도 관리하면서 세상에 알려진 모든 불의를 없애는 데 손을 보태기란 불가능했다.

그게 진실 아닌가?

그런데 프루던스는 어째서 정도를 벗어나면서까지 자신의 엄청난 희생을 과시하며 주변 사람들 모두를 옹졸하고 인색한 돼지처럼 보이게 하는 것일까?

"신경 써 줘서 고마워." 앨마가 선물이나 음식 바구니를 들고 찾아갈 때마다 프루던스는 항상 그렇게 말했지만, 늘 진정한 애정이나 감사의 마음을 표하진 않았다. 프루던스는 예의 없는 사람이 아닐지 몰라도 결코 따뜻한 사람은 아니었다. 가난에 찌든 프루던스의 집에 갔다가 다시 화이트에이커의 호사스러움을 접하면, 앨마는 호되게 시험을 망친 기분마저 들었다. 마치 엄격한 심판관 앞에 서서 단점을 지적받은 것처럼. 그런 사정 때문에 세월이 흐르면서 프루던스를 찾아가는 앨마의 발길도 점점 더 드물어졌다. 이제 두 자매 사이가 전보다 멀어졌음은 놀라운 일도 아니었다.

그런데 지금 새삼스레 트렌턴에서 마차를 타고 집으로 돌아오는 길에 조지 호크스가, 아서 딕슨의 불온한 소책자 때문에 딕슨 부부가 곤경에 처할지도 모른다고 얘기를 꺼낸 것이었다. 1848년 봄, 바위 더미 근처에서 이끼의 생장 과정을 기록하던 앨마는 또다시 프루던스를 찾아가야 할지 고민했다. 대학교에 있는 제부의 일자리가 정말로 위협받을 정도라면 심각한 사태였다. 그러나 앨마가 가서 무슨 말을 한단 말인가? 무슨 일을 할 수 있단 말인가? 도대체 어찌해야, 프루던스가 자존심과 끈덕진 겸손을 앞세워 도움을 거절하지 않을까?

따지고 보면 그러한 곤경은 딕슨 부부가 자초한 일 아닌가? 그렇게 극단적인 급진주의를 신조로 내놓고 살다 보면 그거야 당연한 일 아닐까? 부모로서 여섯 명이나 되는 아이들의 인생을 위험에 빠뜨리다니, 아서와 프루던스는 대체 무슨 짓을 하는 걸까? 그들의 명분은 위험스러웠다. 자유로운 북부 도시에서조차 노예 폐지론자들은 종종 거리로 끌려 다니며 매질당했다. 북부는 노예 제도를 선호하지 않았지만 평화와 안정을 더 사랑했다. 그런데 노예 폐지론자들은 그 평화를 깨뜨렸다. 프루던스가 교사로 자원봉사를 하는 흑인 고아원만 해도 벌써 여러 차례 폭도들에게 공격받았다. 노예 폐지론자였던 엘리야 러브조이 사건을 보라지? 그는 일리노이에서 살해됐고, 노예 폐지론을 옹호하는 책자를 인쇄해 내던 그의 기계는 망가진 채 강에 던져지지 않았던가? 이곳 필라델피아에서도 얼마든지 그런 일이 일어날 수 있었다. 프루던스와 남편은 더 조심해야 했다.

앨마는 정신을 다시 이끼 덮인 바위에 집중했다. 가엾은 레타를 그리핀 박사의 정신 요양원에 입원시키느라 지난주부터 통 일을 하지 못했는데, 또다시 프루던스의 어리석음이 불러온 폭풍 때문에 더더욱 일을 미루고 싶진 않았다. 수치를 기록하고 확인해야 할 일이 한두 가지가 아니었다.

가장 큰 바위 하나에 별개의 꼬리이끼 군락이 셋이나 자라나고 있었다. 앨마는 그 이끼 군락을 이십육 년 동안 관찰해 왔는데, 최근 그 꼬리이끼 가운데 한 종이 반박의 여지가 없을 만큼 뚜렷이 번성한 반면, 나머지 두 종은 위축되고 있었다. 앨마는 근처 바위에 앉아서 이십 년 이상 간직해 온 기록과 그림을 비교했다. 당최 영문을 알 수 없었다.

꼬리이끼는 앨마가 매우 집중하고 있는 연구 대상이자 그녀가 이끼에 대해 품은 환상의 정점이었다. 세상은 수백 수천 종의 꼬리이끼로 뒤덮여 있었고, 각각의 변종은 조금씩 달랐다. 앨마는 세상 그 누구보다 꼬리이끼에 대해 많이 알았지만, 여전히 꼬리이끼 속(屬)은 그녀를 괴롭혔고 한밤중에도 그녀를 벌떡 일어나게 만들었다. 한평생 생물의 메커니즘과 기원에 호기심을 품었던 앨마는 이 복잡한 이끼 속에 관해 특히 강렬한 의문을 가지고 오랜 세월을 보냈다. 꼬리이끼는 어떻게 생겨났을까? 왜 그렇게 유난히 종류가 다양할까? 자연은 어째서 그토록 근소한 차이밖에 없는 개체를 제각각 만드는 수고를 감수했을까? 어째서 꼬리이끼의 일부 변종들은 다른 유사 친족들보다 더 강인할까? 꼬리이끼 종들은 처음부터 늘 그렇게나 무수히 혼합된 채 존재해 왔을까, 아니면 어떤 방식으로든 같은 조상에서 갈라져 나온 뒤 각자 변이를 이루었을까?

최근 과학계에서는 종간 변이에 관해 열띤 논의가 이루어지고 있었다. 앨마는 꽤 열의를 가지고 그 논쟁을 따라갔다. 전혀 새로운 논의는 아니었다. 장바티스트 라마르크가 사십 년 전에 처음 그 주제를 다루었을 때, 그는 지구상의 모든 종은 스스로 완벽해지려는 유기 조직 '내부의 정서' 때문에 본디 생성된 이후로 변이를 겪는다고 주장했다. 좀 더 최근에 앨마는 익명의 영국인 저자가 쓴『창조의 자연사 흔적(Vestiges of the Natural History of Creation)』로버트 체임버스가 종교계의 공격을 피하고자 1844년에 익명으로 출간한 초기 진화론.을 읽었는데 그 역시 종이 진화 및 변화의 능력을 지니고 있다고 주장했다. 종이 '어떻게' 변화를 겪는지 납득할 만한 메커니즘을 제시하지는 못했지만, 아무튼 변이의 가능성을 주장했다.

그러한 견해에는 논란의 여지가 많았다. 어느 독립된 개체가 스스로 변화할 수 있다는 개념을 인정하는 것은 곧 신의 영역에 대한 의문이었다. 기독교인의 입장은 하느님이 세상의 모든 종을 하루 만에 창조했고, 그러한 천지 창조 이후 신의 창조물은 어느 것 하나 변하지 않았다는 것이었다. 그러나 앨마가 보기에도 종의 변화는 점점 명확해지는 듯했다. 앨마가 직접 이끼 화석을 관찰해 보니 요즘 이끼와는 상당히 달랐다. 가장 작은 크기의 자연만 해도 그랬다! 리처드 오웬이 최근 '공룡'이라고 명명한 도마뱀 같은 생명체의 거대한 화석 뼈는 어떻게 설명해야 할까? 한때 그 엄청난 크기의 동물이 지구를 활보하고 다녔지만, 확실히 지금은 사라지고 없다는 점에 논란의 여지 따윈 없었다. 공룡은 무언가 다른 생명체로 대체되었거나, 다른 것으로 변했거나, 그냥 사라져 버렸다. 그토록 엄청난 규모의 멸종과 변화를 어떻게 설명할 것인가?

저 위대한 린네가 일찍이 적어 두었듯 '나투라 논 파시트 살툼.(Natura non facit saltum.)'

'자연은 비약하지 않는다.'

그러나 앨마는 자연이 '실제로' 비약했다고 생각했다. 깡충이든, 폴짝이든, 휘청이든, 미세한 도약에 불과했겠지만 그래도 비약은 비약이었다. 자연은 분명 변화했다. 개들과 양들

모든 것의 이름으로

의 교배에서는 물론, 화이트에이커의 숲 가장자리에 있는 흔한 석회암 바위 더미에서 자라는 다양한 이끼 군락의 힘과 주도적 종의 배열 변화에서도 확인할 수 있었다. 앨마에게도 몇 가지 아이디어가 있기는 했지만 하나로 취합해서 설명할 수는 없었다. 꼬리이끼의 일부 종은 분명 다른 종보다 우세하게 자라나서 과거의 꼬리이끼로부터 변종을 이루었을 것이다. 하나의 개체가 다른 개체에서 갈라져 나왔거나 다른 군락을 멸종시켰음이 분명하다고 그녀는 직감했다. '어떻게' 그런 일이 일어났는지 파악할 순 없었지만, '그런 일이' 일어났음은 확실했다.

앨마는 가슴속에서 오래되고 친숙한 설렘을 느꼈다. 그것은 욕망과 조급함이 뒤섞인 감정이었다. 밖에서 일할 수 있는 낮 시간은 두 시간밖에 남지 않았고 그 이후 저녁 시간에는 다시 아버지의 성미를 맞춰야 했다. 그녀가 품고 있는 의문을 제대로 연구하려면 더 많은 시간이 필요했다. 아무리 시간을 들여도 충분하지 않을 것이다. 이번 주만 해도 그녀는 이미 많은 시간을 허비했다. 세상 모든 사람들은 앨마의 시간이 아버지에게 속한다고 믿는 듯했다. 어쩌자고 진지한 과학적 탐구에 투신하리라고 결심했단 말인가?

해가 지는 광경을 지켜보며 앨마는 프루던스를 찾아가지 않기로 결정했다. 그냥 그럴 만한 시간이 없었다. 최근에 발간했다는 아서의 노예제 폐지 관련 책자도 읽고 싶지 않았다. 앨마가 어떻게 딕슨 부부를 도울 수 있겠는가? 프루던스는 앨마의 의견을 들으려 하지도, 앨마의 도움을 받으려 하지도 않았다.

앨마는 프루던스가 안타까웠지만, 둘이 만날 때면 항상 그래 왔듯이 이제야 찾아간들 어색하기만 할 터였다.

앨마는 다시 바위를 향해 돌아섰다. 그녀는 줄자를 꺼내서 다시 한 번 이끼의 분포를 측정했다. 그녀는 다급히 내용을 공책에 기록했다.

두 시간밖에 남지 않았다.

할 일은 너무도 많았다.

아서와 프루던스 딕슨은 자기들 인생을 좀 더 소중히 여기는 법을 배워야만 했다.

14

그달 말에 앨마는 아치 가에 있는 인쇄소에 들러 정말 놀라운 뭔가를 봐 달라고 요청하는 조지 호크스의 메모를 받았다.

"이 시점에 미리 괜한 이야기를 더해서 믿을 수 없을 정도의 즐거움을 망치진 않겠습니다. 다만 여유 있을 때 당신이 직접 와서 이것을 본다면 분명 기뻐하리라고 생각합니다."

음, 앨마에게 여유 따위는 없었다. 하지만 그건 조지도 마찬가지였으므로, 그 메모 자체가 참으로 기묘한 사건이었다. 이제껏 조지는 출판물에 대해 의논할 때나 레타와 관련한 긴급 사태에만 연락을 해 왔다. 하지만 레타를 그리펀에 보낸 뒤로 그런 긴급 사태는 없었고, 또 현재로서는 앨마와 조지가 함께 작업 중인 책도 없었다. 그렇다면 뭐가 그렇게 다급할까?

궁금해진 앨마는 마차를 타고 아치 가로 향했다.

조지는 뒷방에서 눈부신 형태와 색깔을 뽐내는 여러 장의 그림이 놓인 긴 탁자에 상체를 수그리고 있었다. 다가가서 살펴보니 큼지막한 난초 그림들이 엄청나게 쌓여 있었다. 그림뿐만 아니라, 석판화도 있고 스케치와 동판화도 있었다.

"이렇게 아름다운 작품은 나도 처음 봅니다. 보스턴에서 어제 막 도착했어요. 참으로 기이한 일이지요. 이 놀라운 솜씨를 좀 봐요!" 조지는 인사조차 없이 말하기 시작했다.

조지가 점박이 '카타세툼' 양란 석판화 한 장을 앨마의 손에 쥐여 주었다. 난초는 지나칠 만큼 정교하게 묘사된 까닭에 종이를 뚫고 자라날 듯 보였다. 노랑 바탕에 빨강 점이 박힌 꽃잎은 살아 있는 살갗처럼 촉촉해 보였다. 잎은 탐스럽고 두툼했으며, 구근 뿌리는 실제로 털어 대면 흙이 떨어질 것 같았다. 앨마가 그 작품의 아름다움을 완전히 다 감상하기도 전에 조지는 다른 멋진 판화를 하나 더 보여 주었다. 탐스러운 황금빛 꽃이 너무 싱그러워서 거의 바르르 떨릴 듯 보이는 '페리스테리아 바르케리'였다. 석판화에 채색한 사람이 누군지는 모르겠으나 그는 색감뿐만 아니라 질감을 살리는 데도 거장이었다. 꽃잎은 다듬지 않은 벨벳 같았고, 꽃잎 끝에 흰 안료를 살짝 얹어서 꽃마다 이슬의 흔적을 표현해 놓았다.

이어 조지가 또 다른 판화를 건네자, 앨마는 숨을 멈추지 않을 수 없었다. 무슨 난초인지 모르겠지만 앨마는 분명코 본 적 없는 종류였다. 사랑스러운 분홍색 꽃망울은 요정이 화려한 무도회에 가려고 차려입은 듯했다. 그토록 복잡한 꽃의 구조를 그토록 섬세하게 그려 낸 작품은 난생처음이었다. 앨마는

　　　　모든 것의 이름으로

석판화를 속속들이 잘 알았다. 석판화 기술이 선보인 지 불과 사 년 뒤에 태어난 그녀는 화이트에이커의 서재에다가 이제껏 세상에 나온 것 중 최고 품질의 석판화 작품들을 일부 수집해 두고 있었다. 앨마는 스스로 석판화의 기술적 한계를 잘 알고 있다고 생각했지만, 이 판화들은 그녀의 믿음이 틀렸음을 보여 주었다. 조지 호크스 역시 석판화를 잘 알았다. 필라델피아에서 그보다 뛰어난 전문가는 없었다. 그런데도 앨마에게 한 장 한 장 다른 난초 그림을 넘겨 보여 주는 그의 손이 떨렸다. 그는 앨마에게 그림을 전부 보여 주고 싶어 했고, 그것도 한꺼번에 보여 주려고 했다. 앨마도 계속 더 보고 싶은 마음이 굴뚝같았지만 먼저 상황을 파악해야만 했다.

"잠깐만요, 조지, 잠깐만 쉬었다 하죠. 말씀해 주세요, 이걸 그린 건 대체 누구예요?" 앨마는 최고의 식물화가들을 전부 알고 있었지만 이 예술가는 그녀가 모르는 인물이었다. 저 유명한 월터 후드 피치도 이런 경지에는 이르지 못했다. 이런 작품을 전에도 본 적이 있었다면 분명 기억하고 있었으리라.

"아주 특별한 사람인 것 같습니다. 이름은 앰브로즈 파이크예요."

앨마는 처음 들어 보는 이름이었다.

"누가 그의 작품을 출판하나요?" 그녀가 물었다.

"아무도요!"

"그럼 이 작업은 누가 의뢰했죠?"

"누가 의뢰했다고 딱히 말하기가 힘들어요. 파이크 씨는 보스턴에 있는 친구의 인쇄소에서 직접 석판화 작업을 했답니다. 그 사람이 직접 난초를 발견하고 스케치한 다음에, 판화를 만들고 손수 채색까지 한 거죠. 그 이상은 별다른 설명 없이 나한테 이 작품을 전부 보내왔어요. 한 번도 본 적 없는 아주 허름한 상자에 담긴 채 어제 도착했어요. 앨마도 상상할 수 있겠지만, 상자를 열어 보다가 쓰러지는 줄 알았다니까요. 파이크 씨 말로는 지난 십팔 년간 과테말라와 멕시코에 있다가 최근 고향인 매사추세츠로 돌아왔답니다. 여기 담아낸 난초들은 정글에서 지내던 시절에 그린 결과물이고요. 아무도 그를 모릅니다. 우리가 그 친구를 필라델피아로 데려와야 해요, 앨마. 혹시 당신이 그 사람을 화이트에이커로 초청해 줄 수 있겠어요? 그 사람 편지는 아주 겸손하더군요. 평생 이 작업에 몰두했답니다. 혹시 내가 출판해 줄 수 있을지 궁금해했어요."

"조지가 출판할 거죠, 그렇죠?" 앨마는 이미 이 화려한 인쇄물이 호크스의 완벽한 장정으로 탄생하는 장면을 상상하며 물었다.

"당연히 직접 출판해야죠! 하지만 먼저 이성을 되찾아 봅시다. 앨마, 여기 있는 일부 난초들은 본 적도 없는 것들이에요. 예술적인 기교도 분명 처음 보는 수준이고요."

"저도 그래요." 앨마는 다시 탁자 쪽으로 돌아와서 작품을 조심스레 넘겨 보며 말했다. 거의 손을 대기가 무서울 정도로 놀라운 걸작들이었다. 하나같이 유리로 덮여 있어야 할 듯했다. 가장 작은 스케치 한 장조차 걸작이었다. 그녀는 반사적으로 혹시 빗물이라도 새어 들어서 이 작품을 망가뜨릴까 봐 곧장 천장이 멀쩡한지 올려다보았다. 갑자기 그녀는 화재나 절도까지 두려워졌다. 조지는 이 방에 자물쇠를 설치해야 했다. 그녀도 장갑을 끼고 있어야 할 것만 같았다.

"'혹시라도' 이런 걸……." 조지는 말문을 열었지만 너무도 압도당한 나머지 문장을 끝맺지 못했다. 앨마는 그렇게 격정에 휩싸인 그의 얼굴을 한 번도 본 적이 없었다.

"절대 없죠. 저도 평생 본 적 없어요." 그녀가 중얼거렸다.

＊

그날 저녁 앨마는 매사추세츠에 있는 앰브로즈 파이크 씨에게 편지를 썼다.

평생 수천 통의 편지를 썼고, 그중 상당수가 찬사나 초청의 편지였지만 이번 편지는 어떻게 시작해야 좋을지 알 수 없었다. 진짜배기 천재에게는 어떤 말을 해야 할까? 결국 그녀는 직설적인 방법이 최선이라고 판단했다.

친애하는 파이크 씨.

안타깝게도 귀하께서는 저에게 크나큰 해를 입히셨습니다. 다른 사람의 식물화를 감상하는 데 필요한 저의 안목을 영원히 망쳐 놓으셨으니까요. 귀하의 난초 그림을 보고 말았기 때문에 이제 저에게 기존의 스케치와 회화와 석판화의 세계는 칙칙하고 따분하게만 보일 것입니다. 귀하께서는 책의 출간을 맞아, 저의 다정한 친구인 조지 호크스 씨와 함께 일하기 위해 팔라델피아를 방문하실 예정으로 알고 있습니다. 저희 도시에 와 계시는 동안 혹시라도 제 가족의 저택인 화이트에이커에 체류하심은 어떨는지요? 저택의 온실에도 상당수의 난초가 확보되어 있는데, 일부는 귀하께서 묘사하신 작품에 가까운 아름다운 자태를 현실에서도 보여 주고 있습니다. 감히 말씀드리건대 귀하께서도 마음에 들어 하실 것입니다. 혹시 저희 난초를 그리고 싶어 하실지도 모르겠군요.(귀하께서 한 시간이라도 그림을 그려 주신다면 어떤 꽃이든 기필코 영광으로 여길 것입니다!) 제 아버지와 저는 귀하와의 친분을 분명 기쁘게 받아들일 것입니다. 도착하시는 일정을 알려 주시면, 역으로 전용 마차를 보내서 모시겠습니다. 일단 제 집에 계시는 동안에는 저희가 모든 편의를 제공할 것입니다. 부디 이 부탁을 거절해서 저에게 또다시 해를 끼치지는 마시기를!

신실한 마음을 담아
앨마 휘태커 드림

＊

그는 1848년 5월 중순에 도착했다.

앨마는 현미경으로 연구 작업을 하다가 집 앞에 마차가 멈추어 서는 장면을 보았다. 연한 밤색 머리에 키가 크고 호리호리한 청년이 갈색 코듀로이 양복을 입고 마차에서 내렸다. 멀리서 보기에 스무 살도 채 넘지 않은 듯했지만 앨마는 그런 나이가 불가능함을 알고 있었다. 그는 작은 가죽 가방 하나만 들고 있었는데, 이미 세계 여행을 몇 번이나 한 듯 오늘이 다 가기 전에 망가져 버릴 것처럼 보이는 낡은 가방이었다.

앨마는 밖에 나가서 그를 맞이하기 전에 잠시 그대로 지켜보았다. 그녀는 오랜 세월 화이트에이커에 도착하는 사람들을 수없이 목격했고, 처음 오는 방문객들의 반응은 항상 똑같았다. 화이트에이커는 워낙 장엄하고 위압적인 건물이었으므로 특히 처음 와 보는 사람들이라면 누구나 집 앞에서 걸음을 멈추고 입을 떡 벌렸다. 어차피 그곳은 상대를 주눅 들게 하려고 설계된 집이었다. 따라서 경외감과 부러움, 두려움을 숨길 수 있는 손님들은 거의 없었다. 특히 지켜보는 눈이 있음을 모르는 경우에는 더더욱.

그러나 파이크 씨는 집을 쳐다보지도 않았다. 사실 그는 마차에서 내리자마자 곧바로 저택을 등지고 서서는 베아트릭스의 오래된 그리스식 정원을 쳐다보았다. 앨마와 한네커가 어머니를 기리는 뜻으로 수십 년간 깔끔하게 유지해 온 정원이었다. 그는 좀 더 잘 감상하려는 듯 약간 뒤로 물러나더니 굉장히 이상한 행동을 했다. 그는 가방을 내려놓고 재킷을 벗은 뒤 정원의 북서쪽 구석으로 걸어갔다가 다시 대각선으로 길게 정원을 가로지르더니 남동쪽 구석으로 향했다. 그곳에서 그는 잠시 서서 주변을 둘러보다가, 길이와 폭이 똑같은 두 개의 화단을 기준으로 정원의 범위를 계산하려는 사람처럼 넓은 보폭으로 걸어갔다. 북서쪽 구석에 당도한 그는 모자를 벗고 머리를 긁적이며 잠시 머뭇거리더니 너털웃음을 터뜨렸다. 앨마는 그의 웃음소리를 들을 수 없었지만 또렷하게 볼 수는 있었다.

그녀로서는 도저히 저항할 수 없는 광경이었고, 앨마는 서둘러 그를 만나고자 마차 차고를 나섰다.

"파이크 씨." 그에게 다가가며 앨마가 손을 내밀었다.

"휘태커 양이시로군요!" 그가 따뜻한 미소를 지으며 앨마의 손을 잡고 인사했다. "여긴 직접 와서 보고도 제 눈을 믿지 못하겠네요! 말씀해 주세요, 휘태커 양. 대체 어떤 미치광이 천재가 이 정원을 유클리드 기하학의 엄격한 원리에 딱 맞게 설계했는지 말이에요?"

"제 어머니의 생각이셨어요. 여러 해 전에 돌아가셨지만 귀하께서 어머니의 목적을 알아보셨다는 사실을 알면 무척 기뻐하셨을 겁니다."

"이걸 보고 누가 모르겠습니까? 황금 비율인걸요! 거미줄처럼 이어진 사각형을 담은 두 개의 큰 사각형이 있고 통로는 그 둘을 절반으로 나누는 데다, 직각 삼각형도 여러 개 보이는군요. 정말 보기 좋습니다. 누군가 이런 정원을 장엄한 규모로 만드는 데 수고를 아끼지 않았다니 대단합니다. 회양목도 완벽하군요. 모든 대칭 형태에 등식 부호를 이어 놓은 듯합니다. 어머님은 지극한 기쁨 같은 존재이셨지요?"

"지극한 기쁨이라……." 앨마는 그랬을 가능성에 대해서 고민했다. "글쎄요. 다만 저희 어머니가 정확하고 엄밀한 사고를 기쁨으로 여기시는 분이었던 건 분명합니다."

"정말 대단하십니다."

"만나 뵙게 되어 정말 반갑습니다, 파이크 씨."

"저도요, 휘태커 양. 당신 편지는 정말 인상적이었습니다. 오랫동안 살아오면서 전용 마차라는 것을 생전 처음 타 봤다는 사실을 꼭 말씀드려야겠군요. 전 빽빽 울어 대는 아이들과 괴로워하는 짐승들, 시가를 피워 대는 시끄러운 남자들과 좁은 공간에 갇힌 채 여행하는 데 너무 익숙해서, 그렇게 오랜 시간 홀로 평화롭게 여행을 하려니 어쩔 줄 모르겠더군요."

"그래서 무얼 하셨나요?" 앨마는 그의 열의에 미소 지으며 물었다.

"조용한 거리 풍경을 친구 삼았습니다."

앨마가 그 매력적인 대꾸에 응답하기도 전에 파이크 씨의 얼굴 위로 걱정스러운 표정이 스쳤다. 앨마는 그가 쳐다보는 것이 무엇인지 돌아보았다. 하인 하나가 파이크 씨의 작은 가방을 들고 화이트에이커의 위풍당당한 현관으로 걸어 들어가는 중이었다.

"내 가방인데……." 그가 한 손을 뻗으며 말했다.

"저희가 방으로 올려다 드리는 것뿐입니다, 파이크 씨. 언제라도 쓰실 수 있도록 침대 옆에 놓여 있을 거예요."

그가 당황한 듯 고개를 저었다. "당연히 그러시겠죠. 이렇게 멍청할 수가. 사과드립니다. 하인이나 이런 환대에 제가 익숙하질 않습니다."

"가방을 직접 가지고 계시는 편이 나으시겠어요?"

"아뇨, 아닙니다. 제 반응을 용서하세요, 휘태커 양. 하지만 평생 저의 유일한 재산을 낯선 사람이 들고 사라지는 모습을 지켜보자니 좀 걱정스러웠습니다!"

"평생의 유일한 재산이 하나뿐일 리가 있나요, 파이크 씨. 당신은 놀라운 예술적 재능을 가지셨잖아요. 호크스 씨나 저나 한 번도 본 적 없는 재능이던걸요."

그가 웃음을 터뜨렸다. "아! 그렇게 말씀해 주시다니 친절하시네요. 하지만 그 밖에 제가 가진 모든 건 다 저 가방에 들어 있습니다. 어쩌면 별것 아닌 저 소지품이 제겐 더 소중한지도 모르죠!"

이번에는 앨마도 웃음을 터뜨렸다. 낯선 두 사람 사이에 보통 존재하기 마련인 거리감은 전혀 없었다. 어쩌면 아예 생겨난 적도 없는 듯했다.

"말씀해 보십시오, 휘태커 양. 화이트에이커에는 또 어떤 놀라운 것들이 있습니까? 듣자하니 이끼를 연구하신다죠?" 그가 밝게 말했다.

한 시간쯤 뒤에 두 사람이 앨마의 바위 더미 한가운데 서서 꼬리이끼에 대해 논의하게 된 상황의 시작점은 바로 그 질문이었다. 앨마는 먼저 그에게 난초를 보여 줄 작정이었다. 아니, 그보다 그에게 이끼밭을 보여 줄 생각은 전혀 없었다. 다른 사람들은 이끼에 관심을 가져 본 적이 전무하기 때문이었다. 하지만 일단 앨마가 자신의 연구에 대해 이야기하기 시작하자 그는 즉시 현장으로 데려가 달라고 우겼다.

앨마는 들판을 가로질러 걸어가며 말했다. "사람들은 대부분 이끼를 상당히 지루하다고 생각해요. 이 점을 미리 경고해 둬야겠네요, 파이크 씨."

"그런 걸로는 겁먹지 않습니다. 저는 늘 다른 사람들이 지루해하는 주제에 매력을 느끼거든요."

"그 점은 저랑 같으시네요."

"그래도 말씀해 주시죠, 이끼의 어떤 부분을 높이 사신 겁니까?"

"기품이요." 앨마가 주저 없이 대답했다. "또 이끼의 고요함과 지능이요. 제 연구의 한 부분이기도 한데, 전 이끼가 '참신해서' 좋아요. 더 크고 중요한 식물들은 하나같이 수많은 식물학자들이 이미 다루었거나 연구된 적이 있는데 이끼는 다르니까요. 전 이끼의 정숙함도 존경하는 것 같아요. 이끼는 우아하고 은밀하게 자신의 아름다움을 간직하죠. 이끼와 비교하면 식물계의 다른 품종은 전부 다 너무 뻔뻔하고 유난스러운 것 같아요. 제가 무슨 말을 하는지 이해하시겠어요? 좀 더 크고 눈에 잘 띄는 꽃들은 때때로 멍청하게 군침이나 흘리는 바보처럼 보일 때가 있다는 거 아세요? 완전히 얼이 빠져선 무기력하게 입을 헤벌린 채 고개만 까딱까딱하는?"

"축하드립니다. 방금 난초과 식물들을 완벽하게 묘사하셨군요.”

앨마는 깜짝 놀라서 손으로 입을 가렸다. “저 때문에 언짢으셨군요!”

그러나 파이크 씨는 미소 짓고 있었다. “조금도 그렇지 않습니다. 놀려 드린 거예요. 전 한 번도 난초의 지능을 변호한 적이 없고, 앞으로도 그럴 일 없을 겁니다. 난초를 좋아하지만 딱히 영리해 보이지는 않거든요. 당신의 판단 기준으로는 확실히 그렇습니다. 하지만 누군가 이끼의 지능을 변호하는 이야기를 들으니 훨씬 즐겁군요! 당신이 이끼를 대신해서 식물들의 성격을 분석이라도 하시는 것 같습니다.”

“누군가는 이끼를 변호해야 하니까요! 이끼는 지나치게 무시당해 왔지만 정말로 고상해요! 사실 저는 그 미시 세계가 진정한 모습을 감춘 위대한 선물임을 알기 때문에 그걸 연구하게 되어서 영광스러워요.”

앰브로즈 파이크는 그런 이야기가 전혀 지루하지 않은 듯했다. 바위에 당도하자 그는 앨마에게 질문을 열 개쯤 던지더니, 콧수염이 바위에서 자란 듯 보일 정도로 이끼 군락에 얼굴을 가까이 가져다 댔다. 그는 각기 다른 종을 설명하는 앨마의 목소리에 주의 깊게 귀를 기울였다. 그러고는 변이에 관한 그녀의 초기 이론에 대해 함께 토론했다. 어쩌면 그녀는 너무 오래 이야기를 했을지도 몰랐다. 어머니라면 그렇다고 단언했을 것이다. 앨마는 말을 하면서도 이 가엾은 남자를 엄청 지루하게 만들지는 않았을까, 염려했다. 그러나 그는 과분할 만큼 엄청난 호의를 보였다! 오래도록 혼자만의 생각으로 넘칠 듯 꽉 채워 둔 금고를 열어서 아이디어를 마구 늘어놓고 있는 느낌이었다. 인간이란 원래 가슴속에 열정을 너무 오래 담아 두고 있으면 마음이 통하는 누군가에게 그 생각을 공유하고 싶기 마련인데, 앨마는 너무나도 오래도록, 무려 수십 년씩이나 묵혀 두고 있었던 것이다.

어느새 파이크 씨는 더 큰 바위 돌출부 아래쪽에 숨어 있는 이끼 군락을 보려고 땅바닥에 엎드려 있었다. 열변을 토하는 그의 긴 다리가 바위 아래쪽으로 튀어나왔다. 앨마는 평생 이렇게 즐거워 본 적이 없다고 생각했다. 그녀는 항상 누군가에게 이곳을 보여 주고 싶었다.

"제가 묻고 싶은 건 이겁니다, 휘태커 양." 그가 선반처럼 튀어나온 바위 아래에서 외쳤다. "이끼 군락의 진정한 본성은 뭡니까? 말씀하신대로 이끼는 겉보기에 정숙하고 순해 보이게끔 속임수를 쓰는 데 아주 능합니다. 하지만 말씀하셨다시피 이끼는 막강한 능력을 갖추고 있죠. 당신이 연구하는 이끼는 다정한 개척자입니까? 아니면 적대적인 약탈자입니까?"

"농부인지, 해적인지, 그런 의미인가요?" 앨마가 물었다.

"정확합니다."

"확실히 말씀드릴 수 없네요. 어쩌면 둘 다 약간씩 해당되거든요. 저도 항상 그게 의문이에요. 그걸 알려면 또다시 이십오 년쯤 걸릴지도 모르죠."

"당신의 인내심을 존경합니다." 마침내 바위 아래에서 기어

나오더니 풀밭에 스스럼없이 누우며 그가 말했다. 시간을 두고 앨마가 앰브로즈 파이크를 더 잘 알게 되었다면, 그가 언제 어디서든 쉬고 싶을 때 아무렇게나 몸을 던지는 사람임을 눈치 챘으리라. 분위기만 허락된다면 그는 격식을 갖춘 응접실 카펫에도 털썩 주저앉을 사람이었다. 특히 생각과 대화만 즐겁다면 어디든 거리낄 것이 없었다. 세상은 온통 그의 의자였다. 세상에 그런 자유도 있었다. 앨마는 그런 식의 자유가 있으리라고는 상상도 못 했다. 바로 그날, 그가 다리를 뻗고 누워 있는 동안, 앨마는 조심스레 근처 바위에 앉았다.

그제야 비로소 앨마는 파이크 씨가 처음 보기보다 꽤나 나이가 들었음을 알아보았다. 그건 당연했다. 처음 본 인상처럼 아주 젊은 사람이었다면 그 정도로 대단한 작품을 만들어 내지 못했을 것이다. 멀리서 봤을 때 대학생처럼 보였던 까닭은 그의 열정적인 태도와 재빠른 걸음 때문이었다. 가난뱅이 젊은 학자의 제복 같은 소박한 갈색 양복 탓이기도 했다. 하지만 가까이에서 살피니 그의 나이가 보였고, 특히 모자를 풀밭에 던져 놓고 햇빛 아래 누워 있으니 연륜이 더욱 두드러졌다. 얼굴에는 희미하게 주름이 있었고 오랜 세월 햇빛에 그을어 주근깨도 보였으며 관자놀이 근처의 연갈색 머리카락은 백발이 되어 가고 있었다. 앨마는 그가 서른다섯 살이나 어쩌면 서른여섯 살쯤이리라고 추측했다. 그녀보다 열 살 이상 어리지만 그래도 애송이는 아니었다.

"그렇게 밀접한 세상을 연구해서 얻는 진짜 보상은 무엇일

모든 것의 이름으로

까요. 작은 경이로움 따위는 외면해 버리는 사람들이 세상엔 너무 많지요. 일반론보다 소상한 것에서 찾아낼 수 있는 가능성이 더 많은데도 사람들은 대부분 세세한 것을 가만히 지켜보지 못해요. 아예 그런 훈련이 되어 있질 않죠."

"하지만 가끔 전 저의 세상이 '너무' 세세해져서 두려워요. 이끼에 관한 책들은 쓰는 데 몇 년씩 걸렸고, 돋보기 하나만 있으면 다 들여다볼 수 있는 페르시아산 극세 모형 공예품이랑 달리 결론도 엄청나게 복잡해요. 제 일은 아무런 명성도 가져다주지 못해요. 수입도 없고요. 그러니까 제가 시간을 얼마나 현명하게 쓰는지 아시겠죠!"

"호크스 씨 말씀으론 서평이 좋다던데요."

"확실히 그렇긴 했죠. 지구상에서 선태학에 깊은 관심을 가진 십여 명 남짓한 신사분들의 의견에 따르면요."

"열 명도 넘게! 그렇게나 많습니까? 오래 살면서도 책 한 권 내 본 적이 없고, 가엾은 부모님이 자기 아들을 수치스러운 게으름뱅이라고 여기는 사람과 지금 얘기하고 계시다는 걸 기억해 주세요."

"하지만 당신 작품은 최고예요."

그가 손사래 치며 칭찬을 마다했다. "당신은 자기 일에 대해 자긍심을 느끼십니까?"

앨마는 잠시 그 질문에 대해서 고심한 뒤 대답했다. "그래요. 가끔 왜 그럴까 생각도 하지만요. 세상 사람 대다수는, 특히 힘들게 사는 가난한 사람들은 두 번 다시 일하지 않는 걸 행복이라고 여길 거예요. 그런데 사람들이 알아주지도 않는 이런 주제에 대해서 저는 왜 이렇게 부지런히 일을 할까요? 이끼의 생김새가 그만큼 마음에 든다면, 왜 그냥 단순히 이끼를 보며 감탄하거나 그림을 그리는 걸로 만족하지 못할까요? 왜 굳이 그 비밀을 파헤쳐서 생명의 본질에 대한 해답을 찾으려고 애쓰는 걸까요? 보시다시피 저는 부유한 집안에서 태어나는 행운을 누렸기에 평생 전혀 일할 필요가 없었어요. 그런데 어째서 저는 이 풀잎처럼 한가롭게 마음을 비우고 빈둥거리는 것이 행복하지 않을까요?"

"그야 당신은 창조와 그 모든 멋진 배열에 관심이 있기 때문이겠죠." 앰브로즈 파이크가 간단히 대꾸했다.

앨마는 얼굴을 붉혔다. "대단한 것처럼 말씀하시네요."

"대단하니까요." 그가 방금처럼 똑같이 단순하게 말했다.

두 사람은 한동안 침묵 속에 앉아 있었다. 그들 뒤쪽으로 펼쳐진 숲 어딘가에서 개똥지빠귀가 노래하고 있었다.

한참이나 그 소리에 귀 기울이고 있는데 돌연 파이크 씨가 말했다.

"근사한 개인 공연이로군요! 손뼉이라도 쳐 주고 싶습니다!"

"화이트에이커에서는 이맘때 제일 멋진 새소리를 들을 수 있어요. 아침에 초원으로 나와서 벚나무 아래 앉아 있으면 오직 당신만을 위해 공연하는 관현악단처럼 온갖 새들이 합창하는 소리를 들을 수 있어요."

모든 것의 이름으로

"저도 아침에 들어 보고 싶군요. 정글에 있을 때 미국 새들의 노랫소리가 정말 그리웠습니다."

"하지만 거기에도 진기한 새들이 있지 않던가요!"

"맞아요, 진기하고 이국적이었죠. 하지만 똑같진 않습니다. 인간은 어린 시절부터 친숙하게 들어 오던 소리에 진한 향수를 느끼는 법이죠. 꿈속에서 비둘기가 구슬프게 우는 소리를 들은 적도 있었어요. 얼마나 생생하던지 가슴이 찢어지는 것 같더군요. 꿈에서 절대 깨어나고 싶지 않을 정도였어요."

"호크스 씨 말씀으로는 정글에 오래 계셨다죠."

"십팔 년입니다." 거의 부끄럽다는 듯 미소 지으며 그가 말했다.

"주로 멕시코와 과테말라에서요?"

"전적으로 멕시코와 과테말라에서요. 세상을 좀 더 구경할 작정이었는데 계속 새로운 것들을 발견하니까 그 지역을 떠날 수가 없겠더군요. 어떤 느낌인지 아실 겁니다. 흥미로운 장소를 찾아내서 둘러보기 시작했는데, 차차 비밀이 하나씩 스스로 드러나면서 급기야 도저히 벗어날 수 없게 되는 거죠. 게다가 과테말라에서 발견한 특정 난초들은 부끄러움도 많이 타고 은둔하는 착생 식물이라 좀처럼 꽃피운 모습을 보여 주질 않는 겁니다. 꽃피운 모습을 볼 때까지 떠나지 않기로 다짐했죠. 저도 꽤나 고집을 부렸습니다. 그런데 그 녀석들도 고집불통이었습니다. 어떤 녀석들은 오륙 년이나 기다리게 한 뒤에야 얼핏 모습을 보여 주는 거예요."

"그런데 왜 결국 집에 오셨어요?"

"외로웠거든요."

그는 정말이지 특이한 솔직함을 소유하고 있었다. 앨마는 깜짝 놀랐다. 외로움 같은 약점을 타인에게 내보이기란 그녀에게 있을 수 없는 일이었다.

"험난한 생활을 지속하기에는 제가 너무 병들기도 했습니다. 재발성 열병에 걸렸거든요. 하지만 그게 완전히 불쾌한 일만은 아니었죠. 열병을 앓을 땐 놀라운 환상을 보기도 하고 목소리도 들리거든요. 때로는 그걸 따르고 싶은 유혹이 들 정도라니까요."

"환상, 아니면 목소리요?"

"둘 다요! 하지만 어머니 때문에 그럴 수가 없었습니다. 아들을 정글에 빼앗긴 것만으로도 어머니의 마음은 갈가리 찢겼으니까요. 어머니는 제가 어떻게 될지 계속 고민하셨을 겁니다. 분명 아직도 제가 뭐가 될지 고민하고 계실걸요! 그래도 이젠 최소한 제가 살아 있다는 걸 아시니까 다행이죠."

"그 오랜 세월 가족분들이 당신을 많이 그리워하셨겠어요."

"가여운 분들이죠. 제가 많이 실망시켰어요. 제 가족은 훌륭한 사람들인데 저만 이리저리 방황하며 살았죠. 가족 모두에게 연민을 느끼지만 특히 어머니가 안쓰럽습니다. 제 짐작이 맞다면, 어머니는 제가 굴러 들어온 좋은 기회를 다 차 버렸다고 믿고 계세요. 하버드도 겨우 일 년 만에 관뒀거든요. 그 말의 의미가 뭐였건 다들 저더러 장래가 촉망된다고 했지만 저에게는 대학 생활이 맞지 않았어요. 무슨 신경 작용인지는 모르겠지만 전 강의실에 가만히 앉아 있는 걸 견딜 수 없었습니다. 사교 클럽의 유쾌한 친구들과 동년배 집단 같은 문화도 정말 안 맞았죠. 잘 모르실 수도 있지만, 대학 생활의 대부분은 사교 클럽과 동년배 집단으로 이루어져 있습니다. 저희 어머니 표현대로 제가 원하는 건 구석에 앉아서 식물 그림을 그리는 것뿐이었거든요."

"감사할 일이죠!" 앨마가 말했다.

"어쩌면요. 저희 어머니는 동의하지 않으실 테고, 저희 아버지 역시 저의 직업 선택에 몹시 분노한 채 땅에 묻히셨습니다. 제 일도 직업이라고 부를 수 있다면 말이죠. 어머니께는 다행스럽게도 동생 제이콥이 있었고, 저 대신 효심 깊은 아들의 전형적인 모습을 보여 주었습니다. 제 뒤를 이어 대학에 간 동생은 저와 달리 정규 학업을 마쳤어요. 동생은 죽도록 공부하면서 온갖 영예와 상을 휩쓸었는데, 가끔 저는 그 애가 그러다 미치지는 않을까 걱정했지만 이제는 제 아버지와 할아버지께서 회중 앞에 섰던 바로 그 프래밍엄 교회 연단에서 설교를 하고 있습니다. 동생은 착한 녀석일 뿐만 아니라 성공도 했습니다. 그 녀석은 파이크 가문의 자랑입니다. 지역 주민들도 동생을 존경하죠. 저도 동생을 아주 좋아합니다. 하지만 동생의 인생이 부럽진 않아요."

"그럼 목사 집안 출신이시군요?"

"그렇습니다, 저도 목사가 되었어야 했고요."

"어떻게 됐는데요? 주님과 멀어지셨나요?" 앨마가 다소 과 감하게 물었다.

"아뇨, 그 반대입니다. 주님께 너무 가까이 다가갔죠."

앨마는 호기심을 자극하는 그 대답의 의미를 묻고 싶었지 만 이미 너무 밀어붙였다고 느꼈다. 그리고 손님 역시 자세히 설명하지 않았다. 두 사람은 한참 동안 침묵 속에서 휴식하며 개똥지빠귀의 노래에 귀를 기울였다.

한참 뒤 앨마는 파이크 씨가 잠들었다는 사실을 깨달았다. 그렇게 갑자기 잠이 들 수 있다니! 방금 전까지 깨어 있다가 바 로 다음 순간 잠에 빠진 것이다! 몹시 피곤한 긴 여행 끝에, 앨 마가 또 온갖 질문을 퍼붓고 선태식물과 변이에 관한 이론까지 늘어놓았으니, 아무래도 그를 괴롭혔다는 생각이 들었다.

그녀는 조용히 일어나 다른 바위 지역으로 걸어가서 한 번 더 이끼 군락을 살폈다. 그녀는 굉장히 유쾌하고 나른한 기분 이었다. 파이크 씨라는 사람이 정말 마음에 쏙 들었다! 앨마는 그가 화이트에이커에 얼마나 오래 머물지 알고 싶어졌다. 어 쩌면 여름 내내 머물도록 그를 설득할 수 있을지도 몰랐다. 이 렇게 다정하면서 꼬치꼬치 캐묻기를 좋아하는 존재와 함께 지 내면 얼마나 즐거울까. 남동생이 있으면 이런 기분일 것이다. 한 번도 남동생이 있는 걸 상상해 본 적이 없었지만 지금 그녀 는 절실하게 남동생을 바랐고, 앰브로즈 파이크가 남동생이면 좋겠다고 생각했다. 아버지와 이야기해 봐야 했다. 그가 머물 고 싶어 한다면 낡은 유제품 창고 하나를 개조해서 그를 위한 화실로 꾸밀 수도 있을 터였다.

삼십 분쯤 지났을까 풀밭에서 파이크 씨가 움찔거리는 모습이 보였다. 앨마는 그에게 돌아가서 미소 지었다.

"잠이 드셨더군요." 그녀가 말했다.

"아니, 잠이 저를 덮친 거예요."

여전히 풀밭에 누운 채로 그는 고양이나 아기인 양 팔다리를 사방으로 뻗었다. 그는 앨마 앞에서 곯아떨어졌음에 전혀 불편해하는 것 같지 않았으므로 그녀도 불편하지 않았다.

"피곤하셨나 봐요."

"전 몇 년째 피곤합니다." 그가 일어나 앉아서 하품을 하더니 모자를 다시 썼다. "어쨌거나 저한테 이렇게 휴식을 허락하시다니 참으로 너그러우시군요. 감사합니다."

"이끼에 관한 제 이야기를 들어주신 당신이 너그러우시죠."

"전 즐거웠습니다. 더 듣고 싶군요. 막 졸음에 빠져들면서 참 부러운 인생을 사신다고 생각했습니다. 이끼처럼 세밀하고 세련된 이상을 추구하면서 자기의 모든 존재를 소모한다니! 그것도 사랑하는 가족과 온갖 편안한 것들에 둘러싸여서요."

"중앙아메리카 정글에서 십팔 년을 보낸 분께는 제 인생이 따분하게 보일 거라고 생각하는데요."

"조금도 그렇지 않습니다. 가능하다면 전 이제껏 제가 경험한 것보다 좀 더 지루한 인생을 누려 보고 싶거든요."

"소원은 조심해서 빌어야 해요. 지루한 인생은 당신이 생각하는 것만큼 재미가 없답니다!"

그가 웃음을 터뜨렸다. 앨마는 좀 더 그의 곁으로 가까이 다가가서 치맛자락을 정리하며 곧장 풀밭에 앉았다.

"저도 파이크 씨께 뭔가 고백해야겠네요. 가끔 저는 이끼에 몰두하는 일이 아무런 쓸모도, 가치도 없을까 봐 두려워요. 가끔 저는 세상에 뭔가 더 반짝이는, 좀 더 근사한 것을 내보이고 싶다는 소망을 품죠. 당신이 그린 난초 그림 같은 걸 말이에요. 저는 부지런하고 교육도 잘 받았지만, 유별난 천재성은 없어요."

"그러니까 근면하긴 한데 독창성은 없으시다?"

"네! 딱 맞는 말씀이에요! 정확해요."

"이런! 용서할 수 없는데요. 왜 스스로 그런 어리석은 생각을 하시게 됐는지 감도 오지 않습니다."

"친절하신 분이네요, 파이크 씨. 당신 덕분에 오늘 오후 내내 저는 훌륭하게 대접받은 나이 든 여자가 된 기분이었어요. 하지만 전 제 인생의 진실을 알아요. 이끼밭에서 연구하는 저를 보며 신나 하는 건 온종일 저를 지켜보는 암소와 까마귀밖에는 아무도 없답니다."

"암소와 까마귀는 천재를 알아보는 훌륭한 심판관입니다. 제 말 믿으세요. 저도 순전히 녀석들을 재미있게 해 주느라 벌써 몇 년째 그림을 그려 온 사람이니까요."

＊

그날 저녁 조지 호크스는 화이트에이커 만찬에 합류했다.

모든 것의 이름으로

조지도 앰브로즈 파이크를 직접 대면하기는 처음이라 엄청나게 흥분한 상태였다. 물론 딱 조지처럼 근엄하고 나이 든 사람이 흥분할 수 있는 만큼만이기는 했지만.

"뵙게 되어 영광입니다. 당신 작품은 제게 완전히 예기치 못한 기쁨을 안겨 주었습니다." 조지가 미소 지으며 말했다.

앨마는 조지의 진실함에 감동받았다. 그러나 호크스 집안이 그간 엄청난 우환으로 고통을 겪었고, 앰브로즈 파이크의 난초 덕분에 조지가 암흑의 덫에서 벗어날 수 있었다는 말까지는 예술가에게 털어놓을 수 없는 일이었다.

"격려해 주셔서 정말로 감사드립니다. 불행히도 지금으로선 제가 해 드릴 수 있는 것이 감사 인사밖엔 없지만 진심입니다." 파이크 씨가 대꾸했다.

헨리 휘태커는 그날 밤 영 기분이 좋지 않았다. 앨마는 열 발자국 떨어진 곳에서부터 그의 심기를 알아차릴 수 있었기에, 아버지가 만찬에 합석하지 않기를 내심 빌었다. 아버지의 뚱한 성격에 대해 손님에게 미리 경고하는 것을 깜박했다는 사실이 이제야 새삼 후회스러웠다. 가엾은 파이크 씨는 아무 준비도 없이 늑대에게 던져질 텐데, 늑대는 분명 굶주리고 화가 나 있었다. 앨마도, 조지도 헨리에게 보여 줄 특별한 난초 그림 한 장을 가져올 생각조차 못 했음을 후회했다. 그 그림이 없다면 헨리에게 이 앰브로즈 파이크라는 사람은 그저 난초를 찾아 헤매는 탐험꾼이자 그림쟁이에 불과할 터였다. 두 유형 모두 헨리가 과히 존경하는 부류는 아니었다.

놀랄 일도 아니지만 만찬은 불편하게 시작되었다.

"저 사람이 누구라고?" 새로 온 손님을 빤히 쳐다보며 아버지가 물었다.

"앰브로즈 파이크 씨예요. 아까도 말씀드렸듯이, 조지가 최근 발굴한 자연 과학자이자 화가세요. 제가 본 중에 최고로 훌륭한 난초 그림을 그리는 분이시고요, 아버지."

"댁이 난초를 그린다고?" 헨리는 누군가가 '당신이 과부를 등쳐 먹는다고?'라고 묻듯이 사나운 말투로 파이크 씨에게 물었다.

"네, 그러려고 노력 중입니다, 어르신."

"댁의 난초는 뭐가 그리 특별한가?"

파이크 씨는 질문을 듣고 잠시 생각에 잠겼다. "잘 모르겠습니다."라고 그가 인정했다. "난초를 그리는 게 제가 하는 일의 전부라는 것 말고는 딱히 뭐가 특별한지 저도 모르겠습니다. 거의 이십 년째 지금껏 해 온 일일 뿐이죠."

"그거 참 괴상한 일에 고용되었군."

"그건 동의하기 힘들겠습니다, 휘태커 씨. 딱 하나 때문인데, 어떤 방식으로든 제가 누구한테 고용되었다고는 할 수 없거든요."

"뭘 해서 먹고사나?"

"또 한 번 정곡을 찌르시는군요. 하지만 제가 입은 옷차림으로 짐작하시겠지만, 제가 제대로 먹고살고 있는지 아닌지도 의문입니다."

"나 같으면 그걸 자랑이라고 떠벌리진 않겠네, 젊은이."

"진심으로 저도 그렇게 생각합니다."

헨리는 그를 보며 낡은 양복과 덥수룩한 수염을 살폈다.

"그럼 어떻게 된 건가? 어쩌다 그렇게 가난해졌어? 난봉꾼처럼 재산을 탕진했나?"

"아버지……." 앨마가 끼어들었다.

"슬프게도 그건 아닙니다. 저희 집안에는 탕진할 재산 자체가 전혀 없었습니다." 파이크 씨는 언짢지 않은 듯 대답했다.

"댁의 아버지는 뭘로 생계를 유지하시나?"

"현재는 죽음의 강 너머에 계십니다. 하지만 그전에는 매사추세츠 주 프래밍엄에서 목사로 일하셨어요."

"그런데 왜 자네는 목사가 안 됐지?"

"저희 어머니도 같은 의문을 품고 계십니다. 좋은 목사가 되기에는 제게 종교에 대해 의문이 너무 많았던 것 같습니다."

"종교?" 헨리가 인상을 썼다. "종교가 좋은 목사 노릇을 하는 것과 무슨 상관인가? 그건 다른 직업과 마찬가지로 그냥 직업일 뿐일세, 젊은이. 사적인 생각은 치워 두고 주어진 임무에 따라야지. 좋은 목사들은 다 그렇게 한다네, 그렇게 해야 하고!"

파이크 씨가 유쾌하게 웃음을 터뜨렸다. "누군가 이십 년 전에 그런 말씀을 해 주셨다면 좋았을 텐데 말입니다, 어르신!"

"건강하고 머리 좋은 젊은이가 이 나라에서 성공하지 못하는 데는 핑계가 없네. 목사의 아들이라도 다른 데서 성실하게 할 일을 찾아봤어야지."

"많은 분들이 같은 생각을 하실 겁니다. 저의 선친도 포함해서요. 그런데도 저는 오랜 세월 제 본분보다 낮게 살았습니다."

"나는 내 본분보다 '높게' 살아왔네, 계속 말이야! 처음 미국에 왔을 땐 나도 자네 또래의 젊은이었어. 이 나라에는 사방에 돈이 깔려 있음을 알았지. 그저 지팡이 끝으로 돈을 파내면 되더군. 그런데 자네는 뭘로 가난의 핑계를 댈 셈인가?"

파이크 씨는 악의 없이 헨리의 눈을 똑바로 쳐다보며 말했다. "좋은 지팡이가 없어서 말이죠."

앨마는 꿀꺽 침을 삼키며 접시를 내려다보았다. 조지 호크스도 똑같이 행동했다. 그러나 헨리는 듣지 못한 듯했다. 가끔 앨마는 아버지의 청력이 나빠졌음을 하늘에 감사할 때가 있었다. 그는 이미 관심을 집사에게 돌린 뒤였다.

"베커, 내가 장담하건대 이번 주에 한 번만 더 나더러 양고기를 먹으라고 하면 누군가 총을 맞을 줄 알게." 헨리가 말했다.

"정말로 사람들한테 총을 쏜 적은 없으세요." 앨마가 목소리를 낮춰 파이크 씨를 안심시켰다.

"저도 그럴 거라 짐작했습니다, 안 그랬다면 전 벌써 죽었겠죠." 손님이 속삭였다.

나머지 식사 시간 동안에는 조지와 앨마와 파이크 씨 셋이서 자기들끼리 즐거운 대화를 이어 나갔고, 헨리는 코웃음을 치거나 기침을 하거나 만찬의 온갖 측면에 대해서 불평을 늘어놓더니 급기야 가슴에 턱을 박고 몇 번이나 꾸벅꾸벅 졸았다. 어쨌거나 그는 여든여덟 살의 노인이었다. 다행히도 파이크 씨는 그런 것들에 신경 쓰지 않는 듯했고 조지 호크스 역시 이미 그런 상황에 익숙했으므로, 마침내 앨마도 약간 긴장을 풀었다.

"저희 아버지를 용서하세요. 조지는 저희 아버지를 잘 알지만, 대개 헨리 휘태커를 겪어 보지 않은 분들은 저런 발언을 들으면 할 말을 잃기도 하시거든요."

헨리가 조는 사이에, 앨마는 낮은 목소리로 파이크 씨에게 말했다.

"식탁을 차지한 곰 같은 분이시네요." 파이크 씨가 질렸다기보다는 감탄에 가까운 말투로 대꾸했다.

"정말 그렇죠. 하지만 감사하게도 진짜 곰처럼 동면해 주셔서 저희한테 시간을 벌어 주기도 하시죠!"

앨마의 말에 무뚝뚝한 조지 호크스의 입술에도 미소가 감돌았지만, 앰브로즈는 여전히 무언가를 곰곰이 생각하며 헨리의 잠든 모습을 지켜보았다.

"제 아버지는 아주 엄한 분이셨어요. 전 아버지의 침묵에 항상 겁을 냈습니다. 저렇게 자유롭게 말씀하시고 행동하시는 아버지를 두었다는 건 기쁜 일이라고 생각합니다. 어디 서 있어야 하는지 언제든 알 수 있으니까요."

"그건 그래요." 앨마도 동의했다.

조지가 화제를 바꿨다. "파이크 씨, 지금 어디에서 살고 계신지 물어도 될까요? 제가 편지를 보낸 주소는 보스턴이었는데, 방금 말씀하신 바로는 가족이 프래밍엄에 살고 계신다고 해서요."

"지금 전 집이 없습니다. 말씀하신 보스턴 주소는 대니얼 투퍼라는 제 옛 친구의 집인데, 하버드에 잠시 다닐 때부터 저에게 친절을 베풀어 준 친구입니다. 그 친구의 가족이 보스턴에서 작은 인쇄소를 운영하고 있죠. 선생의 회사처럼 근사하진 않지만 탄탄하게 잘 운영되고 있습니다. 주로 소책자와 지역 광고 전단지 같은 걸 제작한다고 알려진 곳이에요. 하버드를 그만뒀을 때 전 투퍼 가족을 위해 몇 년간 식자공으로 일하면서 그 방면에 재주가 있음을 알게 됐습니다. 처음 석판화 기술을 배운 것도 그곳이고요. 어렵다는 얘기를 들었는데 제겐 전혀 어렵지 않더라고요. 돌에 그림을 그린다는 것 이외에는 스케치와 똑같았죠. 물론 두 분은 이미 잘 아시겠지만요! 용서하십시오. 전 제 일에 대해서 이야기하는 데 익숙하질 않습니다."

"멕시코와 과테말라에는 무슨 일로 가시게 된 겁니까?" 조지가 부드럽게 질문을 이어 갔다.

"그 역시 제 친구 투퍼 덕분이라고 할 수 있습니다. 저는 항상 난초에 매력을 느꼈고, 그러다 보니 투퍼가 저더러 몇 년간 열대 지방으로 가서 그림을 그린 다음, 함께 아름다운 열대 난초 화집을 만들어 보면 어떻겠느냐고 계획을 세웠습니다. 안타깝게도 친구는 그걸로 둘 다 상당한 부자가 되리라고 생각했던 것 같습니다. 둘 다 어렸던 데다 친구는 저를 꽤 굳게 믿고 있었죠. 그래서 우린 모든 연줄을 동원했고, 결국 투퍼가 저를 배에 태웠습니다. 친구는 저한테 세상에 나가서 시끄럽게 떠들어 대며 자신을 알리라고 가르쳤어요. 하지만 슬프게도 저는 별로 시끄럽게 떠들어 대는 사람이 아니었습니다. 친구에게 더욱 슬픈 일은, 정글에서 몇 년 보내려던 계획이 휘태커 양에게 말씀드렸듯 십팔 년으로 늘어난 겁니다. 저는 그곳에서 검소하게 인내하며 거의 이십 년간 머물게 되었고, 초기 투자금 이후로는 투퍼에게든 그 누구한테든 절대 돈을 받지 않았음을 자랑스럽게 말씀드릴 수 있습니다. 마침내 제가 작년에 돌아오자 친구는 가족 소유의 인쇄소를 쓸 수 있도록 배려해 주었고, 이미 여러분이 보신 석판화 일부를 제작하게 됐습니다. 하지만 친구는 저와 함께 책을 만들겠다는 바람을 잃어버린 지 오래였지요, 당연히 그럴 만도 합니다. 친구에게는 제 행동이 너무 느렸을 겁니다. 그 친구는 언제나 저에게 영웅으로 느껴질 만큼 좋은 친구였습니다. 제가 미국에 돌아온 뒤 그 친구는 흔쾌히 자기 집 소파를 잠자리로 내주었고, 저는 또다시 인쇄소에서 일손을 도울 수 있었습니다."

"그래서 현재 계획은요?" 앨마가 말했다.

파이크 씨는 하늘에 애원하듯 양손을 들어 올렸다. "저는 계획을 세워 본 지가 너무 오래됐습니다."

"하지만 하시고 '싶은' 일은 뭔가요?" 앨마가 물었다.

"이제껏 아무도 제게 그런 질문을 하신 적이 없어서요."

"그래도 전 묻겠습니다, 파이크 씨. 솔직하게 대답해 주시면 좋겠어요."

그는 연갈색 눈동자로 그녀를 바라보았다. 그는 지독히도
지쳐 보였다. "그럼 말씀드리죠, 휘태커 양. 저는 절대 두 번 다
시 여행을 하고 싶지 않습니다. 저는 아주 조용한 곳에서 여생
을 보내면서 아주 천천히, 제가 살아가는 소리를 들을 수 있을
만큼 느린 속도로 일을 하고 싶습니다."

조지와 앨마는 시선을 교환했다. 자기만 따돌림받고 있음
을 감지했는지 헨리가 소스라치듯 깨어나서 주변의 관심을 도
로 끌어모았다.

"앨마! 지난주에 딕 얀시한테서 온 편지 말이다. 너도 읽
었니?"

"읽었어요, 아버지." 앨마는 쾌활한 말투로 바꾸어 대답했다.

"어떻게 생각하느냐?"

"불행한 소식이라고 생각해요."

"확실히 그렇지. 난 아주 부아가 치밀었다. 하지만 네 친구
들은 어떻게 생각하려나?" 헨리가 술잔으로 손님들을 가리키
며 물었다.

"저분들은 상황을 모르시잖아요."

"그럼 상황을 설명해 드리거라. 난 의견을 들어야겠어."

대단히 기이한 상황이었다. 헨리는 보통 의견을 청하지 않
았다. 하지만 그가 또다시 와인잔을 흔들어 대며 딸을 재촉했
으므로 앨마는 조지와 파이크 씨 두 사람에게 설명하기 시작
했다.

"바닐라에 관한 일이에요. 십오 년쯤 전에 아버지께서는 한 프랑스인의 말을 듣고 타히티의 바닐라 농장에 투자하셨죠. 그런데 이제 그 농장이 실패했음을 알게 됐고요. 당연하게도 그 프랑스인은 사라져 버렸죠."

"내 투자금과 함께." 헨리가 덧붙였다.

"저희 아버지의 투자금과 함께요."

"투자액이 컸지."

"투자액이 '대단히' 거금이었죠." 앨마가 직접 송금했기 때문에 투자 규모를 잘 알고 있었다.

"잘됐어야 하는 일이었네. 기후가 완벽하거든. 덩굴도 잘 자라났지! 딕 얀시가 직접 봤다니까. 키가 이십 미터나 자랐다더군. 그 빌어먹을 프랑스 놈이 거기라면 바닐라가 행복하게 자랄 거라더니 정말 그랬어. 바닐라 덩굴에서 자네들 주먹만 한 꽃이 피어났지. 그자가 말한 그대로였어. 그 작달만한 프랑스 놈이 나한테 뭐라고 했더라, 앨마? '타히티에서 바닐라를 키우는 건 자면서 방귀 뀌는 것보다 쉽습니다.'"

앨마는 창백해진 채 손님들을 쳐다보았다. 조지는 예의 바르게 냅킨을 접어서 무릎에 올려놓았지만, 파이크 씨는 솔직히 즐거운 듯 미소 지었다.

"그런데 뭐가 문제였습니까? 여쭤봐도 될까요?" 파이크 씨가 물었다.

헨리가 그를 노려보았다. "열매가 맺히질 않았네. 꽃은 멀쩡했는데, 빌어먹을 열매가 단 한 개도 열리질 않았어."

"그 바닐라의 원산지가 어디였는지도 대답해 주시겠습니까?"

"멕시코였다네. 그러니 자네가 한번 얘기해 보게, 뭐가 문제였을까?"

헨리가 어디 붙어 보자는 듯 매서운 시선으로 파이크 씨를 노려보며 으르렁거렸다.

앨마는 서서히 그들의 대화에서 무언가를 감지하기 시작했다. 왜 아버지를 과소평가했던가? 이 노인이 뭔가를 놓친 적이 있던가? 기분이 저기압이고 반귀머거리에, 심지어 '잠'이 들었는데도 그는 자기 식탁에 와 앉아 있는 사람이 누군지 정확히 파악하고 있었다. 멕시코 인근에서 거의 이십 년간 난초를 연구하며 살아온 전문가가 아닌가. 그리고 앨마는 바닐라가 난초과 식물임을 이제야 기억해 냈다. 손님은 시험대에 올라 있었다.

"'바닐라 플라니폴리아'로군요." 파이크 씨가 말했다.

"맞아." 헨리가 확인해 주고는 와인잔을 식탁에 내려놓았다. "그게 바로 우리가 타히티에 심은 품종일세. 계속 말해 보게."

"저도 멕시코 전역에서 본 품종입니다. 주로 옥사카 주변에서요. 폴리네시아에 다녀온 그 프랑스인의 말이 맞습니다. 왕성하게 타고 오르기를 좋아하는 품종이므로 남태평양 기후에 행복하게 적응했을 겁니다."

"그런데 왜 빌어먹을 식물이 열매를 맺지 못할까?" 헨리가 물었다.

"문제의 식물을 제 눈으로 보지 않고서는 확실히 말씀드릴 수 없겠습니다." 파이크 씨가 말했다.

"그렇다면 자넨 그저 쓸모없는 난초 그림쟁이에 불과하군, 안 그런가?" 헨리가 쏘아붙였다.

"아버지……."

"하지만 가설을 세울 수는 있을 것 같습니다." 파이크 씨가 모진 모욕에도 아랑곳없이 대답을 이어 갔다. "어르신이 고용한 그 프랑스인이 멕시코에서 바닐라 묘목을 구했을 때, 어떤 변고로 혹시 현지인들이 '오레하 데 부로', 즉 '당나귀 귀'라고 부르는 변종 '바닐라 플라니폴리아'를 구입했을지도 모릅니다. 그 품종은 절대 열매를 맺지 않습니다."

"그렇다면 그놈이 바보였군." 헨리가 말했다.

"꼭 그렇지는 않습니다, 휘태커 씨. '플라니폴리아' 중에서도 열매를 맺는 것과 안 맺는 것의 차이를 알아보려면 엄청난 눈썰미가 필요하거든요. 흔한 실수입니다. 현지인들도 종종 두 품종을 혼동하죠. 식물학자 중에서도 그 차이를 알아볼 수 있는 사람은 거의 없습니다."

"'자네'는 그 차이를 알아볼 수 있나?" 헨리가 물었다.

파이크 씨는 머뭇거렸다. 만나 본 적도 없는 사람을 폄하하고 싶지 않음이 분명했다.

"내가 묻고 있지 않나, 젊은이. '플라니폴리아'의 두 변종의 차이를 자네는 알아볼 수 있나? 혹시 못 하나?"

"일반적으로 말입니까? 예, 전 알아볼 수 있습니다."

"그렇다면 그 프랑스 놈이 멍청이로군." 헨리가 결론을 내렸다. "그리고 그런 놈한테 돈을 투자한 나는 더 한심한 멍청이지. 지난 십오 년간 열매도 안 열리는 바닐라 덩굴을 기르느라 타히티에서 제일 좋은 저지대 땅을 무려 35에이커나 낭비했으니 말일세. 앨마, 오늘 밤에 딕 얀시한테 편지를 써서, 바닐라 덩굴을 몽땅 파헤쳐 돼지 먹이로 주라고 해라. 그 대신 마를 심으라고 해. 얀시한테 혹시 그 프랑스 놈을 찾게 되거든 '그놈'도 돼지 먹이로 던져 주라고 해!"

헨리는 너무 분노한 나머지 식사를 마치지도 않고 벌떡 일어나더니 다리를 절뚝이며 식당을 빠져나갔다. 조지와 파이크 씨는, 옛날 가발과 낡은 벨벳 반바지 차림이라 지독하게 시대착오적이지만 여전히 무시무시한 노인의 뒷모습을 경이롭게 응시하며 침묵했다.

앨마는 강렬한 승리감을 느꼈다. 프랑스인도 졌고, 헨리 휘태커도 졌고, 타히티에 있는 바닐라 농장 역시 아주 확실하게 실패했다. 그러나 오늘 밤 화이트에이커의 만찬 식탁에서 첫선을 보인 앰브로즈 파이크는 어떤 승리를 거두었다.

어쩌면 사소한 승리일 수도 있겠으나, 결국에는 모종의 매력으로 작용할지도 몰랐다.

✳

그날 밤 앨마는 이상한 소음에 잠에서 깨어났다.

모든 것의 이름으로

꿈도 없는 깊은 잠에 빠져 있던 그녀는 갑자기 얻어맞은 듯 깨어났다. 그녀는 어둠을 노려보았다. 방에 누군가 있나? 한네 커인가? 아니었다. 거기에는 아무도 없었다. 그녀는 다시 베개에 머리를 기댔다. 그날 밤은 서늘하고 고요했다. 그녀의 잠을 깨운 건 무엇이었을까? 목소리? 어렸을 때 프루던스가 남자들에게 둘러싸여 피투성이가 된 채 화이트에이커에 처음 왔던, 바로 오래전 그날이 떠올랐다. 가엾은 프루던스. 앨마는 정말로 그녀를 만나러 갔어야 했다. 자매라면 더 노력을 기울여야 했다. 그러나 단지 그럴 시간이 없었다. 사방은 고요했다. 앨마는 다시 잠에 빠져들기 시작했다.

그 소리가 또다시 들려왔다. 앨마는 또 한 번 번쩍 눈을 떴다. 뭐지? 정말로 사람의 목소리 같았다. 하지만 도대체 누가 이 시간에 깨어 있단 말인가?

그녀는 자리에서 일어나 숄을 걸치고 능숙하게 등불을 밝혔다. 그녀는 계단 꼭대기로 걸어가서 난간 너머를 내려다보았다. 응접실에 불이 켜져 있었다. 문 아래 틈으로 불빛이 일렁이는 모습이 보였다. 아버지의 웃음소리도 들려왔다. 누가 함께 있나? 아버지가 혼잣말을 하는 걸까? 헨리가 뭔가를 요구했다면 왜 아무도 그녀를 깨우지 않았을까?

앨마는 계단을 내려갔고, 아버지가 앰브로즈 파이크와 나란히 긴 의자에 앉아 있는 광경을 발견했다. 그들은 무슨 그림 같은 걸 들여다보고 있었다. 아버지는 하얀색 긴 잠옷 차림에 구식 수면모를 쓰고 있었는데, 얼근히 술에 취해 얼굴이 불그레했다. 파이크 씨는 여전히 갈색 코듀로이 양복 차림이었고 머리카락은 낮에 봤을 때보다 더 헝클어져 있었다.

"저희가 깨웠군요. 사과드립니다." 파이크 씨가 고개를 들며 말했다.

"제가 뭐 도와 드릴 일이라도 있나요?" 앨마가 물었다.

"앨마!" 헨리가 소리쳤다. "네가 데려온 청년이 기발한 아이디어를 생각해 냈다. 재한테도 보여 주게!"

가만 보니 헨리는 취한 게 아니었다. 단지 기분이 좋을 뿐이었다.

"타히티에 있는 바닐라 나무를 생각하자니 통 잠이 오질 않더군요. 왜 덩굴에 열매가 맺히지 않았는지 다른 가능성도 모색해 봤어요. 사실 차분하게 아침까지 기다려야 했는데, 도무지 이 아이디어를 잊고 싶지 않았어요. 그래서 잠자리에서 일어나 종이를 찾으러 내려왔습니다. 그러다가 아버님을 깨우고 말았죠."

"이 친구가 그린 걸 좀 봐라!" 헨리가 앨마에게 종이를 내밀며 말했다. 그것은 바닐라 꽃을 세밀하게 그린 아름다운 스케치였다. 그런데 식물 해부도의 특정 부분에 화살표가 그려져 있었다. 앨마가 종이를 살펴보는 동안 헨리는 기대 어린 시선으로 딸을 응시했다. 그러나 앨마는 영문을 알 수 없었다.

"죄송해요. 방금 전까지 자다가 나와서 아마 머리가 맑지 않은……."

"수분이 문제였다, 앨마!" 헨리가 한 번 손뼉을 치며 소리를 지르더니, 어서 설명을 하라는 듯 파이크 씨를 가리켰다.

"제가 생각하기에는, 아버님께도 말씀드렸듯이, 그 프랑스인이 실제로 멕시코에서 제대로 된 바닐라 품종을 수집해 왔을지도 모른다는 겁니다. 그런데도 열매를 맺지 못한 이유는 어쩌면 수분이 성공적으로 이루어지지 않았기 때문이겠죠."

한밤중이고 바로 직전까지 잠을 자고 있었지만, 앨마의 두뇌는 무섭도록 식물학 관련 주제에 잘 훈련되어 있었으므로 그녀는 즉각 머릿속으로 주판알을 튕기며 상황을 파악해 냈다.

"바닐라 난초의 수분 과정이 어떻게 되는데요?" 그녀가 물었다.

"확실히 단언할 수는 없습니다. 아무도 모르죠. 매개체가 개미일 수도 있고, 벌일 수도 있고, 어떤 종류의 나방일 수도 있습니다. 벌새일지도 몰라요. 하지만 그게 무엇이든 프랑스인은 식물과 함께 그 매개체까지 타히티로 운반해 오지 못했고, 프랑스령 폴리네시아의 토종 곤충과 새 들은 수분하기 어려운 형태의 바닐라 꽃을 수정시킬 수 없었던 겁니다. 그래서 열매가 안 맺힌 거죠. 꼬투리도 안 생기고요."

헨리가 또 한 번 손뼉을 쳤다. "이윤도 안 생겼지!" 그러고는 덧붙였다.

"그래서 이제 어쩌죠?" 앨마가 물었다. "수분 매개체를 찾겠다는 희망을 품고 멕시코 정글에 있는 모든 곤충과 새를 산 채로 잡아서 남태평양으로 옮겨야 하나요?"

"그럴 필요는 없습니다. 저도 똑같은 문제를 고민하느라 잠들 수 없었는데, 이제 해답을 찾아낸 것 같거든요. 사람 손으로 직접 수정시키면 된다고 봅니다. 제가 여기 그린 그림을 보세요. 바닐라 난초가 수정에 어려움을 겪는 까닭은 암술과 수술을 다 가지고 있는 꽃대가 이례적으로 길기 때문입니다. 바로 여기 툭 튀어나와 있는 소각체가 둘을 분리해서 식물의 자가 수분을 방해하죠. 그러니까 소각체를 들어 올린 다음에 잔가지를 꽃대 안에 넣어서 가지 끝으로 꽃가루를 모아 가지고 그걸 다른 꽃의 암술에 다시 넣는 거예요. 인간이 벌이나 개미, 혹은 뭐가 되었든 근본적으로 수정의 매개체 역할을 하는 겁니다. 인간은 덩굴에 매달린 모든 꽃을 손으로 수정시킬 수 있으니까 어쩌면 다른 동물보다 훨씬 효율이 높지요."

"그걸 누가 하죠?" 앨마가 물었다.

"일꾼을 시키면 될 겁니다. 바닐라는 일 년에 한 번만 꽃을 피우니까 작업을 마치는 데 일주일이면 충분해요."

"일꾼들이 꽃을 망가뜨리지 않을까요?"

"조심스럽게 훈련시키면 안 그럴 겁니다."

"하지만 누가 그렇게 섬세한 작업을 할 수 있겠어요?"

파이크 씨가 미소 지었다. "가느다란 손가락으로 가느다란 나뭇가지를 쥔 어린 소년들이면 다 됩니다. 다른 건 몰라도 아이들은 그 작업을 즐거워할 겁니다. 어렸을 때 저도 즐겨 했거든요. 타히티에는 어린 소년들과 가느다란 나뭇가지가 지천일 거예요, 안 그렇습니까?"

"아하! 그래 넌 어떻게 생각하니, 앨마?" 헨리가 말했다.

모든 것의 이름으로

"절묘한 아이디어라고 생각해요." 또한 앨마는 내일 아침, 제일 먼저 앰브로즈 파이크에게 화이트에이커 서재에 소장되어 있는 16세기 피렌체 고문서와 함께 초창기 스페인 프란체스코 수도사들이 그린 바닐라 덩굴 그림을 보여 주어야겠다고 생각하고 있었다. 그는 대단히 고마워하리라. 그에게 고서를 보여 주는 순간이 몹시 기다려졌다. 그녀는 아직 그에게 서재를 구경시켜 주지도 못했다. 화이트에이커의 진면모를 어느 것도 보여 주지 못했다. 둘이 함께 탐험할 일들이 너무도 많이 남아 있었다!

"그저 아이디어일 뿐입니다. 아무래도 제가 날이 밝기를 기다렸어야 했어요." 파이크 씨가 말했다.

앨마는 또 무슨 소리를 듣고 돌아섰다. 잠옷을 입은 한네커가 뚱하고 못마땅하고 짜증스러운 표정으로 문가에 서 있었다.

"이젠 제가 온 집안사람들을 다 깨웠군요. 진심으로 사죄드립니다."

"이스 에르 에인 프로블레임?(Is er een probleem?)" 한네커가 앨마에게 무슨 문제라도 있느냐고 물었다.

"아무 문제 없어요, 한네커. 신사분들과 함께 그냥 토론을 하고 있었어요."

"새벽 2시에? 이스 디트 데인 보르데일?(Is dit een bordeel?)"

'여기가 매음굴인가?'

"뭐라는 거냐?" 헨리가 물었다. 그는 청력이 떨어지기도 했지만, 수십 년간 네덜란드 여인과 결혼 생활을 해 왔고 한평생 네덜란드어를 쓰는 사람들과 나란히 일했음에도 끝내 네덜란드어를 익히지 못했다.

"혹시 홍차나 커피 원하시는 분 계신지 알고 싶다네요. 파이크 씨? 아버지?" 앨마가 물었다.

"난 차를 마시련다." 헨리가 말했다.

"다들 친절하신 말씀이지만 저는 그만 가 보겠습니다. 이제 제 방으로 돌아가서 다시는 그 누구도 방해하지 않겠다고 약속드립니다. 더욱이 내일이 안식일이라는 사실을 방금 깨달았어요. 교회에 가시느라 다들 일찍 일어나시겠죠?" 파이크 씨가 말했다.

"난 아닐세!" 헨리가 말했다.

"파이크 씨도 알게 되시겠지만 저희 집안에서는 일부만 안식일을 지키고, 일부는 지키지 않고, 또 일부는 어중간하게 지킨답니다." 앨마가 말했다.

"그렇군요. 과테말라에서는 종종 날짜 가는 걸 까먹어서 전수없이 안식일을 놓쳤습니다." 그가 대꾸했다.

"과테말라에서도 안식일을 지키나요?"

"주로 술 마시고 떠들고 닭싸움을 구경하면서 보내죠."

"그럼 우리도 과테말라로 가야겠구나!" 헨리가 소리쳤다.

앨마는 수년째 아버지가 그토록 기분 좋은 모습을 본 적이 없었다.

앰브로즈 파이크가 웃음을 터뜨렸다. "휘태커 씨는 과테말라에 가셔도 됩니다. 감히 말씀드리건대 그 사람들도 어르신을 좋아할 겁니다. 하지만 저는 이제 정글과 인연을 끊었습니다. 오늘 밤엔 그만 방으로 돌아가야겠습니다. 제대로 된 침대에서 잘 기회가 생겼는데 그걸 허비한다면 바보죠. 두 분 다 안녕히 주무시길 바라고, 두 분의 호의에 감사드리며, 가정부께는 진심으로 사죄드립니다."

파이크 씨가 방을 나간 뒤 앨마와 아버지는 한동안 침묵 속에 앉아 있었다. 헨리는 앰브로즈의 바닐라 난초 그림을 들여다보았다. 앨마에게는 아버지의 생각이 거의 들리는 듯했다. 그녀는 아버지를 너무 잘 알았다. 그녀는 아버지가 곧 끄집어내려는 말을 기다리며, 동시에 자신은 어떻게 대응해야 할지 방법을 고심했다.

그러는 사이 한네커가 쟁반을 들고 돌아왔다. 앨마와 헨리가 마실 홍차와, 자기가 마실 커피였다. 그녀는 못마땅한 듯 한숨을 쉬며 쟁반을 내려놓고는, 헨리 맞은편에 놓인 안락의자에 자리를 잡았다. 가정부는 자기 잔에 먼저 커피를 따른 뒤 통풍에 걸린 발목을 들어서 섬세한 자수가 놓인 프랑스식 스툴에 올려놓았다. 헨리와 앨마는 직접 차를 따라 마시도록 내버려 두었다. 세월이 흐르면서 화이트에이커의 예절은 느슨해졌다. 어쩌면 너무 느슨해졌는지도 몰랐다.

오 분은 족히 침묵이 흐른 뒤 마침내 헨리가 입을 열었다.

"저 친구를 타히티에 보내야겠다. 바닐라 농장의 관리를 저 친구한테 맡겨야겠어."

역시 그랬다. 앨마가 예상한 그대로였다.

"흥미로운 아이디어네요." 그녀가 말했다.

그러나 앨마는 아버지가 파이크 씨를 남태평양으로 보내도록 내버려 둘 수 없었다. 그녀는 평생 알아 온 그 어떤 것보다 그 점을 확신했다. 첫째로 그는 예술가이기에 그런 임무를 반기지 않으리라고 짐작했다. 자신은 충분히 겪었다고, 정글은 이제 끝이라고 스스로 말하지 않았던가. 그는 더 이상 여행을 하고 싶어 하지 않았다. 그는 지치고 향수병에 걸려 있었다. 그런데도 아직 집이 없었다. 그 남자에게는 집이 필요했다. 휴식이 필요했다. 그에게는 일할 곳과 타고난 실력대로 그림을 그리고 판화를 만들 곳, 자신이 살아가는 소리를 들을 곳이 필요했다.

하지만 무엇보다도 앨마가 파이크 씨를 원했다. 그녀는 화이트에이커에 그 사람을 영원히 붙잡아 두고 싶다는 강렬한 욕망에 휩싸였다. 그를 안 지 불과 하루도 안 되었는데, 그런 결정을 내리다니! 하지만 오늘 그녀는 전날보다 십 년은 젊어진 느낌이었다. 그날은 앨마가 살아온 수십 년간의 세월 중에 (어쩌면 어린 시절 이후로 모조리!) 가장 찬란했던 토요일이었고, 앰브로즈 파이크가 바로 그 찬란함의 원천이었다.

어렸을 때 숲에서 부모를 잃은 작은 새끼 여우를 찾아냈을 때가 떠올랐다. 그녀는 새끼 여우를 집으로 데려와서 키우게 해 달라고 부모님께 애원했다. 프루던스가 오기 이전의 평온한 나날이었고, 앨마가 온 우주를 손에 쥐고 있던 때였다. 헨리는 마음이 동했지만 베아트릭스가 모든 것을 금지했다. '들짐 승은 들판에서 살아야 한다.' 앨마가 안고 있다가 빼앗긴 새끼 여우는 두 번 다시 볼 수 없었다.

흠, '이번' 여우는 놓치지 않겠어. 게다가 이젠 그것을 막아 설 베아트릭스도 더는 없었다.

"제 생각에는 그러면 안 될 것 같아요, 아버지. 파이크 씨를 폴리네시아로 보내는 건 인재 낭비예요. 바닐라 농장은 누구 든 관리할 수 있잖아요. 아버지도 그 사람한테서 방금 들으셨 죠. 간단해요, 이미 어떻게 하는지 방법도 그림으로 그려 주었 고요. 딕 얀시한테 그림을 보내서 수분 작업을 감독할 사람을 구하라고 하세요. 제 생각에 파이크 씨는 이곳 화이트에이커 에서 써먹는 편이 더 나을 것 같아요."

"정확히 무슨 일을 시키려고?" 헨리가 물었다.

"아버진 아직 그 사람의 작품을 못 보셨죠. 조지 호크스는 앰브로즈 파이크가 우리 시대 최고의 석판화가라고 생각해 요."

"나더러 석판화가를 어디에다 쓰라는 거냐?"

"우리도 화이트에이커의 보물 같은 식물에 관한 책을 출판 할 때가 됐어요. 아버지는 이곳 온실에 문명 세계가 본 적도 없 는 진귀한 품종을 갖고 계시잖아요. 문서로 남겨야 해요."

"내가 왜 그렇게 큰돈 들어가는 일을 하겠니, 앨마?"

"최근에 제가 들은 소식을 알려 드릴게요. 큐 가든에서 제 일 진기한 식물들의 정밀 삽화와 판화를 넣어서 카탈로그를 출판할 계획이래요. 아버지도 들어 보셨어요?"

"무슨 목적으로?" 헨리가 물었다.

"자랑할 목적으로요. 아치 가에 있는 조지 호크스의 인쇄소에서 일하는 젊은 석판공한테 들은 이야기예요. 영국이 그 청년을 큐 가든으로 데려가려고 한 재산 챙겨 주겠다고 제안했나 봐요. 앰브로즈 파이크 정도는 아니지만 꽤 재능 있는 청년이거든요. 제안을 받아들일 모양이더라고요. 그 사람 말로는 역사상 가장 아름다운 식물 화보집이 될 거래요. 빅토리아 여왕이 직접 투자를 하고요. 5도 석판 인쇄로 찍어서 유럽 최고의 수채화가한테 채색을 맡길 예정인가 봐요. 판형도 크게 만들고요. 그 청년 말로는 거의 60센티미터 크기에, 성경만큼 두껍게 만든다네요. 식물 수집가라면 누구든 그 책을 원할 거예요. 큐 가든의 부활을 의미하는 거겠죠."

"큐 가든의 부활이라니. 벌써 뱅크스도 죽었으니 이제 큐 가든은 옛날의 영화를 절대 되찾을 수 없어." 헨리가 코웃음을 쳤다.

"제가 들은 소식은 달라요, 아버지. 야자수 온실을 지은 뒤로는 다들 옛날의 위용을 되찾았다고 하던걸요."

앨마는 부끄러움을 모르는 걸까? 심지어 죄를 짓는 건 아닐까? 큐 가든에 대한 헨리의 뿌리 깊은 경쟁의식을 불러일으키려고? 그러나 그녀의 말은 진실이었다. 모두 진실이었다. 그러니까 헨리가 질투심에 불타오르기만 하면 된다고 그녀는 생각했다. 그런 마음을 불러내는 것이 나쁜 짓 같지는 않았다. 지난 몇 년간 화이트에이커의 모든 것이 무기력하고 정체되어 있었다. 약간의 경쟁심이 누구에게든 해가 될 리 없었다. 앨마는 단지 헨리의 늙은 뼈와 자기 몸에 다시 피를 뿜어 올리고 있을 뿐이었다. 이 가족에게 다시 맥박이 뛰도록!

"아직은 아무도 앰브로즈 파이크에 대해서 들어 본 적이 없어요, 아버지. 하지만 일단 조지 호크스가 난초 화집을 출간하고 나면 모두들 그 사람의 이름을 알게 되겠죠. 일단 큐 가든에서 그 책을 펴내면 다른 유명 식물원과 온실에서도 다들 화보집을 내려고 야단일 거예요. 모두들 파이크 씨를 고용하려고 들 테고요. 괜히 머뭇거리다가 경쟁자에게 그 사람을 빼앗기는 짓만큼은 하지 말기로 해요. 여기 계속 데리고 있으면서 안식처와 후원금을 제공하는 거예요. 그 사람한테 투자하세요, 아버지. 그 사람이 얼마나 영리하고 쓸모 있는지 아버지도 보셨잖아요. 그 사람한테 기회를 주세요. 역사상, 그리고 전 세계의 식물책을 가뿐히 능가하는, 화이트에이커의 수집품 화집을 우리가 만들어 봐요."

헨리는 아무 말도 하지 않았다. 이제 '그'가 주판알을 튕기는 소리가 들리는 듯했다. 그녀는 기다렸다. 아버지가 셈하는 데는 긴 시간이 걸렸다. 너무 길었다. 한편 한네커는 일부러 태평한 척하면서 커피를 후룩거리고 있었다. 그 소리 때문에 헨리가 방해받는 것 같았다. 앨마는 나이 든 여인의 손에서 커피잔을 내치고 싶었다.

목소리를 높여 가며 앨마가 마지막으로 한 번 더 애를 썼다. "파이크 씨를 설득해서 여기 머물도록 하기는 어렵지 않을 거예요. 집이 필요한 사람이지만 워낙 검소하게 살아와서 그 사람을 부양하는 데는 거의 아무것도 필요하지 않을 거예요. 그 사람 소지품은, 아버지 무릎에 올리면 딱 맞을 손가방 하나가 전부였어요. 오늘 밤 보셨다시피 같이 어울리기에도 좋은 사람이잖아요. 아버지도 그 사람이 곁에 있으면 즐거우실 거예요. 하지만 아버지가 무슨 결정을 내리시든, 저는 그 사람을 타히티로 보내는 것만큼은 결사적으로 '반대'해요. 어떤 바보도 바닐라 덩굴을 키울 수 있어요. 차라리 그 일에는 또 다른 프랑스인을 구하시든지, 따분해하는 선교사를 고용하세요. 어떤 멍청이든, 그 멍청이의 동생이든 농장을 관리할 수 있지만 앰브로즈 파이크 같은 식물 삽화는 아무도 그려 내지 못해요. 그런 사람을 우리가 데리고 있을 기회를 허투루 날리지 마세요. 제가 이토록 단호하게 아버지께 부탁하는 경우는 드물지만, 오늘 밤만큼은 확실히 단도직입적으로 말씀드릴게요. 저 사람 놓치지 마세요. 후회하실 거예요."

또다시 긴 침묵이 흘렀다. 한네커는 다시금 후룩 소리를 냈다.

"그 친구에게 화실이 필요하겠구나. 판화 인쇄기 같은 것들도." 마침내 헨리가 말했다.

"저랑 같이 마차 차고를 나눠 쓰면 돼요. 그 사람이 쓸 방은 이미 많아요."

그래서 그렇게 결정되었다.

헨리는 절룩거리며 잠자리에 들었다. 앨마와 한네커는 좀 더 남아서 서로를 응시했다. 한네커는 아무 말도 하지 않았지만 앨마는 그녀 얼굴에 떠오른 표정이 좀체 마음에 들지 않았다.

"와트?(Wat?)" 마침내 앨마가 다그쳤다.

"와트 부르 스펠레체 스페일 예?(Wat voor spelletje speel je?)" 이게 다 무슨 놀음이냐고, 한네커가 물었다.

"무슨 얘기를 하는지 모르겠네요. 난 놀음을 하는 게 아니에요." 앨마가 말했다.

나이 든 가정부는 어깨를 으쓱했다. "네가 그렇다면야. 이 집안의 안주인은 너니까."

그녀는 일부러 과장된 억양의 영어로 말했다.

한네커는 자리에서 일어나더니 마지막 남은 커피를 후룩 마셨다. 그러고는 지하실 방으로 돌아갔다. 응접실에 남겨진 난장판은 누군가 다른 사람이 치우도록 내버려 둔 채.

15

앨마와 앰브로즈는 떼려야 뗄 수 없는 사이가 되었다. 두 사람은 곧 거의 매 순간을 함께 지냈다. 앨마는 별채 손님방에 묵던 파이크 씨의 처소를 옮겨, 복도를 사이에 두고 앨마의 방과 정면으로 마주하고 있는, 옛날에 프루던스가 쓰던 방을 내주라고 한네커에게 지시했다. 한네커는 가족들이 거주하는 내실 구역에 난데없이 낯선 사람을 들이는 걸 반대했지만(적절하지 못한 짓이며 안전하지도 않다고, 특히 무엇보다도 "우리는 그 사람을 몰라."라고 하면서) 앨마가 우겨 대는 바람에 결국 방을 옮겼다. 앨마도 앰브로즈를 위해 마차 차고에 공간을 마련해서 자기 서재 바로 옆에 붙어 있는, 한동안 사용하지 않는 마구 보관실을 내주었다. 이 주 뒤에 그의 첫 판화 인쇄기가 도착했다. 곧이어 앨마는 그를 위해 서류함과 함께 그림을 보관할 수 있는 넓고 얕은 서랍이 달린 고급 접이식 책상을 사들였다.

모든 것의 이름으로

"나만의 책상을 가져 본 적이 없었어요. 굉장히 중요한 사람이 된 느낌이군요. 군대 부사관이 된 것 같습니다." 앰브로즈가 말했다.

두 서재는 문 하나로 나뉘어 있었지만 그 문은 결코 닫힌 적이 없었다. 온종일 앨마와 앰브로즈는 서로의 방을 들락날락하며, 상대방의 작업 상황을 살피고 표본이 든 유리병이나 현미경 슬라이드 같은 걸 보여 주었다. 두 사람은 매일 아침 버터 바른 토스트를 함께 먹고 들판에 나가서 집시처럼 점심을 즐겼으며, 밤늦도록 헨리의 서신 답장을 돕거나 화이트에이커 도서관의 고서를 구경했다. 일요일이면 앰브로즈는 앨마를 따라 교회에 갔고 그녀와 나란히 서서 지루하게 웅얼거리는 스웨덴 루터교인들과 함께 기도문을 암송했다.

두 사람은 말을 하든 안 하든(어느 쪽이든 상관없는 듯했다.) 떨어져 있는 법이 없었다.

앨마가 이끼밭에서 일을 하는 동안 앰브로즈는 근처 풀밭에 누워 책을 읽었다. 앰브로즈가 난초 화원에서 그림을 그리면 앨마는 그 옆에 의자를 가져다 놓고 편지를 썼다. 예전에는 난초 화원에서 긴 시간을 보낸 적이 없었지만, 앰브로즈가 온 뒤로 그곳은 화이트에이커에서 가장 찬란한 장소로 변신했다. 그는 햇빛이 창틀 사이로 곧장 쏟아져 들어오도록 거의 이 주 내내 수백 장의 유리를 모두 닦았다. 그는 바닥이 반짝거릴 때까지 걸레질을 하고 왁스를 칠했다. 더욱 놀라운 것은 그가 또 일주일이나 할애해서 난초 잎사귀를 일일이 바나나 껍질로 문질러 닦았다는 점이었다. 마치 성실한 집사가 윤을 낸 찻잔 세트처럼 번쩍댔다.

"다음에는 뭘 할 거예요, 앰브로즈? 영지에 있는 모든 양치식물의 수술을 빗질할 건가요?" 앨마가 놀려 댔다.

"양치식물이 싫다고 할 것 같진 않군요." 그가 말했다.

앰브로즈가 난초 화원에 빛과 질서를 되살린 이후로 화이트에이커에서는 약간 이상한 일이 벌어졌다. 상대적으로 저택의 나머지 부분이 갑자기 칙칙해 보였던 것이다. 탁하고 낡은 거울을 누군가 한군데만 닦은 결과, 거울의 나머지 부분이 완전히 지저분해 보이는 것과 같은 이치였다. 전에는 알아차리지 못했더라도 이제는 명백해졌다. 앰브로즈가 마치 여태껏 볼 수 없었던 어딘가로 통하는 구멍을 열기라도 한 듯, 앨마는 영원히 모르고 살았을 진실을 드디어 보게 되었다. 여전히 우아하긴 했지만 화이트에이커는 지난 사반세기 동안 소홀히 관리해 온 탓에 꾸준히 쇠락한 상태였다.

그 사실을 깨달은 앨마는 저택의 나머지 구역도 난초 화원처럼 반짝반짝 빛나도록 손보겠다고 결심했다. 그러고 보니, 마지막으로 다른 온실들의 유리창을 모두 닦아 본 게 언제였던가? 기억조차 나지 않았다. 이제는 눈에 들어오는 곳마다 흰곰팡이와 먼지가 수북했다. 담장은 전부 수리하고 새로 페인트칠을 해야 했고, 자갈 깔린 진입로에선 잡초가 자라나고 있었으며 도서관에는 거미줄이 그득했다. 깔개들은 다 세게 두들겨서 먼지를 털어 줘야 했고, 모든 벽난로도 점검이 필요했

다. 대온실에 있는 야자수는 수년째 가지치기를 해 주지 않아
서 거의 천장을 뚫을 기세였다. 헛간 구석구석에는 고양이들
이 수년간 약탈해 온 짐승 뼈의 잔해들이 쌓여 있었고, 마차의
금속 부분은 다 녹슬었으며, 하녀들의 제복도 벌써 수십 년이
나 유행이 지난 차림새였다.

앨마는 재봉사를 불러다가 고용인들 전원의 제복을 새로
이 주문했고, 자기도 새 리넨 드레스를 두 벌 맞췄다. 앰브로즈
에게도 새 양복을 맞춰 주겠다고 했지만 그는 양복 대신 새 붓
네 자루를 청했다.(정확히 네 자루였다. 앨마는 다섯 자루를 제안
했다. 그는 다섯 자루는 필요 없다고 말했다. 네 자루면 충분히 사치
스럽다면서.) 앨마는 집 안을 다시 근사하게 다듬느라 젊은 일
꾼도 잔뜩 고용했다. 세월이 지나면서 화이트에이커의 옛 일
꾼들은 죽거나 일을 그만두었는데, 알고 보니 한 번도 새 일꾼
을 들인 적이 없었다. 이십오 년 전에 비해 저택의 일손이 3분
의 1로 줄어들었으니, 당연히 일꾼이 모자랄 수밖에 없었다.

한네커는 처음부터 새로 고용하는 일을 반대했다. "형편없
는 일꾼을 좋은 일꾼으로 만들기엔 이제 내 몸도 마음도 건강
하질 않아."라고 그녀는 불평했다.

"하지만 한네커. 파이크 씨가 난초 화원을 어떻게 해 놨는
지 좀 봐요! 집 안 구석구석이 다 그렇게 말끔해지는 게 싫어
요?" 앨마가 항변했다.

"똑똑한 사람들이 참 많은 세상이지. 분별 있는 사람들보다
말이다. 너의 파이크 씨는 다른 사람들한테 일거리만 줄 뿐이

잖니. 손으로 일일이 꽃에 광을 내는 사람이 있다는 걸 알면 아마 네 어머니는 무덤에서 돌아누우실 거다."

"꽃이 아니에요. 잎사귀지."

그러나 시간이 흐르자 한네커도 항복했고, 머지않아 앨마는 가정부가 새 일꾼들을 지휘하며 지하실에 있는 오래된 밀가루 통을 끄집어내는 광경을 목격했다. 앤드루 잭슨이 대통령이던 시절 이후로 앨마의 기억에도 없던 일이었다.

"청소에 너무 신경 쓰지 마세요. 약간은 소홀히 하는 편이 오히려 낫거든요. 가령 버려진 헛간과 오두막 근처에서 자라나는 라일락이 가장 멋지잖아요? 아름다움을 제대로 선보이려면 때로 약간씩 무시해 줘야 해요." 앰브로즈가 주의를 주었다.

"바나나 껍질로 난초에 광을 낸 사람이 그런 말을 하다뇨!" 앨마가 깔깔대며 말했다.

"어휴, 하지만 그건 '난초'잖아요. 걔네들은 다르죠. 난초는 존경심을 담아 다루어야 하는 신성한 유물이에요, 앨마."

"하지만 앰브로즈, 지금의 성전(聖戰)이 끝나고 나면⋯⋯ 이 저택 전체가 신성한 유물로 보일 거라고요!"

두 사람은 이제 서로를 '앨마'와 '앰브로즈'라고 불렀다.

5월이 지나갔다. 6월이 지나갔다. 7월이 왔다.

앨마가 이토록 행복한 적이 있었던가?

이토록 행복했던 적은 없었다.

앰브로즈 파이크가 도착하기 이전까지 앨마의 존재는 그럭저럭 괜찮은 편이었다. 그렇다, 그녀의 세상은 제법 협소하고 일상 역시 반복되었지만, 못 견딜 만한 삶은 아니었다. 그녀는 자신의 운명을 최대한 활용했다. 앨마는 이끼에 몰두하며 자신의 연구 활동이 거리낄 것 없고 정직하다고 생각했다. 그녀에게는 학술지와 표본실, 현미경, 식물학 논문, 해외의 식물학자들 그리고 수집가들과 나누는 서신 교류, 아버지를 향한 의무가 있었다. 나름의 관습과 습관, 책임이 있었다. 그녀에게는 기품이 있었다. 거의 삼십 년 동안 매일같이 똑같은 페이지만 펼쳐 놓은 책 같은 신세였지만, 그 페이지가 그리 나쁜 것도 아니었다. 그녀는 낙천적이었다. 흡족했다. 어떤 기준으로 보더라도 괜찮은 인생이었다.

그러나 이제 다시는 그 삶으로 되돌아갈 수 없었다.

✳

1848년 7월 중순에 앨마는 레타를 입원시킨 뒤 처음으로 그리펀 정신 요양원에 친구를 만나러 갔다. 앨마는 조지 호크스에게 매달 레타를 만나러 가겠다고 했던 약속을 지키지 못했다. 앰브로즈가 오고 난 뒤로 화이트에이커의 생활이 너무 바쁘고 즐거워서, 그녀의 머릿속에서 레타는 까맣게 사라지고 말았다. 그러나 7월에 이르자 앨마는 양심의 가책을 느끼기 시작했고, 하루 동안 시간을 내서 트렌턴으로 가는 마차 여행을 준비했다. 조지 호크스에게 함께 가겠느냐고 편지로 물어봤지만 그는 사양했다. 조지는 달리 변명하지 않았지만, 앨마는 단지 그가 지금의 레타를 보면 견딜 수 없으리라고 짐작했다. 하지만 앰브로즈는 그날 앨마에게 동행하겠다고 나섰다.

"하지만 당신은 여기서 할 일이 많잖아요. 병문안이 유쾌하리라는 보장도 없다고요."

"일은 나중에 하면 됩니다. 나도 당신 친구를 만나 보고 싶어요. 솔직히 말하자면, 상상으로 인한 질병에 대해서 궁금하기도 해요. 정신 요양원을 한번 보고 싶기도 하고요."

별일 없이 트렌턴까지 가서 주치의와 짧은 상담을 마친 뒤, 앨마와 앰브로즈는 레타의 병실로 안내되었다. 작은 개인 병실은 깔끔한 침대와 탁자, 의자, 조그만 카펫, 전에는 거울이 걸려 있었으나 환자가 불편해해서 치웠다는 텅 빈 벽(간호사의 설명이었다.)으로 이루어져 있었다.

"한동안 다른 환자분과 함께 지내도록 했지만 감당을 못 하더군요. 폭력적으로 변했어요. 불안과 공포로 발작도 하고요. 환자분과 함께 방에 있는 사람은 누구나 무서워하는 거예요. 혼자 두는 편이 나아요." 간호사가 말했다.

"그렇게 발작으로 괴로워하면 어떻게 조치하나요?" 앨마가 물었다.

"얼음찜질요. 그리고 눈과 귀를 가립니다. 차분해지게 하는 데 효과가 있는 것 같아요."

나쁜 병실은 아니었다. 뒤쪽 정원이 내다보이고 햇빛도 충분히 들어왔지만, 앨마는 친구가 외로웠으리라고 생각했다. 레타는 깔끔한 옷차림에 머리도 단정하게 땋은 모습이었지만

모든 것의 이름으로

허깨비 같았다. 불타고 남은 재처럼 창백했다. 친구는 여전히 예뻤지만 이젠 생기가 없었다. 그녀는 앨마를 보고 즐거워하지도, 경계하지도 않았으며 앰브로즈에게도 아무런 관심을 보이지 않았다. 앨마는 친구 곁으로 다가가 앉으며 손을 잡았다. 레타는 저항하지 않고 받아들였다. 앨마는 몇몇 손가락 끝에 붕대가 감겨 있음을 발견했다.

"여긴 어쩌다 이렇게 됐죠?"

"본인이 밤새 깨물어서 그래요. 그 짓을 통 말릴 수가 없네요." 간호사의 설명이었다.

앨마는 친구에게 레몬 사탕 한 봉지와 제비꽃 한 다발을 가져다주었지만 레타는 선물을 보고도 뭐가 먹는 것이고 뭐가 감탄해야 하는 물건인지 모르는 얼굴이었다. 오는 길에 앨마가 사 온 최신판 《조이스 레이디스 북》에도 무관심했다. 앨마는 꽃과 사탕과 잡지가 결국 간호사의 차지가 되리라고 짐작했다.

"우리가 널 만나러 왔어." 앨마가 다소 자신 없는 투로 말했다.

"그런데 넌 왜 여기 없는데?" 레타가 아편팅크에 나른해진 목소리로 물었다.

"우리가 여기 있잖아, 내 친구. 바로 네 앞에 있어."

레타는 한동안 멍한 시선으로 앨마를 쳐다보다가 다시 창밖을 내다보았다.

"프리즘을 가져다줄 생각이었는데 깜빡했네요. 친구가 항상 프리즘을 좋아했거든요."

"노래를 불러 드려 보세요." 앰브로즈가 나직이 제안했다.

"난 노래 못해요."

"그렇다고 친구분이 싫어할 것 같진 않은데요."

하지만 앨마의 머릿속엔 노래가 하나도 떠오르지 않았다. 그 대신에 그녀는 레타의 귀에 대고 속삭였다. "누가 너를 가장 사랑할까? 누가 너를 최고로 사랑하지? 다른 이들이 편안히 쉬고 있을 때에도 너를 생각하는 사람은 누구지?"

레타는 아무런 반응도 보이지 않았다.

앨마가 거의 겁에 질린 듯 앰브로즈를 돌아보며 물었다.

"아는 노래 있어요?"

"아는 건 많죠, 앨마. 하지만 '친구분'의 노래는 모릅니다."

＊

집으로 돌아오는 마차에서 앨마와 앰브로즈는 생각에 잠긴 채 말이 없었다. 마침내 앰브로즈가 물었다. "항상 저런 식이었습니까?"

"멍한 상태요? 절대로요. 항상 약간 미친 것처럼 굴었지만 정말 기쁨을 주는 친구였어요. 유머 감각과 매력이 엄청났죠. 레타를 아는 사람이라면 누구나 저 애를 사랑했어요. 우리 자매를 신나게 하고 웃게 해 준 친구였고요. 말했다시피 프루던스와 나는 같이 재밌게 놀아 본 적이 없는 사람들이었거든요.

하지만 세월이 흐르면서 병이 심해졌어요. 그러다 이제는, 보다시피……."

"그렇군요. 알겠어요. 가엾은 분이네요. 저는 미친 사람들에게 깊은 연민을 느낍니다. 그들 곁에 있으면 영혼으로 그 느낌이 전해져요. 누구든 광기를 느껴 본 적 없다면 거짓말이라고 생각합니다."

앨마는 그 말을 곰곰이 생각해 보았다. "솔직히 나는 광기를 느껴 본 적 없는 것 같아요. 그렇다고 말하면 내가 거짓말을 하는 걸까요. 그런 것 같지는 않은데."

앰브로즈는 미소 지었다. "당연하죠. 당신은 예외예요, 앨마. 당신은 나머지 우리들과 달라요. 정말로 견고하고 튼튼한 정신을 지녔어요. 감정 역시 금고처럼 단단하죠. 사람들이 당신 곁에 있으면 안도감을 느끼는 것도 그 때문입니다."

"그래요?" 그의 말에 앨마는 진심으로 놀라며 물었다.

"정말로 그래요."

"호기심이 생기는 결론이네요. 사람들이 그런 말을 하는 걸 들어 본 적 없거든요." 앨마는 창밖을 내다보며 좀 더 생각에 잠겼다. 그러다 무언가가 떠올랐다. "어쩌면 그런 말을 들어 본 적 있는 것도 같아요. 레타가 저더러 제 턱에선 자신감이 느껴진다고 말하곤 했거든요."

"당신의 존재 전체가 자신감을 내뿜고 있어요. 목소리에서조차 확신이 넘치죠. 방앗간 주인이 빻아 놓은 밀가루에 섞인 밀기울처럼 종종 인생이 정처 없이 부대낀다고 느끼는 우리 같은 사람들에게 당신의 존재는 가장 고마운 위로예요."

앨마는 그런 놀라운 발언에 어떤 반응을 보여야 할지 몰랐으므로 다른 얘기로 넘어가려고 했다. "당신도 정신력이 강한 사람이니까 분명 광기를 느껴 본 적 없겠죠?"

그는 잠시 생각에 잠기더니 조심스레 말을 골랐다. "나는 당신 친구 레타 스노와 똑같은 상황에 이따금씩 빠져들 수밖에 없는 사람입니다."

"아니에요, 앰브로즈, 그럴 리 없어요!"

그가 바로 대답하지 않자 앨마는 더욱 걱정스러워졌다.

"앰브로즈는 그럴 리 없어요, 맞죠?" 그녀가 좀 더 다정한 말투로 물었다.

또 한 번 그는 신중하게 오래 뜸 들이다가 대답했다. "나는 이 세상에서 동떨어진 다른 세상과 연결되어 있는 듯한 기분이에요."

"다른 어떤 세상이요?" 앨마가 물었다.

그가 대답하기를 망설이자 참견이 지나친 것 같았다. 그러나 앨마는 더욱더 스스럼없이 다가갔다. "사과할게요, 앰브로즈. 나는 만족스러운 대답을 찾을 때까지 질문을 파고드는 나쁜 습관이 있어요. 제 본성이 그런가 봐요. 무례하다고 생각하진 않았으면 좋겠어요."

"물론 무례하지 않아요. 난 당신의 호기심이 즐겁습니다. 다만 만족스러운 대답을 들려줄 자신이 없군요. 자신을 너무 많이 드러내서 존경하는 사람의 애정을 잃고 싶진 않으니까요."

그래서 앨마는 광기라는 주제를 두 번 다시 언급하지 않기를 바라며 대화를 중단했다. 어색한 순간을 모면하고자 그녀는 가방에서 책 한 권을 꺼내 읽기 시작했다. 편히 독서하기에 마차는 너무 덜컹거렸고, 방금 들은 말 때문에 생각이 자꾸 딴 데로 흘러갈 뿐이었지만, 앨마는 어쨌거나 독서에 몰두한 체했다.

한참 지난 뒤 앰브로즈가 말했다. "오래전에 내가 왜 하버드를 떠났는지, 아직 얘기 안 했죠."

앨마가 책을 치우고 그에게 고개를 돌렸다.

"괴로운 사건이 있었어요, 앨마."

"광기 때문에요?" 앨마가 물었다. 그녀는 습관처럼 단도직입적으로 묻기는 했지만 앰브로즈가 어떻게 응답할지 두려워서 가슴을 졸였다.

"그럴지도 모르죠. 그걸 뭐라고 불러야 할지 나도 모르겠습니다. 어머니는 그걸 광기라고 생각하셨어요. 친구들도 광기라고 생각했고, 의사들도 광기라고 믿었죠. 하지만 나 자신은 무언가 다른 것이라고 느꼈어요."

"어떻게요?" 매 순간 두려움이 커져 가고 있음을 느끼면서도 앨마는 태연한 목소리로 다시 물었다.

"신들린 느낌이라고 할까요? 마법에 걸린 듯한? 물질적 경계의 소멸? 불꽃의 날개를 단 듯한 영감?" 그는 전혀 미소 짓지 않았다. 퍽이나 진지했다.

그런 고백은 앨마에게 심각한 충격이었으므로 감히 대꾸

할 수가 없었다. 그녀의 사고 체계 안에서 '물질적 경계의 소멸' 따위는 설 자리가 없었다. 용기를 갖게 해 주는 물질적 경계의 확실성보다 앨마 휘태커의 인생에 위안과 확신을 가져다주는 건 없었으니까.

앰브로즈는 말을 더 잇기 전에 조심스레 그녀를 바라보았다. 그는 앨마가 온도계나 나침반인 양 쳐다보았다. 마치 전적으로 그녀의 반응에 따라 방향을 선택하려는 듯 그녀를 판독하고 있었다. 그 결과가 마음에 들었는지 그는 이야기를 이어 갔다.

"나는 열아홉 살 때 하버드 도서관에서 야코프 뵈메가 쓴 전집을 발견했습니다. 그 사람 아세요?"

당연히 앨마도 그를 알았다. 화이트에이커 도서관에도 그의 책이 몇 권 소장되어 있었다. 앨마는 뵈메의 책을 읽었지만 결코 그를 존경하지는 않았다. 야코프 뵈메는 16세기 독일 구두공으로, 식물에 관한 신비로운 환영을 본 인물이었다. 많은 이들이 그를 초기 식물학자로 여겼다. 한편 앨마의 어머니는 그를 중세 미신의 오물 같은 잔재라고 평가했다. 야코프 뵈메를 둘러싼 세간의 갑론을박은 꽤 격렬했다.

그 옛날 구두공은 스스로 '모든 것의 서명'이라고 명명한 무언가가 존재한다고 믿었다. 즉, 신이 지상의 모든 꽃과 잎, 열매와 나무의 형태 속에 인간성을 향상시키기 위한 실마리를 감추어 놓았다는 것이었다. 자연계의 모든 사물은 창조주가 지닌 사랑의 증거를 담은 신성한 암호라고, 뵈메는 주장했다. 수많은 약용 식물의 생김새가 치료 대상인 질병이나 해당 장기를 닮은 까닭도 그 때문이었다. 인간의 간 모양을 닮은 바질 잎은 간 질환에 확실한 효과가 있다. 노란 진액이 나오는 백굴채는 황달 때문에 생긴 피부의 황변을 치료하는 데 사용된다. 뇌 모양인 호두는 두통에 도움을 준다. 차가운 개울 주변에서 자라는 머위는 얼음물에 빠져 생긴 기침과 한기를 치료할 수 있다. 잎사귀에 핏빛 무늬가 점점이 튀긴 듯한 마디풀은 살갖의 상처를 치료한다. 그렇게 끝도 한도 없이 이어졌다. 베아트릭스 휘태커는 그런 이론에 늘 냉소적이었고("대부분의 잎은 간 모양인데, 그걸 다 먹으라는 소리니?") 앨마는 어머니의 회의론을 그대로 물려받았다.

이제 회의론을 논할 차례인데, 앰브로즈는 또다시 앨마의 얼굴을 살폈다. 그는 계속 이야기해도 되는지 허락을 얻고자 필사적으로 앨마의 표정을 엿보는 듯했다. 심한 동요 속에서도 앨마는 아무렇지 않은 양 표정을 다시 한 번 가다듬었다. 그가 다시 말을 이었다.

"뵈메의 생각에 대해 요즘 과학이 어떤 판단을 하는지는 나도 압니다. 반박을 이해해요. 야코프 뵈메는 합리적인 과학적 방법론과는 반대 방향으로 나아갔죠. 그는 질서 정연한 사고를 하는 데 서툴렀습니다. 그의 글에는 흐트러지고 쪼개진 직관의 거울 조각이 가득합니다. 비합리적이었어요. 어리숙했고요. 그는 자기가 보고자 하는 것만 보았습니다. 본인의 확신에 모순되는 것은 무엇이든 그냥 넘겨 버렸죠. 그는 주변 사실들을 자신의 믿음에 끼워 맞췄습니다. 아무도 그걸 과학이라 부르지 않죠."

베아트릭스 휘태커가 주장했더라도 그보다 더 잘 설명하진 못했으리라고 앨마는 생각했지만, 이번에도 그저 고개만 끄덕였다.

"하지만 그래도……." 앰브로즈가 말꼬리를 흐렸다.

앨마는 친구에게 생각을 정리할 시간을 주었다. 그가 너무 오래도록 잠자코 있기에 앨마는 어쩌면 그가 대화를 끝내기로 마음먹은 모양이라고 생각했다. 그러나 오랜 침묵이 흐른 뒤 그는 말을 이었다. "하지만 그래도 신께서는 우리가 그 표식을 찾아낼 수 있도록 신 스스로를 이 세상에 '찍어' 놓았다고, 뵈메는 말했습니다."

앨마도 그 유사성에는 일리가 있다고 여기지 않을 수 없었다. "판화가처럼 말이죠."

그 말을 들은 앰브로즈는 안도감과 고마움이 물밀듯 밀려드는 얼굴로 앨마를 돌아보았다. "맞아요! 바로 그거예요. 나를 이해해 주시는군요. 청년이었던 내가 그 생각을 어떤 의미로 받아들였을지 아시겠지요. 뵈메는 그 신성한 '날인'이 일종의 신비한 마법이며, 우리에게 필요한 유일한 신학이란 바로 그 마법이라고 말했습니다. 우리는 신이 남긴 작품을 읽을 수 있지만, 그러려면 먼저 우리 자신을 불구덩이에 내던져야 한다고요."

"우리 자신을 불구덩이에 내던진다." 앨마는 중립적인 어조를 유지한 채 그의 말을 따라 했다.

"네, 물질 세계를 포기하는 겁니다. 돌담에 둘러싸인 교회를 포기하라고, 심지어 설교조차 포기하라고요! 그래야만 신이 보는 대로 창조의 순간을 볼 수 있다고 했습니다. 그래야만 주님이 우리에게 남겨 놓으신 메시지를 읽을 수 있다고요. 앨마도 알겠죠, 난 그런 이야기를 듣고 나서 목사가 될 순 없었습니다. 학생도, 아들도, 아니, 살아 있는 인간조차 될 수 없었던 것 같습니다."

"그래서 당신은 뭐가 됐나요?"

"난 불이 되려고 애썼습니다. 평범한 존재가 하는 행동을 일체 그만두었죠. 나는 말을 중단했습니다. 먹는 것도요. 햇빛과 빗물만으로도 살 수 있다고 믿었습니다. 상상이 안 되겠지만 나는 꽤 오랫동안 '정말로' 햇빛과 빗물만으로 살았습니다. 별로 놀랍지도 않더군요. 신앙이 있었거든요. 난 어머니의 자식들 중에서 가장 독실한 아들이었으니까요. 내 형제들이 논리와 이성을 소유했다면, 나는 늘 창조주의 사랑을 내면으로 더 많이 느꼈습니다. 어렸을 때 기도에 너무 깊이 몰두한 나머지 어머니가 교회에서 흔들어 깨우며 예배 시간에 잠들었다고 벌을 줄 정도였습니다. 하지만 나는 잠을 잔 게 아니었어요. 그저 좀 더 친밀하게 신과 만나고 싶었습니다. 내가 먹고 마시는 것을 포함해서 세상의 모든 것을 포기한 이유도 그 때문이었죠."

"그래서 어떻게 됐어요?" 앨마는 또 한 번 대답을 두려워하며 물었다.

"신을 만났습니다." 그가 눈을 빛내며 말했다. "혹은 그렇다고 믿었어요. 최고로 장엄한 생각들을 품게 됐거든요. 나는 나무 안에 감추어진 언어를 읽을 수 있었어요. 난초 안에 살고 있는 천사를 봤습니다. 신기한 식물의 언어로 이야기를 전하는 새로운 종교를 봤죠. 그 찬가를 들었어요. 지금은 그 음악이 기억나지 않지만 절묘했어요. 또 이 주간이나 사람들의 생각을 들을 수 있었죠. 사람들이 내 생각도 들을 수 있기를 바랐지만 그런 것 같진 않더군요. 황홀해서 붕 뜬 기분으로 나는 연신 즐거워했습니다. 다시는 다치지도 않고, 만질 수도 없는 존재가 된 듯했어요. 누구에게도 해를 끼치지 않으면서 이 세상에 대한 욕망을 잃었죠. 나는…… 무결했습니다. 아, 그 이상이었어요. 그런 엄청난 깨달음이 나를 찾아왔어요! 예컨대 나는 모든 색깔의 이름을 다시 붙였습니다! 새로운 색깔, 감추어진 색깔이 보였거든요. 맑은 청록색의 일종인데, '스위센'이라는 색깔이 있다는 거 알아요? 나방들만 그 색깔을 볼 수 있어요. 그건 신의 가장 순수한 분노를 보여 주는 색이죠. 신의 분노가 투명한 파란색이라곤 생각하지 않으시겠지만 진짜로 그래요."

"그건 몰랐네요." 앨마가 조심스럽게 인정했다.

"음, 나는 봤습니다. 특정한 나무와 특정한 사람 들을 둘러싼 '스위센'의 후광을, 난 봤어요. 또 전혀 빛이 없는 곳에서 나는 자애로운 빛의 왕관을 보았어요. 그 빛에는 이름이 없지만 소리가 있더군요. 나는 그 빛이 보이는 곳마다, 아니 그 빛이 들리는 곳마다 따라다녔습니다. 하지만 그러다 곧 거의 죽을 뻔했죠. 친구인 대니얼 투퍼가 나를 눈밭에서 발견했어요. 겨울이 오지 않았다면 그런 삶을 지속할 수도 있었으리라고 지금도 가끔 생각합니다."

"음식도 먹지 않고요?" 앨마가 물었다. "설마 그건 아니겠……."

"가끔은 그렇게 생각합니다. 이성적이라고 할 순 없지만 난 그렇게 생각해요. 나는 식물이 되고 싶었습니다. 단기간이긴 하지만 가끔 나는 신앙의 힘으로 그때 식물이 됐다고 생각합니다. 그렇지 않고서야 어떻게 빗물과 햇빛 외에는 아무것도 없이 두 달을 견뎠겠어요? 나는 이사야를 떠올렸습니다. '모든 육체는 풀이요…… 이 백성은 실로 풀이로다.'"

몇 년 만에 처음으로 앨마는 어렸을 때 자신도 식물이 되고 싶어 했었다는 사실을 떠올렸다. 물론 그녀는 아버지한테 인내심과 애정을 더 받기를 바라던 어린아이에 불과했다. 그래도 실제로 '정말' 자기가 식물이라고 믿은 적은 없었다.

앰브로즈는 계속 이야기했다. "나를 눈밭에서 발견한 뒤로 친구들은 정신 이상이라며 나를 병원에 데려갔습니다."

"우리가 방금 다녀온 곳과 비슷한 곳이었나요?" 앨마가 물었다.

그는 무한한 슬픔이 담긴 미소를 지었다. "오, 아뇨. 우리가 방금 다녀온 곳과는 전혀 달랐어요."

"오, 앰브로즈, 유감이에요." 이제 그녀는 그저 역겨움을 참았다. 앨마와 조지는 단기간 동안 레타를 그런 절망의 집에 수용하느라, 필라델피아에서 전형적인 정신 병원의 실상을 목격한 적이 있었다. 저렇게 유순한 앰브로즈가 그토록 끔찍이 불결하고 슬프고 고통스러운 공간에 있었다는 사실이 상상도 되지 않았다.

"유감스러워할 필요 없어요. 다 지나간 일인 걸요. 다행히도 내 머리는 그곳에서 일어났던 일들을 대부분 잊었습니다. 하지만 그 병원에서 얻은 경험은 과거에 겪은 그 어떤 일들보다 무서웠습니다. 너무 겁에 질린 나머지 누군가를 완전히 믿는다는 게 두 번 다시 불가능할 정도였죠. 병원에서 나왔을 때, 대니얼 투퍼와 그의 가족이 나를 보살펴 주었습니다. 그 사람들은 정말 친절히 대해 줬어요. 머물 곳도 마련해 주고 인쇄소에서 일할 수 있도록 배려해 주었죠. 나는 어쩌면 한 번 더 천사들과 닿을 수 있을지도 모른다고 기대하면서 이번에는 좀 더 물질적인 방법을 시도해 보기로 했어요. 아마 더 안전한 방법이라고 할 수도 있겠죠. 나는 또다시 불길에 스스로를 내던질 용기가 없었습니다. 그래서 나는 주님을 모방하고자 인쇄술을 독학했어요. 감히 이런 고백을 하다니 죄스럽고 오만하다는 거 압니다. 그저 내가 느낀 것을 이 세상에 판화로 찍어 남기고 싶었습니다. 하지만 여전히 내가 바라는 만큼 훌륭한 작품을 만들어 낸 적은 없어요. 그래도 몰두할 일거리는 생기더군요. 그래서 난초에 빠져들었습니다. 난초를 보면 위안이 됐거든요."

앨마는 망설이다가 불편한 마음으로 물었다. "다시 천사들과 닿을 수 있던가요?"

"아뇨." 앰브로즈는 미소 지었다. "안타깝게도 안 되더군요. 하지만 일 자체에서 즐거움을 찾았습니다. 혹은 정신을 쏟을 만한 곳이 생긴 거죠. 투퍼의 어머님 덕분에 나는 다시 식사도 하기 시작했어요. 그러나 나는 다른 사람이었습니다. 그런 사건을 겪는 동안 신의 성난 '스위셴'이 드리웠던 나무들과 사람들을 나는 전부 피해 다녔습니다. 내가 목격한 새로운 종교의 찬가를 갈망했지만 가사가 기억나질 않았어요. 그 뒤로 곧 나는 정글로 떠났습니다. 가족들은 잘못된 선택이라고 생각했죠. 그곳에 가면 다시 광기를 만날 거라고, 고독이 내 체질을 망칠 거라고요."

"그렇던가요?"

"어쩌면요. 단언하기 어렵네요. 처음 만났을 때 말했듯이 나는 거기서 열병에 시달렸습니다. 열병 때문이 기력이 쇠했지만 나는 오히려 그런 고통을 반겼어요. 열에 시달리는 동안 또다시 신의 허락을 거의 목격할 뻔했거든요, 하지만 거의 그랬다는 것뿐입니다. 나는 나뭇잎과 덩굴에 적힌 신의 칙령과 조약을 볼 수 있었어요. 주변에 늘어진 나뭇가지가 내게 메시지를 전하기 위해 물결치고 있음을 알 수 있었죠. 어딜 보든 신의 서명이, 선으로 그려진 표식이 보였지만 도저히 읽어 낼 순 없었습니다. 전처럼 익숙한 음악이 들려왔지만 뭔지 알아들을 수가 없었어요. 나에겐 아무것도 드러내 주지 않더군요. 병이 들었을 때 또 한 번 난초에 숨어 있는 천사를 얼핏 보았지만 그들의 옷자락밖에는 보지 못했어요. 그나마 아주 순수한 빛이 비치고 사방이 고요해야만 볼 수 있었는데, 그것으로는 충분하지 않았죠. 전에 내가 본 것과는 달랐어요. 한번 천사를 보았던 사람은 그들의 옷자락만으론 만족하지 못합니다. 십팔 년이 흘렀지만 나는 한때 내가 목격했던 것들을 두 번 다시 볼 수 없다는 사실을 겨우 깨닫게 됐어요. 정글 가장 깊은 곳에 홀로 있어도, 열에 달뜬 착각 속에서도 말이에요. 그래서 집으로 돌아왔습니다. 하지만 난 항상 다른 뭔가를 갈망할 겁니다."

"정확히 뭘 갈망하는 거죠?" 앨마가 물었다.

"순수함과 영적 교감이요."

슬픔과 함께 아름다운 어떤 것을 빼앗긴 듯한 또렷한 공포에 압도당한 채 앨마는 그 모든 이야기를 받아들였다. 어떻게 앰브로즈를 위로해야 할지 알 수 없었다. 그도 위로를 바라는 것 같지 않았다. 그는 미친 사람일까? 미친 사람으로 보이지는 않았다. 한편으로는 앰브로즈가 그런 비밀을 자신에게 털어놓았다는 사실이 영광이었다. 그런데 그토록 놀라운 비밀이라니! 그걸 어떻게 해석해야 할까? 앨마는 천사를 본 적도, 진정한 신의 분노의 색깔을 목격한 적도, 불 속으로 몸을 던진 적도 없었다. 그녀는 '불구덩이로 내던진다.'라는 말의 의미조차 확실히 알지 못했다. 어떻게 한다는 의미일까? '왜' 그런 짓을 할까?

"이제는 어떡할 계획이에요?" 앨마는 질문을 던지면서도 일상적인 현실밖에 생각해 내지 못하는, 꼬치꼬치 따져 묻는

자신의 따분한 성격을 저주했다. '방금 천사 이야기를 한 사람 한테 너는 장래 계획이나 묻고 있구나.'

그러나 앰브로즈는 미소 지었다. "그럴 자격이 있다고는 생각하지 않지만 푹 쉬는 삶을 소망합니다. 내게 살 곳을 제공해 준 당신에게 감사해요. 나는 화이트에이커가 정말 좋습니다. 여기가 내겐 일종의 천국입니다. 혹은 살아 있는 동안 천국에 가장 가까이 닿을 수 있는 곳이랄까요. 세상살이가 지긋지긋해진 저는 그저 평화를 바랄 뿐입니다. 나를 경멸하는 대신 이곳에 머물도록 기꺼이 허락해 주신 당신 아버지도 좋아요. 몰두할 대상과 만족감을 주는 일거리가 생긴 것도 감사할 일이죠. 고백하자면 난 1828년 이후로 줄곧 외로웠습니다. 친구들이 눈밭에서 나를 찾아낸 뒤 세상으로 되돌려 놓은 순간부터죠. 내가 보았던 것, 그리고 더는 볼 수 없는 것 때문에 난 늘 약간 외로웠습니다. 그런데 당신과 함께 있으면 그 어느 때보다 덜 외로워요."

그 말을 듣자 앨마는 거의 울 것 같았다. 어떻게 대꾸해야 할지 고민스러웠다. 앰브로즈는 항상 자유로이 자기가 믿는 바를 이야기했지만 앨마는 자신의 본심을 털어놓은 적이 없었다. 그는 용감하게 모든 것을 인정했다. 그가 인정하는 내용이 두렵기는 했지만 앨마는 자기 역시 용기를 내야 한다고 여겼다.

"당신도 나를 외로움에서 구제해 주었어요." 앨마가 말했다. 고백하기 힘겨운 말이었다. 그녀는 그 말을 하면서 차마 그를 쳐다볼 수 없었지만 적어도 목소리는 떨리지 않았다.

"난 그런 줄 몰랐어요, 친애하는 앨마. 당신은 늘 굳건해 보여서요." 앰브로즈가 다정히 말했다.

"우린 둘 다 굳건하지 않아요." 앨마가 대꾸했다.

✳

화이트에이커로 돌아온 두 사람은 평범하고 쾌적한 일상으로 복귀했지만 앨마는 마차에서 들은 이야기 때문에 계속 정신이 산란했다. 가끔 난초를 그리거나 석판 인쇄를 준비하느라 앰브로즈가 바쁠 때, 앨마는 그를 관찰하며 광기나 사악한 정신의 징후를 찾았다. 그러나 그런 증거는 보이지 않았다. 만일 그가 귀신의 환영이나 터무니없는 환각으로 고통받거나 심지어 갈망하고 있다 해도, 그 점은 겉으로 드러나지 않았다. 이성이 병든 증거도 없었다.

빤히 지켜보다가 고개를 든 앰브로즈에게 시선을 들켜도 그는 미소만 지을 뿐이었다. 그는 지나칠 정도로 정직하고 다정하고 의심이 없었다. 관찰당하는 것을 염려하지도 않는 듯했다. 뭔가를 숨기느라 안달하지도 않았다. 앨마에게 털어놓은 이야기를 후회하는 기색도 없었다. 오히려 앨마를 향한 그의 태도는 더욱 따스해질 뿐이었다. 그는 전보다 더 이해심을 발휘하며 더 많이 격려하고 더 큰 도움을 주었다. 그의 온화한 성품은 항상 똑같았다. 그는 헨리든, 한네커든, 모든 이들에게 인내심을 가지고 대했다. 가끔 피곤해할 때도 있었지만 그건 열심히 일했으므로 당연한 결과였다. 그는 앨마만큼이나 열심히 일했다. 그가 이따금 피곤해함은 당연했다. 그러나 그 밖에는 늘 똑같았다. 그는 상냥하고 스스럼없는 앨마의 친구였다. 앨마가 보기에 과도하게 종교에 심취하는 것 같지도 않았다. 일요일마다 앨마와 함께 의무적으로 교회에 갈 때를 제외하면 기도하는 모습도 본 적이 없었다. 모든 면에서 그는 평화롭게 지내는 선량한 사람이었다.

한편, 트렌턴에서 집으로 돌아오던 중에 두 사람이 나눈 대화 이후로 앨마의 상상력은 끝도 없이 뻗어 나갔다. 그녀는 그 이야기를 도무지 이성적으로 받아들일 수 없었고, 수수께끼에 대한 설득력 있는 해답을 원했다. 앰브로즈 파이크는 미친 사람인가? 앰브로즈 파이크가 미치지 않았다면, 그는 어떤 사람인가? 앨마는 경이와 기적을 받아들이기 어려워하는 사람이었지만, 다정한 친구를 미친 사람으로 취급하는 것 역시 어려웠다. 그가 그 사건을 겪으며 목격한 것은 무엇일까? 그녀는 신을 만나 본 적도 없고, 만나 보고 싶은 마음도 없었다. 그녀는 현실과 물질세계만을 이해하고자 하는 삶을 영위해 왔다. 언젠가 마취제에 취해 이를 뽑았을 때 앨마는 눈앞에서 별이 떠다니는 광경을 본 적이 있었다. 하지만 당시에도 그것은 인간의 이성에 작용하는 정상적인 약효일 뿐임을 알았고, 천국의 계단을 오르는 계기로 이어지지는 못했다. 그러나 앰브로즈는 환영을 볼 때 마취제나 다른 물질의 영향을 받은 게 아니었다. 그의 광기는…… 머리가 말짱한 광기였다.

앰브로즈와 대화를 나눈 뒤 몇 주간 앨마는 종종 한밤중에 깨어나 살며시 도서관으로 내려가서 야코프 뵈메의 책을 읽었다. 어린 시절 이후로 그 옛날 독일 구두공을 찾아본 적 없었지만, 그녀는 이제 존중과 열린 마음으로 그 책에 접근하고자 노력했다. 뉴턴이 뵈메의 책을 읽었으며 그를 숭배했음은 앨마도 아는 사실이었다. 뉴턴 같은 석학이 그의 말에서 지혜를 발견했다면, 그리고 앰브로즈처럼 특별한 사람이 그 내용에 마음이 흔들렸다면 앨마라고 안 될 이유가 있을까?

그러나 책 속에서 그녀는 더욱 커져 가는 미스터리와 의문 이외에는 아무것도 찾지 못했다. 앨마에게 뵈메의 글은 모호하고 주술적인 데다 이제는 사라져 버린 원칙들로 가득했다. 그는 연금술과 결석(結石)에 집착하는 케케묵은 중세적 사고의 소유자였다. 그는 귀중한 돌과 금속에 힘과 신성이 담겨 있다고 믿었다. 양배추의 갈라진 틈에서는 신의 십자가를 보았다. 세상 만물에 영험한 힘과 신의 사랑이 내재되어 있다고 믿었다. 자연의 모든 형상이 곧 '베르붐 피아트(verbum fiat)', 즉 신의 말씀, 창조된 발화, 실물로 나타난 경이로움이었다. 그는 장미가 사랑의 상징이 아니라 실은 사랑 '그 자체'라고, 현존하도록 만들어진 사랑이라고 믿었다. 그는 종말론자이면서 동시에 이상향을 꿈꾸었다. 이 세상은 곧 종말을 맞이하지만, 인류는 에덴의 경지에 도달해서 모든 인간이 동정이 되어 즐기고 뛰노는 인생을 누리리라고 말했다. 그리고 한편으로 신의 지혜는 여성이라고 그는 주장했다.

뵈메는 "신의 지혜는 영원한 동정녀이니, 아내가 아니라 정숙함과 순결함으로 흠결 없이 신의 이미지를 나타낸다. 그녀는 무수한 기적의 지혜이다. 그녀 안에서 성령은 천사의 이미지를 드러낸다. 그녀는 모든 열매에 몸을 내주지만 열매의 현신은 아니며, 그 안에 담긴 우아함과 고상함이다."라고 적었다.

앨마에겐 하나도 들어먹히지 않는 이야기였다. 아주 짜증스럽기까지 했다. 어쨌거나 식음을 전폐하거나 말을 포기하거나 육체의 쾌락을 포기하고 햇빛과 빗물로만 살아가고 싶은 갈망을 확실히 가져다주지 못했다. 오히려 뵈메의 글은 현미경과 이끼와, 손에 잡히는 견고함과 명백함을 갈구하게 할 뿐이었다. 야코프 뵈메 같은 사람들은 왜 물질세계로 만족하지 못했을까? 현실에서 보고, 만지고, 알 수 있는 것만으로도 충분히 근사하지 않은가?

"진정한 생명은 불에 깃들어 있으며, 하나의 수수께끼는 다른 하나의 수수께끼를 담지하고 있다."라고 뵈메는 적고 있었다.

앨마 역시 수수께끼를 품고 있음은 분명했지만 그녀의 마음에는 불꽃이 튀지 않았다. 마음에 와닿지도 않았다. 뵈메의 글은 화이트에이커의 도서관에 있는 다른 장서로 그녀를 인도했다. 식물학과 신성함의 교집합에 대한 또 다른 케케묵은 논문들이었다. 그녀는 회의와 분노를 동시에 느꼈다. 그녀는 오래된 신학 이론과 낡아서 폐기된 마법사들의 주장을 샅샅이 읽었다. 알베르투스 마그누스[13세기 독일의 스콜라 철학자이자 자연 과학자, 최초]

의 연금술사로 알려져 있다. 를 탐구했다. 맨드레이크 ^{마취제로 사용하는 유독성 식물. 과} ^{거에는 마법의 힘이 깃들어 있다고 여겼다.} 와 유니콘 뿔에 대한 사백 년 전 성직자들의 글마저 의무감을 가지고 읽었다. 당시 과학은 결점투성이였다. 그들의 논리와 주장에는 세찬 바람이 밀려들 정도로 큼지막한 구멍이 뚫려 있었다. 과거에 그들은 기묘한 개념을 믿었다. 박쥐는 새이며, 황새는 물속에서 동면하고, 모기는 이슬에서 솟아나고, 거위는 따개비에서 부화하며, 따개비는 나무에서 자라난다는 따위의 믿음이었다. 순전히 역사적인 관점에서야 충분히 흥미로울 수 있겠지만 그렇다고 그런 주장을 존중해야만 하는가? 그 점은 의심스러웠다. 앰브로즈는 왜 중세 학자들에게 매혹되었을까? 분명 매력적이라는 사실을 부정할 수 없으나 그것은 결국 오류의 길이었다.

7월 말 어느 무더운 한밤중에 앨마가 도서관에서 불을 밝히고 콧등에 안경을 걸친 채 17세기에 발간된 『아르보레툼 사크룸(Arboretum sacrum)』(이 책의 저자도 뵈메처럼 성경에서 언급한 모든 식물에 새겨진 신성한 메시지를 읽어 내려고 했다.)을 읽고 있으려니 앰브로즈가 들어왔다. 앨마는 그를 보고 깜짝 놀랐지만 그는 아무렇지도 않은 듯했다. 다만 앨마를 걱정하는 표정이었다. 그는 드넓은 방 중앙에 놓인 긴 탁자로 와서 앨마 옆에 자리를 잡았다. 그는 평상복을 입고 있었다. 앨마를 존중하는 의미에서 다시 평상복으로 갈아입었거나, 그날 밤 아예 잠자리에 든 적이 없다는 뜻이었다.

"그렇게 며칠 밤을 꼬박 새우면 안 돼요, 앨마."

"조용한 시간을 이용해서 연구하려는 거예요. 당신에게 방해가 되지 않았길 빌어요."

그가 두 사람 앞에 펼쳐진 거대한 고서의 제목을 쳐다보았다. "하지만 이끼에 관한 책을 읽는 게 아니잖아요. 왜 이런 데 관심이 생겼죠?" 그가 차분하게 말했다.

앨마는 앰브로즈에게 거짓말을 하기가 어려웠다. 대체로 그녀는 거짓을 말하는 데 익숙하지 않았지만 특히 그는 속이고 싶지 않은 사람이었다. "난 당신의 이야기를 아무래도 납득할 수 없어요. 이 책에서 해답을 찾으려는 거예요." 그녀가 고백했다.

그는 고개를 끄덕였지만 아무 대꾸도 하지 않았다.

"뵈메부터 시작했는데 도무지 이해되질 않아서 이제 다른 학자들로…… 넘어갔어요."

"내가 괜한 얘기로 당신을 괴롭혔군요. 그럴지도 모르겠다고 걱정했습니다. 아무 말도 하지 말았어야 했는데."

"아니에요, 앰브로즈. 우린 절친한 친구잖아요. 언제든 내게 속마음을 털어놓아도 좋아요. 가끔 당신 때문에 걱정할 수도 있겠죠. 당신의 신뢰는 내게 영광이에요. 하지만 당신을 더 잘 이해해 보고 싶은데, 내겐 그런 지식이 별로 깊지 않아서요."

"이런 책에서 나에 대해 무얼 알게 됐나요?"

"아무것도요." 앨마가 대꾸했다. 그녀는 웃음을 터뜨릴 수밖에 없었고, 앰브로즈 역시 함께 웃었다. 그녀는 상당히 피곤

했다. 그 또한 지쳐 보였다.

"그런데 왜 나한테 직접 묻지 않았습니까?"

"당신 기분을 상하게 하고 싶지 않았으니까요."

"당신은 절대 내 기분을 상하게 하지 않습니다."

"하지만 난 이 책들의 오류가 신경에 거슬리네요. 이런 오류가 왜 당신에게는 아무렇지도 않은지 궁금해요. 뵈메는 터무니없는 비약과 모순, 혼란스러운 사상을 주장해요. 논리의 힘으로 곧장 천국으로 들어가려는 것 같지만 실상 그의 논리는 허점투성이죠." 그녀가 손을 뻗어서 펼쳐 놓은 책을 가리켰다. "가령 여기, 이 장만 해도 그래요. 저자는 성서 속 식물에 감추어진 신의 비밀을 풀어 줄 열쇠를 찾고 있지만, 정보 자체가 옳지 않은데 그걸 어떻게 납득할 수 있죠? 마태복음에 언급된 '들의 백합'을 해석하면서 음절에 담긴 비밀을 밝히고자 '백합'이라는 단어가 나올 때마다 분석하고 있어요. 그느라 장 전체를 할애하고 있지만…… 앰브로즈, 들의 백합이라는 것 자체가 해석의 오류예요. 예수가 산상 수훈에서 백합을 언급했을 '리' 없다고요. 팔레스타인에는 토종 백합이 두 종밖에 없고 둘 다 아주 희귀해요. 초원을 뒤덮을 만큼 지천으로 꽃을 피웠을 리 없어요. 평범한 사람이 쉽게 접할 수 있는 꽃도 아니고요. 가장 현명한 청중에게 설교하며 예수는, 그들이 자신의 은유를 이해할 수 있도록 흔한 꽃을 언급했을 가능성이 높아요. 그렇기 때문에, 물론 확인할 순 없지만, 아마 예수는 야생 아네모네, 그러니까 '아네모나 코로나리아'라는 품종을 말했을 거예요…….”

앨마는 말꼬리를 흐렸다. 누군가를 가르치려고 드는 말투가 우스꽝스럽게 들렸다.

앰브로즈는 다시 웃음을 터뜨렸다. “친애하는 앨마, 당신이 시인이었다면 어땠을까요! 난 당신이 번역한 성서를 즐겨 봤을 겁니다. ‘들의 백합이 어떻게 자라는가를 생각해 보라. 수고도 아니 하고 길쌈도 아니 하느니라. 그러나 확인할 수는 없지만 어떠한 경우에도 그들은 백합이 아니라 아네모네 코로나리아이며, 그럼에도 우리는 그들이 수고도 아니 하고 길쌈도 아니함을 인정할 수 있을 것이니라.’ 교회의 서까래를 울릴 찬송가도 당신이 짓는다면 과연 어떤 내용일까요! 나는 교회에서 청중이 노래 부르는 소리를 듣는 게 좋습니다. 하지만 앨마, 그 주제가 나왔으니 말인데, 이스라엘인들이 바빌론의 버드나무로 하프를 만들어 걸고 눈물을 흘렸다는 대목은 어떻게 해석할 거죠?”

“이젠 당신이 나를 시험하는군요. 하지만 지역을 감안할 때 포플러나무였으리라고 생각해요.” 앨마는 자존심이 상해서 발끈하며 말했다.

“그럼 아담과 이브의 사과는요?”

앨마는 바보 같다고 느꼈지만 자신도 모르게 대답이 튀어나왔다. “그건 살구나 마르멜루였을 거예요. 마르멜루는 젊은 여자의 욕망을 끌기에 그리 달콤하지 않으니 살구였을 가능성이 더 높아요. 어쨌거나 사과였을 리는 없어요. 성지에는 사과가 없었어요. 그리고 에덴의 나무는 종종 무성한 은빛 잎사귀 그늘로 초대하는 양 묘사되는데, 그건 살구나무의 가장 흔한 특징이죠. 그러니까 야코프 뵈메가 사과와 신과 에덴을 언급했을 때는……."

앰브로즈는 이제 너무 심하게 웃느라 눈가를 닦아 내야 할 정도였다. 그가 지극히 부드러운 목소리로 말했다. "친애하는 나의 휘태커 양. 당신의 정신세계는 정말 놀랍군요. 그런데 그런 위험한 합리화야말로 여성이 지식의 나무 열매를 따 먹었을 때 신이 두려워했던 결과죠. 당신은 모든 여성 인류에게 경계가 될 만한 귀감입니다! 당장 지식 습득을 멈추고 만돌린이나 바느질, 다른 쓸모없는 일감에 손을 대야 해요!"

"날 우스꽝스럽다고 여기는군요."

"아니에요, 앨마, 아닙니다. 당신은 대단한 사람이에요. 나를 이해하려는 당신의 노력에 감동받았습니다. 친구로서 그보다 더 큰 애정은 없죠. 전혀 이해할 수 없는 이야기임에도 합리적인 사고로 이해하려는 당신의 노력이야말로 가장 큰 감동입니다. 이런 이야기에는 정확한 원칙이 없어요. 뵈메가 말한 대로 신성은 '근거가 없'습니다. 헤아릴 수도 없고, 우리가 경험할 수 있는 세상 바깥의 어떤 것이죠. 이를테면 우리 둘의 생각에는 차이가 있어요. 나는 날개를 달고 깨달음에 도달하려는 반면, 당신은 돋보기를 손에 쥐고 발을 땅에 굳건히 디디고 선 채로 다가가죠. 나는 외부 세계에서 신을 찾고 새로운 앎의 길을 추구하는, 뜬구름이나 잡는 방랑자입니다. 당신은 땅을 밟고 서서 세세한 증거를 연구하고요. 당신 방법이 더 합리적이고 더 체계적이지만 나는 내 방식을 바꿀 수 없어요."

"나는 뭐든 이해하는 걸 끔찍이도 사랑하죠." 앨마가 인정했다.

"정말 그런 것 같지만 그게 끔찍하진 않아요. 철저히 체계화된 정신을 갖고 태어난 사람으로서는 당연한 결과예요. 하지만 단순히 이성으로 인생을 경험하기란 내겐 두툼한 장갑을 끼고 어둠 속에서 신의 얼굴을 더듬는 것과 같습니다. 연구하고 묘사하고 담아내는 것만으로는 충분하지가 않아요. 가끔은…… '비약'을 해야 하죠."

"하지만 나는 당신이 비약하려는 방향의 하느님을 이해 못 하겠어요."

"왜 꼭 이해해야 하죠?"

"당신을 더 잘 알고 싶으니까요."

"그럼 나한테 직접 물어요, 앨마. 이런 책에서 나를 찾지 말고요. 내가 여기 당신 앞에 앉아서 당신이 나에 대해 알고 싶어 하는 걸 모조리 말해 줄게요."

앨마는 앞에 놓인 두툼한 책을 덮었다. 손길이 너무 단호했는지 책은 쿵 소리를 내며 닫혔다. 그녀는 앰브로즈 쪽으로 의자를 돌려놓은 뒤 무릎 위로 양손을 맞잡으며 말했다. "나는 자연에 대한 당신의 해석을 이해하지 못하겠고, 그래서 당신의 정신 상태가 심히 염려돼요. 낡아서 폐기된 이런 이론들에서 당신이 어떻게 모순과 어리석음을 간과할 수 있는지 이해 못하겠어요. 당신은 하느님이 온갖 종류의 다양한 식물 속에 우리를 더 나은 단계로 이끌어 주는 단서를 감춰 놓은 은혜로운 식물학자라고 짐작하지만, 나는 그 점을 입증하는 증거를 도무지 못 찾겠어요. 이 세상에는 우리를 치유하는 식물만큼 해로운 독초도 많아요. 예컨대 당신의 식물학자 신은 왜 마치목과 쥐똥나무를 만들어서 우리의 말과 소를 죽게 하나요? 거기에 감추어진 섭리는 대체 뭐죠?"

"우리 주님이 식물학자여서는 안 될 이유라도 있습니까? 당신은 신이 어떤 직업을 가졌으면 좋겠어요?" 앰브로즈가 물었다.

앨마는 그 질문을 심각하게 고민했다. "수학자랄까요. 물고 늘어지고 또 지워 버리니까요. 더하고 빼고, 곱하고 나누고, 이론을 세우고 새로운 계산법을 찾아내죠. 과거의 오류를 내다 버리고요. 내가 보기엔 이게 더 이성적인 방식이에요."

"하지만 내가 만나 본 수학자들은 딱히 연민을 내보이거나 인생을 풍요롭게 살지 않던걸요."

"그렇죠. 신이 우리를 더하고 빼고, 나누고 지워 버리는 것처럼 그 사람들의 방식 역시 지난하고 험난할 거예요. 인류가 왜 고통받고, 운명이 왜 그렇게 무작위적인지 보여 줄 수 있을 만큼."

"이거 참 우울한 관점인데요! 난 당신이 삶을 그렇게 막막한 걸로 보지 않았으면 좋겠어요. 나는 대체적으로 아직도 이

모든 것의 이름으로

세상에서 고통스러움보다는 경이로움을 찾아내거든요."

"나도 알아요. 그래서 당신을 걱정하는 거예요. 당신은 이상주의자이고, 따라서 실망할 수밖에, 어쩌면 상처받을 수밖에 없잖아요. 당신은 은총과 기적의 복음을 추구하지만 인간 존재의 슬픔은 그런 것과 상관없죠. 당신은 전 우주의 설계가 완벽한 까닭은 바로 신이 우리를 사랑하기 때문이라고 주장하는 윌리엄 페일리 같아요. 인간의 손목 구조에 대한 페일리의 주장, 혹시 생각나요? 음식을 채집하고 예술적으로 아름다운 작품을 창조하는 데 적합하도록 절묘하게 빚어진 손목이 곧 인간에 대한 신의 사랑을 입증하는 증거라고 했죠? 하지만 인간의 손목은 이웃을 죽일 수 있는 도끼를 휘두르는 데에도 완벽하거든요. 거기에 어떤 사랑의 증거가 있죠? 덧붙이자면 여기 앉아서 따분한 소리나 늘어놓고 있는 나는 당신이 살고 있는 그 언덕 위의 찬란한 도시에서 살 수 없기 때문에, 뭐랄까 고약한 훼방꾼이 된 것 같은 기분이라고요."

한동안 묵묵히 앉아 있다가 이윽고 앰브로즈가 물었다.

"우리 논쟁을 벌이고 있는 건가요, 앨마?"

앨마는 대답을 고심했다. "어쩌면요."

"왜 우리가 말다툼을 벌여야 하죠?"

"용서해요, 앰브로즈. 난 지쳤어요."

"당신은 매일 밤 이렇게 도서관에 앉아서 수백 년 전에 죽은 사람들에게 질문을 던져 대느라 지친 거예요."

"나는 평생 동안 그런 사람들과 대화하며 살아왔어요. 더 옛날 사람들과도요."

"하지만 그들의 대답이 당신 마음에 들지 않으니까 이젠 나를 공격하잖아요. 나보다 훨씬 뛰어난 정신을 소유한 사람들에게 이미 실망한 당신한테 내가 어떻게 만족스러운 대답을 들려줄 수 있겠습니까?"

앨마는 양손에 얼굴을 파묻었다. 압박감이 느껴졌다.

앰브로즈는 이제 좀 더 정다운 목소리로 말을 이었다. "우리가 서로 논쟁을 피할 수 없다면 우리가 배울 수 있는 것만 상상해 봐요, 앨마."

그녀는 고개를 들고 다시 그를 보았다. "나는 논쟁을 피할 수 없어요, 앰브로즈. 내가 헨리 휘태커의 딸이라는 걸 명심해요. 나는 논쟁 속에서 태어났어요. 논쟁은 나의 첫 번째 유모였다고요. 평생 나와 뗄 수 없는 동료였어요. 더욱이 나는 논쟁을 신봉하고 심지어 사랑해요. 논쟁은 미신에 사로잡힌 생각이나 태만한 사고를 물리치도록 유일하게 검증된 바른 길이기 때문에 진실을 향해 나아가는 가장 확실한 방법이기도 해요."

"하지만 그 결과가 말만 가득 남길 뿐, '들을' 수 없다면……." 앰브로즈가 말꼬리를 흐렸다.

"'무엇'을 듣죠?"

"서로를 듣는 겁니다. 말이 아니라 생각 말이에요. 서로의 영혼요. 당신이 내게 뭘 믿느냐고 묻는다면 이렇게 이야기할 겁니다. 우리를 둘러싼 공기의 구체는 눈에 보이지 않는 매혹적인 것들로 살아 움직이고 있어요. 전기와 자성, 아주 격정적이고 또 생각해 볼 만한 것들이죠. 우리 주변의 모든 것에는 보편적 공감이 깃들어 있어요. 신비한 지식의 수단이랄까요. 난 그걸 직접 봤기 때문에 확신하는 거예요. 젊은 시절, 스스로를 불구덩이에 내던졌을 때 나는 이제껏 완전히 열린 적조차 없는 인간 정신의 창고를 보았습니다. 우리가 그걸 열어젖히면 이제 밝혀지지 않는 비밀이란 아무것도 없겠죠. 내적이든 외적이든, 논쟁이며 토론을 전부 그만둘 때에만 우리가 가진 진짜 의문에 대한 해답을 구할 수 있어요. 그건 정말 강력한 힘이에요. 그리스어로도, 라틴어로도 쓰인 적 없는 자연의 책이죠. 내가 항상 믿으며 누군가와 나누기를 원했던 마법의 총합이고요."

"당신은 수수께끼 같은 말만 해요." 앨마가 말했다.

"당신은 말을 너무 많이 하고요." 앰브로즈가 대꾸했다.

그 말에 앨마는 결코 대꾸할 수 없었다. 그런데 더 말하지 않을 수도 없었다. 화가 나고 혼란스러워진 그녀는 눈물이 핑 돌았다.

"우리가 함께 침묵할 수 있는 곳으로 데려가 줘요, 앨마." 앰브로즈가 그녀에게 몸을 기대며 말했다. "나는 당신을 철저하게 신뢰하고, 당신도 나를 신뢰한다고 생각해요. 더는 당신과 말다툼하고 싶지 않습니다. 나는 당신과 말없이 이야기를 나누고 싶어요. 내가 의미하는 것이 뭔지 보여 주게 허락해 줘요."

깜짝 놀랄 만한 부탁이었다.

"우린 바로 여기서도 함께 침묵할 수 있어요, 앰브로즈."

그는 거대하고 우아한 도서관을 둘러보았다. "아뇨. 못 해요. 바로 옆에서 이미 세상을 떠난 옛날 사람들이 논쟁을 벌이고 있어요. 여기는 너무 넓고 시끄러워요. 조용히 숨어서 서로에게 귀를 기울일 수 있는 곳으로 나를 데려가 줘요. 미친 소리 같다는 거 알지만 전혀 미친 게 아니에요. 우리가 공감하려면 둘이 하나가 되어야 해요, 이 한 가지만은 확실합니다. 나는 너무 나약해서 내 힘만으로는 공감할 수 없다고 믿었죠. 그런데 당신을 만난 이후로 난 더 강해졌음을 느껴요. 내가 모든 이야기를 털어놓은 걸 후회하지 않게 해 줘요. 당신에게 바라는 건 거의 없지만, 이 방법밖에는 달리 나를 설명할 수 없으니까 이번 한 번만 내 청을 받아 줘요. 만일 내 믿음이 진실임을 당신에게 보여 줄 수 없다면, 당신은 늘 나를 비정상이거나 어딘가 모자라다고 생각할 거예요……."

"아니에요, 앰브로즈, 난 절대 당신을 그렇게 생각하지……."

"이미 그러고 있지요." 절박한 듯 그가 말허리를 잘랐다. "혹은 결국 그렇게 되겠죠. 그러면 당신은 날 동정하든 혐오하든 할 테고, 나는 세상에서 가장 친애하는 동료를 잃게 되겠죠. 그건 정말 날 힘들고 슬프게 할 거예요. 그런 슬픈 일이 일어나기 전에, 아직 그 일이 일어난 게 아니라면, 내 말의 진짜 의미를 당신에게 보여 줄 수 있도록 허락해 주세요. 아까 자연에 한계가 없다고 한 말은 인간이 가질 수 있는 상상력의 한계와는 아무 상관이 없어요. 우리가 말없이, 논쟁도 없이 이야기를 나눌 수 있음을 보여 주고 싶어요. 우리 사이에는 그럴 만큼 충분

모든 것의 이름으로

한 사랑과 애정이 있으니까 해낼 수 있을 겁니다. 언제나 침묵을 통해 교감할 수 있는 사람을 만나고 싶었죠. 당신을 만난 뒤로 그 마음이 더욱 커졌고요. 우리는 둔하고 평범한 애정을 뛰어넘어서 자연스럽게 서로를 이해하고 공감하니까…… 나만의 생각일까요? 내가 당신 곁에 있을 때 평소보다 더 강해진 것 같지 않나요?"

그것만은 부인할 수 없는 사실이었다. 하지만 그렇다 한들 체면상 쉽게 인정하기도 어려운 문제였다.

"그래서 내게 뭘 바라는 거죠?" 앨마가 물었다.

"내 마음과 영혼을 들어 봐 줘요. 나도 당신 영혼에 귀를 기울이고 싶습니다."

"독심술 말이군요, 앰브로즈. 그건 시시한 여흥이에요."

"뭐라고 부르든 마음대로 해요. 하지만 나는 언어가 방해하지 않을 때 모든 게 드러난다고 믿어요."

"난 그런 거 안 믿어요."

"하지만 당신은 과학자잖아요. 왜 시도해 보지 않죠? 잃을 것도 없고, 어쩌면 많은 걸 배울 수도 있어요. 어쨌건 이걸 해내려면 아주 깊은 정적이 필요합니다. 모든 방해를 없애야 하죠. 부탁해요, 앨마. 단 한 번만 부탁을 들어줘요. 당신이 아는 제일 조용하고 비밀스러운 곳에서 '공감'을 시도해 봅시다. 언어로는 전할 수 없는 걸 보여 줄 수 있도록."

어떤 선택의 여지가 있었겠는가?

그녀는 제본실로 그를 데려갔다.

앨마도 독심술에 대해 못 들어 본 것은 아니었다. 그러기에
는 요즘 들어서 너무 크게 유행하고 있었다. 가끔 보면 요새 필
라델피아의 숙녀들은 모두 영매가 된 것 같았다. 어딜 가든 시
간 단위로 이용할 수 있는 '영혼의 매개자'가 발에 차였다. 간
혹 그들의 실험이 명망 있는 의학 잡지나 과학 잡지까지 점령
하곤 했으므로 앨마는 기겁할 수밖에 없었다. 최근에는 최면
술에 관한 기사를 본 적도 있었는데, 암시만으로 최면에 유도
된다는 둥 온갖 미신적 주장은 앨마에게 그저 축제 판에서 벌
어지는 놀이에 불과했다. 어떤 이들은 그런 탐구를 과학이라
고 칭했지만, 앨마에게는 죄다 짜증 나는 오락거리일 뿐이었
다. 그것도 어쩌면 위험한 종류의 오락거리.

한편 앰브로즈는 그런 부류의(열의에 넘치고 예민하기 그지
없는) 심령론자를 어렴풋이 떠올리게 하면서도 그들과 전혀
닮은 데가 없었다. 우선 그는 그런 사람들에 대한 이야기를 들
어 본 적이 없었다. 한참 유행 중인 신비주의 열풍을 따라잡기
에는 극단적인 고립 상태에서 살아왔던 것이다. 그는 인간 두
개골의 요철에 따라 서른일곱 가지의 능력과 성향과 감정이
나뉜다고 주장하는 골상학 잡지 따위도 구독한 적이 없었다.
영매를 찾아간 적도 없었다. 《더 다이얼》^{19세기에 창간된 미국의 정치 잡}
^{지.}도 읽지 않았다. 그는 한 번도 앨마에게 브론슨 앨콧이나 랠
프 왈도 에머슨 같은 이름을 언급하지 않았는데, 바로 그가 브

론슨 앨콧이나 랠프 왈도 에머슨이라는 이름을 들어 본 적 없기 때문이었다. 그는 현대 작가들이 아닌 중세 작가들에게 위로와 동료 의식을 느꼈다.

더구나 그는 성경의 신을 거의 자연에 깃든 영혼만큼이나 열렬히 찾아 헤맸다. 매주 일요일 앨마와 함께 스웨덴 루터교회 예배에 참석할 때면 그는 무릎을 꿇고 경건하게 기도를 올렸다. 그는 딱딱한 참나무 회중석에 똑바로 앉은 채 불편한 기색 하나 없이 설교를 들었다. 기도를 올리지 않을 때면 그는 묵묵히 판화 작업을 하거나 정교한 난초 그림을 그리거나 앨마의 이끼 연구를 돕거나 헨리와 오랜 시간 주사위 게임을 했다. 앰브로즈는 세상 어디에서 무슨 일이 일어나든 그 반대 방향으로 도망치려고 했다. 그는 순전히 자기 혼자서 그런 이상한 생각들을 품게 되었다고 믿었다. 그는 미국의 절반과 유럽 대부분의 지역에서 다른 사람들의 마음을 읽으려고 하는 온갖 시도가 있었음을 몰랐다. 그저 앨마의 마음을 읽고, 앨마가 자신의 마음을 읽어 주기를 바랄 뿐이었다.

앨마는 그를 거부할 수 없었다.

그래서 그 젊은이가 조용하고 비밀스러운 장소로 데려가 달라고 청하자 앨마는 제본실로 인도했다. 달리 갈 곳이 생각나지 않았다. 좀 더 먼 곳까지 가려다가 저택의 사람들을 깨우고 싶지도 않았다. 그와 침실에 단둘이 있다가 들키는 것도 곤란했다. 어쨌든 그녀는 제본실보다 더 조용하고 은밀한 장소를 알지 못했다. 앨마는 그를 거기로 데려간 이유가 그뿐이라고 자신을 타일렀다. 그게 사실일 수도 있었다.

그는 문이 거기 있다는 것조차 몰랐다. 아무도 모르는 사실
이었다. 회반죽 몰딩을 세공한 낡은 벽 뒤에 문이 교묘하게 감
추어져 있기 때문이었다. 베아트릭스가 사망한 이후로 앨마는
제본실에 들어가 본 유일한 사람이었다. 어쩌면 한네커는 이
런 방이 있음을 알고는 있겠지만 집 안의 이쪽 구역이나 머나
먼 도서관까지 좀처럼 오지 않았다. 헨리도 아마 이곳을 알고
는 있겠지만(어쨌든 그는 집을 설계한 사람이니까) 그 역시 더는
도서관을 자주 찾지 않았다. 어쩌면 그는 수년 전에 이미 그 방
의 존재를 잊었을 수도 있었다.

앨마는 등불을 가져가지 않았다. 그녀는 그 작은 방의 구조
에 아주 익숙했다. 그곳에는 그녀가 혼자 수치가 뒤따르는 쾌
락을 즐길 때 앉곤 하던 작고 둥근 의자가 놓여 있었고, 바로
맞은편에 앰브로즈가 앉을 만한 작은 작업대가 자리해 있었
다. 앨마는 그에게 앉을 곳을 일러 주었다. 일단 문을 닫고 잠
그자, 두 사람은 완벽한 어둠 속에, 그 좁고 숨 막히고 숨겨진
공간에 함께 있었다. 그는 어둠이나 비좁은 공간에 놀라지 않
았다. 바로 그가 원한 것이기 때문이었다.

"손을 잡아도 될까요?" 그가 물었다.

앨마는 손끝이 그의 팔에 닿을 때까지 어둠 저편으로 조심
스레 팔을 뻗었다. 두 사람은 함께 서로의 손을 찾았다. 그의
손은 날씬하고 가벼웠다. 그녀의 손은 묵직하고 축축하게 느
껴졌다. 앰브로즈는 손바닥을 위로 해서 자기 무릎 위에 내려

놓았고 앨마는 그의 양손에 손바닥을 가져다 댔다. 그 첫 접촉에서 맞닥뜨리게 될 것을 그녀는 예상하지 못했다. 그것은 맹렬하고 충격적인 사랑의 광풍이었다. 또 그것은 흐느낌처럼 그녀를 관통했다.

하지만 그 밖에 또 어떤 일이 일어날 수 있었을까? 흥분되고 벅차고 부풀어 오르는 것 외에? 앨마는 이제껏 남자와 접촉해 본 적이 없었다. 굳이 말하자면, 딱 두 번 있었다. 한 번은 1818년 조지 호크스가 양손으로 앨마의 손을 잡으며 뛰어난 현미경 학자라고 불렀을 때, 그리고 또 한 번은 역시 조지가 최근에 레타 때문에 괴로워했을 때였다. 하지만 무슨 사고처럼 남자의 살갗과 닿았던 두 차례의 접촉 모두 '한쪽 손'뿐이었다. 제대로 친밀함이라고 부를 만한 접촉은 아예 해 본 적이 없었다. 그녀는 수십 년간 헤아릴 수도 없이 바로 이 작은 의자에 앉아서 다리를 벌리고 치맛자락을 허리춤까지 올린 채, 이 잠긴 문 뒤에서 벽에 등을 대고 오직 자신의 손놀림만으로 최대한 허기를 채웠다. 만일 이 방 안의 분자가 화이트에이커의 다른 공간에 있는 분자와 다르다면, 혹은 세상 어떤 곳의 분자와도 다르다면, 이 방 속의 분자에는 앨마의 육체적 정열이 수십, 수백, 수천 번이나 각인되어 있으리라. 그러나 지금 그녀는 바로 그 똑같이 익숙한 어둠 속에, 그 분자에 둘러싸인 채 열 살이나 어린 남자와 단둘이 있었다.

거의 울고 싶은 기분이었다.

"내 질문에 귀를 기울여요." 앰브로즈가 앨마의 손을 가볍게 잡으며 말했다. "그러고 나서 당신이 질문을 해요. 굳이 말을 할 필요는 없을 겁니다. 우리가 서로의 이야기를 듣게 되면 알게 될 테니까요."

앰브로즈가 그녀의 손을 살며시, 그러나 굳게 쥐었다. 팔을 타고 올라오는 감각이 아름다웠다.

이 감각을 오래 느끼려면 어떻게 해야 할까?

앨마는 순전히 이 경험을 오래 지속하기 위해서라도 그의 마음을 읽는 척하자고 생각했다. 앨마는 어떡해야 앞으로 또 다시 이런 일을 경험할 수 있을지 궁리해 봤다. 하지만 두 사람이 여기 함께 있다가 발각이라도 된다면? 한네커가 밀폐된 공간에 있는 두 사람을 찾아내기라도 한다면? 사람들이 무슨 소리를 해 댈까? 나쁜 의도 따위는 절대로 품지 않았던 앰브로즈를 다들 뭐라고 생각할까? 난봉꾼처럼 비치겠지. 그는 어디론가 떠나 버리고 그녀에게는 치욕만 남을 것이다.

안 돼, 앨마는 오늘 밤 이후로 두 번 다시 이런 짓을 해서는 안 된다는 사실을 분명히 알았다. 남자와 손을 마주 잡은 것은 평생 이 순간뿐이었다.

앨마는 눈을 감고 약간 뒤로 기대며 벽에 온 체중을 실었다. 그는 앨마의 손을 놓아주지 않았다. 그녀의 무릎이 그의 무릎과 거의 스칠 듯했다. 오랜 시간이 흘렀다. 십 분? 삼십 분? 그녀는 그의 감촉으로부터 쾌감을 들이마셨다. 그 순간을 결코 잊고 싶지 않았다.

손바닥에서 시작된 짜릿한 느낌은 팔을 타고 올라가더니

몸 전체로 전해졌고 곧 다리 사이로 모여들었다. 대체 무슨 일이 벌어질지 짐작이나 할 수 있었을까? 그녀의 몸은 이 방에 딱 맞게 길들어 있었으나 돌연 낯선 자극이 나타났다. 한동안 그녀는 그 느낌에 기꺼이 몸을 맡겼다. 어둑해서 형편없이 찌푸린 데다 붉게 달아올랐을 얼굴이 좀체 보이지 않으리라는 사실에 감사했다. 이 순간까지 몰아붙인 것은 그녀 자신이었지만 한편으로는 이런 순간이 찾아왔음을 믿을 수 없었다. 앨마의 세상에서 가장 내밀한 곳, 바로 제본실의 어둠 속에 한 남자가 그녀와 마주 앉아 있었다.

앨마는 숨을 고르려고 애썼다. 육체에 감도는 감각을 거부하려고 애썼지만 거부하면 할수록 다리 사이의 쾌감은 더욱 강해질 뿐이었다. 네덜란드어에는 '우이트와이엔(uitwaaien)', 즉 '바람을 거슬러 걷는 즐거움'이라는 말이 있다. 지금이 바로 그런 느낌이었다. 몸을 전혀 움직이지 않고도 앨마는 온 힘을 다해 솟아오르는 바람에 모든 걸 내맡겼지만, 바람은 똑같은 힘으로 그녀를 밀어낼 뿐이었고 그럴수록 그녀의 쾌감은 커져 갔다.

시간이 또 흘렀다. 십 분 정도 지났을까? 어쩌면 삼십 분? 앰브로즈는 움직이지 않았다. 앨마도 움직이지 않았다. 그의 손은 떨리지도 움찔거리지도 않았다. 하지만 앨마는 녹초가 되었다. 몸속에서도 바깥 사방에서도 그가 느껴졌다. 목덜미에서 머리카락을 헤아리고 척추 밑바닥에서 신경 줄기를 어루만지는 그가 느껴졌다.

"상상력은 부드러우며 물을 닮았다. 그러나 욕망은 허기처럼 거칠고 건조하다."라고 야코프 뵈메는 주장했다.

그러나 앨마는 두 가지를 모두 느꼈다. 그녀는 물과 허기를 모두 느꼈다. 상상력과 욕망을 모두 느꼈다. 그러자 공포 비슷한 감정과 광기 어린 쾌감이 뒤섞이며 그녀는 곧 스스로 익히 아는, 그 휘몰아치는 쾌락에 이르게 되리라는 사실을 알 수 있었다. 은밀한 곳에서 쉴 새 없이 샘솟는 관능을 멈출 방법은 없었다. 앰브로즈의 손길도 없이(그냥 손을 잡은 것을 제외하면), 그리고 자신의 손길도 없이, 단 일 인치도 움직이지 않은 채 치마를 허리까지 올리거나 몸속에 손을 집어넣을 필요도 없이, 심지어 호흡의 변화조차 없이 앨마는 절정의 순간으로 치달았다. 한순간 그녀는 별도 없는 여름 하늘에 내리치는 날 벼락처럼 새하얀 섬광을 보았다. 그녀의 감겨 있는 눈꺼풀 뒤에서 세상이 우윳빛으로 물들어 갔다. 그녀는 눈먼 황홀경을 느꼈고 곧이어 수치심에 사로잡혔다.

끔찍이도 수치스러웠다.

그녀는 무슨 짓을 한 걸까? 그는 무얼 느꼈을까? 그는 무슨 소리를 들었을까? 맙소사, 그는 무슨 '냄새'를 맡았을까? 그러나 그녀가 반응을 보이거나 미처 몸을 빼내기도 전에 무언가 다른 것이 느껴졌다. 앰브로즈는 여전히 움직이지도, 몸을 뒤채거나 달리 반응을 보이지도 않았다. 그런데 갑자기 그가 끈질기게 그녀의 발바닥을 간질이고 있는 듯한 느낌이 들었다. 그 순간이 지나가자 그 간지러운 감각은 실제로 하나의 질문이 되었다. 바닥에서 곧장 솟아오른 '발언'이었다. 그녀는 그 질문이 발바닥을 뚫고 들어와서 다리뼈로 올라오고 있음을 느꼈다. 이어 그 질문은 은밀한 곳의 젖은 길을 따라 헤엄치며 자궁까지 기어 올라왔다. 소리 내어 말한 목소리처럼 그것은 거의 또박또박, 그녀의 몸속으로 미끄러져 들어왔다. 앰브로즈가 앨마의 내면에서 그녀에게 무언가를 묻고 있었다. 이제는 그 말이 들려왔다. 그러자 그의 질문이 비로소 완벽하게 형태를 이루었다.

'이런 나를 받아 주겠어요?'

그녀는 묵묵히 맥박으로 대답했다. '그러겠어요.'

그러자 다른 어떤 것이 또 느껴졌다. 앰브로즈가 그녀의 몸속에 들여놓은 질문은 다른 무언가로 돌변했다. 이제 그것은 '그녀의' 질문이 되었다. 앨마는 앰브로즈에게 물어볼 것이 있었다는 사실조차 잊은 채 가까스로 아주 급하게 질문을 만들어 냈다. 그녀는 그 질문이 몸속에서 팔로 뻗어 나가도록 했다. 그러고는 잠자코 기다리는 그의 손바닥에 질문을 내려놓았다.

'당신이 내게 원하는 게 이런 건가요?'

그가 급히 숨을 들이마시는 소리가 들려왔다. 그는 거의 아플 정도로 앨마의 손을 꽉 움켜쥐었다. 그리고 단 한 마디 말로 정적을 산산조각 냈다.

"네."

16

_____

그로부터 겨우 한 달 뒤에 두 사람은 결혼했다.

앞으로 수년간 앨마는 그런 결정(이해할 수도, 예상할 수도 없었던 갑작스러운 결혼)을 어떻게 내렸는지 의아해했지만, 제본실에서 겪은 경험 이후로 며칠 동안 결혼을 불가피한 운명처럼 느꼈다. 앨마에게 그 작은 방에서 실제로 겪었던 일은 전부 다(순수한 상태로 느꼈던 앨마의 오르가슴부터 아무런 말도 없이 서로에게 생각을 전했던 일까지) 기적이거나 최소한 불가사의한 현상으로 다가왔다. 앨마는 그날 일어난 일을 논리적으로 설명할 수 없었다. 사람들은 서로의 생각을 들을 수 없다. 앨마는 그것이 진실임을 알았다. 사람은 전류 따위를 전달하거나, 그저 손이 닿는 것만으로 그토록 솔직하고 에로틱한 혼란 상태에 빠져들 수 없었다. 하지만 그런 일이 일어났다. 의문의 여지 없이 그런 일이 일어난 것이다.

그날 밤 제본실에서 걸어 나오며 앰브로즈는 달아오른 황홀한 얼굴로 그녀를 돌아보며 말했다. "남은 평생 동안 매일 밤 당신 곁에서 잠을 자며 영원히 당신 생각을 듣고 싶어요."

그가 한 말이었다, 텔레파시가 아니라 '소리'를 내서. 앨마는 어쩔 줄 몰라 하며 대꾸할 말조차 찾지 못했다. 그저 고개를 끄덕이면서 수긍과 동의, 놀라움을 표했을 뿐이었다. 그러고 나서 두 사람은 복도를 사이에 두고 마주 보는 각자의 방으로 들어갔지만, 물론 그녀는 잠들지 못했다. 어떻게 잠을 잘 수 있었겠는가?

다음 날, 함께 이끼밭으로 걸어가며 앰브로즈는 아까부터 계속 나누던 대화를 이어 가듯 자연스럽게 이야기를 시작했다. 갑작스럽게 그가 말했다. "어쩌면 우리가 너무 다른 위치에서 살아왔음은 별일이 아닐 수도 있어요. 나는 이 세상에서 남들이 원할 만한 거라고는 단 하나도 가지고 있지 않지만 당신은 모든 걸 다 가졌죠. 너무 극단적으로 다르게 살았기 때문에 오히려 그 차이 속에서 균형을 찾을 수 있지 않을까요?"

앨마는 이 대화가 어떤 방향으로 흘러갈지 짐작도 못 한 채, 그가 이야기를 이어 가도록 내버려 두었다.

"이렇게 다른 두 사람이 결혼 생활 속에서 조화를 찾을 수 있을지도 궁금합니다." 그가 약간 생각에 잠긴 듯 말했다.

앨마의 심장과 위장은 '결혼 생활'이라는 단어에서 콱 죄어들었다. 철학적인 의미에서 언급한 것일까, 아니면 문자 그대로일까? 그녀는 다음 말을 기다렸다.

그는 여전히 멀리 에둘러 가는 식으로 말하고 있었다.

"당신의 재산을 노리는 거라고 비난하는 사람이 있을지도 모르겠네요. 사실은 완전히 그 반대지요. 앨마, 나는 버릇처럼 아주 엄격하게 검약하면서 살아왔고, 스스로 그런 삶을 선택하기도 했어요. 난 당신에게 부를 가져다줄 수 없지만 당신의 부를 바라지도 않아요. 당신 아버지는 진실을 믿지 못할지 몰라도 당신만큼은 알아줬으면 해요. 어쨌든 우리 사랑은 남녀가 전형적으로 느끼는, 그런 진부한 사랑이 아니니까요. 우린 서로 무언가 다른 것, 더 직접적이고 소중한 것을 공유하죠. 처음부터 난 그걸 또렷이 느꼈는데 당신도 그랬기를 바라요. 내 소원은 우리 두 사람이 모두 행복하고, 영원히 들뜬 마음으로 서로를 추구하며 하나가 되는 거예요."

그날 오후 늦게 앰브로즈가 "당신 아버님께 당신이 이야기하겠어요, 내가 할까요?"라고 물었을 때에야 비로소 앨마는 그것이 정말로 청혼임을 똑똑히 알았다. 아니, 그것은 결혼 '추정'에 가까웠다. 앰브로즈는 엄밀히 앨마에게 청혼하지 않았다. 머릿속으로 이미 그녀가 마음을 주었다고 생각했기 때문인 것 같았다. 앨마도 그 사실을 부정할 수 없었다. 앨마는 그에게 뭐든 줄 작정이었다. 그녀는 고통스러울 만큼 앰브로즈를 깊이 사랑했다. 새삼 그 감정을 자신에게 고백하고 있을 뿐이었다. 이제 그를 잃는다는 것은 사지가 잘려 나가는 일이나 마찬가지였다. 물론 두 사람의 사랑에는 좀 허황된 부분이 있었다. 앨마는 거의 쉰 살이었고 그는 아직 꽤 젊은 남자였다.

앨마는 못생겼고 그는 아름다웠다. 두 사람은 서로를 안 지 불과 몇 주밖에 안 됐다. 또 두 사람은 다른 우주를 신봉했다.(앰브로즈는 신성을, 앨마는 현실을.) 그럼에도 이것이 사랑임을 부인할 수 없다고, 앨마는 스스로에게 말했다. 앨마 휘태커가 누군가의 아내가 된다는 점도 부인할 수 없는 사실이었다.

"아버지껜 내가 말씀드릴게요." 앨마는 조심스레 기쁨을 만끽하며 말했다. 그날 저녁 식사 전에 그녀는 개인 서재에서 서류에 파묻혀 있는 아버지를 발견했다.

"이 편지 내용 좀 들어 봐라." 아버지는 인사 대신 용건부터 말했다. "이 남자 말로는 자긴 더 이상 방앗간을 운영할 수가 없다는구나. 멍청하게 도박에 빠진 아들놈이 가족을 망쳤다나. 아들놈의 빚을 갚고 나서 자긴 빚 없이 죽고 싶단다. 이십 년간 상식적인 행동이라고는 통 모르고 산 인간다운 편지다. 지금이라도 '정신' 똑바로 차렸으면!"

앨마는 문제의 인물이 누구인지, 그 아들은 또 누구인지, 위기에 처한 방앗간이 어디인지 몰랐다. 오늘은 모두들 아까부터 나누던 대화를 이어 가듯 그녀에게 말을 걸고 있었다.

"아버지, 상의드릴 일이 있어요. 앰브로즈 파이크가 저한테 청혼을 했어요."

"그렇구나. 하지만 들어 봐라, 앨마. 이 멍청이는 나더러 알량한 옥수수밭도 팔고 싶다면서 부둣가에 있는 낡은 곡물 창고도 함께 사란다. 벌써 강 쪽으로 무너져 내리고 있는 그 창고, 너도 알 거다. 다 쓰러져 가는 건물에 무슨 가치가 있다는 건지, 그 작자는 내가 왜 그런 멍에를 덥석 짊어지리라고 생각하는지 도무지 모르겠구나."

"제 얘기 안 들으시네요, 아버지."

헨리는 책상에서 고개조차 들지 않았다. 그는 쥐고 있던 종이를 넘겨 들여다보며 "듣고 있다."라고 말했다. "푹 빠져들어서 듣고 있단 말이다."

"저는 앰브로즈하고 곧 결혼하고 싶어요. 요란한 예식은 필요 없어요. 다만 서둘러서, 이왕이면 이달 말 안에 결혼하면 좋겠어요. 저희는 계속 화이트에이커에 남을 거라는 점만 알아주세요. 아버지가 저희를 잃는 일은 없어요."

그제야 헨리는 앨마가 방으로 들어온 뒤 처음으로 고개를 들어서 딸을 쳐다보았다.

"당연히 난 너희를 잃지 않을 거다. 너희가 왜 떠나겠니? 어차피 그 친구, 직업이 뭐랬지? 난초 전문가? 그따위 수입으로는 네가 살아온 방식대로 부양할 수도 없을 텐데?"

헨리는 의자에 기대앉아 팔짱을 끼더니 구식 황동 안경테 위로 딸을 응시했다. 앨마는 다음에 무슨 말이 나올지 자신할 수 없었다.

"앰브로즈는 좋은 사람이에요. 재산에는 관심 없어요." 마침내 그녀가 말했다.

"그 말이 맞을 수도 있겠지. 하지만 부유함보다 가난을 선호하는 그 친구의 성품을 높이 평가하진 않겠다. 어쨌거나 나는 이런 상황을 오래전에, 너나 나나 앰브로즈 파이크라는 사람에 대해 들어 보기도 훨씬 전에 생각해 뒀지."

헨리가 약간 비틀거리며 일어나더니 뒤쪽 책장을 살폈다. 그가 영국 돛단배에 관한 책 한 권을 뽑아 들었다. 줄곧 책장에 꽂혀 있었음을 알았지만 영국 돛단배에 관심이 없었으므로 앨마가 한 번도 펼쳐 본 적 없는 책이었다. 헨리는 책장을 뒤적거리며 밀랍으로 봉인한 종이 하나를 찾아냈다. 봉인 위에는 '앨마'라고 적혀 있었다. 그가 앨마에게 종이를 건넸다.

"네 어머니의 도움을 받아서 1817년쯤 이 서류 두 부를 마련해 두었다. 한 부는 네 자매 프루던스가 그 귀가 축 처진 스패니얼이랑 결혼할 때 줬지. 네 남편이 절대 화이트에이커를 소유할 수 없음을 서명으로 확인받는 약정서다."

헨리는 태연했다. 앨마는 말없이 서류를 건네받았다. 앨마 이름의 A를 적을 때 오른쪽으로 약간 기울어진 어머니의 글씨체를 그녀는 금세 알아보았다.

"앰브로즈한테는 화이트에이커가 필요도 없고 갖고 싶어 하지도 않아요." 앨마가 변호하듯 말했다.

"다행이로구나. 그렇기만 하다면야 서명을 꺼리지 않겠지. 당연히 지참금은 주겠지만 내 재산과 땅 모두, 결코 그자의 것이 되지는 못할 거다. 그 점은 서로 이해하겠지?"

"그럼요."

"그럼 됐다. 이제 남편으로 파이크 씨가 적합한지는 네 문제지. 너는 성인이니까. 그런 남자가 결혼 생활에서 너를 만족시킬 수 있다고 생각한다면 나도 축복하마."

"결혼 생활에서 만족이라뇨?" 앨마는 발끈했다. "제가 언제 만족시키기 어려운 사람이었던 적이 있나요, 아버지? 제가 뭘 부탁한 적이 있어요? 요구한 적은요? 아내로서 제가 상대에게 어떤 어려움을 안겨 줄 것 같으세요?"

헨리는 어깨를 으쓱했다. "나야 알 수 없지. 그건 네가 알아봐야 할 일이잖니."

"앰브로즈와 저는 서로 공감할 수 있는 성품을 타고난 사람들이에요, 아버지. 색다른 부부로 보인다는 점은 알지만 전……."

헨리가 딸의 말을 잘랐다. "절대 자기변명을 하지 마라, 앨마. 나약해 보여. 어쨌든 나도 그 친구가 싫지 않다." 그는 다시 책상 위의 서류로 관심을 돌렸다.

그것을 축복이라고 할 수 있을까? 앨마는 확신할 수 없었다. 그녀는 아버지가 더 말해 주기를 기다렸다. 그는 입을 열지 않았다. 하지만 결혼을 승낙한 듯했다. 최소한 거부당한 건 아니었다.

"고맙습니다, 아버지." 앨마는 문을 향해 돌아섰다.

"한 가지 더." 헨리가 다시 고개를 들며 말했다. "신부는 첫날밤 치르기 전에 부부 관계에 대해서 아는 게 없으니 보통 몇 가지 조언을 들어야 할 텐데, 내 짐작으론 네가 바로 그렇지 싶다. 남자이자 너의 아버지로서 나는 너에게 조언을 해 줄 수 없어. 네 어머니가 돌아가시지 않았다면 그 일을 맡았겠지. 한네커한테 그런 걸 물어보는 괜한 수고는 하지 마라. 그 여자 역시 아무것도 모르는 노처녀라, 침대에서 남녀 사이에 벌어지는 일을 알게 되면 아마 충격받고 죽을 거다. 난 네 자매 프루던스를 찾아가 보라고 당부하고 싶구나. 결혼한 지 오래됐고 애들을 여섯이나 낳은 어머니잖니. 부부 생활에 대해 어느 정도는 너에게 가르쳐 줄 게 있을지 모르겠구나. 얼굴 붉히지 마라, 앨마. 넌 얼굴 붉히기에는 너무 나이 들었고 그런 얼굴은 우스워 보일 뿐이야. 아무튼 결혼을 강행할 작정이라면 제대로 해라. 네가 한평생 다른 모든 일에서 그래 온 것처럼 첫날밤도 잘 준비하도록 해. 어차피 내일 시내에 갈 거라면 나 대신 이 편지들이나 부쳐 주고."

✳

앨마는 결혼이라는 개념에 대해서 제대로 생각해 볼 시간조차 없었지만, 이제는 모든 것이 준비되고 결정된 듯했다. 아버지마저 즉시 유산과 초야를 주제로 삼았다. 그 뒤로 상황은 더욱 신속하게 진행되었다. 다음 날 앨마와 앰브로즈는 16번 가로 가서 은판 사진을 찍었다. 그들의 결혼사진이었다. 앨마도, 앰브로즈도 이제껏 사진을 찍어 본 적이 없었다. 두 사람 다 하도 끔찍하게 나와서 사진값을 지불하기조차 망설여질 지경이었다. 딱 한 번 흘끗 사진을 본 그녀는 두 번 다시 쳐다보고 싶지 않았다. 앰브로즈보다 너무 많이 늙어 보였다! 모르는 사람이 그 사진을 보면 뼈대가 굵고 턱이 넓적하고 비탄에 잠

긴 어머니와 젊은 아들의 사진이라고 여길 것만 같았다. 앰브
로즈는 광기 어린 눈빛으로 의자에 묶여 있는 굶주린 포로 같
았다. 그의 한쪽 손은 흐릿하게 지워졌다. 헝클어진 머리 탓에
고통스러운 잠에서 거칠게 흔들어 깨운 사람처럼 보였다. 앨
마의 곱슬머리는 비극적이었다. 앨마에게는 전체적으로 지독
히도 서글픈 경험이었다. 그러나 앰브로즈는 사진을 보자 웃
음을 터뜨렸을 뿐이었다.

"와, 이건 '명예 훼손'인데요!" 그가 소리쳤다. "자기 모습을
정직하게 본다는 게 얼마나 가혹한 운명인지! 그래도 이 사진
을 보스턴에 있는 내 가족한테 보낼 거예요. 어머니가 당신 아
들을 알아보셨으면 좋겠는데."

결혼을 약속한 다른 사람들도 대개 이렇게나 급하게 일을
진행할까? 앨마는 알지 못했다. 그녀는 구애와 약혼, 결혼식
을 별로 본 적이 없었다. 여성지를 곰곰이 들여다본 적도 없었
고, 청초하고 순진한 소녀들을 위해 쓰인 가벼운 연애 소설에
빠져 본 적도 없었다.(분명 성관계에 관한 외설스러운 책들을 읽
기는 했지만 그렇다고 딱히 상황이 나아지진 않았다.) 한마디로 앨
마는 노련한 아가씨와는 거리가 멀었다. 그 정도로 유난스럽
게 사랑에 대한 앨마의 경험이 부족하지만 않았더라면, 앰브
로즈의 구애가 황당하고 말도 안 되는 것임을 깨달았을지도
몰랐다. 앰브로즈와 서로 알고 지낸 석 달 동안 그들은 한 번도
연애편지와 시, 포옹을 나눠 본 적이 없었다. 둘 사이의 애정
은 확실하고 꾸준했지만 거기에 열정은 없었다. 다른 여자 같

모든 것의 이름으로

앉으면 그런 상황을 의아해했을 것이다. 그러나 앨마는 술에 취한 듯 정신이 없었고 갖가지 의문으로 혼란스러웠다. 딱히 불쾌한 의문은 아니었지만, 정신을 집중하지 못할 정도로 마음이 쓰이기는 했다. 앰브로즈는 이제 그녀의 연인일까? 확실히 그를 그렇게 불러도 될까? 그녀는 이제 그의 여자일까? 이제는 언제라도 그의 손을 잡을 수 있을까? 그는 앨마를 어떻게 생각할까? 옷을 벗은 그의 몸은 어떤 모습일까? 그녀의 몸은 그에게 만족을 줄까? 그가 앨마에게 기대하는 것은 무엇일까? 그녀가 대답할 수 있는 질문은 하나도 없었다.

　게다가 그녀는 대책 없이 사랑에 빠져 있었다.

　물론 앨마는 앰브로즈를 처음 만난 순간부터 늘 그를 아꼈지만, 청혼의 순간까지 자신이 그런 애정을 고스란히 표현할 만큼 이성을 잃게 되리라고는 상상한 적조차 없었다. 위험하거나 뻔뻔스러울지도 모른다고 느꼈기 때문이다. 단지 그를 가까이에 두는 것만으로도 충분했다. 앨마는 앰브로즈를 화이트에이커에 계속 머물게 할 수만 있다면 그를 다정한 동료로 기꺼이 받아들일 작정이었다. 매일 아침 그와 함께 버터 바른 토스트를 먹고, 난초 이야기를 하는 그의 빛나는 얼굴을 관찰하고, 빼어난 그의 판화 솜씨를 감상하고, 긴 의자에 앉아 종의 변이와 소멸에 관한 앨마의 이론에 귀 기울이는 그의 모습을 지켜보는 것, 정말 그것만으로도 충분했다. 그 이상을 바라는 건 꿈도 못 꿀 일이었다. 친구로서, 남동생으로서 앰브로즈는 충분하고도 남았다.

제본실에서 있었던 사건 이후에도 앨마는 그 이상을 바라지 않았다. 어둠 속에서 둘 사이에 무슨 일이 일어났든, 특이한 순간일 뿐이라고, 어쩌면 함께 환영을 보았다고 여기고 넘어갈 준비가 되어 있었다. 침묵 속에서 둘 사이에 오간 교감도 어디까지나 그녀의 상상이며, 그의 손이 앨마의 전신에 불러일으켰던 효과도 방탕한 상상이라고 스스로를 달랠 수 있었다. 시간만 충분히 지난다면 그 일이 일어났던 사실조차 잊을 수 있을 것이다. 그날 이후에 그의 허락이 없었다면 그를 그토록 필사적으로, 철저하게, 대책 없이 사랑하도록 자신을 내버려 두지도 않았으리라.

　그러나 이제 두 사람은 결혼할 예정이었고 그의 허락도 떨어졌다. 더는 앨마의 사랑을 억제할 수 없었고, 그럴 이유도 없었다. 그녀는 곧장 사랑에 빠져들었다. 신비에 불타오르며 영감과 매혹에 사로잡힌 느낌이었다. 언젠가 앰브로즈의 얼굴에서 반짝임을 보았다면, 이제는 천상의 빛이 어려 있었다. 전에는 그의 팔다리가 보기 좋은 정도였다면, 이제는 완벽한 로마 조각상처럼 보였다. 그의 목소리는 저녁 예배처럼 경건했다. 그가 슬쩍 한번 쳐다보기만 해도 그녀의 가슴은 두려움 섞인 기쁨으로 멍이 들었다.

　생애 처음 사랑의 영역으로 흘러 들어간 앨마는 바닥을 모르는 활력에 붙들린 채 자신마저 거의 잊고 지냈다. 능력이 무한대로 늘어난 듯했다. 거의 잠잘 필요도 없었다. 산꼭대기까지 배를 타고 노 저어 갈 수도 있을 것 같은 기분이었다. 그녀는 빛무리 속을 거닐듯 세상을 돌아다녔다. 그녀는 '생명으로 충만'했다. 단지 앰브로즈만을 강렬한 순수와 흥분에 차서 바라보는 것이 아니라 모든 것, 모든 이가 다 새롭게 보였다. 갑자기 만사가 기적 같았다. 눈길 닿는 곳이라면 어디든지 하나로 수렴하는 신의 섭리와 은혜가 보였다. 아주 사소한 것에서도 깨달음이 전해졌다. 퍼뜩 깜짝 놀랄 만큼 지나친 자신감이 느껴졌다. 뜬금없이 수년째 골머리를 앓던 식물학 문제를 스스로 풀어내기도 했다. 식물학계의 명사들에게(그들의 명성 때문에 항상 앨마를 주눅 들게 하던) 맹렬히 편지를 보내서 그들의 결론에 도전하기도 했는데, 이전에는 감히 못 했던 행동이었다.

"당신은 '지고돈'을 설명하며 열여섯 개의 섬모만을 제시했을 뿐, 외부 삭치_{선태식물의 포자낭에서 포자 배출을 돕는 기관.}를 언급하지 않았더군요!"라고 그녀는 꾸짖었다.

혹은 "왜 그것이 '폴리트리쿰' 군락이라고 그토록 자신하십니까?"

혹은 "저는 마셜 교수님의 결론에 동의하지 않습니다. 민꽃식물계에서 일치된 의견을 이끌어 내기 어렵다는 점은 저도 알지만, 증거를 충분히 검토하지 않고 서둘러 새로운 종임을 주장하는 것 또한 곤란합니다. 요즘에는 종을 연구하는 선태학자들이 늘어나서 특정 종을 수많은 이름으로 부르는 경우가 적잖습니다. 그렇다고 그 종이 새롭거나 진기하다는 의미는 아닙니다. 제 표본실만 해도 그러한 종이 넷이나 있습니다."

과거에는 그렇게 항의할 용기가 없었지만 사랑은 앨마를 대범하게 만들었고, 그녀의 정신은 결점이라곤 없는 동력 기관처럼 느껴졌다. 결혼식 일주일 전, 앨마는 한밤중에 전기 충격을 받은 듯 깨어나서 조류와 이끼 사이에 밀접한 관계가 있음을 돌연 깨달았다. 수십 년째 이끼와 조류를 연구하고 있었지만 지금껏 그 둘이 사촌 사이임을 알아차리지 못했다. 그 점에는 의심의 여지가 없었다. 근본적으로 이끼는 단순히 마른 땅으로 기어 올라온 조류의 '닮은꼴'이 아니었다. 이끼는 마른 땅으로 기어 올라온 조류 '그 자체'였다. 이끼가 어떻게 수중 식물에서 지상 식물로 절묘한 변이를 거쳤는지 앨마는 알지 못했다. 그러나 두 종은 서로 얽히고설킨 역사를 공유했다. 그래야만 했다. 조류는 앨마나 다른 사람들이 관찰하기 훨씬 이전에 무언가를 '결심'했고, 어느 시점에서부터 마른공기를 들이마시며 변모했다. 그 변이의 메커니즘은 알 수 없지만 그런 사실이 일어났음은 알 수 있었다.

그 모든 사실을 깨달은 앨마는 복도를 달려가서 앰브로즈의 침대로 뛰어들고 싶었다. 그녀의 몸과 마음에 그토록 엄청난 야성을 불러일으킨 장본인에게로. 그에게 모든 것을 털어놓고, 모든 것을 보여 주고, 우주의 작동 원리를 그에게 입증하고 싶었다. 아침 식사 때 다시 나눌 대화를 위해서 날이 밝기를 마냥 기다릴 수 없었다. 그의 얼굴을 보는 순간을 기다릴 수 없었다. 밤이든, 잠을 자면서든, 결코 떨어질 수 없는 때가 오기를 기다릴 수 없었다. 그녀는 자기 침대에 누워서 기대감과 감상에 젖은 채 몸을 떨었다.

　두 방 사이의 거리가 얼마나 멀게 느껴지는지!

　그런데 앰브로즈는 결혼식이 다가오자 더욱 차분하고 조심스러워질 뿐이었다. 그는 더할 나위 없이 앨마에게 친절했다. 가끔 앨마는 그가 마음을 바꿀까 봐 두려워했지만 그런 징조는 없었다. 헨리 휘태커의 약정서를 그에게 건네며 앨마는 불안감에 휩싸였지만 앰브로즈는 망설임이나 불평 없이 서명을 했다. 실은 내용을 읽어 보지도 않았다. 매일 밤 각자의 방으로 가기 전에 그는 앨마의 주근깨투성이 손을 잡고 손등 관절 바로 아래쪽에 입을 맞추었다. 그는 앨마를 "나의 또 다른 영혼, 더 나은 나의 영혼."이라고 불렀다.

　그는 "나는 참 이상한 사람이에요, 앨마. 평범하지 않은 나의 방식을 정말 견딜 수 있겠어요?"라고 말했다.

　"견딜 수 있어요!"라고 앨마는 장담했다.

　그녀는 불이 붙을 위험을 기꺼이 감수했다.

　기뻐서 죽을 수도 있지 않을까 무서워졌다.

＊

　화이트에이커의 응접실에서 약소하게 치르기로 예정되어 있던 결혼식 사흘 전, 앨마는 드디어 프루던스를 찾아갔다. 마지막으로 만난 지 벌써 여러 달이 지나 있었다. 하지만 결혼식에 자매를 초대하지 않는다면 엄청난 실례일 것이므로 앨마는 프루던스에게 사정을 설명하는 편지(조지 호크스 씨의 친구와 결혼하게 되었다고)를 보낸 뒤 간단한 방문 계획을 세웠다. 그뿐만 아니라 앨마는 아버지의 조언대로 첫날밤에 관해서 프루던스에게 이야기해 볼 작정이었다. 못내 기다려지는 대화는 아니었지만 준비되지 않은 채 앰브로즈의 품에 안기고 싶지는 않았고, 달리 물어볼 사람도 없었다.

앨마가 딕슨네 집으로 찾아간 때는 8월 중순의 어느 날 초저녁이었다. 프루던스는 수박 껍질을 너무 많이 먹어서 배탈이 난 막내아들 월터를 위해 부엌에서 겨자죽을 끓이고 있었다. 다른 아이들은 갖가지 일을 하며 부엌 근처에서 와글거렸다. 실내는 숨이 막히도록 더웠다. 구석에는 앨마가 본 적 없는 흑인 소녀 둘이 프루던스의 열세 살짜리 딸 새러와 함께 앉아 있었다. 그들은 함께 양털을 빗질하고 있었다. 흑백 소녀 모두 세상에서 가장 수수한 원피스를 입고 있었다. 흑인 소녀들까지 포함하여 모든 아이들이 앨마에게 다가와서 '이모'라고 부르며 공손히 입을 맞추더니 다시 일을 하러 돌아갔다.

앨마는 죽 끓이는 일손을 거들어 줄까 물었지만 프루던스는 도움을 거절했다. 사내아이 중 하나가 정원에 있는 펌프에서 퍼올린 물을 양철 컵에 담아 앨마에게 가져다주었다. 물은 미지근한 데다 텁텁하고 불쾌한 맛이 났다. 앨마는 물을 마시고 싶지 않았다. 긴 의자에 앉아 있던 그녀는 컵을 어디에 두어야 할지 몰랐다. 무슨 말을 해야 할지도 몰랐다. 주초에 앨마의 편지를 받은 프루던스는 다가오는 혼인을 축하해 주었지만 형식적인 인사말 교환은 금세 끝났고 화제도 동이 났다. 앨마는 더는 칭찬할 대상이 없어질 때까지 아이들을 칭찬하고, 깨끗한 부엌을 칭찬하고, 겨자죽을 칭찬했다. 프루던스는 깡마르고 지쳐 보였지만 불평하지 않았고 자기 삶에 대한 이야기를 털어놓지도 않았다. 앨마도 별다른 소식을 묻지 않았다. 솔직히 그들 가족이 겪고 있을지도 모르는 상황을 자세히 아는 것이 두려웠다.

한참 뒤 앨마가 용기를 내서 물었다. "프루던스, 단둘이 이야기 좀 할 수 있을까."

앨마의 청에 프루던스가 놀랐을지 몰라도 그녀는 결코 겉으로 드러내지 않았다. 하기야 프루던스의 온화한 표정은 늘 놀라움 같은 기본적인 감정을 표현하지 못했다.

"새러. 다른 아이들을 밖으로 데려가거라." 프루던스가 맏딸에게 말했다.

아이들은 참전하는 병사들처럼 엄숙한 표정으로 순순히 부엌을 빠져나갔다. 프루던스는 앉지도 않고, 그들이 식탁이라고 부르는 큼지막한 나무 선반에 등을 기댄 채 깨끗한 앞치마 위로 양손을 예쁘게 포갰다.

"그래서?" 그녀가 물었다.

앨마는 어디서부터 시작해야 좋을지 마음을 가다듬었다. 상스럽거나 무례하지 않게 말문을 열 문장이 떠오르지 않자, 문득 아버지의 조언을 따르기로 했던 결정이 심각하게 후회되기 시작했다. 이 집에서 뛰쳐나가서 편안한 화이트에이커로,

앰브로즈에게로, 싱그럽고 차가운 물이 흘러넘치는 곳으로 되돌아가고 싶었다. 그러나 프루던스는 기대하는 눈빛으로 묵묵히 그녀를 응시했다. 무언가 말해야 했다.

앨마가 입을 열었다. "결혼할 날이 가까워지고 있는데……."

앨마는 말꼬리를 흐린 채 무기력하게 프루던스를 바라보았다. 프루던스가 이 뜬금없는 서두만으로도 앨마가 물으려는 내용을 정확히 알아주기를 바랐다.

"그런데?"

"알고 보니 내가 경험이 없잖아." 앨마가 문장을 마무리했다.

프루던스는 동요 없는 침묵 속에서 계속 바라보고만 있었다. '좀 도와줘, 이 여자야!' 앨마는 소리치고 싶었다. 레타 스노만 곁에 있었다면! 미쳐 버린 지금의 레타가 아니라, 옛날처럼 즐겁고 스스럼없는 레타가. 소녀 시절의 세 사람이었다면 이런 주제도 어떻게든 안전하게 접근할 수 있었으리라. 레타가 즐겁고 솔직한 분위기를 만들어 주었을 테니까. 레타는 프루던스가 진중함을 벗어던지도록, 그리고 앨마가 수치심을 떨쳐 버리도록 이끌었을 것이다. 그러나 이제는 두 자매를 자매처럼 행동하게 도와줄 사람이 아무도 없었다. 더욱이 프루던스는 입도 뻥긋하지 않은 채, 대화를 조금이나마 쉽게 풀어 가려는 데 아무 관심도 없는 모양이었다.

"부부 생활에 대해서는 내가 경험이 없잖아." 앨마가 필사적으로 용기를 냈다. "아버지가 남편을 즐겁게 하는 문제에 대해서 너한테 조언을 구하라고 말씀하셨어."

모든 것의 이름으로

프루던스의 한쪽 눈썹이 살짝 올라갔다. "나한테 그런 권한이 있다고 생각하셨다는 게 유감이네."

이건 분명 오판이었음을 앨마는 깨달았다. 하지만 이젠 뒤로 물러날 수도 없었다.

"내 말 오해하지 마. 그냥 네가 결혼한 지도 오래됐고 아이들도 많이 낳았고 해서……."

"결혼에는 네가 암시하는 것 이상이 존재해, 앨마. 그뿐만 아니라 나는 네가 암시하는 것을 의논한다는 게 좀 꺼림칙해."

"물론 그렇겠지. 네 기분을 상하게 하거나 사생활을 침해하고 싶진 않아. 하지만 나한테 그 문제는 여전히 수수께끼야. 부디 내 말 오해하지 말아 줘. 의사한테 상의할 필요는 없어. 인체 해부학의 기본적인 구조에 대해서는 나도 다 아니까. 하지만 남편에게 어떻게 해야 환영받고 또 환영받지 못하는지 이해하려면 유부녀와 의논해 봐야 하잖아. 남편을 즐겁게 하는 기술을 어떻게 준비해야 하는지……."

"돈으로 고용된 여자가 아닌 한 기술 같은 건 필요 없어." 프루던스가 대꾸했다.

"'프루던스'!" 앨마는 자신도 놀랄 만큼 온 힘을 다해서 소리쳤다. "나를 봐! 내가 얼마나 준비 안 되어 있는지 안 보여? 너한텐 내가 젊은 여자처럼 보이니? 욕망의 대상으로 보여?"

그 순간까지도 앨마는 자기가 첫날밤을 얼마나 두려워하고 있는지 깨닫지 못하고 있었다. 물론 앰브로즈를 사랑하고 짜릿한 기대감으로 흥분한 상태이긴 했지만 공포에 사로잡혀 있기도 했다. 지난 몇 주간 밤마다 부들부들 떨면서 불면에 시달린 것도 어느 정도 그런 두려움의 표현이었다. 그녀는 한 남자의 아내로서 처신하는 법을 알지 못했다. 앨마는 수십 년간 성과 관련해서 풍부하고 외설적인 상상력을 동원해 왔지만 역시나 순진한 여인이었다. 상상은 상상일 뿐, 두 육체가 함께하는 일은 전적으로 다른 영역이었다. 앰브로즈는 그녀를 어떻게 받아들일까? 어떻게 해야 그를 매혹시킬 수 있을까? 그는 젊고 사랑스러운 남자인 반면, 마흔여덟인 앨마의 외모를 곧이곧대로 평가하자면 장미라기보다 검은딸기나무에 가까웠다.

프루던스의 태도가 보일듯 말듯 부드러워졌다.

"기꺼운 마음만 있으면 돼. 건강한 남자가 기꺼이 순종하는 아내를 만나면 특별히 유혹할 필요도 없지."

그런 정보는 앨마에게 아무런 의미도 없었다. 프루던스도 그 정도는 짐작한 듯 말을 덧붙였다. "내가 장담하건대 부부 생활의 의무는 그다지 불편하지 않아. 네 남편이 너한테 부드럽게 군다면 그리 상처를 주진 않을 거야."

앨마는 바닥에 주저앉아서 울고 싶었다. 프루던스는 정말로 앨마가 '상처'를 두려워한다고 생각했을까? 도대체 누가 앨마 휘태커에게 상처를 줄 수 있다고? 이런 굳은살투성이 손을 가진 여자를? 프루던스가 참으로 우아하게 기대고 있는 참나무 선반을 뜯어서 쉽사리 방 건너편으로 내던질 수도 있는 우람한 팔을 지닌 여자를? 햇볕에 그을린 목과 이렇게 까칠한 머릿결을 지닌 여자를? 첫날밤에 앨마가 두려워하는 것은 상처가 아니라 '모욕'이었다. 앨마가 절실하게 알고 싶었던 것은 어떻게 해야 자기 모습과 똑같은 이끼밭이 아니라, 프루던스처럼 한 떨기 난초 같은 모습으로 앰브로즈 앞에 설 수 있겠느냐는 것이었다. 그것은 쓸모없는 대화였고 단순히 모욕의 전주곡이었다.

"내가 저녁 시간을 너무 많이 빼앗았지. 돌봐야 할 아픈 아이도 있는데 말이야. 용서해 줘." 앨마가 일어나며 말했다.

프루던스는 잠시 머뭇거리며 앞으로 다가설 듯, 혹은 앨마에게 좀 더 있다 가라고 청하려는 듯했다. 하지만 실제로 존재했는지 모를 그 순간은 빠르게 지나갔다. 그녀는 단지 "와 줘서 기뻤어."라고 말했다.

'우린 왜 이렇게 다를까? 왜 우리는 친하지 못할까?' 앨마는 간청하고 싶었다.

그 대신 앨마는 이미 거절할 것을 짐작하면서도 자매에게 물었다. "토요일에 있을 결혼식에 올 거야?"

"미안하지만 못 가." 프루던스가 대답했다. 이유는 설명하지 않았다. 둘 다 이유를 알고 있었다. 프루던스는 두 번 다시 화이트에이커에 발을 들여놓지 않을 작정이기 때문이었다. 헨리가 받아들이지 않을 테고, 프루던스 역시 시도하지 않을 것이다.

"그럼 잘 지내길." 앨마가 마무리를 지었다.

"너도."

큰길을 향해 절반쯤 벗어나고 나서야 앨마는 방금 자신이

한 짓을 깨달았다. 마흔여덟의 지친 어머니(집안에 아픈 아이도 있는!)에게 성행위 기술을 조언해 달라고 청한 것은 둘째치고, '창녀의 딸'에게 그런 질문을 던졌던 것이었다. 프루던스의 수 치스러운 근본을 앨마가 어떻게 잊었을까? 프루던스는 결코 그 사실을 잊을 수 없었을 테고, 그래서 그 유명한 친어머니의 방탕과 맞서고자 완벽하게 엄격하고 올바른 존재로 살아왔을 가능성이 높았다. 그런데 앨마는 그런 소박하고 정숙하고 절 제된 집안에 쳐들어가서 유혹의 기술과 속임수에 대해 물었던 것이다.

앨마는 낙담한 나머지 버려진 술통에 주저앉았다. 딕슨의 집으로 돌아가서 사과하고 싶었지만 어떻게? 무슨 말을 해야 상황을 더욱 난감하지 않게 만들 수 있을까?

어떻게 이토록 멍청한 짓을 할 수가 있지?

'도대체 멀쩡한 분별력은 다 어디로 사라진 걸까?'

＊

결혼식 전날 오후, 두 가지 물건이 우편으로 앨마에게 당도 했다.

첫 번째 물건은 매사추세츠 주 프래밍엄의 소인과 함께 구석에 '파이크'라고 이름이 적힌 봉투였다. 앨마는 그 즉시 앰브 로즈에게 온 가족의 편지이리라고 짐작했지만, 봉투에는 틀림 없이 그녀의 이름이 적혀 있었으므로 개봉해 보았다.

친애하는 휘태커 양.

내 아들 앰브로즈의 결혼식에 참석하지 못함을 양해 부탁 드립니다. 나는 상당히 몸이 좋지 않아서 그렇게 긴 여행은 내 능력 밖의 일입니다. 그러나 앰브로즈가 곧 신성한 혼인의 단계에 접어든다는 소식을 받고 기쁘기 그지없습니다. 내 아들은 너무도 오랜 세월 가족 및 사회와 동떨어져 살았기에 나는 그 아이가 신붓감을 맞이하리라는 희망을 이미 오래전에 버린 터였습니다. 그뿐만 아니라 예전 젊은 시절에 아들은 많이 존경하고 아끼던 소녀의 죽음으로 가슴 깊이 상처받았기 때문에 (근방에 사는 훌륭한 기독교인 가문의 아가씨로, 우리는 아들이 그 아이와 결혼하리라고 생각했지요.) 감수성에 회복 불가능한 해를 입었습니다. 나로서는 그 아이가 두 번 다시 자연스러운 애정으로 보상받지 못할까 봐 두려워했답니다. 내가 너무 함부로 이야기하고 있는지도 모르겠지만 분명 그 아이는 그대에게 다 이야기했겠지요. 그러니 그 아이의 약혼 소식은 곧 마음이 치유되었다는 증거이므로 환영하는 바입니다.

두 사람의 결혼사진 잘 받았습니다. 능력 있는 여성으로 보이더군요. 그대의 외모에서는 어리석음이나 경솔함의 징후가 보이지 않았어요. 나는 주저 없이 내 아들에게는 바로 그런 여성이 필요하다고 단언하는 바입니다. 아들은 똑똑하고(자식 중에 가장 똑똑했지요.) 어렸을 땐 나에게 가장 소중한 기쁨을 주는 아이였지만, 멍하니 구름과 별과 꽃을 바라보는 데 너무 많은 세월을 허비했습니다. 안타깝게도 자기가 기독교보다 한 수 위라고 믿고 있어요. 당신이 바로 그런 오해를 교정해 줄 여성일 수도 있겠지요. 정숙한 결혼 생활이 그 아이의 도덕적 일탈을 치유해 주길 기도합니다. 결론적으로 내 아들의 결혼식을 직접 보지 못해서 유감이지만, 나는 두 사람의 결합에 큰 희망을 품고 있습니다. 경건하게 성경을 공부하고 주기적으로 기도를 올리며 신과 만남으로써 아들의 영혼이 보다 높은 곳으로 향할 수만 있다면 이 어미의 마음도 따뜻해질 것입니다. 그러니 그렇게 행동하도록 돌봐 주기 바랍니다.

앰브로즈의 형제들과 나는 당신을 가족으로 환영합니다. 그 점은 알고 있었겠지요. 그렇다 해도 굳이 말을 해야 하리라고 여겼습니다.

콘스탄스 파이크 보냄

편지에서 앨마가 파악한 유일한 정보는 앰브로즈가 "많이 존경하고 아끼던 소녀"라는 부분이었다. 어머니는 분명 앰브로즈가 모든 걸 털어놓았으리라고 언급했지만 그는 아무 말도 하지 않았다. 그 소녀는 누구였을까? 언제 죽었을까? 앰브로즈는 불과 열일곱 살 때 하버드에 입학하기 위해 프래밍엄을 떠났고 그 이후 그 도시에서 산 적이 없었다. 그렇다면, 정말로 그것이 연애였다면 두 사람의 사랑은 그보다 어렸을 때 이루어졌다는 의미였다. 두 사람은 틀림없이 어린아이였을 것이다. 혹은 어린아이나 다름없었거나. 그 소녀는 분명 아름다웠을 터다. 앨마는 지금 그 소녀를 눈으로 보는 듯했다. 상냥하고 예쁘고 유순한 얼굴에, 벌꿀처럼 달콤한 목소리로 찬송가를 부르는 밤색 머리와 파란 눈동자를 지닌 미의 화신인 그 소녀는 어린 앰브로즈와 함께 꽃이 만발한 봄날의 과수원을 거닐었으리라. 소녀의 죽음 때문에 그의 정신이 황폐해졌을까? 소녀의 이름은 무엇이었을까?

왜 앰브로즈는 그런 이야기를 하지 않았을까? 하지만 한편으로는, 어째서 그가 그런 이야기를 해야 한단 말인가? 과거사는 사생활에 속한다고 생각했을까? 예를 들어, 앨마도 조지 호크스에 대한 부질없고 쓸모없는 짝사랑에 대해서 앰브로즈에게 고백하지 않은 것 아닌가? 하지만 그 경우에는 들려줄 이야기가 없었다. 조지 호크스는 앨마의 상상 연애 속 주인공이라는 사실조차 알지 못했다. 즉 애당초 연애가 아니었다는 뜻이었다.

새삼 알게 된 사실을 어떻게 처리해야 할까? 우선 편지부터 어떻게 해야 할까? 앨마는 편지를 다시 읽고 내용을 암기한 뒤 숨겨 버렸다. 나중에 피상적이고 의례적인 태도로 파이크 부인에게 답장을 쓸 것이다. 그런 편지를 아예 받은 적이 없다면 더 좋았겠다는 생각이 들었다. 방금 알게 된 사실을 잊어야 했다.

'그 소녀의 이름은 뭐였을까?'

다행히 두 번째 우편물이 앨마의 관심을 끌었다. 갈색 파라핀지로 포장한 뒤 노끈으로 묶은 꾸러미였다. 매우 놀랍게도 프루던스 딕슨에게서 온 소포였다. 꾸러미를 풀자, 부드러운 흰색 리넨에 레이스로 장식된 잠옷이 나왔다. 앨마에게 딱 맞는 크기로 보였다. 주름이 풍성하고 목선이 높으면서 상앗빛 단추에 소매를 부풀린 잠옷은 단순하면서도 사랑스러운 디자인이었고 정숙하지만 여성스러웠다. 가슴 부분에서는 연노랑 비단실로 수를 놓은 섬세한 꽃문양이 은은하게 빛났다. 단정하게 접힌 잠옷에서는 라벤더 향기가 풍겼고 새하얀 리본으로 묶인 그 아래로 프루던스의 정갈한 글씨체가 도드라지는 쪽지가 들어 있었다. '온 마음을 담아 행운을 빌며.'

프루던스가 이런 사치스러운 물건을 어디에서 손에 넣었을까? 직접 바느질할 시간은 절대 없었을 것이다. 숙련된 재단사에게 구입한 것이 틀림없었다. 얼마나 비싼 값을 치렀을까! 돈은 어디에서 났을까? 그 물건에는 오래전에 딕슨 가족이 비난했던 품목이 그대로 담겨 있었다. 실크, 레이스, 수입 단추, 온갖 종류의 사치품. 프루던스는 삼십 년 가까이 이렇게 값진 물건을 입어 본 적이 없었다. 한마디로 말해서 프루던스는 이런 선물을 준비하느라 경제적으로나 윤리적으로 '엄청난' 대가를 치렀다는 의미였다. 앨마는 감정이 격해져서 목이 메었다. 자매로서 자신은 이런 친절을 받을 만한 행동을 했던가? 특히 가장 최근의 만남을 생각하면, 어떻게 프루던스가 이토록 과분한 호의를 베풀 수 있다는 말인가?

순간적으로 앨마는 거절해야 한다고 생각했다. 잠옷을 다시 포장해서 당장 프루던스에게 보내야 할 것이다. 그러면 그녀는 이 옷을 조각조각 잘라서 딸들에게 입힐 예쁜 원피스로 만들거나 노예 해방을 위해 팔아 치울 것이 자명했다. 하지만 그건 무례하고 배은망덕한 짓이었다. 선물은 되돌려 주어선 안 된다. 베아트릭스마저 항상 강조했던 사실이었다. 선물은 절대 되돌려 주어서는 안 된다. 그것은 은혜로운 행동이기에 은혜로운 마음으로 받아야 마땅했다. 앨마는 겸손하게 감사해야 했다.

나중에 침실로 들어가서 문을 닫고 그 잠옷을 입은 채 거울 앞에 선 다음에야 앨마는 프루던스가 당부하려던 말이 무엇이었는지, 그리고 왜 그 잠옷을 절대로 돌려줄 수 없는지 충분히 이해했다. 앨마가 신혼 첫날밤에 그 사랑스러운 잠옷을 입어야 한다는 의미였다.

실제로 그 옷을 입으니 예뻐 보였다.

17

결혼식은 1848년 8월 29일 화요일에 화이트에이커의 응접실에서 거행되었다. 앨마는 그날을 위해 특별히 맞춘 갈색 실크 드레스를 입었다. 헨리 휘태커와 한네커 데 그루트가 증인을 섰다. 헨리는 기분이 좋았지만 한네커는 그렇지 못했다. 과거 헨리와 일한 적이 있는 웨스트필라델피아 출신의 판사가 집주인의 호의에 답하는 의미로 주례를 맡았다.

결혼 서약이 오간 뒤 그는 주례사를 마무리했다. "우정이 두 사람을 인도해 주기를 바라십시오. 상대방의 불운을 염려하고 상대방의 기쁨을 북돋아 주십시오."

"과학과 사업과 인생의 파트너가 되는 거지!" 느닷없이 헨리가 고함을 지르더니 맹렬하게 코를 풀었다.

다른 친구나 가족은 참석하지 않았다. 조지 호크스는 축하의 의미로 배 한 상자를 선물했지만, 열병에 걸려서 참석할 수 없다고 편지를 보내왔다. 또한 개릭 제약 회사의 이름으로 전날 커다란 부케가 배송되었다. 앰브로즈 쪽 하객으로는 아무도 참석하지 않았다. 보스턴에 있는 그의 친구 대니얼 투퍼는 그날 아침 "잘했어 파이크."라고 적힌 간단한 전보를 보내 주었지만, 결혼식을 위해 굳이 내려오지는 않았다. 보스턴에서 기차로 반나절이면 오는 거리인데도 신랑 측 하객은 아무도 오지 않았다.

앨마는 주변을 둘러보며 참으로 단출한 식솔이라는 사실을 새삼 깨달았다. 하객이 너무도 적었다. 사람들이 충분치 않았다. 합법적인 결혼식 요건을 겨우 맞출 정도의 인원이었다. 어쩌다 이렇게까지 고립된 걸까? 앨마는 정확히 사십 년 전, 1808년에 부모님이 개최했던 무도회를 떠올렸다. 베란다와 드넓은 잔디밭에서 얼마나 많은 사람과 연주자 들이 춤을 추고 음악을 들려주었는지, 또 그녀가 어떻게 횃불을 들고 뛰어다녔는지. 화이트에이커가 그렇게 장엄한 광경을 연출하며 요란한 웃음과 사교가 벌어지던 곳이었다는 사실을 이제는 떠올리기조차 힘들었다. 그날 이후로 저택은 침묵의 별자리가 되고 말았다.

결혼 선물로 앨마는 1684년에 나온 토머스 버넷의 아름다운 고서『지구의 신성 이론(Sacred Theory of the Earth)』의 초판을 앰브로즈에게 주었다. 버넷은 노아의 홍수 이전 지구가 절대적으로 완벽한 상태의 매끈한 구였다고 주장한 신학자였다. 그는 지구가 "온몸에 단 하나의 주름이나 흉터, 균열도 없이 젊음의 아름다움과 생산적으로 피어나는 싱그러운 자연이었다. 바위도 없고 산도 없으며, 깊은 동굴도, 입을 벌린 협곡도 없이 온통 평평하고 매끄러웠다."라고 주장했다. 앨마는 남편이 그 책을 좋아하리라고 생각했고, 앰브로즈는 역시 좋아했다. 완벽함, 조금도 더럽혀지지 않은 절묘한 꿈이야말로 앰브로즈가 정념을 다해서 추구해 온 대상이었다.

앰브로즈는 앨마에게 아름다운 이탈리아산 종이를 복잡한 봉투 모양으로 작게 접어서 네 가지 다른 색깔로 봉인한 뒤 선물로 주었다. 네 귀퉁이 모두 봉인되어 있었고 그 모든 봉인들은 각각 달랐다. 앨마의 손바닥에 올라갈 정도로 귀엽고 예쁜 물건이긴 했지만 이상하고 신비한 종교 의식 같았다. 앨마는 흥미롭게 생긴 봉투를 계속 돌려 보았다.

"이런 선물은 어떻게 열어 봐야 하죠?" 그녀가 물었다.

"열어 보는 거 아니에요. 절대 열어 보지 마요." 앰브로즈가 말했다.

"뭐가 들었는데요?"

"사랑의 메시지."

"정말로요? 사랑의 메시지라니! 난 꼭 봐야겠어요!" 앨마가 기뻐하며 말했다.

"난 당신이 그저 상상해 줬으면 좋겠어요."

"내 상상력은 당신처럼 풍부하지 않아요, 앰브로즈."

"하지만 지식을 너무도 사랑하는 당신 같은 사람에게 상상력은 차라리 그냥 덮어 두는 편이 나을 거예요. 당신과 나, 우리는 서로 너무 잘 알게 될 거예요. 어떤 건 열어 보지 않고 둡시다."

앨마는 선물을 주머니에 넣었다. 그 선물은 기이하고 가볍고 신비로운 존재감을 전하며 온종일 주머니에 들어 있었다.

두 사람은 그날 밤 헨리 그리고 그의 친구인 판사와 함께 저녁을 먹었다. 헨리와 판사는 포트와인을 지나치게 마셔 댔다. 앨마는 독한 술을 마시지 않았고 앰브로즈도 마찬가지였다. 앨마의 남편은 그녀가 자신을 쳐다볼 때마다 미소를 지었지만, 그것은 남편이 되기 전에도 했던 행동이었다. 그녀가 이제 앰브로즈 파이크의 부인이라는 점 이외에는 모든 것이 예전 저녁과 똑같은 기분이었다. 그날 밤 해는 느릿느릿 계단을 내려가는 노인처럼 천천히 저물었다.

마침내 저녁 식사가 끝나자 앨마와 앰브로즈는 처음으로 앨마의 침실로 들어갔다. 앨마가 침대 끝에 걸터앉자 앰브로즈도 곁에 앉았다. 그가 앨마의 손을 잡았다. 오랜 침묵이 흐른 뒤 그녀가 "난 실례할게요……."라고 말했다.

그녀는 새 잠옷을 입고 싶었지만 남편 앞에서 옷을 벗고 싶지는 않았다. 그녀는 침실 구석에 있는 작은 욕실로 들어가서 잠옷으로 갈아입었다. 1830년대에 벌써 욕조와 수도꼭지를 설비한 공간이었다. 그녀는 옷을 벗고 잠옷을 입었다. 머리는 계속 올리고 있어야 할지 풀어서 내려야 할지조차 알 수 없었다. 머리를 풀면 항상 보기 좋지 않았지만, 핀과 고정 장치를 놔두면 잘 때 불편했다. 그녀는 망설이다가 머리를 올린 채 두기로 결정했다.

　침실로 되돌아가 보니 앰브로즈도 잠옷으로 갈아입은 모습이었다. 정강이까지 내려오는 단순한 리넨 셔츠였다. 입던 옷은 얌전하게 개킨 뒤 의자에 올려 두었다. 그는 침대를 사이에 두고 그녀와 멀찍이 서 있었다. 진격하는 기병대처럼 초조함이 그녀를 휩쓸었다. 앰브로즈는 전혀 초조해하는 것 같지 않았다. 그는 앨마의 잠옷에 대해서 아무 말도 하지 않았다. 그가 손짓하며 앨마를 침대로 불렀으므로 그녀는 침대에 올라갔다. 그는 침대 반대편에서 올라오더니 중간에서 그녀와 만났다. 문득 침대가 두 사람에게 너무 작다는 끔찍한 생각이 들었다. 그녀와 앰브로즈는 둘 다 키가 아주 컸다. 두 사람의 다리를 어떻게 해야 할까? 팔은? 자다가 그를 발로 차면 어쩌지? 얼결에 팔꿈치로 그의 눈이라도 친다면?

　앨마는 옆으로 돌아누웠고 그도 옆으로 돌아누운 채 서로 마주 보았다.

　"내 영혼의 보물."이라고 그가 말했다. 그는 앨마의 손을 잡고 약혼 이후 지난달 내내 매일 밤 그러했듯이 손가락 마디 바로 위쪽에 입을 맞추었다. "당신은 내게 무한한 평화를 가져다주었어요."

　"앰브로즈." 그의 이름과 그의 얼굴로부터 경이로움을 느끼며 앨마가 대꾸했다.

　"우리는 자는 동안 영혼의 힘을 가장 가까이서 느낄 수 있어요. 우리의 정신은 이렇게 맞닿은 거리를 오가며 이야기를 나누겠죠. 밤의 고요함 속에서 여기 함께 있으면 우린 마침내 시간과 공간, 자연법칙과 물리 법칙에서 자유로워질 거예요. 꿈속에서 우리 마음대로 세상을 떠돌아다니겠죠. 시간을 거슬러 날아다니며 죽은 사람과도 이야기를 나누고, 동물이나 사물로도 변신할 거예요. 우리의 지성은 사라져 버리고 정신이 놓여날 거예요."

"고마워요."라고 그녀는 멍하니 말했다. 그런 엉뚱한 말에 대해서 딱히 대답은 떠오르지 않았다. 이것 역시 일종의 구애일까? 보스턴 사람들은 이런 식으로 관계를 진척시키나? 그녀는 자기 입 냄새가 안 좋을까 봐 염려스러웠다. 그의 입 냄새는 달콤했다. 앨마는 그가 등불을 꺼 주었으면 했다. 그녀의 생각을 듣기라도 한 듯 그가 즉각 손을 뻗어서 등불을 껐다. 어둠은 더 편안하고 좋았다. 앨마는 그를 향해 헤엄쳐 가고 싶었다. 그가 또다시 그녀의 손을 잡아서 입술로 가져가는 것이 느껴졌다.

"잘 자요, 나의 아내."

그는 앨마의 손을 놓지 않았다. 그러고는 순식간에(그의 호흡으로 알 수 있었다.) 잠이 들었다.

＊

앨마가 신혼 초야에 기대하고 상상하고 희망하고 두려워했던 모든 경우의 수 가운데 이런 상황은 결코 존재하지 않았다.

앰브로즈는 안심한 듯 앨마의 손을 가볍게 잡고서 연신 평화롭게 잠을 잤고, 앨마는 눈을 뜬 채 어둠 사이로 퍼져 가는 고요 속에 꼼짝 않고 누워 있었다. 끈끈하고 축축한 오물처럼 당혹감이 그녀를 덮쳤다. 앨마는 과학 실험을 하다가 황당하게 망쳐 버렸을 때처럼, 이 기묘한 상황을 해명해 줄 수 있을 법한 가능성을 하나하나 짚어 보았다.

혹시라도 그가 깨어나서 부부 생활의 즐거움을 재개(시작이라고 해야겠지만)할까? 혹시 그녀의 잠옷이 마음에 들지 않았던 걸까? 어쩌면 너무 정숙해 보였나? 그게 아니면 너무 안달 나 보였나? 그가 원하는 사람은 역시 그 죽은 소녀일까? 까마득한 옛날 프래밍엄에서 잃어버린 사랑을 생각하고 있을까? 아니면 혹시 발작적인 신경증에 사로잡힌 걸까? 그는 사랑의 의무에 역부족인 걸까? 하지만 그런 설명은 하나도 이치에 닿지 않았고 특히 마지막 질문은 더욱 그러했다. 앨마는 남자가 성불능이 되는 까닭은 심한 수치심 때문임을 잘 알고 있었다. 하지만 앰브로즈는 전혀 수치스러워하는 것 같지 않았다. 성관계를 '시도'하지조차 않았다. 오히려 그는 더할 나위 없이 편안하게 잠들어 있었다. 그는 고급 호텔에 투숙한 부유한 시민처럼 잠을 잤다. 그는 온종일 멧돼지 사냥과 마상 시합에 시달린 왕처럼 잠을 잤다. 그는 십수 명의 아름다운 후궁들에게 시달린 이슬람 왕국의 왕자처럼 잠을 잤다. 그는 나무 아래 누운 아이처럼 잠을 잤다.

앨마는 잠들지 못했다. 밤공기는 더웠고 옆으로 너무 오래

모든 것의 이름으로

누워 있어서 불편한 데다, 움직이기도 두렵고 손을 빼기도 두려웠다. 머리에 꽂은 핀과 고정 장치가 두피를 콕콕 찔러 댔다. 눌린 어깨의 감각마저 사라졌다. 한참 뒤, 마침내 그녀는 그에게 잡혀 있던 손을 빼내고 똑바로 누웠지만 소용없었다. 그날 밤 휴식은 그녀를 외면했다. 앨마는 눈을 뜨고, 겨드랑이는 축축하게 젖은 채로 잔뜩 긴장해서 뻣뻣하게 누워 있었다. 아주 놀랄 만한 데다 불편한 상황에 대해 설명할 수 있을 만큼 명쾌한 핑계를 찾아보았지만 결국 실패했다.

새벽이 되자 지구상의 모든 새들이 그녀의 머리 위에서 즐겁게 지저귀기 시작했다. 첫 햇살이 비쳐 들자 앨마는 남편이 이제라도 새벽에 깨어나서 자신을 안아 주리라는 희망에 빠졌다. 어쩌면 두 사람은 날이 밝은 이후에야 결혼 생활에서 기대되는 친밀한 행동을 시작하게 되리라.

앰브로즈는 깨어났지만 그녀를 안아 주지 않았다. 그는 곧장 활기에 가득 차서 싱그럽고 행복해하는 기분으로 잠에서 깨었다. "멋진 꿈을 꿨어요!"라고 말하며 그가 나른하게 기지개를 켰다. "몇 년 동안 그런 꿈을 못 꿨거든요. 꼭 전기처럼 짜릿한 당신과 함께할 수 있다니, 영광이에요. 고마워요, 앨마! 멋진 날이 되겠어요! 당신도 그런 꿈을 꿨어요?"

물론 앨마는 아무런 꿈도 꾸지 않았다. 앨마는 뜬눈으로 공포에 젖은 채 밤을 지새웠다. 그럼에도 그녀는 고개를 끄덕였다. 달리 어찌해야 할지 몰랐다.

"약속해 줘요. 둘 중 누가 먼저 죽든, 죽음의 순간에 필멸의 경계선 너머로 서로에게 신호를 보내기로." 앰브로즈가 말했다.

이번에도 아무 생각 없이 그녀는 고개를 끄덕였다. 말을 시도하기보다 그 편이 쉬웠다.

맥이 빠져서 입을 꼭 다문 채 앨마는 남편이 자리에서 일어나 세숫대야에서 얼굴을 씻는 모습을 지켜보았다. 그는 의자에서 옷을 챙겨 들고 예의 바르게 욕실로 사라졌다가 다시 갖춰 입은 뒤 대단히 기분 좋은 상태로 돌아왔다. 저 따뜻한 미소 뒤에는 무엇이 도사리고 있을까? 앨마에게는 더 따뜻한 온기밖에 보이지 않았다. 앰브로즈는 앨마가 그를 얼핏 처음 보았을 때와 똑같았다. 사랑스럽고 밝고 열정적인 스무 살짜리 청년.

그녀가 바보였다.

"당신 사생활을 보호해야만 할 테니 난 이만 나갑니다. 아침 식탁에서 기다리고 있을게요. 멋진 하루가 될 거예요!" 그가 말했다.

앨마는 전신이 욱신거렸다. 뻣뻣한 육신과 끔찍한 절망의 구렁텅이에서 그녀는 장애를 지닌 사람처럼 천천히 침대에서 빠져나온 뒤 옷을 입었다. 거울을 보았다. 보지 말았어야 했다. 하룻밤 새 십 년은 늙어 있었다.

마침내 앨마가 아래층으로 내려가자 헨리는 벌써 식탁에 앉아 있었다. 그와 앰브로즈는 가벼운 대화에 열중했다. 한네커가 앨마에게 새로 끓인 찻주전자를 가져와서 따라 주며 날카롭게 쏘아보았다. 결혼식 다음 날 아침에 모든 여자들이 겪어야 하는 종류의 시선이었지만 앨마는 눈길을 피했다. 얼빠

　　　　모든 것의 이름으로

지고 어두운 표정을 짓지 않으려고 애썼지만 마음 같지 않았고 스스로도 느낄 만큼 눈이 빨개져 있었다. 온몸에 흰 곰팡이가 핀 기분이었다. 남자들은 알아차리지 못하는 듯했다. 헨리는 앨마가 이미 열두 번은 더 들은 이야기를 하고 있었다. 더러운 페루의 선술집에서 거만한 땅딸보 프랑스인과 한 침대를 쓰게 되었던 날 밤의 이야기였는데, 프랑스어 억양이 누구보다도 확연한데 그자는 절대 프랑스인이 아니라고 우겨 댔다.

헨리가 말했다. "그 멍청이가 연신 '나흐는 영쿡인이오!'라고 우기길래 나도 놈한테 계속 '넌 영국인이 아니야, 멍청아, 프랑스인이잖아!'라고 말했다네. 하지만 그 빌어먹을 멍청이는 자꾸 '나흐는 영쿡인이오!'라고 우기는 거야. 결국 내가 말했지. '그럼 어디 한번 이야기해 보시지. 어째서 네놈이 영국인이라는 거야?' 그랬더니 그자가 버럭 소리를 치는 거야. '나흐는 영쿡인 부인이 있기 때문에 영쿡인이오!'"

앰브로즈는 정신없이 웃어 댔다. 앨마는 마치 표본을 관찰하듯 그를 쳐다보았다.

"그런 논리라면 나는 빌어먹을 네덜란드인이라니까!" 헨리가 말을 맺었다.

"그럼 전 휘태커 가문이고요!" 앰브로즈가 여전히 웃으면서 덧붙였다.

"차 더 줄까?" 한네커가 예의 꿰뚫어 보는 시선으로 앨마를 다시 쳐다보며 물었다.

앨마는 자기가 너무 오래 입을 헤벌리고 있었음을 깨닫고 얼른 입을 다물었다. "됐어요, 한네커, 고마워요."

"일꾼들이 오늘 마지막 건초를 운반할 거다. 제대로 해 놓았는지 살피도록 해라, 앨마." 헨리가 말했다.

"네, 아버지."

헨리는 다시 앰브로즈를 쳐다보았다. "자네 부인은 아주 가치 있는 인간이지. 특히 해야 할 일이 있을 때 말이야. 치마만 둘렀지 영락없이 타고난 농부라네."

*

둘째 날 밤도 첫날밤과 똑같았고, 셋째 날 밤도, 넷째 날과 다섯째 날 밤도 마찬가지였다. 이후 이어진 모든 밤이 다 똑같았다. 앰브로즈와 앨마는 각자 욕실에서 옷을 벗고 침대로 돌아와서 마주 보고 누웠다. 그는 앨마의 손을 잡고 칭송한 뒤 등불을 껐다. 그러고 나면 앰브로즈는 동화 속 마법에 걸린 주인 공처럼 곯아떨어졌고, 앨마는 그의 곁에서 침묵의 고문을 받으며 누워 있었다. 시간이 지나며 한 가지 달라진 점이 있다면 앨마도 마침내 몇 시간이나마 까무룩 잠을 자게 되었다는 사실이었다. 그건 그냥 몸이 너무 지친 나머지 쓰러진 것이었다. 게다가 그 잠은 괴로운 꿈과 끔찍한 불안으로 엉망진창이었다.

낮 동안 앨마와 앰브로즈는 전처럼 연구도 함께하고, 명상도 함께했다. 그는 그녀를 더 좋아할 수 없을 만큼 좋아하는 듯했다. 앨마는 목석처럼 자기 일을 하고 그의 일을 도왔다. 그는 항상 앨마 곁에 있고 싶어 했다. 가능한 한 가까이에. 그는 앨마가 불편해한다는 사실을 전혀 모르는 것 같았다. 앨마는 내색하지 않으려고 애썼다. 줄곧 뭔가 변하면 좋겠다고 생각했다. 몇 주가 더 지나갔다. 10월이 왔다. 밤기운도 서늘해졌다. 변한 것은 없었다.

앰브로즈는 이런 결혼 생활에 대해 지나칠 정도로 태평한 모습이어서 앨마는 평생 처음으로 자신이 미치는 건 아닌지 두려워졌다. 앨마는 그를 강간이라도 하고 싶은데, 앰브로즈는 그녀의 왼손 가운뎃손가락 마디 바로 위의 좁은 부위에 단순히 입을 맞추는 것으로 행복해했다. 그런 게 부부 생활이라고 앨마가 잘못 전달한 걸까? 사기극일까? 바보 취급을 당한다는 생각만으로도 발끈할 만큼 그녀는 오랜 세월 휘태커 가문의 일원이었다. 하지만 앰브로즈의 얼굴을 보면 사기꾼의 얼굴과는 거리가 멀어도 한참 멀었고, 분노는 또다시 불행한 당혹감으로 바뀌었다.

10월 초, 필라델피아는 인디언 서머의 끄트머리를 즐기고 있었다. 아침에는 서늘한 공기에 파란 하늘이 반짝거렸고, 오후가 되면 따뜻하고 나른한 바람이 불었다. 앰브로즈는 전보다 더 영감에 가득 찬 듯, 아침마다 대포 소리라도 들은 것처럼 잠자리에서 튀어 오르듯 일어났다. 그는 난초 화원에서 '아에리데스 오도라타'라고 하는 진기한 풍란을 꽃피워 냈다. 헨리는 수년 전 히말라야 언덕에서 그 식물을 수입했지만, 앰브로즈가 분갈이해서 나무껍질과 축축한 이끼로 만든 바구니에 옮겨 심은 뒤 햇빛 잘 받는 서까래 아래쪽에 매달아 두기 전까지 단 한 송이도 꽃을 피운 적이 없었다. 지금 그 식물은 폭발하듯 꽃을 피워 댔다. 헨리는 마냥 좋아했다. 앰브로즈도 마냥 좋아했다. 앰브로즈는 모든 각도에서 그 풍란의 그림을 그렸다. '화이트에이커 식물화집'의 총아가 될 터였다.

"어떤 대상을 충분히 사랑하면 그 대상은 결국 자신의 비밀을 보여 주게 되어 있어요."라고 앰브로즈는 앨마에게 말했다.

그녀의 의견을 물었다면 그게 무슨 뜻이냐고 빌면서 질문했을지도 모르겠다. 앨마는 앰브로즈를 더 사랑하는 것이 불가능할 만큼 사랑했지만 그에게서는 아무런 비밀도 드러나지 않았다. 어처구니없게도 그녀는 '아에리데스 오도라타'로 거둔 그의 승리를 질투하는 스스로를 발견했다. 그녀는 그가 애정을 쏟은 그 식물 자체를 질투했다. 그녀는 일에 집중할 수조차 없는데, 그는 승승장구하고 있었다. 앨마는 마차 차고에 있는 그의 존재가 짜증 나기 시작했다. 왜 그는 항상 방해를 할까? 그의 인쇄기는 시끄럽고 뜨거운 잉크 냄새를 풍겼다. 앨마는 더 견딜 수가 없었다. 썩어 가는 느낌이었다. 걸핏하면 성질도 냈다. 어느 날 화이트에이커의 채소밭을 걸어가던 그녀는 삽을 깔고 앉아서 한가롭게 엄지에 박힌 가시를 빼고 있는 젊은 일꾼과 마주쳤다. 가시를 뽑고 있는 그 일꾼을 그녀는 전에도 본 적이 있었다. 일을 하는 모습보다 삽을 깔고 앉아 있는 경우가 훨씬 많았다.

"이름이 로버트 맞죠?" 그녀가 온화한 미소를 지으며 그에게 다가가서 물었다.

"로버트 맞는뎁쇼." 그가 약간 무심한 표정으로 고개를 들며 대꾸했다.

"오늘 오후에 당신이 해야 할 일은 뭐죠, 로버트?"

"완두콩밭이 썩어서 이걸 갈아엎어야 해요."

"며칠 내로 그 일을 해치울 계획이 있긴 한가요?" 위험스레 낮은 목소리로 그녀가 다그치며 물었다.

"그게, 여기 가시가 박혀서 그만⋯⋯."

앨마는 청년에게 몸을 숙이며 깡마른 그의 몸 위로 그림자를 드리웠다. 그러고 나서 그의 멱살을 움켜잡고 땅바닥에서 일으켜 세운 뒤 씨앗 자루처럼 흔들어 대며 소리를 질렀다. "네 놈의 삽으로 확 불알을 떼어 버리기 전에 얼른 일이나 해, 이 게으름뱅이야!"

그녀는 청년을 도로 땅에 내팽개쳤다. 그는 아플 정도로 격하게 나뒹굴었다. 그는 앨마의 그림자 아래서 토끼처럼 기어 나오더니 미친 듯이 겁에 질려 땅을 파기 시작했다. 앨마는 팔을 꺾으면서 근육을 풀고 그 자리에서 멀어져 갔다. 그러고는 곧장 남편 생각으로 되돌아왔다. 혹시 앰브로즈가 단순히 '모르는' 게 아닐까? 부부 사이의 의무나 성생활에 관해 그 정도로 아무것도 모르면서 결혼하는 사람이 있을 수 있을까? 오래전 마차 차고의 다락에 음란한 책들을 모아 두기 시작했던 때의 기억이 떠올랐다. 최소 이십 년간은 그 책을 생각해 본 적이 없었다. 다른 책에 비하면 다소 시시했지만 이제 새삼 그 내용이 떠올랐다. 제목은『호르슈트 박사가 쓴 결혼의 결실: 신사를 위한 성생활 지침서, 결혼한 부부를 위한 안내서』였다.

호르슈트 박사는 이론적으로나 현실적으로 성관계에 관해 아무런 지식도 없던 정숙한 젊은 기독교인 부부를 상담한 적이 있었는데, 그들은 마법에라도 걸린 듯 침대에 함께 누우면 대단히 이상한 기분과 관능을 느꼈으므로 자신에게나 상대에게 당황한 터였다. 결혼 이후 몇 주일이 지난 뒤에야 드디어 가엾은 젊은 신랑이 친구에게 물어보았고, 친구는 새신랑에게 제대로 관계를 맺으려면 그의 성기를 직접 신부의 '촉촉한 구멍'에 삽입해야 한다는 충격적인 정보를 알려 주었다. 그런 생각만으로도 엄청난 공포와 수치심에 사로잡힌 젊은이는 호르슈트 박사에게 달려와서 그런 기이한 행동이 실제로 가능한지, 또는 도덕적으로 허용되는지 반문했다. 당황한 젊은이의 영혼에 연민을 느낀 호르슈트 박사는 다른 새신랑들을 돕기 위해 성생활의 비법을 담은 안내서를 집필한 것이었다.

예전에 앨마는 그 책을 비웃었다. 청년으로서 성기와 비뇨기관의 기능에 대해 그토록 완벽하게 무지한 사람이 있다는 사실 자체가 그녀에게는 어처구니없게 느껴졌다. 정말로 그런 사람이 있다고?

그러나 이제는 그녀 역시 의문이 들었다.

그에게도 이 책을 '보여' 주어야 할까?

모든 것의 이름으로

그 주 토요일 오후, 앰브로즈는 저녁 식사 전에 목욕을 하겠다며 일찍 방으로 올라가겠다고 양해를 구했다. 앨마는 그를 따라 방에 갔다. 그녀는 침대에 앉아서 문 건너편의 거대한 도자기 욕조로 떨어지는 물소리에 귀를 기울였다. 콧노래를 부르는 소리가 들려왔다. 그는 행복했다. 반면에 그녀는 불안하고 의구심에 가득 차서 괴로웠다. 지금쯤 그는 분명 옷을 벗고 있을 것이다. 그가 욕조로 들어가는 듯 낮게 철썩거리는 소리가 들리더니 이어 기쁨에 겨운 한숨 소리가 흘러나왔다. 그러고는 정적.

앨마는 일어나서 자기도 옷을 벗었다. 그녀는 모든 것을 벗어 던졌다. 속바지와 속치마, 머리에 꽂았던 핀까지도. 더 벗을 것이 남아 있다면 모조리 내던졌을 것이다. 자신의 벗은 몸이 그렇게 아름답지 않음은 알았지만, 그녀가 가진 것이라곤 그뿐이었다. 그녀는 욕실 문에 기대어 귀를 대고 소리를 들었다. 꼭 이럴 필요는 없었다. 다른 대안도 있었다. 있는 그대로 참는 법을 배울 수도 있었으리라. 결혼이되 결혼이 아닌 이 기묘하고 불가능한 관계를 끈기 있게 참아 내며 고통을 겪어 낼 수도 있을 터다. 앰브로즈가 그녀에게 안겨 준 모든 감정(그를 향한 욕망, 그에 대한 실망, 곁에 다가갈 때마다 고문당하는 것만 같은 부재감)을 극복해 낼 수도 있을 것이다. 자신의 욕망을 잠재우는 방법을 배울 수 있다면, 그럴 수만 있다면, 있는 그대로의 남편을 받아들일 수도 있으리라.

아니었다. 아니, 그녀는 그런 걸 배울 수 없었다.

앨마는 손잡이를 돌리고 문을 밀었다. 그러고는 가능한 한 소리 없이 안으로 들어갔다. 그녀를 향해 고개를 돌린 그의 눈은 놀라움으로 휘둥그레졌다. 그녀는 아무 말도 하지 않았고 그 역시 아무 말 없었다. 그녀는 그의 시선을 피해 시원한 목욕물 아래 잠긴 그의 전신을 살폈다. 사랑스럽게 벌거벗은 몸으로 그가 거기에 존재했다. 그의 피부는 우유처럼 희었다. 팔보다 가슴과 다리가 훨씬 더 희었다. 그의 상반신에는 체모의 흔적만 남아 있었다. 이보다 더 완벽한 아름다움은 있을 수 없었다.

그에게 아예 성기가 없을까 봐 걱정했다고? 그게 문제이리라고 상상을 했다고? 그건 전혀 문제가 아니었다. 그에게는 성기가 있었다. 결함 없이 완전한 데다, 위풍당당하기까지 한 성기였다. 그녀는 조심스레 사랑스러운 그의 부속물을, 다리 사이로 난 은밀한 덤불 사이에서 떠오른, 해양 생물처럼 하늘거리는 그 창백한 물건을 관찰했다. 앰브로즈는 움직이지 않았다. 그의 남근도 꼼짝하지 않았다. 구경거리가 되는 일을 좋아하지 않았던 것이다. 그녀는 보자마자 그 점을 깨달았다. 숲속에서 누구 눈에 띄기를 꺼리는 부끄러움 많은 동물을 수없이 보아 온 앨마는 앰브로즈의 다리 사이에 있는 생물 역시 눈에 띄기를 싫어한다는 사실을 알 수 있었다. 그래도 여전히 그녀는 고개를 돌릴 수 없어서 그대로 바라보았다. 앰브로즈가 그

모든 것의 이름으로

녀에게 그런 광경을 허락한 까닭은 받아들였기 때문이 아니라 마비되었기 때문이었다.

마침내 앨마는 무언가 그에게 전달할 말을 찾아서 필사적으로 고개를 들고 그의 얼굴을 응시했다. 그는 공포로 얼어붙은 듯했다. 왜 '공포'일까? 그녀는 욕조 옆 바닥으로 몸을 낮췄다. 거의 애원하는 사람처럼 그의 앞에 무릎을 꿇은 형상이었다. 아니, 그녀는 '정말로' 애원하는 사람으로서 그의 앞에 무릎을 꿇고 있었다. 손가락이 길고 끝이 가느다란 그의 오른손은 욕조 가장자리를 움켜쥐고 있었다. 앨마는 그의 손가락을 한 번에 하나씩 폈다. 그는 그녀의 행동을 막지 않았다. 그녀는 그의 손을 자신의 입으로 가져갔다. 그의 세 손가락을 입속에 넣었다. 어쩔 수 없는 행동이었다. 그녀는 그의 일부분을 몸속에 들여야 했다. 그의 손가락이 입에서 빠져나가지 못하도록 꽉 깨물고 싶었다. 겁주고 싶진 않았지만 놓아주고 싶지도 않았다. 그녀는 깨무는 대신 그의 손가락을 빨기 시작했다. 그녀는 온전히 자신의 욕구에 집중했다. 그녀의 입술이 소음을, 무례하게 들리는 축축한 소음을 냈다.

그 소리에 앰브로즈가 살아났다. 그는 헐떡거리며 손가락을 빼냈다. 그는 요란하게 철썩거리는 소리를 내며 일어나 앉더니 양손으로 성기를 가렸다. 그는 공포로 곧 죽을 사람 같은 표정이었다.

"제발……." 그녀가 말했다.

여자와 낯선 침입자가 대치하듯 두 사람은 서로를 쳐다보았다. 그런데 침입자는 앨마였고, 그는 겁에 질린 먹잇감이었다. 그는 앨마가 자기 목에 칼을 들이댄 불한당인 양, 그녀가 가장 사악한 쾌락의 목적으로 자신을 범하려고 한다는 듯, 또 그의 목을 베고 장기를 후벼낸 뒤, 길고 뾰족한 포크로 그 심장을 먹으려는 존재처럼 그녀를 쳐다보았다.

앨마는 단념했다. 다른 선택의 여지가 있었을까? 그녀는 일어나서 천천히 욕실을 빠져나온 뒤 등 뒤로 문을 닫았다. 다시 옷을 입었다. 아래층으로 내려갔다. 가슴이 너무 아파서 이제 살아갈 수 있을지 의문이었다.

그녀는 식당 구석에서 비질을 하는 한네커 데 그루트를 찾아냈다. 그녀는 이를 꽉 물고 가정부에게 파이크 씨를 위해 서쪽 별채의 손님방을 준비해 달라고, 다른 조치가 있을 때까지 앞으로 각방을 쓰게 되리라고 이야기했다.

"와롬?(Waarom)?" 한네커가 이유를 물었다.

하지만 앨마는 이유를 말해 줄 수 없었다. 그녀는 한네커의 품에 안기고 싶은 충동을 꾹 참았다.

"늙은 여자가 물어보면 안 될 거라도 있나?" 한네커가 물었다.

"한네커가 이 새로운 조치를 파이크 씨한테 직접 전해 줘요. 나는 말 못 하겠어요."라고 말한 뒤 앨마는 자리를 떠났다.

＊

앨마는 그날 밤 마차 차고의 긴 의자에서 잤고 저녁도 걸렀다. 심장의 심실을 피를 위한 공간이 아니라 공기를 펌프질하는 곳이라고 믿었던 히포크라테스의 생각이 떠올랐다. 그는 심장이 폐의 연장이며, 몸의 용광로에 바람을 뿜어 주는 일종의 큼직한 근육이라고 믿었다. 오늘 밤 앨마는 그 말이 사실일지도 모른다고 생각했다. 가슴으로 엄청난 바람이 드나드는 기분이었다. 심장이 헐떡이며 공기를 들이마시는 듯했다. 오히려 폐에는 피가 가득 찬 것만 같았다. 숨을 쉴 때마다 깊은 물속으로 들어가는 느낌이었다. 물에 빠져드는 기분을 떨쳐 낼 수가 없었다. 미친 것 같았다. 종종 세상이 무서워지면 곧바로 그 의자에서 잠들던 정신 나간 레타 스노가 된 기분이었다.

아침에 앰브로즈가 그녀를 찾으러 왔다. 그는 파랗게 질린 채로 고통스러워하며 일그러진 표정이었다. 그가 앨마 곁에 앉아서 손을 뻗었다. 앨마는 잡힌 손을 빼냈다. 그는 말없이 오래 그녀를 응시했다.

"만약에 그게 뭐든 침묵으로 소통하려는 거라면 난 들을 수 없을 거예요. 똑똑히 소리 내서 말해 줘요. 그 정도 부탁은 들어줄 수 있겠죠." 마침내 그녀가 분노로 꽉 잠긴 목소리로 말했다.

"날 용서해요."

"나더러 당신의 무엇을 용서하라는 건지 말해 줘야 해요."

그는 안간힘을 썼다. 그는 "이 결혼은……."이라고 말문을 열었지만 이내 말을 잃었다.

앨마는 공허한 웃음소리를 냈다. "세상 모든 남편과 아내가 응당 기대하는 정직한 즐거움을 속였는데 이게 무슨 결혼이에요?"

그가 고개를 끄덕였다. 절망적인 표정이었다.

"당신은 나를 호도했어요." 그녀가 말했다.

"하지만 난 우리가 서로 이해했다고 믿었어요."

"그래요? 뭘 이해했다고 믿었는데요? 말로 얘기해 봐요. 우리 결혼을 뭐라고 생각한 거예요?"

그가 답을 찾고자 고심했다. 이윽고 그가 말했다. "교환이요."

"정확히 무슨 교환이요?"

"사랑. 생각과 위안의 교환."

"나도 그랬어요, 앰브로즈. 하지만 나는 다른 교환도 있을 거라고 생각했어요. 셰이커교도^{독신주의와 공동생활을 중시하는 미국 기독교의 한 종파.}처럼 살고 싶으면 당장 도망쳐서 그 사람들하고 합류하지 그래요?"

그는 무슨 소리인지 몰라서 앨마를 쳐다보았다. 그는 셰이커교도가 뭔지도 몰랐다. 맙소사, 이 어린애는 모르는 것이 너무 많았다!

"우리 서로 말다툼하지도, 갈등을 겪지도 말아요, 앨마." 그가 간청했다.

"당신이 바라는 건 그 죽은 소녀인가요? 그게 문제예요?"

또다시 무슨 소리인지 모르는 표정이었다.

"죽은 소녀 말이에요. 당신 어머니가 내게 이야기했어요. 오래전 프래밍엄에서 죽었다죠, 당신이 사랑했다는?"

그는 더 이상 당황할 수 없을 만큼 당황한 얼굴이었다. "당신이 우리 어머니와 이야기를 했다고요?"

"편지를 쓰셨더군요. 당신의 진정한 사랑이었던 소녀의 이야기를 들려주셨어요."

"어머니가 당신에게 편지를 썼어요? 줄리아에 대해서?" 앰브로즈의 얼굴은 당혹감 속에서 부유하고 있었다. "하지만 나는 줄리아를 사랑한 적 없어요, 앨마. 다정한 아이였고 어린 시절 친구였지만 난 한 번도 그 아이를 사랑하지 않았어요. 어머니는 그 아이가 훌륭한 가문의 딸이기 때문에 내가 사랑하기를 바랐을지 모르지만, 줄리아는 순수하게 이웃일 뿐이었어요. 우린 같이 꽃 그림을 그렸죠. 그 아이도 약간 재능이 있었어요. 열네 살 때 죽었고요. 수십 년간 나는 그 아이를 거의 생각도 하지 않았어요. 대체 왜 우리가 줄리아 이야기를 하고 있죠?"

"왜 당신은 나를 사랑할 수 없어요?" 절박한 자신의 목소리를 혐오하며 앨마가 물었다.

"나는 당신을 '더' 사랑할 수가 없을 정도입니다." 앰브로즈 역시 그녀 못지않게 절박한 목소리로 대꾸했다.

"나는 못생겼어요. 그건 스스로도 절대 모르지 않아요. 게다가 난 나이도 많죠. 하지만 나는 당신이 원하는 여러 가지 미덕을 지녔어요. 위안과 동료 의식. 당신은 결혼으로 나를 모욕하지 않고도 그 모든 것을 누릴 수 있었어요. 난 이미 그것들을 당신에게 주었고 영원히 줄 작정이었으니까. 어쩌면 나는 누나처럼, 심지어 어머니처럼 당신을 사랑하는 데 만족했어요. 하지만 결혼을 바란 건 '당신'이었어요. 나를 결혼으로 유도한 건 당신이었다고요. 매일 밤 내 옆에서 잠을 자고 싶다고 말한 사람은 당신이에요. 오래전에 갈망하기를 포기한 것들을 내가 다시 바라게 만든 사람은 당신이에요."

그녀는 말을 멈춰야 했다. 격앙된 목소리가 갈라지고 있었다. 그것은 수치 중의 수치였다.

"내겐 부가 필요 없어요. 그건 당신도 알잖아요." 앰브로즈가 슬픔에 젖은 눈으로 말했다.

"하지만 당신은 그 덕을 보고 있죠."

"당신은 나를 이해 못 하는군요, 앨마."

"나는 당신을 전혀 이해 못 해요, 파이크 씨. 그러니 알려 줘요."

"내가 당신에게 물었잖아요. 나는 당신에게 영혼의 결혼을, '마리아주 블랑(mariage blanc)'을 원하는지 물었어요." 그녀가 바로 대답하지 않자, 그가 말했다. "그건 육체적 결합이 없는 순결한 결혼을 의미해요."

"나도 '마리아주 블랑'이 뭔지는 알아요, 앰브로즈." 앨마가 차갑게 잘랐다. "나는 당신이 태어나기도 전에 프랑스어를 했어요. 내가 이해 못 하는 건, 왜 내가 그걸 원한다고 당신이 상상했는가 하는 점이에요."

"당신에게 물었으니까요. 난 당신에게 이런 나를 받아 주겠느냐고 물었고, 당신은 동의했어요."

"'언제'요?" 앨마는 그가 좀 더 직접적으로 진술하게 이야기하지 않는다면 그의 머리카락을 다 뽑아 버릴 것만 같은 기분이었다.

"그날 밤 내가 도서관에서 당신을 찾아낸 뒤 제본실에서요. 함께 정적 속에 앉아 있었을 때 나는 침묵으로 '이런 나를 받아 주겠어요?'라고 물었고 당신은 '그러겠어요.'라고 말했어요. 나는 당신이 응답하는 말을 '들었어요.' 당신이 말하는 걸 느꼈다고요! 부인하지 마요, 앨마. 신성함을 가로지르는 나의 질문을 당신은 들었고, 당신도 확실하게 내게 답해 주었어요. 그게 사실 아닌가요?"

그는 공포 어린 눈빛으로 앨마를 쳐다보았다. 이젠 그녀가 말문이 막힐 차례였다.

"당신도 내게 질문했잖아요." 앰브로즈가 말을 이었다. "내게 원하는 게 이거냐고, 당신도 내게 침묵으로 물었어요. 나는 '네.'라고 말했고요! 심지어 난 소리 내서 대답했어요. 그 이상 어떻게 더 명확하게 대답합니까! 당신도 내 말을 들었다고요!"

앨마는 그날 밤 제본실로 되돌아가, 침묵 속에서 느꼈던 성적 쾌감과, 그의 질문이 전신을 훑고 올라오던 감각, 그리고 자신의 질문이 그에게로 전해지던 느낌을 떠올렸다. '그녀는 무엇을 들었던가?' 그녀는 교회 종소리처럼 선명하게 울리는 그의 질문, "이런 나를 받아 주겠어요?"라는 말을 들었다. 물론 그녀는 "그러겠어요."라고 답했다. 앨마는 그 질문의 의미를

"내가 전하는 이런 관능적인 쾌락을 받아 주겠어요?"라고 생각했다. 그래서 "당신이 내게 원하는 것이 이런 건가요?"라고 물었을 때 "나와 함께 이런 관능적인 쾌락을 원하나요?"라고 말했던 것이었다.

하느님 맙소사, 두 사람은 서로의 질문을 오해했다! 그들은 '초자연적으로' 서로의 질문을 오해했다. 앨마 휘태커의 인생에서 유일하게 기적의 범주에 드는 경험이었건만, 그녀는 그 모든 것을 오해했다. 평생 최악의 농담이었다.

"나는 당신이 '나를' 원하느냐고 물었을 뿐이에요. 연인들이 평범하게 서로를 원하는 방식으로 나를 '온전히' 원하느냐는 의미였다고요. 나는 당신도 같은 걸 묻는 줄 알았어요." 기진맥진해진 앨마가 말했다.

"하지만 나는 당신이 말하는 방식으로 누군가의 육체를 절대 원하지 않는 사람이에요."

"대체 왜요?"

"믿지 않기 때문이에요."

앨마는 방금 들은 말을 이해할 수 없었다. 더 이야기를 나눌 힘도 없었다. "부부 사이라고 해도 성생활은 사악하고 피해야 할 행위라고 여기는 게 당신 의견인가요? 사적인 결혼 생활의 테두리 안에서 다른 사람들이 어떤 걸 공유하는지 당신도 분명 알잖아요? 당신은 남편에게 남편이 되길 바라는 나를 저속한 여자라고 생각해요? 남녀 사이의 즐거움에 대해서 한 번도 못 들어 봤어요?"

모든 것의 이름으로

"나는 다른 남자들과 달라요, 앨마. 이렇게 늦게 그 사실을 깨달았다는 사실이 당신에게는 그토록 경악할 만한 일인가요?"

"다른 남자들과 다르다니, 당신은 본인을 뭐라고 생각하는 거예요?"

"내가 생각하는 스스로가 아니라, 내가 되고 싶은 존재가 그렇다는 겁니다. 어쩌면 한때 경험했던 존재로 다시 돌아가고 싶은 거겠죠."

"그게 뭔데요?"

"신의 천사로요." 형언할 수 없는 슬픔이 담긴 목소리로 앰브로즈가 말했다. "나는 우리가 함께 신의 천사가 될 수 있기를 바랐습니다. 우리가 육신에서 놓여나 천상의 은혜로 엮이지 않고는 그런 경지에 이를 수 없어요."

"오, 빌어먹을 거지 같은 헛소리 좀 집어치워요!" 앨마가 욕을 토해 냈다. 그녀는 며칠 전 텃밭 일꾼이었던 로버트를 쥐고 흔들듯이 그의 멱살을 붙잡고 흔들어 주고 싶었다. 성경을 놓고서 논쟁하고 싶은 기분마저 들었다. 소돔의 여인들은 천사들과 잠자리를 갖는 바람에 여호와에게 벌을 받았다고, 그에게 말해 주고 싶었다. '어쨌거나 그 여자들은 최소한 그럴 기회라도 있었지!' 이처럼 아름다운 천사를 만났지만 그 천사가 유혹에 꿈적도 않는 것은 순전히 그녀의 불운이었다.

"앰브로즈! 정신 차려! 우리는 하늘나라에서 사는 게 아냐. 특히 당신은 더 그렇지. 어떻게 그렇게 멍청할 수가 있어? 나를 잘 봐, 애송이! 진짜 눈으로, 인간의 눈으로 보라는 말이야.
당신한테는 내가 천사로 보여, 앰브로즈 파이크?"

"그래요." 그가 슬프고도 간결하게 대꾸했다.

앨마에게서 분노가 빠져나가자 곧 납처럼 무겁고 밑도 끝
도 없는 서글픔이 밀려왔다.

"그럼 당신이 오해한 거야. 이제 우린 둘 다 엉망진창이 돼
버렸어."

✳

앰브로즈는 화이트에이커에서 지낼 수 없었다.

그것은 딱 일주일이 지난 뒤부터 확실해졌다. 앰브로즈는
서쪽 별채의 손님방에서 자고 앨마는 마차 차고의 긴 의자에
서 자는 일주일 동안, 두 사람은 젊은 하녀들의 비웃음과 수
군거림을 견뎌야만 했다. 결혼한 지 몇 주일 되지도 않았는데
벌써 각방을 쓰는 것도 아니고, 아예 다른 '건물'에서 지낸다
니…… 하기야 저택을 오가는 일꾼들에게는 도저히 거부할 수
없을 만큼 엄청난 스캔들이었다.

한네커는 일꾼들의 입단속을 하려 했지만 소문은 황혼 녘
에 활동하는 박쥐처럼 사방으로 날아다니며 더욱 퍼져 나갔
다. 그들은 앨마가 너무 늙고 못생겨서, 말라 버린 자궁에 어마
어마한 재산이 달렸음에도 앰브로즈가 끝내 참아 내지 못했다
고 수군거렸다. 그들은 앰브로즈가 도둑질을 하다가 들켰다고

도 했다. 앰브로즈가 젊고 어린 여자들을 좋아해서 유제품을
만드는 하녀의 엉덩이에 손을 댔다가 발각되었다고도 했다.
그들은 제멋대로 지껄여 댔다. 한네커도 그들을 전부 해고할
순 없었다. 앨마도 일부 그런 소문을 직접 엿듣기까지 했으니
못 들은 이야기가 어느 정도인지 짐작할 수 있었다. 앨마를 쳐
다보는 그들의 시선은 충분히 모욕적이었다.

10월 말 어느 늦은 월요일 오후, 앨마의 아버지가 자기 서
재로 딸을 불렀다.

"이게 무슨 일이냐? 새 장난감에 벌써 싫증이 난 게야?"

"아버지까지 놀리지 마세요. 맹세하는데 전 충분히 힘들어
요."

"그럼 설명해 봐라."

"너무 수치스러워서 설명할 수도 없어요."

"그런 소문이 사실이라고는 못 믿겠구나. 나에게도 그런 소
문이 들려오리라고 생각 못 했느냐? 사람들이 이미 떠들어 대
는 이야기보다 더 수치스러운 사정은 없을 것 같은데."

"아버지께 말씀드릴 수 없는 것들도 많아요."

"그놈이 너를 배신한 거냐? '벌써'?"

"아버지도 그 사람 아시잖아요. 그런 짓 안 할 사람이에요."

"우린 아무도 그놈을 잘 몰라. 그럼 뭐냐? 너나 '내' 재산을
도둑질한 거냐? 반죽음이 되도록 잠자리를 강요하더냐? 가죽
끈으로 때리더냐? 아니지, 그런 조짐은 보이지 않았어. 얘기를
해 봐라. 그놈의 죄가 뭐냐?"

"그 사람, 더는 여기서 지낼 수 없고 그 이유도 말씀 못 드려요."

"넌 내가 진실을 그냥 덮어 두는 인간으로 보이느냐? 난 늙었지만 아직 무덤에 들어가진 않았다, 앨마. 좀 더 오래 파헤쳐 보면 다 알 수 있다, 평생 내가 짐작 못 할 줄 알아? 네가 불감증이냐? 그게 문제야? 아니면 그 친구 물건이 부실하냐?"

앨마는 대답하지 않았다.

"아, 그럼 그 비슷한 문제로구나. 결혼의 의무에 대해서 서로 합의가 없었던 게냐?"

또다시 그녀는 대답하지 않았다.

헨리가 손뼉을 쳤다. "그게 뭐가 어떻다고? 어쨌거나 너희는 함께 있는 걸 서로 좋아하잖니. 그건 대부분의 사람들이 결혼 생활에서 바라는 것 이상이다. 어차피 너는 아이를 낳기엔 너무 나이 들었고, 침실에서 행복하지 않은 부부는 널렸다. 실은 대부분 다 그렇지. 이 세상에는 잘못 만난 부부들이 파리만큼이나 흔하단다. 너희 결혼이 다른 사람들보다 빨리 시들해졌을 수도 있지만, 나머지 우리들이 지금 혹은 예전에 견뎌 냈듯 너희도 버티며 이겨 내게 될 거야. 우린 널 버티고 견디는 사람으로 키웠다. 한번 주춤했다고 인생을 나락으로 떨어지게 놔둬선 안 돼. 그자가 이불 속에서 그리 흡족하지 않다면 녀석을 남동생이라고 생각해라. 그 녀석이라면 충분히 좋은 남동생이 될 거다. 놈은 우리 모두에게 유쾌한 식구잖아."

"전 남동생이 필요 없어요. 다시 말씀드리지만 '그 사람은

모든 것의 이름으로

여기 머물 수 없어요', 아버지. 아버지께서 그가 떠나도록 조치해 주세요."

"다시 이야기하지만 겨우 석 달 전에 너하고 난 바로 이 방에서 직접 얼굴을 보며, 네가 그 남자와 꼭 결혼해야겠다는 간청을 묵묵히 들어줬어. 전혀 아는 것도 없고 한 푼어치의 가치도 확인 못 한 그 남자와 말이다. 그러더니 이젠 나더러 놈을 쫓아내라고? 나더러 뭐가 되라는 거냐. 네가 키우는 투견이라도 되라는 말이냐? 똑똑히 말해 두는데 난 허락하지 않겠다. 그건 품위 없는 짓이야. 소문이 마음에 들지 않는 게냐? 휘태커 가문의 일원으로서 당당히 견뎌라. 널 조롱하는 자들에게 더욱 당당한 모습을 보여 줘. 너를 보는 사람들의 시선이 싫다면 누군가의 머리통을 깨뜨리라는 말이다. 그럼 녀석들도 배우는 게 있겠지. 머지않아 다들 또 다른 사람의 새로운 가십거리를 찾게 될 거다. 하지만 아예 그 청년을 쫓아 버리는 문제는 다르다, 무슨 명분으로 그러라는 거냐? 너를 즐겁게 하지 못했다고? 정 침대로 젊은 놈을 끌어들여야겠으면 정원사 하나를 고르거라. 그런 목적으로 돈을 주고 살 남자들은 많다. 남자들이 여자를 돈 주고 사는 것이나 마찬가지. 돈에 눈먼 사람들은 무슨 짓이든 할 테고 너에겐 돈이 많으니까. 원한다면 네 지참금을 풀어서 젊은이들로 하렘을 만들지 그러냐."

"아버지, 제발⋯⋯."

"그나저나 넌 나더러 우리 파이크 씨를 어떻게 '처리'하라는 거냐? 얼굴에 검댕을 칠해서 마차 뒤에 매달고 필라델피아

거리를 달리기라도 할까? 돌을 잔뜩 넣은 통에 묶어서 스쿠컬 강에 가라앉힐까? 눈을 가리고 벽에 기대 세워서 총이라도 쏠까?"

수치심과 슬픔에 사로잡혀 말문이 막힌 앨마는 그저 서 있기만 할 뿐이었다. 아버지가 무슨 말을 해 주리라고 생각했던가? 지금 생각하니 어리석은 짐작이었지만, 그녀는 헨리가 딸의 편을 들어 줄지도 모른다고 생각했다. 앨마는 아버지가 딸을 대신해서 화를 내 주리라고 생각했다. 촌극에 나오는 배우처럼 팔을 휘두르며 요란하게 집 안을 돌아다니기를, 옛날처럼 극적인 태도로 고래고래 고함쳐 주기를 절반쯤 기대했다. '네놈이 내 딸한테 감히 어떻게 이럴 수 있어?' 그런 식으로 무언가 그녀가 느끼는 상실감과 분노의 깊이에 어울리는 반응을 보여 주기를. 하지만 왜 그런 생각을 했을까? 헨리 휘태커가 누구를 편든 적이 있었던가? 게다가 이 경우에 누군가를 옹호해야 한다면, 그는 앰브로즈를 변호하려는 듯했다.

아버지는 딸을 구하러 오는 대신 그녀를 하찮은 존재로 만들고 있었다. 그뿐만 아니라 앨마는 그제야 불과 석 달 전 앰브로즈와 결혼하겠다고 선언했을 때 헨리와 나눴던 대화가 떠올랐다. 헨리는 '그런 남자'가 결혼 생활에서 앨마를 만족시킬 수 있을지 경고를, 혹은 최소한 의문을 제기했다. 당시에 아버지는 무언가를 알고도 표현하지 않았던 걸까? 지금은 무얼 알고 있을까?

"왜 제 결혼을 말리지 않으셨어요? 아버지는 뭔가를 의심

　　　모든 것의 이름으로

하셨어요. 왜 그런 얘기를 안 하셨죠?" 마침내 앨마가 물었다.

헨리는 어깨를 으쓱했다. "석 달 전에도 네 결정은 내가 참견할 영역이 아니었다. 지금도 마찬가지고. 그 청년한테 뭐든 조치를 취하려면 네가 직접 해야 할 거다."

그 생각에 미치자 앨마는 휘청거렸다. 헨리는 앨마가 아주 어렸을 때부터 대신 결정을 내려 준 적이 없는 사람이었다. 아니, 적어도 항상 그렇게 느껴 왔다.

그녀는 자신도 모르게 묻고 말았다. "하지만 그 사람을 어떻게 해야 하죠?"

"네 마음 내키는 대로 해라, 앨마! 그건 네가 내려야 할 결정이야! 파이크 씨는 내가 처리해야 할 인물이 아니다. 그 물건을 우리 집안에 들인 사람도 너니까, 없애는 것도 네가 해야지. 이왕이면 빨리 처리하는 게 좋을 거야. 언제나 찢어지는 것보다 잘라 버리는 게 낫거든. 어떻게든 난 이 문제가 잘 해결되면 좋겠구나. 지난 몇 달간 이 집안에서 적잖은 상식이 사라져 버렸는데, 난 이제 그걸 되돌려 놓아야겠다. 우린 그런 바보 놀음에 매달리기엔 할 일이 너무 많아."

✳

앞으로 앨마는 자신과 앰브로즈가 함께 (그의 인생에서 다음 행선지가 어디일지) 결정을 내렸다고 자기에게 납득시킬 참이었지만 사실은 아주 달랐다. 앰브로즈 파이크는 스스로 결정을 내리는 사람이 아니었다. 그는 자기보다 강한 자들이 영향을 끼치면 거기에 정처 없이 흔들리는, 아무 데도 매이지 않은 풍선 같은 사람이었고, 모든 이들은 그보다 강했다. 항상 그는 남이 시키는 대로 따랐다. 어머니가 하버드에 가라고 하면 그는 하버드에 갔다. 친구들이 눈밭에서 그를 찾아낸 뒤 정신병동에 보냈을 때도 그는 순순히 감금당했다. 보스턴에서 대니얼 투퍼가 그에게 멕시코 정글에 가서 난초 그림을 그리라고 권하자 그는 정글로 가서 난초를 그렸다. 조지 호크스가 그를 필라델피아로 초대하자 그는 필라델피아로 왔다. 앨마는 그를 화이트에이커에 정착시킨 뒤 아버지가 수집한 진귀한 식물의 대규모 화집을 의뢰했고, 그는 두말 않고 작업에 착수했다. 그는 이끌리는 대로 어디든 갈 것이다.

그는 신의 천사가 되고 싶어 했지만 하느님은 그런 일에 무심했고, 그는 그저 한 마리의 어린양에 불과했다.

앨마는 정말 그에게 무엇이 최선인지 진심으로 고민했을까? 나중에 그녀는 그 순간을 돌이켜 보며 그랬으리라고 자신했다. 이혼은 하지 않을 작정이었다. 둘 다 그런 수준의 심각한 스캔들을 겪을 이유는 하등 없었다. 앨마는 그에게 넉넉한 자금을 챙겨 줄 생각이었다. 그가 한 푼이라도 요구한 적은 없지만 그러는 편이 좋을 것 같았다. 그를 매사추세츠로 되돌려 보내지 않은 까닭은 단지 그의 어머니가 싫었기 때문이 아니라(편지 한 통 받았을 뿐인데 앨마는 그의 어머니가 싫었다!) 앰브로즈가 영원히 친구 투퍼의 소파에서 잠을 자야 한다는 상황에

화가 치밀었기 때문이다. 그렇다고 멕시코로 돌려보낼 수도 없음은 확실했다. 그는 이미 그곳에서 열병으로 죽을 뻔했다.

하지만 그를 계속 필라델피아에 둘 수도 없는 노릇이었다. 그의 존재가 그녀에게 너무나 큰 고통이었기 때문이다. 앰브로즈 때문에 그녀는 얼마나 초라해졌던가! 하지만 여전히 그녀는 그의 창백하고 고통스러워하는 얼굴을 사랑했다. 그 얼굴을 보기만 해도 몸속에 휘몰아치는 저열한 욕구를 그녀는 좀처럼 참을 수 없었다. 그는 어디론가 먼 곳으로 떠나야 했다. 앞으로 그와 다시 마주치는 위험을 견딜 자신이 없었다.

그녀는 마침 워싱턴에 머물며 그곳에서 개업한 신생 식물원과 관련한 일을 하고 있던 아버지의 사업 대리인 딕 얀시에게 편지를 썼다. 앨마는 얀시가 곧 포경선을 타고 남태평양으로 떠날 것임을 알고 있었다. 그는 오래도록 고전 중인 휘태커 상사의 바닐라 농장을 현장 조사하기 위해 타히티로 가서, 앰브로즈가 화이트에이커에 처음 왔던 날 직접 앨마의 아버지에게 제안했던 인공 수정법을 실천할 예정이었다.

얀시는 이 주 안에 곧 타히티로 떠날 것이었다. 늦가을 폭풍이 불기 전에, 그리고 항구가 얼어붙기 전에 출항하는 것이 최선이었다.

앨마는 그 모든 것을 알고 있었다. 그렇다면 혹시 앰브로즈를 딕 얀시와 함께 타히티로 보낼 수 없을까? 괜찮은 정도를 넘어서 심지어 이상적인 해결책이었다. 앰브로즈는 손수 바닐라 농장의 관리를 맡을 수 있을 것이었다. 그는 잘 해낼 것이다, 그렇지 않을까? 바닐라도 어차피 난초 아닌가? 헨리 휘태커도 그 계획을 반길 터다. 앰브로즈를 타히티로 보내는 것은, 엄밀히 말해서 앨마가 참담한 앞날을 몰랐을 적에 애당초 헨리가 원한 일이었다.

이게 추방일까? 앨마는 그렇게 생각하지 않으려고 노력했다. 타히티는 천국이라잖아, 하며 앨마는 자신을 달랬다. 유배지는 분명 아니었다. 물론 앰브로즈가 연약하긴 해도 딕 얀시라면 그에게 아무런 해가 미치지 않도록 돌봐 줄 것이었다. 농장 일도 재미있을 터였다. 그곳의 기후는 온화하고 건강했다. 전설적인 폴리네시아 해변을 직접 볼 수 있는 기회를 부러워하지 않을 사람이 누가 있을까? 식물학이나 무역업에 종사하는 사람이라면 누구나 환영할 기회였고, 더욱이 보수도 좋았다.

앨마는 옳은 선택이라고 항변하는 내면의 수많은 목소리를 밀어내고 그래, 이건 정말 명백하고도 잔혹한 추방이야, 하고 생각했다. 그녀는 이미 너무도 잘 알고 있는 모든 것을 무시했다. 앰브로즈는 식물학자도, 무역업자도 아니었고 그저 독특한 감수성과 재능을 지닌 존재에 불과했다. 그의 정신은 유약했고 어쩌면 포경선을 타고 떠나는 긴 여행이나 머나먼 남태평양의 농장에서 보내는 삶에 전혀 적합하지 않을 수도 있었다. 앰브로즈는 남자라기보다 아이에 가까웠으며, 자기 삶에서 안락한 집과 다정한 동반자보다 더 바라는 것은 아무것도 없다고 앨마에게 누누이 이야기했었다.

하기야 인생에서 우리가 원하는 것은 많지만 항상 그걸 손

모든 것의 이름으로

에 넣을 수는 없는 법이라고, 앨마는 스스로를 타일렀다.

더군다나 그에게는 달리 갈 곳도 없었다.

모든 것을 결정한 뒤 앨마는 딕 얀시가 워싱턴에서 돌아오기를 기다리는 이 주 동안, 남편을 유나이티드스테이츠 호텔에 묵게 했다. 아버지의 돈이 거대한 비밀 금고에 보관되어 있는 대형 은행과 길 하나를 두고 마주 보는 호텔이었다.

✳

이 주 뒤 앨마는 바로 그 유나이티드스테이츠 호텔 로비에서 남편을 딕 얀시에게 소개했다. 무시무시한 장신에 과묵한 딕 얀시는 매서운 눈매와 돌을 깎아 낸 듯한 턱이 돋보이는, 섣불리 뭘 묻지 않고 묵묵히 주어진 일만 하는 사람이었다. 하긴 앰브로즈도 명령받은 일만 하는 사람이었다. 엉거주춤 창백한 앰브로즈는 아무것도 묻지 않았다. 심지어 그는 폴리네시아에 얼마나 오랜 기간 있어야 하는지도 묻지 않았다. 설령 물었더라도 앨마 역시 그 질문에 대해서는 아무것도 몰랐다. 추방이 아니라고, 그녀는 계속 자신을 타일렀다. 하지만 그 기간이 얼마나 될지는 그녀조차 알지 못했다.

"여기서부터는 얀시 씨가 당신을 돌봐 줄 거예요. 당신 편의는 최대한 잘 조치해 뒀어요." 그녀가 앰브로즈에게 말했다.

앨마는 조련된 악어에게 아기를 맡기고 떠나는 듯한 기분에 사로잡혔다. 그 순간에도 그녀는 앰브로즈를 과거에 사랑했던 것만큼 온전히 사랑했다. '전적인' 사랑이었다. 그가 세상 반대편으로 배를 타고 떠난다는 생각만 해도 이미 가슴이 텅 빈 것 같았다. 하지만 결혼 첫날밤 이후로 그녀는 줄곧 그런 공허함에 시달렸다. 앨마는 그를 껴안고 싶었지만, '항상' 그를 껴안고 싶어 했지만, 그럴 수는 없었다. 그가 허락하지 않을 것이다. 앨마는 그에게 어서 매달리라고, 자기를 사랑해 달라고 간청하고 싶었다. 그 어느 것도 허용되지 않았다. 쓸모없는 짓이었다.

처음 만났던 날, 어머니의 그리스식 정원에서 했던 것처럼 두 사람은 악수를 했다. 앰브로즈의 발치에는 그의 소지품이 전부 들어 있는, 그날과 똑같은 낡은 가죽 가방이 놓여 있었다. 그는 역시 똑같은 갈색 코듀로이 양복을 입고 있었다. 그는 화이트에이커에서 아무것도 가져가지 않았다.

앨마가 그에게 마지막으로 건넨 말은 "앰브로즈, 앞으로 만나는 사람들에게 우리 결혼에 관해서는 아무 말도 하지 말았으면 해요. 누구도 우리 둘 사이의 일에 대해 알 필요는 없겠죠. 당신은 헨리 휘태커의 사위로서가 아니라 직원으로서 여행을 하게 될 거예요. 그 이상 밝히면 달갑지 않은 질문으로 이어질 테고, 난 남들에게 그런 질문을 받고 싶지 않아요."라는 것이었다.

그는 고개를 끄덕이며 동의했다. 더는 말이 없었다. 그저 병들고 지친 사람 같았다.

딕 얀시에게는 굳이 두 사람의 역사에 대해 비밀을 지켜 달라고 부탁할 필요도 없었다. 휘태커 가문이 그토록 오랜 세월 그를 곁에 두고 있는 이유는 바로 그 때문이었다.

덕 얀시는 비밀을 엄수하는 데에 매우 능숙했다.

18

앨마는 이후 삼 년 동안 앰브로즈로부터 아무런 소식도 듣지 못했다. 사실 그녀는 그에 '관한' 소식조차 거의 들은 적이 없었다. 1849년 초여름, 딕 얀시는 별일 없이 항해를 마치고 타히티에 안전하게 당도했다는 전갈을 보냈다.(앨마는 그 말이 '순조로운' 항해를 의미하지 않음을 알고 있었다. 딕 얀시에게는 난파당하거나 해적한테 잡히지만 않아도 별일 없는 여행이었으니까.) 그는 파이크 씨가 마타바이 만에 남아, 식물을 연구하며 선교 활동을 하는 프랜시스 웰스 목사의 보호 아래 바닐라 농장의 업무를 배우게 되었다고 보고했다. 딕 얀시는 곧 타히티를 떠나 휘태커 상사의 거래를 마무리 짓기 위해 홍콩으로 가야 했다. 그 뒤로 더는 소식이 없었다.

앨마에겐 상당히 절망적인 시기였다. 따분한 업무는 급박하게 반복되었고, 서글프고 외롭고 별다를 것 없는 똑같은 나

모든 것의 이름으로

날이 매일같이 앨마를 찾아왔으므로 절망스러웠다. 그해 겨울
은 최악이었다. 몇 달간 앨마가 겪어 온 그 어느 해 겨울보다
춥고 어두웠다. 심지어 저택과 마차 차고 사이를 오갈 때마다
곧잘 모습을 드러내던 새조차 전혀 보지 못한 것 같았다. 앙상
한 나무들은 삭막하게 그녀를 내려다보며 따뜻하게 옷을 입혀
달라고 애걸했다. 스쿠컬 강은 순식간에 두껍게 얼어붙었다.
사람들은 밤마다 얼음 위에 모닥불을 피워 놓고 꼬챙이에 소
를 꿰어서 구워 먹었다. 바깥에 나갈 때마다 바람은 뻣뻣하게
얼어붙은 외투 자락처럼 앨마를 휘감았다.

그녀는 더 이상 침대에서 잠들지 않았다. 아예 거의 잠을
자지 않았다. 앰브로즈와 그 사건이 있은 뒤로 그녀는 마차 차
고에서 살다시피 했다. 두 번 다시 부부 침실에서 잠드는 자신
의 모습을 상상할 수 없었다. 식구들과 식사마저 같이하지 않
았고 아침 식사와 똑같은 메뉴를 저녁 식사에도, 그것도 따로
먹었다. 수프와 빵, 우유, 당밀 정도였다. 그녀는 불안정한 상
태로 비참한 기분에 잠겨서 어쩌면 살인이라도 저지를 듯한
심정이었다. 그녀에게 가장 친절했던 사람들(가령 한네커 데 그
루트라든지)에게도 매사 뾰족하게 굴었고, 자매인 프루던스나
가엾은 친구 레타에 대한 애정이나 염려 따위는 아예 내던져
버렸다. 아버지도 피했다. 간신히 화이트에이커의 공식 업무
만 처리하는 정도였다. 앨마는 헨리가 자신을 제대로 대우해
준 적이 없으며, 항상 하인처럼 써먹어 왔다고 불평했다.

그러면 헨리는 "오냐, 난 제대로 대우해 주는 법 따위 전혀

모른다!"라고 고함을 지르며 그녀가 다시 정신을 차릴 때까지 마차 차고로 쫓아냈다.

온 세상이 자신을 조롱하는 것만 같았으므로 앨마는 감히 세상에 나설 수조차 없었다.

항상 건강했던 터라 앨마는 앓아누워 본 적이 없었지만, 앰브로즈가 떠난 첫 겨울 내내 아침마다 일어나기가 힘겨웠다. 연구에 대한 흥미도 잃어버렸다. 자기가 왜 이끼건 다른 무엇이건 관심을 가졌었는지 도무지 상상할 수 없었다. 그녀는 화이트에이커에 손님을 초대하지 않았다. 그럴 의지가 없었다. 대화는 견딜 수 없이 따분했고, 침묵은 더 나빴다. 생각은 마치 전염병 같았으므로 그녀에게 도움이 되지 않았다. 하녀나 정원사가 감히 앨마의 길을 막아서면 그녀는 분명 '왜 난 단 한순간도 사생활이 없는 거야?'라고 소리치며 반대쪽으로 사라져 버릴 터였다.

앰브로즈에 대한 해답을 찾아보겠다고 그가 고스란히 남겨 두고 떠난 서재를 뒤졌다. 책상 맨 위쪽 서랍에서 그의 글이 가득 적힌 공책 한 권이 나왔다. 그런 사적인 기록을 멋대로 읽을 입장은 아니었지만, 앰브로즈가 만일 내면의 생각들을 비밀로 남겨 둘 작정이었다면 자물쇠도 없는 책상 맨 위쪽 서랍에 편히 넣어 두었을 리 없다고 생각했다. 그러나 공책에는 아무런 해답도 들어 있지 않았다. 오히려 더 큰 혼란과 경각심만 불러일으켰을 따름이었다. 공책에는 고백이나 바람도, 아버지가 매일 쓰는 일기처럼 일상의 단순한 기록조차 들어 있지 않았다. 대부분의 글에는 날짜도 없었다. 대다수 문장들은 아예 온전하지도 않았고, 말줄임표가 잔뜩 달린 생각의 편린에 불과했다.

"그대의 의지는……? 모든 불화를 영원히 잊고…… 오로지 신성한 자기 원칙의 기준에 따라 강건하고 순수한 것만을 갈망한다면…… 관련된 것을 담고 있는 모든 곳을 찾아보라…… 천사들은 그토록 고통스럽게 자신을 떨쳐 냄으로써 육신을 버리는가? 스스로 망가뜨린 자신을 돌이켜서 개선하고 영원한 존재가 되려는 나의 노력은 모두 수포로 돌아갈지니……! 철저히 자애롭고 견고한 존재로 다시 태어날지어다……! 지혜는 오직 훔친 불이나 훔친 지식으로 접근할 수 있는 것……! 과학은 힘이 없으나, 불이 물을 낳는 그 둘의 융합 속에 힘이 존재한다…… 주여, 저를 도우사, 제 안에 본보기를 허락하소서! '극심한' 허기에 음식을 들이면 더 큰 허기만 낳을 뿐!"

이런 글들이 끝도 없이 이어졌다. 생각의 조각들이었다. 시작도 없고 끝도 없고 결론도 없었다. 식물학계에서는 그런 혼란스러운 언어를 '노미나 두비아(nomina dubia)', 또는 '노미나 암비구아(nomina ambigua)'라고 불렀다. 다시 말해, 분류하기 불가능한 종을 가리키는 모호하고 의문스러운 이름을 뜻한다.

어느 날 오후, 앨마는 드디어 앰브로즈가 결혼식 날에 건네준, 공들여 접은 종이봉투의 봉인을 깨고 내용을 살폈다. '사랑의 메시지'라면서 그가 특별히 절대 열어 보지 말라고 당부했던 수수께끼의 물건이었다. 그녀는 여러 번 접힌 주름을 평평하게 펼쳤다. 종잇장 한가운데에 우아하고 거침없는 그의 필체로 '앨마', 딱 한 단어가 적혀 있었다.

아무 쓸모도 없었다.

이 사람은 누구인가? 아니, 누구였던가? 이제 그와 헤어진 앨마는 누구였을까? 과연 그녀는 '무엇'이었을까? 그녀는 한 달도 채 되지 않는 기간 동안 멋지고 젊은 남편과 순결하게 침대를 공유했던 유부녀이자, 처녀였다. 그런 자신을 '아내'라고 불러도 될까? 그러면 안 될 것 같았다. 더는 '파이크 부인'이라고 칭할 수도 없었다. 그 이름은 잔인한 조롱이었고, 감히 그 이름을 내뱉으면 누구든 앨마에게 혼쭐이 났다. 그녀는 여전히 앨마 휘태커였고, 언제나 앨마 휘태커였다.

만약에 스스로가 좀 더 아름답거나 젊었다면, 보통 남편이 아내를 사랑하듯 자기 남편도 자신을 사랑하도록 만들 수 있었을지도 모른다고 생각하지 않을 수가 없었다. 앰브로즈는 왜 그녀를 '마리아주 블랑'의 후보자로 점찍었을까? 분명히 앨마가 거기에 딱 알맞아 보였기 때문이리라. 또한 그녀는 아버지의 충고대로 매력 없는 못생긴 외모 탓에 모욕적인 결혼 생활을 참아 냈어야 했는지를 곱씹으며 스스로를 고문했다. 어쩌면 앰브로즈의 조건을 받아들였어야 옳았는지도 모른다. 그녀가 자존심을 삼키거나 욕망을 억누를 수 있었다면, 그는 여전히 곁에 남아 있었을 터다, 낮 동안의 동료로서. 좀 더 강인한 사람이었다면 그 조건을 감내해 냈을 수도 있었으리라.

고작 일 년 전만 해도 그녀는 앰브로즈 파이크라는 이름을

모든 것의 이름으로

들어 본 적도 없었을뿐더러 자기 삶에 만족하는 쓸모 있고 능력 넘치는 여성이었건만, 이제 그녀의 존재는 한 남자 때문에 엉망이 되고 말았다. 그 사람은 앨마 앞에 나타나서 그녀를 찬란히 밝혀 주었고, 기적과 미의 개념으로 매혹했고, 그녀를 이해하는 동시에 오해했으며, 그녀와 결혼했고, 가슴을 아프게 했고, 슬프고 무기력한 눈빛으로 그녀를 바라보았고, 유배 처분을 받아들였고, 이제는 떠나고 없었다. 인생이란 얼마나 잔인하고도 놀라운지. 이토록 엄청난 대재앙이 이렇게나 빠르게 밀려왔다가 사라져 버리다니, 그러고는 어마어마한 폐허를 잔해로 남기다니!

＊

계절은 지나갔지만 꾸물댔다. 이제는 1850년이었다. 앨마는 4월 초 어느 날 한밤중에 기억도 나지 않는 격렬한 악몽에서 깨어났다. 그녀는 자기 목을 조르며 마지막 남은 공포의 조각들을 쥐어짜 내고 있었다. 그녀는 겁에 질린 나머지 기행까지 벌였다. 마차 차고의 소파에서 튕기듯 일어나 맨발로 자갈 진입로를 지난 뒤, 서리 낀 마당과 어머니의 그리스식 정원을 가로질러 저택으로 달려간 것이다. 마구 뛰는 심장과 헐떡이는 폐를 움켜쥔 채 모퉁이를 돌아서 집 안으로 뛰어들었다. 그녀는 지하로 향하는 계단을 달려 내려갔고(발은 어둠 속에서도 닳아 빠진 나무 계단의 구석구석을 똑똑히 기억하고 있었다.), 지하에서 가장 따뜻한 곳에 자리 잡은 한네커 데 그루트의 침실을 둘러싼 쇠창살에 가둘 때까지 달리기를 멈추지 않았다. 앨마는 미친 죄수처럼 쇠창살을 붙잡고 흔들어 댔다.

"한네커! 한네커, 나 무서워요!" 앨마가 소리쳤다.

잠에서 깨어난 순간부터 이곳까지 달려오는 사이에 잠깐이나마 여유를 가졌다면 자기 발을 멈추었을지도 몰랐다. 쉰둘의 여인이 늙은 유모의 품으로 달려들다니, 우스꽝스러웠다. 그러나 그녀도 어쩔 수 없었다.

"비에 이스 다르?(Wie is daar?)" 깜짝 놀란 한네커가 누구냐고 소리쳤다.

"이크 벤 헷. 앨마!(Ik ben het. Alma!)" 따스하고도 친근한 네덜란드어로 앨마가 자신임을 밝혔다. "나 좀 도와줘요! 나쁜 꿈을 꿨어요."

당황한 한네커가 투덜거리며 일어나더니 철문을 열었다. 앨마는 소금 냄새가 나는 거대한 햄 같은 한네커의 두 팔에 안긴 채 아기처럼 눈물을 흘렸다. 물론 놀랐으나 금세 사태를 파악한 한네커는 앨마를 침대로 데려가 앉힌 뒤 껴안아 주며 흐느끼도록 내버려 두었다.

"자, 자. 그런다고 죽진 않아." 한네커가 말했다.

그러나 앨마는 이 밑바닥 없는 슬픔이 자신을 죽이고 '말리라'고 생각했다. 그녀는 그 깊은 심연에서 빠져나올 수 없었다. 그 속에 일 년 반 동안이나 가라앉아 있었으면서도 영원히 가라앉을까 봐 두려워했다. 그녀는 오랜 시간 숯처럼 타 버린 영혼을 토해 내듯, 한네커의 목덜미를 붙들고 통곡했다. 한 컵도 넘을 듯한 엄청난 눈물로 한네커의 가슴을 적셨지만, 한네커는 그저 "자, 자, 얘야. 그런다고 죽진 않아."라는 말만 되풀이할 뿐 몸을 움직이지도, 다그치지도 않았다.

마침내 앨마가 약간 정신을 추스르자 한네커는 깨끗한 천으로 식탁을 훔치듯 꼼꼼하게 두 사람을 적신 눈물을 닦아 냈다.

"도망칠 수 없는 건 견뎌 내야 해." 앨마의 얼굴을 깨끗이 닦아 주며 그녀가 말했다. "슬픔 때문에 죽지는 않아. 다른 사람도 다 그런 것처럼."

"하지만 어떻게 견뎌 내죠?"

"품위 있게 의무를 다하면서. 일하는 걸 두려워하지 마라. 일에서 위로를 얻게 될 거야. 눈물을 흘릴 정도로 건강하다면 일도 충분히 할 수 있어."

"하지만 난 그 사람을 사랑했어요."

한네커는 한숨을 쉬었다. "넌 아주 비싼 실수를 한 거야. 세상이 버터로 만들어졌다고 생각하는 남자를 사랑했으니 말이다. 낮에도 별을 보기를 바라는 남자를 사랑한 거지. 황당한 놈이야."

"황당한 사람 아니에요."

"'황당한' 놈이라니까."

"특이하긴 했어요. 그 사람은 평범하게 죽어 가는 인간의 몸으로 살기를 원치 않았어요. 천상의 존재가 되고 싶어 했죠. 나도 그렇게 되기를 바랐고요."

"얠마, 같은 말을 한 번 더 하게 하는구나. 그자는 황당한 놈이었어. 그런데도 넌 그 사람을 천국에서 온 손님처럼 대접했지. 하기야, 다들 그랬지!"

"한네커는 그 사람이 악당 같아요? 영혼이 사악하다고 생각했나요?"

"아니. 하지만 천국에서 온 손님도 아니었지. 내 말대로 황당한 놈일 뿐이라니까. 황당하긴 해도 남에게 해를 끼쳐선 안 됐는데, 네가 먹잇감이 되고 만 거야. 가끔 우리는 어떤 황당한 것한테 잡아먹히기도 하고, 때때로 바보처럼 그걸 사랑하기도 한단다."

"앞으로는 누구도 나를 원하지 않겠죠."

"아마 그렇겠지." 한네커가 결연하게 단언했다. "하지만 이젠 견뎌 내야 해. 그러는 사람이 너밖에 없는 것도 아니야. 지금껏 진창 같은 슬픔에 빠져서 허우적거리는 너를 네 어머니가 봤더라면 창피해했을 거다. 넌 점점 마음이 나약해지고 있어. 부끄러운 줄 알아라. 괴로운 사람이 너뿐인 것 같니? 성경을 읽어 봐라. 이 세상은 낙원이 아니라 눈물의 계곡이야. 주님께서 너라고 예외로 두셨을 것 같아? 주변을 둘러봐라. 뭐가 보이니? 모든 게 고난이야. 눈길 닿는 곳엔 어디든 슬픔이 있다. 떡하니 보이지 않더라도 더 자세히 들여다봐야 한다. 곧 보게 될 거야."

한네커는 엄격하게 타일렀지만 그녀의 목소리만으로도 벌써 위로받은 기분이었다. 네덜란드어는 프랑스어처럼 감미롭

모든 것의 이름으로

지도 않고 그리스어처럼 강력하지도 않으며 라틴어처럼 고귀하지 않을지 몰라도 앨마에게는 따스한 수프처럼 위로가 되었다. 그녀는 한네커의 무릎에 머리를 묻고 영원히 꾸지람을 듣고 싶었다.

"이젠 그만 박차고 일어나! 벌써 몇 달째 슬퍼하느라 괴로워하면서 그 나이에 이 방까지 기웃거리는 거야! 네 어머니가 알면 무덤에서 뛰쳐나와 널 쫓아다닐 거다. 뼈가 부러진 것도 아니니까 두 다리로 벌떡 일어서. 우리가 영원히 널 위해 슬퍼해 주길 바라니? 누가 막대기로 네 눈을 찌르기라도 했어? 그런 적 없잖아. 그러니까 죽을상으로 돌아다니지 마! 창고 소파에서 개처럼 자는 짓도 집어치우고. 네 의무를 다해라. 아버지를 돌봐 드려야지. 그 양반도 이제 병들고 늙어서 곧 돌아가실 분이라는 거 안 보이니? 그리고 나도 좀 내버려 둬. 이런 어린애 놀음 하기에 난 너무 늙었고, 그건 너도 마찬가지야. 그렇게 많이 배운 네가 그 나이에도 스스로를 잘 절제하지 못한다니, 안타까운 노릇이지. 네 방으로 돌아가라, 앨마. 이 집에 있는 '진짜' 방으로 말이야. 내일 아침에는 전처럼 다른 식구들과 함께 식탁에서 조반을 들도록 해. 그뿐만 아니라 식탁에 앉을 때 옷도 잘 갖춰 입고, 그릇을 싹 비운 뒤에 요리사에게 고맙다는 인사도 해라. 넌 휘태커 가문 사람이다, 얘야. 네 모습을 되찾아야 해. 그쯤 했으면 됐어."

＊

그래서 앨마는 한네커가 시키는 대로 했다. 여전히 위축되고 지쳤으나 제 방으로 돌아갔다. 아침 식탁에 다시 나타났고, 아버지에 대한 책임감, 화이트에이커의 안주인 노릇도 회복했다. 그녀는 가능한 한 최선을 다해서 앰브로즈가 나타나기 이전의 삶으로 되돌아갔다. 하녀와 정원사 들의 수군거림은 막을 수 없었지만, 헨리가 예언했던 대로 결국 그들의 관심사는 다른 스캔들과 사건으로 옮겨 갔고, 이제 앨마의 불행에 대해서는 이야기하지 않았다.

앨마는 자신의 불행을 잊지 않았으나 너덜너덜해진 삶을 최대한 잘 꿰매며 살아갔다. 한네커 데 그루트가 지적했듯이 아버지의 건강은 정말로 빠르게 나빠지고 있었다. 처음으로 그 사실을 알아차렸다. 놀라울 것도 없는 일이었지만(이미 거의 아흔이었으니까!) 항상 아버지를 대단한 인물, 천하무적으로 알아 왔던 앨마로서는 쇠약해진 그가 새삼 놀랍고 걱정스러웠다. 헨리는 침실에서 보내는 시간이 점점 더 늘어났고, 중요한 사업 문제에는 노골적으로 관심을 끊었다. 시력도 흐려졌고, 청력도 거의 상실했다. 이제는 무슨 이야기를 하든 대부분 나팔형 보청기가 필요했다. 그는 전보다 더 앨마를 필요로 하기도 했고, 덜 필요로 하기도 했다. 간병인으로서는 더 많이, 사원으로서는 덜 찾았다. 그는 결코 앰브로즈를 입에 올리지 않았다. 모두들 그랬다. 타히티의 바닐라 덩굴이 마침내 열매를 맺고 있다는 딕 얀시의 보고가 들어왔다. 잃어버린 남편에 대해 앨마가 들은 소식이라곤 그것이 전부였다.

그러나 앨마는 그에 대한 생각을 한 번도 멈춘 적이 없었다. 마차 차고의 서재 바로 옆방, 판화 작업실의 정적뿐만 아니라, 버려진 채 먼지로 뒤덮인 난초 화원과 저녁 식탁의 따분함도 그가 없다는 사실을 끊임없이 상기시켰다. 앨마가 감수를 맡은 앰브로즈의 난초 화집 출간을 앞두고 조지 호크스와 의논도 해야 했다. 그 역시 남편을 떠올리게 하는 일이었고, 따라서 더욱더 고통스러웠다. 그렇다고 달리 피할 수도 없었다. 기억을 떠올리는 모든 것들을 지워 버릴 순 없으니까. 사실 '어느 것'도 지울 수 없었다. 슬픔은 끊임없이 샘솟았지만 앨마는 가슴속 작은 방에 꽁꽁 가둬 두었다. 그것이 최선이었다.

과거에 고독했던 인생의 순간들을 보냈던 방식대로 그녀는 또다시 일에서 위로와 기쁨을 찾았다. 그녀는『북아메리카의 이끼』집필에 다시 힘을 쏟았다. 이끼밭으로 되돌아가서 작은 깃발과 표시를 들여다보았다. 느리게 변화하는 품종들의 약진과 쇠퇴를 관찰했다. 이 년 전 결혼식을 앞두고 어질어질한 황홀경 속에서 깨달았던 조류와 이끼 사이의 유사성에 대한 이론도 재정비했다. 처음처럼 그것을 맹렬하게 확신할 수는 없었지만, 해양 식물이 육상 식물로 변이했을지 모른다는 가설은 여전히 제법 타당해 보였다. 뭔가 일종의 합치점이나 연결 고리가 있을 법도 한데 당최 수수께끼를 풀 수 없었다.

해답을 찾고자 지적 작업에 몰두해 있던 그녀는 종의 변이에 관한 온갖 논란에 다시 관심을 기울였다. 라마르크의 저작을 다시 한 번 유심히 읽어 보았다. 라마르크는 생물학적 변이가 특정 신체의 과도한 사용이나 미사용 때문에 일어난다고 주장했다. 예컨대 기린의 목이 그토록 길어진 이유는, 몇몇 기린 개체들이 나무 꼭대기에 있는 먹이를 먹으려고 오랜 세월 목을 높이 뻗었기 때문에, 즉 살아가는 동안 실제로 목이 길어질 만한 '원인'을 제공했기 때문이라고 주장했다. 그렇게 긴 목이라는 특질이 자손에게 전해진 것이다. 반대로 펭귄은 날개를 쓰지 않았기 때문에 그런 보잘것없는 날개를 가지게 되었다. 날갯짓을 게을리하면서 퇴화했고 그러한 특질(뭉툭해져 날수 없게 된 부속물)이 새끼 펭귄에게도 전해짐으로써 종 단위로 굳어진 것이다.

도발적인 이론이었지만 앨마는 전혀 납득할 수 없었다. 라마르크의 추론대로라면 지구상에는 현재보다 더 많은 변이가 나타났어야 했다. 그 논리를 곧이 적용한다면 수 세기 동안 포경 수술을 시행한 유대인의 사내아이들은 벌써 오래전에 포피 없이 태어났어야 마땅하다고, 앨마는 생각했다. 평생 면도하는 남자들은 수염이 자라지 않는 아들들을 낳아야 마땅했다. 매일 머리를 고불거리게 꾸미는 여자들은 곱슬머리 딸을 낳아야 했다. 그런데 분명히 그런 일은 일어나지 않았다.

하지만 사물이 '변화'한다는 점만큼은 앨마도 확신했다. 그것을 믿는 사람은 앨마뿐이 아니었다. 과학계에서는 거의 모든 사람들이 종의 변화 가능성을 논하고 있었다. 눈앞에서 당장은 아닐지라도 오랜 세월에 걸쳐서 일어난다고 말이다. 놀라운 주장이었으므로, 그 주제에 관한 이론과 토론이 열띠게 벌어지기 시작했다. 박학다식한 윌리엄 휴얼이 만들어 낸, 과학자라는 뜻의 '사이언티스트(scientist)'도 불과 최근에야 생겨난 말이었다. 많은 학자들은 무신론자를 뜻하는 불경한 단어, 즉 '에이시스트(athiest)'와 비슷하게 들린다는 이유로 그 노골적인 새 용어를 반대했다. 그냥 계속 단순하게 '자연 철학자'라고 부르면 왜 안 되는가? 그러나 자연과 철학의 영역 사이에서 이제 구분이 뚜렷해지고 있었다. 자연계 연구가 파죽지세로 나아가면서 성경 속 진실에 대한 도전 역시 너무 빈번해졌다. 따라서 식물학자나 지질학자를 겸하던 목사들은 점점 드물어졌다. 과거에는 자연의 경이로움 속에서 신의 존재가 드러났지만, 지금은 똑같은 자연의 경이로움 때문에 신이 도전받고 있었다. 학자들은 이제 어느 한쪽을 선택해야 했다.

과거의 지반이 끊임없이 무너져 내리면서 오랜 확신은 흔들리고 힘을 잃었으며, 화이트에이커에 홀로 남은 앨마 휘태커마저 자기만의 위험한 생각에 빠져들었다. 그녀는 인구 증가와 질병, 사회 격변, 기근, 파멸에 관한 토머스 맬서스의 이론에 대해서 숙고했다. 존 윌리엄 드레이퍼가 촬영한 놀랍고도 새로운 달 사진에 관해서도 고찰했다. 지구가 언젠가 빙하기를 겪은 적이 있다는 루이 아가시의 이론도 살펴보았다. 하루는 온전히 조립해 놓은 거대한 마스토돈의 화석 뼈를 보려고 샌솜 가에 있는 박물관까지 먼 거리를 걸어서 다녀오기도

했는데, 그 덕분에 다시 한 번 이 행성과 다른 모든 행성의 오랜 역사에 대해 생각하게 되었다. 앨마는 조류와 이끼가 어떻게 각자의 형태로 변화했을지 다시 점검해 보았다. 새삼 꼬리이끼에 집중하며, 특정한 이끼 품종이 어떻게 그토록 다양하게 세분화될 수 있었는지 의문을 품었다. 수백 수천 종의 형태와 구조는 어떻게 이루어졌을까?

1850년 말, 조지 호크스는 앰브로즈의 난초 화집을 세상에 선보였다..『과테말라와 멕시코의 난초』라는 제목의 호화스럽고 값비싼 출판물이었다. 이 책을 접한 사람은 누구나 앰브로즈 파이크더러 당대 최고의 식물화가라고 칭했다. 저명한 여러 식물원에서는 파이크 씨에게 소장품 삽화를 맡기고 싶어 했지만 앰브로즈 파이크는 이미 세상 반대편으로 사라져 버렸고, 거기서 바닐라를 재배하느라 도무지 손 닿을 수 없었다. 앨마는 죄책감과 수치심을 느꼈지만 어떻게 해야 좋을지 몰랐다. 그녀는 매일 그 책을 들여다보며 시간을 보냈다. 앰브로즈가 그린 작품의 아름다움은 고통을 안겨 주었지만 그렇다고 멀리할 수도 없었다. 앨마는 조지 호크스에게 부탁해서 타히티에 있는 앰브로즈에게도 책 한 권을 보내도록 했으나, 그 책이 잘 도착했는지 어떤지 아무런 소식도 듣지 못했다. 책의 수입은 모두 앰즈로즈의 어머니, 그 무시무시한 콘스탄스 파이크 부인에게 돌아가도록 조치해 두었다. 그 때문에 앨마와 시어머니 사이에서는 몇 차례 예절 바른 편지가 오갔다. 딱하게도 파이크 부인은 자기 아들이 무모한 꿈을 좇느라 새 아내를 버린 채 달아났다고 믿었다. 그런데 더욱 딱하게도 앨마는 그녀의 오해를 바로잡아 주지 않았다.

한 달에 한 번, 앨마는 옛 친구 레타를 만나러 그리펀 정신 요양원을 찾았다. 레타는 더 이상 앨마가 누군지 알아보지 못했고, 어쩌면 자신조차 누군지 모르는 것 같았다.

프루던스를 만나러 가지는 않았지만 이따금씩 소식이 들려왔다. 가난과 노예 해방 운동, 노예 해방 운동과 가난, 항상 똑같이 암울한 이야기였다.

앨마는 그 모든 일에 대해서 고민했지만 어떻게 해야 할지 몰랐다. 왜 우리의 인생은 이런 식으로 흘러왔을까? 그녀는 또다시 스스로 이름 붙인, 네 가지 서로 다른 시간대를 떠올렸다. 신의 시간, 지질학의 시간, 인간의 시간, 이끼의 시간. 그녀는 평생 자신이 천천히, 미시적으로 흐르는 이끼의 시간 속에서 살기를 바라 왔음을 깨달았다. 꽤 이상한 소원이었다. 그런데 앨마는 자기보다 더 극단적인 갈망을 품은 앰브로즈 파이크를 만났다. 그는 신의 시간 속에 펼쳐진 영원한 허공에서 살고 싶어 했다. 이를테면 시간의 영역 밖에서 살고 싶어 했다. 그는 앨마도 거기서 함께 살기를 바랐다.

한 가지는 확실했다. 인간의 시간이란 존재하는 다양한 시간 중에서 가장 슬프고 가장 광기 어리고 가장 치명적이었다. 앨마는 그것을 무시하려고 최선을 다했다.

그럼에도 하루하루 시간은 흘러갔다.

＊

1851년 5월 초, 어느 서늘하고 비 내리는 아침에 편지 한 통이 헨리 휘태커 앞으로 화이트에이커에 당도했다. 회신용 주소는 없었지만 봉투 가장자리에는 근조를 뜻하는 검은색 테두리가 둘려 있었다. 앨마는 헨리의 편지를 모두 대신 읽었으므로, 아버지 서재에서 의무적으로 우편물을 처리하며 그 봉투 역시 열어 보았다.

친애하는 휘태커 씨께.

금일 제가 펜을 든 까닭은, 제가 누군지 먼저 소개드린 뒤에 불행한 소식을 전하기 위해서입니다. 저는 프랜시스 웰스 목사로, 타히티 마타바이 만에서 삼십칠 년째 선교 활동을 하고 있습니다. 과거 몇 차례, 저는 귀하의 훌륭한 대리인 얀시 씨와 일한 적이 있습니다. 그분은 저를 식물 분야에 열의를 품은 아마추어로 알고 계시지요. 저는 얀시 씨를 위해 견본을 수집해 드리거나, 관심 있는 식물이 자라는 장소를 소개하는 등의 일을 했습니다. 또한 제가 특별히 관심을 기울이는 산호와 조개껍질 등 해양 생물의 견본도 매매하였습니다.

최근 얀시 씨는 저에게 이곳의 바닐라 농장 관리를 맡겼고, 그 업무는 1849년 앰브로즈 파이크 씨라는 이름의 젊은 직원을 귀사에서 파견해 주신 덕분에 큰 도움을 받았습니다. 하지만 슬프게도 파이크 씨가 일종의 감염으로(이곳의 무더운 기후 탓에 매우 흔히 생기는 일입니다.) 너무 이르고 갑작스레 죽음을 맞았습니다. 이 사실을 알리는 것이 제 의무일 듯합니다.

앰브로즈 파이크 씨가 1850년 11월 30일에 주님의 부름을 받았음을 그의 가족에게 전해 주시기를 바랍니다. 또한 사랑하는 그의 유족들에게 파이크 씨는 적절한 기독교식 절차에 따라 매장되었으며, 제가 그의 무덤에 작은 비석을 세워 두었다고 전해 주십시오. 그의 소천은 저에게도 깊은 유감입니다. 그는 최고로 고결한 도덕성과 가장 순수한 성품을 지닌 신사였습니다. 이런 곳에서는 쉽게 찾을 수 없는 자질이지요. 전 그와 같은 사람을 또다시 만날 수 없으리라 생각합니다.

그는 이제 분명코 더 나은 곳에서 살아가고 있으며 늙음이라는 수모 또한 결코 겪지 않으리라는 점 이외에는 더 위로의 말씀을 드릴 수 없겠습니다.

충심을 담아
F. P. 웰스 목사 드림

그 소식은 도끼날이 온 힘을 다해 화강암을 내려치듯 격한 충격으로 앨마를 휩쓸었다. 귀가 멍하고 뼈가 떨리고 눈앞에서 불꽃이 튕겼다. 그녀의 몸에서 한 귀퉁이가, 끔찍이도 중요한 한 귀퉁이가 떨어져 나간 채 허공으로 날아가 버린 것 같은, 심지어 다시는 찾을 수 없게 된 느낌이었다. 자리에 앉아 있지 않았다면 무너져 내렸을 것이다. 실제로 그녀는 아버지의 책상 앞으로 쓰러졌다. 그러고는 친절하고 사려 깊은 F. P. 웰스 목사의 편지에 얼굴을 묻은 채, 하늘을 떠도는 모든 구름을 전부 끌어다가 써 버릴 만큼 눈물을 쏟아 냈다.

✻

이제까지보다 더 어떻게 앰브로즈 때문에 슬퍼할 수 있었을까? 하지만 정말 그랬다. 겹겹이 쌓인 바닷속 지층처럼 슬픔 역시 층층이 심연까지 쌓여 있으며, 계속 파고들다 보면 그 밑으로 또 다른 슬픔의 층이 나타남을 앨마는 곧 알게 되었다. 앰브로즈는 오래전에 그녀를 떠났고 영원히 떠나 있으리라는 사실을 알고 있었지만, 그가 자기보다 먼저 죽으리라고는 절대 생각해 본 적이 없었다. 단순한 산술의 마법으로도 그건 불가능했다. 그는 앨마보다 훨씬 젊은 사람이었다. 어떻게 그가 먼저 죽는단 말인가. 그는 젊음의 화신이었다. 그는 젊음이 가진 모든 순수함의 복합체였다. 그런데 그가 죽고 앨마는 살아 있었다. 그녀가 그를 떠나보내서 결국 죽게 했다.

슬픔의 층위가 너무 깊어지면 아예 슬픔조차 느껴지지 않는 순간이 있다. 고통이 너무 극심해지면 몸은 더 이상 고통을 느끼지 못한다. 그런 슬픔은 흉터를 지져서 감정이 곪는 것을 막는다. 그 무감각은 어떤 의미에선 자애롭다. 앨마는 그 정도로 깊은 슬픔에 빠져들었으며, 아버지의 책상에서 일단 고개를 들자 흐느낌도 멈추었다.

둔중하고 무자비한 어떤 힘에 조종당하는 사람처럼 그녀

는 앞으로 나아갔다. 처음 한 일은 아버지에게 비보를 전하는 것이었다. 그녀는 눈을 감고서 죽음의 가면을 쓴 듯 지친 잿빛 얼굴로 침대에 누워 있는 아버지를 찾아냈다. 민망하게도 아버지가 말귀를 알아듣게 하려면 그의 귀에 대고 앰브로즈의 부고를 고함쳐야 했다.

"음, 그렇게 되었구나."라고 말한 뒤 그는 다시 눈을 감았다.

한네커 데 그루트에게도 소식을 전하자 그녀는 입술을 꾹 다물며 양손을 가슴에 얹고, "갓!(God!)"이라며 신을 불렀다. 네덜란드어였지만 영어로도 똑같은 단어였다.

앨마는 조지 호크스에게 편지를 써서 사정을 설명했다. 앰브로즈에게 보여 준 친절과, 훌륭한 난초 화집을 통해 파이크 씨를 추억할 수 있게 해 주었음에 대해 감사했다. 조지는 곧바로 다정하고도 공손한 애도의 뜻을 담은 답장을 보냈다.

그로부터 얼마 뒤 앨마는 남편을 잃었음을 위로하는 프루던스의 편지를 받았다. 누가 프루던스에게 알렸는지는 알 수 없었다. 그녀는 묻지 않았다. 앨마는 프루던스에게 감사의 답장을 보냈다.

그녀는 프랜시스 웰스 목사에게 아버지의 이름으로 서명한 편지를 썼다. 가장 아끼던 직원의 죽음을 전해 주었음에 감사하며, 답례로 휘태커 상사에서 해 줄 일이 있는지 물었다.

앰브로즈의 어머니에게도 편지를 보내서 프랜시스 웰스 목사의 편지에 적힌 내용을 한 마디도 빠뜨리지 않고 전했다. 앨마는 그 편지를 보내기가 두려웠다. 파이크 부인은 아들더러 '통제 불능'이라고 언급하기는 했지만, 앰브로즈가 그녀의 가장 아끼는 아들이었다는 사실쯤은 앨마도 알고 있었다. 왜 아니었겠나? 앰브로즈는 누구에게나 가장 사랑받았다. 그 소식은 노부인을 망가뜨릴 터였다. 한편으로 더욱 괴로운 사실은 앨마 자신이 한 여자의 가장 사랑하는 아들, 프래밍엄 집안의 가장 값진 보석이자 천사를 죽인 장본인일지도 모른다는 점이었다. 그 두려운 편지를 발송하며, 앨마는 적어도 파이크 부인의 신앙이 얼마간 충격을 막아 주기를 바랄 뿐이었다.

앨마는 어떤 종류의 신앙으로도 위안받을 수 없었다. 그녀는 창조주를 믿었지만 절망적인 순간에 단 한 번도 그에게 마음을 의지해 본 적이 없었다. 그건 지금도 마찬가지였다. 앨마의 신앙은 그런 종류의 믿음이 아니었다. 앨마는 우주를 설계한 가장 능력 있는 존재, 하느님을 받아들이고 존경했으나, 한편 앨마에게 신이란 위압적이고 동떨어진 데다 동정심마저 없는 존재였다. 그렇게 엄청난 고통을 세상에 안길 수 있는 존재라면, 그에게 위안을 얻기란 도저히 안 될 말이었다. 위안을 얻고 싶다면 한네커 데 그루트 같은 사람을 찾아갈 일이었다.

앨마는 서글픈 임무(앰브로즈의 죽음에 대한 편지를 쓰고 발송하는 임무)를 마친 뒤, 과부로서 부끄러워하고 슬퍼하는 것 말고는 달리 할 일이 아무것도 없었다. 원해서라기보다 그저 습관에 따라 그녀는 이끼 연구로 복귀했다. 그 일마저 없었다면 자기도 죽었을지 모른다는 생각이 들었다. 아버지의 병은 점점 더 심해졌다. 그녀의 책임은 점점 더 커져 갔다. 세상은

모든 것의 이름으로

점점 더 작아졌다.

앨마의 여생은 계속 그런 모습이었으리라. 만약 그로부터 불과 다섯 달 뒤인 10월의 어느 화창한 날 아침에, 딕 얀시가 앰브로즈 파이크의 물건을, 작고 낡은 가죽 가방을 한 손에 들고 화이트에이커의 계단을 뚜벅뚜벅 올라와서 앨마 휘태커에게 단둘이 얘기 좀 하자고 청하지 않았더라면.

19

앨마는 딕 얀시를 이끌고 아버지의 서재로 들어가서 문을 닫았다. 앨마는 이제껏 단 한 번도 그와 단둘이 방에 있어 본 적이 없었다. 그 남자는 앨마의 인생 속에 아주 어렸을 때부터 존재했지만, 곁에 있으면 항상 얼어붙듯 불편했다. 탑처럼 솟은 큰 키와 시체처럼 창백한 피부, 번쩍거리는 대머리, 얼음처럼 차가운 눈빛, 도끼 같은 옆모습까지 모든 요소가 복합적으로 작용하며 진심으로 무시무시한 인상을 만들어 냈다. 알고 지낸 지 거의 오십 년이 다 된 지금도 앨마는 그의 나이를 짐작할 수 없었다. 그는 불멸의 존재였다. 그 점 또한 무시무시한 그의 인상을 강조할 뿐이었다. 온 세상은 딕 얀시를 두려워했고, 헨리 휘태커가 바란 것도 바로 그것이었다. 앨마는 헨리에 대한 얀시의 충성심이나 얀시를 다루는 헨리의 비법을 절대로 알 수 없었지만 한 가지는 확실했다. 이 무시무시한 남자 없이는 휘태커 상사가 제대로 기능하지 못하리라는 사실.

"얀시 씨. 부디 편히 앉으세요." 앨마가 의자를 가리키며 말했다.

그는 앉지 않았다. 그는 앰브로즈의 가방을 느슨하게 한 손에 든 채로 방 한가운데 서 있었다. 앨마는 죽은 남편의 유일한 소유물이었던 그 가방을 쳐다보지 않으려고 애썼다. 그녀도 앉지 않았다. 두 사람 다 안락함에는 관심 없음이 분명해졌다.

"저한테 하실 말씀이라도 있으세요? 아니면 아버지를 만나실래요? 아시다시피 아버지는 최근 건강이 좋지 않으시지만 오늘은 상황이 좀 나은 편이라 정신도 맑으세요. 괜찮으시다면 침실로 찾아가서 만나 보세요."

여전히 딕 얀시는 아무 말도 하지 않았다. 그것은 유명한 전술이었다. 무기가 되는 침묵. 딕 얀시가 입을 꾹 다물고 있으면 곁에 있는 사람들은 초조해져서 말을 한가득 쏟아 냈다. 다들 처음에 마음먹은 것보다 훨씬 많은 말을 했다. 딕 얀시는 침묵으로 쌓은 요새 안에 들어앉아서 쏟아져 나오는 비밀들을 그냥 쳐다볼 뿐이었다. 그러고 나서 그는 그 모든 비밀들을 화이트에이커로 가져왔다. 그게 바로 그가 휘두르는 힘의 비결이었다.

앨마는 그 남자의 덫에 걸리지 않겠노라 결심했으므로 생각 없이 말을 뱉지 않았다. 그 때문에 두 사람은 족히 이 분쯤 말없이 서 있었다. 결국 앨마 쪽이 참아 내지 못했다. 입을 연 사람은 그녀였다. "작고한 제 남편의 가방을 갖고 오셨군요. 짐작하건대 타히티에서 찾아오셨나 보죠? 저한테 돌려주려고 오신 거예요?"

그는 움직이지도, 입을 열지도 않았다.

앨마는 혼자서 대화를 이어 갔다. "제가 그 가방을 돌려받고 싶어 할지 말지에 대해서 숙고 중이시라면 대답은 '그렇다.'입니다. 무척 갖고 싶군요. 남편은 가진 게 거의 없는 사람이라, 그 사람이 소중히 여겼던 물건이라면 무엇 하나든 추억으로 간직하는 데 큰 의미가 있을 거예요."

여전히 그는 말을 하지 않았다. 애걸이라도 하게 할 작정일까? 돈을 받겠다는 뜻일까? 대가로 무언가 바라는 것이 있나? 혹시(엉뚱하게도 비논리적인 생각이 그녀의 뇌리를 스쳐 갔다.) 어떤 이유가 있어서 망설이는 것일까? 확신이 없어서? 딕 얀시는 알 수 없는 사람이었다. 그는 절대 심중을 드러내지 않았다. 앨마는 조바심과 경각심을 동시에 느꼈다.

"제발 부탁인데 직접 설명해 주세요, 얀시 씨."

딕 얀시는 스스로 설명해 본 적이 없는 사람이었다. 앨마 또한 그 점을 잘 알았다. 그는 설명이라고 하는 하찮은 수단을 위해서 말을 허비하지 않았다. 그는 아예 말을 허투루 내뱉지조차 않았다. 사실 앨마는 아주 어린 시절부터 그가 한 번에 세 마디 이상 얘기하는 모습을 본 적이 거의 없었다. 그날도 딕 얀시는 단 한 마디로 자신의 의사를 명확히 밝힐 수 있었다. 그는 앨마의 곁을 스치듯 지나가며 가방을 품에 안기는 순간, 입꼬리에서 으르렁거리듯 딱 한마디만 흘렸다.

"태워 버려라."

＊

앨마는 낡고 소금기 얼룩이 남은 가죽 너머로, 과연 무엇이 들었는지 들여다보려는 사람처럼 아버지 서재에 홀로 앉아서 한 시간이나 그 가방을 응시했다. 얀시는 대체 왜 그런 말을 했을까? 그녀에게 태워 버리라고 권할 생각이었다면 왜 굳이 지구 반대편까지 가서 그 가방을 가져다주는 수고를 했을까? 태워 버려야 할 물건이라면 왜 그가 직접 태우지 않았을까? 태워 버리라는 말은, 가방을 열어서 내용물을 확인한 '이후에' 그러라는 것일까, 아니면 그 '이전에' 그러라는 의미일까? 가방을 건네기 전에 그는 왜 그런 식으로 오래 망설였을까?

물론 그 질문을 하나라도 딕 얀시에게 물어보기란 불가능했다. 그는 오래전에 떠나 버렸다. 딕 얀시는 늘 믿기지 않는 속도로 움직였다. 지금쯤 그는 아르헨티나를 향해, 그것도 절반이나 이동했을지 몰랐다. 혹시 화이트에이커에 남아 있더라도 그가 질문에 대답해 줄 리는 없었다. 그 점은 앨마도 잘 알고 있었다. 그런 종류의 대화는 딕 얀시의 임무가 아니었다. 앨마가 아는 것이라고는 앰브로즈의 소중한 가방이 이제 자신의 소유물이라는 점이었다. 물론 딜레마까지 함께.

앨마는 홀로 모든 걸 이겨 낼 수 있도록 마차 차고에 있는 서재로 가방을 가져가자고 마음먹었다. 그녀는 구석에 있는 긴 의자에 가방을 내려놓았다. 아주 옛날 레타가 걸터앉아서 수다를 떨기도 했고, 앰브로즈가 긴 다리를 늘어뜨리고 편히

몸을 눕히기도 했으며, 앰브로즈가 떠난 뒤 암흑 같은 몇 달 동
안 앨마가 잠을 청한 곳이기도 했다. 그녀는 가방을 살폈다. 가
방은 가로 60센티미터, 세로 45센티미터 정도에 폭이 한 뼘쯤
되는, 싸구려 연갈색 소가죽으로 만들어진 단순한 직사각형
형태였다. 여기저기 해지고 얼룩이 묻어서 초라했다. 손잡이
엔 철사와 가죽을 엮어서 여러 번 수리한 흔적이 남아 있었다.
경첩은 해풍과 세월에 녹이 슬었다. 손잡이 위쪽으로 희미하
게 새겨진 머리글자 'A. P.'는 간신히 알아볼 수 있을 지경이었
다. 말의 배를 가로지르는 등자 끈처럼 가죽 줄 두 개가 가방을
한 바퀴 휘감은 뒤 버클로 잠겨 있었다.

  앰브로즈의 성격을 전적으로 반영하듯 자물쇠는 없었다.
그는 그렇게 잘 믿어 버리는 성격이었다. 아마도 가방에 자물
쇠가 걸려 있었다면 앨마는 열어 보지 않았을 것이다. 혹시나
비밀을 암시하는 사소한 징후라도 보였다면 물러섰을 터다.
아니, 그러지 않았을지도 모른다. 앨마는 결론에 상관없이, 자
물쇠를 부수는 한이 있더라도, 뭐든 끝까지 조사해야만 직성
이 풀리도록 타고난 사람이었다.

  그녀는 어려움 없이 가방을 열었다. 그 안에 접힌 채 들어
있던 갈색 코듀로이 재킷을 곧바로 알아본 그녀는 감정이 복
받쳐서 목이 메었다. 앨마는 앰브로즈의 체취를 느껴 보고자
재킷에 얼굴을 파묻었지만 곰팡내만 풍길 뿐이었다. 재킷 아
래에서 그녀는 두툼한 종이 뭉치를 찾아냈다. 가장자리가 울
퉁불퉁한, 달걀 껍질 색깔의 커다란 종이에 그린 스케치와 그

림 들이었다. 맨 위에 있는 종이엔 열대에서 자라는 '판다누스' 나무가 그려져 있었는데, 나선형 잎사귀와 두툼한 뿌리로 금세 알아볼 수 있었다. 달인의 경지에 오른 앰브로즈의 식물 세밀화는 놀랍도록 완벽한 모습으로 담겨 있었다. 단순한 연필 스케치인데도 뛰어난 걸작이었다. 앨마는 곰곰이 살펴본 뒤에 옆으로 밀어 놓았다. 그 아래에는 화폭에서 튀어나올듯 잉크로 그린 다음 섬세하게 채색한 바닐라 꽃이 소상히 그려져 있었다.

앨마는 가슴속에서 희망이 샘솟고 있음을 느꼈다. 그렇다면 이 가방 안에는 앰브로즈가 남태평양의 식물을 보고서 얻은 인상들이 담겨 있다는 뜻이었다. 여러 가지 면에서 위안이 되었다. 첫째로 앰브로즈가 타히티에 있는 동안 그림 작업을 통해 위로를 얻었다면, 무위의 절망 속에서 시들어 가지는 않았다는 의미였다. 또 한 가지, 그 그림을 소유함으로써 앨마는 이제 앰브로즈를 추억할 수 있는 아름답고도 직접 손으로 만질 수 있는 무언가를 '더' 갖게 되었다. 또한 그림들은 그가 보낸 마지막 여러 해를 들여다볼 수 있는 창구가 되리라. 그의 눈으로 곧장 바라보듯이 그가 보았던 것들을 앨마도 볼 수 있을 터였다.

세 번째 그림은 완전히 재빠르게 포착한 코코넛 야자수의 스케치로 미완성이었다. 그러나 네 번째 그림에서 그녀는 얼어붙고 말았다. 그것은 얼굴이었다. 앨마가 알기로 앰브로즈는 인간을 묘사하는 데 아무런 관심도 없었기에 놀라웠다. 앰브로즈는 초상화가가 아니었고 결코 초상화를 그리지도 않았다. 그런데 펜과 잉크를 사용해서 앰브로즈의 정확한 필치로 그린 초상화가 바로 거기 있었다. 그것은 젊은 남자의 오른쪽 옆얼굴이었다. 그의 외모에서는 폴리네시아인의 혈통이 드러났다. 넓은 광대뼈, 넙적한 코, 두툼한 입술. 매력적이고 강렬했다. 머리카락은 유럽인처럼 짧았다.

앨마는 다음 장으로 그림을 넘겼다. 같은 청년의 왼쪽 옆모습을 그린 또 다른 초상화였다. 그다음 그림은 남자의 팔이었다. 앰브로즈의 팔은 아니었다. 그의 팔보다 어깨가 넓고 상박도 더 튼실했다. 다음은 인간의 눈을 가까이에서 그린 세밀화였다. 그 또한 앰브로즈의 눈이 아니었다.(앨마는 앰브로즈의 눈을 어디서든 알아보았을 것이다.) 깃털처럼 긴 속눈썹으로 봐서 분명 다른 사람의 눈이었다.

이어 화가를 등지고 걸어가는 듯, 뒤에서 그린 청년의 전신 누드화가 나타났다. 그의 등은 넓고 근육질이었다. 척추뼈가 빠짐없이 자세하게 그려져 있었다. 코코넛 야자수에 기대어 쉬고 있는 그 청년의 또 다른 누드화도 있었다. 그의 얼굴은 벌써 앨마의 눈에도 익어 버렸다. 오만해 보이는 똑같은 이마, 똑같이 두툼한 입술, 아몬드 모양의 똑같은 눈매. 그 그림 속 청년은 다른 그림에서보다 약간 더 어려 보였다. 소년티를 벗지 못한 모습이었다. 아마 열일고여덟 살쯤 된 듯했다.

식물 그림은 더 이상 없었다. 가방에 든 나머지 그림과 스케치, 수채화는 모두 누드화였다. 100장도 넘는 그림들은 하나같이 유럽인처럼 짧게 머리를 자른 원주민 청년의 그림이었다. 어떤 그림에서는 잠든 듯했다. 그가 달리기를 하거나, 창을 들고 있거나, 돌을 들어 올리거나, 그물을 펼쳐 드는 장면들은 고대 그리스 석상처럼 운동선수나 반신반인의 자태였다. 모든 그림 속에서 그는 천 조각 하나 걸치지 않았고, 신발조차 신지 않았다. 대부분 그의 남근은 축 늘어진 채 느긋한 모습이었다. 의도적으로 그렇게 그리지 않은 그림도 있었다. 그런 그림에서 화가를 향한 청년의 얼굴은 좀 더 솔직하고 즐거워 보이기까지 했다.

"맙소사." 앨마는 소리 내어 말하는 자신의 목소리를 들었다. 그제야 그녀는 충격적인 그림을 새로 넘겨 볼 때마다 자기가 줄곧 그 말을 되풀이하고 있었음을 깨달았다.

'맙소사, 맙소사, 맙소사.'

앨마 휘태커는 계산이 매우 빨랐으며, 성적으로도 결코 무지하지 않았다. 가방에 든 물건으로 도달할 수 있는 결론은 유일했다. 순수함의 화신, 프래밍엄의 천사, 앰브로즈 파이크는 남색(男色)이었다.

그가 화이트에이커에 왔던 첫날 밤이 퍼뜩 떠올랐다. 저녁 식사 이후, 그는 타히티에 있는 바닐라 난초의 인공 수분에 관한 참신한 발상으로 헨리와 앨마 두 사람을 모두 매혹했다. 그가 뭐라고 말했던가? 아주 쉬운 일이라고, 그는 장담했다. "가느다란 손가락으로 가느다란 나뭇가지를 쥔 어린 소년들이면 다 됩니다." 그때는 그 말이 너무도 장난스럽게 들렸다. 이제

와서 새삼 돌이켜 보니 삐딱하게 들렸다. 하지만 그러면서도 수많은 질문에 대한 해답이 보였다. 앰브로즈가 결혼을 완성할 수 없었던 이유는 앨마가 늙어서도 아니고, 앨마가 못생겨서도 아니고, 그가 천사를 모방하고 싶어 해서도 아니었다. 그가 가느다란 손가락과 가느다란 나뭇가지를 지닌 어린 소년들을 원했기 때문이었다. 아니, 이 그림들로 봐서는 다 큰 소년들을 원했거나.

하느님 맙소사, 그 때문에 그녀가 어떤 시련을 겪었던가! 그런 거짓말을 하다니! 그런 속임수를! 그런 줄도 모르고 앰브로즈 때문에 앨마는 전적으로 자연스러운 자신의 욕망에 대해서 얼마나 자기혐오에 빠졌던가! 그날 오후 앨마가 그의 손가락을 입속에 넣었을 때 욕조에서 바라보던 그의 표정은 마치 그녀가 자기 육신을 잡아먹으러 온 악령인 듯 겁에 질린 모습이었다. 몇 년 전에 읽은 몽테뉴의 글귀가 늘 그녀의 머릿속을 맴돌았는데, 새삼스레 지금 끔찍이도 딱 맞아떨어지는 기분이었다. "내가 지켜본 결과, 이 두 가지는 항상 하나로 일치한다. 극도로 신성한 생각과 저급한 행동."

앰브로즈의 극도로 신성한 이상과, 그의 거창한 꿈과 거짓으로 꾸며 낸 순수함과 허울뿐인 신앙심, 이것들을 혼동한 까닭에 신성한 존재와 고결한 교감을 나눈다는 고백에 넘어가서 그녀는 바보가 되었는데, 결국 그의 최후를 보라지! 용서받지 못할 낙원에서 불끈 솟은 남근을 자랑하는 호의 넘치는 미소년과 함께 이런 짓을!

"빌어먹을 사기꾼 자식." 앨마는 외치듯 중얼거렸다.

＊

다른 여자 같았으면 딕 얀시의 조언대로 그 가방과 안에 든 물건을 전부 다 태워 버렸을지도 모른다. 그러나 앨마는 너무나 과학자였으므로 어떤 종류의 증거도 태워 버릴 수 없었다. 그녀는 그 가방을 서재의 긴 의자 뒤에 넣어 두었다. 거기라면 아무도 찾아내지 못할 것이었다. 어차피 그 방에 다른 사람은 아무도 들어오지 않았다. 심지어 방해받고 싶지 않아서 앨마는 서재를 청소할 때조차 본인 이외에는 아무도 연구실에 들이지 않았다. 앨마 같은 노처녀가 멍청한 현미경과 따분한 책과 마른 이끼 표본이 든 유리병만 가득한 방 안에서 무슨 짓을 하든 아무도 상관하지 않았다. 그녀는 바보였다. 그녀의 인생은 코미디였다. 끔찍하고 슬픈 코미디였다.

앨마는 저녁을 먹으면서도 음식에 아무런 관심이 없었다.

또 누가 알까?

두 사람이 한(혹은 그녀가 했다고 생각했던) 결혼 이후 몇 달간 앨마는 앰브로즈에 대한 최악의 추문을 들었지만 누구든 그가 남색을 했다고 비난하는 소리는 들어 본 기억이 없었다. 혹시 그때도 마구간 소년들을 추행했을까? 혹은 젊은 정원사들을? 그러느라고 정신이 팔려 있었을까? 하지만 언제 그런 짓을 했단 말인가? 그랬다면 누군가 무슨 말이든 했을 터다.

앨마와 앰브로즈, 두 사람은 항상 함께 있었고, 음란한 비밀은 오래도록 비밀로 남아 있지 못하는 법이다. 소문은 주머니를 태워 구멍을 뚫고 마는 값비싼 재물이자, 언제나 결국에는 바닥나 버리는 물건이었다. 그런데 아무도 한 마디조차 입을 열지 않았다니.

한네커는 알고 있었을까? 앨마는 나이 든 가정부를 쳐다보며 의문을 품었다. 그래서 앰브로즈를 반대했던 것일까? '우리는 그 사람을 모른다.'라고 한네커는 수없이 이야기하곤 했다…….

보스턴에 있는 앰브로즈의 절친한 친구 대니얼 투퍼는 어떤가? 그는 친구 이상이었을까? 결혼식 날 그가 보낸 전보, '잘했어 파이크.'라는 내용에 일종의 발칙한 암호가 담겨 있었을까? 하지만 앨마가 기억하기로 대니얼 투퍼는 집 안 가득 아이들을 키우는 유부남이었다. 아무튼 앰브로즈는 그렇게 말했다. 하지만 무슨 큰 상관이 있으랴. 사람들은 한꺼번에 수많은 일들을 할 수 있는 법이다.

그의 어머니는 어떤가? 콘스탄스 파이크 부인은 알고 있었을까? '정숙한 결혼 생활이 그 아이의 도덕적 일탈을 치유해 주길.'이라고 편지에 쓴 내용이 그런 의미였던가? 왜 편지를 좀 더 유심히 읽지 않았을까? 왜 조사해 보지 않았을까?

'어떻게 그런 사실을 눈치채지 못했을까?'

저녁 식사 후 앨마는 방 안을 서성거렸다. 산산조각 해부되어 흩어진 기분이었다. 호기심과 분노로 달아올랐다. 도저히 멈출 수가 없어서 그녀는 마차 차고로 돌아갔다. 벌써 삼 년 전에 앰브로즈를 위해 그녀가 매우 정성을 기울여(그리고 값비싼 비용을 들여) 꾸민 판화 작업실로 들어갔다. 이제 모든 기계와 가구에는 천이 덮여 있었다. 그녀는 책상 맨 위쪽 서랍에서 한 번 더 앰브로즈의 공책을 꺼냈다. 아무 페이지나 펼쳐도 익숙하고 알쏭달쏭한 헛소리가 이어졌다.

"'정신' 외에는 아무것도 존재하지 않으며 그것은 '힘'에 의해 추진된다……. 낮을 어둡게 하지 않으려면, 교대로 반짝이게 하지 않으려면…… 외형에서 멀어져라, 외형에서 멀어져야 한다!"

앨마는 요란하게 탁 소리를 내며 공책을 덮었다. 이제 더는 단 한 마디도 이 따위 소리를 견딜 수 없었다. 왜 그 남자는 절대로 '확실히' 표현하지 못하는 거지?

서재로 돌아와 긴 의자 밑에서 가방을 끄집어냈다. 이번에는 내용물을 좀 더 기계적으로 살펴보았다. 유쾌한 작업은 아니었지만 꼭 해야만 하는 일 같았다. 그녀는 가방 구석구석을 뒤지며 숨겨진 비밀 공간이나 처음 보았을 때 놓쳤을지도 모르는 물건을 찾아보았다. 낡아 빠진 앰브로즈의 재킷 주머니도 샅샅이 뒤졌지만 나온 것이라고는 몽당연필 하나뿐이었다.

그러고는 다시 그림을 살폈다. 정교한 식물 그림 세 장과 아름다운 청년을 거듭 묘사한 수십 장의 음란한 그림을. 좀 더 면밀히 살펴보면 무언가 다른 결론에 도달할 수 있을지 궁금했지만 역시 아니었다. 초상화는 너무도 노골적이고 너무도 관능적이고 너무도 친밀했다. 다른 해석은 있을 수 없었다. 앨마는 누드화를 한 장 한 장 넘기다가 뒷장에 앰브로즈의 우아하고 아름다운 필체로 무언가 적혀 있음을 발견했다. 희미하고 겸손한 서명처럼 한 귀퉁이에 쓰여 있었다. 그것은 서명이 아니었다. 소문자로 적힌 두 낱말에 불과한 그 문장은 '내일 아침'이었다.

앨마는 다른 누드화를 뒤집어 보았고, 오른쪽 아래 구석마다 똑같은 두 낱말이 적혀 있음을 발견했다. '내일 아침.' 한 장 한 장, 그녀는 모든 그림을 뒤집어 보았다. 각 그림에는 똑같이 우아하고 낯익은 필체로 같은 말이 쓰여 있었다. '내일 아침, 내일 아침, 내일 아침……'

무슨 뜻일까? 모든 것이 암호일까?

그녀는 종이 한 장을 꺼내서 '내일 아침(tomorrow morning)'이라는 낱말을 알파벳으로 분해한 뒤, 다른 단어와 구절로 재배열해 보았다.

방 없음, 잘못 손질(NO ROOM, TRIM WRONG)

달을 울려라, 미스터 루트(RING MOON, MR. ROOT)

오 암울하도다. 초목이 없으니, 아침이여!(O GRIM-NO WORT, MORN!)

하나도 말이 되지 않았다. 그 낱말을 프랑스어나 네덜란드어, 라틴어, 그리스어, 독일어로 번역해 보아도 뜻이 통하지 않

모든 것의 이름으로

왔다. 뒤로 읽어 보거나, 알파벳 순서에 따라 숫자를 대입해 보아도 소용없었다. 그렇다면 암호가 아닐 것이다. 어쩌면 그저 지연된 어떤 계획을 의미할지도 몰랐다. 그 소년과 '내일 아침'에 항상 무언가 할 일이 있었거나, 최소한 앰브로즈에게는 볼일이 있었으리라. 어쨌거나 참으로 앰브로즈다운 짓이었다. 신비롭게 차일피일 미루는 태도. 그는 단지 잘생긴 원주민 청년과의 잠자리를 미루고 있었을지도 몰랐다. "지금은 너를 범하지 않겠지만 '내일 아침' 제일 먼저 찾아갈게!"라는 식으로. 혹은 유혹 앞에서 스스로의 순수성을 지키는 방편이었을까? 어쩌면 그는 소년에게 아예 손대지 않았을 수도 있었다. 그렇다면 애당초 그의 누드화는 왜 그렸을까?

앨마에게 다른 생각이 떠올랐다. 누군가의 의뢰를 받고 그린 그림일까? 혹시 어떤 부자 남색가가 앰브로즈에게 돈을 주고 그 소년의 그림을 그리게 했을까? 하지만 넉넉하게 보수를 받도록 앨마가 조치를 취해 놓았는데, 앰브로즈에게 왜 돈이 필요했을까? 그처럼 섬세한 감수성을 지닌 사람이(어쩌면 그의 주장일 뿐일 수도 있겠지만) 왜 그런 의뢰를 받아들였을까? 그의 도덕성이 단순한 연기에 불과했을지언정, 분명 그는 화이트에이커를 떠난 뒤에도 그런 태도를 유지했다. 타히티에서도 그의 평판은 추락하지 않았다. 그렇지 않다면 프랜시스 웰스 목사가 굳이 "최고로 고결한 도덕성과 가장 순수한 성품을 지닌 신사"라고 앰브로즈 파이크를 칭송했을 리 없었다.

그렇다면 왜? 왜 '이' 소년을? 왜 벌거벗고 발기한 소년을?

왜 이렇게 개성 넘치는 얼굴의 아름다운 청년을 선택했을까? 왜 그토록 '수많은' 그림을 그리는 수고를 마다하지 않았을까? 왜 그 아이 대신 꽃을 그리지 않았을까? 앰브로즈는 꽃을 사랑했고 타히티에는 꽃이 넘쳐 날 텐데! 이 뮤즈는 누구일까? 앰브로즈는 왜 연신 이 소년과 무언가를 계획하고, 영원토록 끊임없이 '내일 아침'을 기약하다가 죽음에 이르렀을까?

모든 것의 이름으로

20

헨리 휘태커는 죽어 가고 있었다. 아흔한 살의 노인이니 충격적인 사실도 아니었지만, 헨리는 자신이 그토록 노쇠했다는 사실에 충격과 분노를 느꼈다. 그는 몇 달째 걷지도 못했고 더는 심호흡조차 못하는 신세였지만 여전히 자신의 운명을 믿지 못했다. 쇠약해져 침대에서 꼼짝도 못 하는 신세였지만 뭔가 탈출할 방법을 찾는 듯한 시선으로 사납게 방을 살폈다. 계속 살아남기 위해서 누군가를 괴롭히거나 뇌물을 주거나 구슬려 보려는 사람 같은 모습이었다. 그런 처지에서 벗어날 방법이 없음을 그는 좀체 믿지 못했다. 그저 낙담했을 따름이었다.

낙담이 심각해질수록 헨리는 가엾은 간호사들에게 점점 더 포악하게 굴었다. 끊임없이 다리를 문질러 달라고 요구했고, 폐의 염증 때문에 호흡 곤란이 올 것을 두려워하며 침대를 급경사에 가깝게끔 세워 놓으라고 했다. 자다가 파묻혀 죽게 될까 봐 베개는 전부 거부했다. 쇠약해지면서도 그는 나날이 호전적으로 변해 갔다. "침대를 이렇게 거지같이 엉망으로 만들어 놓으면 어쩌라는 거냐!" 겁에 질려 창백해진 하녀가 방을 뛰쳐나가면 그 뒤에 대고 그가 고함쳤다. 앨마는 이불에 감싸인 채 옴짝달싹도 못 하는 아버지에게서 어떻게 사슬에 묶인 개처럼 사납게 짖어 댈 힘이 나오는지 놀라울 따름이었다. 까탈을 부리면서도 묵묵히 죽는 일만은 단호히 거부하겠다는 그의 왕 같은 태도와 투쟁에는 존경스러운 부분마저 있었다.

그는 깃털처럼 가벼워졌다. 육신은 길고 날카로운 뼈에 걸친, 온통 욕창으로 뒤덮인 헐렁한 봉투처럼 변해 버렸다. 그는 고깃국 외에는 아무것도 입에 대지 못했고 그나마도 많이 못 넘겼다. 하지만 상황이 악화된 와중에도 헨리의 목소리만큼은 마지막까지 그를 버리지 않았다. 한편으로는 그래서 더욱 안쓰러웠다. 운명에 맞설 용기를 계속 북돋아 끌어모으려는 듯 연신 야한 노래를 불러 대는 통에(배와 함께 침몰하는 용감한 영국 뱃사람들 같았다.) 그의 화통한 목소리는 선량한 하녀와 간호사 들에게는 일종의 고통이 되었다. 그는 자신을 두 손으로 움켜잡고 끌어내리려 하는 죽음을 노래로 쫓아 버리고자 애쓰고 있었다.

"붉은 깃발 휘날리며 헤쳐 나가자! 빌어먹을 고난일랑 처녀 궁둥이에 처박아 버려!"

"그거면 됐어요. 케이트, 고마워요." 앨마가 그날 당번을 맡은 불행한 어린 간호사를 문까지 배웅하며 말했다. 그 순간에도 헨리는 "리버풀에 사는 착한 할망구 케이트! 그 여자 한때는 매음굴 뚜쟁이였네!"라고 노래를 불러 댔다.

헨리는 원래부터 예절 따위에 신경 쓴 적이 없었지만 이제는 아예 안중에도 없었다. 그는 하고 싶은 말이면 그게 뭐든 했고, 앨마가 보기에는 어쩌면 하고 싶은 말 이상을 쏟아 내는 듯했다. 그는 주체할 수 없을 만큼 무분별해졌다. 그는 돈에 대해서, 망쳐 버린 거래에 대해서 고함을 쳐 댔다. 남을 헐뜯고 캐묻고 공격하고 막아 냈다. 심지어는 죽은 사람에게도 시비를 걸었다. 그는 다시 한 번 조지 뱅크스 경과 설전을 벌이며 히말라야에서 기나나무를 재배하도록 설득하려 했다. 그는 오래전에 죽었을 아내의 아버지에게도 시비를 걸었다. "스컹크 닮은 얼굴의 이 늙은 개돼지 네덜란드 놈아, 내가 얼마나 부자가 될지 보여 주고 말겠어!" 오래전에 죽었을 자기 아버지에게도 배알 없는 아첨꾼이라고 비난했다. 그는 베아트릭스를 불러 대며 자신을 돌보라고, 사과주를 가져오라고 요구했다. 그의 부인은 대체 어디에 가고 없는 건가? 병든 남편을 돌볼 수 없다면 남자가 무엇을 위해 아내를 맞이하겠나?

그러던 어느 날 그는 앨마를 똑바로 쳐다보며 말했다. "네 남편이 어떤 놈인지 내가 모를 거라고 생각하지!"

앨마는 너무 오래 망설이느라 제때에 간호사를 방에서 내보내지 못했다. 당장 내보냈어야 했지만, 아버지가 무슨 말을 하려는지 확실히 몰랐으므로 지체하고 말았다.

"내가 여행 다니던 시절에 그런 놈들을 안 만나 봤을 줄 아냐? 한때 나도 그런 놈들 안 겪어 본 줄 알아? 놈들이 내 항해 능력을 높이 사서 '레졸루션 호'에 태웠을 것 같으냐? 나는 털도 안 난 어린 사내아이였다, 자두야. 털 하나 없이 깨끗한 똥구멍을 가진 사내아이였지. 이런 말을 하더라도 난 부끄럽지 않다!"

그는 앨마를 '자두'라고 불렀다. 그는 수년째, 수십 년째 딸을 그 별명으로 부른 적이 없었다. 지난 몇 달간은 때때로 딸을 알아보지도 못했다. 그런데 사랑스러운 옛날 별명으로 부르는 모습을 보니 분명 지금 그는 앨마가 누군지 알고 있는 듯했다. 자신이 무슨 말을 하고 있는지도 똑똑히 알고 있다는 의미였다.

"이제 그만 가도 좋아요, 벳시." 앨마가 간호사에게 명했지만 간호사는 서둘러 떠나려는 기색을 보이지 않았다.

"배에서 놈들이 나한테 무슨 짓을 했을지 너도 스스로에게 한번 물어봐라, 자두야! 난 거기서 제일 어렸다! 헛, 개 같은 놈들이 나를 데리고 재미 좀 봤지!"

"고마워요, 벳시." 앨마는 이제 직접 간호사를 문까지 배웅해 주었다. "나가면서 문을 닫아 주면 좋겠군요. 고마워요. 아주 수고 많았어요. 고마워요. 가 봐요."

이제 헨리는 지금껏 앨마도 들어 본 적 없는 끔찍한 가사의 노래를 불러 댔다. "그들은 나를 후려치고 내려치고, 항해사는 나를 빙글빙글 돌려 가며 괴롭혔다네."

"아버지, 그만하세요!" 앨마는 그에게 가까이 다가가서 가슴에 손을 얹었다. "'제발' 그만하세요."

그는 노래를 멈추더니만 불타는 듯한 시선으로 딸을 쳐다보았다. 그가 앙상하게 마른 손으로 앨마의 손목을 잡았다.

"그자가 왜 너와 결혼했을지 자문해 봐라, 자두야." 헨리는 젊은이처럼 명료하고 강렬한 목소리로 말했다. "돈 때문이 아니었다는 데 내기를 걸어도 좋다! 깨끗한 너의 똥구멍 때문도 아니지. 무언가 다른 이유가 있었을 거다. 너도 이해가 안 되지? 이해가 안 되는 건 나도 마찬가지다."

앨마는 아버지의 손아귀에 잡힌 팔을 빼냈다. 그의 입에서는 썩은 내가 풍겼다. 그의 몸 대부분은 이미 죽어 있었다.

"말씀은 그만하시고 고깃국이나 좀 드세요." 앨마는 그의 시선을 피하며 입에 컵을 기울였다. 간호사가 문 뒤에서 엿듣고 있다는 느낌이 들었다.

헨리는 노래를 불렀다. "아, 우리는 희망봉을 돌아 도망치고 있다네. 누군가는 빚을 갚으러, 누군가는 강간을 하려고!"

앨마는 다른 것보다도 일단 노래를 중단시키고자 고깃국을 아버지 입에 부으려고 했지만 그는 국물을 뱉어 버리며 딸의 손을 쳐 냈다. 국물은 이불 위로 쏟아졌고 컵은 바닥에 나뒹굴었다. 늙은 싸움꾼인 그에게는 여전히 힘이 남아 있었다. 그는 또다시 앨마의 손목을 그러잡았다.

"단순해지지 마라, 자두야. 이 세상의 어느 계집이든 놈팽이든, 네게 하는 말을 단 한 마디도 믿지 마. 네가 가서 알아보라고!"

이후로 몇 주 동안 죽음을 향해 점점 더 미끄러지면서 헨리는 더 많은 이야기와 노래를 했지만(대부분 추잡하고 불행한 내용이었다.) 딱 한마디가 앨마의 뇌리를 당최 떠나지 않고 집요하게 따라다녔다. 앨마가 아버지의 마지막 유언처럼 여기게 된 말은 바로 이것이었다. "네가 가서 알아보라고."

*

헨리 휘태커는 1851년 10월 19일에 세상을 떠났다. 바다에 휘몰아치는 폭풍 같은 죽음이었다. 그는 끝까지 버텼고 마지막 숨을 들이켜는 순간까지 싸웠다. 마침내 그가 떠나자, 그 끝에 남겨진 정적은 충격적이었다. 헨리보다 오래 살아남았다는 사실을 누구도 믿지 못했다. 한네커는 슬픔만큼이나 깊은 탈진 상태로 눈물을 닦아 내며 말했다. "이미 천국에서 지내던 분들, 앞으로 감당할 일에 행운을 빕니다!"

앨마는 아버지의 염을 거들었다. 그녀는 아버지의 시신과 단둘이 있기를 청했다. 기도를 하고 싶지는 않았다. 울고 싶지도 않았다. 그녀에게는 찾아야 할 것이 있었다. 벌거벗은 아버지의 시신에 덮인 이불을 걷어 내고서, 그녀는 아버지의 배 주변 살갗을 더듬으며 흉터나 혹, 무언가 어울리지 않는 흔적을 손과 눈으로 찾았다. 수십 년 전, 앨마가 어린 시절에 헨리가 자기 살갗에 감추어 두었다고 맹세했던 에메랄드를 찾고 있었다. 그녀는 눈 하나 깜짝하지 않고 보석을 찾아 헤맸다. 그녀는 생물학자였다. 그것이 거기 있다면 꼭 찾아낼 것이었다.

"너도 늘 마지막으로 내놓을 뇌물은 갖고 있어야 한다, 자두야."

그것은 거기 없었다.

앨마는 깜짝 놀랐다. 그녀는 아버지가 했던 모든 말을 항상 사실이라고 믿었다. 그러나 그제야 아버지가 마지막 순간 직전에 에메랄드를 죽음에게 내놓았을지도 모른다는 생각이 들었다. 노래도 소용없고 용기도 소용없고 온갖 술수를 동원해도 두려운 마지막 계약에서 협상하는 데 실패하자, 어쩌면 그는 '내가 가진 최고의 에메랄드도 가져가라!'라고 말했을지 몰랐다. 그러고 나서 아마 죽음은 보석도 가져가고, 헨리마저 데려갔으리라고 앨마는 생각했다.

아버지 같은 사람도 생(生)의 계약에서는 벗어날 수 없었다.

헨리 휘태커는 세상을 떠났고 그의 마지막 술수도 그와 함께 사라졌다.

＊

앨마는 모든 것을 물려받았다. 장례식 바로 다음 날 헨리의 오래된 변호사가 발표한 유언장은 불과 몇 줄도 안 되는 아주 단순한 서류였다. 유언장에는 그의 '하나뿐인 친딸'에게 '헨리 휘태커가 전 재산을 남긴다.'라고 적혀 있었다. 그의 모든 땅과 모든 사업체, 모든 재물, 모든 주식까지 전부 앨마에게 단독 상속되었다. 다른 사람들에게는 아무런 배려도 없었다. 양딸인 프루던스 휘태커 딕슨도, 충직했던 하인도 언급하지 않았다. 한네커는 아무것도 받지 못했다. 딕 얀시 역시 아무것도 받지 못했다.

앨마 휘태커는 이제 신세계에서 가장 부유한 여인 가운데 한 명이었다. 그녀는 지난 오 년간 단독으로 도맡아 왔듯이 미국에서 최대 규모의 식물 수입업을 관장했으며, 승승장구하던 개릭 & 휘태커 제약 회사의 절반을 소유했다. 펜실베이니아 주에서 가장 웅장한 개인 저택의 단독 거주인이자, 수익 높은 여러 특허권의 소유자이기도 했으며, 생산량 높은 수천 에이커의 토지를 갖고 있었다. 앨마의 직접적인 명령을 듣는 하인과 고용인만 해도 수십 명에 달했고, 전 세계에서 계약 조건에 따라 그녀 휘하에서 일하는 사람들은 헤아릴 수조차 없었다. 그녀의 온실과 유리 화원은 유럽 최고의 식물원과 견주어도 뒤지지 않았다.

그러나 그것은 축복처럼 느껴지지 않았다.

물론 앨마는 아버지의 죽음으로 지치고 슬펐지만 막대한 유산이 영예라기보다는 짐스러웠다. 막강한 식물 사업이나 분주한 제약 회사 운영에서 그녀가 무슨 흥미를 찾는단 말인가? 펜실베이니아 전역에 위치한 대여섯 개의 제분소와 광산을 어디에 쓸까? 진기한 보물과 골치 아픈 일꾼들로 가득한, 서른네 개의 방을 둔 대저택이 그녀에게 무슨 소용일까? 이끼를 연구하는 여성 식물학자에게 필요한 온실은 몇 개나 될까?(적어도 그 대답은 간단했다. 필요 없었다.) 그런데 그 모든 것이 앨마의 소유였다.

변호사가 가고 난 뒤 망연자실하고 자괴감에 빠진 앨마는 한네커 데 그루트를 찾아갔다. 이 세상에 남은 가장 친숙한 인물의 위로가 필요했다. 그녀는 차갑게 식은 대형 부엌 벽난로 안에 꼿꼿이 서 있는 늙은 가정부를 찾아냈다. 그녀는 제비집을 떨어뜨리려는 듯 빗자루 손잡이로 굴뚝을 쑤시느라 검댕과 재를 뒤집어쓴 채였다.

"그런 일은 다른 사람을 시키지 그래요, 한네커. 하녀를 불러올게요." 앨마는 인사를 대신해서 네덜란드어로 말했다.

한네커는 더러운 얼굴로 콧방귀를 뀌며 벽난로에서 물러났다. "내가 안 시켜 본 줄 아니? 벽난로 굴뚝에 머리를 들이밀 사람이 이 집안에서 나밖에 또 있는 줄 알아?"

앨마는 한네커에게 젖은 수건을 가져다주어 얼굴을 닦게 한 뒤 둘이 나란히 식탁에 앉았다.

"변호사는 벌써 갔나?" 한네커가 물었다.

"오 분 전에, 방금 갔어요."

"빠르기도 하네."

"간단한 일이었어요."

한네커가 이맛살을 찌푸렸다. "그럼 다 너한테 남겼다는 얘기네?"

"맞아요."

"프루던스한테는 아무것도 없고?"

"아무것도 없어요." 한네커가 본인의 몫은 묻지도 않았음을 알아차리며 앨마가 대답했다.

"저주받을 양반." 잠시 침묵한 뒤에 한네커가 말했다.

앨마는 움찔했다. "다정하게 좀 굴어요, 한네커. 우리 아버지 무덤에 묻히신 지 하루도 안 됐어요."

"저주받을 양반." 가정부는 거듭 말했다. "다른 딸을 저버린 고집불통 죄인으로 저주받아야 해."

"어차피 프루던스는 아버지한테서 아무것도 받지 않았을 거예요."

"그걸 네가 어떻게 안다고! 그 앤 이 가족의 일원이고, 그래야만 한다. 네 어머니는 통탄해 마지않을 거다. 그 아이가 가족의 일원이 되기를 바랐으니까. 그럼 너라도 프루던스의 뒤를 봐줄 생각이지?"

그 말에 앨마는 주춤했다. "어떤 식으로요? 나의 자매님은 좀처럼 나를 만나 주지도 않고 선물마저 전부 돌려보내는데. 케이크 하나를 가져가도 갠 필요 이상이라고 마다하는 사람이에요. 걔가 우리 아버지의 재산을 나와 나눠 갖으리라고 진심으로 믿는 건 아니죠?"

"그 애는 자존심이 세서 그렇다." 한네커는 걱정보다 감탄에 가까운 투로 말했다.

앨마는 화제를 바꾸고 싶었다. "아버지가 안 계시니 이제 화이트에이커는 어떻게 될까요? 아버지도 안 계신 마당에 저택을 운영하는 건 상상도 안 돼요. 이 집안을 움직이게 하던,

살아 있는 거대한 심장이 떨어져 나간 기분이에요."

"네가 네 자매를 저버리는 걸 난 용납하지 않겠다." 한네커는 마치 앨마가 아무 말도 하지 않은 듯이 조금 전에 하던 얘기를 이어 갔다. "네 아버지가 무덤에서도 어리석고 이기적인 죄인으로 누워 있는 거야 어쩔 수 없지만 살아 있는 네가 똑같은 식으로 행동하는 건 달라."

앨마는 발끈했다. "오늘 내가 한네커를 찾아온 까닭은 모욕당하기 위해서가 아니라 따뜻한 위로를 원해서였어요." 주방을 떠나려는 듯 그녀가 일어났다.

"앉아라, 얘야. 나는 누구도 모욕하지 않아. 난 네가 프루던스한테 크나큰 빚을 지고 있으니 그 빚을 갚아야 한다고 얘기했을 뿐이야."

"난 걔한테 빚진 거 없어요."

한네커는 여전히 검댕투성이인 두 팔을 들어 올렸다. "넌 '아무것도' 안 보이니, 앨마?"

"프루던스와 나 사이에 정이 없다는 얘기를 하고 싶다면 그 책임을 내 탓으로만 돌리지 마세요, 한네커. 나뿐만 아니라 걔 탓이기도 하니까. 우리 둘은 평생 서로 잘 지내 본 적 없었고, 걘 오래전부터 나를 밀어냈어요."

"자매간의 정을 이야기하는 게 아니다. 서로 정 없는 자매들은 많아. 나는 희생을 이야기하는 거야. 난 이 집안에서 일어난 모든 일을 아는 사람이다. 울면서 나를 찾아온 사람이 너밖에 없었을 것 같니? 누군가 슬픔에 휩싸였을 때 내 방문을 두드린 사람이 너밖에 없었을 것 같아? 나는 모든 비밀을 다 안다."

그 말에 어리둥절해진 앨마는 냉담한 프루던스가 눈물을 흘리며 가정부의 품으로 뛰어드는 장면을 상상해 보려고 애썼다. 도무지 그림이 그려지질 않았다. 프루던스는 앨마처럼 한네커와 친근하게 지낸 적이 없었다. 프루던스는 아기 때부터 한네커를 알지도 못했고, 네덜란드어를 할 줄도 몰랐다. 어떻게 친근함이 생겨날 수 있단 말인가?

그럼에도 앨마는 묻지 않을 수 없었다. "무슨 비밀요?"

"프루던스한테 직접 물어보지 그러니?"

이제는 한네커가 일부러 의뭉을 떨고 있다는 느낌마저 들었으므로 앨마는 참을 수 없었다. "다 털어놓으라고 내가 명령할 순 없겠죠." 앨마는 영어로 바꿔 말했다. 너무 짜증스러워서 오랜 세월 친숙해진 네덜란드어로 말하고 싶지 않았다. "비밀을 지키고 싶으면 그렇게 해요. 하지만 날 갖고 장난칠 생각은 마세요. 이 집안에 대해서 내가 알아야 할 사항이 있다면 털어놓으세요. 하지만 여기 이렇게 앉아서 장난삼아 내 무지를 조롱할 작정이라면, 그게 '뭔지' 나로선 도저히 알 수 없겠지만, 정말 그렇다면 오늘 한네커를 찾아온 스스로가 원망스럽네요. 나는 이 집안 구성원 전체에 대해서 중대한 결정을 내려야 하고, 아버지가 돌아가셔서 깊이 상심해 있어요. 이제 내 책임이 막중하다고요. 가정부랑 수수께끼나 하고 있을 시간도, 기운도 없어요."

한네커는 약간 눈을 찌푸린 채 조심스레 앨마를 쳐다보았다. 앨마가 일장 연설을 마치자, 앨마의 심경과 취지를 인정한다는 듯 고개를 끄덕였다.

"그럼 좋다. 프루던스가 왜 아서 딕슨과 결혼했는지 의문을 품어 본 적 있니?"

"수수께끼 같은 얘기라면 관둬요. 경고하는데 오늘만큼은 그런 거 못 참아요." 앨마가 쏘아붙였다.

"수수께끼를 하자는 게 아니다, 얘야. 무언가 너한테 이야기해 주려는 거야. 스스로한테 물어봐라. 그 결혼에 의문을 품은 적 있니?"

"물론이죠. 누가 아서 딕슨과 결혼을 하겠어요?"

"정말 그렇지? 프루던스가 가정 교사를 사랑한 적이 있다고 생각하니? 수년간 그 사람이 이 집에 살면서 너희 둘을 가르치는 동안 넌 두 사람을 지켜봤을 거다. 프루던스가 그 사람을 사랑하는 낌새를 눈치챈 적 있었니?"

앨마는 과거를 떠올렸다. "아뇨."

"그 사람을 사랑하지 않기 때문이다. 걘 다른 사람을 사랑했어, 언제나 그랬지. 앨마, 프루던스는 조지 호크스를 사랑했다."

"조지 호크스라고요?" 앨마는 그의 이름을 되풀이할 뿐이었다. 문득 그 식물 서적 출판업자의 모습이 머릿속에 떠올랐다. (굽은 등과 미친 아내를 가진 예순 살의 노쇠한 남자가 아니라) 그녀가 처음 사랑했던 삼십 년 전의 모습이었다.(풍성한 갈색 머리와 수줍은 다정함이 빛나는 미소를 지닌, 건장하고 편안한 존재로서.) "조지 '호크스'라고요?" 그녀는 바보처럼 또다시 되물었다.

"너의 자매 프루던스는 조지 호크스를 사랑했어. 더한 것도 이야기해 주지. 조지 호크스도 그 애를 사랑했다. 오늘날까지도 프루던스는 아직 그 사람을 사랑하고, 그 사람도 아직 그 아이를 사랑한다고 내가 장담한다."

앨마에게는 통 이해되지 않는 이야기였다. 어머니 아버지가 친부모님이 아니라든지, 그녀의 이름이 앨마 휘태커가 아니라든지, 그녀가 필라델피아에서 살고 있지 않다는 따위의 이야기를 듣는 듯, 무언가 엄청나고 단순한 진실이 부정당하는 느낌이었다.

"왜 프루던스가 조지 호크스를 사랑하겠어요?" 너무 당황한 나머지 그 이상의 지적인 질문은 나오지 않았다.

"그 사람이 그 애한테 '친절'했으니까. 앨마, 네 자매처럼 그렇게 아름다운 미모가 선물이라고 생각하니? 열여섯 살 때 프루던스가 어떻게 생겼는지 기억해? 남자들이 그 애를 어떻게 처다보았는지 기억하니? 늙은 남자, 젊은 남자, 유부남, 일꾼 들까지 전부 다 말이다. 이 집에 발을 들여놓은 남자치고 그 애를 하룻밤 놀잇감으로 삼고 싶다는 눈초리로 처다보지 않은 사람이 없었다. 개가 어렸을 때부터 세상은 늘 그런 식이었지. 개 어머니도 마찬가지였지만, 그녀는 더 나약한 사람이었고 자신을 싼값에 팔아 버렸다. 하지만 프루던스는 정숙한 아가씨였고 착했어. 걔가 왜 식탁에서 절대로 입을 열지 않았다고 생각하니? 무슨 일에든 의견을 내세우기에 너무 어리석기 때문이었다고 생각해? 걔가 왜 항상 무표정한 얼굴을 하고 있었던 것 같니? 진짜 아무것도 못 느껴서겠니? 프루던스가 원했던 건 그저 눈에 띄지 않았으면 하는 바람이 전부였다, 앨마. 경매장에 서 있는 사람처럼 평생 남자들의 시선을 받으며 산다는 게 어떤 기분인지 넌 모를 거야."

그 점은 앨마도 부인할 수 없었다. 그런 기분이 어떤 것인지 그녀는 다른 무엇보다도 확실히 알지 '못했다.'

"조지 호크스는 그 애를 친절하게 쳐다봐 준 유일한 남자였다. 물건이 아니라 영혼을 지닌 사람으로서 말이야. 너도 호크스 씨를 잘 알잖니, 앨마. 그런 남자 옆에서 젊은 여자가 얼마나 안전함을 느끼는지 너도 모르진 않겠지?"

물론 그 점을 잘 알았다. 조지 호크스는 앨마 역시 항상 안전하다고 느끼게끔 해 주었다. 안전하면서도 인정받는 느낌.

"호크스 씨가 왜 화이트에이커에 와서 지냈는지 궁금한 적 없니, 앨마? 네 아버지를 만나려고 그렇게 자주 찾아왔을까?" 고맙게도 한네커는 '너를 보려고 그 사람이 그렇게 자주 왔다고 생각하니?'라고 덧붙이지 않았지만, 굳이 묻지 않은 그 질문이 허공에 떠 있었다. "그 사람은 프루던스를 사랑했다, 앨마. 나름대로 조용히 그 애한테 구애한 거야. 그뿐만 아니라 프루던스도 그 사람을 사랑했지."

"계속 같은 말만 하는데, 듣고 있기 참 힘드네요. 나도 한때 조지 호크스를 사랑했다고요."

"내가 모를 줄 알고? 당연히 너도 그 사람을 사랑했지, 그 사람이 너한테 공손하게 굴었으니까! 그런데 넌 순진하게도 그 애한테 네 사랑을 고백했어. 네가 조지 호크스한테 감정이 있다는 걸 아는데, 프루던스처럼 지조 있는 아가씨가 그 사람과 결혼할 수 있을 것 같니? 걔가 너한테 그런 짓을 할 수 있었겠어?"

"두 사람이 '결혼'하고 싶어 했나요?" 믿기지가 않아서 앨마는 되물었다.

"당연히 결혼하고 싶어 했지! 두 사람은 젊었고 사랑에 빠져 있었어! 하지만 그 아이는 너한테 그런 짓을 할 애가 아니었어. 조지는 네 어머니가 돌아가시기 직전에 청혼을 했다. 그 앤 거절했지. 그 사람은 다시 청혼했고, 프루던스는 또다시 거절했다. 그 사람은 몇 번이나 더 결혼해 달라고 청했어. 프루던스는 '너'를 보호하느라 거절의 이유조차 밝히지 못했다. 조지가 계속 청혼을 하니까 자신을 내던지다시피 아서 딕슨한테 간 거다. 그 사람이 가장 가깝고도 손쉬운 결혼 상대였기 때문이야. 어쨌거나 딕슨이 자기에게 해를 미칠 사람은 아님을 알았으니까. 절대로 프루던스를 때리거나 모욕할 사람은 아니잖니. 그 사람을 존경하는 마음도 약간은 갖고 있었겠지. 그 사람이 너희 가정 교사로 있는 동안 노예 폐지론을 알게 되었고, 지금도 여전히 그렇듯이, 그 사상에 마음 깊이 동화되었으니 말이다. 프루던스는 딕슨 씨를 존경했지만 사랑하지는 않았고 오늘날까지도 사랑하지 않을 거다. 걘 그냥 조지가 희망을 버

모든 것의 이름으로

리고 '너'랑 결혼할 수 있도록 단순히 누군가(그게 '누구든') 필요했을 뿐이었다. 조지가 너를 친구로서 좋아한다는 사실을 알고 있었으니까, 장차 그 사람이 너를 아내로서 사랑하게 되고 행복도 안겨 주기를 바랐어. 네 자매인 프루던스는 널 위해 그런 일까지 했단 말이다, 애야. 그런데 너는 내 앞에 서서 개한테 빚진 게 없다고 주장하고 있구나."

한동안 앨마는 말을 할 수가 없었다.

그러다가 겨우 바보처럼 말했다. "하지만 조지 호크스는 레타랑 결혼했잖아요."

"그러니까 일이 꼬인 거지, 안 그러냐, 앨마?" 한네커가 단호한 목소리로 물었다. "모르겠니? 프루던스는 쓸데없이 사랑하는 남자를 포기했던 거야. 그 사람은 결국 너와 결혼하지 않았으니까. 그 사람은 프루던스의 행동을 똑같이 따라 했을 뿐이다. 그저 누군가와 결혼할 작정으로 아무한테 자신을 내던진 거지."

앨마는 그가 자신을 염두에도 둔 적이 없음을 깨달았다. 부끄럽게도, 프루던스의 희생을 제대로 따져 보기도 전에 제일 먼저 그런 생각부터 떠올랐다.

'그는 나를 염두에도 둔 적이 없어.'

조지는 앨마를 식물학계의 동료이자, 훌륭한 현미경 학자 이외의 존재로 여겨 본 적이 없었다. 이제야 모든 것이 납득되었다. 왜 앨마가 그의 눈에 들어오지도 않았는지. 프루던스처럼 아름다운 사람이 그토록 가까이 있는데 앨마를 여자로서 인식할 수나 있었을까? 조지는 앨마가 자신을 사랑한다는 사실을 한순간도 몰랐겠지만 프루던스는 알고 있었다. 프루던스는 줄곧 알고 있었다. 이 세상에 앨마에게 적합한 남편감은 많지 않으며 아마도 조지가 최선의 희망임을 프루던스 역시 알고 있었으리라는 점을, 앨마는 점점 커져 가는 슬픔 속에서 깨달았다. 반면에 프루던스는 누구든 남편으로 삼을 수 있었다. 그런 식으로 생각했을 것이 틀림없었다.

그래서 프루던스는 앨마를 위해 조지를 포기했다. 어쨌거나 그렇게 되도록 애썼다. 그러나 모두 소용없는 짓이었다. 괴로이 사랑을 포기했지만 그녀는 따뜻함이나 애정을 모르는 인색한 학자와 가난하고 절제된 삶을 살아야 할 뿐이었다. 프루던스가 사랑을 포기한 멋진 상대, 즉 조지 호크스는 평생 책 한 권 읽지 않다가 미쳐 버린 뒤 이제 정신 병원에서 살고 있는 정신 나간 예쁜 아내와 여생을 보내야 했다. 프루던스가 사랑을 포기했음에도 앨마는 절대 고독 속에서 살아가야 할 운명이었다. 그러다가 중년에 이르러서 앨마의 욕망을 혐오스러워하며 오로지 천사가 되고 싶어 하는(혹은 이제야 알고 보니 오로지 벌거벗은 타히티 소년들을 사랑하려 했던) 앰브로즈 파이크 같은 남자에게 홀딱 넘어가 버렸으니! 젊디젊은 프루던스의 희생은 얼마나 어처구니없는 친절의 낭비였던가! 모두가 기나긴 비애의 사슬에 엮이고 말았다. 연속된 뼈아픈 실수로 여럿의 삶이 이토록 엉망진창이 되다니.

가엾은 프루던스, 그렇게 마침내 앨마는 생각했다. 한참 뒤에 그녀는 머릿속으로 덧붙였다. 가엾은 조지! 그러고는 가엾은 레타! 그리고 역시나 가엾은 아서 딕슨!

모두들 가엾었다.

"한네커의 말이 다 사실이라면 참 가슴 아픈 이야기네요."

"다 사실이다."

"그런데 왜 이제껏 나한테 얘기하지 않았어요?"

"뭐하러?" 한네커가 어깨를 으쓱했다.

"하지만 프루던스는 왜 나를 위해 그런 일을 했을까요? 프루던스는 나를 좋아한 적도 없는데."

"걔가 너를 어떻게 생각하는지는 그것과 하등의 상관도 없단다. 그 앤 선량한 사람이고, 선량한 원칙에 따라 인생을 사는 거야."

"나를 동정한 걸까요? 그래서 그랬을까?"

"오히려 그 앤 너를 동경했어. 항상 너를 본받으려고 애썼지."

"말도 안 돼! 절대 그런 적 없어요."

"말도 안 되는 소리를 하는 사람은 너야, 앨마! 그 앤 항상 너를 존경했어. 처음 여기 왔을 때 걔한테 네가 어떻게 보였을지 생각해 봐라! 네가 가진 모든 지식과 능력을 생각해 봐. 그 앤 항상 너에게 칭찬받으려고 노력했지. 그런데 넌 결코 칭찬해 주지 않았어. 한 번이라도 그 앨 칭찬해 본 적 있니? 널 따라가려고 그 애가 얼마나 열심히 공부했는지 한 번이라도 알아준 적 있어? 그 애의 재능에 감탄해 본 적 있어? 아니면 너보다 못하다고 조롱이나 했니? 넌 어떻게 그 애의 훌륭한 자질을 계속 고집스레 모른 척할 수 있었니?"

"난 그 애의 훌륭한 자질을 절대 이해할 수 없었어요."

"아니다, 넌 그걸 절대 믿지 못했을 뿐이야. 순순히 인정해라. 넌 그 애의 선한 마음을 가식이라고 생각하잖아. 사기꾼이라고 말이야."

"늘 그런 '가면'을 쓰고 사니깐 그렇죠……." 앨마는 자신을 변호할 핑계를 찾느라 고군분투하며 중얼거렸다.

"그건 사실이지만, 사람들 눈에 띄지도 알려지지도 않기를 그 아이가 바랐기 때문이야. 하지만 그 가면 뒤에 가장 착하고 가장 너그럽고 존경스러운 여성이 감추어져 있음을 난 안다. 넌 어떻게 그걸 못 보니? 오늘날까지도 프루던스가 얼마나 칭찬받아 마땅하게 살고 있는지, 얼마나 착하고 성실한지 네 눈에는 안 보이니? 너의 존경을 얻으려면 걔가 얼마나 더 애써야 한다는 거니, 앨마? 그런데도 넌 여전히 그 애를 칭찬한 적도 없고, 이젠 바보 같은 네 아버지가 해적질로 얻은 막대한 재산을 몽땅 물려받고도 전혀 불편한 마음 없이 자매를 외면할 작정이구나. 다른 사람들의 고통이나 희생에 눈멀었던 건 너나 네 아버지나 똑같아."

"말조심해요, 한네커." 앨마는 파도처럼 밀려드는 슬픔과 맞서 싸우며 경고했다. "엄청난 충격을 주고서 내가 아직 멍한 상태일 때 공격하는 건 반칙이에요. 그러니까 제발 부탁인데, 오늘만큼은 날 조심스레 대해 줘요, 한네커."

　　　　　모든 것의 이름으로

"하지만 모든 사람들은 이미 너를 조심스레 대하고 있단다, 앨마. 어쩌면 너무 오랫동안 네 앞에서 벌벌 떨었는지도 모르지." 늙은 가정부는 조금도 위축되지 않은 채 대꾸했다.

✳

깊은 충격을 받은 앨마는 마차 차고의 서재로 달아났다. 더는 두 발로 자신의 체중을 지탱할 기운이 없어서 구석에 놓인 허름한 긴 의자에 걸터앉았다. 그녀의 호흡은 밭고 얕았다. 스스로가 이방인인 양 느껴졌다. 언제나 앨마의 세상에서 단순한 진실을 가리켜 주던 내면의 나침반은 분주히 정지할 곳을 찾고 있었지만, 아무 데로도 불지 않는 바람에 요란하게 돌아가고 있었다.

어머니는 죽었다. 아버지도 죽었다. 제대로 남편 노릇을 했든 안 했든, 남편도 죽었다. 유일한 자매인 프루던스는 앨마를 위해 자신의 인생을 망가뜨렸지만 아무에게도 도움이 되지 못했다. 조지 호크스의 삶은 완전히 비극이었다. 레타 스노는 형편없이 망가지고 갈가리 찢겨 재앙이 되었다. 이제 앨마가 사랑하고 존경했던 마지막 생존자인 한네커 데 그루트마저 실상 그녀를 존중하지 않는 듯했다. 그럴 만도 했다.

앨마는 서재에 앉아서 마침내 정직하게 자신의 삶을 돌아보았다. 그녀는 심신이 건강하고, 노새처럼 강인하며, 예수회 사제만큼이나 많은 교육을 받았고, 세습 귀족만큼이나 부유한 쉰한 살의 여성이었다. 아름답지 않다는 점은 분명했지만 여전히 치아 대부분이 멀쩡했고 신체적으로도 병 하나 앓지 않았다. 불평할 것이 과연 무엇이라는 말인가? 그녀는 태어나면서부터 사치스러운 환경 속에서 지냈다. 남편이 없음은 물론이고 아이도, 이젠 돌봐야 할 부모도 없었다. 그녀는 능력 있고 지적이고 근면하고 용감했다.(비록 지금은 자신 없지만 항상 그렇다고 믿어 왔다.) 앨마의 상상력은 당대의 가장 과감한 과학 사상과 발명을 흡수했으며, 동시대의 가장 명석한 두뇌들과 바로 자신의 식탁에서 만나기도 했다. 메디치 가문이 부러워서 울고 갈 만한 막강한 도서관을 소유했고, 그녀는 그 도서관의 장서들을 몇 차례나 탐독했다.

그 모든 배움과 특권으로 앨마는 어떤 인생을 구축했던가? 선태학에 관한 보잘것없는 책 두 권(세상은 도무지 그 책에 열광하지 않았다.)의 저자였고, 현재 세 번째 책을 집필하고 있었다. 이기적인 아버지를 제외하면 다른 사람들의 더 나은 삶에 대해서 한순간도 고민해 본 적이 없었다. 그녀는 처녀이자 과부이자 고아이자 상속녀이자 노부인이자 완전 바보였다.

앨마는 스스로 많이 안다고 생각했지만 아무것도 몰랐다.

자신의 자매에 대해서 아무것도 몰랐다.

희생에 대해서 아무것도 몰랐다.

자신이 결혼했던 남자에 대해서 아무것도 몰랐다.

자신의 삶을 좌우했던 보이지 않는 힘에 대해서 아무것도 몰랐다.

그녀는 항상 스스로를 기품 있고 세속적인 지식을 잘 아는 여성이라고 생각했지만, 실제로는 늙은 심술쟁이 공주(현시점에서 따져 보자면 야들야들한 새끼 양의 고기가 아니라 늙고 질긴 양의 고기)에 불과했다. 그 어떤 가치 있는 일을 위해서도 모험해 본 적 없고, 여행은 고사하고 뉴저지 주 트렌턴에 있는 정신병원을 제외하곤 필라델피아를 벗어나 본 적조차 없었다.

그토록 딱한 처지를 제대로 직면하면 견디기 힘들 것 같았지만 어쩐 일인지 그렇지도 않았다. 솔직히 이상스럽게도 안도감이 밀려왔다. 앨마의 호흡이 느려졌다. 나침반은 혼자 돌다가 빠져 버렸다. 그녀는 무릎 위로 양손을 올리고 묵묵히 앉아 있었다. 꼼짝도 하지 않았다. 그 모든 진실을 스스로 받아들이며 그녀는 한 치도 벗어나려고 애쓰지 않았다.

＊

다음 날 아침 앨마는 아버지와 오래도록 거래한 변호사 사무실로 홀로 걸어간 뒤, 그의 책상 앞에서 장장 아홉 시간 동안 서류를 작성하고, 시행 조건을 점검하고, 반대 의견을 무마했다. 변호사는 그녀의 행동을 어느 것 하나 찬성하지 않았다. 앨마는 그의 말에 단 한 마디도 귀를 기울이지 않았다. 그는 축 늘어진 턱살이 씰룩거릴 정도로 누렇게 센 머리를 흔들어 댔지만, 앨마의 결심을 조금도 되돌릴 수 없었다. 결정은 어디까지나 그녀의 몫임을 두 사람 다 잘 알고 있었다.

앨마는 일을 마무리한 다음 말을 타고 39번가에 있는 프루던스의 집으로 향했다. 이제 저녁 시간이었으므로 딕슨 가족은 식사를 마치는 중이었다.

"나랑 좀 걷자." 앨마가 프루던스에게 말했다. 앨마의 갑작스러운 방문에 놀랐을지도 모르지만, 프루던스는 전혀 내색하지 않았다.

두 여인은 예의상 나란히 팔짱을 끼고 체스트넛 거리를 따라 걸어갔다.

"너도 알다시피 우리 아버지가 돌아가셨어." 앨마가 말했다.

"응."

"위로 편지 고마워."

"고맙긴."

프루던스는 장례식에 참석하지 않았다. 아무도 참석하리라고 기대하지 않았다.

"아버지 변호사랑 하루 종일 붙어 있었어. 같이 유언장을 검토하느라고. 놀라움의 연속이었어."

"더 얘기하기 전에 미리 말해 둬야겠다."라고 프루던스가 끼어들었다. "나는 양심상 돌아가신 아버지한테 어떤 돈도 받을 수 없어. 우리 사이에는 내가 해결할 수도 없었고 해결할 마음도 없었던 불화가 있었지. 이제 그분이 돌아가신 마당에 유산으로 이익을 취하기란 도덕적으로 옳지 않아."

"걱정할 필요 없어. 너한텐 아무것도 남기지 않으셨으니까." 앨마는 걸음을 멈추고 돌아서서 프루던스를 똑바로 쳐다

모든 것의 이름으로

보며 말했다.

변함없이 자제력 넘치는 프루던스는 아무 반응도 보이지 않았다. 그저 "그럼 간단하네."라고 대꾸했을 뿐이었다.

"아니야, 프루던스." 앨마는 자매의 손을 잡았다. "전혀 간단하지 않아. 사실 아버지가 워낙 놀라운 결정을 하셔서, 부디 네가 신중하게 들어줘야 해. 아버지는 화이트에이커 저택 전체와 재산의 상당 부분을 필라델피아 노예 폐지 협회 앞으로 남기셨어."

여전히 프루던스는 반응도, 대꾸도 없었다. '맙소사, 정말 대단하군.'이라고 경이로워하며 앨마는 프루던스의 엄청난 자제력에 경의를 표하고 싶을 지경이었다. 아마 베아트릭스가 자랑스러워했으리라.

앨마는 말을 이었다. "하지만 유언장에는 부가 조건이 적혀 있었어. 그 조건이란 반드시 화이트에이커 저택은 흑인 아동을 위한 학교로 써야 하고, 프루던스 네가 관리를 맡아야 한다는 거야."

프루던스는 속임수의 증거라도 찾는 사람처럼 앨마의 얼굴을 뚫어져라 응시했다. 그러나 그 모든 내용이 서류로 정리되어 있었으므로 앨마는 애써 진실임을 증명할 필요조차 없었다. 최소한 '현재'의 서류는 그렇게 기록되어 있었다.

"아버지가 꽤나 긴 설명을 적어 놓으셨던데 너를 위해 요약해 줄게. 아버지는 대단한 성공을 거두셨지만 한평생 선행을 거의 베풀지 않았다고 느끼셨대. 엄청난 행운을 누린 것에 비해 세상을 위해서 가치 있는 일을 하나도 하지 않았다고 느끼셨다는 거야. 장차 화이트에이커를 인류애의 장이 되도록 가장 잘 이끌어 갈 인물로 널 고르신 거지."

"아버지가 그런 말씀을 적어 놓으셨다고?" 프루던스는 변함없이 예리하게 물었다. "정확히 그런 표현을 하셨다고, 앨마? 우리 아버지가, 헨리 휘태커가 '인류애의 장'이라는 말을 언급하셨다고?"

"정확히 그렇게 말씀하셨어." 앨마는 고집을 부렸다. "유언장과 세부 사항은 이미 확정되었어. 네가 그 조건을 받아들이지 않는다면, 네가 가족과 함께 다시 화이트에이커로 돌아와서 아버지 바람대로 학교 운영을 맡아 주지 않는다면, 우리는 그 모든 걸 다 팔아서 어떻게든 나눠 가져야 할 거야. 그렇게 된다면 아버지의 영예로운 소원을 저버리는 일이 되겠지."

프루던스는 또다시 앨마의 얼굴을 살폈다. "난 네 말, 안 믿어." 마침내 그녀가 말했다.

"믿을 필요 없어. 하지만 그렇게 됐어. 한네커는 계속 남아서 집안을 관리하며 네가 화이트에이커를 운영하도록 도와줄 거야. 아버지는 한네커한테도 아주 넉넉히 유산을 남기셨지만, 아마 계속 집에 남아서 널 도와주고 싶어 할 거야. 한네커는 널 존경하는 사람이고, 늘 쓸모 있게 살기를 바라잖아. 정원사들과 조경업자들도 저택을 유지하기 위해 그대로 남을 거야. 도서관 역시 학생들이 이용할 수 있도록 그대로 유지해야 해. 아버지의 해외 사업은 딕 얀시 씨가 계속 맡아 주실 테고,

제약 회사 쪽 지분도 넘겨받아서 그곳의 이윤 또한 모두 학교
와 직원들 봉급, 노예 폐지 운동 자금으로 제공될 거야. 알아듣
겠어?"

프루던스는 대답하지 않았다.

"아, 그런데 조건이 한 가지 더 있어. 그리핀 요양원에 있는
우리 친구 레타의 입원비도 평생 지불해 주시겠다고 아버지가
특별히 유산을 챙겨 놓으셨더라. 조지 호크스가 짐스러워하지
않도록 말이야."

이제야 프루던스의 얼굴 어딘가에서 자제력을 잃은 기색
이 드러났다. 앨마의 손을 꼭 잡으며 그녀가 눈시울을 붉혔다.

"네가 무슨 말을 해도 그 모든 일이 아버지의 바람이었다고
나를 납득시킬 순 없을 거야." 프루던스가 말했다.

여전히 앨마는 물러서지 않았다. "그렇게 놀라워하지 마.
아버지는 원래 예측 불가능한 분이셨잖아. 앞으로 너도 알게
되겠지만 모든 소유권과 양도 서류는 굉장히 확실하고도 합법
적이야."

"너라면 확실하고도 합법적인 서류를 준비할 수 있다는 거
잘 알아, 앨마."

"하지만 오랜 세월 나를 알고 지냈잖아. 내가 어디 아버지
가 허락하지 않거나 시키지 않은 일을 하는 거 본 적 있어? 생
각해 봐, 프루던스! 그런 적 있어?"

프루던스는 시선을 피했다. 그러고는 얼굴을 푹 수그리더
니 마침내 자제력 따윈 던져 버리고 눈물을 흘렸다. 앨마는 특

별하고 용감하고, 그동안 거의 잘 모른 채 살아왔던 자신의 자매를 덥석 끌어안았다. 프루던스가 눈물을 흘리는 동안 두 여인은 오래도록 말없이 포옹한 채 서 있었다.

드디어 프루던스가 몸을 빼며 눈가를 훔쳤다. "그럼 '너'한테는 뭘 남기신 거야?" 그녀가 떨리는 목소리로 물었다. "이토록 예상치 못한 호의 속에서 너그러우신 우리 아버지가 너한테는 무얼 남기셨니?"

"지금은 그런 걱정하지 마, 프루던스. 난 필요 이상으로 많이 갖고 있으니까."

"'정확히' 너한테는 무얼 남기셨냐니까? 말해 줘야 해."

"돈 약간. 그리고 마차 차고도. 아니, 그 안에 있는 내 모든 물건들까지."

"영원히 넌 마차 차고에서 살겠다는 거야?" 프루던스는 놀라는 한편 혼란스러워했다. 그리고는 앨마의 손을 다시 잡으면서 물었다.

"아니야. 난 두 번 다시 화이트에이커 근처에는 얼씬도 하지 않을 거야. 거긴 이제 전부 네 몫이야. 하지만 내가 떠나 있는 동안 마차 차고에 있는 내 책이랑 짐은 그대로 내버려 둬. 나중에 결국 어딘가에 정착하면 필요한 거 보내 달라고 할게."

"어디로 가려고?"

앨마는 웃음을 터뜨리지 않을 수 없었다.

"어휴, 프루던스. 아마 말해 주면 넌 분명 날 미쳤다고 생각할걸!"

4부
사명의 결과

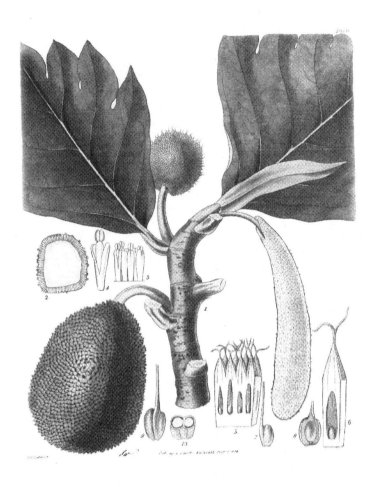

빵나무
아르토카르푸스 인시사(Artocarpus incisa)

21

———————

앨마는 1851년 11월 13일에 타히티로 항해를 떠났다.

런던에는 만국 박람회가 개최될 수정궁이 건설되었다. 파리 천문대에는 푸코의 진자가 거의 설치되었다. 요세미티 계곡에서는 요즘 들어 처음으로 백인들이 모습을 드러냈다. 대서양 해저에 전보용 케이블이 깔렸다. 존 제임스 오듀본은 노환으로 세상을 떠났다. 리처드 오웬은 고생물학 분야의 업적으로 코플리 메달을 받았다. 펜실베이니아 여자 의과 대학에서는 최초의 여성 의사 여덟 명이 졸업을 앞두고 있었다. 그리고 앨마 휘태커는 쉰한 살의 나이로 남태평양으로 향하는 포경선에 일반 승객으로 승선했다.

그녀는 하녀도 친구도 안내자도 없이 항해에 나섰다. 한네커 데 그루트는 앨마가 떠나겠다고 하자 목을 껴안고 눈물을 흘렸지만 재빨리 이성을 되찾고, 특별히 만든 여행용 드레스

두 벌을 포함해서 앨마를 위해 실용적인 옷가지를 준비해 주었다. 아마와 모직으로 만든 소박한 드레스(한네커가 항상 입는 옷과 별반 다르지 않았다.)에는 여벌 단추가 튼튼하게 달려 있어서 앨마 스스로, 도와주는 사람 없이도 관리할 수 있었다. 그렇게 차려입으니 앨마 본인이 하인처럼 보이기는 했지만 무척이나 움직이기 편했고 어디든 쉽게 이동할 수 있었다. 평생 왜 이런 식으로 입고 살지 않았나 싶을 지경이었다. 일단 여행용 드레스가 마무리되자 앨마는 두 벌의 드레스 밑단에 비밀 주머니를 달아 달라고 한네커에게 부탁했다. 여행 경비로 쓸 금화와 은화를 감추어 둘 요량이었다. 그 동전들은 세상에 남겨진 앨마의 전 재산 중 상당 부분을 차지했지만, 이삼 년간 검소한 여행자로 살아가기에는 충분(제발 그랬으면 좋겠다고 생각했다.)했다.

드레스를 받아 든 앨마가 한네커에게 말했다. "한네커는 늘 날 다정하게 대해 줬어요."

"많이 보고 싶을 거다. 떠날 때 난 또 눈물을 흘리겠지만, 우리 둘 다 인정할 건 인정하자꾸나, 얘야. 우린 둘 다 인생의 큰 변화에 겁먹기엔 너무 늙었어."

프루던스는 자신의 머리카락(여전히 설탕처럼 희고 아름다운)과 한네커의 머리카락(윤기 나는 강철처럼 세어 버린)을 몇 가닥씩 넣어서 땋은 기념 팔찌를 앨마에게 선물해 주었다. 프루던스는 앨마의 손목에 꼭 맞게 직접 매듭지어 주었고, 앨마는 절대 빼지 않겠다고 약속했다.

"이보다 더 귀한 선물은 없을 거야." 앨마는 진심으로 그렇게 말했다.

타히티로 떠나겠다고 결심하자마자 앨마는 마타바이 만 선교회의 프랜시스 웰스 목사 앞으로 편지를 써서 자신이 무기한 방문하게 될 것임을 알렸다. 편지보다 자기가 먼저 파페에테_{타히티 섬 북서쪽 해안에 위치한 항구 도시.}에 도착할 확률이 높음을 알지만 어쩔 수 없는 일이었다. 겨울이 오기 전에 항해를 떠나야 했다. 너무 오래 기다리다가 마음을 바꾸고 싶지는 않았다. 타히티에 도착했을 때 머물 곳이 있기를 바랄 뿐이었다.

짐을 싸는 데는 삼 주가 걸렸다. 안전하고 유용한 여행을 위해 식물 수집가들에게 수십 년째 조언해 주고 있었으므로 가져갈 게 뭔지는 정확히 알고 있었다. 그래서 그녀는 비소 성분이 든 비누와 구두 수선용 밀랍, 좀약, 겨자, 코르크, 벌레 상자, 식물 압착기, 인도산 방수용 고무 주머니 여러 개, 오래 쓸 수 있는 연필 두 다스, 인도산 잉크 세 병, 수채화 안료 한 통, 붓, 핀, 그물, 렌즈, 접착제, 구리철사, 수술용 소형 메스, 목욕 수건, 명주실, 구급상자, 500매짜리 종이 묶음 스물다섯 개(압지용, 기록용의 수수한 갈색 종이)를 챙겼다. 권총도 가져갈까 생각했지만 총을 쏘는 데 능숙하지 못했으므로 근거리에서라면 수술용 메스가 유용하리라고 결론지었다.

여행 준비를 하며 그녀는 늘 아버지의 편지를 받아 적던 때를 떠올렸고, 젊은 식물학자에게 조언해 주던 아버지의 목소리를 들었다. 헨리가 "항상 주의 깊게 관찰해야 돼."라고 하던 목소리가 들렸다. "일행 중에 편지를 읽고 쓸 수 있는 사람이 너 하나뿐이어선 안 돼. 물을 찾아야 하면 개를 따라가고. 허기로 죽기 직전이면 사냥을 하겠답시고 힘 빼지 말고 벌레를 먹어. 새가 먹을 수 있는 건 뭐든 너도 먹을 수 있지. 네가 마주칠 수 있는 제일 무서운 위험은 뱀이나 사자, 식인종이 아니야. 가장 위험한 놈은 발에 잡힌 물집, 부주의, 피로야. 주기적으로 일지와 지도를 기록하는 걸 명심해야 해. 네가 죽으면 네가 남긴 기록이라도 훗날 탐험가들에게 쓸모 있을지 모르니까. 급할 때에는 언제든 피로 글씨를 쓸 수 있다."

앨마는 열대 지방에서 서늘하게 지내려면 흐린 색깔의 옷을 입어야 함도 알고 있었다. 비누 거품을 옷감에 먹여서 밤새 말리면 꽤 괜찮은 방수복이 된다는 점도 알았다. 피부에 바로 닿는 곳에는 플란넬을 입어야 한다는 사실 역시 알았다. 선교사들(최근 신문과 채소 씨앗, 키니네, 손도끼, 유리병)과 원주민들(옥양목, 단추, 거울, 리본) 모두에게 선물을 가져다주면 좋다는 것도 알았다. 여행 도중에 망가질까 봐 굉장히 겁났지만 그녀는 가장 가벼운 현미경을 하나 챙겼다. 번쩍이는 신품 항해용 정밀 시계와 작은 여행용 온도계도 챙겨 넣었다.

모든 물건을 트렁크와 나무 상자(말린 이끼로 정성 들여 속을 채운)에 담아서, 마차 차고 바로 밖에 작은 피라미드처럼 쌓아 놓았다. 앨마는 삶에 꼭 필요한 물건들이 그렇게 적은 꾸러미로 쌓여 있음을 보면서 공포에 찬 전율을 느꼈다. 저토록 적은 물건으로 어떻게 살아남을 수 있을까? 도서관 없이 어떻게 살까? 식물 표본집 없이 어떻게? 가족 그리고 과학 관련 소식을 육 개월쯤 기다려야 하는 건 어떤 기분일까? 배가 가라앉거나 그 모든 필수품을 잃어버린다면? 문득 지난날 휘태커 상사에서 식물 수집을 위해 떠나보냈던 용감한 청년들에게 동정심을 느꼈다. 자신감 넘치는 듯 행동하면서도 그 사람들이 느꼈을 두려움과 불안감에 대해서. 그 청년들 중 일부는 두 번 다시 돌아오지 못했다.

여행 준비로 짐을 싸면서 앨마는 어디까지나 '식물 연구 여행가'로 보이도록 자처했지만, 사실 그녀는 식물 연구를 위해 타히티에 가는 게 아니었다. 그녀의 진짜 동기는 가장 큰 상자 맨 밑바닥에 감추어진 물건에서 찾을 수 있었다. 타히티 소년의 누드화로 가득 찬 채 단단히 묶여 있는 앰브로즈의 가죽 가방이었다. 앨마는 그 소년(머릿속에서 앨마는 그를 '그 소년'이라고 불렀다.)을 찾아볼 심산이었고 찾을 수 있으리라 확신했다. 필요하다면 타히티 섬 전체를 뒤져서라도 그 소년을 찾을 작정이었고, 진기한 난초 표본이라도 구하듯 거의 '식물학적 태도'로 그를 찾아낼 생각이었다. 보자마자 그를 확실히 알아보리라. 죽는 날까지도 잊지 못할 얼굴이었다. 앰브로즈는 원체 빼어난 화가였고, 대상의 특징을 선명하게 묘사했다. 앰브로즈가 그녀에게 지도를 남겼으므로, 이제 그녀가 그것을 따라가고 있는 듯했다.

그 소년을 찾아서 뭘 어떻게 할지는 몰랐다. 하지만 그를 반드시 찾아내리라.

*

앨마는 보스턴까지 기차를 타고 간 다음, 비싸지 않은 항구호텔(진과 담배, 전에 묵던 손님의 땀 냄새가 풍기는)에서 사흘 밤을 보낸 뒤 그곳에서 출항했다. 그녀가 탄 배는 36미터 길이에 널찍하고 늙은 암말처럼 튼튼한 포경선 '엘리엇 호'로, 마르키즈 제도로 항해하기는 건조된 이후 이번이 열두 번째였다. 선장은 넉넉한 요금을 받고 원래 항로에서 1300킬로미터쯤 벗어난 타히티까지 앨마를 데려다주기로 했다.

선장은 낭투켓 출신의 테렌스 씨였다. 그는 앨마에게 배를 추천해 준 딕 얀시가 무척 존경하는 뱃사람이었다. 테렌스 씨는 선장이 당연히 갖춰야 할 단호함을 갖췄음은 물론이고, 대다수 다른 배보다 선원들의 규율에도 까다로웠다. 테렌스는 조심스럽다기보다 과감한 인물로 더 알려졌지만(폭풍이 몰아치면 돛을 접는 대신에 강풍에 속도를 올리겠다면서 돛을 더 펼치기로 유명했다.) 사실 바다에서도 엄격한 도덕률을 강조하는 종교적이고 신중한 사람이었다. 딕 얀시는 그를 신뢰했으므로 여러 차례 그와 항해를 떠났다. 늘 서두르는 딕 얀시는 겁 없이 빨리 배를 모는 선장들을 선호했는데, 테렌스가 딱 그런 인물이었다.

앨마는 한 번도 배에 타 본 적이 없었다. 아니, 필라델피아 항구에 당도한 수하물을 검사하고자 아버지를 따라서 수많은 배에 올라 보기는 했지만, 이제껏 배를 타고 '항해'해 본 적은 없었다. '엘리엇 호'가 항구를 빠져나가는 동안, 그녀는 밖으로 튀어나올 듯 두근대는 심장을 껴안은 채 갑판에 서 있었다. 부두에 쌓인 수화물이 바로 눈앞에 있었는데, 별안간 숨 막히는 속도로 차차 멀어져 가는 광경을 지켜보았다. 이어 그들은 거대한 보스턴 항을 날듯이 가로지르며 작은 낚싯배를 뒤흔들었다. 오후가 가까워지자 앨마는 난생처음 탁 트인 대양에 떠 있었다.

"편안하게 이번 여행을 즐기실 수 있도록 제가 힘닿는 데까지 봉사하겠습니다." 테렌스 선장은 앨마가 처음 승선했을 때 장담했다. 앨마는 그의 배려에 감사했으나 이번 여행이 편안함 따위와 거리가 멀다는 사실은 곧 드러났다. 선장실 바로 옆방인 그녀의 선실은 좁고 어둡고 오물 냄새까지 풍겼다. 식수에서는 연못 냄새가 났다. 배에는 뉴올리언스로 운반하는 노새들이 실려 있었는데, 짐승들은 쉴 새 없이 아우성치며 불평해 댔다. 음식은 기분 나쁘고 형편없었으며(아침 식사로는 순무와 소금 비스킷이 나왔고, 저녁 식사로는 육포와 양파가 나왔다.) 날씨는 흐린 정도가 최선이었다. 처음 여행을 떠난 지 삼 주간 그녀는 한 번도 해를 보지 못했다. 이내 '엘리엇 호'는 그릇이 깨지고 선원들마저 왕창 나동그라질 정도의 강풍을 만났고, 가끔씩 안전하게 양파와 육포를 먹기 위해 앨마는 선장의 식탁에 스스로를 묶어야 했다. 그래도 그녀는 불평 없이 용감하게 식사를 했다.

배에는 다른 여자 승객은 물론이고 교육받은 남자도 하나 없었다. 선원들은 밤늦게까지 오래도록 카드놀이를 하고 웃고 소리치며 잠을 설치게 했다. 때로는 테렌스 선장이 바이올린을 부숴 버리겠다고 협박할 때까지 귀신 들린 사람들처럼 갑판에서 춤을 춰 댔다. '엘리엇 호'에 승선한 사람들은 모두 거친 인물들이었다. 노스캐롤라이나 해변에서는 선원 하나가 매 한 마리를 잡더니 장난삼아 날개를 자르고 갑판 위를 뛰어다니는 모습을 지켜보았다. 앨마는 야만스러운 행동이라 여겼지만 아무 말도 하지 않았다. 다음 날 따분하고 무료하던 선원들은 노새 두 마리를 데려다가 종이로 축제용 깃을 만들어서 장식한 다음, 둘을 혼인시켰다. 요란한 환성과 고함이 오갔다. 선장은 그냥 내버려 두었다.(어쩌면 '기독교식' 결혼식이었기 때문에 그랬으리라고 앨마는 생각했다.) 해로울 것이 없다고 여긴 듯했다. 앨마는 평생 그런 짓을 본 적조차 없었다.

어차피 앨마에게 제대로 된 이야기를 하는 사람은 아무도 없었으므로, 그녀도 진지한 이야기는 하지 않기로 했다. 모든 사람과 원만하게 지내면서 별말 안 할 작정이었다. 일단 적을 만들지 말자고 다짐했다. 오 개월에서 칠 개월 동안 바다에서 다 함께 지내야 한다면 그것은 꽤 괜찮은 전략이었다. 남자들이 너무 거칠게 굴지만 않는다면 농담에 웃음을 터뜨려 주기도 했다. 해를 입을 염려는 없었다. 테렌스 선장은 친근하게 구는 걸 허락하는 사람이 아니었고, 남자들은 앨마에게 수상한 마음을 품지 않았다.(놀랄 일도 아니었다. 남자들이 열아홉 살의 앨마에게 관심이 없었다면 쉰한 살 때에는 더더욱 쳐다보지도 않는 게 당연했으니까.)

앨마의 가장 친한 친구는 테렌스 선장이 반려동물로 키우는 작은 원숭이였다. 원숭이의 이름은 리틀 닉이었는데, 원숭이는 몇 시간이고 앨마 곁에 앉아서 새롭거나 신기한 것을 찾은 듯 조심스럽게 그녀를 만져 보곤 했다. 그 원숭이는 아주 총명한 데다 호기심 많은 성격이었다. 녀석은 무엇보다도 앨마가 손목에 차고 있는 천과 머리카락이 섞인 팔찌에 관심을 보였다. 원숭이는 앨마가 다른 손목에도 비슷한 팔찌를 차지 않았다는 사실에 무척 당혹감을 느꼈고, 매일 아침 밤새 손목에서 팔찌가 자라나지 않았는지 확인했다. 그러고는 한숨을 쉬며 마치 "왜 딱 한 번이라도 '좌우 대칭'을 맞추지 않는 거예요?"라고 말하듯 체념한 눈빛으로 앨마를 쳐다보았다. 앨마는 꽤 여러 번 리틀 닉과 코담배를 나눠 즐기기도 했다. 원숭이는 코담배 조각을 능숙하게 콧구멍에 집어넣고 깔끔하게 재채기를 하고는 앨마의 무릎에서 잠들었다. 이 원숭이가 없었다면 여정이 어땠을지 생각만 해도 끔찍했다.

그들은 플로리다 반도 끝을 돌아 뉴올리언스에 정박해서 노새를 배달했다. 아무도 노새들이 떠났음을 애석해하지 않았다. 뉴올리언스에서 앨마는 폰처트레인 호수에 낀 정말로 멋들어진 안개를 보았다. 선적을 기다리느라 부두에 쌓인 면화 더미와 사탕수수도 구경했다. 미시시피 강을 거슬러 올라갈 순간을 기다리며, 시선 닿는 곳까지 줄지어 서 있는 노를 매단 증기선도 볼 수 있었다. 억양을 알아듣기 어렵기는 했지만 뉴올리언스에서 프랑스어가 쓸모 있다는 사실도 알게 되었다. 조개껍질과 깔끔한 관목 조경수로 정원을 꾸민 작은 집들은 감탄할 만했으며, 공들여 차려입은 여자들의 옷은 눈이 부셨다. 그 지역을 좀 더 탐험해 보고 싶은 마음이었지만, 모두들 곧 승선하라는 명령을 받았다.

배는 멕시코 해안을 따라 남쪽으로 항해했다. 열병이 배를 휩쓸었다. 아무도 피해 가지 못했다. 의사가 있기는 했지만 거의 쓸모가 없었으므로 앨마는 곧 미리 챙겨 온 귀한 설사약과 구토제를 나눠 주었다. 스스로 간호사 타입이라고 생각한 적은 없지만, 약사로서는 꽤 능력이 있었으므로 그녀의 도움을 받은 일부는 아예 추종자가 되었다.

별안간 앨마도 병에 걸렸고, 침상에서 꼼짝하지 못했다. 열에 시달리며 그녀는 막연한 꿈과 생생한 공포를 맛보았다. 그녀는 줄곧 스스로를 애무했으며, 발작적인 고통과 쾌락을 동시에 느끼며 깨어났다. 그녀는 줄곧 앰브로즈의 꿈을 꾸었다. 그를 생각하지 않으려고 부단한 노력을 기울여 왔지만 열병 탓에 마음의 장벽이 허물어지자 그에 대한 추억이 뚫고 들어왔다. 하지만 그건 무서울 정도로 왜곡된 기억이었다. 꿈속에서 그녀는 욕조에 들어가 있는 앰브로즈를 보았지만(어느 날 오후 보았던 것처럼 똑같이 벌거벗은 채로) 이번에는 그의 남근이 아름답게 부풀어 있었고 그는 그녀를 향해 나른한 미소를 지으며 숨이 차서 헐떡일 때까지 자신의 남근을 빨아들이라고 명령했다. 또 다른 꿈속에서는 앰브로즈가 욕조에서 익사하는 광경을 지켜보다가 자신이 그를 죽였음이 틀림없다고 생각하면서 공포에 사로잡힌 채 잠에서 깨어났다. 어느 날 밤에는 "그러니깐 당신이 어린아이고 내가 어머니예요."라고 속삭이는 그의 목소리를 듣고는 양팔을 허우적거리며 비명을 지르다가 깨어났다. 하지만 아무도 없었다. 그의 목소리는 독일어로 말했다. 왜 독일어였을까? 무슨 의미였을까? 그녀는 '어머니'(독일어로는 '무터(mutter)')라는 말을 해석하려고 애쓰다가 남은 밤을 꼬박 새었다. 연금술 용어로는 '단련'이라는 의미도 있었다. 꿈을 해석할 수는 없었지만 저주라도 당한 듯 무거운 기분이었다.

이번 여행을 시도한 것에 대해서 최초로 후회가 들었다.

크리스마스 바로 다음 날, 선원 하나가 열병으로 죽었다. 돛천에 싸인 그의 시신은 대포알을 매달고 조용히 바닷속으로 가라앉았다. 사람들은 아무런 슬픈 기색 없이 그의 죽음을 받아들였고 망자의 소지품을 경매에 붙여서 나눠 가졌다. 저녁이 되자 그 남자는 존재한 적도 없는 듯했다. 앨마는 그런 선원들 사이에서 자신의 소지품이 경매에 붙여지는 광경을 상상했다. '앰브로즈의 그림으로 저들은 무얼 할까?' 누가 알겠나? 어쩌면 이런 뱃사람들 사이에서 그런 남색 성향의 외설스러운 물건은 귀중할지도 몰랐다. 바다로 나간 이들 중에는 별별 종류의 사람들이 다 있었다. 앨마는 그 점을 잘 알았다.

앨마는 회복했다. 순풍이 시원스레 그들을 리우데자네이루로 데려갔고, 그곳에서 앨마는 쿠바를 향해 북쪽으로 떠나는 포르투갈 노예선을 목격했다. 아름다운 해변에서는 닭장 지붕만큼도 튼튼해 보이지 않는 뗏목을 타고서 목숨 걸고 일하는 어부들도 봤다. 화이트에이커의 온실에 있는 것보다 잎이 훨씬 거대한 부채 같은 야자수를 보고는 순간적으로 앰브로즈에게도 보여 줄 수 있었으면 좋았겠다는 생각에 마음이 아팠다. 그도 이곳을 지나며 저런 야자수를 보았을지 알고 싶었다.

그녀는 무궁무진한 탐험 거리를 찾아 산책을 하면서 정신을 딴 데로 돌리려고 했다. 모자도 쓰지 않은 여자들이 시가를 피우며 거리를 걸어 다녔다. 피난민과 장사치 들, 더러운 크리올과 깔끔하게 빼입은 흑인 들, 반야만인과 고상한 혼혈인 들을 만났다. 앵무새와 식용 도마뱀을 파는 남자들도 있었다. 앨마는 오렌지와 레몬, 라임을 실컷 먹었다. 망고를 너무 많이 먹어서(몇 개는 리틀 닉과 나눠 먹었다.) 두드러기가 나기도 했다. 경마 대회와 춤 무대도 구경했다. 앨마는 인종이 다른 부부가 운영하는 호텔에 묵었는데, 그런 부부는 난생처음이었다.(여자는 다정하고 일 잘하는 흑인으로 무엇 하나 느릿느릿 하는 법이 없었다. 남자는 늙은 백인이었는데 아무 일도 하지 않았다.) 남자들이 족쇄를 찬 노예를 앞세우고 리우 거리를 행진하며 어떻게든 팔아 보려고 애쓰는 광경을 하루도 빠짐없이 목격했다. 앨마는 그런 광경을 견딜 수 없었다. 그렇게나 오랜 세월 동안 자신이 그런 혐오스러운 짓거리를 모른 체했다는 사실이 수치스러워서 구역질이 날 지경이었다.

모든 것의 이름으로

다시 항해를 시작한 그들은 케이프혼으로 향했다. 케이프
혼에 가까워지자 날씨가 혹독할 만큼 추워져서 이미 플란넬과
모직 옷을 몇 겹이나 껴입었지만 앨마는 결국 남자용 외투와
러시아 모자까지 빌렸다. 그렇게 온몸을 싸매고 나자 이제는
갑판에 있는 다른 남자들과 구분되지 않았다. 티에라 델 푸에
고 산이 보였지만 배는 하선할 수 없었고 날씨는 완전히 끔찍
했다. 남미 대륙 최남단을 돌 때까지 괴로운 날씨가 십오 일이
나 이어졌다. 선장은 돛을 전부 달아야 한다고 주장했는데, 앨
마는 돛대가 어떻게 그 무게를 견디는지 상상할 수도 없었다.
배는 한쪽으로 기울었다가 반대편으로 기우뚱거렸다. '엘리엇
호' 자체가 고통으로 울부짖는 듯했다. 나무로 빚어진 가여운
영혼이 바다에게 얻어맞고 채찍질당했다.

"신의 뜻이라면 우린 무사히 지나갈 겁니다." 테렌스가 돛을
내리길 거부하고 어둠 속으로 또다시 속도를 높이며 말했다.

"그러다 누군가 죽기라도 하면 어쩌죠?" 앨마가 바람을 뚫
고 소리쳤다.

"바다에 수장하지요." 선장이 마주 고함치고는 계속 배를
몰았다.

그 뒤로도 끔찍한 추위가 사십오 일간 이어졌다. 파도는 끊
임없이 밀려와서 공격해 댔다. 때로는 폭풍이 너무 심해서 나
이 든 선원들은 마음을 가라앉히기 위해 시편을 암송하기도
했다. 다른 선원들은 저주와 욕설을 외쳐 댔고 몇몇은 이미 죽
어 버리기라도 한 듯 침묵을 지켰다. 폭풍 때문에 닭장이 열려

서 암탉들이 갑판 위를 날아다녔다. 어느 날 밤, 돛을 매다는 하활이 꽝 소리를 내며 불쏘시개처럼 쪼개졌다. 다음 날 선원들은 새 하활을 매달려다 실패했다. 선원 하나는 파도에 휩쓸려 화물칸으로 떨어지는 바람에 갈비뼈가 부러졌다.

앨마는 금방이라도 죽을 것 같은, 희망과 공포 사이에서 그 모든 시간을 견뎠지만, 단 한 번도 무서워서 비명을 지르거나 목청을 높이지 않았다. 시련이 다 끝나고 날씨가 좋아지자 테렌스 선장은 "휘태커 양, 당신은 진짜 넵튠의 딸입니다."라고 말했고, 앨마는 그렇게 멋진 칭찬을 들어 본 적이 없다고 생각했다.

마침내 3월 중순에 배가 발파라이소^{칠레 최대의 항구 도시.}에 정박하자 선원들이 즐비한 매음굴을 찾아 재미를 보는 사이, 앨마는 이방인을 반겨 주는 아름다운 도시를 구석구석 돌아다녔다. 항구 주변은 지저분한 갯벌이었지만 가파른 언덕을 따라 들어선 집들은 아름다웠다. 여러 날 동안 언덕을 오르며 그녀는 다리가 다시 튼튼해졌음을 느꼈다. 발파라이소에서는 보스턴에서만큼이나 수많은 미국인들을 만날 수 있었다. 모두들 금을 찾아 샌프란시스코로 가는 중이었다. 그녀는 배와 체리를 먹으며 지냈다. 어느 모르는 성인(聖人)을 위한 종교 행사 행렬이 일 킬로미터쯤 이어지는 광경을 본 앨마는 장엄한 성당까지 행렬을 따라갔다. 그녀는 신문을 읽고 프루던스와 한네커에게 편지를 보냈다. 어느 맑고 시원한 날, 발파라이소에서 제일 높은 언덕에 오르자, 아득하게 흐릿하기는 해도 눈 덮

모든 것의 이름으로

인 안데스 산맥의 봉우리를 볼 수 있었다. 아버지가 이제 더는 없다는 사실이 새삼 깊은 상처로 다가왔다. 단 한 번이라도 앰브로즈가 아니라 헨리를 그리워했다는 사실이 이상하게도 위안을 주었다.

그러다 다시 항해가 시작되었고, 이제 더 넓은 태평양으로 접어들었다. 나날이 기온이 따뜻해졌고, 선원들은 차분해졌다. 그들은 갑판 사이사이를 청소하고 오래된 곰팡이와 토사물을 문질러 없앴다. 사람들은 일을 하면서 콧노래를 불렀다. 아침에 선원들이 부산하게 움직이면 배는 꼭 작은 시골 마을 같았다. 앨마는 사생활이 부족한 삶에 익숙해졌고 급기야 선원들의 존재마저 편안했다. 다들 앨마에게 허물없이 굴었고, 그녀는 그 사람들이 곁에 있음을 정겹게 여겼다. 그들은 앨마에게 매듭짓는 방법과 뱃노래를 가르쳐 주었으며 그녀는 그들의 상처를 소독하고 종기를 도려내 주었다. 앨마는 젊은 뱃사람이 총으로 잡은 알바트로스 고기를 먹었다. 둥둥 떠다니는 고래 시체(기름과 살코기는 다른 포경업자가 깨끗하게 도려낸)를 마주치기는 했지만 살아 있는 고래는 보지 못했다.

태평양은 거대하고 텅 빈 공간이었다. 앨마는 이제야 유럽인들이 그 드넓은 바다에서 테라 오스트랄리스 오스트레일리아의 옛 이름으로 '남쪽 나라'라는 의미.를 찾아내는 데 왜 그렇게 오래 걸렸는지 처음으로 이해할 수 있었다. 초기 탐험가들은 지구가 완벽히 균형을 잡을 수 있도록 저 아래쪽 어딘가에 유럽만큼 큰 남쪽 대륙이 자리 잡고 있으리라고 짐작했다. 하지만 그들은 틀렸다. 아래쪽에는 물밖에 없었다. 오히려 남반구는 유럽과 '정반대'였다. 드넓은 바다가 대륙처럼 자리 잡고 있는 가운데 작은 호수 같은 땅 조각이 아주 띄엄띄엄 점처럼 찍혀 있을 뿐이었다.

새파란 허공이 몇 날 며칠이고 계속 이어졌다. 상상력을 최대한 동원해서 사방을 둘러보아도 수평선뿐이었다. 아직도 그들은 고래를 발견하지 못했다. 새마저 안 보였다. 이런 경우에 수백 킬로미터 떨어진 곳에서도 날씨의 변화를 읽을 수 있었는데, 심상치 않은 경우가 잦았다. 폭풍이 닥칠 때까지 대기는 숨을 죽였고 그러다가 바람이 찢어지는 비명을 지르며 날아들었다.

4월 초에 배는 여태껏 가장 심각하게 변덕스러운 날씨를 맞닥뜨렸다. 한낮인데도 눈앞에서 하늘이 새카맣게 변해 갔다. 대기는 무겁게 가라앉았고 무시무시했다. 이 갑작스러운 변화에 테렌스 선장마저 걱정을 하며 돛을 내릴 정도였는데, 사방에서 연달아 벼락이 내리꽂히는 광경이 보였다. 파도는 휘몰아치는 검은 산이 되었다. 그러나 곧이어 폭풍은 불어닥칠 때만큼이나 재빨리 멎더니 하늘이 다시 맑아졌다. 하지만 곧 열대 폭풍이 다가오는 모습을 본 선원들은 안도하는 대신, 놀라서 소리를 질러 댔다. 선장은 앨마에게 선실로 내려가라고 명령했지만 그녀는 꼼짝도 하지 않았다. 열대 폭풍은 정말로 장엄했다. 그러던 중 또 다른 비명이 들려왔고, 선원들은 이제 열대 폭풍 기둥이 무려 셋이나 배를 둘러싸고 다가오고 있음을 깨달았다. 보고 있자니 꼭 최면에 걸린 것만 같았다. 열

모든 것의 이름으로

대 폭풍 하나가 가까이 다가왔고, 바다에서 하늘까지 거대하게 소용돌이치며 기둥처럼 치솟는 기다란 물줄기를 똑똑히 볼 수 있을 정도였다. 난생처음 보는 장대하고 신성하고 경외로운 광경이었다. 대기의 압력이 높아지자 고막은 터질 것 같았고 폐 속으로 숨을 들이켜기조차 힘겨웠다. 이후 꼬박 오 분간 그녀는 자신이 살아 있는지 죽었는지조차 모를 만큼 압도당해버렸다. 이곳이 어떤 세상인지도 알 수 없었다. 앨마가 이 세상에서 보내는 시간은 이제 끝난 듯했다. 이상하게도 아무 상관없다는 느낌이었다. 그리운 사람도 없었다. 알고 지낸 그 어떤 인물도 뇌리를 스치지 않았다. 앰브로즈도, 그 어느 누구도. 후회는 없었다. 무슨 일이 일어나든 준비되었다는 마음으로 그녀는 멍하니 황홀경 속에 서 있었다.

열대 폭풍이 마침내 지나가자 바다는 다시 전처럼 평온해졌고, 앨마는 그때 평생 가장 행복한 순간이라고 느꼈다.

배는 계속 항해했다.

남쪽으로 멀리 손 닿지 않는 곳에 얼어붙은 남극 땅이 있었다. 북쪽으로 가는 항해는 아무것도 아니라며, 지루해진 선원들이 떠들기 시작했다. 그들은 서쪽으로 계속 항해했다. 앨마는 걷는 즐거움과 땅의 냄새가 그리웠다. 주변에 연구할 만한 식물이 없었으므로 그녀는 해조류를 끌어올려 달라고 선원들에게 부탁했다. 해조류에 대해서는 잘 알지 못했지만 서로 구분하는 법은 알고 있었으므로, 그녀는 곧 어떤 해조류는 뿌리가 복잡하고 어떤 해조류는 단순하다는 사실을 알게 되었다.

어떤 해조류는 결이 있고 어떤 해조류는 표면이 매끄러웠다. 앨마는 해조류를 끈끈한 점액이나 쓸모없는 시커먼 덩어리로 망치지 않고 연구용으로 보존하는 법에 대해 고심했다. 그 방법을 제대로 알아내지는 못했지만 무언가 할 일이 생겨났다. 선원들이 작살 고리를 마른 이끼로 포장해 두었음을 발견한 일은 또 다른 기쁨이었다. 이로써 그녀는 다시 한 번 친숙하고 멋진 연구 대상을 갖게 되었다.

앨마는 선원들을 존경하게 되었다. 땅이 주는 안락함에서 그렇게 오랜 기간 떨어져 있는 삶을 그들이 어떻게 견뎌 내는지 그녀로서는 상상도 되지 않았다. 어떻게 미치지 않을까? 바다는 그녀를 매혹시키기도 하고 동시에 괴롭히기도 했다. 그녀에게 이렇게까지 강렬한 인상을 준 경험은 없었다. 바다는 물질을 정제하는 과정 자체이자 신비로운 걸작인 것 같았다. 어느 날 밤 배는 액체로 된 인광이 다이아몬드처럼 펼쳐진 바다를 지나갔다. 배의 움직임에 따라 기묘한 초록빛과 보랏빛의 입자가 솟아올랐고, 마치 '엘리엇 호'가 거친 바다를 가로질러 반짝거리는 기다란 베일을 끌고 가는 듯 보였다. 너무도 아름다운 광경이어서 앨마는 사람들이 어떻게 바닷물로 뛰어들지 않는지, 황홀한 마법에 이끌려 죽음을 선택하지 않는지 궁금할 정도였다.

잠이 오지 않는 날 밤에는 타히티에서 거뜬히 지낼 수 있도록 발을 단련하기 위해 맨발로 갑판을 걸어 다녔다. 별빛은 고요한 바다에 길게 그림자를 드리워서 횃불처럼 빛났다. 머리

위에 자리한 하늘은 주변을 둘러싼 바다만큼이나 낯설었다. 고향을 떠올리게 하는 오리온자리와 플레이아데스 성단 같은 별자리도 몇 개 보였지만, 북극성은 사라졌고 큰곰자리도 보이지 않았다. 그녀가 잘 아는 보석들이 창궁에서 사라져 버린 탓에 사무치도록 속수무책으로 길을 잃은 것 같았다. 하지만 거기에 대한 보상처럼 하늘에서 새로운 선물이 찾아들었다. 이제는 남십자성과 쌍둥이자리, 폭넓게 펼쳐진 은하수를 볼 수 있었다.

새로운 별자리에 깜짝 놀란 앨마는 어느 날 밤 테렌스 선장에게 "니힐 아스트라 프라에테르 비디트 에트 운다스.(Nihil astra praeter vidit et undas.)"라고 말했다.

"그게 무슨 뜻입니까?"

"호라티우스의 송시 구절이에요. 별과 파도 이외에는 아무것도 보이지 않는다는 뜻이죠."

"아쉽게도 나는 라틴어를 모릅니다. 가톨릭 신자도 아니고요." 그가 사과했다.

남태평양에서 수년간 살았던 적이 있는 나이 든 선원 하나가 앨마에게 타히티인들은 항해를 위해 별 하나를 골라서 따라가는데, 그때 그 별을 자신의 '아베이아(aveia)', 즉 수호신이라고 부른다고 말해 주었다. 하지만 일반적으로 그곳 사람들이 좀 더 흔하게 쓰는 별이라는 말은 '페티아(fetia)'라고 했다. 예를 들어 화성은 붉은 별이므로 '페티아 우라(fetia ura)'였다. 새벽별은 '페티아 아오(fetia ao)', 빛의 별이었다. 타히티인들은 뛰어난 항해사라면서 선원은 있는 그대로 존경심을 드러냈다. 그들은 별도 달도 없는 밤에 자기 감각만으로 바다 조류를 느끼며 항해할 수 있었다. 각기 다른 바람의 종류도 열여섯 가지나 안다고 했다.

"우리가 남반구를 찾아가기 전에 그 사람들도 북반구에 있는 우리를 찾아온 적이 있을지가 항상 궁금했지. 카누를 타고 리버풀이나 낭투켓까지 올라왔을지도 모른다고 말이오. 그치들이라면 그러고도 남았을 거요. 거기까지 올라와서는 우리가 곯아떨어져 있는 동안 관찰하다가 아무도 눈치채지 못한 사이에 노를 저어서 사라질 수 있었을 거라니까. 정말 그렇다고 해도 난 하나도 안 놀랄 거요, 암." 늙은 선원이 말했다.

그렇게 해서 앨마는 타히티어 단어 몇 개를 배웠다. '별'과 '붉은색', '빛'을 배웠다. 그녀는 그 선원에게 더 가르쳐 달라고 했다. 그는 할 수 있는 데까지 애를 썼지만, 자기가 아는 말은 대부분 항해 용어와 예쁜 아가씨들에게 수작 걸 때 쓰는 말뿐이라고 사과했다.

여전히 그들은 고래를 보지 못했다.

선원들은 실망했다. 그들은 지루해할 뿐만 아니라 안절부절못했다. 바다에는 사냥감이 다 떨어졌다. 선장은 파산이라도 할까 봐 두려워하고 있었다. 선원 중 몇몇은, 특히 앨마와 친해진 이들은 어쨌거나 자신들의 사냥 솜씨를 그녀에게 뽐내고 싶어 했다.

"당신은 절대 모르고 살았을 죽여주는 경험이오."라며 장담하기도 했다.

　매일같이 그들은 고래를 찾아보았다. 앨마도 열심히 살폈다. 그러나 그녀는 결코 고래를 만나지 못했고, 그들은 1852년 6월 타히티에 당도했다. 선원들과 앨마는 갈 길이 달랐고, '엘리엇 호'에 대한 소식을 들은 것은 그때가 마지막이었다.

22

앨마가 '엘리엇 호' 갑판에서 바라본 타히티의 첫인상은 구름 없는 짙푸른 하늘로 치솟을 듯 갑작스레 우뚝 서 있는 산봉우리였다. 화창하고 청명한 아침에 막 깨어나 갑판으로 올라온 그녀는 세상을 둘러보았다. 예상도 못 한 풍경이었다. 타히티의 풍경은 앨마의 가슴에서 숨을 앗아 갔다. 아름다워서가 아니라 기이해서였다. 평생 동안 이 섬에 대한 이야기를 듣고 그림도 보았지만, 이제까지 여기가 이만큼이나 '높고' 특이하리라고는 생각해 본 적이 없었다. 타히티의 산들은 펜실베이니아의 나지막한 구릉과는 전혀 달랐다. 푸르른 신록으로 뒤덮인 거친 능선은 충격적일 정도로 가파르고 뾰족한 데다 어지러울 만큼 높고 눈부신 초록색이었다. 정말이지 그곳은 모든 것들이 초록색으로 뒤덮여 있었다. 해변 바로 앞까지도 초록색이 온통 넘쳐 났다. 코코넛 야자수는 바다에서 곧장 자라

난 듯한 형국이었다.

불안한 풍경이었다. 오스트레일리아와 페루의 중간쯤, 그야말로 동떨어진 외딴 곳에 와 있음을 실감한 그녀는 묻지 않을 수가 없었다. 대체 왜 여기에 섬이 있지? 타히티는 드넓고도 끝없이 광대한 태평양에 불쑥 솟아오른 훼방꾼처럼 느껴졌다. 아무런 이유도 없이 바다 한가운데서 기묘하게 제멋대로 솟아난 대성당 같다고 할까. 사람들이 타히티를 묘사할 때 항상 그래 왔듯이 앨마는 일종의 낙원을 맞닥뜨리리라고 생각했다. 에덴에 당도한 듯 그 아름다움에 압도당하게 되리라고. 부갱빌 프랑스인 최초로 세계 일주 항해를 해낸 18세기 해군 지휘관.은 이 섬을 아프로디테가 탄생한 섬이라는 의미로 '라 누벨레 시테레(La nouvelle cythère)'라고 부르지 않았던가? 그러나 솔직히 앨마가 보인 최초의 반응은 두려움이었다. 이토록 화창한 아침에, 이토록 달콤한 기후 속에서 갑작스레 맞닥뜨린 유명한 유토피아로부터 그녀는 위협밖에 느끼지 못했다. 앰브로즈는 이곳을 어떻게 참아 냈을까. 앨마는 여기 혼자 남겨지고 싶지 않았다.

하지만 달리 갈 곳이 어디 있단 말인가?

범선을 이끌고 온 낡은 유도선이 파페에테 항구로 미끄러지듯 들어오자 앨마의 눈으로는 헤아릴 수도, 알아볼 수도 없는 십여 종의 다양한 바닷새들이 돛대 주변에서 맴돌았다. 앨마는 짐과 함께 시끄럽고 강렬한 색채의 부두에 내려섰다. 테렌스 선장은 친절하게도 마타바이 만에 있는 선교회까지 앨마를 태워 줄 마차를 알아봐 주었다.

몇 달이나 바다에서 보낸 뒤라 다리는 후들거렸고 휘몰아
치는 불안감에 거의 질려 버렸다. 그녀는 주변을 오가는 온갖
종류의 사람들을 바라보았다. 뱃사람, 해군 장교, 장사꾼들, 네
덜란드 상인인 듯 나막신을 신은 사람도 있었다. 등 뒤로 길게
변발을 늘어뜨린 중국인 진주 거래상 두 사람도 눈에 띄었다.
원주민과 혼혈 원주민과 그 밖에 그녀가 알아볼 수 있는 모든
인종들이 눈에 들어왔다. 영국인 선원에게 얻은 것이 틀림없
는 콩 단추가 달린 두툼한 모직 재킷을 입은 건장한 타히티인
남자 하나는 바지를 입지 않고 풀잎으로 엮은 치마만 두른 채
재킷 안으로 맨 가슴을 드러냈다. 원주민 여자들은 갖가지 종
류의 다양한 옷차림을 하고 있었다. 비교적 젊은 여자들은 긴
치마를 입고 머리도 단정하게 땋았지만 나이 든 여자들 중에
는 과감하게 가슴을 드러낸 사람도 있었다. 젊은 여인들은 새
로이 기독교로 개종한 사람들이리라고 앨마는 생각했다. 테이
블보처럼 보이는 천을 두른 채 자기 발보다 서너 치수는 큰 남
성용 유럽산 가죽신을 신고 신기하게 생긴 과일을 파는 여인
도 보였다. 유럽인의 바지를 재킷처럼 걸치고 머리에는 나뭇
잎으로 만든 왕관 같은 장식을 쓴 경악스러운 차림의 남자도
있었다. 앨마의 눈에는 그가 굉장히 이상해 보였지만 다른 사
람들은 아무도 그에게 관심을 두지 않았다.

그곳 원주민들은 앨마에게 익숙한 사람들보다 체구가 훨
씬 컸다. 어떤 여자들은 앨마만큼이나 거구였다. 남자들은 더
컸다. 사람들의 피부색은 광을 낸 구릿빛이었다. 남자들 중에

는 머리를 길게 길러서 무섭게 보이는 사람도 있었지만, 개화되었는지 짧은 머리를 한 사람도 있었다.

앨마는 '엘리엇 호'의 선원들이 부두에 발을 대자마자 즉각 노골적으로 달려드는 서글픈 매춘부 떼거리를 보았다. 그 여자들은 파도처럼 굽이치는 윤기 흐르는 검은 머리카락을 허리까지 길게 늘어뜨리고 있었다. 뒤에서 보면 다들 똑같아 보였다. 그러나 앞에서 보면 나이와 아름다움에 따라 구별할 수 있었다. 앨마는 협상이 시작되는 광경을 지켜보았다. 그런 일에 드는 비용은 얼마 정도일지 궁금했다, 여자들이 정확히 뭘 제안하는지도. 거래하는 데 시간이 얼마나 걸리는지, 어디서 일을 벌일지에 대해서도 호기심이 생겼다. 여자들 대신 소년들을 사려는 선원들은 어디로 가야 하는지도 궁금했다. 부두에서는 그런 종류의 거래가 오가는 낌새는 보이지 않았다. 아마도 그런 협상은 좀 더 은밀한 장소에서 일어나리라.

온갖 인종들의 아기와 어린이 들도 있었다. 옷을 입었거나 벗었거나, 물에 들어가 있거나 나와 있는 아이들이 가는 곳마다 나타났다. 아이들은 물고기 떼나 새 떼처럼 그때그때 떠오르는 생각에 따라서 무리 지어 몰려다녔다. '이젠 우리 물에 뛰어들자! 이젠 달리기를 하자! 이젠 구걸을 하자! 이젠 놀려 대자!' 다리 한쪽이 원래보다 두 배로 부풀어 오른 노인이 앨마의 시선을 끌었다. 그 노인은 눈도 멀어서 새하얗게 변해 있었다. 세상에서 제일 슬퍼 보이는 조그만 조랑말이 끄는 소형 마차가 지나갔다. 맑은 아침부터 벌써 취해서는 요란하게 노래를 불러 대며 팔짱을 끼고 걸어가는 프랑스 선원 세 사람이 보였다. 당구장 간판과 함께 놀랍게도 인쇄소 간판이 눈에 들어왔다. 단단한 땅이 그녀의 발밑에서 흔들렸다. 햇빛은 뜨거웠다.

잘생긴 검정 수탉 한 마리가 앨마를 발견하고는 마치 영접하기 위해 파견된 특사라도 되는 양 절도 있는 걸음걸이로 그녀를 향해 다가왔다. 수탉의 태도가 하도 기품 있어서, 가슴팍에 예식용 리본이 달려 있다고 해도 이상하지 않을 듯했다. 수탉은 바로 앨마 앞에 멈춰 서서 판관처럼 그녀를 쳐다보았다. 금방이라도 말을 걸거나 서류를 내놓으라고 할 것만 같았다. 달리 어쩔 줄 몰라서 그녀는 손을 뻗어 개를 어루만지듯 그 정중한 날짐승을 쓰다듬어 주었다. 놀랍게도 수탉은 가만히 있었다. 그녀가 여러 차례 더 쓰다듬어 주자 수탉은 기분 좋은 듯 꾸르륵거렸다. 마침내 수탉은 그녀의 발치에 자리를 잡더니 우아한 자세로 날개를 펼치며 퍼덕거렸다. 그 행동 덕분에 둘 사이에 완벽하게 예정되어 있던 교감이 비로소 이루어진 것 같았다. 그냥 그뿐이었음에도 앨마는 조금 마음이 놓였다. 수탉의 점잖고 위풍당당한 태도는 불안을 잊는 데 도움이 되었다.

그렇게 새와 여인, 둘은 이제 다음에 무슨 일이 일어날지 모르는 채 말없이 부두에서 기다렸다.

✻

파페에테에서 마타바이 만까지는 십 킬로미터 남짓이었
다. 앨마는 짐을 싣고 가야 할 조랑말을 가엾게 여긴 나머지 마
차에서 내린 뒤 옆에서 걸어갔다. 야자수와 빵나무가 격자무
늬처럼 촘촘히 얽혀서 머리 위로 그늘을 드리운 길은 아름다
웠다. 눈앞의 풍경들은 앨마에게 익숙함과 혼란스러움을 동시
에 안겨 주었다. 갖가지 야자수 품종 가운데 상당수는 아버지
의 온실에서 익히 본 것들이었지만, 잎에 주름이 잔뜩 잡히고
수피가 가죽처럼 매끄러운 다른 나무들은 신비로웠다. 온실에
있는 야자수만 보았던 앨마는 야자수의 소리를 '들어 본' 적이
없었다. 길게 갈라진 잎 사이로 바람이 부는 소리는 꼭 실크가
속삭이는 것만 같았다. 가끔씩 더 세찬 바람이 불 때면 나무둥
치에서 낡은 문짝이 삐걱거리는 듯한 소리가 들려왔다. 모든
나무들이 정말로 시끄럽게 살아 있었다. 빵나무는 상상했던
것보다 더 장대하고 우아했다. 윤기가 흘러넘치는 호탕한 생
김새는 마치 고향 땅에서 자라는 느릅나무 같았다.

마차를 모는 마부는 등에 섬뜩한 문신을 새기고 가슴에는
기름을 잔뜩 바른 늙은 타히티인이었는데, 앨마가 굳이 걸어
가겠다고 고집을 부리자 당황했다. 돈을 안 주겠다는 뜻일까
봐 걱정스러운 듯했다. 그를 안심시키고 싶었던 앨마는 목적
지까지 절반쯤 다다랐을 때 돈을 지불하려고 했다. 그러자 오
히려 혼란만 더 가중시킨 듯했다. 테렌스 선장이 미리 흥정해

둔 금액은 무의미해진 모양이었다. 앨마가 미국 동전으로 마차 삯을 지불하자 남자는 더러운 스페인 동전과 볼리비아 페소화를 한 줌 꺼내서 거슬러 주려 했다. 앨마는 그가 환전 비율을 어떻게 셈하려는지 도통 알 수가 없었으나 마침내 그가 더러운 낡은 동전을 번쩍거리는 앨마의 새 동전으로 바꾸려는 것에 불과하다는 사실을 깨달았다.

그녀는 마타바이 만의 선교단 거주지 한가운데에 자리한 바나나 숲 그늘 아래 덩그렇게 버려졌다. 마부는 그녀의 짐을 작은 피라미드처럼 쌓아 놓았다. 칠 개월 전, 화이트에이커의 마차 차고 바깥에 쌓여 있던 모습과 꼭 닮아 있었다. 홀로 남겨진 앨마는 주변을 둘러보았다. 예상했던 것보다 더 소박하기는 했지만 꽤 쾌적한 편에 속한다고 생각했다. 선교단 교회는 회반죽을 칠한 작고 누추한 초가집이었고, 주변에는 비슷하게 회반죽을 칠하고 이엉을 얹은 오두막이 옹기종기 모여 있었다. 거기 사는 사람들을 다 합해 봐야 수십 명을 넘지 않을 듯했다.

마을은 바다로 곧장 이어지는 작은 강둑을 따라 형성되어 있었다. 강은 고운 검은색 화산 모래로 뒤덮인 길고 칙칙한 해변을 둘로 나누었다. 모래 색깔 때문에 만은 남태평양에서 흔히 보이는 눈부신 터키석 빛이 아니었다. 느리게 해안으로 밀려드는 웅장한 바다 물빛은 묵직한 잉크색이었다. 해변에서 300미터쯤 떨어진 곳에 솟은 암초 때문에 파도는 비교적 잔잔했다. 거리가 제법 있음에도 멀리 떨어진 암초를 때리는 파도

소리가 앨마의 귀에까지 들려왔다. 그녀는 숯검정 빛깔인 모래를 한 움큼 집어서 손가락 사이로 흘려보냈다. 따뜻한 벨벳 같은 느낌이었고 손가락은 깨끗했다.

"마타바이 만이로군." 그녀가 소리 내어 말했다.

자기가 그곳에 와 있다는 사실을 좀처럼 믿을 수가 없었다. 지난 세기의 위대한 탐험가들은 전부 다 이곳에 왔다. 월리스도, 밴쿠버도, 부갱빌도 이곳에 왔다. 블라이 제독은 바로 이 해변에서 육 개월간 야영을 했다. 앨마의 머릿속에 떠오른 것 중 가장 인상적인 사실은, 1769년에 쿡 선장이 타히티에서 처음 당도했던 곳도 바로 이 해변이라는 점이었다. 앨마의 왼쪽으로 멀지 않은 곳에 쿡 선장이 금성의 이동 경로를 관찰했던 높은 곳이 있었다. 그는 세계 일주를 하는 동안, 태양을 가로지르는 작은 원반 모양의 까만 행성이 생생하게 움직이는 광경을 목격했다. 앨마의 왼편으로 유유히 흐르는 작은 강은 역사 속에서 한때 타히티인과 영국인을 가르는 마지막 경계선이었다. 쿡 선장의 상륙 직후, 두 민족은 강줄기의 반대편에 서서 몇 시간 동안이나 조심스러운 호기심을 품고 서로를 지켜보았다. 타히티인들은 영국인들이 하늘에서 내려왔다고 생각했고, 그들이 타고 온 거대하고 인상적인 범선을 별에서 떨어진 섬, 즉 '모투(motu)'라고 여겼다. 영국인들은 이곳 원주민들이 공격적이거나 위험한지 가늠하고자 애썼다. 타히티 여인들은 곧장 강가로 내려와서 장난스럽고 유혹적인 춤으로 반대편에 있는 영국인 선원들을 놀려 댔다. 쿡 선장은 그 땅이 위험하지 않다고 결론지었고, 원주민 아가씨들과 만나도록 선원들을 풀어 주었다. 선원들은 여자들에게 쇠못을 주고 성적 유희를 제공받았다. 여인들은 못을 받아 땅에 심고는, 잔가지에서 나무가 자라듯 귀중한 쇠에서 더 많은 철이 자라나기를 바랐다.

앨마의 아버지는 그 여행엔 참여하지 않았다. 헨리 휘태커는 그로부터 팔 년 뒤인 1777년 8월, 쿡 선장의 세 번째 타히티 원정을 따라왔다. 그 무렵 영국인들과 타히티인들은 서로 친숙해졌을 뿐만 아니라 상대를 좋아하기도 했다. 영국인 선원들 가운데 일부는 섬에서 기다리고 있는 현지처와 아이들까지 거느리고 있었다. 타히티인들은 쿡 선장의 이름을 발음하지 못해서 '투테(Toote)'라고 불렀다. 전부 다 아버지에게 들어서 알게 된 이야기였다, 수십 년간 떠올려 본 적조차 없었지만. 그런데 지금 그 모든 이야기가 떠올랐다. 청년이었던 앨마의 아버지는 바로 그 강에서 목욕을 했다. 그 시절 이후, 선교사들이 이 강에서 세례 의식을 거행하고 있다는 것도 앨마는 알고 있었다.

이제 드디어 여기까지 왔지만 앞으로 뭘 해야 할지는 알 수 없었다. 강에서 혼자 놀고 있는 아이 이외에는 눈에 보이는 사람이 하나도 없었다. 만 세 살도 되지 않은 듯한 아이는 홀딱 벗은 채로, 보호자 없이 물에서 노는 게 아무렇지도 않은 듯했다. 짐을 무방비 상태로 남겨 두고 싶지 않았던 그녀는 짐 더미에 걸터앉아 누군가 나타나기를 기다렸다. 죽을 만큼 목이 말랐다. 그날 아침 너무 흥분한 나머지 배에서 식사를 걸렀기 때

모든 것의 이름으로

문에 배도 고팠다.

한참 시간이 흐른 뒤 길고 수수한 원피스에 흰색 보닛을 쓴 땅딸한 체구의 타히티 여인 하나가 다소 멀리 떨어진 오두막에서 괭이를 들고 나타났다. 그녀는 앨마를 보자 걸음을 멈추었다. 앨마는 자리에서 일어나 드레스를 매만졌다. 그러고는 "봉주르(Bonjour)."라고 말했다. 현재 타히티는 공식적으로 프랑스령이었다. 앨마는 프랑스어가 최선의 선택이라고 생각했다.

여자는 아름답게 미소 지었다. "우린 여기서 영어를 써요!" 여자가 마주 소리쳤다.

앨마는 서로 고함을 지르지 않아도 될 만큼 다가가고 싶었지만, 어리석게도 여전히 짐이 걱정스러웠다. "프랜시스 웰스 목사님을 찾고 있어요!"라고 그녀가 외쳤다.

"목사님은 오늘 울타리 ˢ앨마가 '산호(coral)'라는 말을 '울타리(corral)'라고 잘못 알아듣고 오해한 것이다.ˢ에 계세요!"라고 여자는 유쾌하게 소리친 뒤, 앨마를 짐 가방 사이에 홀로 남겨 둔 채 파페에테 쪽으로 걸어갔다.

울타리? 여기서도 소를 키우나? 그러나 소의 모습은 물론 두엄 냄새조차 없었다. 여자가 한 말은 무슨 뜻이었을까?

이후 몇 시간 동안 두어 명의 타히티인들이 더 앨마와 짐 더미 옆을 지나쳤다. 모두들 다정했지만 특별히 앨마의 존재에 관심을 보이지는 않았으며 오래도록 그녀에게 말도 걸지 않았다. 다 똑같은 정보만을 알려 주었다. 그날 프랜시스 웰스 목사는 울타리에 가 있다는 것이었다. 울타리에서 몇 시에나 돌아올까? 아무도 알지 못했다. 해 저물기 전에는 돌아오리라고 하나같이 생각하는 듯했다.

어린 사내아이 몇 명이 앨마 주변에 모여들더니 짐 가방에 자갈을 던지는 대범한 놀이를 시작했고, 가끔 그녀의 발치까지 돌이 날아왔다. 급기야 나이 들고 몸집이 큰 여인이 나타나서 인상을 쓰며 쫓아 버렸고, 아이들은 강물로 뛰어들었다. 오후에 접어들자 조그만 낚싯대를 든 남자들이 앨마를 지나쳐 해변으로 내려가더니 바닷속으로 걸어 들어갔다. 그들은 파도가 잔잔히 밀려드는 바다에 목까지 담근 채 서서 물고기를 잡았다. 갈증과 배고픔은 이제 못 견딜 수준이었다. 그런데도 여전히 그녀는 차마 짐을 두고 떠나지 못했다.

열대 지방에서는 땅거미가 빠르게 내려앉았다. 앨마는 바다에서 몇 달간 지내며 그 사실을 이미 알고 있었다. 그림자가 더 길어졌다. 아이들은 강에서 달려 나오더니 오두막으로 뛰어들었다. 앨마는 저 멀리 만 건너편에 있는 무레아 섬의 가파른 봉우리 너머로 빠르게 해가 지는 모습을 지켜보았다. 그녀는 당황하기 시작했다. 오늘 밤에는 어디서 자게 될까? 머리 위로 모기가 윙윙 날아다녔다. 이제 그녀는 타히티인들에게 투명 인간 취급을 받았다. 그들은 마치 앨마와 짐 더미가 유사 이래로 줄곧 그 해변에 쌓여 있는 돌무덤이라도 된다는 양 아무렇지 않게 그 근처를 지나다니며 각자 할 일을 했다. 나무에 숨어 있던 제비들이 저녁 사냥을 하러 모습을 드러냈다. 저녁놀이 바닷물에 반사되어 눈부시게 반짝거렸다.

그러다가 앨마는 바다에서 해안 쪽으로 다가오는 무언가

를 발견했다. 선체 옆으로 받침대가 달린 작고 빠르고 좁은 카누였다. 그녀는 반사되는 햇빛을 가리느라 손을 이마에 대고 눈을 찡그린 채 배에 탄 형체를 알아보고자 애썼다. 배 안에 타고 있는 사람은 한 명뿐이었는데, 역동적으로 노를 젓는 실루엣이 보였다. 카누는 완전히 가속도가 붙은 작은 화살처럼 놀라운 속력으로 해변에 닿았고 물의 요정이 카누 밖으로 튕겨 나왔다. 아니, 그것은 앨마의 머릿속에 처음 떠오른 생각이었다. 요정이구나! 그러나 좀 더 자세히 보니 그 요정은 눈처럼 새하얀 백발을 산발하고 거기에 어울리는 수염도 덥수룩하게 기른 백인 남자였다. 그는 왜소한 체구에 안짱다리였지만 아주 날렵했는데, 놀라운 힘으로 카누를 해변 위까지 끌어올렸다.

"웰스 목사님이세요?" 앨마는 품위 따위는 내던져 버리고 몸짓으로 양팔을 휘저으며 희망에 차서 소리쳤다.

남자가 다가왔다. 그의 자그마한 몸집과 깡마른 살집 중에서 어느 편이 더 인상적인지는 정하기 힘들었다. 앨마 몸집의 반절이나 될까 싶은, 어린애 같은 몸에는 뼈밖에 없었다. 뺨은 움푹 들어갔고 어깨는 앙상하게 드러나서 셔츠 아래로 삐죽 튀어나왔다. 바지를 키의 두 배는 될 듯한 밧줄로 허리에 칭칭 동여맨 모습이었다. 수염은 가슴팍까지 길게 자라 있었다. 역시 밧줄로 만든 이상한 샌들 같은 걸 신고 있었다. 모자는 쓰지 않았고 얼굴은 심하게 볕에 그을었다. 걸친 옷은 완전히 누더기는 아니었지만 그렇게 되기 일보 직전이었다. 꼭 무슨 망가진 파라솔처럼 보였다. 아니면 아주 작게 줄어든 늙은 조난자이거나.

"웰스 목사님이세요?" 그가 좀 더 가까이 오자 머뭇거리며 앨마가 다시 물었다.

그가 솔직하고 해맑은 파란 눈동자를 들어서 그녀를 올려다보았다.('한참' 올려다보아야 했다.) "웰스 목사, 맞습니다. 최소한 아직은 그런 것 같습니다!" 그는 경쾌하게 똑똑 끊어지는, 출신지를 가늠하기 힘든 영국식 억양으로 말했다.

"웰스 목사님, 저는 앨마 휘태커라고 합니다. 혹시 제 편지 받으셨나요?"

그는 놀라는 기색도 없이, 다만 흥미 있다는 듯 새처럼 고개를 갸웃했다. "편지라고요?"

앨마가 염려했던 그대로였다. 그녀가 찾아오리라는 사실을 알고 있던 사람은 없었다. 앨마는 깊이 숨을 들이마시며 어떻게 자신을 설명해야 좋을지 고민해 보았다. "보시다시피 저는 방문객입니다만, 어쩌면 당분간 여기 머물러야 할 것 같아요." 앨마는 사죄하듯 피라미드처럼 쌓여 있는 자신의 짐을 가리켰다. "저는 식물학에 관심이 있는데요, 여기 토종 식물을 연구하고 싶어요. 목사님께서도 자연 과학자이시라는 건 알고 있습니다. 저는 미국 필라델피아에서 왔어요. 가족 소유의 바닐라 농장도 돌아볼 생각이고요. 제 선친이 헨리 휘태커입니다."

그가 숱 적은 하얀 눈썹을 들어올렸다. "'선친'께서 헨리 휘태커라고요? 그 선량한 분이 돌아가셨습니까?"

"안타깝게도 그렇습니다. 바로 작년에요."

"유감이군요. 주님께서 그분을 주님 품으로 인도하시길. 보잘것없긴 하지만 전 여러 해 동안 당신 아버님을 위해 일했습니다. 선친께 식물 견본을 많이 판매했는데 값을 두둑이 챙겨 주셨지요. 만나 뵌 적은 없지만 그분 대리인인 얀시 씨를 통해 거래했습니다. 아버님은 항상 정말로 너그럽고 강직한 분이셨어요. 오랫동안 수도 없이 휘태커 씨에게 받은 수익 덕분에 이 정착지를 구할 수 있었습니다. 늘 런던 선교회의 지원에만 매달릴 순 없으니까요, 그렇지요? 그런데 얀시 씨와 휘태커 씨는 언제나 의지가 되었습니다. 얀시 씨를 아십니까?"

"잘 알아요. 평생 그분과 알고 지냈죠. 그분이 이번 제 여행도 주선해 주셨어요."

"그렇군요! 당연히 그러시겠죠. 그렇다면 당신도 그분이 좋은 분이란 걸 아시겠군요."

앨마는 딕 얀시를 '좋은 분'이라고 여겨 본 적이 없었지만 그럼에도 고개를 끄덕였다. 마찬가지로 이제까지 아버지를 너그럽다거나 강직하다거나 친절하다고 묘사하는 소리를 들어 본 적도 없었다. 그런 말들에 익숙해지려면 시간이 좀 걸릴 듯했다. 필라델피아에서는 어떤 사람이 앨마의 아버지를 '먹잇감을 노리는 두 발 짐승'이라고 부른 적도 있었다. 한때 두 발 짐승이라고 불리던 사람이 남태평양 한가운데에서는 지금 이토록 평판이 좋다니 놀랄 일이었다! 그런 생각에 앨마는 미소가 절로 나왔다.

"바닐라 농장은 제가 기꺼이 보여 드리겠습니다. 파이크 씨를 잃고 난 뒤로는 우리 선교회 소속 현지인이 관리하고 있지요. 앰브로즈 파이크 씨를 아십니까?"

앨마의 가슴속에서 심장이 빠르게 요동쳤지만 그녀는 표정을 감추었다. "네, 조금은요. 전 아버지와 꽤 가까이 함께 일했고, 사실 파이크 씨를 타히티에 파견하기로 결정한 것도 우리 두 사람이었어요."

앨마는 몇 달 전에 이미, 필라델피아를 떠나기 전부터 타히티에서는 자신과 앰브로즈의 관계를 아무에게도 이야기하지 않겠다고 결심했다. 여행 내내 그녀는 '휘태커 양'으로 행세했고 세상 사람들이 자신을 노처녀로 여기도록 내버려 두었다. 물론 진정한 의미로도 그녀는 노처녀였다. 제정신인 사람이라면 아무도 앰브로즈와 그녀의 결혼을, 어떤 종류로든 결혼이라고 부르지 않으리라. 그뿐만 아니라 그녀는 확실히 노처녀처럼 보였고, 스스로 생각하기에도 그랬다. 대개의 경우 앨마는 거짓말하기를 싫어했지만, 그녀가 이곳에 온 목적은 분명 앰브로즈 파이크의 흔적을 수집하기 위해서였다. 그 때문에 만일 사람들이 앰브로즈가 그녀의 남편이었음을 알게 된다면 선뜻 솔직한 이야기를 털어놓지 않으리라고 생각했다. 앰브로즈가 앨마의 부탁대로 아무한테도 결혼 사실을 발설하지 않았다면, 파이크 씨가 아버지의 직원이라는 점 말고 두 사람 관계를 다르게 여길 사람은 아무도 없을 터였다. 앨마는 유명한 식물 수입가이자 제약업계 거물의 딸로서 그저 여행을 온 자연과학자였다. 이끼를 연구하고 가족 소유의 바닐라 농장을 한 번 둘러보러 타히티에 온 것은 누가 보아도 이치에 맞는 상황이었다.

"우린 정말로 파이크 씨를 그리워하고 있어요." 웰스 목사가 인자한 미소와 함께 말했다. "어쩌면 제일 그리워하는 건 저일지도 모르지요. 이 작은 정착지에서 그 친구의 죽음은 정말 큰 손실이었어요. 여기 오는 외지인 모두가 파이크 씨처럼 이곳 사람들과 잘 지내면 좋을 텐데 말입니다. 아버지 없는 불쌍한 애들에게도 좋은 친구가 되어 준, 원한이나 악한 일은 아예 모르는 완벽하게 착한 사람이었어요. 친절했고요. 존경스러운 사람입니다. 기독교인이란 진짜로 어떤 사람이어야 하는지 현지인들에게 몸소 보여 준 거죠. 그런 본보기가 될 수 있는 기독교인은 별로 없어요. 여기 오는 다른 많은 기독교인들의 행동이 매번, 단순한 이곳 주민들 눈에 좋게 보일 리만은 없으니까요. 하지만 파이크 씨는 선의 그 자체였습니다. 게다가 어지간해서는 보기 힘들 만큼 현지인과 친해지는 재능도 있었죠. 그 친구는 아주 거침없고 너그러이 모두에게 말을 걸었어요. 먼데서 이 섬으로 흘러 들어온 사람들 전부가 다 그럴 수 있는 건 아닙니다. 타히티는 위험한 낙원이 되기도 해요. 유럽의 훨씬 엄격한 도덕관념에 물든 사람들한테는 섬과 섬사람들 모두가 거부하기 힘든 유혹이거든요. 여기 오는 사람들은 그걸 자기 좋을 대로 이용하기도 해요. 안타깝지만 심지어 선교사들까지 나서서 애처럼 순진한 여기 사람들을 부려 먹으니 말입니다. 주님의 보호 아래 이 사람들이 좀 더 스스로를 잘 지킬 수 있도록 가르치려고 합니다. 그런데 파이크 씨는 누굴 이용해 먹는 부류의 사람이 아니었어요."

앨마는 한 방 얻어맞은 느낌이었다. 이렇게 인상적인 소개는 처음 들어 보는 것 같았다.(레타 스노를 처음 만났을 때는 빼고.) 웰스 목사는 앨마 휘태커가 필라델피아에서 왜 그토록 먼 길을 떠나와 선교지 한가운데 놓인 나무 상자와 여행 가방 더미에 앉아 있는지 캐묻지도 않았다. 그럼에도 이미 앰브로즈 파이크에 대해 언급하고 있었다! 전혀 예상하지 못한 반전이었다. 가방 속에 한가득 비밀스럽고 난잡한 그림을 감추어 두었던 남편이 도덕적인 본보기라며 열정적으로 칭송받고 있으리라는 점 또한 예상하지 못했다.

"그렇군요, 웰스 목사님." 가까스로 그녀가 대꾸했다.

놀랍게도 웰스 목사는 그 주제로 이야기를 더 끌어 나갔다. "그뿐만 아니라 나는 파이크 씨를 제일 소중한 친구로 사랑하게 되었습니다. 이렇게 외로운 곳에서 지적인 동료를 만난다는 게 얼마나 큰 위안인지 상상도 못 하실 거예요. 그 친구 얼굴을 다시 보거나 한 번 더 손을 잡고서 우정을 확인할 수만 있다면, 그런 게 가능하기만 하다면야 기꺼이 먼 길이라도 만나러 갈 의향이 있습니다. 하지만 그런 기적은 내게 숨이 붙어 있는 한 결코 일어나지 않겠지요. 파이크 씨는 본향인 천국으로 불려 갔고 우린 여기 그대로 남아 있으니 말입니다."

"그렇군요, 웰스 목사님."이라고 앨마는 또다시 대꾸했다. 달리 할 수 있는 말이 있을까?

"웰스 형제라고 불러 주시죠. 저도 휘태커 자매님이라고 불러도 될까요?"

"당연하죠, 웰스 형제님."

"휘태커 자매님도 이제 저녁 예배에 참석하세요. 좀 서둘러야겠습니다. 산호초까지 나가서 하루 종일 있다가 시간 감각을 잃는 바람에 오늘 저녁에는 평소보다 약간 늦게 시작해야 할 것 같습니다."

아, '산호'였군. 그러면 그렇지! 목사는 울타리에서 소 떼를 돌본 게 아니라 온종일 산호초 군락에 나가 있었음을 앨마는 겨우 깨달았다.

"고맙습니다." 앨마는 다시 한 번 짐을 쳐다보며 머뭇거렸다. "그동안 제 짐을 어디에 둬야 안전할까요? 편지에는 당분간 선교단 정착지에서 머물러도 좋을지 여쭤봤는데요. 저는 이끼를 연구하는 사람이라 섬을 좀 탐험하고 싶어요……." 노목사의 솔직한 파란 눈동자에 초조해진 그녀가 말꼬리를 흐렸다.

"그렇군요!" 그가 말했다. 앨마는 그가 대답을 이어 가기를 기다렸지만 더는 아무 말도 없었다. 이토록 뭘 물어보지 않는 사람이 있다니! 지난 십 년 동안 두 사람이 이 만남을 준비했더라도 갑자기 나타난 앨마에게 이보다 더 스스럼없기는 힘들 것 같았다.

"여비는 넉넉히 갖고 있으니 선교단 숙소를 이용하는 대가를 지불할 수도 있어요……."

"그렇군요!" 그가 또다시 맞장구를 쳤다.

"얼마나 오래 머물지는 아직 잘 모르지만…… 폐를 끼치지 않도록 최선을 다하겠습니다……. 쾌적하게 지내려는 생각은 없어요……." 앨마는 이번에도 말꼬리를 흐렸다. 그녀는 그가 묻지 않은 질문에 벌써 대답하고 있었다. 조금 더 지나면 웰스 목사가 그 누구에게도 절대 캐묻는 사람이 아님을 알게 되겠지만, 지금으로서는 그저 놀라울 뿐이었다.

"그렇군요!" 그가 세 번째로 말했다. "이젠 저희와 함께 저녁 예배를 드리러 가시지요, 휘태커 자매님."

"그러죠." 앨마는 포기하고 동의했다.

그는 앨마를 이끌고 교회를 향해 성큼성큼 걸어갔다. 결국 그녀는 자기가 가진 귀중품과 전 재산을 남겨 두고 떠나야 했다. 할 수 있는 일이라곤 그를 따라가는 것뿐이었다.

✳

예배당의 길이는 육 미터도 채 안 될 것 같았다. 안에는 소박한 나무 의자가 줄지어 놓여 있었고, 회반죽을 칠한 벽은 깨끗했다. 고래기름을 태우는 등잔 네 개가 실내를 어슴푸레하게 비추었다. 세어 보니 신자는 열여덟 명이었고 모두 타히티 현지인들이었다. 여자가 열한 명, 남자가 일곱 명이었다. 가능한 범위 내에서(무례한 태도가 아니기를 빌었다.) 앨마는 모든 남자들의 얼굴을 살폈다. 앰브로즈의 그림에서 본 그 소년은 없었다. 남자들은 간단한 유럽식 바지와 셔츠를 입었고, 여자들은 앨마가 섬에 당도한 뒤 곳곳에서 목격한 길고 헐렁한 원피스를 입고 있었다. 여자들은 대부분 보닛을 썼는데 딱 한 사람, 앨마 근처에서 돌을 던지던 사내아이들을 쫓아 보냈던 엄한 얼굴의 여자만 싱그러운 생화로 장식한 챙 넓은 밀짚모자를 쓰고 있었다.

이어진 예배는 앨마가 평생 본 중에서 가장 신기하고 짧은 종교 의식이었다. 처음에는 모두가 찬송가책 없이 타히티어 찬송가를 불렀다. 앨마 귀에 그 음악은 기묘하게 들렸다. 반주라곤 열네 살쯤 된 소년이 연주하는 북 하나밖에 없었고, 높고 낮은 목소리들이 날카로운 불협화음을 이루며 앨마가 따라 할 수 없는 패턴으로 반복되었다. 북의 리듬은 노래와 맞지 않는 듯했지만, 어쨌든 들어 본 적 없는 음악이었다. 여자들의 목소리가 쑥 찌를 듯한 비명처럼 높아지며 남자들의 저음과 멀어져 갔다. 그 이상한 음악에서는 멜로디를 찾을 수가 없었다. 앨마는 연신 익숙한 낱말(예수, 그리스도, 주님, 하느님, 여호와)에 귀를 기울였지만 하나도 알아들을 수 없었다. 주변 여인들은 목청껏 노래하는데 홀로 침묵하고 앉아 있자니 민망했다. 그녀는 그 의식에 도무지 참여할 수 없었다.

찬송이 끝나고 앨마는 웰스 목사가 설교하리라고 예상했지만, 그는 그대로 앉아서 고개를 숙인 채 기도를 올리고 있었다. 모자에 꽃을 꽂은 거구의 타히티 여인이 일어나서 소박한 연단으로 다가가는데도 그는 고개조차 들지 않았다. 여인은 마태복음을 영어로 잠깐 읽었다. 앨마는 그 여인이 글을 읽을 수 있고 영어도 한다는 데 놀랐다. 앨마는 열심히 기도하는 편은 아니었지만 친숙한 구절을 들으니 위로가 되었다. 가난한 자, 순종하는 자, 감사하는 자, 마음이 순수한 자, 매도와 핍박을 당하는 자는 복이 있도. 복되고 복되고 복되도다. 수많은 은총과 복이 넉넉하게 표현되었다.

그러고 나서 여인은 성경책을 덮더니 여전히 영어로 짧고 시끄럽고 이상한 설교를 했다.

"우리는 '태어났습니다!'" 여인이 소리쳤다. "우리는 '기어다닙니다!' 우리는 '걷습니다!' 우리는 '헤엄을 칩니다!' 우리는 '일을 합니다!' 우리는 '아이들을 낳습니다!' 우리는 '늙어갑니다!' 우리는 '지팡이를 짚고 걷습니다!' 하지만 하느님 안에서는 오직 '평화'를 얻습니다!"

"평화!"라고 신자들이 화답했다.

"우리가 하늘로 날아가면 하느님은 '그곳에' 계십니다! 우리가 바다로 나가면 하느님은 '그곳에' 계십니다! 우리가 땅을 걸으면 하느님은 '그곳에' 계십니다!"

"그곳에."라고 신자들이 말했다.

여자는 양팔을 뻗쳐 들고 몇 번이나 손을 빠르게 쥐었다 폈다 했다. 그러더니 입을 잽싸게 벌렸다 다물기를 반복했다. 줄에 매달린 꼭두각시처럼 그녀는 익살스럽게 행동했다. 신자들 몇몇이 킥킥거렸다. 여자는 웃음이 터져도 아랑곳하지 않는 듯했다. 그러더니 움직임을 멈추고 여자가 소리쳤다. "우릴 보세요! 우리는 정교하게 '만들어졌습니다!' 우리 몸은 '경첩'으로 가득합니다!"

"경첩!"이라고 청중이 외쳤다.

"하지만 경첩은 '녹'이 습니다! 우리는 '죽습니다!' 하느님만이 '남아 계십니다!'"

"남아 계십니다!"

"육신의 왕에게는 '육신'이 없습니다! 하지만 그분은 우리에게 '평화'를 가져다주십니다!"

"평화!"라고 청중이 합창했다.

꽃 모자를 쓴 여인은 "아멘!"이라고 말한 뒤 제자리로 돌아갔다.

"아멘!"이라고 청중은 거듭 화답했다.

그러자 웰스 목사가 연단으로 나가서 성찬식을 거행했다. 앨마는 신자들과 함께 줄을 섰다. 목사가 워낙 작았기 때문에 앨마는 그가 주는 영성체를 받느라 허리를 거의 반쯤 숙여야 했다. 포도주가 없는 대신 코코넛 주스가 예수의 피 역할을 맡았다. 예수의 몸이라며 나눠 준 영성체는 뭔가 끈적하고 달콤한 재료를 작고 둥글게 공처럼 뭉친 것이었는데, 앨마로서는 도저히 뭔지 알아낼 수 없었다. 반갑게 받아먹었을 뿐이었다. 그녀는 배가 고팠다.

웰스 목사는 인상적일 만큼 짧은 기도를 올렸다. "오 예수님, 저희의 몫인 모든 고통을 견딜 수 있는 의지를 주시옵소서. 아멘."

"아멘."이라고 청중이 화답했다.

예배는 그걸로 끝이었다. 십오 분도 채 걸리지 않았다. 하지만 앨마가 다시 밖으로 나왔을 때 하늘은 완전히 깜깜해졌고, 십오 분이면 그녀의 소지품이 흔적 없이 사라지는 데는 충분한 시간이었다.

✳

"'어디로' 가져갔을까요? 누가요?" 앨마가 물었다.

"흐음." 웰스 목사는 방금 전까지도 앨마의 짐이 놓여 있던 자리를 쳐다보며 머리를 긁적거렸다. "그건 쉽게 답을 드리기 어렵겠네요. 아마 아이들이 모두 가져갔을 겁니다. 대개 이런 건 어린 사내 녀석들 짓이죠. 하지만 없어진 건 확실하군요."

그런 설명은 전혀 도움이 되지 않았다.

"웰스 형제님! 짐을 안전하게 치워 놓아야 하는지 제가 여쭤봤잖아요! 당장 필요한 물건들이라는 말이에요! 어디든 집 안에 넣어 두고 안전하게 문을 잠가 둬야 했어요! 왜 그러라고 하시지 않았죠?" 앨마는 낭패감에 정신이 아득했다.

그는 진심으로 동감하는 듯 고개를 끄덕였지만 실망하는 기색은 없었다. "그래요, 짐을 집 안에 들여놓았더라면 좋았겠지요. 하지만 그래도 전부 다 가져갔을 겁니다. 지금이 아니라도 나중에는 가져갔을 거예요."

앨마는 현미경과 종이 뭉치, 잉크, 연필, 약품, 유리병들을 생각했다. 옷은 어쩐다? 맙소사, 위험스럽고 입에 담기도 힘든 그림이 가득 들어 있는 앰브로즈의 가방은 어쩌지? 눈물이 날 것 같았다.

"하지만 전 현지인들에게 줄 선물도 가져왔어요. 훔쳐 갈 필요는 없었다고요. 어차피 나눠 주려고 했는데. 선물로 가위 와 리본을 가져왔다고요!"

목사는 환한 미소를 지었다. "그렇다면 당신의 선물이 잘 전달됐겠군요!"

"하지만 저한테 꼭 돌아와야 할 물건들이 있어요. 말로는 표현할 수 없는 가치와 의미가 담긴 물건이에요."

그에게 동정심마저 없는 것은 아니었다. 그 점은 앨마도 인 정해야 했다. 그는 다정하게 고개를 끄덕이며 앨마의 당황한 심정을 다소나마 알아주었다. "안됐어요, 휘태커 자매님. 하지 만 염려 마세요. 영원히 도난당한 것은 아닐 겁니다. 그냥 가져 갔을 뿐, 어쩌면 일시적인 소동일 거예요. 인내심을 갖고 기다 리시면 그중 일부는 돌아올지도 모릅니다. 특별히 소중한 물 건이 있다면 제가 특별히 부탁해 보지요. 가끔 제가 제대로 부 탁하면 물건이 다시 나타나기도 합니다."

앨마는 자신이 쌌던 짐을 모두 떠올렸다. 무엇이 가장 절실 하게 필요할까? 제일 중요한 물건이기도 하고 잃어버리면 확 실히 괴롭겠지만 앰브로즈의 남색 그림들이 가득 든 가방을 돌려 달라고 부탁할 순 없었다.

"제 현미경이요." 그녀가 힘없이 말했다.

그는 다시 고개를 끄덕였다. "그건 좀 어려울 수도 있겠네

요. 현미경은 이 근방에서 굉장히 진기한 물건이거든요. 아무
도 본 적이 없을 겁니다. 저 역시 본 적이 없으니까요! 어쨌거
나 당장 부탁해 보겠습니다. 희망을 품는 수밖에요! 오늘 밤
묵으실 곳부터 찾아야겠군요. 해변을 따라 400미터쯤 내려가
면 파이크 씨가 왔을 때 우리가 힘을 모아 지은 작은 오두막이
있습니다. 그 친구가 세상을 떠난 뒤로는 그대로 비어 있었어
요. 현지인 중에서 누군가 자기 집으로 쓰겠다며 나설 줄 알았
는데 아무도 나서지를 않았죠. 죽음이 드리워져 있다고 생각
했나 봅니다. 여기 사람들은 미신을 많이 믿거든요. 혹시 미신
을 믿는 사람이 아니라면 거긴 쓸 만한 가구가 들어 있는 제법
괜찮은 오두막이니 편히 쉴 수 있을 겁니다. 휘태커 자매님은
미신을 믿는 분이 아니죠? 그렇게 보이진 않아서요. 가서 둘러
보시겠습니까?"

앨마는 땅바닥에 주저앉을 것만 같은 기분이었다. 그녀는
목소리가 갈라지는 것을 애써 가다듬으며 입을 열었다. "웰스
형제님, 부디 용서해 주세요. 저는 먼 길을 왔습니다. 제가 아
는 것들로부터 멀리 떠나왔어요. 2만 4000킬로미터나 되는 여
행길에서 제가 무사히 지킨 짐들이 눈 깜짝할 새에 사라지는
바람에 충격도 크고요! 어제 오후에 포경선에서 저녁을 먹은
뒤로 목사님이 주신 성체 말고는 아무것도 못 먹었어요. 모든
게 새롭고, 모든 게 낯설어요. 부담스럽고 난감한 상황입니다.
그러니 부디 저를 용서하셔서……." 앨마는 말을 멈추었다. 무
슨 목적으로 이야기를 시작했는지 잊어버렸다. '왜' 용서를 빌

고 있는지도 알 수 없었다.

　목사가 손뼉을 쳤다. "먹을 것! 당연히 뭘 좀 드셔야죠! 미안합니다, 휘태커 자매님! 저는 잘 먹지를 않는 사람이라, 상당히 드물게 먹는다고 할까요. 다른 분들은 꼭 식사를 해야 한다는 사실을 종종 까먹습니다. 이렇게 무례하게 군 걸 집사람이 알면 험한 말로 혼꾸멍을 내려 들 텐데."

　아내에 대해서 더 설명하지도 않고 다른 얘기도 없이 웰스 목사는 냅다 달려가더니 교회에서 가장 가까운 오두막의 문을 두들겼다. 그날 초저녁에 설교를 했던 거구의 타히티 여인이 문을 열었다. 두 사람은 몇 마디 이야기를 나누었다. 여인은 앨마를 쳐다보더니 고개를 끄덕였다. 웰스 목사는 깡마른 안짱다리를 재게 놀리며 다시 앨마에게 달려왔다.

　앨마는 그 여인이 목사의 부인일까 싶었다.

　"다 해결되었습니다. 마누 자매님이 보살펴 주실 겁니다. 여기선 다들 최소한의 음식만 먹고 삽니다! 오두막으로 뭘 좀 가져다주실 거예요. 저분께 '아후 타오토(ahu taoto)'도 가져다 드리라고 부탁해 두었습니다. 잘 때 덮는 숄인데, 여기선 다들 밤에 그걸 두르고 자거든요. 제가 호롱도 가져다 드리겠습니다. 이젠 그리로 가시지요. 달리 더 필요한 게 뭔지 저는 안 떠오르네요."

　앨마는 필요한 물건을 수없이 생각해 낼 수 있었지만 일단 음식과 잠자리가 보장된 것만으로도 다행이라고 생각했다. 그녀는 웰스 목사의 뒤를 따라 해변의 검은 모래사장을 걸었다.

그는 그렇게 작고 다리가 휜 사람치고는 걸음이 아주 빨랐다. 앨마의 넓은 보폭으로도 그를 따라잡으려면 서둘러야 했다. 그는 호롱을 흔들며 걸어갔지만 달 덕분에 하늘이 밝아졌으므로 불을 켜지는 않았다. 앨마는 두 사람의 길을 가로막으며 휙휙 지나가는 크고 검은 형체에 깜짝 놀랐다. 쥐인 줄로만 알았는데 자세히 보니 게였다. 게들을 보자 앨마는 불안해졌다. 게들은 상당히 컸고 양쪽에 하나씩 달린 집게발을 끌고 다니며 무시무시한 소리를 냈다. 그놈들이 발치로 불편할 만큼 가까이 다가왔다. 차라리 쥐가 낫겠다는 생각마저 들었다. 신발을 신고 있어서 그나마 다행이었다. 웰스 목사는 예배를 마치고 돌아다니던 도중에 어디에선가 샌들을 잃어버린 듯 했지만 게가 있건 말건 아랑곳하지 않았다. 그는 걸어가며 수다를 떨었다.

"휘태커 자매님이 식물학적 관점에서 타히티를 어떻게 보실지 궁금하네요. 대부분은 실망하거든요. 기후는 멋지지만 섬이 좁아서 다양한 품종보다는 동일 품종이 무성하게 자라는 편이지요. 조지프 뱅크스 경은 분명 타히티가 식물학적으로는 그다지 매력적이지 않다고 생각하셨을 겁니다. 식물보다는 이곳 사람들을 훨씬 흥미롭게 여기셨죠. 맞는 말이에요! 난초도 두 종류밖에 없고요. 파이크 씨는 그 얘기를 듣더니 엄청나게 아쉬워하면서 자기가 더 찾아내 보겠다며 열심히 돌아다녔지요. 야자수야 척 보면 아실 텐데 그 밖에는 별로 찾아볼 만한 게 없습니다. 유칼립투스랑 비슷하게 생겨서 십 미터대 초반까지 자라는 '아파게(apage)'라는 나무가 있긴 하지만, 펜실베이니아의 깊은 숲 속에서 자란 여성분이 관심을 가질 만큼 근사하지는 않거든요! 하하하!"

앨마는 자신이 깊은 숲 속에서 자라지 않았다고 웰스 목사에게 반박할 기력조차 없었다.

그가 혼자서 대화를 이어 갔다. "'타마누(tamanu)'라고 하는 그나마 볼만한 월계수 종류의 나무도 있습니다. 쓸모 있고 괜찮은 나무죠. 오두막에 있는 가구도 그 나무로 만든 겁니다. 벌레가 꼬이질 않거든요. 또 '후투(hutu)'라고 불리는 목련 비슷한 것도 있는데, 1838년에 제가 당신의 선량하신 아버님께도 보내 드렸습니다. 해변에는 히비스커스와 미모사가 지천이고요. '마페(mape)' 밤나무는 마음에 드실 겁니다, 혹시 강가에서 보셨나요? 제가 보기에 이 섬에서 제일 아름다운 나무 같아요. 여기 여자들은 꾸지나무 껍질로 옷을 만들어 입는데, 이곳 말로 '타파(tapa)'라고 하지요. 선원들이 가져다준 면이며 옥양목을 더 좋아하기는 하지만요."

"옥양목도 가져왔어요. 여자들에게 주려고." 앨마가 서글프게 중얼거렸다.

"아, 사람들이 고마워할 겁니다!" 웰스 목사는 앨마가 짐을 모두 도둑맞았다는 사실을 이미 잊은 듯 유쾌하게 말했다. "종이도 가져오셨나요? 책은요?"

"가져왔어요." 앨마는 시시각각 더 안타까움을 느끼며 말했다.

"앞으로 아시게 되겠지만 여기선 종이 보관이 어렵습니다.

바람에 모래에 소금기에 비에 곤충에, 여기보다 책에 더 해로운 기후는 없죠! 저도 제 종이가 전부 눈앞에서 사라지는 광경을 지켜봐야 했다니까요!"

'방금 저도 봤거든요.'라고 앨마는 거의 소리 내서 말할 뻔했다. 평생 이렇게까지 허기지고 피곤한 적은 없었다고 생각했다.

웰스 목사의 수다는 계속됐다. "제게도 타히티인들 같은 '기억력'이 있으면 좋을 텐데요. 그러면 종이가 필요 없겠죠! 우리가 도서관에 보관하는 것들을 저 사람들은 머릿속에 넣어 둡니다. 그들에 비하면 제가 완전히 멍청이처럼 느껴지지 뭡니까. 여기선 제일 어린 어부도 별 이름을 200개나 알아요! 그러니 나이 든 어부는 어떻겠습니까. 전에는 저도 서류들을 보관했는데, 글씨를 쓰는 순간에도 꼭 누가 먹어 치우듯 종이가 사라지는 걸 지켜보자니 아주 맥이 빠지더군요. 이 짙고 습한 기후 덕분에 과일하고 꽃은 쑥쑥 자라지만 곰팡이와 부패도 기승을 부리죠. 학자들을 위한 땅은 아닙니다! 하지만 역사라는 게 우리한테 무슨 대수랍니까? 이 세상에서 우리가 머무는 기간은 아주 짧아요! 눈 한 번 깜빡하면 사라져 버릴 삶을 뭣하러 굳이 기록하려고 아등바등하죠? 그나저나 저녁에 모기가 너무 심하게 괴롭히면, 마누 자매님한테 문 옆에서 말린 돼지 똥을 태우는 방법을 가르쳐 달라고 하세요. 모기 쫓는 데 좀 효과가 있을 겁니다. 마누 자매님은 당신에게도 분명 큰 도움을 주실 겁니다. 예전에는 제가 설교를 했는데, 그분이 저보다 더 설교하기를 좋아하시고, 원주민들도 제 설교보다는 그분 설교를 더 좋아해서 이제는 아예 설교를 맡고 계시죠. 가족이 없는 분이라 돼지를 키우세요. 돼지들을 정착지 근처에서 기르고자 일일이 손으로 먹이를 주는 분이에요. 나름대로 부자시죠. 새끼 돼지 한 마리면 한 달 먹을 물고기라든가 다른 좋은 물건들하고 바꿀 수 있거든요. 타히티인들은 구운 새끼 돼지를 귀하게 여깁니다. 과거에는 고기 냄새가 신과 요정들을 가까이 끌어들인다고 믿었어요. 물론 기독교인으로 개종한 뒤에도 일부는 여전히 그렇다고 믿습니다, 하하하! 어쨌든 마누 자매님은 친해지면 좋은 분이에요. 노래하는 목소리도 훌륭하시죠. 유럽인이 듣기에 타히티 음악은 별로 유쾌하지 않을 수도 있지만 시간이 지나면 익숙해지실 겁니다."

그러니까 마누 자매는 웰스 목사의 부인이 '아니'었다. 그럼 누가 그의 부인일까? 그의 부인은 어디 있을까?

그는 지치지도 않고 계속 이야기했다. "밤중에 바다에 뜬 불을 보더라도 놀라지 마십시오. 등불을 들고 낚시를 하러 나간 사람들일 뿐이니까요. 아주 장관입니다. 등불을 보고 모여든 날치가 카누 위로 뛰어오르거든요. 어떤 아이들은 손으로도 날치를 잡아요. 타히티에는 땅에 사는 생물이 부족한 만큼 놀랄 정도로 갖가지 바다 생물이 잔뜩 있죠! 괜찮으시면 내일 암초 바깥에 있는 산호 정원을 보여 드리겠습니다. 우리 주님의 놀라우신 창조력이 가장 멋지게 드러나는 장면을 보게 되실 겁니다. 다 왔군요, 여기가 파이크 씨의 집입니다! 이젠 당신의 집이죠! 당신의 '파레(fare)'라고 해야겠군요. 타히티어로 집을 '파레'라고 부릅니다. 현지어 몇 마디를 배우실 때도 됐죠."

앨마는 머릿속에서 그 낱말을 되풀이했다. '파-레이.' 기억에 새겨 두었다. 은은한 달빛 아래, 해변에서 완만하게 이어진 비탈 중간쯤 작은 '파레'가 빽빽한 야자수 아래 모습을 감추고 있었다. 화이트에이커에서 가장 작은 정원 창고보다도 크지 않은 집이었지만 겉으로 봐서는 꽤 쾌적해 보였다. 어쩌면 크기만 훨씬 줄여 놓은, 영국식 해변가 오두막집처럼도 보였다. 깨진 조개껍질을 깔아 놓은 구불구불한 오솔길이 해변에서 현관까지 이어져 있었다.

"이 요상한 길도 다 타히티인들이 만든 겁니다." 웰스 목사가 웃으며 말했다. "여기 사람들은 지름길이라 해도 똑바로 뻗어 있으면 안 좋다고 생각하니까요! 이런 익숙하지 못한 것들에도 차차 익숙해지실 겁니다! 어쨌거나 집은 해변에서 꽤 떨어진 곳이라 안전합니다. 이곳 지대가 가장 높은 파도보다도 사 미터는 더 높아요."

사 미터. 충분히 멀리 떨어져 있는 것 같지는 않았다.

앨마와 웰스 목사는 구불구불한 오솔길을 따라 오두막에 다가갔다. 문 비슷한 것이라고는 야자수 잎을 엮은 단순한 가림막 하나뿐이었는데, 목사가 가볍게 가림막을 밀어젖히며 문을 열었다. 확실히 자물쇠는 없었다. 전에도 있은 적이 없는 듯했다. 일단 실내에 들어가자 그가 등불을 밝혔다. 두 사람은 소박한 초가지붕 아래의 좁은 공간에 서 있었다. 앨마가 똑바로

모든 것의 이름으로

서면 가장 낮은 서까래에 간신히 머리를 부딪치지 않을 정도였다. 도마뱀 한 마리가 벽을 기어갔다. 바닥에 깔린 마른 풀잎이 앨마의 발밑에서 바삭거렸다. 거칠게 다듬은 작은 나무 벤치에 쿠션은 없었지만 적어도 등받이와 팔걸이는 달려 있었다. 의자가 셋 딸린 식탁이 놓여 있었는데 의자 하나는 망가진 채 쓰러져 있었다. 가난한 집 어린이 방에 놓인 아동용 식탁 같았다. 커튼도 없고 유리도 없는 창이 사방으로 뚫려 있었다. 마지막으로 가구라고 할 것은 작은 침대밖에 없었는데, 벤치보다 약간 더 큰 침대에는 얇은 매트리스가 놓여 있었다. 매트리스는 낡은 돛천으로 만든 것 같았고, 그 안에는 뭔지 모를 내용물이 채워져 있었다. 전체적으로 그 방은 앨마보다 웰스 목사 같은 왜소한 사람에게 어울릴 법한 공간이었다.

"파이크 씨는 현지인처럼 살았습니다. 다시 말해 방 하나짜리 집에서 살았다는 뜻이지요. 하지만 칸막이를 원하시면 우리가 만들어 드리겠습니다."

앨마는 이 작은 공간에 칸막이를 어디에 두어야 할지 도저히 감이 잡히지 않았다. 아무것도 없는데 어떻게 공간을 나누지?

"조만간 휘태커 자매님도 파페에테로 돌아가고 싶어 하실지 모르겠습니다. 대부분 그러거든요. 아무래도 수도기도 하고 문명을 좀 더 누릴 수 있으니까요. 물론 부도덕과 악도 더 많지요. 하지만 거기에서는 세탁을 대신해 줄 중국인도 찾을 수 있으니까요. 포경선에서 낙오된 뒤 섬에 눌러앉은 포르투갈인과 러시아인들이 다들 그런 식으로 거기서 삽니다. 그런 포르투갈인과 러시아인들이 문명인이라는 뜻은 아니지만, 여기 있는 우리의 소박한 정착지보다는 거기서 훨씬 다양한 인종을 만나실 수 있겠죠!"

앨마는 고개를 끄덕였지만 자신이 마타바이 만을 떠나지 않으리라는 사실을 알고 있었다. 이곳은 앰브로즈의 유배지였다. 이젠 그녀의 유배지가 될 것이었다.

"요리는 텃밭 옆 뒤뜰에서 하시면 됩니다. 파이크 씨가 힘들여 가꾸기는 했지만 텃밭이라고 해서 크게 기대하진 마세요. 모두들 애는 쓰지만 돼지와 염소의 습격을 받고 나면 남아나는 호박이 얼마 없다니까요! 신선한 우유를 좋아하시면 염소를 한 마리 구해 드리겠습니다. 마누 자매님께 여쭤보세요."

자기 이름을 듣고 나타난 듯 마누 자매가 문가에서 모습을 보였다. 곧장 두 사람 뒤를 따라온 게 틀림없었다. 앨마와 웰스 목사가 이미 오두막 안에 들어가 있었으므로 그녀가 들어설 공간은 충분치 않았다. 꽃으로 뒤덮인 챙 넓은 모자 때문에 마누 자매가 문을 지날 수나 있는지도 의문이었다. 하지만 다음 순간, 세 사람은 어떻게든 모두 한 공간에 들어와 있었다. 마누 자매는 천 꾸러미를 펼치더니 바나나 잎을 접시 삼아 작은 식탁에 음식을 늘어놓기 시작했다. 곧장 음식을 향해 달려들지 않기 위해 앨마는 모든 자제력을 동원해야 했다. 마누 자매는 앨마에게 코르크 마개가 달린 길쭉한 대나무 통을 건넸다.

"'마실' 물이에요!" 마누 자매가 말했다.

"고맙습니다. 친절하시네요." 앨마가 대꾸했다.

모든 것의 이름으로

세 사람은 한동안 서로를 응시했다. 앨마는 지친 눈빛으로, 마누 자매는 조심스러운 눈빛으로, 웰스 목사는 쾌활한 눈빛으로.

마침내 웰스 목사가 고개를 숙이며 말했다. "당신의 종, 휘태커 자매님을 무사히 인도해 주신 예수 그리스도와 하느님 아버지께 감사드립니다. 특별한 사랑으로 보살펴 주시리라 믿습니다. 아멘."

그러고 나서 목사와 마누 자매는 마침내 집을 나섰고 앨마는 양손으로 음식을 집어 들고는 이 음식이 정확히 무엇인지 생각해 볼 겨를도 없이 서둘러 허겁지겁 목구멍으로 넘겼다.

✳

앨마는 입속에서 따뜻하게 덥힌 쇠 같은 맛을 느끼며 한밤중에 깨어났다. 피와 털 냄새가 풍겨 왔다. 방 안에 짐승이 들어와 있었다. 포유류였다. 지금 있는 곳이 어딘지 기억하기도 전에 앨마는 그 사실을 알아차렸다. 정황을 좀 더 곰곰이 살피면서부터는 심장이 빠르게 뛰었다. 배를 타고 있지는 않았다. 필라델피아에 있는 것도 아니었다. 그녀는 타히티에 있었다. 그제야 그녀는 자기가 대체 어디에 있는지 깨달았다! 그녀는 앰브로즈가 머물다 죽어 간 타히티 오두막에 있었다. 오두막을 뜻하는 낱말이 뭐였더라. '파레.' 그녀는 자신의 '파레' 안에 있었고 짐승 역시 그녀와 같이 있었다.

높고 새된 소리로 칭얼거리는 소리가 들렸다. 그녀는 좁고 불편한 침대에서 일어나 주변을 돌아보았다. 창으로 꽤 환한 달빛이 새어 들어왔으므로 이제야 무슨 일이 일어났는지 파악할 수 있었다. 방 한가운데 개 한 마리가 서 있었다. 십 킬로그램쯤 나갈 것 같은 작은 개였다. 귀는 축 처지고 그녀에게 이를 드러내고 있었다. 양쪽 눈은 털에 가려 있었다. 칭얼거리던 개의 울음이 으르렁거림으로 바뀌었다. 앨마는 개와 싸우고 싶지 않았다. 작은 개라고 할지라도. 그저 차분하게 그런 생각이 들었다. 침대 옆에는 마누 자매가 준 짤막한 대나무 식수통이 놓여 있었다. 손 닿는 곳에 무기로 쓸 만한 것이라곤 그것뿐이었다. 개를 놀라게 하지 않고서 대나무 통을 잡을 수 있을지 가늠해 보았다. 아니, 정말로 개와 싸우고 싶지 않았지만 꼭 싸워야 한다면 공평한 싸움을 원했다. 그녀는 개한테서 시선을 떼지 않은 채로 천천히 바닥을 향해 팔을 뻗었다. 개가 짖으며 더 가까이 다가왔다. 그녀는 뻗었던 팔을 거두었다. 다시 시도했다. 개는 또다시 짖었고 이번에는 한결 분노한 것 같았다. 무기를 확보할 기회는 없을 듯했다.

될 대로 되라지. 그녀는 너무 지쳐서 겁조차 나지 않았다.

"넌 대체 나한테 뭐가 불만이니?" 조심스러운 말투로 앨마가 개에게 물었다.

앨마의 목소리를 듣자 개는 엄청나게 불만이라는 듯이 몸을 들썩이며 맹렬하게 짖어 댔다. 그녀는 냉정하게 개를 응시했다. 한밤중이었다. 문에는 자물쇠가 없었다. 머리맡에는 베개도 없었다. 짐을 모두 잃어버린 뒤, 치맛단에 동전을 감춰 놓은 더러운 여행용 드레스를 입고 잠을 자던 중이었다. 이제 소지품을 전부 도둑맞았으니 갖고 있는 돈이라곤 그게 전부였다. 자신을 보호할 무기는 짧은 대나무 통이 전부였고 그나마도 손에 닿지 않는 곳에 있었다. 집은 게들한테 포위되어 있고 도마뱀이 드나들었다. 그런데 급기야 성난 타히티 개까지 방에 나타났다. 너무 지쳐서 거의 지겨울 정도였다.

개는 더 크게 짖어 댔다. 앨마는 체념했다. 그녀는 개를 등지고 돌아누운 다음, 다시 한 번 얇은 매트리스 위에서 편안한 자세를 찾아보고자 애썼다. 개는 짖고 또 짖어 댔다. 녀석의 분노는 끝이 없었다. 그럼 덤비시든지. 앨마는 화가 머리끝까지 난 개의 울부짖음 속에서 잠이 들었다.

몇 시간 뒤 앨마는 또 한 번 깼다. 빛의 농도가 달라져 있었다. 새벽이 가까웠다. 이번에는 사내아이 하나가 책상다리를 하고 바닥 한가운데 앉아 그녀를 쳐다보고 있었다. 이게 무슨 마법인지 그녀는 눈을 깜박거렸다. 어떤 마법사가 와서 작은 개를 이제 작은 아이로 바꿔 놓았나? 사내아이는 긴 머리에, 표정이 심각해 보였다. 나이는 여덟 살쯤. 상의는 입지 않았지만 아이가 바지를 걸친 모습을 보고 앨마는 안심했다. 마치 덫에 걸렸다가 몸만 빠져나오느라 미처 나머지 옷을 못 챙긴 듯 바지 한쪽이 짧게 찢겨 있기는 했지만.

아이는 앨마가 깨어나기를 기다린 듯 벌떡 일어났다. 아이가 침대로 다가왔다. 깜짝 놀란 앨마는 뒤로 움찔했지만 아이가 무언가 손에 쥔 것을 자신에게 건네려 하고 있음을 알아차렸다. 아이 손바닥에 놓인 물건이 흐린 달빛을 받아 반짝거렸다. 뭔지 몰라도 가느다란 황동으로 된 물건이었다. 아이는 침대 끝에 물건을 내려놓았다. 그것은 현미경 접안대였다.

"어머!" 그녀가 외쳤다. 앨마의 목소리를 들은 아이는 도망쳤다. 문 대신 걸쳐 놓은 허름한 장막은 아이가 사라진 뒤에야 소리 없이 펄럭거렸다.

그 뒤로는 다시 잠들 수 없었지만 곧바로 일어나지도 않았다. 전날 밤보다는 이제 좀 더 경계심이 생겼다. 다음번에는 집 안으로 누가 찾아올까? 여기는 대체 어떤 곳일까? 어떻게든 문을 막을 방법을 찾아야 할 것 같았지만 무엇으로? 밤에는 작은 식탁을 문 앞으로 옮겨다 놓을 수야 있겠지만 그 정도는 쉽사리 옆으로 밀어낼 수 있을 터였다. 벽에 뚫린 창들도 다 그저 구멍에 지나지 않는데, 문을 막은들 무슨 소용이 있을까? 앨마는 혼란과 함께 향수를 느끼며 황동 접안렌즈를 꼭 쥐었다. 소중한 현미경의 나머지 부분은 어디에 있을까? 그 아이는 누구였을까? 다른 물건들을 전부 어디에 감추어 두었는지 아이를 쫓아갔어야 했다.

눈을 감고 사방에서 들려오는 낯선 소리에 귀를 기울였다. 동이 트는 소리가 거의 들리는 듯했다. 무엇보다도 문밖에서 철썩거리며 파도치는 소리가 똑똑히 들려왔다. 그 소리는 불안할 정도로 가까웠다. 바다에서 좀 더 떨어져 있었다면 좋았을 텐데. 모든 게 너무 가깝고 너무 위험하게 느껴졌다. 머리 바로 위쪽 지붕에 앉은 새 한 마리가 기묘하게 울어 댔다. '생각해! 생각해! 생각해!'라고 외치는 듯한 울음소리였다.

마치 그녀가 딴짓을 한다며 꾸짖기라도 하는 것 같았다!

마침내 앨마는 잠을 포기하고 자리에서 일어났다. 화장실을 어디에서 찾을 수 있을지, 혹은 화장실로 쓸 만한 곳이 어디일지 둘러보았다. 간밤에는 '파레' 뒤에 쪼그려 앉아서 볼일을 보았지만, 근처에서 좀 더 나은 곳을 찾았으면 했다. 그녀는 문밖으로 나오다가 무언가에 걸려 넘어질 뻔했다. 아래를 내려다보니 문지방(그것을 문지방이라고 부를 수 있을지 모르겠지만) 바로 앞에 앰브로즈의 가방이 전처럼 단단히 버클을 채운 채로 얌전히 놓여 있었다. 무릎을 꿇고 버클을 푼 다음 가방을 열었다. 재빨리 내용물을 살펴보니 그림은 전부 다 들어 있었다.

흐릿한 여명 속에서 눈길 닿는 곳까지 해변을 위아래로 살펴보았지만 아무런 흔적도 보이지 않았다. 남자든 여자든, 사내아이든 개 한 마리든 그 무엇이든 아무것도.

머리 위에서 새가 울부짖었다. "생각해! 생각해!"

23

─────────

가장 이상하고 낯선 상황에서도 시간은 흘러가기를 거부하지 않았으므로, 마타바이 만에 있는 앨마의 시간도 흘러갔다. 천천히 조금씩 그녀는 새로운 세상을 이해하기 시작했다.

어린 시절과 똑같이 인지 단계에 접어든 앨마는 집을 연구하기 시작했다. 아주 작은 타히티식 '파레'는 화이트에이커가 아니었기 때문에 연구에는 오랜 시간이 걸리지 않았다. 방은 하나뿐이고 건성으로 만든 문과 그저 뚫려 있기만 한 창이 셋, 조악한 가구 몇 점, 도마뱀이 우글거리는 초가지붕이 전부였다. 첫날 아침에 앨마는 앰브로즈의 흔적을 찾아서 집 안을 굉장히 철저하게 뒤졌지만 아무것도 나오지 않았다. 잃어버린 자신의 짐을 찾기 시작하기 전부터(전혀 소용없었지만) 그녀는 앰브로즈의 흔적을 찾고 있었다. 무엇을 찾고 싶었던 걸까? 벽에 적어서 그녀에게 남겨 놓은 메시지? 그림 조각? 편지 뭉치라든가, 이해 안 되는 신비한 갈망을 끼적인 것 말고 제대로 된 일기라도? 하지만 그곳에 그의 흔적은 전혀 없었다.

깨끗이 포기한 그녀는 마누 자매에게 빗자루를 빌려서 벽에 드리운 거미줄을 말끔히 청소했다. 바닥에 깔린 오래된 짚도 새로 말린 짚으로 바꾸었다. 그녀는 매트리스를 두들기며 그 '파레'를 자신의 집으로 받아들였다. 또한 웰스 목사가 일러 준 대로 시간이 흐르자 그녀는 결국 짐이 나타나든 아니든 자기가 할 수 있는 일이란 아무것도 없다는 절망스러운 현실 역시 받아들였다. 그런 상황이 괴롭긴 했지만 어쩐지 이상하게 적절하다는 생각마저 들었을 뿐 아니라, 심지어 공평하다고까지 느꼈다. 소중한 것을 모두 빼앗긴 상황은 일종의 속죄 같았다. 어쩐지 앰브로즈와 더 가까워진 느낌이었다. 타히티는 그들 두 사람이 모든 것을 잃어버리기 위해 찾아온 곳이었다.

한 벌밖에 없는 옷을 입고서 그녀는 계속 근처를 탐험했다.

집 뒤에는 '히마(himaa)'라고 부르는 위쪽이 뚫린 화덕이 있었는데, 거기서 물도 끓이고 몇 가지 안 되는 음식도 조리했다. 마누 자매는 인근에서 나는 과일과 채소를 요리하는 법을 가르쳐 주었다. 앨마는 자기가 만들어 낸 요리에서 숯이나 모래 같은 맛이 날 줄은 몰랐지만 결과에 승복했고, 어쨌든 스스로 먹을거리를 해결할 수 있다는 사실에 자부심을 느꼈다. 평생 한 번도 해 본 적 없는 일이었다.(그녀는 '독립 영양'이 가능한 존재가 되었다고 생각하며 쓸쓸한 미소를 지었다. 레타 스노가 알면 얼마나 자랑스러워할까!) 텃밭이라고 부를 만한 처량한 땅이 좀 있기는 했지만 별로 손댈 만한 상황은 아니었다. 앰브로즈가 뜨거운 모래사장에 집을 지은 탓에 농사는 시도하는 것조차 쓸모없는 짓이었다. 밤새도록 천장을 오가는 도마뱀도 어쩔 도리가 없었다. 오히려 도마뱀은 모기를 쫓는 데 도움이 되었으므로 앨마는 그들을 신경 쓰지 않으려고 노력했다. 도마뱀에게 그녀를 해칠 의도가 없음은 잘 알지만 부디 자는 동안에 몸 위로 기어 다니지 않기만을 바랄 뿐이었다. 뱀이 없다는 점은 다행스러웠다. 고맙게도 타히티는 뱀이 없는 섬이었다.

그러나 그곳은 게들의 천국이었고, 앨마는 해변에서 발치로 몰려드는 온갖 크기의 게 떼에 무신경해지는 법을 배웠다. 그것들 역시 그녀를 해치지 않을 터였다. 집게발을 흔들다가 앨마를 발견하면 눈을 쭉 빼고 기겁해서 재빨리 반대 방향으로 달아났다. 맨발이 훨씬 더 안전하다는 사실을 알아차린 앨마는 곧 신발을 벗어 던졌다. 타히티는 신을 신고 다니기에는 너무 덥고 축축하고 모래투성이고 미끄러웠다. 운 좋게도 이곳 환경은 맨발에 딱 알맞았다. 섬에는 가시 돋친 식물 하나 자라지 않았으며, 길은 대부분 매끄러운 바위나 모래였다.

앨마는 해변의 모양과 특징을 알아냈으며 조류의 일반적인 습성도 파악했다. 수영하는 법을 몰랐지만 매주 조금씩 검푸른 마타바이 만 바닷물에 더 깊숙이 들어갔다. 만의 산호초 덕분에 잔잔한 파도가 고마웠다.

정착지에 사는 다른 여인들과 함께 아침에 강에서 목욕도 했는데, 여인들 모두 앨마처럼 체구가 크고 건장했다. 타히티

모든 것의 이름으로

인들은 개인위생을 철저하게 신경 쓰는 깔끔한 사람들이라, 강둑에서 자라는 생강나무의 거품 나는 진액으로 머리와 몸을 매일같이 씻어 댔다. 매일 목욕하는 데 익숙하지 않았던 앨마는 이내 왜 평생 이렇게 살지 않았나 후회했다. 강가에 서서 벌거벗은 여인들을 보며 웃어 대는 어린 사내아이들을 무시하는 법도 배웠다. 아이들한테서 몸을 숨길 이유는 없었다. 밤이든 낮이든 아이들이 따라다니지 않는 시간은 없었으니까.

타히티 여인들은 아이들의 웃음소리를 싫어하지 않았다. 그보다 철사처럼 뻣뻣하고 숱이 적어진 앨마의 머리카락을 더 염려하는 듯했고, 아쉬움과 걱정을 함께 담아서 야단법석을 떨어 댔다. 그녀들 모두 검고 아름다운 머리카락을 등 뒤로 길게 늘어뜨렸고, 앨마가 그토록 멋진 머리칼을 공유하지 못한다는 사실에 진심으로 안타까워했다. 앨마 자신도 정말 안타까웠다. 앨마가 타히티어로 처음 배운 문장도 자기 머리카락에 대한 유감이었다. 앨마의 머리카락을 비극으로 여기지 않는 곳이 세상 어디에 있을까 싶었다. 그런 곳이 있을 것 같지는 않았다.

앨마는 대화 상대들로부터 가능한 한 많은 타히티어를 배웠다. 사람들은 따뜻한 태도로 잘 도와주었을 뿐만 아니라, 놀이라도 하는 듯 그녀가 더 열심히 익히도록 부추겼다. 마타바이 만 주변에서 쉽게 찾아볼 수 있는 사물의 낱말부터 배우기 시작했다. 나무, 도마뱀, 물고기, 하늘, '우아이로(uuairo)'라고 부르는 작은 비둘기.(그 새의 이름은 부드럽게 보글보글 거품이

이는 듯한 울음소리에 딱 어울렸다.) 그러고는 재빨리 문법으로 옮겨 갔다. 선교단 정착지의 주민들은 능숙함의 정도에 따라 다양한 영어를 구사했지만(어떤 이들은 상당히 유창했고 어떤 이들은 꽤 독창적이었다.) 항상 언어학에 유달리 뛰어났던 앨마는 최대한 타히티어로 소통할 작정이었다.

그러나 타히티어는 단순한 언어가 아니었다. 그녀의 귀에 들리는 그들의 언어는 말이라기보다 새소리에 가까웠고, 그 언어를 익히기에는 앨마의 음악성이 부족했다. 앨마는 타히티어가 그리 체계적이지 않다는 결론을 내렸다. 라틴어나 그리스어처럼 엄격한 규칙이 없었다. 마타바이 만 사람들은 유독 나른하고 불량하게 말하면서 매일같이 쓰는 말을 바꾸었다. 때로 그들은 영어나 프랑스어를 섞어서 상상의 새로운 낱말을 만들어 내기도 했다. 타히티인들은 난해한 말장난을 좋아했는데, 앨마의 할아버지의 할아버지 때부터 거기서 태어나고 자라지 않는 한 절대로 이해할 수 없는 수준이었다. 더욱이 마타바이 만 사람들은 고작 십 킬로미터쯤 떨어진 파페에테 사람들과 다른 언어를 사용했고, '그곳' 사람들은 타라바오나 테아후포 사람들과도 또 다른 언어를 썼다. 똑같은 문장 하나도 섬의 다른 지역에서는 다른 의미로 사용되었으며, 오늘 쓴 말의 의미가 어제 쓴 말의 의미와 달라지기도 했다.

앨마는 주변 사람들을 유심히 관찰하며 이 신기한 땅의 특징을 배우고자 노력했다. 마누 자매는 돼지를 키울 뿐만 아니라 마을 전체의 치안도 담당하고 있었으므로 가장 중요한 인물이었다. 그녀는 예절과 실수에 예민한, 엄격하고 전형적인 안주인이었다. 마을 주민 모두가 웰스 목사를 사랑하는 만큼 마누 자매를 두려워했다. 마누 자매(그녀의 이름은 '새'를 의미했다.)는 앨마만큼이나 키가 크고 남자 못지않게 단단한 근육질이었다. 그녀는 앨마를 등에 업고 갈 수도 있었다. '그런 것'이 가능하다고 말할 수 있는 여자는 세상에 많지 않았다.

마누 자매는 항상 매일 다른 생화로 장식한 챙 넓은 밀짚모자를 썼는데, 앨마는 강물에서 목욕하는 동안 마누의 이마에 깊고 무디게 파인 새하얀 흉터를 발견했다. 다른 나이 든 여자 두세 명의 이마에도 그와 비슷한 흉터가 있었지만, 마누는 그 밖에도 다른 흉터가 더 있었다. 양손 검지의 끝마디가 잘려 있었던 것이다. 그렇게 정교하게 좌우 대칭으로 상처를 입기란 좀 이상한 일이었다. 앨마는 무슨 짓을 해야 양쪽 검지 끝이 그토록 깔끔하게 잘릴 수 있는지 상상할 수 없었다. 감히 물을 수도 없었다.

마누 자매는 매일 아침저녁에 예배 종을 울렸는데 사람들(마을에 사는 성인 주민 열여덟 명 모두)은 의무적으로 참석했다. 앨마는 마타바이 만의 종교 의례를 절대 놓치지 않으려고 무척 애썼는데, 마누 자매의 호의 없이는 오래 살아남을 수 없는 상황에서 그녀의 기분을 거스르고 싶지 않기 때문이었다. 어쨌든 예배 시간은 앨마도 앉아 있기가 어렵지 않았다. 예배는 좀처럼 십오 분을 넘기지 않았고 고집스러운 영어로 얘기하는 마누 자매의 설교는 언제나 즐거웠다.(필라델피아의 루터교회 예배가 이토록 간단하고 독특했다면 자기도 더 나은 루터교인이 되었으리라고 앨마는 생각했다.) 앨마는 타히티어 찬송가의 낱말과 구절에 각별한 관심을 기울였다.

'테 리마 아투아.(Te rima atua.)' 신의 손.

'테 마우 푸레 아투아.(Te mau pure atua.)' 신의 백성.

첫날 밤에 앨마에게 현미경 접안대를 가져다준 소년은 할 일 없이 마을을 배회하다가 지치면 개처럼 모래사장 아무 데서나 쓰러져 자는 다섯 명의 패거리 중 하나였다. 그 소년들을 각기 구별하는 데는 여러 주일이 걸렸다. 앨마의 방에 나타나서 현미경 접안대를 건네주고 간 아이의 이름은 히로였다. 그 아이는 머리도 가장 길고 패거리 중에서 제일 높은 위치인 듯했다.(나중에 알고 보니 타히티 신화에서 히로는 도둑들의 왕이었다. 마타바이 만에 사는 어린 도둑들의 왕과 처음 만난 순간이 훔쳐 간 물건을 돌려주기 위해서였다는 사실에 앨마는 즐거워했다.) 히로는 마케아라는 아이의 형이었는데, 어쩌면 실제로 형제간은 아닐지도 몰랐다. 그 녀석들은 파페이하라는 아이와 티노마나, 또 다른 마케아와도 형제라고 우겼지만, 다섯 명 모두 또래로 보였고 그중 둘은 이름도 같았으므로 사실일 리는 없었다. 그들의 부모가 누구인지는 영영 알아낼 수 없을 듯했다. 누구도 돌봐 주는 기색 없이 소년들은 자기들끼리 알아서 살았다.

마타바이 만에는 다른 아이들도 있었지만, 그들은 앨마가 '히로 패거리'라고 이름 붙인 그 다섯 소년들보다는 훨씬 더 제대로 된 삶을 살고 있었다. 다른 아이들은 웰스 목사의 정착지

주민이 아닌데도 매일 오후에 선교회 학교로 와서 영어와 읽기 수업을 받았다. 어린 소년들은 깔끔하게 머리를 잘랐고 어린 소녀들은 아름다운 머리를 땋아서 늘인 채 긴 원피스를 입고 환하게 미소 지었다. 그들은 교회 건물에서 수업을 받았고, 앨마가 처음 온 날 "우린 여기서 영어를 써요!"라고 외쳤던 밝은 표정의 젊은 여성이 교사였다. 그녀의 이름은 에티니('길가에 피어난 하얀 꽃'이라는 의미였다.)였고, 경쾌한 영국식 억양으로 완벽한 영어를 구사했다. 어린 시절 웰스 목사의 부인에게 개인 교습을 받았다는 에티니는 이제 섬 전체에서 최고의 영어 교사로 손꼽혔다.

앨마는 깔끔하고 얌전한 학생들에게 깊은 인상을 받았지만, 거칠고 기초 교육조차 못 받은 히로 패거리에게 훨씬 마음이 갔다. 히로와 마케아, 파페이하, 티노마나, 또 다른 마케아만큼 자유로운 아이들을 본 적이 없었다. 그 깜찍한 자유의 사도들은 명랑하기 그지없었다. 신비롭게 몰려다니는 물고기나 새, 원숭이 떼처럼 그 애들은 물에서든 나무에서든 땅에서든 똑같이 아무렇게나 어울려 다녔다. 덩굴에 매달리기도 하고 겁도 없이 깔깔대며 강물로 뛰어들었다. 아이들은 작은 널빤지를 타고 산호초까지 노를 저어 가기도 했는데, 놀랍게도 널빤지에 '선 채로' 거품을 일으키며 밀려드는 파도를 헤쳐 나갔다. 그들은 그 놀이를 '파헤이(faheei)'라고 불렀는데, 앨마로서는 그토록 능숙하게 파도를 헤치고 노 저어 나아가는 아이들이 얼마나 민첩하고 자신감에 넘칠지 상상이 안 됐다. 해변으로 돌아와서도 아이들은 지친 기색 없이 권투와 레슬링을 하며 서로 엉겼다. 그 애들이 좋아하는 또 다른 놀이는 직접 만든 죽마를 타고서, 온몸에 하얀 가루를 칠하고 나뭇가지로 눈꺼풀을 까뒤집은 뒤 키가 큰 괴상한 괴물처럼 모래사장에서 서로를 쫓아다니는 것이었다. 그들은 말린 야자수 잎으로 만든 연, '우오(uo)'를 날리기도 했다. 좀 더 얌전히 놀 때는 공기놀이에 쓰는 구슬 대신 조그만 돌멩이로 공기놀이와 비슷한 게임을 했다. 아이들은 야생 고양이와 개, 앵무새, 심지어는 장어까지 두루두루 반려동물로 삼았다.(장어는 강가에 울타리를 만들어서 가둬 두었는데, 아이들이 휘파람을 불면 장어들은 과일 조각을 받아먹으려고 수면 위로 고개를 들었다.) 가끔 히로 패거리들은 키우던 동물의 껍질을 벗긴 뒤 임시 화덕에서 구워 먹기도 했다. 거기서는 개고기를 먹는 것이 흔한 일이었다. 웰스 목사는 타히티의 개가 영국의 양고기만큼이나 맛있다고 앨마에게 말해 주었다. 하지만 그는 수십 년째 영국의 양고기를 맛본 적이 없을 터라 과연 믿어도 좋을지 확신할 수 없었다. 앨마는 어느 누구도 로저를 잡아먹지 않기를 바랄 뿐이었다.

로저는 첫날 밤에 앨마의 '파레'로 찾아왔던 작은 개의 이름이다. 로저에겐 따로 주인이 없는 것 같았지만, 앰브로즈를 꽤나 따랐던 모양이었다. 개에게 그렇게 위엄 있고 고상한 이름을 붙여 준 사람도 바로 앰브로즈였다. 에티니 자매는 앨마에게 그 모든 사연을 설명하며 불안한 조언을 덧붙였다. "로저는 휘태커 자매님이 먹이를 주지 않는 한 절대 자매님을 물지 않을 거예요."

앨마가 오고 나서 처음 몇 주간 로저는 매일 밤 그녀의 작은 오두막으로 찾아와서 목청껏 짖어 댔다. 낮 동안에는 도통 녀석이 보이지 않았다. 로저는 차차 눈에 띄게 망설이더니 적개심도 줄어들었고, 화내는 시간 역시 짧아졌다. 어느 날 아침 앨마는 로저가 침대 바로 옆 바닥에서 자고 있는 모습을 발견했다. 전날 밤에는 집 안에 들어와서 전혀 짖지 않았다는 의미였다. 중요한 변화 같았다. 앨마가 뒤척거리면 로저는 으르렁거리다가 달아났지만, 다음 날 밤이면 어김없이 돌아왔고 그때부터는 조용했다. 하는 수 없이 녀석에게 먹이를 주려고 하자 로저는 정말로 앨마를 물려고 들었다. 그것만 빼고 둘은 비교적 잘 지냈다. 로저가 다정해진 것은 아니었지만 더는 앨마의 멱을 물겠다며 으르렁거리지 않았고 그것만으로도 큰 진전이었다.

로저는 끔찍하게 생긴 개였다. 주황색 몸통에 반점투성이인 점을 제외하고도 턱이 일그러진 데다 심하게 다리를 절었다. 게다가 꼬리는 뭔가에게 가차 없이 뜯긴 듯 상당 부분이 잘려 나가고 없었다. 게다가 '투아푸우(tuapu'u)', 즉 곱사등이었다. 그런데도 앨마는 그 개의 존재가 고마웠다. 앰브로즈는 어떤 이유로 녀석을 사랑했을 테고, 그 사실이 앨마의 마음을 사로잡았다. 그녀는 오랜 시간 개를 쳐다보며 남편에 대해서 녀석이 뭘 알고 있을지, 뭘 봤을지 생각에 잠겼다. 개의 존재는 위로가 되었다. 로저가 그녀를 보호해 준다거나 충성을 바친다고 주장할 수는 없겠지만, 어쨌든 그 집에 어떤 인연을 느끼고 있는 듯했다. 개가 올 것을 알기에 밤에 홀로 잠들어도 별로 무섭지 않았다.

안전함이나 사생활에 대해서 희망을 버렸던 앨마에게는 좋은 일이었다. 얼마 안 되는 그녀의 소지품을 지키고, 집 주변에 경계선을 그으려는 시도는 아무런 소득도 없었다. 어른이나 아이나, 동물이나 날씨나, 마타바이 만에서는 모두가 밤낮을 가리지 않고 아무 때나, 아무 이유 없이 앨마의 '파레'에 자유롭게 드나들었다. 공정을 기하자면 그들은 늘 빈손으로 오지 않았다. 시간이 흐름에 따라 그녀의 짐은 조금씩 다시 나타났다. 누가 그런 물건을 돌려주는지도 절대 알 수 없었다. 어떻게 그런 일이 일어나는지도 눈에 보이지 않았다. 마치 섬 자체가 천천히 집어삼켰던 앨마의 짐을 조금씩 토해 내는 듯했다.

첫 주에는 종이 일부와 페티코트, 약병 하나, 수건, 노끈 뭉치, 머리빗을 되찾았다. 충분히 오래 기다리면 다 돌려받겠구나, 하고 그녀는 생각했다. 그러나 그건 아니었고 어떤 물건은 완전히 사라져 버렸다. 치맛단에 동전을 촘촘히 꿰매 넣었던 또 다른 여행복 한 벌은 놀랍게도 고스란히 돌려받았다. 여벌의 보닛은 하나도 돌아오지 않았지만, 여행복이 돌아온 것은 정말이지 축복이라고 할 수밖에 없었다. 종이도 일부는 돌아왔지만 많지는 않았다. 구급약 상자는 두 번 다시 만날 수 없었으나 식물 표본 보관용 유리병들 여러 개는 문가에 한 줄로 놓여 있었다. 어느 날 아침에는 신발 한 짝이 사라졌다. 그것도

모든 것의 이름으로

한 짝만! 누가 신발을 한 짝만 가져가서 뭘 하려는지 도무지 짐작조차 안 됐지만, 동시에 상당히 쓸모 있는 수채화 물감 세트는 돌아왔다. 다른 날에는 소중한 현미경 본체를 돌려받았지만, 이번에는 누군가 접안대를 대신 가져가 버린 뒤였다. 집 안으로 밀물과 썰물이 오가듯 앨마의 과거 흔적들이 나타났다 사라지기를 반복했다. 하루하루 찾은 것과 잃어버린 것을 받아들이고 경이를 느끼고, 또다시 찾고 잃어버리기를 반복하는 것밖엔 달리 선택의 여지가 없었다.

그러나 앰브로즈의 가방은 두 번 다시 사라지지 않았다. 문 앞에 가방이 다시 나타난 날 아침, 곧장 그녀는 '파레' 안의 작은 탁자 위에 올려놓았는데, 마치 보이지 않는 폴리네시아의 미노타우르스가 지키기라도 하는 듯 손댄 흔적조차 없이 그대로 남아 있었다. 더욱이 그 소년을 그린 그림은 한 장도 사라지지 않았다. 마타바이 만에서는 아무것도 안전하지 않은데, 왜 그 가방과 내용물만은 그토록 존중받는지 모를 일이었다. 그렇다고 나서서 누구에게 '왜 이 물건은 손을 대지도, 그림을 훔쳐 가지도 않나요?'라고 물을 수는 없었다. 그 안에 든 것이 어떤 그림인지, 그 가방이 앨마에게 어떤 의미인지 어떻게 설명한단 말인가? 그저 아무것도 모른 채 계속 침묵하는 수밖에 없었다.

＊

앨마의 생각은 항상 앰브로즈를 향했다. 주민들 모두 그를 좋아했다는 것 말고 그가 타히티에 남긴 흔적은 없었지만 그녀는 쉴 새 없이 그의 자취를 찾았다. 뭔가를 하거나 뭔가에 손을 댈 때마다 물었다. 그 사람도 이 일을 했을까? 여기서 어떻게 시간을 보냈을까? 이 작은 집과 기묘한 음식과 어려운 언어와 끊임없이 밀려드는 바다와 히로 패거리에 대해서 무슨 생각을 했을까? 그 사람은 타히티를 사랑했을까? 혹은 앨마처럼 사랑하기에는 너무 이질적이고 특이하다고 생각했을까? 앨마가 지금 이 검은색 모래사장에서 볕에 그을리듯 그 사람도 검게 그을었을까? 그 사람 역시 앨마처럼 무성한 히비스커스와 시끄럽게 울어 대는 초록색 앵무새에 감탄하면서도 한편으로는 고향에서 피어난 서늘한 제비꽃과 조용한 개똥지빠귀를 그리워했을까? 우울하고 서글픈 기분이었을까, 아니면 에덴을 발견한 기쁨에 벅차 있었을까? 여기 있으면서 그 사람은 앨마를 조금이라도 생각했을까? 아니면 받아들이기 당혹스러운 앨마의 욕망에서 도망쳤음을 다행스러워하며 서둘러 그녀를 잊어버렸을까? 그 소년과 사랑에 빠졌기 때문에 그녀를 잊었을까? 소년은 지금 어디에 있을까? 그림을 다시 살펴보며 앨마는 그가 정말로 '소년'은 아님을 인정해야 했다. 그림 속 인물은 소년에서 성인으로 넘어가는 단계였다. 이삼 년쯤 지난 지금이라면 어엿한 성인이 되어 있으리라. 그래도 앨마의 머릿속에서 그 남자는 여전히 그 소년이었고, 그를 찾아내려는 노력은 계속되었다.

하지만 앨마는 마타바이 만에서 그 소년의 흔적도, 그에 대

모든 것의 이름으로

한 언급도 마주치지 못했다. 마을을 찾아오는 남자들과 해변의 어부들 모두의 얼굴을 혹시 그가 아닐까 살펴보았다. 앰브로즈가 어느 타히티 원주민에게('어린 소년들, 가느다란 손가락, 가느다란 나뭇가지') 바닐라 난초를 다루는 비법을 가르쳐 주었다는 웰스 목사의 말을 전해 들은 앨마는 그 사람이 틀림없다고 생각했다. 그래서 확인하려고 농장에 가 보니 그 소년이 아니었다. 애꾸눈에 땅딸막하고 나이 든 남자였다. 앨마는 바닐라 농장에 관심이 있는 체하면서 여러 차례 농장을 찾았지만 희미하게라도 그 소년을 닮은 사람은 결코 보지 못했다. 며칠에 한 번씩 그녀는 식물 채집을 간다고 사람들에게 말했지만, 사실 파페에테 도심으로 가서 농장까지 먼 길을 타고 갈 조랑말을 빌리고 있었다. 한번은 거기서 저녁이 될 때까지 온종일 거리를 돌아다니며 마주치는 사람들의 얼굴을 전부 살폈다. 어린 시절의 옛 친구 소엄스가 뼈만 남은 채 열대 지방에 나타난 듯한 조랑말은 그녀의 뒤를 따라 걸었다. 부두와 매음굴 주변과 프랑스인 식민지 이주민들로 가득 찬 호텔 안과 새로 지은 가톨릭 성당과 시장에서도 그 소년을 찾아보았다. 때로는 키가 크고 건장한 체구에 머리를 짧게 자른 원주민 남자가 앞에서 걸어가면, 그저 그를 돌아보게 할 목적으로 질문을 준비하고 달려가서 어깨를 두드려 보았다. 매번 그녀는 확신했다. 이 사람이 분명해!

한 번도 그였던 적은 없었다.

곧 파페에테와 마타바이 만 이외의 지역으로 수색 반경을 넓혀야 함을 알았지만 어떻게 시작해야 할지 알 수 없었다. 타히티 섬은 길이가 56킬로미터, 폭이 29킬로미터 정도 되는 길쭉한 팔자 모양이었다. 그 기다란 지형 때문에 섬을 횡단하기란 녹록하지 않거나 어쩌면 아예 불가능해 보였다. 해안선을 따라 군데군데 이어진 그늘지고 모래 깔린 길을 일단 벗어나면 지형이 급격히 험준해졌다. 언덕을 따라 층층이 자리 잡은 마 농장 주변은 코코넛과 키 작은 관목이 숲을 이루었고, 그 너머로는 돌연 깎아지른 절벽과 다가갈 수조차 없는 정글밖에 없었다. 높은 곳에는 고산 지대 원주민들을 제외하고는 거의 사람이 살지 않는다고 했다. 그들은 특별한 등반 능력을 소유한 제법 신비로운 존재였다. 그들은 어부가 아니라 사냥꾼이었다. 그들 중 일부는 바다에 가 본 적도 없다고 했다. 벼랑에 사는 타히티인들과 해변에 사는 타히티인들은 항상 서로를 조심스레 대했고, 넘어서는 안 되는 경계선이 존재했다. 혹시 그 소년도 고산 지대의 원주민이었을까? 하지만 앰브로즈의 그림에 묘사된 소년은 바다에서 고기잡이 그물을 들고 있었다. 앨마는 이 수수께끼를 도무지 풀 수 없었다.

그 소년이 포경선을 타고 잠시 들른 선원일 가능성도 있었다. 그런 경우라면 절대로 그를 찾지 못할 것이다. 지금쯤 세상 어디에 있을지 모를 일이었다. 죽었을 수도 있었다. 하지만 증거의 부재가 부재의 증거는 될 수 없음을 앨마는 너무도 잘 알았다.

계속 찾아보는 수밖에 없었다.

모든 것의 이름으로

선교지에서는 확실히 정보를 얻을 수 없었다. 여자들이 자유롭게 소문을 주고받는 강가 목욕터에서조차 앰브로즈에 대한 추문은 들어 본 적이 없었다. 파이크 씨가 무척이나 그립고 매우 슬프다는 말 이외의 다른 이야기를 하는 사람은 없었다. 앨마는 웰스 목사에게 "파이크 씨가 이곳에서 지낼 때 특별히 친하게 지낸 친구라도 있었나요? 다른 사람보다 더 아꼈던 사람이라든지?"라고 묻기도 했다.

그는 솔직한 눈빛으로 그저 앨마를 빤히 바라보며 말했다. "파이크 씨는 모두의 사랑을 받았습니다."

그런 대화를 주고받은 때는, 앰브로즈의 무덤을 방문했던 날이었다. 앨마는 아버지를 위해 일하다가 세상을 떠난 고용인에게 조의를 표하고 싶다며 무덤에 데려가 달라고 웰스 목사에게 부탁했다. 서늘하고 흐린 어느 날 오후, 두 사람은 언덕마루 근처에 작은 영국인 묘지를 품고 있는 타하라 힐까지 등산을 했다. 웰스 목사는 함께 걷기에 아주 편안한 동반자였고, 어떤 지형에서도 빠른 걸음으로 아주 쉽게 걸어가면서 주변에 보이는 오만 가지 매력적인 것들을 가르쳐 주었다.

"여기 처음 왔을 때 저는 타히티가 원산지인 식물과 채소들은 뭐고, 옛날 정착민과 탐험가 들이 들여온 외래종은 뭔지 알아보려고 애썼지만, 여간 힘든 일이 아니더군요. 타히티인들은 농사지어 재배하는 채소들까지 식물이면 모조리 신들의 선물이라고만 말해 주었기에 별 도움이 안 됐어요." 가파른 언덕을 오르던 그날, 그가 말했다.

"그리스인들도 같은 이야기를 했어요. 그들은 포도 덩굴과 올리브 숲을 신들이 심었다고 생각했죠." 숨을 몰아쉬면서 앨마가 말했다.

"맞아요. 어떻게 보면 자기네 손으로 만들어 냈다는 사실을 잊어버리는 것 같죠? 폴리네시아인은 어딜 가든 새로운 섬에 정착할 때 타로 뿌리와 코코넛 야자수와 빵나무를 가져간다는 걸 우리도 다 알지만, 이 사람들은 그것들 전부를 신들이 여기 심어 놓았다고 이야기할 겁니다. 그런 이야기 중 어떤 건 꽤 그럴듯하기도 해요. 빵나무가 사람 몸을 닮은 이유는 신들이 인간에게 유용한 나무라는 걸 알려 주기 위해서라고 하거든요. 빵나무 잎이 인간의 손을 닮은 이유도 인간이 그 나무에 손을 뻗어서 먹고살아야 함을 가르쳐 주려는 거라고요. 사실 타히티인들은 이 섬에서 자라는 쓸모 있는 식물들은 '전부' 사람의 어딘가를 닮았다고, 신이 보낸 메시지라고들 해요. 머리를 닮은 코코넛에서 나온 코코넛 오일이 두통에 좋은 것도 그 때문이라나요. '마페' 밤나무의 열매가 신장을 닮았기 때문에 신장병에 좋다고 하더군요. '페이' 식물의 진홍색 진액은 혈액과 관련된 질병에 쓸모 있다는 뜻이래요."

"모든 것의 서명이죠." 앨마가 중얼거렸다.

"맞아요, 맞아." 웰스 목사가 대꾸했다. 앨마는 그가 자신의 말을 제대로 들었는지 자신할 수 없었다. "여기 이것처럼 플랜테인^{불에 익혀서 먹는 바나나 비슷한 열매가 열리는 열대 식물.} 가지도 인체의 상징이라고 합니다. 그 모양 때문에 플랜테인은 평화의 제스처로, '인간애'의 제스처로 사용되죠. 적의 발 앞 땅바닥에 가지를 던져서 항복이나 협상에 기꺼이 응하겠다고 의사를 표시하는 겁니다. 타히티에 처음 도착했을 때 그 사실을 알게 되었음이 저한테도 얼마나 다행이었는지! 사람들 손에 죽어서 잡아먹히지 않으려고 온 사방에 플랜테인 가지를 던지고 다녔거든요!"

"정말로 잡아먹히기도 하나요?" 앨마가 물었다.

"그럴 리가 없기는 하지만 선교사들은 항상 그런 걸 두려워합니다. 선교사들끼리 나누는 기발한 농담 중에 이런 게 있다는 거 아세요? '선교사를 잡아먹은 식인종이 죽으면 소화된 선교사의 몸은 심판의 날에 부활할까? 부활하지 못한다면 성 베드로는 누구를 천국에 보내고 누구를 지옥에 보낼지 어떻게 알까?' 하하하!"

"파이크 씨는 방금 전에 언급하신 개념에 대해서 이야기한 적이 없던가요?" 선교사들끼리 통하는 농담은 듣는 둥 마는 둥 하던 앨마가 물었다. "신이 식물을 다양하고 신기한 모양으로 창조한 이유는 인간을 위해 그 용도를 보이려는 의도에서였다고요."

"파이크 씨와 나는 수많은 이야기를 나눴습니다!"

앨마는 자신의 정체를 지나치게 많이 드러내지 않으면서 특정한 질문을 하려니 적잖이 난감했다. 아버지의 고용인에 대해서 그녀가 왜 그렇게 관심을 보인단 말인가? 의심을 불러일으키고 싶지는 않았다. 하지만 목사는 대단히 묘한 인물이었다. 그는 솔직하면서 동시에 통 알 수 없는 면을 지녔다. 앰브로즈의 이야기를 할 때마다 앨마는 웰스 목사의 얼굴에서 단서를 찾으려고 유심히 살폈지만 그의 생각을 읽어 내기란 불가능했다. 그는 항상 흔들림 없는 표정으로 세상을 바라보았다. 그의 기분은 어떤 상황에서도 변하지 않았다. 마치 등대처럼 꾸준했다. 목사의 성실함은 너무도 완벽하고 온전해서 가면 같다고 여겨질 정도였다.

그들은 드디어 하얗게 바랜 묘석 군데군데에 십자가가 새겨진 묘지에 당도했다. 웰스 목사는 곧장 작은 묘비로 깔끔하게 표시된 앰브로즈의 무덤으로 앨마를 데려갔다. 마타바이 만 전체가 내려다보이고 그 너머로 선명한 바다가 펼쳐진 아름다운 자리였다. 앨마는 실제로 무덤을 보면 감정을 절제할 수 없을지도 모른다는 생각에 두려워했지만, 계속 차분한 채였고 오히려 그와 더욱 멀어지는 듯한 기분이었다. 그곳에서는 앰브로즈의 존재가 전혀 느껴지지 않았다. 앨마가 이끼를 연구하는 동안, 경이와 신비에 대해 떠들면서 풀밭에 길고 멋진 다리를 뻗고 누워 있던 그의 모습이 떠올랐다. 그는 이곳보다 필라델피아에, 그녀의 기억 속에 더 많이 존재하는 것 같았다. 발밑에서 그의 뼈가 썩어 가고 있음을 상상할 수 없었다. 앰브로즈는 땅에 속하는 사람이 아니었다. 그는 공기에 속한 사람이었다. 그는 '살아' 있을 때도 거의 땅에 붙어 있지 않았다고, 앨마는 생각했다. 그런데 지금 어떻게 땅속에 갇혀 있을 수 있단 말인가?

"여기에는 관을 짤 만한 목재가 없어서, 이곳 사람들이 장

례를 치르듯이 토속 천으로 파이크 씨를 감싼 뒤 낡은 카누 선
체에 담아서 매장했습니다. 제대로 된 연장이 없으니 여기서
널빤지를 만들기란 워낙 어려운 작업이고, 또 원주민들은 좋
은 목재를 구하면 그걸 무덤에 낭비하고 싶어 하지 않기 때문
에 낡은 카누를 대신 사용하곤 합니다. 하지만 원주민들은 파
이크 씨의 기독교 신앙을 깊이 존중해 주었어요. 못자리도 떠
오르는 태양을 바라보도록 동쪽으로 방향을 잡아 주었죠, 모
든 기독교 교회에서 하듯이 말입니다. 말씀드렸다시피 저들은
그 친구를 좋아했습니다. 그가 행복하게 죽음을 맞이했기를
빕니다. 그는 최고의 인간이었어요."

"그 사람, 여기서 지낼 때 행복해 보이던가요, 웰스 형제님?"

"결국에는 우리 모두 그러하듯이 그 친구도 섬에서 즐길 거
리를 많이 찾았습니다. 난초가 좀 더 많이 자라기를 바랐음은
확실해요! 말씀드렸다시피 자연사를 연구하러 오는 사람들에
게 타히티는 실망스러울 수도 있어요."

"파이크 씨가 형제님을 괴롭힌 적은 없나요?" 앨마가 과감
하게 한 발 더 나아갔다.

"사람들은 여러 가지 이유로 이 섬에 옵니다. 여기 해변으
로 떠밀려 온 사람들 대부분은 자기네가 어떤 데 왔는지 정신
을 못 차리는 것 같다고, 아내가 가끔 얘기했어요! 어떤 사람
은 완벽한 신사인 듯 보였지만 나중에 알고 보니 본국에서 범
죄자였더군요. 반면에 유럽에서는 완벽한 신사로 지내다가 범
죄자처럼 살아 보려고 이곳에 온 사람들도 있지요! 다른 인간

의 마음이 어떤지는 절대로 알 수 없습니다."

그는 앨마의 질문에 대답하지 않았다.

'앰브로즈는 어땠는데요?'라고 그녀는 묻고 싶었다. 그의 마음은 어땠죠?

앨마는 말을 삼켰다.

그러자 웰스 목사가 평소처럼 밝은 목소리로 말했다.

"저쪽 낮은 담장 양쪽에는 제 딸들의 무덤이 있습니다."

그 말에 충격받은 앨마는 입을 다물었다. 그녀는 웰스 목사의 딸들이 이곳에서 죽었음은 고사하고 그에게 딸이 있다는 사실조차 모르고 있었다.

"오래 살지 못한 아이들이라 아주 작은 무덤입니다. 아무도 돌을 넘기지 못했지요. 왼쪽에 있는 게 헬렌, 엘리너, 로라의 무덤입니다. 그 옆으로 오른쪽에 페넬로페와 시어도시아가 묻혀 있죠."

다섯 개의 묘비는 벽돌보다도 작고 앙증맞았다. 앨마는 뭐라고 위로해야 할지 얼른 생각해 낼 수 없었다. 그렇게 슬픈 광경은 처음 보았다.

충격받은 앨마의 얼굴을 본 웰스 목사는 상냥하게 미소 지었다.

"하지만 위안을 주는 아이도 남아 있어요. 저 아이들의 막냇동생 크리스티나는 살았거든요. 하느님께서는 우리에게 생명으로 이끌 수 있는 딸 하나를 주셨고 아직 살아 있습니다. 지금은 콘월에서 살고 있는데 벌써 어린 세 아들의 어머니가 되

모든 것의 이름으로

었지요. 집사람은 딸과 같이 지냅니다. 아내는 살아 있는 우리 아이와 같이 지내고, 저는 이곳에서 세상을 떠난 아이들을 동무 삼아 지내는 거죠."

그가 앨마의 어깨 너머를 돌아보았다.

"아, 보세요! 프랜지패니가 피었네요! 좀 따서 마누 자매님께 가져다 드려야겠습니다. 오늘 밤 예배 때 쓰실 모자에 장식하시라고요. 좋아하시겠죠?"

＊

웰스 목사는 항상 앨마를 어리둥절하게 했다. 그토록 많은 것을 잃었으면서도 그토록 쾌활하고, 불평이라곤 없이 그토록 적은 것을 누리며 사는 사람은 만나 본 적이 없었다. 시간이 흐르면서 앨마는 그가 집도 없다는 사실을 알게 되었다. 그가 소유한 '파레'는 없었다. 그는 교회 회중석에서 잠을 잤다. 종종 '아후 타오토'도 덮지 않고 잠을 잤다. 그는 고양이처럼 어디서나 꾸벅꾸벅 졸았다. 그에게는 성경책 말고 자기 물건이라는 게 없었는데, 가끔은 성경책마저 몇 주일간 사라졌다가 누군가 도로 가져다 놓기도 했다. 그는 가축을 기르지도 않았고 텃밭을 가꾸지도 않았다. 산호초에 갈 때 타고 나가는 작은 카누역시 마음씨 고운 열네 살짜리 소년에게 빌린 것이었다. 온 세상의 죄수나 사제나 거지를 따져 봐도 그 사람보다 덜 가진 이는 없으리라고 앨마는 생각했다.

하지만 늘 그런 식은 아니었음도 알게 되었다. 프랜시스 웰스는 부유한 어부 집안의 대가족과 함께 콘월의 바닷가 마을인 팰머스에서 자랐다. 어린 시절의 이야기를 상세하게 들려주진 않았지만("내가 했던 짓들을 다 까발려서 자매님이 나를 나쁘게 생각하게 되는 일은 피하고 싶군요!") 거친 소년이었음을 내비쳤다. 그는 머리를 얻어맞은 듯 돌연 하느님을 찾게 되었다. 웰스 목사가 들려준 회개 경험은 최소한 이런 식이었다. 술집과 싸움박질, '배 속에 들이붓는 술'…… 그러다가 신의 계시!

그때부터 그는 배움과 경건한 삶으로 돌아섰다. 곧 그는 인근 감리교 목사의 딸이자 교양과 덕망을 갖춘 이디스라는 아가씨와 결혼했다. 이디스를 통해 그는 더 충실하고 명예롭게 말하고 생각하고 행동하는 법을 배웠다. 책을 좋아하게 되었고, 그의 표현대로 말하자면 '온갖 종류의 고상한 생각'을 좋아하게 되었다. 그는 성직자 안수를 받았다. 젊고 이상에 사로잡힌 신참 목사 프랜시스 웰스와 그의 아내 이디스는 런던 선교회를 찾아가서 가장 먼 이교도의 땅에 파견되어 구세주의 복음을 설파하겠다고 청했다. 신을 섬기며 동시에 거친 뱃사람 역할도 가능한 사람을 찾기란 드문 일이었으므로 런던 선교회는 프랜시스를 환영했다. 해외 선교 분야에서만큼은 케임브리지 출신의 신사 같은 이들을 원하지 않았다.

1797년, 웰스 목사 부부는 다른 열다섯 명의 영국인 선교단과 함께 선교 목적으로는 처음 타히티를 찾은 배를 타고 섬에 도착했다. 당시 타히티인들이 믿는 신은 180센티미터 길이의 나무에 '타파' 천을 감싸고 붉은 깃털로 장식한 우상이었다.

"처음 우리가 왔을 때 원주민들은 우리 옷을 굉장히 신기해했습니다. 한 사람은 제 신발을 벗기다가 양말을 보고는 겁을 집어먹고 펄쩍 뛰며 물러나더군요. 발가락이 없다고 생각했던 거죠! 신발은 곧 그들이 가져가 버렸고요!"

프랜시스 웰스는 이내 타히티인들을 좋아하게 됐다. 그들의 재치가 마음에 들었다고, 그는 말했다. 그들은 흉내 내는 재능이 뛰어나고 놀리기를 좋아했다. 그들을 보면 팰머스 부두의 유머와 여흥이 떠올랐다. 밀짚모자를 쓸 때마다 아이들이 졸졸 따라다니며 "머리에 초가지붕을 썼대요! 머리에 초가지붕을 썼대요!"라고 외치는 것이 좋았다.

그는 타히티인들을 좋아했지만 그들을 개종시키는 행운까지는 얻지 못했다.

"성경에는 '그들이 내 소문을 들은 즉시로 내게 청종함이여, 이방인들이 내게 복종하리로다.'라고 되어 있지요. 아마 2000년 전에는 그랬을 겁니다! 하지만 우리가 처음 타히티에 당도했을 때는 그렇지 않았어요! 여기 사람들은 성품이 착하기는 하지만 개종시키려는 우리의 노력을 모두 거부했지요, 아주 완강하게요! 우리는 아이들의 마음조차 잡지 못했습니다! 아내가 어린이 학교를 열었지만 부모들은 '왜 내 아들을 가두느냐? 당신네 신을 통해서 무슨 부를 누리겠느냐?'라며 불평해 댔습니다. 타히티 학생들의 기특한 점은 다들 착하고 친절하고 공손하다는 거예요. 한편 난감한 점은 아이들이 우리 주님께는 관심이 없다는 거였어요! 아이들에게 교리 문답을 가르치려고 하면 걔들은 가엾은 아내한테 깔깔댈 뿐이었죠."

개척 선교사들의 삶은 몹시 고됐다. 비참함과 당혹스러움이 그들의 야망을 갉아먹었다. 그들의 복음은 무관심 아니면 조롱을 당했다. 첫해에 선교단 사람 두 명이 죽었다. 타히티에 몰아친 모든 재난은 선교사들의 탓으로 돌려졌고, 신이 보낸 사람들임을 아무도 믿어 주지 않았다. 그들이 가져온 짐은 썩어 문드러지거나 쥐가 쏠거나 바로 눈앞에서 약탈당했다. 웰스 부인은 영국에서 가문 대대로 내려오는 보물 딱 하나를 가져왔다. 매 시간마다 종이 울리는 뻐꾸기시계였다. 처음 시계 종소리를 들은 타히티인들은 겁에 질려서 달아났다. 두 번째 만남에는 시계 앞에 과일을 가져다 놓고 경외감을 표하며 절을 했다. 세 번째 때에는 훔쳐 가 버렸다.

"신보다는 당신이 가져온 가위에 더 관심을 보이는 사람들을 개종시키기란 어려운 법이죠! 하하하! 하지만 생전 처음 보는 가위를 탐내는 사람을 어떻게 탓하겠습니까? 상어 이빨로 만든 칼날에 비하면 가위는 기적으로 보이지 않겠어요?"

근 이십 년 동안 웰스 목사뿐만 아니라 섬에 온 다른 선교사들 역시 단 한 사람의 타히티인도 기독교도로 개종시키지 못했다. 폴리네시아의 다른 섬에서는 적잖은 이들이 기꺼이 진정한 신을 받아들였지만 타히티는 완고했다. 다정하지만 옹고집이었다. 샌드위치 제도, 내비게이터 제도, 갬비어 제도, 하와이 제도, 심지어 무시무시한 마르키즈 제도조차 모두 그리스도를 영접했지만, 타히티는 요지부동이었다. 타히티인들은 정말 사랑스럽고 발랄했지만 엄청나게 고집이 셌다. 그들은 미소를 짓고 웃음을 터뜨리고 춤을 추며 끝내 향락주의를 포기하려고 하지 않았다. '이 인간들의 영혼은 놋쇠하고 철로 만들었나 봐.'라고 영국인들은 불평했다.

지치고 좌절한 첫 선교단의 일부는 런던으로 돌아갔고, 곧 남태평양에서 겪은 경험을 강연과 책으로 전하며 풍족하게 생계를 유지할 수 있게 되었다. 어느 선교단은 돌로 교회를 지으려고 섬에서 가장 신성한 신전을 파괴하다가 창끝으로 위협을 받으며 타히티에서 쫓겨났다. 타히티에 남아 있던 신의 사도들도 일부는 다른 길로 접어들었고 더 손쉬운 일을 하러 나섰다. 머스킷 총과 화약 판매상이 된 이도 있었다. 어떤 이는 현지인 아내를 한 명도 아니고 둘이나 침대로 끌어들인 뒤 파페에테에 호텔을 열었다. 이디스 웰스의 젊고 순진한 사촌이었던 제임스라는 청년은 신앙심을 잃고 절망에 빠진 채 하급 선원이 되었고 바다로 나간 뒤 다시는 소식을 들을 수 없었다.

죽거나 쫓겨나거나 타락하거나 지치거나, 최초의 선교단은 전부 다 그런 연유로 빠져나갔지만 마타바이 만에 남은 프랜시스와 이디스 웰스 부부는 예외였다. 그들은 타히티어를 배우며 불편한 삶을 이어 갔다. 정착 초기에 이디스는 딸들을 낳았지만(엘리너, 헬렌, 로라) 아기 때 모두 차례로 세상을 떠났다. 그런데도 웰스 부부는 단념하지 않았다. 그들은 거의 둘

만의 힘으로 작은 교회를 지었다. 웰스 목사는 산호를 엉성한 가마에 넣고 구워서 가루로 만든 표백 산호로 회반죽을 만드는 방법을 고안해 냈다. 회반죽을 칠하자 교회는 조금 봐 줄 만해졌다. 그는 염소 가죽과 대나무로 풀무를 만들었다. 그는 영국에서 가져온 형편없는 상태의 축축한 씨앗을 텃밭에 심었다.("삼 년간 애쓴 끝에 드디어 딸기 하나를 수확해서 우리끼리, 아내와 제가 나누어 먹었습니다. 착한 아내가 눈물을 흘리기에 충분할 정도의 맛이었지요. 그 뒤로는 좀처럼 딸기를 길러 내지 못했어요. 가끔 꽤 운이 좋으면 양배추는 성공했지요!"라고 그는 앨마에게 말했다.) 그는 암소 네 마리를 구했지만 곧이어 도둑맞았다. 커피와 담배를 기르려던 시도 역시 실패로 돌아갔다. 감자와 밀, 포도도 마찬가지였다. 선교단이 데려온 돼지는 잘 자랐지만 다른 가축은 기후에 적응하지 못했다.

웰스 부인은 마타바이 만 원주민들에게 영어를 가르쳤는데, 다들 영리했으므로 언어를 빨리 습득했다. 부인은 열 명쯤 되는 인근 아이들에게 읽고 쓰기를 가르쳤다. 아이들 중 몇몇은 웰스 부부와 함께 살았다. 완벽한 문맹 상태였던 어떤 아이는 불과 18개월 만에 신약성경을 한 글자도 더듬거리지 않고 읽을 수 있게 되었지만, 그 소년 역시 기독교로 개종하지는 않았다. 아무도 개종하지 않았다.

웰스 목사는 앨마에게 말했다. "타히티인들은 종종 내게 묻습니다. 당신네 신의 증거는 무엇이냐고요. 그들은 기적 이야기를 제게 바라는 겁니다. 복을 받아 마땅한 사람들이 받은 혜택이나 죄 지은 자들에게 내려진 처벌의 증거를 원했죠. 다리 하나를 잃은 어떤 사람은 부디 새로운 다리가 자라게 해 달라고 나의 신에게 빌어 달라더군요. 저는 그에게 '이 나라뿐 아니라 어딜 간들 제가 당신에게 새 다리를 구해 줄 수 있겠습니까?'라고 했지요. 하하하. 제가 기적을 일으키지 못했기 때문에 저들은 별로 미더워하지 않았어요. 어린 타히티 소년 하나는 아기 여동생의 무덤에 서서 '왜 예수님은 내 동생을 땅에 심었어요?'라고 묻더군요. 아이는 저더러 예수님께 부탁해서 죽은 아이를 살아나게 해 달라고 했습니다. 하지만 자기 아이들도 살려 내지 못하는 제가 어떻게 그런 기적을 행하겠습니까? 저는 우리 구세주에 대한 증거를 하나도 내세우지 못했지만, 제 착한 아내는 '내적 증거'를 불러일으켜 주었습니다. 그때나 지금이나 제가 아는 건 내 마음이 진실하고, 주님에 대한 사랑 없이는 비참한 인간이라는 사실입니다. 다른 사람들에게는 그것만으로 충분하지 않을 수도 있어요. 그들에게 제 마음을 보여 줄 수 없으니 그들을 탓할 순 없습니다. 사람들은 한때 제 마음에 자리 잡았던 어둠도, 그 어둠을 대체한 빛도 보지 못합니다. 하지만 오늘날까지 제가 내세울 수 있는 유일한 기적은 바로 그 소박한 경험이지요."

영국인들의 신이 대체 어떤 종류의 존재고 어디에서 사는지, 원주민들 사이에서 큰 혼란이 있었다는 사실도 들었다. 오랜 세월 마타바이 만 원주민들은 웰스 목사가 들고 다니는 성경책이 실제로 그의 신이라고 믿었다. "저들은 제가 신을 너무도 스스럼없이 팔 밑에 끼고 다니거나 탁자에 덜렁 놔두고 다니거나, 가끔 다른 사람들에게 빌려주기도 한다는 사실을 아주 불편해했어요! 나의 신은 어디에든 다 계시다는 걸 설명하려고 애썼지요. 그러자 사람들은 그러면 왜 신이 자기들 눈에 안 보이는지 알고 싶어 했고, 제가 우리 신은 눈에 보이지 않기 때문이라고 대답하면, 저들은 '그럼 어째서 당신은 당신의 신한테 걸려 넘어지지 않느냐?'라고 물었고, 저는 '친구들이여, 나도 당연히 가끔은 걸려 넘어진답니다!'라고 말해 주었습니다."

런던 선교회는 어떤 방식으로든 지원해 주지 않았다. 십년 가까이 웰스 목사는 런던으로부터 아무런 소식도 전해 듣지 못했다. 지시 사항도, 원조도, 격려도 없었다. 그는 혼자 힘으로 종교를 세워야 했다. 우선 그는 세례를 원하는 사람이라면 누구에게든 세례식을 거행해 주었다. 과거의 우상을 버리고 진정한 구세주를 영접했음이 '상당히 확실해'지기 전까지 아무도 세례받아서는 안 된다고 주장했던 런던 선교회의 지침과는 많이 동떨어진 행동이었다. 그러나 타히티인들은 과거의 믿음을 그대로 유지한 채 단순히 즐거운 놀이로서 세례받기를 '원했다.' 웰스 목사는 그런 상황을 받아들였다. 그는 수백 명의 비신자들과 절반의 신자들에게 세례해 주었다.

"제가 감히 누구라고 세례받겠다는 사람을 막겠습니까?" 놀랍게도 그가 앨마에게 되물었다. "하지만 아내는 인정하지 않았습니다. 잠재적인 기독교인이라도 세례받기 전에 아주 엄격하게 신앙을 시험해야 한다고 굳게 믿었거든요. 하지만 제가 보기에 그건 종교 재판 같았어요! 아내의 주장은 종종 신앙심을 억지로 일치시키려던 런던의 동료들을 떠오르게 했지요. 하지만 집사람과 저 사이에서도 신앙심이 일치하지 않는데 어쩌겠습니까! 착한 저의 아내에게 저는 가끔 말했습니다. '친애하는 이디스, 우리가 고작 스페인 사람이 되려고 그 먼 거리를 온 거요?' 누군가 강에 풍덩 빠지기를 원한다면 저는 그 사람을 강에 빠뜨려 줄 겁니다! 누군가 하느님을 찾아온다면 그건 제가 어떤 행동을 했거나 하지 않았기 때문이 아니라 하느님의 뜻이 통했기 때문이겠지요. 그러니 세례해 준다고 해될 게 뭐 있겠어요? 강물에 들어갈 때보다 조금은 더 깨끗해졌을 테니 어쩌면 천국에도 좀 더 가까워졌겠지요."

이따금 어떤 사람들에게는 일 년에도 여러 번, 혹은 연이어 수십 번씩 세례해 주기도 한다고 웰스 목사는 고백했다. 단지 해될 것이 없다고 여겼기 때문이었다.

몇 년 뒤 웰스 부부는 두 딸, 페넬로페와 시어도시아를 낳았다. 그들 역시 아기 때 사망했고, 언덕 위 언니들 곁에 잠들었다.

타히티에 새 선교단이 당도했다. 그들은 마타바이 만과 웰스 목사의 위험스러운 자유주의 노선을 멀리했다. 새로 온 선교사들은 원주민들을 더 엄격하게 대했다. 그들은 간음과 일부다처제, 무단 침입, 주일 어기기, 도둑질, 유아 살해, 로마 가톨릭교를 금지하는 교칙을 세웠다. 한편 프랜시스 웰스는 정통 선교사들의 활동과는 더욱더 멀어졌다. 1810년, 그는 런던의 승인을 먼저 받지 않은 상태에서 성경을 타히티어로 번역했다. "성경 전체를 번역한 것이 아니라 제 생각에 타히티인들이 좋아할 것 같은 부분만 골라서 번역했지요. 휘태커 자매님에게 친숙한 성경보다는 훨씬 짧습니다. 예컨대 사탄이 언급된 부분은 모두 빼 버렸습니다. 타히티인들은 어둠의 왕자에 대한 이야기를 들으면 들을수록 존경심과 매력을 더 느낄 것 같아서 사탄을 지나치게 거론하지 않는 게 최선이라고 생각했지요. 갓 결혼한 여인이 교회에 와서 무릎을 꿇은 뒤 첫아이를 아들로 달라고 사탄에게 간절히 기도하는 모습을 목격한 적도 있어요. 제가 기도의 방향을 고쳐 주려고 하니까, 그 여인은 '하지만 전 모든 기독교인들이 두려워하는 신에게 잘 보이고 싶다고요!'라고 하더군요. 그래서 더는 사탄을 논하지 않기로 결정한 겁니다. 사람은 융통성을 발휘해야 합니다. 융통성을 발휘해야 해요!"

런던 선교회에서도 결국 그 같은 융통성에 관한 소식을 듣게 되었고, 진노한 나머지 웰스 부부에게 즉각 설교를 중단하고 영국으로 돌아오라는 전갈을 보냈다. 하지만 세상 반대편에 있는 런던 선교회가 얼마나 영향력을 미칠 수 있었겠는가? 한편 웰스 목사는 이미 설교를 중단한 '뒤'였고, 아직 자신의 신을 '완전히' 버리지 않았음에도 불구하고 마누 자매에게 설교를 맡겼다. 그녀는 예수 그리스도를 좋아했고, 뛰어난 언변으로 그를 설파했다. 그 소식은 런던 교단을 더욱 분노하게 했다.

"하지만 저는 런던 선교회의 부름에 응답할 수 없었습니다." 그가 사죄하듯 앨마에게 설명했다. "이곳에서 저는 오직 모든 자비를 베푸시는 창조주께 응답할 수 있을 뿐이고, 우리 창조주 하느님께서 마누 자매님을 좋아하신다는 걸 굳게 믿습니다."

그럼에도 1815년까지 기독교를 온전히 받아들인 타히티인은 단 한 사람도 없었다. 그해 타히티의 군주인 포마레 왕은 파페에테에 있는 영국인 선교단에게 영어로 쓴 편지와 함께 모시던 신상(神像)을 모두 실어 보내며 과거에 믿던 신을 불태워 버리고 싶다고 알려 왔다. 드디어 그가 기독교인이 되고자 했던 것이다. 포마레 왕은 자신의 결정으로 심한 곤경에 빠져 있는 타히티와 백성들이 구원받기를 바랐다. 섬에 새 배가 들어올 때마다 새 전염병이 창궐했다. 홍역과 천연두, 매매춘이 낳은 끔찍한 질병으로 집집이 온 가족이 몰살당했다. 1772년에 쿡 선장은 타히티 인구를 2만 명으로 추정했는데, 1815년에는 그 수가 8000명으로 줄었다. 존귀한 추장이든 지주든 천민이든, 아무도 질병을 피해 가지 못했다. 왕의 친아들도 폐결핵으로 사망했다.

그 결과 타히티인들은 자신들의 신에게 의심을 품기 시작했다. 죽음이 너무도 많은 집에 찾아오자, 확실했던 모든 것들이 의심의 대상이 되었다. 질병이 번지면서, 영국인들의 신이 자기 아들인 예수 그리스도를 거부한 타히티인들을 벌주고 있다는 소문이 돌았다. 그런 공포감이 타히티인들을 하느님에게 인도했고, 포마레 왕은 첫 개종자가 되었다. 기독교인으로서 그가 처음 한 행동은 연회를 준비하여, 먼저 옛 토속 신들에게 음식을 바치는 의식 없이 모든 사람들 앞에서 음식을 먹는 모습을 보인 것이었다. 왕이 진노한 신들에게 벌받아 고꾸라져 죽으리라고 굳게 믿은 군중이 겁에 질린 채 몰려들었다. 그는 고꾸라져 죽지 않았다.

그 뒤로 모두들 개종에 나섰다. 온갖 모욕과 떼죽음에 시달린 타히티는 마침내 기독교를 받아들였다.

"우리가 운이 좋았던 게 아닐까요? 정말 행운이 아니었을까요?" 웰스 목사가 앨마에게 말했다.

그는 그 말 역시 항상 똑같이 쾌활한 말투로 이야기했다. 웰스 목사의 바로 그런 점이 수수께끼였다. 끊임없이 유쾌한 그의 태도 뒤에는 무엇이 감추어져 있을지, 앨마로서는 짐작조차 되지 않았다. 냉소적인 사람일까? 이단자일까? 얼간이일까? 그의 순진함은 훈련의 결과일까, 타고난 성품일까? 언제 보아도 천진난만하고 거리낌 없는 그의 표정은 도무지 파악할 수 없었다. 그의 얼굴은 의심이나 탐욕이나 잔인함을 품은 사람이 부끄러움을 느낄 만큼 너무도 진솔했다. 거짓말쟁이가 얼굴을 들 수 없게 하는 얼굴이었다. 개인사나 여행의 이유를 솔직하게 털어놓은 적이 없는 앨마도 가끔 부끄러움을 느끼게 하는 얼굴이었다. 그녀는 종종 거대한 손으로 그의 작은 손을 덥석 잡고서, 웰스 형제님이니 휘태커 자매님이니 하는 공손한 호칭은 내버린 채 "프랜시스, 전 당신께 솔직하지 못했어요. 제 사연을 전부 들려 드릴게요. 제 남편과 우리 둘의 부자연스러운 결혼에 대해서 말씀드릴게요. 앰브로즈가 어떤 사람이었는지 이해할 수 있게 저를 좀 도와주세요. 그 사람에 대해서 아는 대로 말씀해 주시고, 그 소년에 대해서도 아는 대로 알려 주세요."라고 말하고 싶었다.

그러나 그녀는 그러지 않았다. 그는 하느님의 사제이자 명예로운 기혼 기독교인이었다. 어떻게 그런 이야기를 그에게 털어놓을 수 있겠는가?

그러나 웰스 목사는 앨마에게 개인사를 전부 털어놓았고 아무것도 숨기지 않았다. 포마레 왕의 개종 이후 불과 몇 년 만에 웰스 부부는 전혀 뜻밖의 딸을 또 낳게 되었다. 이번 아기는 살아남았다. 웰스 부인은 그것을 하느님의 인정이라고 받아들였다. 웰스 부부가 타히티를 기독교로 교화하는 데 도움을 주었다는 징표라고. 그래서 부부는 아이 이름을 크리스티나라고 지었다. 당시 그의 가족은 교회 바로 옆에 있는, 정착지에서 가장 좋은 오두막에서 살았다. 현재 마누 자매가 살고 있는 바로 그 오두막이었고, 그들은 정말로 행복했다. 웰스 부인과 딸은 금어초와 미나리아재비를 기르며, 작지만 진짜 영국식 정원처럼 그곳을 꾸몄다. 섬의 다른 아이들처럼 소녀는 걷기보다 수영을 먼저 배웠다.

"크리스티나는 저의 기쁨이자 보상이었습니다. 하지만 타히티는 영국 여자아이를 키울 곳이 못된다고 아내는 생각했지요. 아이에게 나쁜 영향을 줄 것들이 너무 많다나요. 전 동의하지 않았지만 집사람은 그렇게 생각했습니다. 크리스티나가 장성하자 아내는 딸을 영국으로 데려갔습니다. 그 뒤로는 두 사람을 보지 못했어요. 다시는 만나지 못할 겁니다." 웰스 목사가 말했다.

앨마가 보기에 그의 운명은 외로울 뿐만 아니라 지독히도 불공평했다. 선량한 영국인이 남태평양 한가운데 홀로 남은 채 고독하게 늙어 간다는 것은 있을 수 없는 일이었다. 말년의 아버지가 생각났다. 앨마가 없었다면 그는 어떻게 되었을까?

그녀의 표정을 읽은 듯 웰스 목사가 말했다. "아내와 크리스티나가 그립긴 하지만 제게 가족이 전혀 없는 건 아닙니다. 마누 자매님과 에티니 자매님은 그냥 호칭뿐 아니라 진짜 여동생이라고 여기고 있어요. 교회 학교에서도 다행히 수년간 똑똑하고 마음씨 착한 학생들을 많이 길러 낼 수 있었고, 저는 그들을 제 친자식이라고 생각합니다. 그중에는 현재 선교사가 된 아이들도 있지요. 우리가 가르쳤던 원주민 학생들이 이제 주변 섬에서 목회 활동을 하고 있어요. 타마토아 마레는 라이아테아 섬에서 복음을 전하고 있습니다. 파티는 후안히네 섬에서 구세주의 왕국을 넓혀 가는 중이지요. 보라보라 섬에서 하느님의 이름으로 지칠 줄 모르고 일하는 파우모아나도 있고요. 모두가 제 아들이고, 다들 존경받고 있습니다. 타히티에는 '타이오(taio)'라고 입양과 비슷한 말이 있는데, 남을 가족으로 들인다는 뜻이에요. 현지인과 '타이오'를 맺으면 서로 족보를 맞바꿔서 가족의 일부가 되지요. 여기서는 족보가 무엇보다도 중요합니다. 족보를 30대 조상까지 암송할 수 있는 타히티인 들도 있습니다. 성경의 가계도하고 다를 게 없어요. 그 족보에 들어가는 것은 크나큰 영예죠. 그러니까 말하자면, 제게는 이 섬에서 함께 살아갈 타히티인 아들들이 있고, 저 같은 늙은이 에게는 그게 위안이 된답니다."

"하지만 함께 있는 건 '아니'잖아요." 앨마는 지적하지 않을 수 없었다. 그녀는 보라보라 섬이 얼마나 먼지 정확히 알고 있 었다. "그 사람들은 형제님을 도울 수도 없고 필요할 때 돌봐 드리지도 못해요."

"물론 사실이지만 그저 그들이 존재한다는 걸 알기만 해도 위안이 됩니다. 제가 꽤나 서글픈 인생을 살고 있다고 생각하 시는군요. 오해하지 마세요. 저는 제가 의도한 곳에서 살고 있 습니다. 저는 결코 제게 부여된 소명을 떠날 수 없어요. 여기서 제가 하는 일은 심부름이 아니에요. 나중에 은퇴해서 편히 노 망이나 부리며 살아도 되는 그런 일자리가 아닙니다. 세상의 바람과 슬픔에 맞서는 뗏목처럼, 제가 살아 있는 동안 작은 교 회를 유지하는 겁니다. 제 뗏목에 타고 싶어 하는 사람이라면 누구든 환영이죠. 그 누구도 뗏목에 타라고 강요하지는 못하 겠지만 어떻게 제가 뗏목을 버리겠습니까? 선교사 한 사람 몫 을 하기 전에 벌써 더 나은 기독교인이 된 거 아니냐며, 제 착 한 아내도 제게 한 소리를 했습니다. 그 사람 말이 맞을지도 모 르죠! 하지만 지금까지 제가 누구 한 명이라도 제대로 개종시켜 냈느냐고 묻는다면 도통 자신이 없습니다. 이 교회는 저의 과업이므로 제가 남아 있어야 합니다."

앨마는 그가 일흔일곱 살이라는 사실을 알게 되었다.

24

10월이 왔다.

섬은 타히티인들이 '히아이아(hia'ia)', 즉 기근의 계절이라고 부르는 시기로 접어들었고 빵나무 열매를 찾지 못해 사람들은 때때로 굶주렸다. 고맙게도 마타바이 만에는 굶주림이 없었다. 양식이 풍족하지 않은 건 확실했지만, 굶주리는 사람 역시 없었다. 물고기와 타로 뿌리가 식량 문제를 해결해 주었다.

아, 타로 뿌리! 지겹고 아무 맛도 나지 않는 타로 뿌리! 가루로 으깨 끓여서 끈적끈적하게 된 반죽을 숯에 올려 구운 뒤 눅눅한 작은 공처럼 만든 것을 '포이(poi)'라고 불렸는데 아침 식사부터 성찬식, 돼지 먹이까지 모든 용도에 쓰였다. 단조롭게 타로 뿌리만 먹다가 가끔 메뉴에 작은 바나나가 더해질 때도 있었지만(달콤하고 맛있는 바나나는 거의 통째로 삼킬 수 있는 크기였다.) 그마저도 이젠 구하기가 어려웠다. 앨마는 돼지들을 은근히 쳐다보았으나 마누 자매는 다른 날을 위해, 더 굶주리는 날을 위해 아껴 두고 있는 듯했다. 그래서 돼지고기는 맛볼 수 없었고, 매 끼니마다 타로 뿌리뿐이거나 운이 좋으면 가끔 꽤 큰 생선을 먹었다. 앨마는 타로 뿌리만 피할 수 있다면 어떤 대가라도 치를 수 있을 것 같았지만, 타로 뿌리가 없는 날은 사실상 먹을 게 없는 날이었다. 웰스 목사가 왜 아예 식사를 포기했는지 이해되기 시작했다.

낮은 조용하고 뜨겁고 고요했다. 모두들 무기력하고 게을러졌다. 로저는 앨마의 텃밭에 구멍을 파고서 혀를 쭉 빼물고는 온종일 거기서 잠을 잤다. 대머리가 된 닭들은 먹이를 찾아 땅을 파헤치다가 단념하고는 맥이 쭉 빠져서 그늘에 주저앉았다. 가장 활력 넘치는 히로 패거리 아이들도 늙은 개처럼 오후 내내 그늘에서 꾸벅꾸벅 졸았다. 가끔은 뭉기적거리며 일을 벌이기도 했다. 히로는 밧줄에 매단 도끼날을 갖고 있었는데, 징을 치듯 바위에 던져 댔다. 마케아들 중 한 녀석은 돌로 오래된 술통 쇠테를 두들겼다. 일종의 음악을 연주하는 모양이라고 앨마는 생각했지만, 활기도 없고 피곤한 소음이었다. 타히티 전체가 지루하고 지쳐 있었다.

아버지 시대에 그곳은 전쟁과 욕망의 횃불로 활활 타오르던 섬이었다. 아름답고 젊은 타히티 남녀가 바로 그 해변에서 모닥불을 돌며 너무도 음란하고 요란하게 춤을 추는 바람에 제복을 입은 어린 헨리 휘태커는 놀라움에 고개를 돌려야 할 정도였다. 이제는 어디나 따분했다. 설교와 관료 제도와 질병을 각각 선물한 선교사들과 프랑스인, 포경선 덕분에 타히티에서는 악마가 쫓겨났다. 힘센 전사들 역시 모두 죽었다. 이젠 그늘에서 낮잠을 자다가 도끼날과 술통 쇠테를 두들겨 대기만 해도 충분히 즐거워하는 게으른 아이들뿐이었다. 이제 젊은이들의 야성은 무용지물이 된 걸까?

앨마는 그 소년을 찾아서 계속 더 먼 곳까지 혼자 걸어가기도 하고, 로저를 데려가거나 이름 없는 깡마른 조랑말과 동행하기도 했다. 그녀는 마타바이 만에서 양쪽 방향으로 섬의 해안선 주변에 있는 작은 마을과 정착지를 뒤졌다. 온갖 부류의 남자와 소년 들을 만나 보았다. 초기 유럽 탐험가들이 그토록 칭송해 마지않던 고상한 외모의 잘생긴 청년들도 보았지만, 다리가 코끼리 피부처럼 굳는 심각한 상피병(象皮病)에 걸린 청년들과, 어머니의 성병 때문에 눈에 연주창이 생긴 소년들도 맞닥뜨렸다. 척추 결핵으로 등이 굽고 휜 아이들도 있었다. 곱상한 얼굴이었을 텐데 수두와 홍역 자국이 가득한 청소년들도 보았다. 긴 세월 질병과 죽음으로 거의 텅 빈 마을도 찾아냈다. 마타바이 만보다 훨씬 엄격한 선교단의 정착지도 있었다. 가끔 다른 선교회에서 운영하는 예배에 참석한 적이 있었는데, 그곳에서는 아무도 타히티어로 찬송가를 부르지 않았다. 그 대신 사람들은 서툰 억양으로 경건한 장로교 찬송가를 불렀다. 어느 예배당에서도 그 소년은 보이지 않았다. 지친 노동자들과 길 잃은 여행객, 말없는 어부들과도 마주쳤다. 작열하는 태양 아래 앉아서 전통적인 방식으로 콧구멍에 바람을 불어넣어서 타히티 피리를 연주하는 한 노인을 보기도 했다. 너무나 구슬픈 소리에 고향이 그리워져서 앨마의 가슴까지 아려 왔다. 그러나 여전히 그 소년은 없었다.

앨마의 수색은 헛수고였고 조사도 매일 허탕이었지만, 마타바이 만으로 돌아와서 일상적인 선교 활동을 지켜보는 것은 항상 기쁜 일이었다. 웰스 목사가 산호 정원으로 초대해 주면 늘 감사했다. 앨마는 산호 정원도 화이트에이커에 있는 자신의 이끼밭과 유사하다는 사실을 깨달았다. 수량은 풍성하지만 성장 속도가 느려서 여러 해 동안 관찰할 수 있을 만했기 때문에 외로움에 빠져들지 않고 수십 년을 보낼 방편이 되었다. 앨마는 산호초까지 배를 타고 가며 나누는 대화도 몹시 즐거워했다. 웰스 목사가 마누 자매에게 앨마에게도 자신의 신발과 똑같이 생긴 산호초용 샌들을 짜 달라고 부탁한 덕에, 두툼한 판다누시 잎으로 만든 샌들을 신은 앨마는 뾰족한 산호초 위에서도 발을 베지 않고 걸어 다닐 수 있었다. 그는 해면과 말미잘, 산호를 비롯해 얕고 맑은 열대 바다에 사는 아름다운 생물을 모두 보여 주었다. 그는 알록달록한 물고기의 이름을 가르쳐 주고 타히티에 관한 전설을 들려주었다. 그는 단 한 번도 앨마의 개인사를 묻지 않았다. 앨마는 마음이 놓였다. 그에게는 거짓말을 할 필요가 없었다.

또한 앨마는 마타바이 만에 있는 작은 교회를 좋아하게 되었다. 부유함과 장엄함은 의도적으로 배제한 구조였지만(앨마는 섬 반대편에서 훨씬 근사한 교회를 본 적이 있었다.) 마누 자매

모든 것의 이름으로

의 짧고 강렬하고 기발한 설교는 늘 즐거웠다. 예수의 이야기에는 타히티인들에게 친숙한 요소가 들어 있었고, 그 친숙함 덕분에 초창기 선교사들이 현지인들에게 예수를 수월하게 소개할 수 있었음을 그녀는 웰스 목사를 통해 알게 되었다. 타히티에서 사람들은 세상이 '포(pô)'와 '아오(ao)', 즉 어둠과 빛으로 구분된다고 믿었다. 그들의 위대한 신, 조물주 타로아는 '포'에서 태어났다. 밤의 어둠 속에서 태어났다는 의미였다. 그 신화를 알게 된 선교사들은 예수 그리스도 역시 '포'에서 태어났다고, 타히티인들에게 설명했다. 밤의 어둠과 고통 속에서 태어났다고. 그 설명은 타히티인들의 관심을 끌었다. 밤에 태어나는 존재는 위태롭고도 엄숙한 운명을 타고났다. '포'는 이해할 수 없고 두려운 죽음의 세계였다. '포'는 악취가 풍기며 썩어 가는 무서운 곳이었다. 영국인들은 우리의 하느님이 인류를 '포'에서 빛으로 인도하기 위해 왔다고 가르쳤다.

그런 접근은 타히티인들에게 상당히 잘 먹혀들었다. '포'와 '아오'의 경계선은 위험한 영역이라, 아주 용감한 영혼만이 감히 한쪽 세계에서 다른 세계로 건너갈 수 있다고들 믿었기 때문에 최소한 다들 예수를 존경하게 하는 데는 성공했다. '포'와 '아오'는 천국과 지옥의 개념에 가깝지만, 둘 사이의 관계는 좀 더 긴밀했고, 그 둘이 뒤섞인 곳에서는 일이 꼬이고 엉망이 된다고 웰스 목사는 앨마에게 설명해 주었다. '포'에 대한 타히티인들의 공포는 결코 가시지 않았다.

"제가 안 본다고 생각할 때면 다들 여전히 '포'에 사는 신들에게 제물을 바칩니다. 어둠의 신을 기리거나 사랑하기 때문이 아니라, 뇌물을 바쳐서 그들이 귀신 세상에 계속 머물기를, 빛의 세상에 얼씬거리지 않기를 바라기 때문이죠. '포'는 무찌르기 가장 어려운 개념입니다. 그저 낮이 찾아왔다고 해서 타히티인들 마음속의 '포'의 존재까지 사라지진 않거든요." 웰스 목사가 말했다.

"마누 자매님도 '포'를 믿으세요?" 앨마가 물었다.

"물론 아니죠. 아시다시피 그분은 완벽한 기독교인입니다. 하지만 그분도 '포'를 존중합니다." 웰스 목사는 늘 그렇듯 아무런 동요 없이 말했다.

"그럼 그분이 귀신을 믿는다는 거군요?" 앨마가 캐물었다.

"당연히 아닙니다. 그러면 기독교인이 아니게요. 하지만 그분은 귀신을 '좋아하지'도 않고, 또 그것이 마을에 얼씬거리기를 원하지도 않기 때문에 가끔 그들을 쫓아내느라 어쩔 수 없이 제물을 바치기는 합니다."

"그럼 귀신을 믿는다는 의미네요."

"절대 아니라니까요. 그냥 그걸 관리하는 겁니다. 이 섬의 특정 지역에는 마누 자매님이 우리 마을 주민들더러 절대 못 가게 하는 장소가 있지요. 타히티에서 가장 높고 접근하기도 힘든 곳인데, 거기로 걸어가면 안개 속으로 영원히 사라져서 곧장 '포'에 들어가게 된다고 합니다."

"하지만 마누 자매님은 정말로 그런 일이 일어날 수 있다고 믿으시잖아요? 사람이 사라질 수 있다고요."

"아닙니다. 하지만 그분은 절대로 그런 행동을 그냥 놔두지 않으시죠." 웰스 목사가 쾌활하게 대꾸했다.

앨마의 머릿속에 질문이 떠올랐다. 그 소년도 '포' 속으로 사라져 버린 걸까?

어쩌면 앰브로즈도?

∗

앨마는 바깥소식을 전혀 듣지 못했다. 프루던스와 한네커에게 자주 편지를 썼고 심지어 조지 호크스에게도 가끔 편지를 보냈지만 타히티로 오는 편지는 없었다. 그녀는 부지런히 포경선에 편지를 실어 보냈지만, 그 소식이 필라델피아에 가닿기란 희박하다는 사실을 알고 있었다. 웰스 목사는 때로 콘월에 있는 아내와 딸의 소식을 이 년이나 못 들은 적도 있다고 했다. 가끔 편지가 도착하더라도 바다에서 오랜 항해를 한 뒤라 물에 젖어서 읽을 수 없을 때가 있다고 했다. 앨마는 가족 소식을 전혀 못 듣는 것보다 그게 더 비극적이라고 느껴졌지만, 늙은 목사는 짜증 내지 않고 침착하게 그런 상황을 받아들였다.

앨마는 외로웠고 열기는 못 견딜 정도였다. 밤이라고 해서 낮보다 더 시원해지지도 않았다. 앨마의 작은 집은 공기가 통하지 않는 찜통이 되었다. 어느 날 밤 앨마는 "들어 봐요!"라고 귓가에 직접 속삭이는 남자 목소리에 잠에서 깨어났다. 그러나 그녀가 벌떡 일어나 앉았을 때 방에는 아무도 없었다. 히로 패거리도, 로저도 보이지 않았다. 바람이 부는 기미조차 없었다. 요란하게 두근거리는 가슴으로 그녀는 집 밖으로 나섰다. 아무도 없었다. 조용하고 후텁지근한 밤, 마타바이 만이 거울처럼 잔잔해져 있었다. 쏟아질 듯 하늘을 뒤덮은 별들이 고스란히 수면에 반사되어, 이제 하늘은 두 개가 되어 있었다. 하나는 위에, 하나는 아래에. 정적과 순도 높은 풍경이 무서울 지경이었다. 해변에서는 묵직한 존재감이 느껴졌다.

이곳에서 지내며 앰브로즈도 저런 광경을 보았을까? 하룻밤에 두 개의 하늘을? 이런 두려움과 경이로움, 고독과 존재감이 한꺼번에 다가오는 순간을 그도 느껴 보았을까? 방금 귓가에 속삭이는 목소리로 그녀를 깨운 사람은 바로 그였을까? 앰브로즈의 목소리를 떠올리고자 애썼지만 자신이 없었다. 어느새 앰브로즈의 목소리를 들어도 더는 알지 못하게 된 건가?

앨마를 깨우며 '들어 봐요.'라고 부추기는 것은 참으로 앰브로즈다운 짓이었다. 정말로 그랬다. 만약에 죽은 누군가가 산 누군가에게 이야기를 하려 든다면 그건 아마도 앰브로즈 정도일 것이다. 형이상학적인 데다 기적을 바라는 그 고결한 환상에 의거해서. 그는 기적 따위를 별로 믿지 않는 앨마에게도 거의 절반쯤 기적을 믿게 한 적이 있었다. 제본실에 있던 밤, 말없이 서로에게 이야기를 전하고, 발바닥과 손바닥을 통해 이야기를 나누며 두 사람은 자기들이 마법을 부린다고는 생각하지 않았다. 그는 앨마의 생각을 들을 수 있도록 그녀 옆에서 자고 싶어 했다. 그녀가 그의 곁에서 자고 싶어 했던 이유는 결국 그와 섹스하면서 그의 성기를 입에 넣고 싶어서였지만, 그는 그냥 앨마의 생각을 듣고 싶어 했다. 앨마는 왜 그가 그저 귀를 기울이도록 해 주지 못했을까? 그는 왜 앨마의 손길을 허락하지 못했을까?

타히티에서 지내며, 앰브로즈는 단 한 번이라도 그녀를 생각했을까?

어쩌면 지금 그가 앨마에게 메시지를 전하려는데 거리가 너무 먼 것인지도 몰랐다. 죽음과 지상 사이의 어마어마한 간격을 건너느라 말이 축축이 젖어서 해독하기에 불가능해졌을 수도 있었다. 웰스 목사가 가끔 영국에 있는 아내한테 받는, 안타깝게도 훼손된 편지들처럼.

"당신은 누구죠?" 묵직한 밤, 정적에 휩싸인 거울 같은 만을 바라보며 앨마는 앰브로즈에게 물었다. 텅 빈 해변에서 울리는 자신의 목소리가 너무 커서 앨마는 소스라치게 놀랐다. 귀가 아파 올 때까지 대답을 기다렸지만 아무 소리도 들리지 않았다. 해변에서 찰싹거리는 작은 파도 소리조차 없었다. 바닷물도 공기도 백랍처럼 눌어붙은 듯했다.

"지금 당신은 어디에 있나요, 앰브로즈?" 이번엔 좀 더 나직이 그녀가 물었다.

아무 소리도 들리지 않았다.

"그 소년을 어디에서 찾을 수 있을지 알려 줘요." 낮게 속삭이며 그녀가 부탁했다.

앰브로즈는 대답하지 않았다.

마타바이 만도 대답하지 않았다.

하늘 역시 대답하지 않았다.

그녀는 꺼져 버린 불씨에 입김을 불고 있었다. 그곳에는 아무도 없었다.

앨마는 주저앉은 채 기다렸다. 그녀는 웰스 목사가 타히티 인들의 원래 신, 타로아에 대해 들려준 이야기를 생각했다. 조물주 타로아. 조개껍질에서 태어난 타로아. 타로아는 우주에서 유일하게 살아 있는 존재로 영겁의 시간 동안 가만히 누워 있었다. 세상은 너무도 텅 비어서 그가 어둠 속으로 고함을 질러도 메아리조차 울리지 않았다. 그는 외로움 탓에 거의 죽을 뻔했다. 헤아릴 수 없는 고독과 공허함에 타로아는 우리가 사는 세상을 만들어 냈다.

앨마는 모래밭에 드러누워서 눈을 감았다. 숨 막히는 '파레' 안의 침대보다 그곳이 훨씬 편안했다. 주변을 바삐 돌아다니는 게들은 신경 쓰지 않았다. 딱딱한 껍질에 싸인 그들만이 해변에서 움직이는 유일한 존재, 우주에서 살아 있는 유일한 존재였다. 그녀는 두 하늘 사이에 자리 잡은 작은 땅덩어리에 누워서 해가 떠오르고, 하늘과 바다에 박힌 별들이 모두 사라질 때까지 기다렸지만 여전히 아무도 그녀에게 말을 걸지 않았다.

＊

    그러다 우기와 함께 크리스마스가 찾아왔다. 비는 지옥 같
은 열기를 식혀 주었지만 깜짝 놀랄 만큼 큰 달팽이를 불러들
였을 뿐만 아니라, 점점 남루해지는 앨마의 치맛자락 솔기에
축축한 곰팡이를 피어나게 했다. 마타바이 만의 검은 모래사
장은 푸딩처럼 질척거렸다. 무섭게 퍼붓는 폭풍우 탓에 앨마
는 온종일 집 안에 갇혀 있었고, 천둥처럼 지붕을 때리는 빗소
리 때문에 자기 생각에 귀를 기울일 수도 없었다. 자연은 좁아
터진 그녀의 생활 공간을 침범했다. 앨마의 오두막 천장에 살
던 도마뱀 수는 자고 나니 세 배로 늘어났고(지독한 전염병처럼
번졌다.) '파레' 전체에 끈끈한 배설물과 반쯤 소화된 곤충 시
체를 남겼다. 앨마가 버려 두었던 신발 한 짝에서는 버섯이 자
라났다. 끊임없이 훔쳐 먹는 쥐를 피하고, 건조를 막느라 바나
나 송이는 서까래에 매달아 두어야 했다.
    로저는 저녁 산책을 하듯 어느 날 밤 나타나서 며칠간 머물
렀다. 단지 빗속을 걸어 다닐 생각이 없기 때문인 듯했다. 앨마
는 개가 쥐를 잡아 주기를 바랐지만 로저는 그럴 마음이 없어
보였다. 로저는 여전히 앨마가 손으로 먹을 것을 건네주면 물
어뜯으려고 했지만, 이제는 가끔씩 바닥에 음식을 놔두고 앨
마가 돌아서 있는 틈에 슬쩍 먹어 치웠다. 녀석은 종종 꾸벅꾸
벅 조는 동안 머리를 쓰다듬는 것도 허락해 주었다.
    시도 때도 없이 불어닥치는 폭풍은 가히 살인적이었다. 먼

바다 건너에서 폭풍이 일어나는 소리조차 들을 수 있었다. 꼭 기차가 다가오는 것과 마찬가지로, 남서쪽에서 몰아치는 파도 소리는 점진적으로 더 크게 들려왔다. 유독 지독한 폭풍이 몰아치면 만에서 성게들이 기어 나와 좀 더 높고 안전한 육지를 찾았다. 그러다 보니 성게들이 앨마의 집을 안식처로 삼기도 했다. 발을 디딜 때마다 조심해야 하는 또 하나의 이유였다. 비는 화살이 쏟아지듯 퍼부었다. 해변 끝으로 이어진 강은 진흙탕으로 변했고, 만의 수면은 들끓어 올랐다. 폭풍이 심해지면 앨마는 자신을 옥죄는 세상을 지켜보았다. 바다에서 안개와 어둠이 다가왔다. 우선은 수평선이 사라지고, 다음으로 멀리 보이던 무레아 섬이 자취를 감추고 이어 산호초와 해변이 사라지고 나면, 안개 속에는 앨마와 로저만 오롯이 남았다. 그렇게 세상은 좁고 방수도 잘 안 되는 앨마의 집만 한 크기로 줄어들었다. 바람은 옆으로 몰아치고, 무시무시한 천둥이 울어 대고 비는 전력을 다해서 세상을 공격했다.

그러다 잠깐 비가 멎으면 지독하게 뜨거운 태양이 눈부시게 느닷없이 다시 나타났지만, 앨마가 침상을 제대로 내다 말리기에 충분할 만큼 오래 머무르는 일은 절대 없었다. 모래사장으로 철썩거리는 파도에 수증기가 솟았다. 산기슭에서는 습한 바람이 밀려 내려왔다. 해변을 가로지르는 대기는 침대보를 터는 것처럼 요란하게 춤을 추었고, 마치 해변이 금방 도착한 대기라는 손님을 난폭하게 털어 대는 듯했다. 그러고 나면 또 다른 폭풍이 밀려들 때까지 몇 시간쯤, 또는 며칠간 습하고 차분한 공기가 찾아들었다.

그럴 때면 특히 도서관과 거대하고 보송보송하고 따뜻한 대저택이 그리웠다. 타히티의 우기를 보내느라 크나큰 절망에 잠길 수도 있었으나, 앨마는 한 가지 즐거운 사실을 발견했다. 마타바이 만의 아이들은 비를 좋아한다는 점이었다. 히로 패거리는 누구보다 비를 좋아했다. 좋아하지 않을 이유가 있을까? 진흙 미끄럼과 물웅덩이에서 첨벙대기, 불어난 강물의 세찬 물살을 타고 아슬아슬 헤엄치기에 딱 좋은 시절이었다. 다섯 아이들은 다섯 마리의 수달이 되어, 그저 젖는 걸 꺼리지 않는 수준을 넘어서 아예 즐겼다. 뜨거운 건기 동안 아이들이 내보였던 나태함은 전부 없어지더니 갑자기 생기 넘치는 '생명력'이 대신 자리를 잡았다. 히로 패거리가 이끼를 닮았다는 사실을 앨마는 깨달았다. 그들은 열기 속에서는 말라서 축 늘어지지만 물기를 듬뿍 머금으면 금세라도 되살아났다. 부활하기 위한 동력 기관이라도 품고 있는 듯한 놀라운 아이들이었다! 새롭게 촉촉해진 세상에서 활기를 되찾고 살아난, 결단력과 용맹함과 충만한 사기를 내뿜는 아이들을 보며, 앨마는 자신의 어린 시절을 떠올렸다. 그녀도 비와 진흙 속을 헤매고 돌아다녔다. 옛 추억과 함께 문득 한 가지 분명한 의문이 생겨났다. 그런데 지금은 왜 집 안에 숨어 있는 거지? 어린 시절에는 궂은 날씨를 피하지 않았는데, 왜 어른이 된 지금은 피해야 하지? 어차피 이 섬에서 축축하지 않은 쉼터 따위를 기대할 수 없다면 그냥 젖어 버리는 편이 낫지 않을까? 그 질문은 돌연 앨마에게 다른 질문을 불러일으켰다. 왜 히로 패거리에게 그 소년을 찾아 달라고 부탁하지 않았을까? 사라진 타히티 소년을 찾는 데 같은 타히티 소년보다 더 적합한 인물이 또 어디 있다고?

그 사실을 깨달은 앨마는 집 밖으로 달려 나가서, 마침 서로 맹렬하게 진흙 덩어리를 던져 대던 야생의 소년 다섯 명을 불렀다. 그들은 미끈미끈 진흙투성이 덩어리가 되어 깔깔대며 앨마에게 달려왔다. 축 늘어진 옷을 입고 폭풍우 속 해변에 서서 쫄딱 비에 젖은 백인 여인을 눈앞에서 보는 것은 아이들에게 즐거운 일이었다. 신나는 오락거리인데도 치러야 할 대가 따위는 없었으니까.

앨마는 아이들이 다가오자 타히티어와 영어, 손짓 발짓을 동원해서 이야기를 했다. 나중에 돌이켜 보니 도대체 어떻게 의미를 전달했는지 기억조차 나지 않았지만, 주요 골자는 '얘들아, 지금은 모험의 계절이야!'라는 것이었다. 그녀는 아이들한테 마누 자매님이 정착민들에게 접근을 금하는 섬 한가운데의 장소를 아는지 물었다. 벼랑에 사는 원주민 거주지와 가장 멀리 떨어진 야만족 마을 같은, 금지된 장소를 '전부' 다 찾을 수 있겠는지? 멋진 모험이 되리라면서 자신을 그곳까지 데려다줄 수 있겠는지?

물론 그들은 그러겠다고 나섰다! 그날 당장이라도 떠날 기세였다. 사실 그들은 그 말을 듣자마자 길을 떠났고 앨마도 망설임 없이 그들의 뒤를 따랐다. 신발도 없고 지도도 없고 음식도 없고 '우산'도 없이, 소년들은 앨마를 마을 뒤쪽의 언덕으로 곧장 데려갔다. 그녀가 이미 몸소 탐험했던 안전한 해변 마을과는 동떨어진 곳이었다. 그들은 앨마가 '엘리엇 호' 갑판에서 처음 봤을 때 너무나도 무시무시하고 이질적이라고 느꼈던 정글 봉우리를 향해 안개와 비구름을 뚫고 전진했다. 그날만 산을 오른 것이 아니라, 이후 한 달 내내 매일같이 그 일을 반복했다. 그들은 매일 점점 더 먼 길을 따라 더 험난한 지역까지 탐험했고, 앨마는 종종 퍼붓는 빗속에서도 항상 그들의 뒤를 바짝 따라갔다.

처음에는 아이들을 따라가지 못할까 봐 걱정스러웠지만 곧 그녀는 두 가지 사실을 알게 되었다. 식물을 채집하며 보낸 세월이 그녀를 상당히 건강하게 가꾸어 주었다는 것과, 아이들이 상냥하게도 손님의 체력을 배려하고 있다는 점이었다. 특히 위험천만한 구간을 지날 때면 아이들은 앨마를 위해 속도를 늦추었고, 앨마에게는 자기들이 쉽사리 해내듯 깊은 바위틈을 뛰어넘으라거나 젖은 벼랑을 네 발로 기어오르라고 보채지 않았다. 가끔씩 유독 가파른 산을 오를 때는 히로 패거리들이 뒤쪽에서 민망하게 그녀의 펑퍼짐한 엉덩이에 손을 대고 밀어 올려 주기도 했지만 앨마는 개의치 않았다. 그들은 단지 도우려는 것뿐이었다. 아이들은 앨마에게 관대했다. 그녀가 잘 올라가면 환호해 주었고, 아직 깊은 정글에서 빠져나오기 전에 날이 어두워지면 앨마의 손을 잡고 안전하게 마을까지 인도했다. 그렇게 어둠 속을 걸으며 아이들은 타히티어로 부르는 전사들의 노래를 가르쳐 주었다. 위험을 앞두고 남자들이 용기를 불러일으키고자 부르는 노래였다.

타히티인들은 두려움을 모르는 날랜 등반가로 남태평양 전역에 이름이 나 있었지만(앨마는 섬사람들이 좀체 접근하기 어려운 밀림에서도 주저 없이 하루에 50킬로미터나 행진할 수 있다는 이야기를 들었다.) 앨마도 주저하지 않았다. 사냥을 나선 게 아닌데도 그녀는 목숨이 걸린 사냥임을 강하게 느꼈다. 그 소년을 찾을 수 있는 절호의 기회였다. 만일 그가 아직 이 섬 어딘가에 있다면, 지칠 줄 모르는 아이들이 꼭 찾아내리라.

앨마가 점점 마을을 오래 비우자 사람들 역시 모를 리 없었다.

상냥한 에티니 자매가 드디어 걱정스러운 얼굴로 어디를 쏘다니는지 묻자, 앨마는 그냥 "가장 유능한 젊은 자연 과학자 다섯 명의 도움을 받아서 이끼를 찾아다니고 있어요!"라고만 대답했다.

이끼에게는 완벽한 계절이었으므로 아무도 그녀를 의심하지 않았다. 실제로 앨마는 스쳐 지나가는 내내 바위와 나무에 돋아난 온갖 종류의 매혹적인 선태류를 발견했지만 멈춰 서서 자세히 살피진 않았다. 이끼는 언제든 그곳에 있을 터다. 그녀는 더 놓치기 쉽고 긴박한 어떤 것을 찾고 있었다. 한 남자를, 비밀을 알고 있는 한 남자를 말이다. 그를 찾으려면 그녀도 인간의 시간 속에서 움직여야 했다.

뜻밖에도 소년들은 이상한 노부인, 즉 앨마를 이끌고 다니며 금지된 곳에 가서 낯선 부족을 만나는 놀이를 즐겼다. 그들은 앨마를 데리고 버려진 신전이나 무시무시하게 생긴 동굴로 안내하기도 했는데, 그곳에서는 아직 남아 있는 인간의 유골도 찾을 수 있었다. 이토록 섬뜩한 곳에서 살아가는 타히티인들조차 가끔 있었지만, 그들 가운데도 그 소년은 보이지 않았다. 아이들과 마에바 호수 주변에 있는 작은 마을을 찾은 적이 있었다. 그곳 여인들은 여전히 풀로 엮은 치마를 입고, 남자들은 얼굴에 으스스한 문신을 새기고 있었다. 그 소년은 거기에도 없었다. 그 소년은 미끄러운 등산로에서 마주친 사냥꾼 일행 가운데에도 없었고, 오로헤나 산기슭에도, 아오리 산에도, 긴 화산 동굴에도 없었다. 히로 패거리는 앨마를 데리고 세상 꼭대기인 에메랄드 봉우리에 올랐는데, 산봉우리가 너무 높아서 하늘을 둘로 쪼개 놓은 듯했다. 산마루 한쪽에서 비가 내리면, 반대편에서는 해가 났다. 앨마는 왼쪽은 어둡고 오른쪽은 밝은, 위험천만한 봉우리에 서 있었다. 상상할 수 있는 가장 높은 위치에서, 변덕스러운 날씨 탓에 '포'와 '아오'가 만나는 곳에서 곰곰 살펴보았지만 그 소년은 역시 보이지 않았다.

영리한 아이들이라 결국 앨마가 무언가를 찾고 있음을 짐작하긴 했지만, 그중 가장 영리한 히로는 그녀가 '누군가'를 찾고 있음을 알아차렸다.

"그 사람 여기도 없어요?" 매일 하루가 저물 때면 히로는 걱정스레 앨마에게 물었다. 영어를 배운 히로는 스스로 언어 실력이 꽤 뛰어나다고 생각했다.

앨마는 사람을 찾고 있음을 확인해 주지도 않았지만 부인
하지도 않았다.

"내일은 찾을 거예요!" 히로는 매일같이 장담했지만 1월이
가고 2월이 지나도 여전히 앨마는 그 소년을 찾지 못했다.

"다음 주일에는 찾을 거예요!" '주일'이라는 말은 현지인들
에게 '일주일'을 가리키는 용어였다. 그러나 네 번의 주일이 더
지나갔음에도 앨마는 그 소년을 결코 찾지 못했다. 이젠 벌써
4월이었다. 히로는 걱정하며 시무룩해지기 시작했다. 섬 주변
에는 새로이 앨마를 더 데려갈 만한 곳조차 없었다. 더는 즐거
운 일탈이 아니었다. 이제 탐험은 분명 심각한 활동이 되었고,
히로는 자기가 실패했다고 생각했다. 패거리의 다른 아이들도
히로의 무거운 기분을 눈치채고 덩달아 즐거움을 잃어버렸다.
앨마는 다섯 아이들에게서 책임감의 짐을 덜어 주어야 할 때
가 왔다고 판단했다. 그들은 '그녀의' 짐을 지기에는 너무 어렸
다. 아이들이 그녀를 대신해서 유령 같은 존재를 쫓느라 걱정
과 책임감에 짓눌리는 모습을 보고 싶지 않았다.

앨마는 히로 패거리를 탐험 놀이에서 놓아주고 다시는 그
들과 등산하지 않았다. 그녀는 감사 표시로 다섯 아이들에게
귀중한 현미경 부품을 나눠 주며(지난 몇 달 동안 아이들은 '거
의' 말짱한 상태의 현미경을 되돌려 주곤 했다.) 그들과 악수했다.
타히티어로 앨마는 그들이 이제껏 생존한 가장 위대한 전사라
고 말해 주었다. 그녀는 타히티라고 알려진 세상을 용감하게
탐험한 그들의 용기에 감사를 표했다. 그녀는 찾아야 할 것을

모두 찾았다고 아이들에게 말했다. 그러고는 아이들이 예전처럼 계속 정처 없이 뛰놀도록 돌려보냈다.

✳

우기가 끝났다. 앨마가 타히티에 온 지도 거의 일 년이었다. 그녀는 곰팡이 핀 바닥 짚을 걷어 내고 새 짚을 깔았다. 썩어 가는 침대 매트리스에도 새 갈대를 채워 넣었다. 날씨가 점점 더 밝고 상쾌해짐에 따라 도마뱀의 수도 줄어들었다. 새로 빗자루도 만들어서 벽에 걸린 거미줄을 쓸어 냈다. 어느 날 아침, 그녀는 자기 임무에 대해서 감각을 새롭게 일깨워야겠다고 느꼈다. 그녀는 다시 한 번 그 소년의 그림을 살피려고 앰브로즈의 가방을 열었다가, 우기 동안 종이에 상당히 심한 곰팡이가 피었음을 알게 되었다. 그림을 한 장 한 장 떼어 내 보려 했지만 종이는 초록색 반죽처럼 들러붙어 있었다. 좀 같은 게 슬었는지 멀쩡한 구석은 바스라졌다. 그림을 구해 낼 도리가 없었다. 더는 그 소년의 얼굴을 살펴볼 수도 없고, 앰브로즈의 아름다운 필치 역시 감상할 수 없었다. 섬은 불가사의했던 남편과 그의 이해할 수 없는 초현실적 뮤즈에 관해 남은 유일한 증거를 먹어 치웠다.

그림의 손상은 앨마에게 또 다른 죽음처럼 느껴졌다. 이젠 유령조차 떠나갔다. 울고 싶었고, 무엇보다도 자신의 판단력을 의심하게 되었다. 열 달 동안 타히티에서 수많은 얼굴을 보았지만 이젠 그 소년이 눈앞에 서 있다 해도 정말로 알아볼 수 있을지 의문이었다. 혹시 이미 그를 보았던 게 아닐까? 도착한 첫날 파페에테 부두에서 보았던 청년들 가운데 하나였을 수도 있지 않을까? 셀 수 없이 그의 곁을 지나다녔을 수도 있지 않을까? 바로 이곳 마을에 살던 소년이 훌쩍 자라서 얼굴을 몰라본 게 아닐까? 더는 기억을 확인해 줄 대상이 없었다. 겨우 존재했던 그 소년은 이제 아예 존재하지 않았다. 앨마는 관 뚜껑을 덮듯 가방을 닫았다.

앨마는 타히티에 머물 수가 없었다. 이제 그것만은 의심의 여지가 없었다. 절대로 오지 말았어야 했다. 이 수수께끼의 섬을 직접 찾아오느라 정말로 많은 에너지와 결심과 '비용'을 들였는데, 이제 아무 이유도 없이 발만 묶이고 말았다. 더욱이 그녀는 정직한 영혼들이 사는 이 작은 마을에서 그들의 음식을 먹고, 그들의 자원을 낭비하고, 그들의 아이들을 무책임하게 사사로이 동원한 짐스러운 존재가 되었다. 어쩌다 이런 지경이 되었는지! 애당초 형편없었을지 몰라도, 인생의 목적을 완전히 잃어버린 느낌이었다. 그녀는 터무니없이 유령을 찾아 나서느라, 지루하지만 명예로운 이끼 연구를 중단했다. 아니, 앰브로즈와 그 소년 모두, '두' 유령을 찾아온 것이었다. 무엇을 위해서? 지금도 앨마는 이곳에 오기 전보다 앰브로즈에 대해 더 알지 못했다. 타히티에 남은 남편의 모든 기록은 항상 그가 보여 주었던 모습을 그대로 묘사하고 있었다. 다정하고 덕망 있는 영혼이며, 나쁜 짓은 할 줄도 모르고 이 세상에서 살아가기에 너무나 선량한 사람.

그 소년은 어쩌면 아예 존재하지 않았을지도 모른다는 생각이 서서히 들기 시작했다. 그렇지 않다면 지금쯤 앨마가 그를 찾아냈거나 막연하게라도 누군가 그에 대해 이야기했을 것이다. 앰브로즈가 상상해 낸 인물이 틀림없었다. 그런 생각이 들자, 상상 이상으로 더 서글퍼졌다. 그 소년은 불안정한 정신을 지닌 외로운 남자가 만들어 낸 허구였다. 앰브로즈는 너무도 친구가 그리워서 스스로 하나를 만들어 냈다. 상상의 친구, 아름다운 유령 연인을 통해 그는 항상 갈망했던 영혼의 결혼을 찾아냈다. 앰브로즈의 정신은 가장 좋을 때에라도 전혀 온전하지 못했다! 그는 제일 친한 친구의 손에 정신 병원에 갇힌 적도 있었으며, 식물에 찍힌 신의 지문을 볼 수 있다고 믿던 사람이었다. 앰브로즈는 난초에서 천사를 보았고, 한때는 자신이 천사라고 확신하던 인물이었다. 생각해 봐! 앨마는 외로운 남자의 나약하고 정신 나간 상상력이 날조해 낸 유령을 찾아서 세상을 반 바퀴나 돌아왔다.

그저 하나의 가설을 두고 그녀가 쓸데없이 조사를 한답시고 상황을 복잡하게 만들었다. 어쩌면 자신의 사연을 좀 더 비극적으로 만들기 위해서 좀 더 사악한 진실이 있기를 바랐을지도 몰랐다. 어쩌면 앰브로즈를 그리워하는 대신 증오할 수 있도록, 앰브로즈에게 남색과 타락이라는 혐오스러운 짓거리를 저지른 혐의가 있기를 바랐을 터다. 어쩌면 그녀는 이곳 타히티에서 그 소년 하나를 찾으려던 것이 아니라 '수많은' 소년들을, 앰브로즈가 차례로 범하고 파멸시킨 미소년 집단을 찾고자 했을 것이다. 하지만 그런 증거는 없었다. 진실은 단순했다. 앨마는 불온전한 정신을 소유한 순진한 청년과 결혼할 만큼 멍청하고 성욕에 눈이 어두웠다. 그 청년이 자신을 실망시키자 그녀는 분노에 사로잡혀 잔인하게 그를 남태평양으로 추방했고, 그곳에서 그는 정직하고 무능력한 옛날 선교단이 운영하는(그것을 운영이라고 부를 수 있다면!) 가망 없는 작은 정착지에 은둔한 채 갈 곳 없는 환상 속을 떠다니다가 외롭게 죽었다.

최근 일 년간 앨마의 다른 모든 소지품들은 누군가가 빌려 가거나 훔쳐 가거나 분해되거나 약탈당했지만, 앰브로즈의 가방과 그의 그림만은 손도 대지 않은 채(자연이 훼손한 것을 제외하면) 남아 있었던 것만큼은…… 그저 그녀로서는 해결할 수 없는 미스터리였다. 그뿐만 아니라 해답을 여전히 찾을 수 없는 불가능한 질문에 골머리를 싸매고 있을 의지조차 남아 있지 않았다.

이곳에서 더 알아낼 것은 없었다.

더 머물 이유를 찾을 수가 없었다. 이젠 남은 인생에 대한 계획을 세워야 했다. 충동적으로 잘못된 길로 인도되어 왔지만, 이제는 북반구로 향하는 다음번 포경선을 타고 떠나면서 살 곳을 찾아야 할 것이다. 필라델피아로 돌아가서는 안 된다는 점만은 확실했다. 그녀는 화이트에이커를 포기했고 그곳으로는 절대 돌아갈 수 없었다. 앨마가 골치 아프게 얼씬거리는 일은 저택의 소유권을 지닌 프루던스에게 공정하지 못한 일이었다. 어쨌거나 집으로 돌아가는 건 모욕이었다. 새로이 시작해야 했다. 스스로 생계를 꾸릴 방법도 찾아야 했다. 내일이 되면 딕 얀시를 잘 아는 믿을 만한 선장이 항해하는 좋은 배에 자리를 수소문하도록 파페에테로 전갈을 보내야 하리라.

끝내 마음의 평화를 찾을 수 없었으나 최소한 앨마는 결정을 내렸다.

25

나흘 뒤 앨마는 히로 패거리가 외치는 기쁨의 환성을 듣고 새벽에 깨어났다. 소란의 원인을 알아보려고 그녀는 '파레' 밖으로 나왔다. 야생에서 자란 다섯 명의 소년들이 새벽 여명 속에서 해변을 이리저리 뛰어다니다 공중제비를 돌며 타히티어로 신나게 소리치고 있었다. 그녀를 본 히로는 맹렬한 속도로 구불구불한 오솔길을 달려왔다.

"내일 아침이 와요!" 아이가 소리쳤다. 아이의 눈빛은 항상 흥이 나서 뛰노는 아이임에도 그녀가 이제껏 본 적 없는 흥분으로 반짝거리고 있었다.

어리둥절해진 앨마는 아이의 팔을 붙잡고, 알아듣게 말할 수 있도록 흥분을 가라앉히고자 했다.

"무슨 말을 하는 거니, 히로?"

"내일 아침이 와요!" 아이는 흥분을 주체하지 못하고 폴짝

모든 것의 이름으로

폴짝 뛰며 다시 소리쳤다.

"타히티어로 말해 봐." 그녀가 타히티어로 명령했다.

"테이에 오(Teie o), 내일 아침!"이라고 그가 다시 외쳤지만 타히티어로도 영어만큼이나 알아들을 수 없었다. "내일 아침이 와요."

앨마는 고개를 들어서 해변에 모여든 사람들을 보았다. 정착지 주민 전원과 이웃 마을 사람들까지 나와 있었다. 모두 어린아이들처럼 흥분한 상태였다. 웰스 목사가 우스꽝스러운 안짱다리로 해변을 향해 달려가는 모습이 보였다. 마누 자매와 에티니 자매, 인근 어부들도 달려가고 있었다.

"보세요! 내일 아침이 도착해요!" 히로가 앨마의 시선을 바다로 돌리며 말했다.

앨마는 만을 바라보았고, 거무스름한 피부의 남자들 십여 명이 카누의 노를 저으며 믿기지 않는 속도로 해변으로 다가오고 있는 모습을 발견했다. 어떻게 금세 알아차리지 못했을까? 타히티에서 지내는 동안 줄곧 그녀는 카누의 힘과 민첩함을 볼 때마다 경이로움에 사로잡혔다. 지금처럼 카누가 소함대를 이루고 쏜살같이 만을 가로지르는 광경을 보노라면 이아손과 아르고 호의 선원들이나 오디세우스의 선단이 도착하는 장관을 지켜보는 기분이었다. 무엇보다도 앨마는 카누가 해안에 가까워졌을 때 노를 젓던 사람들이 마지막으로 한 번 근육을 움직여서, 보이지 않는 거대한 화살이 날아오듯, 카누를 바다에서 솟아오르게 하며 극적이고 생동감 넘치는 모습으로 해변에 상륙하는 순간을 좋아했다.

앨마에게는 물어볼 게 남아 있었지만 히로는 이미 점점 늘어나는 군중과 함께 카누를 맞이하러 달려 나간 뒤였다. 앨마는 해변에 그토록 많은 사람이 모여 있는 모습을 본 적이 없었다. 덩달아 흥분한 그녀도 배를 향해 달려갔다. 이례적으로 멋지고 장엄하기까지 한 카누였다. 가장 큰 카누는 길이가 20미터쯤 되는 듯했고, 그 뱃머리에는 선단의 우두머리인 듯 위풍당당한 키와 체구의 남자가 서 있었다. 점점 가까워지자 그는 타히티인이면서도 유럽인처럼 흠잡을 데 없는 양복 차림이었다. 그를 둘러싼 사람들이 왕처럼 목마를 태워 카누에서 내려주더니 환영의 노래를 불렀다.

사람들은 그 낯선 남자를 웰스 목사에게 데려갔다. 앨마는 군중을 헤치며 가능한 한 가까이 다가가려 했다. 남자는 웰스 목사에게 상체를 수그렸고, 두 남자는 깊은 애정을 드러내는 전통적인 인사법대로 서로 코를 마주 댔다. 웰스 목사가 눈물 어린 촉촉한 목소리로 "집에 돌아온 걸 환영한다, 은혜로운 주님의 아들아."라고 하는 소리가 들려왔다.

낯선 남자는 포옹을 풀고 뒤로 물러섰다. 그는 군중을 돌아보며 미소 지었고, 앨마는 처음으로 그의 얼굴을 정면으로 볼 수 있었다. 수많은 사람들에게 떠밀리는 상황만 아니었다면 그녀는 그를 알아본 충격에 쓰러졌을지도 몰랐다.

앰브로즈가 그 소년을 그린 모든 그림 뒤에 적어 놓았던 '내일 아침'이라는 말은 암호가 아니었다. '내일 아침'은 이상

적인 미래에 대한 꿈결 같은 염원도 아니고, 애너그램이나 주
문도 아니었다. 앰브로즈 파이크는 평생 딱 한 번 완벽하게 문
자 그대로인 기록을 남겼다. '내일 아침'은 그저 사람의 이름이
었다.

그리고 지금 정말로 '내일 아침'이 도착했다.

＊

앨마는 화가 치밀었다. 그것이 첫 반응이었다. 이성적이지
는 않을지 몰라도 속은 기분이었다. 여러 달 동안 그렇게나 찾
아 헤맸는데, 어째서 그녀는 타히티 섬 북부의 주민 모두가 해
변으로 달려 나와 환호할 만큼 엄청난 사랑을 받는 왕 같은 존
재에 대한 언급을 한 번도 들어 본 적 없었을까? 그의 이름이
나 존재가 어떻게든 희미하게라도 암시된 적이 없었을까? 언
어 그대로의 의미로 다음 날을 계획할 때 이외에는 앨마 앞에
서 아무도 '내일 아침'이라는 말을 사용한 적이 없었고, 이렇게
까지 찾기 어려운 데다 아름다운 원주민 하나가 난데없이 나
타나서 섬 주민들의 열렬한 숭배와 애정을 누릴 것이라고는
장담하거니와 아무도 말해 준 적이 없었다. 이 정도로 무지막
지한 반향을 일으키는 사람이 어떻게 느닷없이 '홀연히' 나타
날 수 있단 말인가?

나머지 군중이 일제히 합창을 하고 환호를 보내며 줄지어
교회로 향하는 동안, 앨마는 해변에 말없이 서서 그 모든 상황

을 이해하려고 애썼다. 과거의 믿음을 대신할 새로운 질문이 생겨났다. 불과 지난주까지만 해도 확실하다고 여겼던 사실들이 이제는 초봄을 맞이한 얼어붙은 댐처럼 마구 무너져 내렸다. 그녀로 하여금 여기까지 찾아오게 한 유령은 정말로 존재했지만, 그는 소년이 아니었다. 오히려 그는 왕처럼 보였다. 앰브로즈는 섬의 왕과 무슨 일을 벌였을까? 둘은 어떻게 만났을까? 앰브로즈는 왜 상당한 권력을 가졌음이 분명한 '내일 아침'을 보통 어부로 묘사했을까?

완고하고 지칠 줄 모르는 앨마의 추측 기관이 다시 한 번 돌아가기 시작했다. 그런 생각에 그녀는 더욱 화가 날 뿐이었다. 추측이라면 이제 지긋지긋했다. 새로운 이론을 고안해 내는 일을 더는 참을 수 없었다. 평생 추측만 하면서 살아온 기분이었다. 그 오랜 세월 지칠 줄 모르고 의문을 품어 오기는 했지만, 원하는 것이라고는 당장 확실한 '사실을 아는' 것뿐이었음에도 불구하고, 한평생 줄곧 고민에 빠지고 알고 싶어 하면서 짐작만 해 왔을 따름이었다.

더 이상 추측만 하기는 싫었다. 더는! 이제는 모든 것을 알아야 했다. 알아내고야 말 작정이었다.

✱

앨마는 교회에 도착하기 전에 소리부터 들을 수 있었다. 초라한 건물에서 들려오는 노랫소리는 이제껏 들어 본 적 없는 울림이었다. 그것은 기쁨의 환호성이었다. 교회 안에는 그녀가 들어설 틈도 없었다. 그녀는 거칠게 떠밀며 합창을 하는 사람들과 함께 밖에 서서 귀를 기울였다. 전에 그 교회에서 앨마가 들었던 찬송가(웰스 목사의 선교단에 소속된 열여덟 명의 신자들 목소리)는 지금 들려오는 노랫소리에 비하면 가늘고 새됐다. 처음으로 앨마는 타히티 음악의 진정한 의미를 이해할 수 있었고, 제대로 음악을 들려주려면 왜 수백 명의 우렁찬 목소리가 필요한지 알 수 있었다. 바다보다 더 큰 소리로 노래하기 위해서였다. 지금 경애를 표현하기 위해 사람들이 부르는 노랫소리는 아름다우면서도 위협적이었다.

마침내 노래가 잦아들자 앨마는 한 남자가 청중에게 명료하고 힘 있는 말투로 이야기하는 소리를 들었다. 그 타히티어 연설은 마치 구호 같았다. 앨마는 문 쪽으로 더 가까이 헤치고 들어가서 안을 들여다보았다. 키가 크고 위풍당당한 '내일 아침'이 연단에 서서 양팔을 들어 올리고 청중에게 외치고 있었다. 앨마의 타히티어 실력은 서툴렀으므로 설교 내용을 좀체 따라갈 수 없었지만, 그가 살아 있는 예수의 증거를 열정적으로 보여 주고 있음은 이해할 수 있었다. 그러나 그뿐이 아니었다. 히로 패거리 아이들이 파도를 타며 흥겹게 놀이하듯이, 그도 모여 있는 사람들을 데리고 흥겹게 즐기고 있었다. 그는 청중에게 진지함과 왁자지껄한 희열뿐만 아니라 웃음과 눈물도 자아냈다. 그가 하는 말 자체는 대부분 알아듣지 못했지만 그의 목소리에 담긴 음색과 강렬함에 동화되어 앨마도 감정이

고양되었다.

'내일 아침'의 공연은 족히 한 시간 이상 지속되었다. 그는 사람들을 노래 부르게 했고, 기도하게 했고, 새벽에 진격할 준비라도 시키는 듯했다. 우리 어머니는 이런 걸 경멸할 텐데. 앨마는 그렇게 생각했다. 베아트릭스 휘태커는 열띤 부흥회에 한 번도 참석해 본 적이 없었다. 광분한 사람들은 예절과 이성을 잊을 위험이 크다고 믿었고, 그러면 문명인으로서의 지위는 어떻게 되겠느냐고 반문했던 것이다. 어쨌든 '내일 아침'의 떠들썩한 독백은 이제껏 웰스 목사의 교회에서 들어 본 설교와 완전히 달랐을 뿐만 아니라, 실은 '그 어디에서도' 들어 본 적이 없었다. 루터교의 가르침을 충실하게 전달하는 필라델피아 목사와도 달랐고, 아주 간단한 말로 단순하게 설교하는 마누 자매와도 달랐다. 그것은 웅변이었다. 전쟁의 북소리였다. 크테시폰을 방어하는 데모스테네스였다. 아테네의 죽음을 애도하는 페리클레스였다. 카틸리나를 꾸짖는 키케로였다.

'내일 아침'의 연설은 바닷가의 작고 소박한 선교지 마을에서 앨마가 익숙해 있던 겸손과 온화함과는 상당히 거리가 멀었다. '내일 아침'의 태도에서 겸손이나 온화함 따위는 느껴지지 않았다. 정말이지 이렇게 오만하고 태연자약한 인물은 처음이었다. 키케로의 명언이 원전의 웅장한 라틴어로 그녀의 머릿속에 떠올랐다.(지금 앨마가 목도하고 있는 타히티어의 천둥 같은 웅변술에 맞설 수 있는 유일한 언어는 라틴어밖에 없을 듯했다.) "네모 움쿠암 네쿠에 포에타 네쿠에 오라토르 푸잇, 쿠이

모든 것의 이름으로

쿠엠쿠암 멜리오렘 쿠암 세 아르비트라레투르.(Nemo umquam neque poeta neque orator fuit, qui quemquam meliorem quam se arbitraretur.)"

'자기보다 나은 이가 있으리라고 생각하는 시인이나 웅변가는 아무도 없으리니.'

✳

그날의 분위기는 더욱 열광적으로 달아오르기만 했다.

매우 효과적인 타히티의 전통적 전보 체계를 통해(발 빠른 아이들이 뛰어다니며 큰 목소리로 전하는) '내일 아침'이 도착했다는 소식은 빠르게 퍼져 나갔고, 시간이 갈수록 마타바이 만에는 사람들이 더 많이 모여들며 와자지껄해졌다. 앨마는 웰스 목사를 찾아서 이것저것 물어보고 싶었지만, 왜소한 그의 몸은 계속 군중 속으로 사라졌고 언뜻언뜻 하얀 머리카락을 휘날리며 행복하게 웃는 그의 모습만이 보일 뿐이었다. 너무 흥분한 나머지 거대한 꽃 모자도 잃어버린 채 기쁨에 도취되어, 시끄러운 군중 속에서 여학생처럼 눈물을 흘리고 있는 마누 자매한테도 다가갈 수 없었다. 히로 패거리들은 아예 눈에 띄지도 않았다. 아니, 이리 번쩍 저리 번쩍 사방을 돌아다니고 있었지만, 앨마가 그들을 붙잡고 질문을 던지기에는 너무 분주했다.

해변에 모인 군중은 만장일치로 결정을 내리기라도 한 듯

일제히 흥청망청 축제를 시작했다. 레슬링과 권투 시합장이 마련되었다. 청년들이 셔츠를 벗어 던지고 몸에 코코넛 오일을 바르더니 몸싸움을 시작했다. 아이들은 즉흥 달리기 대회를 하느라 해변을 뛰어다녔다. 모래사장에는 어느 틈에 투계장이 마련되어 닭싸움이 벌어졌다. 차차 원주민들의 북과 피리부터 유럽인들의 나팔과 바이올린에 이르기까지 온갖 악기를 든 연주자들이 당도했다. 해변 한쪽에서는 사람들이 바닥에 구멍을 파고 모닥불을 피운 뒤 그 안에 돌을 채웠다. 그들은 거대한 바비큐를 준비하고 있었다. 그제야 앨마는 어디선가 나타난 마누 자매가 돼지 한 마리를 잡아서 꼼짝 못 하게 짓누르며 죽이는 광경을 보았다. 그 광경을 보며 앨마는 자기도 모르게 억울함을 느꼈다.(돼지고기 맛을 보려고 그녀가 얼마나 오래 기다렸던가? 그런데 '내일 아침'이 나타나자마자 돼지를 잡다니.) 마누는 능숙한 솜씨로 긴 칼을 놀리며 기분 좋게 돼지의 배를 갈랐다. 그녀는 엿을 잡아떼는 여자처럼 내장을 꺼냈다. 마누와 힘센 여자 몇 명이 돼지 사체를 잡고 모닥불에 그을리며 털을 태웠다. 그러고는 돼지를 잎으로 감싸서 뜨거워진 돌 위에 올려놓았다. 파도처럼 밀려든 축제 분위기 속에서 닭 몇 마리도 돼지의 뒤를 이어 죽임을 당했다.

앨마는 예쁜 에티니 자매가 빵나무 열매를 잔뜩 안고 달려가는 모습을 보았다. 앨마는 앞으로 뛰어가서 에티니의 어깨를 두드리며 물었다. "에티니 자매님, 말씀 좀 해 주세요. 내일 아침이 누구예요?"

에티니는 환한 미소를 지으며 돌아섰다. "웰스 목사님의 아들이에요."

"웰스 목사님의 '아들'이라고요?" 웰스 목사에게는 딸밖에 없었고, 그나마 살아 있는 딸도 하나뿐이었다. 에티니 자매의 영어가 그토록 빠르고 유창하지 않았다면 앨마는 그녀가 잘못 말했다고 짐작했을 터다.

"'타이오' 아들이에요. 내일 아침은 입양으로 얻은 아드님이에요. 제 아들이기도 하고 마누 자매님의 아들이기도 하죠. 저 아이는 이곳 선교단 모두의 아들이에요! 우린 모두 '타이오' 가족이랍니다." 에티니가 설명했다.

"하지만 어디 출신인데요?" 앨마가 물었다.

"이곳 출신이에요." 에티니는 그 사실에 엄청난 자부심을 숨길 수 없다는 듯이 말했다. "내일 아침은 우리 아이예요."

"하지만 오늘은 대체 어디에서 온 거죠?"

"지금 살고 있는 라이아테아에서 왔어요. 거기서 선교 활동을 하거든요. 라이아테아는 한때 진정한 신에게 제일 적대적이었던 섬인데, 저 애 덕분에 크게 진전됐어요. 오늘 같이 데려온 이들도 개종한 사람들이에요. 저 애가 개종시킨 거죠. 확실한 건 저 애를 따르는 신자들이 훨씬 많다는 거예요."

확실한 점은 앨마도 물어볼 것이 훨씬 많다는 사실이었지만, 에티니 자매는 잔치 준비에 정신이 팔려 있었으므로 결국 고맙다는 인사로 그녀를 보내 주었다. 앨마는 강가의 구아바 숲으로 걸어가서 생각을 좀 정리하고자 그늘에 앉았다. 숙고

하고 따져 볼 것이 너무도 많았다. 놀라운 새 정보를 꿰어 맞추고자 필사적으로 노력하며 그녀는 몇 달 전 웰스 목사와 나누었던 대화를 떠올렸다. 웰스 목사가 입양한 세 아들에 대한 이야기를 들려주었음이 희미하게 기억났다. 마타바이 만의 선교 학교가 낳은 가장 뛰어난 본보기, 즉 세 아들이 현재 여러 외부 섬에 나가서 선교 활동을 이끌고 있다고 했다. 오래전에 나누었던 대화의 소상한 부분까지 회상해 내고자 애썼지만 안타깝게도 기억은 희미했다. 라이아테아는 분명 그가 언급했던 섬이었지 싶은데, 목사가 '내일 아침'이라는 이름을 말한 적은 없다고 확신했다. 그런 소리를 들었더라면 앨마의 기억에 반드시 남았으리라. 개인적으로 그렇게 중요한 이름을 들었다면 곧바로 정신이 번쩍 들었을 것이다. 하지만 그 이름은 이제껏 들어 본 적이 없었다. 웰스 목사는 그를 다른 이름으로 불렀다.

에티니 자매가 이번에는 빈손으로 지나가고 있었으므로 앨마는 또 한 번 앞으로 달려가서 그녀를 붙들었다. 귀찮게 굴고 있음은 알지만 어쩔 수 없었다.

"에티니 자매님. 내일 아침의 이름이 뭐예요?"

에티니 자매는 어리둥절한 표정이었다. "내일 아침이 그 애 이름이에요."라고 그녀는 간단히 대꾸했다.

"웰스 형제님이 그 사람을 부르는 이름은 뭔데요?"

"아!" 에티니 자매의 눈이 반짝거렸다. "웰스 형제님이 그 아이를 타히티 이름으로 부르실 땐 타마토아 마레라고 하세요. 내일 아침은 그 아이가 아주 어렸을 때 스스로 지은 별명

모든 것의 이름으로

이랍니다! 그렇게 불리는 걸 더 좋아해요. 그 아이는 늘 언어
에 뛰어났답니다. 웰스 부인과 제가 가르쳤던 학생 중에 최고
였죠. 만나 보시면 저보다 영어를 훨씬 잘한다는 걸 알게 될 거
예요. 아주 어렸을 때부터 자기 타히티어 이름이 '내일 아침'이
라는 영어 단어와 발음이 비슷함을 깨달았던 거죠. 'Tamatoa Mare'와
'Tomorrow Morning'의 발음이 비슷해서 직접 별명으로 정했다는 의미다. 언제나 아주 영리
한 아이였어요. 만나는 사람마다 큰 희망을 안겨 주는 사람이
되었으니 이젠 그 이름이 저 애에게 잘 어울린다고 모두들 생
각한답니다. 새로운 날처럼 말이에요."

"새로운 날처럼." 앨마는 되풀이해서 읊조렸다.

"딱 맞는 말이죠."

"에티니 자매님. 죄송하지만 마지막으로 하나만 더 물을게
요. 타마토아 마레가 마타바이 만에 마지막으로 왔었던 때는
언제죠?"

에티니 자매는 주저 없이 대답했다. "1850년 11월이요."

에티니 자매는 서둘러 떠나 버렸다. 앨마는 다시 그늘에 앉
아서 즐거운 아수라장의 광경을 지켜보았다. 그녀는 아무런
기쁨도 느끼지 못했다. 누군가 엄지손가락으로 가슴을 깊이
세게 눌러서 지문을 남긴 듯 심장이 짓눌린 느낌이었다.

앰브로즈 파이크는 1850년 11월 이곳에서 사망했다.

✳

앨마가 내일 아침의 곁에 다가가기까지는 제법 시간이 걸렸다. 그날 밤에는 굉장한 축하연이 벌어졌다. 왕족을 접대하는 듯한 잔치였고, 분명 사람들이 그를 그렇게 여긴다는 의미였다. 해변에 모인 수백 명의 타히티인들은 구운 돼지고기와 생선, 빵나무 열매, 칡 푸딩과 얌, 무수히 많은 코코넛을 먹어 치웠다. 군데군데 모닥불이 피어오르고 사람들은 춤을 추었다. 물론 한때 타히티를 유명하게 했던 외설스럽기 그지없는 춤은 아니었고, 그들이 '후라(hura)'라고 부르는 그나마 제일 덜 민망한 전통 춤이었다. 다른 선교단 정착지에서는 그런 춤마저 용납되지 않겠지만, 웰스 목사는 가끔 허용하고 있음을 앨마도 알고 있었다.("그게 왜 해가 되는지 저는 모르겠습니다."라고 언젠가 그는 앨마에게 말했고, 앨마는 종종 되풀이되는 그 한마디가 웰스 목사를 설명해 주는 완벽한 신조라고 생각하기에 이르렀다.)

앨마는 이제껏 그런 춤을 본 적이 없었으므로 다른 사람들처럼 그 광경에 사로잡혔다. 젊은 여성들은 재스민과 치자꽃을 세 줄로 엮어서 머리를 장식하고 목에도 꽃목걸이를 늘어뜨렸다. 음악은 느릿하고 선율의 강약은 확연했다. 얼굴에 수두 자국이 있는 아가씨들도 더러 있었지만 모닥불 빛에 비친 그들은 전부 똑같이 아름다웠다. 선교단이 전해 준 긴소매 통짜 원피스를 입었음에도 여자들의 팔다리와 골반 동작은 은근히 드러났다. 앨마는 난생처음 보는 가장 유혹적인 춤이었고 (손동작 하나까지 유혹적일 수 있다니 놀라웠다.) 아버지가 섬을 찾았던 1777년, 여인들이 풀잎으로 엮은 치마만 입고 상체를 드러낸 채 춤을 추었을 때는 과연 어떤 모습이었을지 상상조차 되지 않았다. 미덕을 지키려고 애쓰던 리치먼드 출신의 어린 소년에게는 틀림없이 엄청난 광경이었으리라.

이따금씩 탄탄한 체구의 남자들이, 무희들이 그린 원 안에 뛰어들어 장난스럽고 익살스러운 동작으로 '후라'를 방해했다. 처음에 앨마는 그저 웃음으로 관능적인 분위기를 깨기 위해서 그러는가 보다 생각했지만, 이내 그들의 움직임 역시 한계를 넘어서기 시작했다. 무희들을 붙잡으려는 남자들의 장난이 계속되는 와중에, 여자들은 스텝 하나 흐트러뜨리지 않고 우아하게 그들을 밀어냈다. 가장 어린아이들도 춤 공연에서 전해지는 관능과 거절의 몸짓을 이해하는 듯 요란하게 웃음을 터뜨렸으므로 제 나이보다 훨씬 더 성숙하게 느껴졌다. 기독교식 예절의 찬란한 전범인 마누 자매조차 어느 시점이 되자 소동에 뛰어들더니 놀랍도록 민첩하게 거구를 흔들며 '후라' 춤을 추었다. 젊은 남자 하나가 춤을 추며 달려들자 그녀는 일부러 그에게 잡히며 군중에게 요란한 즐거움을 선사했다. 그러자 남자는 춤을 추며 그녀의 엉덩이에 몸을 대고, 그 누구도 착각할 수 없는 노골적인 몸동작을 연이어 보여 주었다. 마누 자매는 장난스럽게 시시덕거리는 시선으로 청년을 주시하며 연신 춤을 출 뿐이었다.

앨마는 그 모든 광경에 매혹된 듯 환하게 웃고 있는 웰스 목사를 주시했다. 그의 곁에는 흠잡을 데 없는 영국 신사처럼 완벽한 자세로 내일 아침이 앉아 있었다. 저녁 내내 사람들이 그의 곁으로 다가와서 그의 코에 코를 부비고 찬사를 보냈다. 그는 세련되고 너그러운 태도로 모든 이들을 맞았다. 결단코 평생 동안 그보다 아름다운 인간을 본 적이 없음을 앨마도 인정해야 했다. 물론 타히티는 어디서나 신체적 아름다움을 찾아볼 수 있는 동네이므로, 한동안 시간이 지나면 누구나 익숙해지기 마련이었다. 이곳 남자들은 아름다웠고 여자들은 더 아름다웠고 아이들은 그보다 더 아름다웠다. 그렇게나 아름다운 타히티인들과 비교해 봤을 때, 팔다리만 삐죽하게 길고 구부정하게 등이 굽은 대부분의 창백한 유럽인들은 어떻게 보일까! 그것은 경이로움에 사로잡힌 외국인들이 수천 번쯤 반복해 온 이야기였다. 그랬다, 이곳에서는 아름다움이 지천이었고 앨마 역시 숱하게 보아 왔지만, 내일 아침은 그 가운데서도 단연 가장 아름다웠다.

그의 피부는 짙고 광택이 흘렀으며 미소는 서서히 떠오르는 달 같았다. 누군가를 바라볼 때면 자애로운 분위기와 함께 그냥 그 자체로 빛이 나는 것 같았다. 그를 빤히 쳐다보지 않기란 불가능했다. 잘생긴 외모만이 아니고 눈빛으로도 관심을 부르는 남자였다. 마치 아킬레스의 현신인 듯 정말이지 위풍당당한 몸이었다. 무엇보다도 전장에서 누구든 앞다투어 따를 만한 인물이었다. 웰스 목사는 과거 남태평양 섬 주민들이 서로 전쟁을 벌이던 시절의 이야기를 앨마에게 들려준 적이 있었다. 승리자들은 적들의 사상자 중에서 가장 키가 크고 피부색이 짙은 시체를 골라냈다. 거구의 시체를 찾아내면 시신을 갈라서 뼈를 도려낸 뒤 그 뼈로 낚싯바늘과 끌, 무기를 만들었다. 몸집이 제일 큰 남자의 뼈에는 엄청난 힘이 깃들어 있으므로, 그 뼈로 만든 도구와 무기를 지니면 무적의 기운이 전해진다고 믿었기 때문이었다. 내일 아침의 경우, 일단 먼저 그를 죽일 수만 있다면 그의 뼈로 무기고를 다 채울 만한 무기를 만들 수도 있겠다는, 잔인한 생각마저 들었다.

상황을 주시하는 동안 앨마는 모닥불에서 멀리 떨어진 채 서성거리며 사람들의 눈을 피했다. 모두들 희열에 빠져 아무도 그녀의 존재를 신경 쓰지 않았다. 흥겨운 잔치는 밤까지 길게 이어졌다. 밝고 높게 활활 타오르는 불길이 어둡고 위태롭게 일렁이는 그림자를 드리웠으므로, 누군가 자칫 넘어지거나 잘못 불길에 휩싸여 곧장 '포'로 끌려갈까 봐 두려울 정도였다. 춤사위는 점점 더 격렬해졌고 아이들은 신들린 듯 행동했다. 훌륭한 기독교 선교단이 귀환했다고 해서 이런 식으로 떠들썩하고 흥청망청 대는 소란이 벌어지리라고는 짐작도 못했지만, 어쨌든 앨마는 여전히 타히티에 관해서는 초짜였다. 웰스 목사는 그 어떤 상황도 언짢지 않은 듯 그 어느 때보다 행복하고 유쾌해 보였다.

자정이 한참 지난 뒤에야 비로소 웰스 목사는 앨마의 존재를 생각해 냈다.

"휘태커 자매님!" 그가 외쳤다. "내 정신 좀 보게? 제 아들을 만나 보셔야죠!"

앨마는 불길에 휩싸일 정도로 모닥불에 가까이 앉아 있던 두 남자에게 다가갔다. 앨마는 서 있고 두 남자는 그 지역 관습대로 앉아 있었으므로 어색한 만남이었다. 그녀는 앉을 마음이 없었다. 그녀는 누군가의 코에 자신의 코를 비비고 싶지 않았다. 그러나 내일 아침은 길게 뻗은 팔을 들어 올리더니 공손하게 악수를 청했다.

"휘태커 자매님, 이 아이는 일전에 제가 말했던 아들 녀석입니다. 사랑하는 나의 아들아, 이분은 미국에서 오신 휘태커 자매님이시란다. 유명한 자연 과학자이시지." 웰스 목사가 말했다.

"자연 과학자시라고요!" 내일 아침이 고개를 끄덕이더니 흥미를 보이며 멋진 영국식 억양으로 말했다. "어렸을 때 저도 자연 과학을 상당히 좋아했습니다. 다른 사람들은 거들떠보지도 않는 나뭇잎이며 곤충, 산호 따위에 가치를 둔다며 친구들은 저를 미친 사람 취급했죠. 하지만 즐거운 공부였어요. 세상을 그렇게 깊이 연구한다니, 얼마나 가치 있는 삶입니까. 참으로 행운이십니다."

앨마는 그를 내려다보았다. 드디어 그토록 가까이서 그의 얼굴(지워지지 않는 얼굴, 그다지도 오래 그녀를 괴롭히고 매혹시켰던 얼굴, 그녀를 지구 반대편에서 이곳으로 데려온 얼굴, 상상 속에서 고집스레 조목조목 뜯어보던 바로 그 얼굴)을 쳐다보고 있노라니 맥이 빠져서 다리가 후들거렸다. 그의 얼굴은 앨마에게 믿기지 않을 만큼 강력한 효력을 발휘하는 데 반해, 그는 '그녀'를 보고도 그녀만큼 충격받지 않았다. 앨마는 그를 그렇게나 속속들이 알고 있는데 어떻게 그는 앨마에 대해 전혀 모를 수 있을까?

하지만 대체 그가 왜 알아야 한단 말인가?

그는 차분하게 앨마의 시선을 마주했다. 이상할 정도로 너무 긴 속눈썹이었다. 쓸데없이 풍성한 속눈썹은 과하게 보일 뿐만 아니라 거의 적대적인 느낌마저 주었다. 앨마는 짜증이 치미는 것을 느꼈다. 저런 속눈썹이 필요한 사람은 아무도 없다.

"만나서 기쁘군요." 그녀가 말했다.

내일 아침은 정치인처럼 고상한 말투로, 기쁨은 온전히 자신의 몫이라고 대꾸했다. 그러고는 그가 손을 놓아주자 앨마는 자리를 떠났고, 내일 아침은 다시 웰스 목사에게, 행복하고 요정같이 체구가 작은 백인 아버지에게 관심을 돌렸다.

＊

그는 이 주간 마타바이 만에 머물렀다.

앨마는 좀처럼 그에게서 눈을 떼지 못한 채 면밀히 그를 주시하고 근처를 배회하며 가능한 한 많은 것을 알아내고자 했다. 내일 아침이 사랑받는 존재라는 점은 금세 알 수 있었다. 사실 어찌나 사랑을 받던지 버럭 화가 날 정도였다. 앨마는 그런 사랑이 그에게도 성가시게 느껴진 적이 있는지 궁금했다. 앨마는 그와 단둘이 대화를 나눠 보고 싶은 마음에 계속 지켜보았지만, 그는 한순간도 혼자이지 않았다. 그럴 기회는 아예 없을 듯했다. 온종일 그가 참석해야 할 식사와 모임과 회합과 예식은 벌써 가득 차 있었다. 그의 숙소인 마누 자매의 집은 끊임없이 찾아드는 손님으로 북적였다. 타히티의 여왕 아미마타 포마레 4세는 내일 아침을 파페에테의 왕궁으로 초대해서 차를 대접했다. 라이아테아 섬의 선교 활동에서 내일 아침이 거둔 유례없는 성공담을 모두들(영국인이든 타히티인이든) 듣고 싶어 했다.

솔직히 앨마보다 그 이야기를 고대하는 사람은 없었으므로, 내일 아침이 머무는 내내 그녀는 여러 구경꾼과 찬양자 들에게 들은 단편적인 이야기를 모아 붙이며 전체적인 사연을 파악했다. 라이아테아 섬은 폴리네시아 신화의 요람이었으므로 기독교를 받아들일 가능성이 가장 희박한 곳이었다. 그 크고 험준한 섬은 전쟁의 신 오로의 탄생지이자 거주지여서, 그를 모신 신전에는 인신공양의 증거인 인골이 굴러다녔다. 라이아테아 섬은 말 그대로 심각한 곳이었다.(에티니 자매는 '무거운'이라는 단어를 사용했다.) 섬 중앙에 있는 테메하니 산은 폴리네시아에서 죽은 모든 이들의 영원한 안식처로 여겨졌다. 망자들이 햇빛을 좋아하지 않기 때문에 그 산의 최고봉에는 영영 짙은 안개가 끼어 있다고 했다. 라이아테아 주민들은 웃음을 모르는 사람들이었다. 그들은 피와 위엄을 중시하는 단호한 사람들이었다. 그들은 타히티인들과 달랐다. 그들은 영국인을 거부했다. 프랑스인도 거부했다. 그러나 그들은 내일 아침을 거부하지 않았다. 내일 아침은 장관을 연출하며, 육 년 전 처음으로 그 섬에 도착했다. 그는 홀로 카누를 타고 가서, 섬에 가까워지자 배마저 버렸다. 그는 벌거벗은 몸으로 천둥처럼 요란한 파도를 뚫고 헤엄치며 해변으로 올라가서 머리 위로 성경을 들어 올리더니 외쳤다. "나는 한 분뿐인 진정한 신 여호와의 말씀을 노래하노라! 나는 한 분뿐인 진정한 신 여호와의 말씀을 노래하노라!"

라이아테아인들은 관심을 보였다.

그러고 나서 내일 아침은 복음을 전파하는 도성을 건설했다. 라이아테아의 토속 모신을 모시는 신전 바로 옆에 교회를 건설했는데, 예배당이 아니라 자칫 왕궁으로 착각할 만큼 웅장했다. 그것은 여전히 폴리네시아에서 가장 큰 건물이다. 건물은 거친 상어 가죽으로 문질러 다듬은 마흔여섯 개의 빵나무 기둥들이 떠받치고 있었다.

내일 아침이 개종시킨 신자들은 대략 3500명이었다. 그는 개종자들이 우상을 불태우는 모습을 지켜보았다. 폭력적인 희생의 사당이었던 옛 신전들이 이끼 덮인 바위 더미로 빠르게 변해 가는 모습도 지켜보았다. 그는 라이아테아 주민들에게 얌전한 유럽식 복장을 입혔다. 남자들은 바지를, 여자들은 긴 원피스에 보닛을 착용했다. 그는 어린 소년들을 줄지어 세워 놓고 손수 깔끔하게 짧은 머리로 이발해 주었다. 그의 감독 아래 마을 사람들은 작고 하얀 오두막을 지었다. 그가 도착하기 전에는 알파벳조차 본 적 없는 사람들에게 철자와 읽기도 가르쳤다. 현재 하루 400여 명의 어린이들이 학교에 나와서 교리 문답을 배웠다. 내일 아침은 사람들이 단순히 복음서를 암송하는 데에 그치지 않고 그 내용을 이해하도록 이끌었다. 마침내 그는 벌써 일곱 명의 선교사를 훈련시켜서 최근 더 멀리 떨어진 섬으로 파견했다. 그들 역시 해변으로 헤엄쳐 가서 성경을 높이 들고 여호와의 이름을 외쳤으리라. 혼란과 오류와 미신의 시대는 지나갔다. 영아 살해도, 일부다처제도 끝났다. 어떤 이들은 내일 아침을 예언자라고 불렀지만 그는 '봉사자'라는 말을 더 선호한다고 한다.

앨마는 내일 아침이 라이아테아 섬에서 '환영'이라는 의미의 '테마나바'라는 이름을 지닌 아내를 맞이했음을 알게 됐다. 그는 그곳에서 웰스 목사 부부의 이름을 딴 두 딸, 프랜시스와 이디스도 키우고 있었다. 그는 소시에테 제도 남태평양에 있는 프랑스령으로, 최대의 섬은 타히티이다. 에서 최고로 명예로운 인물이었다. 앨마는 그 이야기를 하도 들어서 점점 지칠 지경이었다.

"그런 사람이 마타바이 만에 있는 우리 작은 학교 출신이라고 생각해 보세요!" 에티니 자매가 말했다.

앨마는 내일 아침이 도착한 지 열흘 뒤 어느 늦은 밤, 에티니 자매의 집에서 저녁을 먹고 잠자리가 있는 마누 자매의 집까지 홀로 걸어가는 그를 보았다. 이전까지 한번 말을 걸 기회조차 없었는데 말이다.

"얘기 좀 할 수 있을까요?" 앨마가 물었다.

"물론이죠, 휘태커 자매님." 그가 아주 쉽게 앨마의 이름을 기억해 내며 응답했다. 어둠 속에서 불쑥 나타난 그녀에게 조금도 놀란 기색이 아니었다.

"이야기를 나누기에 좀 더 조용한 장소가 있을까요? 상의할 게 있는데, 단둘이서 얘기하고 싶어서요."

그는 편안한 웃음을 터뜨렸다. "이곳 마타바이 만에서 그런 은밀한 곳을 찾아내셨다면 경의를 표해 드리겠습니다. 하시려는 말씀이 무엇이든 여기서 하시면 됩니다."

"그럼 좋아요."라고 말했지만 그녀는 혹시 누군가 엿듣지나 않을지 주변을 둘러보지 않을 수 없었다. "당신과 나는 생각보다 서로의 운명에 좀 더 가까이 얽혀 있다고 생각합니다. 나는 당신에게 그저 휘태커 자매일 뿐이지만, 짧은 기간이나마 파이크 부인으로 살았다는 점을 알려 드려야 할 것 같군요."

"더 이상 말씀하지 않으셔도 됩니다." 그가 한 손을 들어 올리며 다정하게 말했다. "저는 당신이 누군지 알아요, 앨마."

오랜 시간처럼 느껴지는 동안 두 사람은 침묵 속에서 서로를 쳐다보았다.

"그렇군요." 마침내 그녀가 말했다.

"그럼요." 그가 대꾸했다.

또다시 긴 침묵.

"나도 당신이 누군지 알아요." 이윽고 앨마가 말했다.

"그러세요? 그럼 저는 누구입니까?" 그는 하나도 놀라지 않았다.

하지만 그녀는 막상 대답을 재촉받자 그 질문에 쉽게 답할 수 없었다. 그래도 무언가 말을 해야 할 것 같았다. "당신은 내 남편을 잘 알죠."

"진심으로 그렇습니다. 그뿐만 아니라 그분을 그리워하죠."

그 대답에 앨마는 충격받았지만, 반박이나 부인보다 차라리 인정하는 편이 더 낫다고 생각했다. 며칠간 이 대화를 예상하며, 앨마는 만약 내일 아침이 앰브로즈를 비도덕적인 거짓 말쟁이로 비난하거나 그에 대해 전혀 들어 본 적 없는 체한다면 미쳐 버릴지도 모른다고 생각했다. 그러나 그에게는 거부하거나 외면할 의도가 없는 듯했다. 그의 얼굴을 유심히 살피며 여유로운 자신감 이외의 기미를 찾아보았으나 이상한 낌새는 아예 보이지 않았다.

"당신은 그 사람을 그리워하는군요."

"그리고 언제까지고 그리워하겠지요. 앰브로즈 파이크는 최상의 인간이었으니까요."

"모두들 그렇게 말하더군요." 앨마는 한 방 먹은 것 같은 기분에 조금 초조해졌다.

"그게 진실이니까요."

"그를 사랑했나요, 타마토아 마레?" 혹시 그의 평정심이 깨지는지 또다시 얼굴을 살피며 그녀가 말했다. 그가 그녀에게서 보았듯 앨마도 그가 놀라는 모습을 보고 싶었다. 그러나 그의 얼굴에는 조금도 거리낌이 없었다. 심지어 그는 자신의 본

명을 듣고도 눈 하나 깜박하지 않았다.

그는 "그분을 만난 사람은 다 그분을 사랑했습니다."라고 응답했다.

"하지만 당신은 그 사람을 '특별하게' 사랑했지 않나요?"

내일 아침은 양손을 주머니에 찌르고 달을 올려다보았다. 대답을 서두르지 않았다. 그는 한가로이 기차를 기다리는 사람처럼 온 세상을 둘러보았다. 한참 뒤 그가 다시 앨마에게 시선을 향했다. 둘의 키는 거의 비슷했다. 앨마의 어깨 역시 그에 비해 그다지 좁지 않았다.

"궁금하신 점이 있는 것 같습니다." 그가 대답 대신 말했다.

앨마는 질 수밖에 없는 게임이라고 느꼈다. 이젠 좀 더 직설적으로 이야기해야 했다.

"솔직하게 이야기해도 될까요?"

"그러십시오."

"당신이 좀 더 자유롭게 이야기하는 데 도움이 되도록 나에 대해서 좀 털어놓아야겠군요. 나는 타고난 성격상, 언제나 미덕이나 은총이라고 여기진 않지만 사물의 본질을 이해하려는 욕망을 갖고 있습니다. 그래서 나는 내 남편이 어떤 사람이었는지 알고 싶어요. 나는 그 사람을 더 잘 이해하려고 이렇게 먼 길을 찾아왔지만 지금까지 소득이 없었습니다. 앰브로즈에 대해서 알아낸 얼마 안 되는 사실은 더 큰 혼란을 주었을 뿐이에요. 우리 결혼은 평범한 결혼도 아니었고 기간이 길지도 않았지만, 그렇다고 해서 내가 남편에게 느끼는 사랑과 염려를 부정할 수는 없습니다. 나는 순진한 사람이 아니에요. 나를 보호하느라 진실을 덮을 필요는 없습니다. 내 목표는 당신을 공격하거나 당신을 적으로 삼으려는 게 아님을 이해해 주세요. 혹시 당신을 위험에 처하게 할 비밀이 있더라도 나한테는 털어놓아야 합니다. 내겐 당신이 작고한 내 남편에 대해서 비밀을 품고 있다고 짐작할 만한 이유가 있어요. 나는 남편이 그린 당신 그림을 보았습니다. 그 그림은 당신과 앰브로즈의 관계에 대해서 내가 진실을 요구할 수 있는 충분한 이유가 된다고 생각해요. 홀로 남은 부인의 간청이라 여기며, 당신이 아는 대로 이야기해 줄 수 있을까요?"

내일 아침은 고개를 끄덕였다. "내일 하루 저와 시간을 함께 보낼 수 있겠습니까? 어쩌면 저녁 늦게까지 걸릴 텐데요?" 그가 물었다.

앨마는 고개를 끄덕였다.

"몸 상태는 어떠십니까?" 그가 물었다.

난데없는 질문에 앨마는 발끈했다. 그녀의 불편한 기색을 알아챈 그가 해명에 나섰다. "혹시 먼 거리의 등산을 감당하실 수 있는지 확인하려고 여쭈었습니다. 자연 과학자이시니 건강하게 단련되셨으리라고 생각하지만 그래도 여쭤봐야 했습니다. 무언가 보여 드리고 싶지만, 무리가 되어선 안 되죠. 가파른 산악 지형을 올라가야 하는데 괜찮으시겠습니까?"

"그럴 겁니다." 앨마는 또 한 번 짜증을 느끼며 대꾸했다. "지난 일 년간 나는 이 섬 전체를 돌아다녔습니다. 타히티에서 보아야 할 곳은 전부 돌아보았죠."

"다 보진 못하셨을 겁니다, 앨마. 전부는 아닐 거예요." 자애로운 미소를 지으며 내일 아침이 반박했다.

＊

다음 날 동이 트자마자 두 사람은 출발했다. 내일 아침은 둘의 여행을 위해 카누를 준비했다. 웰스 목사가 산호 정원을 둘러보러 갈 때 이용하는 작고 위험해 보이는 카누가 아니라, 단단하게 잘 만들어진 훌륭한 카누였다.

"타히티-이티에 갈 겁니다. 육지로 가려면 며칠 걸리겠지만, 해안선을 따라가면 대여섯 시간이면 도착할 수 있어요. 배를 타도 괜찮으시겠어요?"

앨마는 고개를 끄덕였다. 그가 배려하는 마음으로 물었는지 깔보는 것인지 판단하기 어려웠다. 그녀는 마실 물을 담은 대나무 통과 점심으로 먹을 '포이' 약간을 네모난 옥양목에 싸서 허리띠에 묶었다. 이미 섬에서 최악의 나날을 견뎌 내느라 엄청나게 낡아 버린 드레스 차림이었다. 내일 아침은 타히티에서 일 년을 보낸 뒤 농장 일꾼만큼이나 거칠고 굳은살이 박인 앨마의 맨발을 흘끔 쳐다보았다. 말은 하지 않았지만 그가 주의 깊게 보았음을 앨마도 알고 있었다. 그 역시 맨발이었다. 하지만 발목 위로는 완벽한 유럽 신사였다. 평소처럼 하얀 셔츠에 깨끗한 양복을 입었지만, 재킷은 벗어서 얌전히 접더니 카누 안에 방석 대신 깔아 놓았다.

타히티-이티까지 가는 동안에는 대화할 필요가 없었다. 그 곳은 섬 반대편에 동떨어져 있는, 바위투성이의 작고 둥근 반 도였다. 내일 아침은 집중해야 했고, 앨마는 말을 할 때마다 돌아보고 싶지 않았다. 그래서 두 사람은 침묵 속에 여정을 이어 갔다.

해안선을 돌아가는 여행은 종종 험난했으므로, 앨마는 자 신도 도움이 된다고 내일 아침이 느낄 수 있도록 여벌의 노를 가져왔으면 좋겠다고 생각했다. 하지만 실제로 그녀의 도움 은 필요 없는 듯했다. 그는 이미 수백 번은 그곳을 다녀 본 듯, 우아하고 효율적인 동작으로 망설임 없이 암초와 해협을 통과 했다. 분명 그랬으리라고 앨마는 짐작했다. 물에 반사된 강렬 한 햇빛이 눈가에서 춤을 추었으므로 그녀는 챙 넓은 모자를 쓰길 잘했다고 생각했다.

다섯 시간 만에 오른쪽으로 타히티-이티의 절벽이 나타났 다. 놀랍게도 내일 아침은 곧장 절벽으로 향하고 있는 듯했다. 바위에 부딪칠 작정일까? 이번 여행의 목표가 그런 무시무시 한 짓이었을까? 그러나 곧이어 앨마는 절벽 정면에 검은 구멍 처럼 난 둥근 입구를 발견했다. 해수면과 이어지는 동굴 입구 였다. 내일 아침은 밀려드는 강한 파도에 카누를 실어, 두려움 없이 아찔하게도 곧장 동굴 입구로 진입했다. 앨마는 밀려가 는 바닷물에 휩쓸려서 다시 햇빛 속으로 빨려 나가게 되리라 고 확신했지만, 그는 거의 카누 위에 서다시피 맹렬하게 노를 저었고 어느새 바위투성이 해변의 젖은 바위들을 지나, 동굴 깊숙이 들어갔다. 마술을 부린 듯 밤이 되었다. 히로 패거리들도 이런 과감한 모험은 시도하지 못했으리라.

"뛰어내리세요." 그가 명령했다. 그가 힘주어 말하지 않았음에도 그녀는 다음 파도가 들이닥치기 전에 빨리 움직여야 한다고 생각했다. 그녀는 가장 높은 곳으로 뛰어올랐지만, 솔직히 충분히 높은 것 같지는 않았다. 큰 파도가 덮치면 두 사람은 영원히 떠밀려 갈 것이다. 내일 아침은 걱정하는 기색조차 없었다. 그는 카누를 등에 지고 끌어 올리더니 뭍에 올려놓았다.

"좀 도와주시겠습니까?" 그가 공손하게 말했다. 그는 머리 위쪽으로 툭 튀어나온 바위를 가리켰고, 앨마는 그가 안전하게 카누를 그곳에 올려놓을 작정임을 알아차렸다. 앨마는 그를 도와 카누를 들어 올렸고, 두 사람은 힘을 모아 밀려드는 파도가 닿지 않도록 바위 위쪽으로 카누를 밀었다.

앨마는 주저앉았고, 그도 거칠게 숨을 몰아쉬며 곁에 앉았다.

"편안하세요?" 마침내 그가 물었다.

"네."

"이젠 기다려야 합니다. 썰물이 완전히 빠져나가면 절벽을 따라서 걸어갈 수 있는 좁은 길이 보일 텐데, 그 길로 고원까지 올라갈 수 있습니다. 거기를 가야만 제가 보여 드리고 싶은 곳으로 모실 수 있어요. 해내실 수 있겠죠?"

"할 수 있어요." 그녀가 말했다.

"좋습니다. 이젠 한동안 쉬기로 하죠." 그는 접은 재킷을 베개 삼아 드러누운 뒤 다리를 쭉 폈다. 파도가 밀려오면 거의 그의 발에 닿을 듯했지만 완전히 미치지는 못했다. 그는 동굴 안으로 밀려드는 파도의 움직임을 정확히 알고 있음이 틀림없었다. 상당히 특별한 광경이었다. 내일 아침이 곁에 누워 있는 모습을 보자 문득 앨마는 어디든(풀밭이든, 소파든, 화이트에이커의 응접실 바닥이든 가리지 않고) 편안하게 드러눕곤 하던 앰브로즈의 가슴 아픈 추억이 떠올랐다.

앨마는 내일 아침에게 십 분쯤 휴식 시간을 주었지만 더는 참을 수가 없었다.

"그 사람하고 어떻게 만났어요?" 그녀가 물었다.

바닷물이 바위 사이로 끊임없이 밀려들고 사방에서 축축한 메아리가 울렸으므로 동굴은 이야기하기에 조용한 장소가 아니었다. 하지만 요란한 파도 소리 덕분에 앨마에게는 진실을 요구하고 비밀을 드러나게 할 가장 안전한 장소처럼 느껴지기도 했다. 누가 두 사람의 이야기를 들을 수 있을까? 누가 두 사람을 볼 수 있을까? 유령들 말고는 아무도 없었다. 그들이 나누는 말은 조류에 이끌려 동굴을 빠져나갔다가 일렁이는 파도에 부서져 물고기에게 먹히리라.

내일 아침은 일어나 앉지 않고 대답했다. "1850년 8월에 웰스 목사님을 뵈려고 타히티로 돌아왔을 때, 지금 당신이 이곳에 있는 것처럼 앰브로즈가 여기 있었습니다."

모든 것의 이름으로

"그 사람을 어떻게 생각했나요?"

"천사라고 생각했습니다." 그는 망설임 없이, 눈도 뜨지 않은 채로 말했다.

그가 질문에 너무 거침없이 대답하고 있다고 앨마는 생각했다. 그녀는 청산유수 같은 대답을 원하지 않았다. 그녀는 완전하고 신중한 이야기를 원했다. 결론만을 원하는 게 아니라 도중의 사연까지 모조리 원했다. 내일 아침과 앰브로즈가 만난 순간을 보고 싶었다. 그들의 대화를 지켜보고 싶었다. 두 사람이 어떤 생각을 했는지, 어떤 느낌을 얻었는지 알고 싶었다. 무엇보다도 두 사람이 어떤 행동을 했는지 알고 싶었다. 앨마는 기다렸지만 그는 더 털어놓지 않았다. 한참이나 침묵을 지킨 뒤, 앨마가 내일 아침의 팔을 건드렸다. 그가 눈을 떴다.

"부탁이에요. 계속해 줘요." 그녀가 말했다.

그가 일어나 앉더니 앨마를 마주 보았다. "웰스 목사님이 제가 어쩌다 선교단에 들어오게 됐는지 말씀하시던가요?"

"아뇨."

"전 고작 일곱 살이었습니다. 어쩌면 여덟 살이었을 수도 있고요. 아버지가 먼저 돌아가시고 이어 어머니가 돌아가시더니 두 형들도 세상을 떠났습니다. 살아남은 아버지의 부인 중한 분이 저를 떠맡으셨는데 그분마저 돌아가셨죠. 제 아버지의 다른 부인, 다른 어머니도 있었지만 연달아 돌아가셨습니다. 아버지의 다른 부인들이 낳은 자식들도 전부 빠르게 죽어 갔습니다. 할머니들도 계셨지만 그분들 역시 돌아가셨어요."

그는 뭔가를 생각하는 듯 잠시 말을 멈추었다가 이야기를 정정하며 계속 설명했다. "아니네요, 돌아가신 순서를 착각했습니다. 용서하세요, 앨마. 가족 중에 가장 허약하셨던 할머니들이 맨 처음 돌아가셨어요. 맞아요, 처음에 할머니들이 돌아가시고 그다음으로 아버지가 돌아가시고, 그 뒤론 말씀드린 대로였어요. 저도 심하게 앓았지만, 보시다시피 죽진 않았죠. 타히티에선 흔한 이야기입니다. 분명 전에도 이런 이야기 들으신 적 있을걸요?"

앨마는 무슨 말을 해야 할지 몰라서 아무 말도 하지 않았다. 지난 오십 년간 폴리네시아 전역에 걸쳐 엄청나게 많은 사람들이 죽었음을 알았지만, 그 누구도 가족을 잃은 개인사에 대해 이야기해 준 적은 없었다.

"마누 자매님의 이마에 있는 흉터 본 적 있으시죠? 어떻게 생긴 흉터인지 누가 설명해 주던가요?" 그가 물었다.

앨마는 고개를 저었다. 이 모든 이야기가 앰브로즈와 무슨 관련이 있는지도 알 수 없었다.

"그건 비탄의 흉터입니다. 이곳 타히티에서는 여인들이 애도할 때 상어 이빨로 머리를 베죠. 유럽인들이 보기에는 섬뜩하겠지만, 이곳 여인들에게는 그것이 슬픔을 전하고 풀어내는 방편입니다. 마누 자매님이 대부분의 여인들보다 흉터가 많은 건 자식 여럿을 비롯해서 온 가족을 잃으셨기 때문이에요. 어쩌면 그래서 그분과 제가 항상 서로를 그토록 좋아했을 겁니다."

앨마는 자식들을 모두 잃은 여인과, 어머니들을 모두 잃은 소년 사이의 각별한 감정을 표현하는 데 '좋아한다.'라는 단어를 사용했음에 충격받았다. 충분히 절실한 말 같지가 않았다.

이어 앨마는 마누 자매의 또 다른 신체적 특이점을 떠올렸다. "손가락은 어떻게 된 거죠? 손가락 끝마디가 없던데?" 그녀가 자신의 손을 들어 올리며 물었다.

"그것 역시 또 다른 상실의 유산입니다. 이곳 사람들은 가끔 비탄의 표현으로 손끝을 자릅니다. 유럽인들이 쇠와 강철을 가져다주는 바람에 그 일이 더 쉬워졌어요." 그는 서글픈 미소를 지었다. 앨마는 마주 미소를 지어 주지 않았다. 너무도 끔찍했다. 그가 말을 이었다. "아직 제가 말씀드리지 않은 제 할아버지는 '라우티(rauti)'셨어요. '라우티'에 대해서 아세요? 웰스 목사님은 수년간 그 말을 번역하는 데 도움을 주셨지만 어렵더군요. 아버지는 '웅변가'라는 말을 쓰시는데, 그런 표현으로는 그 역할의 위엄을 전하지 못해요. 차라리 '역사가'에 가깝긴 하지만 역시나 정확하진 않아요. '라우티'의 임무는 싸움에 나서는 전사들 곁에서 같이 달리며, 그들이 누구인지 상기시킴으로써 용기를 북돋는 존재입니다. 사람들이 선조의 영웅적 행동을 잊지 않도록 하는 거죠. '라우티'는 이 섬에 사는 모든 이들의 족보를 신화까지 거슬러 올라갈 만큼 전부 다 알고, 그들의 용기를 북돋는 노래를 부릅니다. 일종의 설교라고 할 수도 있겠지만 더 격렬하죠."

"가사는 어떤 내용이죠?" 길고 뜬금없는 이야기에서 한 발

물러나며 앨마가 물었다. 그는 이유가 있어서 앨마를 이곳으로 데려왔다. 그러니 이런 이야기를 하는 데에도 틀림없이 이유가 있으리라.

내일 아침은 동굴 입구 쪽으로 얼굴을 돌리고 잠시 생각에 잠겼다. "영어로요? 영어로는 똑같은 힘을 전하지 못하지만 가사를 좀 옮겨 보면 이런 식입니다. '놈들의 의지가 땅에 떨어질 때까지 바짝 경계하라! 번개처럼 저들을 공격하라! 너는 아라바, 호라니의 아들이며, 장어들의 아버지이자 강력한 아나파의 우두머리였던 타푸누이에게 태어난 파리티의 후손 파루토의 손자이니, 너는 그런 존재다! 바다처럼 저들을 부숴 버려라!'" 내일 아침은 천둥처럼 큰 소리로 그 말을 내뱉었고, 그의 외침은 바위에 부딪힌 뒤 파도 속으로 잦아들었다. 그가 다시 앨마를(팔에 소름이 돋았다. 영어로도 이토록 심금을 울리는데, 타히티어로는 얼마나 엄청날지 감조차 오지 않았다.) 돌아보며 대화하는 말투로 덧붙였다. "때로는 여자들도 싸웠습니다."

"고마워요."라고 말하면서도 그녀는 자신이 왜 그런 말을 했는지 알 수 없었다. "할아버님은 어떻게 되셨어요?"

"다른 식구들처럼 돌아가셨습니다. 가족이 죽은 뒤 저는 홀로 남은 아이였습니다. 타히티에서는 런던이나 필라델피아처럼 아이에게 그런 운명이 그리 가혹하지 않다고 생각합니다. 이곳 아이들은 어렸을 때부터 독립심을 키운 덕분에, 누구든 나무에 올라가거나 낚싯줄을 던져서 스스로 먹고살 수 있으니까요. 여기선 밤에 얼어 죽는 사람도 없습니다. 마타바이 만 해

변에서 뛰노는 가족 없는 아이들과 비슷한 처지였죠. 저에게
는 같이 어울릴 또래가 없었으니 그 아이들만큼 행복하진 않
았던 것 같습니다. 저에게 문제는 육신의 굶주림이 아니라 영
혼의 굶주림이었습니다. 아시겠어요?"

"네."

"그래서 전 정착지 마을이 있는 마타바이 만에서 길을 찾았
습니다. 몇 주간 저는 선교단 교회를 관찰했습니다. 소박한 삶
이었지만 섬의 다른 곳보다 더 나은 것들을 누리고 있더군요.
단번에 돼지를 죽일 수 있는 날카로운 칼도 있고, 손쉽게 나무
를 쓰러뜨릴 수 있는 도끼도 있었어요. 제 눈에는 그들이 사는
오두막도 호화로웠죠. 웰스 목사는 너무 하얘서 유령처럼 보였
지만 악령 같지는 않았습니다. 그분은 유령들의 언어를 썼지
만 우리 말도 좀 할 줄 아셨어요. 나는 모든 사람들에게 여흥을
주는 그의 세례식을 구경했습니다. 에티니 자매님은 벌써 웰스
부인과 함께 학교를 운영하고 있었기 때문에, 학교를 드나드는
아이들도 보았습니다. 저는 창문 밖에 누워 수업에 귀를 기울
였습니다. 저도 완전히 교육받지 않은 아이는 아니었어요. 물
고기 이름을 150개나 알고 있고 모래 위에 별자리 지도를 그
릴 수도 있지만, 물론 유럽식으로 교육받은 건 아니었죠. 어떤
아이들은 수업용으로 작은 칠판을 갖고 있었습니다. 검은색
용암 조각 표면에 모래로 광을 내서, 저도 직접 칠판을 만들려
고 노력했죠. 산에서 나는 플랜테인 진액으로 칠판을 더 검게
염색한 다음, 그 위에다 하얀색 산호로 선을 그렸죠. 거의 성공

했지만, 불행히도 지워지진 않더라고요!" 그는 옛 추억을 떠올리며 미소를 지었다. "당신은 어렸을 때부터 집에 멋진 도서관이 있었다죠? 게다가 앰브로즈 말로는 꼬마일 때부터 여러 언어를 할 줄 알았다던데요?"

앨마는 고개를 끄덕였다. 그러니까 앰브로즈는 그녀의 이야기를 한 적 있었다! 그 사실이 떨리도록 기뻤지만(그는 앨마를 잊지 않았다!) 찜찜함도 느껴졌다. 내일 아침은 그녀에 대해 그 밖에 또 무엇을 알고 있을까? 앨마가 그에 대해 알고 있는 것보다는 분명 훨씬 많은 듯했다.

"저도 언젠가는 도서관을 보는 게 꿈이었습니다. 스테인드 글라스 유리창도 보고 싶고요. 어쨌든 어느 날 저를 지켜보던 웰스 목사님이 다가왔습니다. 친절한 분이었어요. 앨마도 만나 봤으니 그분이 얼마나 친절했을지 상상하실 필요도 없을 겁니다. 그분은 저에게 임무를 하나 주셨어요. 파페에테에 있는 선교회에 전할 소식이 있다더군요. 목사님은 저더러 당신 친구에게 메시지를 전해 줄 수 있겠느냐고 물었죠. 전 당연히 그러겠다고 했어요. 저는 '메시지가 뭔데요?'라고 물었죠. 그분은 저에게 뭔가 적힌 칠판을 건네면서, 타히티어로 '이게 메시지란다.'라고 말씀하셨어요. 의심스러웠지만 저는 달려갔습니다. 몇 시간 뒤 저는 부두 옆 교회에서 다른 선교사를 찾아냈죠. 그분은 타히티어를 전혀 못 했습니다. 메시지가 뭔지도 모르고, 서로 말도 안 통하는데 어떻게 그 사람에게 메시지를 전하라는 것인지 통 알 수가 없더군요! 하지만 저는 그에게 칠판을 전했습니다. 그 사람은 칠판을 보더니 교회 안으로 들어갔어요. 밖으로 나온 그는 저에게 작은 종이 뭉치를 내밀었습니다. 그때가 처음으로 종이라는 물건을 맞닥뜨린 순간이었는데, 세상에서 가장 얇고 하얀 '타파' 옷감이라고 생각했어요. 대체 어떤 종류의 옷감으로 그렇게 작은 조각을 만들 수 있는지는 몰랐겠지만 말이에요. 그저 꿰매서 옷을 만들 수 있으리라고 짐작했죠.

저는 십 킬로미터도 넘는 길을 부리나케 달려 마타바이 만으로 돌아갔고, 웰스 목사님에게 종이를 전달했더니 기뻐하면서 그게 바로 당신의 메시지였다고 말씀하셨습니다. 종이를 빌리고 싶다고 얘기했다는 거예요. 저는 타히티 아이였고, 그 말은 곧 마법과 기적을 안다는 의미였지만 도무지 그 마법의 속임수는 이해가 안 되더군요. 어쨌든 저는 웰스 목사님이 칠판으로 다른 선교사에게 '무언가를 말했다.'라고 여겼습니다. 칠판에 목사님을 대신해 말을 전하도록 명령을 내려서 그분의 바람이 이루어진 게 틀림없었어요! 저도 그 마법을 알고 싶었죠! 저는 손수 흉내 내서 만든 석판에 명령을 속삭인 다음 산호로 줄 몇 개를 그렸습니다. 제가 내린 명령은 '죽은 우리 형을 되살려 내라.'라는 것이었어요. 지금 생각하면 왜 어머니를 찾지 않았는지 의아하지만, 당시에는 형을 더 그리워했던 것 같아요. 어쩌면 형이 보호자 역할을 했기 때문이겠죠. 나보다 훨씬 용감한 형을 항상 우러러봤거든요. 마법을 부리겠다는 저의 시도는 당연히 실패로 돌아갔고, 놀랄 일도 아니었죠. 하지만 제 행동을 본 웰스 목사님은 곁에 앉아서 말을 걸었고, 그것으로 저의 새로운 교육이 시작되었습니다."

"뭘 가르쳐 주시던가요?" 앨마가 물었다.

"처음에는 예수님의 은혜를, 두 번째로는 영어를, 마지막으로는 읽기를 가르쳐 주셨습니다." 한참 뜸을 들인 뒤 그가 다시 말을 이어 갔다. "저는 훌륭한 학생이었어요. 당신도 훌륭한 학생이었다죠?"

"맞아요, 언제나."

"제가 머리를 쓰는 게 쉬웠듯이 당신도 머리를 쓰는 게 쉬웠죠?"

"그래요." 앰브로즈가 그 외에 또 무슨 얘기를 했을까?

"웰스 목사님은 제 아버지가 되셨고, 그 뒤로 저는 항상 아버지가 가장 아끼는 아들이었습니다. 그분은 당신의 친딸과 아내보다도 저를 더 사랑하신다고 감히 말씀드릴 수 있습니다. 다른 수양아들보다는 확실히 저를 더 사랑하시죠. 앰브로즈 얘기를 들으니 당신도 아버님이 가장 사랑하는 딸이셨다죠? 어쩌면 헨리는 부인보다도 당신을 더 사랑하셨다던데요?"

앨마는 깜짝 놀랐다. 그것은 충격적인 발언이었다. 그녀는 도저히 대답할 수가 없었다. 오랜 세월과 거리를 사이에 두었음에도(심지어 죽음으로 갈라져 있으면서도) 어머니와 프루던스에게 느끼는 의리가 얼마나 크기에 그 질문에 솔직히 대답할 수 없는 것일까?

"아버지가 가장 아끼는 자식이라는 사실을 스스로 알지 않

아요, 앨마?" 내일 아침은 좀 더 다정하게 캐묻듯 질문을 던졌
다. "그러면 독특한 힘을 갖게 되잖아요, 안 그래요? 세상에서
가장 중요한 인물이 다른 사람들보다 마침 우리를 골라서 더
좋아하면, 우리는 원하는 걸 손에 넣는 데 익숙해지죠. 당신도
그렇지 않았어요? 당신과 나 같은 사람들이 어떻게 스스로 강
하다고 느끼지 않을 수 있겠어요?"

앨마는 그 말이 사실인지 자신을 돌아보았다.

물론 그것은 사실이었다.

아버지는 세상의 다른 사람들을 전부 외면한 채 그녀에게
모든 것을, 전 재산을 남겼다. 앨마가 절대 화이트에이커를 떠
나도록 허락하지 않았던 이유는 단지 아버지에게 그녀가 필
요했기 때문만이 아니라 딸을 사랑했기 때문임을 그녀는 문득
깨달았다. 앨마는 어렸을 때 아버지가 자신을 무릎에 앉히고
환상적인 이야기를 들려주던 때가 떠올랐다. 아버지가 "내 생
각엔 저 못생긴 아이가 예쁜 아이보다 열 배는 더 가치가 있다
네."라고 말하던 순간도 기억했다. 1808년 화이트에이커에서
무도회가 열렸던 밤도 기억났다. 그날 이탈리아인 천문학자는
손님들을 천문도에 따라 '실물처럼' 배열해서 멋진 군무를 연
출했다. 앨마의 아버지는 모든 이들의 중심에서 우주를 호령
하는 태양으로서 "그 아이한테도 '자리'를 주시오!"라고 외쳤
고, 앨마가 마음껏 뛰어다니도록 배려해 주었다. 그날 밤 앨마
의 손에 불을 쥐어 주고, 그녀가 프로메테우스 같은 혜성이 되
어 잔디밭을 뛰어다니며 열린 세상을 실컷 만끽하게 해 주었

던 사람은 분명 헨리였다. 그런데 이런 생각을 하기는 평생 처음이었다. 다른 사람 그 누구에게도 아이에게 불을 쥐여 줄 만한 권위가 없었다. 다른 사람이라면 어느 누구도 앨마에게 '자리'를 차지할 수 있는 특권을 주지 않았으리라.

내일 아침이 말을 이었다. "아버지는 항상 저를 일종의 예언자라고 생각하셨어요."

"당신도 자신을 그렇게 생각하나요?"

"아뇨. 저는 제가 어떤 사람인지 압니다. 일단 저는 '라우티'입니다. 우리 할아버지 같은 웅변가죠. 저는 사람들 앞에 나서서 용기를 북돋는 주문을 외칩니다. 저의 동포는 큰 시련을 겪었기에 그들이 다시 강해지도록 제가 밀어붙이는 겁니다. 하지만 옛날 우리의 신들보다 새로운 신이 더 강력하기 때문에 여호와의 이름으로 기도합니다. 과거의 신이 진짜 위대했다면 제 동포들은 아직 다 살아 있었겠죠. 이것이 제가 전도하는 방식입니다. 힘이죠. 이 주변 섬에선 창조주와 예수 그리스도의 말씀이 온화함과 설득을 통해 전해지는 것이 아니라 힘으로 전해져야 한다고 믿습니다. 다른 이들이 실패한 곳에서 제가 성공을 거둔 이유이기도 하고요."

그는 상당히 허심탄회하게 앨마에게 털어놓았다. 그러고는 쉬운 일이라는 듯 어깨를 으쓱했다.

"하지만 무언가 더 있기는 합니다. 옛날 사고방식으로는 중간자가 존재한다고 믿죠. 이를테면 신과 인간 사이에서 전달자 역할을 하는 사람 말입니다."

"성직자들처럼요?" 앨마가 물었다.

"웰스 목사님 같은 분 말씀입니까?" 내일 아침은 또다시 동굴 입구를 바라보며 미소 지었다. "아뇨. 아버지는 물론 좋은 분이지만 지금 제가 말씀드리려는 존재는 아니에요. 그분은 신성한 전달자가 아닙니다. 전 성직자와는 좀 다른 존재를 생각하고 있어요. 뭐랄까…… 어떤 단어일까요? '특사'라고 해야 하려나요. 옛날 사고방식에 따르면 우리는 각각의 신에게 저마다 특사가 있다고 믿었습니다. 타히티 사람들은 위급한 상황이면 바로 그 특사에게 기도를 올립니다. '세상으로 와 주십시오. 전쟁과 기아와 공포 속에서 우리가 고통을 겪고 있으니 빛으로 내려와서 우리를 도와주십시오.'라고 기도를 올리죠. 특사들은 이승에도 저승에도 깃들지 않지만 둘 사이를 옮겨 다닙니다."

"당신도 스스로를 그렇게 생각하나요?" 앨마가 다시 물었다.

"아뇨. 전 앰브로즈 파이크가 그런 사람이라고 생각했습니다."

그는 그 말을 하자마자 앨마를 돌아보았고, 짧은 순간이었지만 그의 얼굴에는 고통이 어렸다. 심장이 욱신거리는 바람에 앨마는 침착함을 유지하느라 마음을 다잡아야 했다.

"당신도 그 사람을 똑같이 생각했죠?" 그가 앨마의 얼굴에서 해답을 찾으며 물었다.

"그래요." 마침내 두 사람은 거기에 당도했다. 그렇게 두 사람은 앰브로즈에게 가닿았다.

내일 아침은 고개를 끄덕이며 안도의 표정을 지었다. "그 사람은 제 생각을 들을 수 있었어요."

"그래요. 그는 그런 걸 할 수 있는 사람이었죠." 앨마가 말했다.

"그 사람은 저 역시 생각에 귀 기울이기를 원했지만 제겐 그런 능력이 없었습니다."

"네. 나도 이해해요. 나도 마찬가지였어요."

"그 사람은 악을, 악이 몰려다니는 길을 볼 수 있었어요. 사악한 색깔이 뭉쳐 있다는 식으로 악을 설명해 주더군요. 그 사람은 파멸할 운명을 볼 수 있었어요. 선량함도 볼 수 있었고요. 특정한 사람들 주변에는 선량함이 소용돌이친답니다."

"알아요."

"그 사람은 죽은 사람의 목소리를 들었어요. 앨마, 그 사람은 우리 형의 목소리를 들었습니다."

"그렇군요."

"어느 밤에는 별빛을 들을 수 있다고 말했지만, 그날 하룻밤뿐이었죠. 다시는 들을 수 없게 되자 그가 슬퍼했습니다. 그 사람은 우리가 영혼을 합해서 함께 들어 본다면 메시지를 받을 수 있으리라고 생각했어요."

"네."

"앨마, 그 사람은 자신과 비슷한 사람이 지상에 아무도 없어서 외로워했습니다. 그는 끝내 집을 찾을 수 없었죠."

앨마는 또다시 심장이 욱신거림을 느꼈다. 수치심과 죄책감과 회한이 가슴을 조여 왔다. 주먹을 꽉 움켜쥐고 눈에 갖다

모든 것의 이름으로

댔다. 결코 울지 않겠노라고 모든 의지를 전부 발휘해야 했다.
그녀가 주먹을 떼고 눈을 뜨자 내일 아침은 그쯤에서 이야기
를 중단해야 할지, 신호를 기다리듯 그녀를 지켜보고 있었다.
하지만 앨마가 바라는 것은 그가 계속 이야기를 들려주는 것
뿐이었다.

"그 사람은 당신과 함께 뭘 하고 싶어 했나요?" 앨마가 물
었다.

"그 사람은 벗을 원했어요. 쌍둥이를 원했어요. 우리가 똑
같아지기를 원했죠. 당신도 알겠지만 그 사람은 저를 오해했
습니다. 그 사람은 있는 그대로의 저보다 저를 더 높이 평가했
어요."

"그 사람은 나에 대해서도 오해를 했죠." 앨마가 말했다.

"그럼 어떻게 됐을지 당신도 알겠군요."

"당신은 그와 함께 뭘 하고 싶어 했어요?"

"저는 그와 관계하기를 바랐습니다." 내일 아침은 진지하게
말했지만 자책하는 듯 움찔했다.

"나도 그랬어요."

"그럼 우린 똑같은 사람들이네요."라고 내일 아침은 말했지
만 그런 생각이 그에게 위로가 되지는 않는 듯했다. 앨마에게
도 위로가 되지 못했다.

"그래서 그와 관계를 했나요?"

내일 아침은 한숨을 쉬었다. "저는 그 사람이 저 역시 순수
한 인간이라고 믿게 내버려 두었습니다. 그는 저를 최초의 인

간이자 새로운 부류의 아담이라고 여긴 것 같았고, 저는 그가 그렇게 오해하도록 그냥 놓아두었어요. 저의 모습을 그리는 것도 허락했죠. 아니, 허영에 가득 차서 나를 그리라며 제 쪽에서 그를 '부추겼습니다.' 난초를 그리듯이 떳떳하게 벌거벗은 모습의 나를 그리라고 제안한 사람은 저였어요. 신의 눈으로 볼 때 벌거벗은 남자와 꽃에 무슨 차이가 있겠느냐고, 전 그렇게 말했습니다. 그를 제 가까이 끌어들이기 위한 방편이었죠."

"그래서 그 사람과 관계를 했나요?" 앨마는 좀 더 직접적인 대답을 예상했으므로 마음을 단단히 다잡으며 되풀이해서 물었다.

"앨마. 당신은 당신이 어떤 종류의 사람인지 제게 이해시켜 주었죠. 대상을 이해하려는 욕망에 사로잡힌 사람이라고요. 이젠 제가 어떤 종류의 사람인지 당신에게 고백해야겠군요. 저는 정복자입니다. 으스대려고 하는 말이 아니에요. 단지 그게 제 본성이죠. 어쩌면 당신은 정복자를 만나 본 적이 없을 테니 이해하기 어려울 겁니다."

"내 아버지는 정복자였어요. 난 당신이 상상하는 것보다 더 잘 이해합니다."

내일 아침은 고개를 끄덕이며 정곡을 짚었다. "헨리 휘태커. 다들 그렇다고 하더군요. 맞는 말씀일지도 모르죠. 그렇다면 당신도 저를 이해할 수 있겠네요. 알다시피 정복자의 본능은 손에 넣고자 하는 것은 무엇이든 손에 넣어야 합니다."

그로부터 한참 동안 두 사람은 말이 없었다. 앨마는 다른

모든 것의 이름으로

질문을 하고 싶었지만 감히 물을 수 없었다. 그러나 지금 묻지 않는다면 결코 알 수 없을 테고, 그러면 남은 평생 그 질문을 곱씹으며 괴로워하게 되리라. 그녀는 다시 용기를 그러모아서 물었다. "앰브로즈는 어떻게 세상을 떠났나요?" 곧장 그가 대답하지 않자 앨마가 덧붙였다. "웰스 목사님께는 감염으로 사망했다는 연락을 받았어요."

"마지막에는 감염으로 세상을 떠났다고 생각합니다. 의사도 그렇게 말했을 겁니다."

"하지만 진짜 사인은 뭐죠?"

"말씀드리기 유쾌한 이야기는 아닙니다. 그 사람은 슬픔 때문에 죽었어요."

"무슨 말이에요, 슬픔이라니? 어떻게요?" 앨마가 다그쳤다. "얘기해 주어야 해요. 난 환담이나 나누려고 여기까지 온 사람도 아니고, 어떤 이야기를 듣든지 감당할 자신이 있어요. 말해 줘요, 어떻게 된 일이죠?"

내일 아침은 한숨을 쉬었다. "앰브로즈는 세상을 떠나기 며칠 전에 꽤 심하게 자해를 했습니다. 이곳 여인들이 사랑하는 사람을 잃었을 때 상어 이빨로 머리에 자해를 한다고 했던 말, 기억해요? 하지만 그들은 타히티인들이고, 그건 타히티의 관습입니다. 이곳 여인들은 그 끔찍한 행위를 안전하게 해내는 법을 알고 있죠. 그들은 정확히 얼마나 깊게 자신을 베어야 하는지, 그래서 심각한 해를 입히지 않고서 피로 슬픔을 배출할 수 있는지 정확하게 압니다. 그러고 나서는 그 즉시 상처를 치료하죠. 안타깝게도 앰브로즈는 그런 자해의 기술을 익히지 못했습니다. 그 사람은 엄청나게 상심했어요. 세상이 그를 실망시켰습니다. 제가 그를 실망시켰어요. 무엇보다도 최악이었던 것은 그가 스스로에게 실망했다는 사실이겠죠. 그는 자제력을 잃고 말았습니다. 우리가 그의 '파레'에서 그를 발견했을 때는 이미 구할 수 없는 상태였어요."

앨마는 눈을 감고 그녀의 연인, 그녀의 앰브로즈가(숱 많고 아름다운 그의 머리카락이) 자진해서 고행을 시도하려다 피에 흠씬 젖어 있는 모습을 보았다. 그녀 역시 앰브로즈를 실망시켰다. 그가 원했던 것은 오로지 순수함이었는데, 그녀가 원했던 것은 오로지 쾌락이었다. 그녀는 그를 이 외로운 곳으로 추방했고, 그는 이곳에서 끔찍하게 죽음을 맞이했다.

내일 아침의 손길이 팔에 닿는 것을 느끼고 앨마는 눈을 떴다.

"괴로워하지 마세요. 당신도 그런 일이 일어나는 걸 막을 순 없었을 겁니다. 당신이 그 사람을 죽음으로 이끈 게 아니에요. 누군가 그를 죽음으로 이끌었다면, 그건 바로 저입니다."

그렇더라도 여전히 앨마는 말을 할 수가 없었다. 하지만 이내 또 다른 끔찍한 질문이 떠올랐고, 물어볼 수밖에 없었다. "그 사람 손끝도 잘랐던가요? 마누 자매님처럼?"

"열 손가락 전부는 아니었어요." 내일 아침은 세심하게 배려하듯 대답해 주었다. 앨마는 다시 눈을 감았다. 예술가의 손을! 기억하고 싶지 않았지만, 그를 유혹하려고 그의 손가락을 자신의 입에 넣었던 밤이 떠올랐다. 앰브로즈는 공포에 질린 채 움찔하며 움츠러들었었다. 그는 너무도 연약했다. 그런 그가 어떻게 스스로에게 그렇게 무서운 폭력을 저질렀을까? 토할 것 같았다.

"이건 제가 짊어져야 할 짐입니다. 저에겐 그 짐을 지고 갈 충분한 힘이 있습니다. 제가 짊어지게 해 주세요." 내일 아침이 말했다.

다시 목소리를 되찾은 앨마가 말했다. "앰브로즈는 스스로 목숨을 끊었군요. 그런데도 웰스 목사님은 그 사람에게 제대로 기독교식 매장을 해 주셨고요."

그것은 질문이 아니라 놀라움의 표현이었다.

"앰브로즈는 기독교인의 본보기였으니까요. 제 아버지로 말씀드리자면, 그분은 특별한 자비심과 관대함의 소유자이시죠."

앨마는 천천히 이야기의 조각을 좀 더 맞추며 물었다. "아버님은 제가 누군지 아실까요?"

"아실 거라고 짐작합니다. 선량한 제 아버지는 이 섬에서 일어나는 일이라면 전부 아시니까요."

"하지만 그분은 몹시 친절히 대해 주셨어요. 절대 캐묻지도 않으시고 참견도 않으시고……."

"놀라시면 안 되죠. 제 아버지는 친절함의 화신이시니까요."

또다시 긴 침묵. 그러다가 "하지만 그렇다고 해서 그분이 당신에 대해 다 안다는 의미는 아니죠? 그분이 당신과 내 남편 사이에 일어난 일을 아실까요?"라고 앨마가 물었다.

"역시 그러리라고 짐작해야 옳을 겁니다."

"하지만 그분은 계속 칭찬만……."

앨마는 생각을 마무리할 수 없었고, 내일 아침도 굳이 대꾸하려 들지 않았다. 앨마는 한참 동안 놀라움에서 비롯한 정적 속에 앉아 있었다. 연민과 용서에 관한 프랜시스 웰스 목사의 아량은 틀림없이 논리나 언어를 적용할 수 없는 비범한 경지였다.

그럼에도 결국 또 한 가지 끔찍한 질문이 떠올랐다. 자신에게 구역질이 나고 약간은 미치지 않았나 싶은 질문이었지만, 역시나 앨마는 꼭 알아야 했다.

"앰브로즈에게 강제로 완력을 행사했나요? 그를 다치게 했어요?" 앨마가 물었다.

내일 아침은 은연중 비난이 담긴 그 질문을 언짢아하지 않았지만 돌연 더 나이 들어 보였다. 그가 서글프게 말했다. "오, 앨마. 정복자에 대해서 제대로 이해하지 못하는 것 같군요. 저는 강제로 완력을 쓸 필요가 없는 사람입니다. 일단 제가 결정을 내리면 다른 이들에게는 선택의 여지가 없죠. 모르겠어요? 제가 웰스 목사님에게 저를 아들로 입양해 달라고, 본인의 혈육인 가족보다 저를 더 사랑해 달라고 강요했던가요? 라이아테아 섬 주민들에게 여호와를 받아들이라고 강요했던가요? 당신은 지적인 여성입니다, 앨마. 이해하려고 해 보세요."

모든 것의 이름으로

앨마는 주먹으로 다시 눈을 눌렀다. 눈물이 나도록 내버려 두진 않겠지만, 이제야 끔찍한 진실을 알게 되었다. 앰브로즈는 그녀에 대한 혐오감에 움츠러들었던 반면, 내일 아침에게는 몸을 만지도록 '허락'했다. 그 사실은 오늘 알게 된 다른 모든 이야기보다도 실망스러웠다. 그토록 끔찍한 이야기를 들은 뒤에, 겨우 그토록 하찮고 이기적인 문제로 자신을 더 앞세운다는 것이 수치스러웠지만 그녀로서도 어쩔 수 없었다.

"왜 그러세요?" 내일 아침이 충격에 휩싸인 그녀의 얼굴을 보며 물었다.

"나도 그와 하나가 되기를 갈망했어요. 하지만 그 사람은 나를 받아 주지 않았죠." 마침내 앨마가 고백했다.

내일 아침은 무한히 다정한 표정으로 앨마를 쳐다보았다. "거기부터 당신과 제가 달라졌군요. 당신이 물러났기 때문에."

＊

이제 마침내 파도가 낮아지자 내일 아침이 말했다. "기회가 있을 때 빨리 갑시다. 끝까지 해낼 작정이라면 지금 움직여야 해요."

파도가 닿지 않는 바위에 카누를 남겨 두고 동굴을 나갔다. 내일 아침이 장담한 대로 절벽 아래쪽으로 안전하게 걸어갈 만한 좁은 길이 나타났다. 그들은 몇백 미터쯤 걷다가 산을 오르기 시작했다. 카누에서 봤을 때는 수직으로 깎아지른 절벽이라 범접할 수 없을 듯 보였으나, 내일 아침이 발과 손을 짚은 대로 따라가다 보니 위로 올라가는 길이 나왔다. 마치 계단을 파 놓은 듯 정확히 필요한 자리에 발을 올리고 손으로 잡을 만한 곳이 있었다. 그녀는 아래에서 철썩이는 파도를 쳐다보지 않으면서, 히로 패거리를 신뢰하는 법을 배웠듯이 안내자의 능력과 자신의 민첩성을 믿었다.

십오 미터쯤 올라가자 바위 꼭대기에 도달했다. 그곳에서 그들은 울창한 정글로 접어들어 축축한 뿌리와 덩굴이 뒤덮인 가파른 경사면을 기어올랐다. 히로 패거리와 함께 지내며 앨마는 고산 지대에 사는 조랑말의 심장을 지닌 등산의 대가가 되었지만, 그곳만큼은 정말로 위험한 산길이었다. 젖은 나뭇잎 때문에 위험스레 발이 미끄러졌고, 맨발로도 디딜 곳을 찾기가 어려웠다. 그녀는 지쳐 갔다. 길은 자취도 보이지 않았다. 내일 아침이 어떻게 이 길을 아는지 도무지 알 수 없었다.

"조심하세요. 세 글리상.(C'est glissant.)"

방금 프랑스어로 미끄러지기 쉽다고 주의를 주었다는 사실을 알아차리지 못한 듯했으므로 내일 아침 역시 지친 게 틀림없다고 앨마는 생각했다. 그녀는 그가 프랑스어를 할 줄 아는지조차 몰랐다. 그의 머릿속에는 또 무엇이 들어 있을까? 놀라웠다. 외딴섬의 고아 소년치고 그는 참 잘 성장한 사람이었다.

경사가 약간 완만해지면서 그들은 이제 계곡을 따라 걷고 있었다. 곧 멀리서 희미하게 으르렁거리는 소리가 들려왔다.

모든 것의 이름으로

한동안은 환청인 듯했지만 모퉁이를 돌자, 리본처럼 새하얀 포말을 날리며 거센 소용돌이와 함께 요란하게 쏟아져 내리는 200미터 정도 높이의 폭포가 보였다. 폭포의 강한 물줄기가 세찬 바람을 일으켰고 피어오른 수증기는 유령처럼 떠돌았다. 앨마는 그곳에서 잠시 멈추고 싶었지만 폭포는 내일 아침의 행선지가 아니었다. 그는 말소리가 잘 들리도록 그녀에게 몸을 기댄 채 하늘을 가리키며 소리쳤다. "이젠 다시 올라갑니다."

네발로 기다시피 그들은 폭포 옆으로 올라갔다. 곧 앨마의 드레스가 흠뻑 젖었다. 그녀는 튼튼한 플랜테인 그루터기와 대나무 줄기를 잡고 체중을 지탱하며, 뿌리째 뽑혀 나오지 않기를 기도했다. 폭포 꼭대기 근처에 다가가자 평평한 바위 사이로 키 큰 풀과 돌무더기가 나타났다. 앨마는 이곳이 그가 이야기했던 고원(그들의 목적지)이 틀림없다고 판단했지만, 그곳이 뭐가 그리 특별한지 처음에는 도통 보이지 않았다. 그러나 내일 아침이 가장 큰 바위 뒤로 돌아가자, 앨마도 그의 뒤를 따랐다. 갑자기 작은 동굴 입구가 나타났다. 집 안에 만들어 놓은 방처럼 절벽 안쪽으로 아늑하게 들어간 그 공간은 사방을 막아선 벽의 길이만 해도 팔구 미터는 될 것 같았다. 그리고 그곳에는 앨마 휘태커가 이제껏 보아 온 것 가운데 가장 호사스러운 이끼 카펫이 빈틈없이 깔려 있었다.

동굴에는 단순히 이끼가 자라는 정도가 아니라 이끼가 넘실대고 있었다. 여느 초록색이 아니라 오싹해질 정도의 초록색이었다. 살아 있는 짐승의 털가죽처럼 두툼하게 뒤덮인 이끼는 바위 표면을 빼곡히 채우며 돌덩어리를 잠자는 신비로운 짐승으로 변모시켰다. 의아하게도 동굴 가장 깊은 곳이 가장 밝게 반짝거렸다. 보석을 세공해 놓은 듯 완벽하게 장식되어 있는 그 이끼는 '시스토테가 펜나타(Schistotega pennata)'였다.

도깨비의 황금, 용의 황금, 요정의 황금이라는 뜻의 '시스토테가 펜나타'는 최고로 진귀한 동굴 이끼였고, 지층의 제일 깊은 곳에서도 빛을 잃지 않는 묘안석처럼 반짝거렸다. 또 매일 아주 잠깐씩만 빛을 받아도 영원히 그 영광을 잃지 않는 천상의 식물이었으며, 찬란한 표면에 속아 넘어간 여행자들이 수 세기 동안 수도 없이 감추어진 보물로 착각하고 달려들었던 가짜 보석이었다. 매우 작은 이끼를 현미경으로 들여다보았을 때만 겨우 발견할 수 있었던 기묘하게 반짝이는 에메랄드빛이 동굴을 온통 뒤덮고 있었으므로, 앨마에게 그것은 실질적인 재물보다 더 눈부신 '진짜' 보물이었다……. 그런데 지금 그녀는 그 보물 창고 속에 들어와 있었다.

기적과도 같은 장소에 들어선 그녀가 처음 보인 반응은 아름다움에 눈을 질끈 감는 것이었다. 견딜 수 없었다. 허락 없이는, 일종의 종교적 윤허가 내려지기 전까지 봐서는 안 될 것만 같았다. 볼 자격이 없는 기분이었다. 그녀는 눈을 감은 채로 긴장을 풀고 꿈속의 광경이라며 자신을 달랬다. 그러나 과감하게 다시 눈을 떴을 때, 이끼는 여전히 그곳에 있었다. 동굴은 너무도 아름다워서 미지의 갈망으로 뼛속까지 아파 올 정도였다. 이토록 무언가를 탐내 본 적이 없을 만큼 아련한 빛을 뿜어

모든 것의 이름으로

대며 장관을 이루는 그곳의 이끼를 소유하고 싶어서 미칠 지경이었다. 앨마는 그곳이 자기를 집어삼켜 주기를 바랐다. 지금 바로 거기 서 있는데도 벌써부터 그리워지기 시작했다. 남은 평생 이곳을 그리워하겠지.

"앰브로즈는 늘 당신이 이곳을 좋아할 거라고 생각했어요." 내일 아침이 말했다.

그제야 앨마는 흐느끼기 시작했다. 너무 격렬하게 흐느끼느라 그녀는 소리조차 내지 못했고(소리를 낼 수가 없었다.) 마치 비극의 가면처럼 얼굴을 일그러뜨렸다. 뭔가가 그녀의 몸 한가운데서 떨어져 나가며 심장과 폐를 산산조각 냈다. 그녀는 총에 맞은 병사가 동료의 품에 쓰러지듯 내일 아침에게 안겼다. 그가 앨마를 부축했다. 그녀는 덜걱거리는 해골처럼 몸을 떨었다. 흐느낌이 잦아들지 않았다. 약한 남자였다면 늑골이 부러졌을 만큼 힘을 주며 그에게 매달렸다. 그녀는 그와 맞닿은 몸을 곧장 통과해서 반대편으로 나가고 싶었다, 아니 차라리 그에게 빨려 들어가서 장기에 흡수되고, 지워지고, 없어지고 싶었다.

발작적인 슬픔에 잠겨 처음에는 알아채지 못했지만 이윽고 앨마는 그 역시 눈물을 흘리고 있음을 감지했다. 격렬한 흐느낌은 아니었지만, 서서히 눈물이 흘러내렸다. 앨마가 그의 부축을 받고 있는 만큼 그녀도 그를 부축하고 있었다. 그렇게 두 사람은 이끼의 성소(聖所)에 함께 서서 그의 이름을 눈물로 외쳤다.

'앰브로즈.' 그들은 비통해했다. '앰브로즈.'

그 사람은 결코 돌아오지 않을 것이다.

결국 두 사람은 나무가 잘려 넘어가듯 바닥에 쓰러졌다. 옷은 흠뻑 젖었고 추위와 피로로 이가 딱딱 부딪혔다. 의논하거나 어색함을 느낄 새도 없이 젖은 옷을 벗었다. 그러지 않으면 한기로 목숨을 잃을 것이다. 이제 두 사람은 탈진한 상태로 흠뻑 젖었을 뿐만 아니라 벌거벗은 채 누워 있었다. 그들은 이끼에 누워 서로를 응시했다. 탐색은 아니었다. 유혹도 아니었다. 내일 아침의 몸은 아름다웠다. 그것은 분명하고 새삼 놀랍거나 논란의 여지도 없는 사실이었지만 중요하지 않았다. 앨마의 몸은 아름답지 않았고, 그것 역시 분명하고 놀랄 것 없고, 논란의 여지도 없는 사실이었으며 중요하지 않았다.

그녀는 팔을 뻗어서 그의 손을 잡았다. 그녀는 아이처럼 그의 손가락을 입으로 가져갔다. 그는 내버려 두었다, 그는 그녀의 손길을 피해 움츠러들지 않았다. 그러고 나서 앨마는 그의 남근에 손을 뻗었다. 모든 타히티 소년들의 성기처럼 그의 것도 어린 시절에 상어 이빨로 포경한 상태였다. 앨마는 좀 더 친밀하게 어루만져야 했다. 그는 앰브로즈를 어루만진 유일한 사람이었다. 그녀는 내일 아침에게 만져도 좋은지 허락을 구하지 않았다. 허락은 말없이 그 남자 쪽에서 이루어졌다. 모든 것이 이해되었다. 앨마는 그의 건장하고 따뜻한 몸을 더듬어 내려가며 그의 남근을 입에 넣었다.

그것은 그녀가 평생토록 정말로 원했던 딱 한 가지 일이었다. 그녀는 너무 많은 것을 단념했고, 절대로 불평하지도 않았다. 하지만 딱 한 번만이라도 그걸 해 볼 순 없을까? 결혼할 필요는 없었다. 아름답게 치장하거나 남자들의 욕망의 대상이 될 필요도 없었다. 친구들과 경박함에 둘러싸일 필요 역시 없었다. 저택도, 도서관도, 재산도 필요 없었다. 그녀에게 필요 없는 것은 지나치게 많았다. 그녀가 원했다면 내일 아침은 의무적으로라도 시도했겠지만, 쉰세 살이라는 지겨운 나이까지 고스란히 간직해 온 오랜 처녀성의 영역을 끝끝내 발굴할 필요는 없었다.

하지만 일생에 단 한순간뿐일지라도 그녀는 '그것'을 진정으로 원했다.

내일 아침은 주저하지도, 그녀의 손길을 다그치지도 않았다. 그는 앨마가 자신을 탐구하도록, 그의 몸으로 그녀의 입속을 최대한 채우도록 내버려 두었다. 마치 물속에 잠긴 그녀에게 공기를 전해 줄 유일한 통로가 자신이라는 듯, 그의 몸을 통해 숨을 들이마시듯 빨아 대도록 내버려 두었다. 무릎을 이끼에 파묻고 얼굴은 그의 비밀스러운 둥지에 묻은 채로, 앨마는 입속에서 그가 점점 더 묵직하고 따뜻해지면서 더욱더 자신을 내놓는 듯한 느낌을 받았다.

항상 그녀가 상상했던 그대로였다. 아니, 그녀가 상상했던 것 이상이었다. 그러자 그가 그녀의 입속에 자신을 쏟아부었고, 그녀는 봉헌처럼, 자선처럼 그것을 받아들였다.

앨마는 감사했다.

그러고 난 뒤 두 사람은 더 이상 눈물을 흘리지 않았다.

✳

그들은 고원의 이끼 동굴에서 함께 밤을 보냈다. 어둠 속에서 마타바이 만으로 돌아가기는 너무 위험했다. 밤에 카누를 모는 일은 상관없지만(사실 밤공기가 훨씬 서늘해서 그는 그쪽을 더 선호한다고 했다.) 빛 없이 폭포와 절벽을 내려가기는 결코 안전하지 않다는 게 내일 아침의 생각이었다. 섬을 잘 아는 사람이므로 그는 거기서 밤을 보내게 되리라는 사실도 알고 있었을 터다. 앨마는 그가 그렇게 예측했음이 싫지 않았다.

야외에서의 하룻밤은 편안한 자리를 제공해 주지 않았지만 어쨌거나 그들은 상황을 최대한 이용했다. 그들은 당구공만 한 돌멩이를 맞부딪쳐서 작은 모닥불을 피웠다. 그들은 마른 히비스커스를 모았고, 내일 아침은 그걸 사용해서 몇 분 사이에 불을 피워 냈다. 앨마는 빵나무 열매를 따서 바나나 잎으로 감싼 뒤 껍질이 갈라질 때까지 구웠다. 그들은 플랜테인 줄기를 돌로 두들겨서 옷감처럼 부드러운 덮을 것을 만들었다. 두 사람은 조악한 플랜테인 이불을 덮고 온기를 아끼느라 서로 몸을 맞댔다. 축축했지만 못 견딜 정도는 아니었다. 두 사람은 꼭 보금자리를 튼 여우 형제 같았다. 아침에 깨어난 앨마는 플랜테인 줄기에서 배어 나온 수액 때문에 피부에 검푸른 얼룩이 들었음을 발견했다. 하지만 내일 아침의 피부에는 얼룩

모든 것의 이름으로

이 드러나지 않았다. 창백한 그녀의 피부는 얼룩을 공공연히 드러내는 반면, 그의 피부는 얼룩을 오롯이 흡수해 버렸다.

전날 밤의 일에 대해서는 이야기하지 않는 편이 현명할 것 같았다. 두 사람은 수치심 때문에 침묵을 지킨 것이 아니라, 서로 좀 더 닮아지고 가까워진 느낌에 굳이 말할 필요가 없었다. 거기에 더해서 지쳐 있었다. 그들은 옷을 입고 남은 빵나무 열매를 먹고, 폭포를 내려와서 절벽을 다시 기어 내려온 뒤 동굴로 돌아왔다. 그러고는 보송보송하게 마른 채 높이 올려져 있는 카누를 찾아서 마타바이 만으로 되돌아가는 여정을 시작했다.

여섯 시간 뒤 낯익은 검은 해변에 자리한 선교단 마을이 눈에 들어오자, 앨마는 내일 아침을 돌아보며 그의 무릎에 손을 얹었다. 그가 노 젓던 것을 멈추었다.

"날 용서해요. 마지막으로 한 가지만 더 물어도 될까요?"

이제 그녀가 알아야 할 것은 마지막으로 하나뿐이었고, 두 번 다시 서로 볼 수 없을 것이 확실했으므로 지금 물어야 했다. 그는 경건하게 고개를 끄덕이며 말을 계속하라고 청했다.

"당신 그림으로 가득한 앰브로즈의 가방은 지금껏 일 년 가까이 해변에 있는 나의 '파레'에 놓여 있었어요. 누구든 가져갈 수 있었을 거예요. 누구든 섬 전체에 당신 그림을 뿌려 댔을 수도 있었겠죠. 하지만 이 섬 주민은 누구도 그 물건에 손조차 대지 않았어요. 이유가 뭘까요?"

"아, 해답은 간단합니다. 사람들이 전부 다 나를 두려워하기 때문이죠." 내일 아침이 대수롭지 않게 말했다.

그러고 나서 내일 아침은 다시 노를 저었고, 해변으로 향했다. 거의 저녁 예배 시간이었다. 두 사람은 따뜻한 환대 속에 귀가했다. 그는 아름다운 설교를 했다.

감히 그들에게 어디에 다녀왔는지 묻는 이는 한 사람도 없었다.

모든 것의 이름으로

26

내일 아침은 사흘 뒤 라이아테아 섬으로, 아내와 아이들에게로 돌아갔다. 그 며칠간 앨마는 대부분 혼자 보냈다. 로저와 단둘이 '파레'에 틀어박힌 채 알아낸 모든 사실을 되씹었다. 그녀는 해방감과 부담감을 동시에 느꼈다. 오랜 질문에서는 해방됐지만, 그 해답은 부담스러웠다.

아직도 희미하게 피부에 남아 있는 푸른 진액 자국을 들키고 싶지 않아서 마누 자매, 다른 여인들과 함께 즐기던 아침 목욕은 건너뛰었다. 예배에는 참석했지만 뒤쪽에 남아서 모습을 드러내지 않았다. 그녀와 내일 아침은 두 번 다시 단둘이서 시간을 보내지 못했다. 사실 그는 단 한순간도 혼자 있던 적이 없었다. 그와 단둘이서 보낼 수 있는 시간을 마련했던 것이 기적이었다.

내일 아침이 떠나기 전날, 그를 위해 또다시 이 주 전에 있었던 요란한 분위기의 축하연을 벌였다. 다시 한·번 춤을 추는 잔치가 열렸다. 또 한 번 연주자들이 찾아오고, 씨름과 닭싸움이 벌어졌다. 그리고 모닥불을 피운 뒤 다시금 돼지를 잡았다. 내일 아침은 사랑을 받는다기보다 사람들의 숭배를 받는 존재임을 앨마는 이제야 좀 더 명확히 알 수 있었다. 떠맡아야 할 책임감과 지위에 대해 그가 얼마나 능력 있게 처신하는지도 눈에 들어왔다. 사람들은 그의 목에 셀 수 없이 많은 꽃목걸이를 걸어 주었는데, 꽃들은 마치 사슬처럼 묵직하게 매달려 있었다. 그는 선물을 받았다. 새장에 든 초록색 비둘기 한 쌍, 꽥꽥거리며 버둥거리는 새끼 돼지 한 무리, 더는 발사되지 않는 18세기 네덜란드의 장식용 권총, 염소 가죽으로 장정된 성경책, 아내를 위한 보석과 옥양목, 자루에 든 설탕과 차, 교회에 매달 쇠 종 등이었다. 사람들은 그의 발치에 선물을 내려놓았고 그는 고상한 태도로 그 선물을 받았다.

땅거미가 지자 여인들은 빗자루를 들고 무리 지어 해변으로 몰려가더니 '하루 라 푸(haru raa puu)' 경기를 위해서 모래사장을 청소했다. 앨마는 '하루 라 푸' 경기를 본 적이 없었지만, 웰스 목사한테 얘기를 들어서 그게 무엇인지는 알고 있었다. '공을 잡아라' 정도로 해석할 수 있는 이름의 게임이었다. 전통적으로 대략 삼십 미터쯤 되는 길이의 모래사장에서 여자들이 두 팀으로 나뉘어 맞서는 경기였다. 즉석 경기장 양쪽 끝에는 모래밭에 선을 그어서 골대를 만들었다. 공 대신 플랜테인 잎사귀를 촘촘하게 엮어, 무겁지 않지만 지름이 중간 크기

모든 것의 이름으로

의 호박만 한, 두툼한 덩어리를 사용했다. 경기의 요지는 상대 팀한테서 공을 빼앗아 태클을 피해 반대편 끝까지 전진하는 것이었다. 공이 바다로 들어가면 파도 속에서 경기가 계속되었다. 선수들은 상대가 점수를 내는 것을 막기 위해 그 어떤 행동도 할 수 있었다.

영국인 선교사들은 '하루 라 푸'가 숙녀답지 못하고 호전적이라고 생각했으므로, 다른 정착지에서는 금지된 경기였다. 사실 그 경기가 숙녀다운 수준을 상당히 벗어난다는 선교사들의 판단에는 일리가 있었다. 여자들은 '하루 라 푸' 경기를 하다가 매번 부상을 입었다. 팔다리가 부러지고 머리가 깨지고 피가 흘렀다. 웰스 목사가 감탄하듯 언급했던 것처럼, 그야말로 '놀라운 야만성의 발현'이었다. 그렇다, 폭력이 바로 그 경기의 요점이었다. 옛날에는 남자들이 전쟁을 훈련하듯 여자들은 '하루 라 푸'를 훈련했다. 그래서 전쟁이 임박하면 여성들도 늘 준비되어 있었다. 그렇다면 다른 선교단에서는 기독교인답지 못한 순수한 야만성의 표출이라며 금지한 '하루 라 푸'를 웰스 목사는 왜 용납했을까? 그야 항상 같은 이유였다. 단지 해될 것이 없다고 여기기 때문이었다.

하지만 일단 경기가 시작되자 앨마는 웰스 목사의 판단에 심각한 오류가 있음을 부인할 수 없었다. '하루 라 푸' 경기에는 해될 것이 꽤 숨어 있었다. 공이 움직이자 여인들은 무시무시하고 겁나는 존재로 돌변했다. 아침 목욕 때마다 앨마가 보아 왔고, 음식을 나눠 먹기도 하고, 그들의 아기를 무릎에 올린 채 얼러 주기도 했으며, 목청껏 성실한 기도를 올리는 목소리의 주인공이면서 꽃으로 머리카락을 예쁘게 장식하고 다니던 친절하고 호의 넘치는 타히티 여인들은 순식간에 악에 받친 악독한 전사들로 바뀌었다. 앨마는 경기의 요점이 정말로 공을 잡는 것인지, 아니면 상대편의 팔다리를 찢어 버리는 것인지, 혹은 어쩌면 그 둘을 합한 것인지 알 수 없었다. 상냥하기 짝이 없던 에티니 자매가(그 '에티니 자매'가!) 다른 여인의 머리채를 잡아서 땅바닥에 패대기쳤는데, 그 상대편 여인은 공 근처에 가지도 않은 상태였다!

해변에 모인 군중은 그 광경에 열광했고 환호를 보냈다. 웰스 목사도 환호하는 모습을 보며, 앨마는 그가 예수님 앞에 서서 웰스 부인의 도움으로 호전적인 삶을 등지기 전에 한때 콘월에서 얼마나 불한당 같은 시절을 보냈을지 처음으로 실감할 수 있었다. 여자들이 공과 상대 선수들을 공격하는 광경을 지켜보는 웰스 목사는 더 이상 악의 없는 왜소한 요정 같은 인물이 아니었다. 오히려 두려움을 모르고 쥐를 쫓는 사냥개를 더 닮아 있었다.

그러다가 완전히 느닷없이 어디선가 나타난 말이 앨마를 덮쳤다.

아니, 그런 느낌이었다. 그러나 그녀를 땅바닥으로 쓰러뜨린 건 말이 아니었다. 경기장에서 달려 나와 온 힘을 다해 앨마를 옆으로 밀어뜨린 장본인은 마누 자매였다. 마누 자매는 앨마의 팔을 잡고 경기장 안으로 질질 끌고 들어갔다. 군중은 그 사태에 반색했다. 환호성이 더욱 커졌다. 그 놀라운 반전에 짜 릿함을 느끼는 듯 기쁨에 찬 환호성을 질러 대는 웰스 목사의 얼굴이 얼핏 앨마의 시야에 들어왔다. 내일 아침을 쳐다보니, 그는 얌전하고 정중한 표정이었다. 그는 이런 광경에 웃음을 터뜨리기에는 지극히 위풍당당한 존재였다. 하지만 딱히 못마 땅한 건 아닌 모양이었다.

앨마는 '하루 라 푸' 경기를 하고 싶지 않았지만, 그 시점에 이르자 아무도 그녀의 의견을 들어주지 않았다. 그녀는 미처 깨닫기도 전에 경기에 뛰어든 상태였다. 사방에서 공격당하는 기분이었는데, '정말로' 사방에서 공격당하고 있기 때문이었 다. 누군가 그녀의 손에 공을 쥐여 주더니 확 떠밀었다. 에티니 자매였다.

"달려요!" 그녀가 소리쳤다.

앨마는 달렸다. 그녀는 별로 멀리 가지도 못한 채 다시 땅 바닥에 쓰러졌다. 누군가 팔로 그녀의 목을 쳤고 앨마는 뒤로 나동그라졌다. 넘어지면서 혀를 깨물어 버린 탓에 피 맛이 느 껴졌다. 모래사장에 납작 엎드려서 더 다치는 일만은 피해 보 자고 생각도 했지만, 그랬다가는 저 자비 없는 패거리에게 짓 밟힐 것 같았다. 그녀는 일어났다. 군중이 다시 환호했다. 생각 할 겨를조차 없었다. 그녀는 여자들의 드잡이에 끌려들어 갔 고, 다들 가는 대로 따라가는 수밖에 선택의 여지가 없었다. 공 이 어디 있는지도 알 수 없었다. 과연 이들 중에 누가 공의 행 방을 알고나 있을지마저 의심되었다. 다음 순간 그녀는 물속에 있었다. 그녀는 또다시 쓰러졌다. 짠물이 눈과 목구멍으로 타고 들어왔기에 그녀는 숨을 헐떡이며 일어났다. 누군가 그녀를 더 깊은 물속으로 짓눌렀다.

이제는 정말로 바짝 겁이 나기 시작했다. 타히티 사람들이 모두 그렇듯이 이 여자들은 걷기도 전부터 수영을 배웠다. 하지만 앨마는 물속에서 몸을 놀리는 데 자신이 없었고 능력도 없었다. 치맛자락이 젖어 묵직하게 늘어지자 더욱 겁이 났다. 파도가 높지는 않았지만 그래도 파도는 파도였고, 그녀를 덮치는 중이었다. 공이 그녀의 귀를 때렸다. 누가 던졌는지 볼 새도 없었다. 누군가 그녀를 '포레이토(poreito)'라고 불렀다. 엄밀하게 번역하면 '조개'라는 뜻이었지만, 그 어휘는 여성의 성기를 가리키는 무례한 은어였다. 대체 뭘 잘못했다고 '포레이토'라는 모욕적인 말을 들어야 하지?

그러다 앨마를 뛰어넘으려는 세 여자의 공격에 또 한 번 물에 빠졌다. 물론 그 시도는 성공적이었다. 그들은 앨마를 밟고 넘어갔다. 한 사람은 앨마의 몸을 지렛대로 삼아서 앞으로 나아가려는 듯 발로 가슴팍을 밀어냈다. 또 다른 사람이 앨마의 얼굴을 걷어차고 지나가는 바람에, 이번에는 확실히 코가 부러진 듯했다. 앨마는 숨을 쉬려고 몸부림을 치며 다시 수면 위로 올라와서 피를 뱉어 냈다. 이번에는 누군가 그녀를 '푸아(puaʻa)', 즉 암퇘지라고 부르는 소리가 들렸다. 그녀는 이번에도 떠밀렸다. 의도적인 공격임을 알 수 있었다. 힘센 손 두 개가 그녀의 뒤통수를 잡고 물속으로 밀어 넣었다. 다시 물 위로 올라온 그녀는 바로 옆을 스쳐 날아가는 공을 보았다. 희미하게 환호성이 들렸다. 그녀는 한 번 더 넘어졌다. 다시 물속이었다. 이번에도 물 위로 올라가려 했지만 그럴 수 없었다. 누군가 그녀를 깔고 앉아 있었다.

그러자 있을 수 없는 일이 벌어졌다. 시간이 완전히 멈춘 것이다. 눈과 입을 연 채 마타바이 만에 코피를 쏟고 물속에 무기력하게 묶여 있으면서, 앨마는 자신이 곧 죽을 것임을 깨달았다. 충격적이었지만 긴장이 풀렸다. 별반 나쁜 일도 아니라고 그녀는 생각했다. 사실 아주 쉬운 일인 것 같았다. 그토록 두려워하며 피해 왔던 죽음은 일단 직면하기만 하면 정말로 간단하게 진행된다. 죽기 위해서는 그냥 살려는 시도를 멈추면 그만이었다. 사라지는 데 동의만 하면 되는 일이었다. 앨마가 얼굴도 모르는 상대에게 깔린 채 꼼짝 않는다면 아무 노력 없이 세상에서 지워지리라. 모든 고통은 죽음으로 끝날 것이다. 의심도 끝날 것이다. 수치심과 죄책감도 끝날 것이다. 그녀가 품었던 모든 의문도 끝나리라. 무엇보다 가장 감사할 일은 추억도 끝나리라는 점이었다. 그녀는 삶에서 조용히 벗어날수 있었다. 앰브로즈는 결국 스스로 삶을 저버렸다. 그가 겪었을 마지막 순간을 이해한 것이 얼마나 큰 위안인지! 앨마는 자살을 선택한 앰브로즈를 가엾게 생각했지만, 그는 오히려 그러한 구원을 기쁘게 맞이했을 터다! 그런 그를 부러워했어야 했다! 지금에 와서는 그녀도 그를 따라 곧장 죽음으로 나아갈수 있었다. 숨 좀 쉬자고 왜 몸부림을 쳐야 하지? 왜 싸워야만

하지?

더욱 몸에서 힘이 빠져나갔다.

희미한 빛이 보였다.

뭔가 사랑스러운 것을 향해 초대받은 느낌, 누군가의 소환에 응하는 느낌이었다. 임종하던 어머니의 마지막 말이 기억났다. "헷 이스 페인.(Het is fijn.)"

'기분이 좋아.'

그러다가(상황을 되돌리기에 너무 늦어 버리기 직전까지 불과 단 몇 초만 남았을 때) 앨마 휘태커는 갑자기 무언가를 깨달았다. 그녀의 존재를 이루는 모든 세포가 속속들이 알고 있는, 흔들림 없는 사실이었다. 그녀는 헨리와 베아트릭스 휘태커의 딸이며, 겨우 한 길 물속에서 익사하려고 이 세상에 맞서 버텨 오지 않았음을 잘 알았다. 또한 다음의 사실도 알고 있었다. 자신은 만일 스스로의 목숨을 구하기 위해 누군가를 죽여야 한다면 주저 없이 그 일을 저지를 사람이라는 것이었다. 마지막으로 한 가지 더, 가장 중요한 깨달음이 있었다. 세상은 살기 위해 불굴의 전투를 이어 나가는 사람들과 힘없이 항복한 채 죽어 가는 사람들로 확실히 나뉜다는 것이었다. 단순하고 자명한 사실이었다. 단지 인간의 삶에만 적용되는 진실도 아니었다. 가장 위대한 피조물로부터 가장 보잘것없는 존재에 이르기까지, 지구상에 살아 있는 모든 존재에게 해당하는 진실이었다. 이끼도 그랬다. 그것은 모든 존재의 뒤에서 힘을 실어 주고 변이와 변종 들을 일으키는 자연의 섭리이자 온 세상을

해명하는 진리였다. 앨마가 끊임없이 찾고 있었던 진리이기도
했다.

　그녀는 물 밖으로 빠져나왔다. 그리고 아무것도 아니라는
듯 자신을 찍어 누르던 몸을 내동댕이쳤다. 코에선 피가 줄줄
흐르고 눈은 따갑고 손목은 삐었고 가슴에는 멍이 들었지만
그녀는 물 위로 올라와서 숨을 들이쉬었다. 그녀는 자신을 물
속에 처넣었던 여인을 찾아 둘러보았다. 그 사람은 바로 수없
이 다양한 인생의 전투에서 입은 상처로 가득한 머리를 지닌,
그녀의 친구이자 두려움을 모르는 거인, 마누 자매였다. 마누
는 앨마의 표정을 보며 웃음을 터뜨렸다. 애정 어린 웃음이었
다. 동지애가 느껴지기도 했지만, 아무튼 그것은 그저 웃음이
었다. 앨마는 마누의 목덜미를 움켜쥐었다. 그녀는 목을 조를
듯 친구의 멱을 틀어잡았다. 히로 패거리가 가르쳐 준 그대로,
앨마는 있는 힘껏 목청을 높여서 천둥처럼 고함쳤다.

　오바우 테이에!(OVAU TEIE!)
　토아 하우 아에 타우 페투아 이 타 오에!(TOA HAU A`E
TAU METUA I TA `OE!)
　에 오레 타우 소모레 데 마에 케 이아 에오!(E `ORE TAU
`SOMORE E MAE QE LA IA `EO!)

　나다!
　내 아버지는 네 아버지보다 더 위대한 전사였다!

너는 내 창을 들지도 못하리라!

그러고 나서 앨마는 마누 자매의 목덜미를 잡고 있던 손을 풀어 주었다. 마누는 한순간의 망설임도 없이 앨마의 얼굴에 대고 수긍하는 뜻으로 요란하게 포효했다.

앨마는 해변으로 걸어갔다.

그 누구도, 그 무엇도 안중에 들어오지 않았다. 누군가 해변에서 그녀를 향해 환호나 야유를 보냈더라도 알아차리지 못했을 것이다.

그녀는 바다에서 태어난 사람처럼 성큼성큼 물속으로부터 걸어 나갔다.

모든 것의 이름으로

5부
이끼 큐레이터

Thick Shell bark Hickory.

Juglans laciniosa.

셸바크 히코리 나무

주글란스 라시뇨사(Juglans laciniosa)

27

앨마 휘태커는 1854년 7월 중순에 네덜란드에 도착했다.

그녀는 일 년 이상을 바다에서 보냈다. 이상한 여정이었다. 아니 이상한 여정의 '연속'이었다. 그녀는 이전 해 4월 중순에 타히티를 떠나, 뉴질랜드로 향하는 프랑스 상선에 몸을 실었다. 그녀는 오클랜드에서 두 달을 기다린 뒤에야 마다가스카르까지 기꺼이 일반 승객으로 태워 주겠다는 네덜란드 상선을 찾아냈고, 수많은 양과 소 떼를 벗 삼아 여행을 떠났다. 마다가스카르부터 케이프타운까지 믿기지 않을 만큼 오래된 네덜란드 국적의 '플루이트 호'를 타고 움직였는데, 17세기 당시에는 최고였을 해양 기술이 고스란히 남아 있는 배였다.(사실 긴 여정 가운데 유일하게 진심으로 그녀가 죽음을 두려워했던 구간은 이 배를 탔을 때였다.) 케이프타운부터는 아크라와 다카르 항에서 배를 바꿔 타고, 아프리카 대륙의 서해안을 따라 천천히 전진했다. 다카르에서는 일단 마데이라로 향했다가 리스본으로 올라가, 비스케 만을 거쳐 영국 해협을 지나 로테르담까지 가는 또 다른 네덜란드 상선을 구했다. 로테르담에서 그녀는 증기 여객선 티켓을 사서는(처음 타 보는 증기선이었다.) 네덜란드 해안을 돌고 돌아 마침내 조이데르 해를 건너 암스테르담에 당도했다. 1854년 7월 18일 그녀는 드디어 배에서 내렸다.

앨마가 로저와 함께하지 않았더라면 여행은 훨씬 더 빠르고 수월했을지도 모른다. 그러나 마침내 타히티를 떠날 때가 되자 도저히 양심상 개를 버려 두고 갈 수 없었다. 앨마가 없으면 막무가내인 로저를 누가 돌봐 줄까? 누가 녀석에게 먹이를 주려고 물리는 일을 감수할까? 그녀가 떠나고 난 뒤 히로 패거리가 로저를 먹어 치우지 않으리라는 보장도 없었으므로 좀체 안심할 수 없었다.(로저는 잡아먹을 만큼 살이 있지도 않았다. 그럼에도 녀석이 꼬챙이에 꿰여 돌아가는 모습은 정말 상상하고 싶지 않았다.) 무엇보다도 가장 중요한 이유는 녀석이 남편과 앨마를 이어 주는 현실적인 마지막 고리라는 점이었다. 아마 로저는 앰브로즈가 죽었을 때 '파레'에 있었을 것이다. 앰브로즈가 마지막 시간을 보내는 동안 그 한결같은 작은 개가 방 한가운데 서서, 유령과 악마와 특별한 절망에서 찾아온 공포를 쫓아내 주고 그를 보호하고자 짖어 대는 장면을, 앨마는 떠올렸다. 그 이유 하나만으로도 그녀는 로저를 계속 데리고 있어야 했다.

불행히도 늘 뚱한 데다 살가운 구석이라고는 하나도 없고

등까지 굽은 섬 출신의 작은 개가 승선하는 일을 반기는 선장은 거의 없었다. 대부분은 로저의 승선을 거부해서 앨마를 태워 주지 않은 채 항해를 떠나 버리는 바람에 여정은 상당히 지연되었다. 승선을 거절하지 않는 경우에도 종종 로저를 데려가는 대신 뱃삯을 두 배나 내라는 요구를 받았다. 그녀는 돈을 냈다. 여행용 드레스 밑단의 비밀 주머니를 몇 개 더 열어서 한번에 하나씩 금화를 더 꺼냈다. 사람은 언제나 내놓을 뇌물을 갖고 있어야 하는 법이었으니까.

앨마는 힘들고 긴 여정에 대해서는 조금도 개의치 않았다. 사실 그녀에게는 매 시간이 유익했을 뿐 아니라, 낯선 배와 이국적인 항구에서 몇 달씩 갇혀 지내는 기간을 오히려 반겼다. 거칠고 요란한 '하루 라 푸' 경기를 하다가 마타바이 만에서 거의 익사할 뻔했던 경험 이후, 앨마는 면도날처럼 위태로운 생각 위에서 균형을 잡고 있었으므로 생각을 방해받고 싶지 않았다. 물속에 있는 동안 그녀를 강렬하게 사로잡았던 생각은 이제 늘 그녀의 내면에서 살고 있었으며, 도저히 떨쳐 낼 수 없었다. 생각이 그녀를 쫓아다니는지, 그녀가 그 생각을 쫓아다니는지조차 알 수 없었다. 종종 그 생각은 마치 꿈속의 생명체처럼 가까이 다가왔다가 사라지고, 그리고 또다시 나타나곤 했다. 그녀는 온종일 맹렬하게 끼적이고 셀 수 없는 기록을 남기면서 그 생각에 빠져 지냈다. 밤중에도 그녀의 머리는 끊임없이 그 생각의 발자취를 따라다녔으므로, 몇 시간마다 잠에서 깨어나 무언가를 더 적어야만 했다.

이미 책을 두 권(세 권에 가까웠지만)이나 쓴 저자였으나 앨마가 내세울 수 있는 최고의 강점은 글쓰기가 아니었다. 문학적 재능이 있다고 주장해 본 적도 없었다. 이끼에 관한 그녀의 책은 모든 사람이 재미 삼아 읽을 만한 내용이 아니었고, 소수의 선태학자 집단을 제외하면 아예 '읽을 수'조차 없었다. 그녀의 진짜 강점은, 종의 차이에 대한 바닥 모를 기억력과 강박적일 정도로 집요하게 세부 사항까지 파악하는 분류학자로서의 면모였다. 확실히 그녀는 이야기꾼이 아니었다. 그러나 그날 오후, 마타바이 만에서 수면 위로 솟아오르기 위해 몸싸움을 벌인 뒤, 앨마는 이제 자기에게도 할 이야기가 생겼다고, 굉장한 이야기가 생겼다고 믿었다. 명랑한 이야기는 아니었지만, 자연계의 이치를 상당 부분 설명해 주었다. 어쨌거나 모든 것을 설명해 주는 이야기라고 그녀는 믿었다.

앨마가 하고 싶은 이야기는 이런 것이었다. 자연계는 크고 작은 온갖 종들이 단지 살아남고자 서로 경쟁하는, 극악무도하게 잔혹한 곳이었다. 그러한 생존 경쟁 속에서 강한 것은 견뎌 내고, 약한 것은 제거되었다.

그 자체로 독창적인 생각은 아니었다. 과학자들은 이미 수십 년간 '생존 경쟁'이라는 문구를 사용해 왔다. 토머스 맬서스는 역사에서 발견되는 인구의 폭발과 급격한 감소를 야기하는 힘을 묘사하며 벌써 그 말을 사용했다. 오웬과 라이엘도 멸종과 지질학에 관한 저작에서 그 용어를 사용했다. 생존 경쟁은 분명한 하나의 관점이었다. 그러나 앨마의 이야기에는 변주가 있었다. 앨마는 시간을 기나길게 연장하다 보면 생존 경쟁은 단순히 지구상의 생명을 '규정'할 뿐 아니라, 지구상의 생명을 '탄생'시킨다는 가설을 세웠고, 굳게 믿었다. 확실히 그 원리는 지구상에 어마어마한 숫자의 종을 탄생시켰다. 경쟁이 바로 메커니즘이었다. 종 사이의 차이, 종의 멸망, 종의 변이 같은 대부분의 생물학적 미스터리 뒤에는 경쟁 원리가 숨어 있었다. 경쟁은 모든 것을 설명해 주었다.

지구는 자원이 제한된 곳이었다. 자원을 위한 경쟁은 가열되고 지속되었다. 삶의 시련을 견뎌 내는 데 성공한 개체의 일부 특질이나 돌연변이는 다른 개체보다 그들을 더 단단하고 영리하고 창의적으로 만들어 주었기 때문이다. 일단 그러한 긍정적 변화를 얻고 나면, 살아남은 개체는 유리한 특질을 자손에게 물려줄 수 있었고, 그 자손들은 편하게 앉아서 우월한 위치를 즐길 수 있었다. 다시 말해, 또 다른 우월한 경쟁자가 나타나거나 필요한 자원이 고갈되기 전까지는 그렇다는 의미였다. 생존을 위한 끝없는 투쟁 속에서 종의 구조는 어쩔 수 없이 변해 갔다.

앨마는 천문학자 윌리엄 허셜이 '연속 창생'이라고 불렀던 개념을 어느 정도 따라가고 있었다. 이를테면 뭔가가 영원히 펼쳐지며 생성된다는 개념이었다. 하지만 허셜은 그런 창조가 우주적 범위에서만 이어질 수 있다고 믿었던 반면, 앨마는 이제 그 같은 창조가 '어디서나', 생명체의 모든 수준에서 지속된다고 믿었다. 현미경으로 보아야 하는 수준에서나, 인간의 수준에서나 마찬가지였다. 난관은 언제 어디서든 시시때때로 나타났고, 자연계의 조건은 변화했다. 이점을 얻기도 하고 잃기도 했다. 풍족한 시기가 있으면 '히아이아(hia'ia)', 즉 기근의 계절이 뒤따라왔다. 잘못된 환경에서는 그 어떤 생명체도 멸종할 수 있었다. 하지만 적합한 환경에서는 무엇이든 변이할 수 있었다. 멸종과 변이는 생명이 탄생한 이후 이어져 왔고 아직도 이루어지고 있으며 영겁의 미래까지 계속 이어지리라. 그것이 바로 '연속 창생'의 원리가 아니라면, 앨마로서는 다른 대안을 알지 못했다.

생존 경쟁은 인간의 생명 활동과 운명 역시 좌우한다고 그녀는 확신했다. 유럽인이 타히티에 당도하면서 가져온 낯선 질병으로 온 가족을 몰살당한 '내일 아침'보다 더 적합한 실례는 없다고 앨마는 생각했다. 그의 혈통은 '거의' 멸종될 뻔했지만, 어떤 이유에서든 내일 아침은 죽지 않았다. 죽음이 양손을 휘둘러 그를 둘러싼 모든 이들을 데려갔음에도, 그의 체질 중 무언가는 그를 살아남도록 지켜 주었다. 내일 아침은 시련을 견뎌 내고 생존해서 후손을 낳았고, 아마 그의 후손들은 질병에 특히 강한 면역력과 생명을 물려받았을 터다. 종이 형성될 때도 그런 사건이 일어나기는 마찬가지였다.

그뿐만 아니라 생존 경쟁은 인류의 '내면'까지 정의한다고 앨마는 생각했다. 내일 아침은 신실한 기독교인으로 변이한 이교도였다. 그는 영리하고 자기 보존 능력 또한 뛰어났으므로, 세상이 돌아가는 방향을 파악해 냈다. 그는 과거 대신 미래

모든 것의 이름으로

를 선택했다. 그의 예지력 덕분에 내일 아침의 아이들은 강력한 아버지가 존경받는 새로운 세상에서 번성할 것이다.(혹은, 또 다른 난관이 파도처럼 밀어닥쳐서 그들을 위협할 때까지는 번성하리라. 그러고 나면 그들은 또 각자의 길을 만들어 나가야 할 터다. 그들 자신의 싸움이므로 아무도 그 파도를 막아 줄 수 없을 것이다.)

한편 신의 은총으로 천재성과 독창성, 아름다움, 우아함을 갖춘 앰브로즈 파이크 같은 사람도 있지만, 그에게는 인내하는 재능이 없었다. 앰브로즈는 세상을 잘못 읽었다. 그는 세상이 낙원이기를 바랐지만 사실 그곳은 전쟁터였다. 그는 영원한 것, 지속적인 것, 순수한 것을 갈망하며 평생을 보냈다. 그는 공기처럼 가벼운 천사의 약속을 간절히 원했지만, 만인과 만물이 그러하듯, 준엄한 자연의 법칙에 묶여 있었다. 또 앨마도 잘 알듯이, 가장 아름답거나 뛰어나거나 독창적이거나 우아한 사람이라 한들 늘 생존 경쟁에서 살아남는 것은 아니었다. 때로 가장 가차 없거나 운이 좋거나 고집스러운 사람이 살아남았다.

변화를 감당하는 비법은 가능한 한 오래도록 삶의 시험을 견디는 것이었다. 재앙과 끊임없이 불타오르는 시련의 용광로 같은 세상에서 생존 확률은 가혹하리만치 희박했다. 하지만 세상에서 살아남은 자들은 세상이 그들을 빚어낸 만큼 자기들 역시 세상을 빚어냈다.

앨마는 자기 생각에 '경쟁적 변화 이론'이라는 이름을 붙였고 증명할 수 있다고 믿었다. 비록 영영 그녀의 마음속에서 점점 더 거대하고 낭만적이며 실증적 존재로 부풀려질 운명이기는 했지만 내일 아침과 앰브로즈 파이크의 실례를 제시할 수도 있었다. 하지만 그들을 언급한다면 앨마의 이론은 곧 터무니없이 비과학적 주장이 되리라.

그녀는 이끼만 가지고도 충분히 자기 이론을 증명할 수 있었다.

✳

앨마는 속력을 높여서 엄청난 양의 글을 써 댔다. 수정을 하느라 속도를 늦추지는 않았지만, 거의 매일같이 옛 초고를 찢어 버리고 처음부터 다시 시작했다. 그녀는 속도를 늦출 수 없었다. 속도를 늦추는 데는 관심이 없었다. 술에 취해 정신을 못 차리는(넘어지지 않고 달릴 수 있어도 넘어지지 않고 '걷기'는 불가능한) 사람처럼 앨마는 맹목적인 속도로 스스로의 사상을 펼쳐 나가는 수밖에 없었다. 넘어지거나 주눅이 들거나, 더 심하게는 생각 자체를 잊게 될까 봐 두려워서 속도를 늦추고 좀 더 신중하게 집필하기가 겁났다.

이끼의 점진적 전이를 실례로 들어서 종의 변이에 관한 이야기를 집필하는 데는 공책과 식물 표본집을 들춰 보거나 화이트에이커의 오래된 도서관을 찾을 필요조차 없었다. 이끼 분류에 관한 방대한 지식은 이미 앨마의 머릿속에 들어 있었고, 세부적 기억 역시 두개골 구석구석 새겨져 있었으므로 다

모든 것의 이름으로

른 자료가 전혀 필요하지 않았다. 또한 지난 세기에 이미, 종의 변이와 지질학적 진화를 주제로 삼아 쓰인 모든 사상은 그녀 손가락 끝에(말하자면 정신의 손가락 끝에) 담겨 있었다. 그녀의 정신은 수천 수만 개의 책과 상자 들이 알파벳 순서에 따라 무한히 정리되어 있는, 끝없는 도서관 같은 곳이었다.

그녀에게는 도서관이 필요 없었다. 그녀 '자체'가 도서관이었다.

여행을 떠난 지 처음 몇 달 동안, 앨마는 이론의 기본적 가설을 쓰고 또 고쳐 썼다. 마침내 더는 요약할 수 없을 듯한, 열 가지의 핵심 개념을 정립했다.

지구 표면에 분포하는 땅과 물의 영역은 언제나 현재의 위치를 유지하지 않는다.

화석 기록을 바탕으로 판단할 때, 이끼는 생명의 탄생 이후 모든 지질학 시대를 견뎌 낸 듯 보인다.

이끼는 환경에 적응하는 변화 과정을 거쳐서, 그와 같은 다양한 지질학 시대를 견뎌 낸 듯 보인다.

이끼는 서식지를 바꾸거나(즉, 좀 더 호의적인 기후로 옮겨 가는 것) 내적 구조를 변화시킴으로써(이를테면 변이) 자신의 운명을 바꿀 수 있다.

이끼의 변이는 오랜 기간에 걸쳐, 거의 무한대로 특질을 모방하고 버림으로써 이루어졌다. 건조 상태에 대한 저항성을 높이고 직사광선에 대한 의존도를 줄이며, 수년간 건조되어 있다가도 되살아날 수 있는 능력을 갖추는 방향으로 적응했다.

이끼 서식지 내에서의 변화율과 변화 범위는 영구적 변화라고 일컬을 만큼 대단히 극적이다.

생존을 위한 경쟁과 투쟁은, 그와 같은 영구적 변화를 낳는 메커니즘이다.

현재의 이끼는 과거의 이끼(주로 조류의 경우)와 거의 확실히 다른 개체이다.

세상이 계속 변모함에 따라, 이끼는 그 자체로 결국 전혀 다른 개체가 될 수도 있다.

이끼에 적용되는 모든 진리는, 살아 있는 모든 것에도 적용되는 진리이다.

앨마의 이론은 자신이 보기에도 과감하고 위험하게 느껴졌다. 종교적 관점(그렇다고 그녀가 그 점을 염려하는 건 아니었지만)뿐만 아니라 과학적 관점에서도 위험천만한 영역을 다룬다는 사실쯤은 그녀도 알고 있었다. 등반가처럼 결론을 향해 진군하며, 앨마는 수 세기 동안 수많은 위대한 프랑스 사상가들이 빠져들었던 덫에 걸릴 위험이 있음 역시 알고 있었다. 즉, 아찔할 만큼 어마어마하게 보편적으로 적용되는 설명을 일단 구상하면, 이치에 맞든 안 맞든 상관없이 온갖 사실과 이유를 그 설명에 맞추려 드는 '시스템 사고(L'esprit de système)'의 덫이었다. 그러나 앨마는 자기 이론이 이치에 '맞다'고 확신했다. 다만 이 같은 묘수를 글 안에서 입증해야 할 터였다.

배는 다른 장소만큼이나 글쓰기에 좋았고, 텅 빈 바다를 가로지르는 육중한 배를 차례로 갈아타는 환경은 더욱 좋았다. 아무도 앨마를 방해하지 않았다. 로저는 앨마의 선실 구석에 누워 낑낑거리거나 바닥을 긁어 대면서 종종 삶에 끔찍이 실망했다는 표정으로 그녀가 일하는 모습을 지켜보았다. 물론 녀석은 세상 어디에 있더라도 그렇게 지냈으리라. 밤에는 가끔 침상으로 뛰어 올라와서 다리 옆에 몸을 웅크렸다. 가끔은 작은 신음 소리로 앨마를 깨울 때도 있었지만.

이따금 앨마 또한 밤에 신음 소리를 흘렸다. 처음 항해를 했을 때처럼 꿈은 생생하고 강렬했으며, 그런 꿈속에는 어김없이 앰브로즈 파이크가 등장했다. 하지만 이제는 내일 아침도 꿈속에 자주 등장했다. 가끔은 앰브로즈와 뒤섞여서 기묘하고 관능적인 상상의 인물로 나타나기도 했다. 앰브로즈의 머리에 내일 아침의 몸이기도 하고, 앰브로즈의 목에서 내일 아침의 목소리가 흘러나오거나, 앨마와 성관계를 나누던 도중 갑자기 한 사람이 다른 사람으로 변하기도 했다. 하지만 묘한 꿈속에서 뒤섞이는 건 앰브로즈와 내일 아침만이 아니었다. '모든 것'이 뒤얽히는 듯했다. 밤마다 앨마가 사로잡히는 공상 속에서는 화이트에이커의 오래된 제본실이 이끼 동굴로 변했다. 그녀의 마차 차고는 작지만 쾌적한 그리펀 정신 요양원의 병실로 변했다. 향긋한 냄새를 풍기는 필라델피아의 초원은 따뜻한 검은 모래사장으로 변했다. 프루던스는 갑자기 한네커의 옷을 입고 있었고, 마누 자매는 베아트릭스 휘태커의 그리스식 정원에서 회양목을 손질했다. 헨리 휘태커는 작은 폴리네시아 카누를 타고 노를 저어 스쿠컬 강을 거슬러 올라갔다.

앨마는 그런 이미지에 마음을 빼앗기긴 했지만, 꿈 때문에 괴롭지는 않았다. 오히려 그녀의 생명 활동을 관장하는 동떨어진 요소들이 마침내 하나로 엮이는 듯 정말로 놀라운 통일감을 느꼈다. 그녀가 이 세상에서 알고 사랑했던 모든 것들이 스스로 얽혀 '하나'가 되고 있었다. 그것을 깨닫자 짐을 내려놓은 듯한 해방감과 승리감이 동시에 느껴졌다. 앰브로즈와 결혼식을 몇 주 앞두고 있을 때 경험했던, 찬란하게 살아 있다는 기분을 다시 한 번 느꼈다. 단순히 살아 있는 정도가 아니라, 두뇌 기능의 최대치를 발휘하며 가장 높은 산봉우리에서 만물을 관찰하듯, 모든 것을 보고 모든 것을 이해하는 정신을 갖게 되었다.

잠에서 깨어나면 그녀는 숨을 돌리고, 즉각 다시 글을 쓰기 시작했다.

 과감한 이론의 열 가지 기본 원칙을 정립한 앨마는 이제 온 정력을 쏟아서 화이트에이커의 이끼 전쟁사를 써 내려갔다. 그녀는 숲 가장자리의 바위 하나를 차지한 이끼 서식지의 치열한 흥망성쇠를 관찰한 이십 년의 이야기를 기록했다. 특히 이끼 과 중에서 변종의 범위가 가장 다양하게 드러나는 '꼬리이끼' 속에 역점을 두었다. '꼬리이끼'는 짧고 수수한 종뿐 아니라, 이국적인 화려한 수술을 단 종도 있었다. 잎이 곧은 종이 있으면 굽은 종도 있고, 바위 옆 썩은 나무에서만 사는 종이 있는가 하면, 다른 종은 직사광선을 제일 많이 받는 높은 바위 꼭대기를 차지했고, 어떤 종은 물웅덩이에서 번성하는데, 어떤 종은 흰꼬리사슴의 배설물 근처에서만 왕성하게 자라났다.

 수십 년간 연구를 하며 앨마는 가장 유사한 '꼬리이끼' 종을 바로 서로의 주변에서 찾을 수 있음을 파악했다. 그녀는 우연한 결과가 아니라고 주장했다. 햇빛과 토양, 물을 차지하려는 격한 경쟁을 거치면서 식물은 수백 년간 주변 이웃보다 약간이나마 유리하게, 조금씩 환경에 적응하도록 진화했다. 같은 바위에 서너 종의 '꼬리이끼'가 동시에 존재하는 이유도 그 때문이었다. 그들은 제한되고 척박한 환경에서 각기 제자리를 찾았고, 이제는 미묘한 적응으로 개체의 영역을 방어하고 있었다. 그 같은 적응이 특별히 거창할 필요는 없었다.(이끼는 꽃이나 열매, 날개 돌기를 길러 낼 필요가 없었다.) 그들은 단지 경쟁자를 이기기에 '충분'할 정도로만 달라지면 그만이었다. 바로 옆에서 부대끼는 경쟁자보다 더 위협적인 적수는 세상에 없었다. 가장 위급한 전쟁은 항상 집안에서 벌어지는 법이다.

앨마는 수십 년간 몇 센티미터의 공간 안에서 벌어졌던 승리와 패배의 전투 과정을 지칠 만큼 자세히 기록했다. 그간의 세월 동안 기후 변화가 각각의 종에게 어떤 이익을 주었는지, 새들은 이끼의 운명을 어떻게 바꿔 놓았는지, 이끼에게 우주 전체나 다름없는 바위 표면은(초원 울타리 옆의 늙은 참나무가 쓰러지자 하룻밤 사이에 그늘의 양상 역시 바뀌었다.) 어떻게 변화하는지를 적어 나갔다.

"위기가 크면 클수록 진화는 더 빨라진다."라고 그녀는 적었다.

"모든 변화의 동기는 절박함과 위급 상황이다."

"자연계의 아름다움과 다양함은 바로 끝없는 전쟁의 가시적 유산이다."

"승리자는 승리를 누리겠지만, 더는 승리할 수 없는 순간까지만 그럴 수 있을 뿐이다."

"이번 생은 자신 없고 어려운 실험이다. 때로는 시련을 겪은 뒤 승리를 거둘 수 있겠지만 아무것도 약속할 수 없다. 가장 진기하고 아름다운 개체라고 해서 자생력까지 가장 뛰어난 것은 아니다. 자연의 싸움은 악의 작용이 아니라, 막강하고 무심한 자연 법칙에 따라 이루어진다. 세상엔 너무나 많은 생명의 형태가 존재하는데, 모두 다 생존하기에 자원은 충분하지 않다. 이것이 원칙이다."

모든 것의 이름으로

"종 사이의 지속적 싸움은 피할 수 없으며 손실이나 생물학적 변형으로 나타난다. 진화는 잔인한 수학이며, 기나긴 시간의 길 위엔 계산하기 불가능해서 실패한 실험들의 잔해가 화석으로 버려져 있다."

"생존을 위한 싸움을 견딜 준비가 제대로 되지 않은 자는 어쩌면 처음부터 살려고 시도하지 말았어야 한다. 용서받을 수 없는 유일한 죄는 자연스러운 종말이 오기 전에 자신의 목숨을 단축하려는 시도다. 그런 행동은 나약함이며 연민에 불과하다. 우리가 아는 모든 경우에 생명의 실험은 너무 빨리 끝나 버리는데, 그것을 감당할 용기와 호기심만 있다면 불가피한 궁극적 죽음이 찾아올 때까지 싸움에서 버틸 수도 있으리라. 인내라는 싸움에 못 미치는 노력은 어떤 것이든 비겁하다. 인내라는 싸움에 못 미치는 노력은 어떤 것이든 위대한 삶의 약속에 대한 거절이다."라고 그녀는 적었다.

한순간도 쉬지 않고 써 내려가다가 문득 고개를 들면 몇 시간이 지났음을 깨닫게 될 때도 있었고, 가끔 더는 이끼의 이야기가 아니었으므로 애써 적어 내려간 페이지를 모두 폐기해야 할 때도 있었다.

그러면 그녀는 어떤 배를 타고 있든지 갑판에 올라가서 졸졸 따라다니는 로저를 데리고 빠르게 걸어 다녔다. 감정에 복받쳐 손이 떨리고 가슴은 뛰었다. 그녀는 머리와 폐를 맑게 하고, 자신의 처지를 다시 생각했다. 나중에 선실로 되돌아간 뒤, 그녀는 새 종이를 앞에 두고 앉아서 처음부터 다시 써 내려가기 시작했다.

14개월에 가까운 시간 동안 그녀는 그런 과정을 수백 번 되풀이했다.

＊

앨마가 로테르담에 도착했을 무렵에는 논문이 거의 완성되었다. 아직 몇 군데 미진한 부분이 있었으므로 완전히 끝났다고는 생각하지 않았다. 꿈속에 등장하는 생명체는 여전히 불만스럽고 불안한 시선으로 그녀를 쳐다보았다. 미완성이라는 느낌이 그녀를 괴롭히자, 앨마는 그 사실을 정복할 때까지 집요하게 매달렸다. 자신의 이론이 반박의 여지없이 대부분 정확하다고는 여기지 않았다. 만약 자기 생각이 옳다면, 그녀는 다소 혁신적인 내용의 40쪽짜리 과학 논문을 손에 쥐고 있다는 의미였다. 하지만 자신의 생각이 옳지 않다면? 그렇더라도 '필라델피아 이끼 서식지의 삶과 죽음'에 관해 일찍이 과학계에서 본 적 없는, 가장 정교한 논문을 썼다는 점만큼은 변하지 않았다.

그녀는 로테르담에서 로저를 받아 주는 유일한 호텔을 찾아낸 뒤 며칠 동안 묵었다. 앨마와 로저는 숙소를 찾느라 오후 내내 도시를 돌아다녔지만 허사였다. 거듭 그들을 쫓아내는 호텔 점원들의 꼴 보기 싫은 표정에 점점 짜증이 치밀었다. 로저가 좀 더 근사하고 매력적인 개였다면, 방을 구하는 데 이토록 어려움을 겪지 않았으리라는 생각이 저절로 떠올랐다. 앨마는 그 작은 주황색 잡종견을 있는 그대로 고귀한 존재라 여겼으므로, 그런 대우가 몹시 부당하다고 생각했다. 녀석은 이제 막 세상의 문턱을 넘지 않았던가? 앞으로 똑같은 소리를 지껄여 댈 오만불손한 호텔 점원들이 얼마나 많을까? 하지만 그것이 인생이라고, 편견과 수치심과 유감이 한데 어우러진 것이 인생이라고 생각하기로 했다.

그들을 받아 준 호텔은 눈시울이 촉촉한 노파가 운영하는 지저분한 곳이었는데, 노파는 카운터 너머로 로저를 살펴보며 "나도 한때 그 녀석처럼 생긴 고양이를 길렀다우."라고 말했다.

'하느님 맙소사!' 앨마는 그 서글픈 짐승을 떠올리면서 속으로 탄식했다.

"창녀는 아니지요?" 그냥 확인해 보려는 듯 노파가 물었다.

이번에는 앨마의 입에서 "하느님 맙소사!"라는 말이 곧장 흘러나왔다. 도무지 어쩔 수 없었다. 호텔 주인은 그녀의 대답이 썩 마음에 든 듯했다.

호텔 방의 흐린 거울로 비춰 본 앨마의 모습은 로저보다 그리 문명인다워 보이지 않았다. 그런 몰골로 암스테르담에 갈 수는 없었다. 옷차림은 엉망진창이었고, 점점 더 세어 가는 머리카락 또한 엉망진창이었다. 머리는 어쩔 도리가 없었지만, 이후 며칠 동안 재빨리 새 드레스를 몇 벌 맞췄다. 좋은 옷은 아니었지만(한네커가 만들어 준 대로 실용적인 디자인을 따랐다.) 최소한 새것이고 깨끗하고 멀쩡했다. 새 신발도 샀다. 그녀는 공원에 앉아 프루던스와 한네커에게 긴 편지를 써서, 지금 네덜란드에 와 있으며 앞으로는 계속 이곳에 머물 작정라고 알렸다.

돈은 거의 바닥났다. 다 떨어진 치마 밑단에 아직 금화가 약간 들어 있긴 했지만 얼마 되지 않았다. 그녀는 아버지의 값진 유산을 처음부터 소중히 간직한 채 한 번에 동전 하나씩 아껴 가며 썼지만, 이제 여러 해에 걸친 여행을 마치려니 얼마 안 되는 유산의 상당 부분이 사라지고 없었다. 남은 액수로는 그냥 단순히 생계를 꾸려 나가기조차 충분하지 않았다. 물론 진짜 위급한 상황이 생긴다면 돈을 더 구할 수는 있었다. 로테르담 부두에 있는 아무 회계 사무소에나 걸어 들어가서 딕 얀시의 이름과 아버지의 명성을 이용하면 휘태커 가문의 재산을 담보로 쉽사리 융자를 얻을 수 있으리라고 생각했다. 하지만 그러고 싶지 않았다. 그 재산은 정정당당한 자신의 몫이 아니라고 느꼈다. 이제부터 세상을 스스로 개척해 나가는 일은 완전히 자기 선택에 달려 있다는 생각이 퍼뜩 들었다.

편지를 부치고 새 옷이 완성되자 앨마와 로저는 증기선을 타고 로테르담을 떠나(그때까지 이어 온 여정 중에서 가장 쉬운 과정이었다.) 암스테르담으로 향했다. 항구에 도착한 앨마는 짐을 부두 근처의 허름한 호텔에 맡기고 마차를 불렀다.(요금을 20스타이버나 더 내고서야 마침내 마부를 설득해서 로저를 태울 수 있었다). 그들을 태운 마차는 플란타허의 조용한 거리를 지나 곧장 호르투스 식물원의 정문으로 향했다.

앨마는 식물원의 높은 벽돌담을 비스듬하게 비추는 초저녁 햇살 속으로 한 걸음 나섰다. 로저는 바로 옆에 있었고, 겨드랑이에는 수수한 갈색 종이로 싼 꾸러미를 끼고 있었다. 문 옆에 선, 깔끔한 경비원 제복을 차려입은 청년에게 다가가서 유창한 네덜란드어로 오늘 식물원 책임자가 자리에 있는지 물었다. 청년은 원장님이 일 년 내내 출근하기 때문에 자리에 있다고 확인해 주었다.

앨마는 미소를 지었다. 당연히 그러리라고 생각했다.

"그분께 말 좀 전할 수 있을까요?" 그녀가 물었다.

"먼저 댁은 누구고, 무슨 일을 하는 사람인지 물어도 되겠소?" 청년은 앨마와 로저를 깔보듯 쳐다보며 물었다. 질문 자체에는 큰 불만 없었지만, 앨마는 그의 말투가 몹시 언짢았다.

"나는 앨마 휘태커이고, 이끼와 종의 변이를 연구하고 있습니다."

"그런데 원장님은 왜 만나려는 거죠?"

그녀는 큰 키를 한껏 오만하게 뽐내며 '라우티'처럼 자신의 혈통을 위풍당당하게 읊어 댔다. "내 아버지는 한때 당신 나라에서 '페루 왕자'라고 불리던 헨리 휘태커입니다. 나의 조부님은 영국 왕 조지 2세에게 '사과 마법사'라는 칭호를 받은 분이죠. 외조부님은 장식용 알로에의 거장이자 삼십 년 이상 이곳 식물원의 책임자로 계셨던 야콥 반 데벤더르이며, 그 자리는 그분의 아버지에게 물려받았고, 그분의 아버지 또한 '그분'의 아버지에게 자리를 물려받았죠. 그 내력은 이 시설이 최초로 건설된 1638년까지 거슬러 올라갑니다. 내가 알기로, 현재 당신이 모시는 책임자는 데이스 반 데벤더르 박사님이시죠? 그분은 내 삼촌이에요. 그분의 누이 이름은 베아트릭스 반 데벤더르였고요. 그분이 내 어머니로, 유클리드 기하학을 적용한 식물원 조경의 대가이셨습니다. 어머니는 지금 당신이 서 있는 바로 그 모퉁이 근처에, 호르투스 담장의 바로 바깥에 있던 사택에서 태어나셨죠. 하긴, 17세기 중반 이후로 모든 데벤더르 가문 후손들은 그곳에서 태어났으니까요."

경비원은 입을 떡 벌리고 앨마를 쳐다보았다.

그녀가 결론을 내렸다. "젊은이가 소화하기에 너무 많은 정보라면, 그냥 나의 외삼촌께 가서 미국에서 온 조카가 무척 뵙고 싶어 한다고 전해요."

28

데이스 반 데벤더르는 사무실에서, 어지럽힌 탁자 너머로 앨마를 빤히 쳐다보았다.

앨마는 그의 시선을 참았다. 외삼촌은 몇 분 전 그녀가 방으로 안내되었을 때부터 말을 걸지도, 앉으라고 권하지도 않았다. 그가 무례하게 굴지는 않았다. 단지 네덜란드인답게 조심스러운 것이었다. 그는 앨마를 유심히 살펴보았다. 앨마 곁에 앉아 있는 로저는 등이 굽은 작은 하이에나처럼 보였다. 데이스 삼촌은 로저 역시 살펴보았다. 일반적으로 봤을 때 로저는 그렇게 보기 좋은 대상은 아니었다. 보통 낯선 사람이 로저를 빤히 쳐다보면, 녀석은 고개를 푹 수그리고 비참한 한숨을 쉬며 뒤로 돌아섰다. 그러나 별안간 로저가 아주 이상한 짓을 했다. 그가 앨마의 곁을 떠나 탁자 밑으로 걸어가더니 반 데벤더르 박사의 발에 턱을 올려놓고 주저앉았다. 앨마도 처음 보는 광경이었다. 그녀가 뭐라고 말을 하려는 순간, 신발에 기대어 앉은 개한테는 아무런 신경도 쓰지 않은 채 삼촌이 먼저 입을 열었다.

"헤 레이크트 니엣 옵 헤 모에데르.(Je lijkt niet op je moeder.)"
'넌 네 어머니를 닮지 않았구나.'

"알아요." 앨마가 네덜란드어로 대꾸했다.

그가 말을 받았다. "넌 네 아버지를 꼭 닮았구나."

앨마는 고개를 끄덕였다. 그의 말투에서 헨리 휘태커를 닮았다는 점은 호감 요소가 아님을 알 수 있었다. 하기야, 여태껏 그런 적은 단 한 번도 없었다.

그는 좀 더 그녀를 응시했고, 앨마 역시 시선을 마주 돌려주었다. 그가 자신의 얼굴을 뚫어져라 쳐다보듯, 앨마도 그의 얼굴을 뚫어져라 쳐다보았다. 앨마는 베아트릭스를 닮지 않았지만, 저 남자는 확실히 '빼닮은' 모습이었다. 비록 노년에 접어든 데다 수염이 뒤덮인 얼굴에 잔뜩 의심스러워하는 표정까지 가득했지만, 어쩐지 어머니의 얼굴을 새삼 다시 마주한 기분이었다.(음, 솔직히 그 의심스러워하는 표정 덕분에 베아트릭스와 더욱 닮아 보였다.)

"누님은 어떻게 되셨지?" 그가 물었다. "유럽 식물학자들이 다 얘기하듯 네 아버지가 성공을 거두었다는 소식은 들었다만, 베아트릭스 누님의 소식은 단 한 차례도 듣지 못했다."

어머니도 당신 소식을 못 들으셨죠. 앨마는 생각했지만 굳이 말하지 않았다. 언제였던가? 1792년 이후, 베아트릭스와 절대로 연락을 시도한 적이 없는 암스테르담 식구를 누구든 탓할 마음은 없었다. 그녀는 반 데벤더르 가족이 얼마나 완고한지 알고 있었다. 어떻게 해 볼 수 없는 일이었다. 앨마의 어머니도 양보하지 않았을 테니까.

"어머니는 풍요로운 삶을 사셨어요. 만족하셨고요. 필라델피아에서 널리 칭송받는, 최고로 뛰어난 고전풍 정원을 만드셨죠. 돌아가시기 직전까지 식물 거래업 분야에서도 아버지와 동등하게 일을 하셨어요."

"그게 언제였지?" 경찰관 같은 말투로 그가 물었다.

"1820년 8월요."

그 날짜를 들은 삼촌이 얼굴을 찡그렸다. "무척 오래전이구나. 그렇게 젊은 나이에."

"갑자기 돌아가셨어요. 고통 없이 가셨습니다." 앨마는 거짓말을 했다.

그는 좀 더 앨마를 쳐다보다가 느긋하게 커피를 한 모금 들이켜고는, 앞에 놓인 작은 접시에서 '벤텔테이피혜(wentelteefje)'를 한입 베어 물었다. 앨마는 분명 저녁 간식을 먹고 있던 그를 방해하고 있는 듯했다. 그녀도 그 '벤텔테이피혜'를 맛볼 수 있다면 거의 무엇이든 내놓을 수 있을 것 같았다. 계피 토스트를 마지막으로 맛본 것이 언제였던가? 아마 한네커가 만들어 주었을 때가 마지막이었으리라. 냄새만으로도 향수에 젖어서 마음이 약해졌다. 하지만 데이스 삼촌은 그녀에게 커피는 물론이고, 버터를 발라서 노릇하게 구운 '펜텔테이피혜'를 나눠 줄 생각은 더더욱 없어 보였다.

"어머니에 대해서 더 아시고 싶은 점 있으세요?" 마침내 앨마가 물었다. "어머니에 대한 삼촌의 기억은 어린 시절의 추억뿐이겠네요. 원하신다면 말씀드릴 수 있어요."

그는 대답하지 않았다. 앨마는 한네커가 항상 묘사했던 대로, 미국으로 떠나는 누나 때문에 눈물을 흘리는 마음씨 착한 열 살짜리 소년의 모습을 상상해 보고자 애썼다. 한네커는 억지로 떼어 놓아야 할 때까지 데이스가 베아트릭스의 치맛자락을 잡고 매달렸다고 여러 번 이야기했다. 한네커는 어린 남동생에게 두 번 다시 사람들 앞에서 눈물을 보이지 말라고 꾸짖던 베아트릭스의 모습도 들려주었다. 도무지 그런 광경이 머릿속에 그려지지 않았다. 이제 그는 끔찍이도 늙고 무척 엄숙했다.

"전 네덜란드 튤립에 둘러싸여서 자라났어요. 어머니가 바로 이곳, 호르투스에서 필라델피아로 가져가신 구근에서 피어난 것들이었어요."

여전히 그는 말이 없었다. 로저는 한숨을 내쉬며 데이스의 다리에 좀 더 몸을 붙였다.

한참 뒤에 앨마는 전술을 바꾸었다. "한네커 데 그루트는 아직 살아 있다는 점을 알려 드려야겠네요. 오래전에 알던 분이셨죠."

이번엔 노인의 얼굴 위로 새로운 표정이 떠올랐다. 놀라움이었다.

모든 것의 이름으로

"한네커 데 그루트. 오랜 세월 생각해 보지 않은 인물이로 구나. 한네커 데 그루트라고? 생각해 보니⋯⋯."

"다행히 한네커는 튼튼하고 건강하게 잘 있어요." 앨마도 만난 지 거의 삼 년이 다 되었으므로, 그 말 속에는 약간의 기원마저 담겨 있었다. "지금껏 돌아가신 아버지 소유 저택의 수석 가정부로 계세요."

"한네커는 누님의 하녀였다. 우리 집엔 아주 젊었을 때 왔지. 한동안은 내 유모 노릇도 했는데." 데이스가 말했다.

"그렇군요, 저한테도 유모 노릇을 해 주었어요."

"사실이라면 우린 둘 다 운이 좋았구나."

"맞아요. 어린 시절에 한네커의 보살핌을 받았던 일은 제 인생의 가장 큰 축복이라고 생각해요. 거의 부모님만큼이나 저한테 영향을 미친 사람이니까요."

그가 또다시 빤히 쳐다보았다. 이번에는 앨마도 정적이 흐르도록 내버려 두었다. 그녀는 삼촌이 '벤텔테이피헤'를 포크로 잘라 커피에 담그는 모습을 지켜보았다. 그는 빵부스러기나 커피를 하나도 흘리지 않으며 느긋하게 간식을 즐겼다. 앨마는 그렇게 맛있게 생긴 '벤텔테이피헤'를 어디에서 구할 수 있을지 알고 싶었다.

이윽고 데이스가 무늬 없는 냅킨으로 입을 닦은 뒤 말했다.

"네덜란드어 솜씨가 형편없진 않구나."

"고맙습니다. 어렸을 때 많이 썼어요."

"치아는 어떠냐?"

"꽤 좋은 편이에요." 앨마는 그 남자 앞에서 아무것도 숨기지 않았다.

그는 고개를 끄덕였다. "반 데벤더르 가문은 다 치아가 좋지."

"축복받은 유전자예요."

"너 말고 누님한테 또 다른 자식이 있니?"

"입양한 다른 딸이 하나 더 있어요. 저한테 자매가 되는 프루던스가 현재는 아버지의 옛 저택에서 학교를 운영하고 있어요."

"입양을 했다고." 애매하게 그가 말했다.

"어머니는 다산의 축복을 받진 못하셨어요." 앨마가 에둘러 말했다.

"너는 어떠냐? 자식이 있니?"

"저도 어머니처럼 다산의 축복을 받지 못했습니다." 앨마가 말했다. 실제 상황과 상당히 동떨어진 얘기였지만 적어도 질문에 대한 답은 되었다.

"남편은?" 그가 물었다.

"안타깝지만 고인이 됐어요."

데이스 삼촌은 고개를 끄덕였지만 위로의 말을 건네진 않았다. 앨마는 그 점이 흥미로웠다. 어머니도 똑같이 반응했을 것이다. 사실은 사실이고, 죽음은 죽음이다.

"삼촌은요? 반 데벤더르 부인은 계신가요?"

"죽었다."

앨마는 그처럼 똑같이 고개를 끄덕였다. 좀 삐딱하긴 했지만 이렇듯 솔직하고 퉁명스럽고 종잡을 수 없는 대화가 그녀는 즐거웠다. 모든 대화가 언제 어떻게 끝날지, 혹은 그녀의 운명이 이 노인의 운명과 엮일지조차 가늠할 수 없었지만 앨마는 익숙한 세계, 즉 네덜란드 땅, 데벤터르의 영역에 와 있다고 느꼈다. 고향에 있다는 느낌이 얼마 만인지 몰랐다.

"암스테르담에는 얼마나 오래 있을 작정이냐?"

데이스가 물었다.

"기약은 없어요."

앨마의 대답에 그가 깜짝 놀랐다.

"자선을 구하러 왔다면 네게 줄 건 없다."

그녀는 미소 지었다. 오! 어머니, 오랜 세월 얼마나 그리웠는지 몰라요. 앨마는 그렇게 생각했다.

"저도 자선은 필요 없어요. 아버지께서 유산을 넉넉히 물려주셨거든요."

"그럼 암스테르담에는 무엇 때문에 머물겠다는 거냐?"

그는 경계하는 태도를 감추지 않은 채 물었다.

"이곳 호르투스 식물원에서 일하고 싶습니다."

이번에는 정말로 깜짝 놀란 표정이었다.

"맙소사! 대체 무슨 자격으로?"

"식물학자로서요. 특히 선태학자로서요."

"'선태학자'라고? 대체 네가 이끼에 대해서 뭘 안다는 거냐?"

그 대목에서 앨마는 웃음을 터뜨리지 않을 수 없었다. 웃음이란 근사하다. 마지막으로 웃은 것이 언제인지 기억조차 나지 않았다. 너무 심하게 웃느라 그녀는 한동안 양손에 얼굴을 파묻고 웃음기를 숨겨야 했다. 그 광경은 가엾은 늙은 삼촌을 더 초조하게 할 뿐이었다. 그녀도 스스로의 명분을 납득할 수 없었다.

왜 보잘것없는 자신의 명성이 먼저 알려져 있으리라고 생각했을까? 오, 어리석은 오만함이라니!

자제력을 되찾은 앨마는 눈가를 훔쳐 낸 다음, 그에게 미소 지었다. "놀라게 해 드렸다는 거 알아요, 데이스 삼촌." 그녀의 말투는 자연스레 좀 더 따듯하고 친숙한 태도로 변해 가고 있었다. "용서하세요. 저는 독립할 능력이 있는 여자이고, 어떤 식으로든 삼촌의 삶을 방해하려고 찾아온 게 아니라는 점을 이해해 주셨으면 해요. 하지만 연구자로서, 분류학자로서 저에게 특별한 능력이 있다면, 저도 그 능력을 삼촌처럼 이곳에서 발휘하고 싶습니다. 식물학의 역사와 제 개인적인 가정사에서 모두 아주 중요한 위치를 차지하는, 이곳 식물원에서 제 시간과 재능을 쏟으며 남은 평생 동안 일하고 싶어요. 그럴 수만 있다면 저에게 최고의 기쁨이 되리라고 존경을 담아서 말씀드리고 싶네요."

그 말과 함께 앨마는 옆구리에 끼고 있던 갈색 꾸러미를 탁자 끄트머리에 내려놓았다.

"말로만 제 능력을 알아 달라고 청하진 않겠어요. 이 꾸러미 안에는 제가 지난 삼십 년간 수행했던 연구를 바탕으로 최근 정립한 이론이 담겨 있어요. 일부 개념은 다소 과감하다고 생각하실 수 있겠지만, 열린 마음으로 읽어 주시기를 바랄게 요. 말씀드릴 필요도 없겠지만, 내용은 혼자만 알고 계셔 주세 요. 제 결론에 동의하시지 않더라도, 저의 과학적 수준에 대해 서는 파악하실 수 있을 거예요. 제가 가진 모든 것을 담은 저의 분신이니까, 이 문서는 소중히 다뤄 주시길 부탁드립니다."

그는 아무 약속도 하지 않았다.

"영어 읽을 줄은 아시죠?" 그녀가 물었다.

'이봐, 우습게 보지 말라고.'라고 말하듯 그가 새하얀 눈썹 한쪽을 들어 올렸다.

앨마는 작은 꾸러미를 삼촌에게 건네기 전에 책상에 놓인 연필로 손을 뻗었다. "써도 될까요?"

그는 고개를 끄덕였고, 앨마는 꾸러미 겉에 무언가를 적었다.

"제가 지금 묵고 있는 항구 근처의 호텔 이름과 주소예요. 천천히 읽어 보시고 저하고 다시 이야기하고 싶으시면 알려 주세요. 일주일 내로 소식이 없으면 제가 다시 논문을 찾으러 올게요. 작별 인사를 드리고 제 갈 길을 가겠습니다. 그 이후로 는 두 번 다시 삼촌이든 다른 가족을 귀찮게 하지 않겠다고 약 속드려요."

그 말을 하면서 앨마는 삼촌이 포크로 '벤텔테이피헤'를 세 모난 조각으로 작게 자르는 광경을 지켜보았다. 하지만 포크 를 자기 입으로 가져가는 대신, 그는 의자를 옆으로 밀치고 천 천히 상체를 수그리며, 완전히 집중해서 앨마의 이야기를 들고 있다는 듯 그녀에게 여전히 시선을 고정한 채 로저에게 음식을 건넸다.

"어, 조심하세요······." 앨마는 걱정스럽게 탁자 아래를 들여다보았다. 그 개는 누구든 먹이를 주는 사람을 깨무는 못된 버릇이 있음을 삼촌에게 경고하려던 순간, 벌써 로저는 비뚤어진 작은 머리를 쳐들더니 예절 바른 우아한 숙녀 같은 동작으로 포크에 올려진 계피 토스트 조각을 받아먹었다.

"그럼 저는 이만." 앨마는 놀라워하며 뒤로 물러났다.

삼촌은 아직도 개에 대해서 아무런 언급을 하지 않고 있었으므로, 앨마 역시 그 문제에 대해서는 더 이상 말하지 않았다.

그녀는 치맛자락을 바로잡고 일어섰다.

"뵙게 되어서 정말 기뻤어요. 삼촌은 짐작도 못 하실 만큼 저에게는 의미 깊은 만남이었습니다. 삼촌이라는 분을 아는 기쁨을 누려 본 적 없었거든요. 제 논문을 즐겁게 읽어 주시면 좋겠고요, 너무 충격받지 않으셨으면 해요. 그럼 안녕히 계세요."

그는 고개를 한 번 끄덕했을 뿐 더는 대꾸하지 않았다.

앨마는 문으로 걸어가기 시작했다. "가자, 로저." 그녀는 뒤도 돌아보지 않고 말했다.

그녀가 문을 열어 놓고 기다렸지만 개는 움직이지 않았다.

"로저. 이제 가야지."

그녀가 개를 돌아보며 좀 더 단호하게 말했다.

여전히 개는 데이스 삼촌의 발치에서 움직일 생각을 하지 않았다.

"가거라."

데이스는 꼼짝 않은 채, 그다지 진심 없는 투로 말했다.

"로저! 이제 가자니까, 바보같이 굴지 말렴!" 탁자 밑으로 녀석의 모습을 제대로 쳐다보려고 허리를 숙이며 앨마가 명령했다.

이제까지 로저는 굳이 부를 필요조차 없이, 그냥 늘 앨마를 따라다녔다. 하지만 지금 로저는 귀를 축 늘어뜨린 채 버티고 있었다. 움직일 생각은 좀체 없어 보였다.

"이런 적이 없었는데. 제가 데려갈게요." 앨마가 사과했다.

그러나 삼촌이 한 손을 들어 올렸다. "하루 이틀 나와 같이 지내게 녀석을 여기에 두고 가려무나." 그는 어떻게 되든 아무렇지 않다는 듯 태연하게 제안했다. 그러면서도 앨마의 눈을 쳐다보지 않았다. 짧은 순간이었지만, 그는 길 잃은 강아지를 키워도 좋을지 어머니를 설득하려고 애쓰는 어린 소년 같았다.

아, 데이스 삼촌. 그녀는 생각했다. 이제야 삼촌이라는 분을 알겠군요.

"물론이죠. 정말로 성가시지 않으시겠어요?"

데이스는 심드렁하게 어깨를 으쓱하고는, '벤텔테이피헤' 를 또 한 조각 잘랐다.

"우리가 알아서 하마." 그는 또다시 포크로 개에게 음식을 주었다.

*

앨마는 호르투스 식물원을 나와서 무작정 항구 쪽으로 빠르게 걸었다. 마차를 부르고 싶지는 않았다. 마차에 앉아 있기에는 기분이 너무 들떠 있었다. 빈손이지만 마음은 가뿐했다. 물론 조금 충격을 받아서 멍했지만 진정 살아 있는 느낌이었다. 습관적으로 그녀는 자꾸 뒤를 돌아보며 로저를 찾았지만 녀석은 따라오지 않았다. 맙소사, 불과 십오 분 동안 만나면서, 개와 평생의 역작을 그 사무실에 두고 나오다니!

얼마나 놀라운 만남인가! 얼마나 위험한 모험인가!

하지만 앨마가 여기에 있고 싶다면, 감당해야 할 위험이었다. 호르투스가 아니라면, 암스테르담에, 적어도 유럽에 있고 싶었다. 남태평양에서 지내는 내내, 그녀는 북반구가 진심으로 그리웠다. 계절의 변화와 겨울에 내리쪼이는 밝고 쨍한 햇살이 그리웠다. 가혹하게 추운 날씨와 그에 따라 팽팽하게 당겨지는 엄정한 정신도 그리웠다. 그녀는 외모도, 기질도 열대 지방에 적합한 사람이 아니었다. 에덴동산 같다고 생각하며, 역사의 시초를 품은 타히티를 사랑하는 사람도 있었지만, 앨마는 태곳적 상태에서 살고 싶지 않았다. 그녀는 인간이 이룬 발명과 진보의 최첨단을 구현하는 현대 안에서 살고 싶었다. 요정과 유령의 땅에서는 살고 싶지 않았다. 그녀는 매일같이 변화하는, 전보와 기차와 발전과 이론과 과학의 세상을 원했다. 생산적이고 진지한 사람들에게 둘러싸여, 역시 생산적이고 진지한 환경에서 다시 일하고 싶었다. 빽빽한 책장과 수집용 유리병, 곰팡이 탓에 잃어버릴 염려 없는 종이와, 밤에 도둑맞은 일 없는 현미경이 선사하는 안락함을 원했다. 최신판 과학 잡지를 손에 넣고 싶었다. 동료들이 그리웠다.

무엇보다도 그녀는 가족이 그리웠고, 그녀가 늘 자라 왔던 대로 예리하고 꼬치꼬치 캐묻고 도발하는 지적인 가족을 갖고 싶었다. 휘태커 가족에게 둘러싸여서 또 한 번 스스로를 휘태커 가문의 일원이라고 느끼고 싶었다. 그러나 이 세상에는 휘태커 가문의 사람들이 더 이상 존재하지 않았으니(학교를 운영하느라 바쁜 프루던스 휘태커 딕슨을 제외하면, 그리고 아직 영국 감옥에서 죽지 않은, 생각조차 하기 싫은 아버지 쪽의 친척을 제외한다면) 반 데벤더르 가문의 주변에서라도 살고 싶었다.

그들이 앨마를 받아 주기만 한다면.

하지만 받아 주지 않는다면? 도박이었다. 반 데벤더르 가문의 사람들이 얼마나 남아 있는지 모르겠지만, 그들은 앨마가 바라는 만큼 절실하게 그녀의 존재를 원하지 않을 수도 있었다. 호르투스를 위해 헌신하겠다는 앨마의 바람도 반기지 않을 수 있었다. 그 사람들 눈에는 앨마가 침입자이자 애송이로 보일 테니까. 데이스 삼촌에게 논문을 두고 온 선택은 위험천만한 행동이었다. 논문에 대한 그의 반응은 알 수 없었다. 지루해할지('필라델피아의 이끼라고?') 종교적 문제로 화를 낼지('연속 창생?') 과학적 경계심을 품을지.('자연계' 전체에 '적용되는 이론'이라고?') 앨마는 자신의 논문이 무모하고 거만하고 순진하고 케케묵은 데다 퇴폐적이고, 심지어 약간 프랑스 냄새마저 풍길지 모른다는 사실을 알고 있었다. 하지만 그 논문은, 무엇보다도 그녀의 능력을 담아낸 증거였다. 어차피 가족이 그녀를 받아 줄 거라면, 그 능력 역시 알아주었으면 했다.

하지만 반 데벤더르 가문과 호르투스 식물원이 앨마를 거부하더라도 그녀는 어깨를 펴고 계속 나아갈 작정이었다. 어찌 되었든 암스테르담에 거주지를 마련하거나, 로테르담으로 돌아가거나, 어쩌면 라이덴으로 가서 대학교 근처에 자리 잡아야 할 수도 있었다. 네덜란드가 아니라면 프랑스도 있고, 독일도 있었다. 어디서든 일자리를 찾을 수 있을 테고, 어쩌면 다른 식물원에서 일자리를 얻을지도 몰랐다. 여자라서 어렵기는 하겠지만, 특히 아버지의 명성과 딕 얀시의 영향력을 뒷배로 삼는다면 불가능한 일도 아니었다. 그녀는 유럽에서 선태학을 연구하는 저명한 교수들을 전부 알았고, 그들 중 상당수와 오랜 세월에 걸쳐 서신을 주고받았다. 그 사람들을 찾아가서 누군가의 조수가 되겠다고 청할 수도 있었다. 가르치는 일도 언제든 대안으로 남아 있었다. 대학교 수준은 안 되겠지만, 어딘가 부유한 집안의 가정 교사 자리는 언제든 구할 수 있을 터였다. 식물학으로 안 된다면 언어를 가르칠 수도 있었다. 그녀의 머릿속에는 그럴 만한 언어가 충분했다.

그녀는 몇 시간이나 시내를 걸어 다녔다. 호텔로 돌아갈 마음의 준비가 되지 않았다. 심지어 잘 수 있을 것 같지도 않았다. 로저가 그립기도 했지만, 졸졸 따라다니던 개가 없다는 사실에 일말의 해방감도 느꼈다. 아직 암스테르담의 지리를 파악하지 못했으므로 그녀는 길을 잃었다가 다시 찾아내기도 하면서, 흥미로운 모양의 도시를 구석구석 돌아다녔다. 반쯤 당긴 활 모양으로 만들어진 다섯 개의 거대한 운하가 구불구불 지나가는 도시를 그녀는 정처 없이 걸었다. 끊임없이 운하를 건너다니며 이름 모를 다리들을 수십 개나 통과했다. 고풍스러운 건물들이 늘어선 헤렌흐라흐트 마을을 따라 걸으며, 끝이 갈라진 굴뚝과 튀어나온 박공을 갖춘 예쁜 집들을 보고 감탄했다. 궁전도 지나쳤다. 중앙 우체국도 만났다. 드디어 찾아낸 카페에서 그녀도 '벤텔테이피헤'를 한 접시 주문할 수 있었으며, 지금 떠오르는 그 어떤 음식보다 기꺼운 마음으로 먹었다. 식사를 즐기면서, 아마 어느 영국인 관광객이 놓고 간 듯한 오래된 《로이드 주간》도 읽었다.

밤이 되었지만 그녀는 계속 쏘다녔다. 오래된 교회와 새로 지은 극장도 지나쳤다. 선술집과 진을 파는 가게, 상점 거리와 환락가도 보았다. 찰스 1세 시대에서 곧장 걸어 나온 듯, 짧은 외투에 높은 깃을 달고 돌아다니는 나이 든 청교도를 마주치기도 했다. 양팔을 드러낸 채 어두운 문가에 서서 남자들을 불러 대는 여자들도 있었다. 청어 가공 공장이 나타났고, 묘한 냄새가 풍겼다. 가릉거리는 고양이며 운하를 따라 즐비한, 정원 대신 초라한 화분을 늘어놓은 선박 주택도 보았다. 유태인 거주 지역을 지나자 다이아몬드를 세공하는 작업장이 나타났다. 병원과 고아원도 있었다. 인쇄소와 은행과 회계 사무소도 있었다. 밤이라 문을 닫은 엄청나게 큰 중앙 꽃시장도 보았다. 그토록 늦은 시각에도 사방에서 상업 지구의 여운이 느껴졌다.

흙모래에 기둥을 박아 세운 암스테르담은 펌프와 수문, 밸브, 준설기, 도랑을 설치해 보호하고 유지되었으므로, 앨마에게 이 땅은 도시가 아니라 인간이 이룩한 산업화의 결정체, 즉 '엔진'처럼 여겨졌다. 이곳은 인간이 상상할 수 있는 가장 인공적인 도시였고, 인간 지성의 총체였다. 완벽했다. 앨마는 절대로 여길 떠나고 싶지 않았다.

자정이 한참이나 지난 뒤에야 그녀는 드디어 호텔로 돌아갔다. 신발이 새것인 탓에 발에 물집이 잡혔다. 호텔 주인은 밤늦게 문을 두들기는 그녀를 신경질적으로 맞이했다.

"개는 어쨌누?" 여인이 물었다.

"친구한테 두고 왔어요."

"흥." 여인이 말했다. 앨마가 '집시한테 팔아 버렸어요.'라고 말했더라도 그렇게 못마땅한 표정을 지을 수는 없을 듯했다.

여인이 앨마에게 열쇠를 건넸다. "오늘 밤엔 방에 남자를 들이면 안 된다는 거 명심해요."

오늘 밤도 다른 어떤 밤에도 그럴 일은 없답니다, 하고 앨마는 생각했다. 하지만 그런 상상이라도 해 주다니 고맙네요.

✳

다음 날 아침 앨마는 쾅쾅 문을 두들기는 소리에 잠을 깼

모든 것의 이름으로

다. 그녀의 늙은 친구, 곧잘 짜증 내는 호텔 주인이었다.

"밖에 마차가 와서 기다리고 있어요!" 타르처럼 걸걸한 목소리로 노파가 고함쳤다.

앨마는 터덜터덜 문으로 갔다. "전 마차 부른 적 없는데요."

"암튼 기다리고 있다니까." 여인이 소리쳤다. "옷이나 입어요. 그 남자 말이 당신 없인 안 갈 거라던데. 짐도 가져오라더군. 방값도 벌써 그 사람이 지불했어요. 사람들이 대체 왜 나를 심부름꾼으로 여기는지 알다가도 모를 일이야."

앨마는 멍한 머리로 옷을 입고 작은 가방 두 개를 꾸렸다. 그녀는 침대 정리에 좀 더 시간을 들였다. 양심 때문에, 어쩌면 늑장 부리는 구실을 대고자 그랬을 수도 있었다. 마차라니? 체포되는 건가? 추방? 관광객을 대상으로 하는 일종의 사기극일까? 하지만 그녀는 관광객이 아니었다.

아래층으로 내려가자, 제복을 입은 마부가 수수한 개인 마차 옆에서 기다리고 있었다.

"안녕하십니까, 휘태커 양." 그가 모자를 기울이며 말했다. 그는 앨마의 짐을 마차 앞쪽, 자기 옆자리에 실었다. 기차에 억지로 태워지는 듯한 최악의 기분이었다.

"미안하지만, 나는 마차를 부른 적이 없어요." 그녀가 말했다.

"반 데벤더르 박사님이 보내셨습니다. 자, 올라가시죠. 몹시 뵙고 싶어 하십니다." 그가 마차 문을 열어 주며 말했다.

시내를 거쳐 식물원까지 되돌아가는 데는 거의 한 시간이나 걸렸다. 앨마는 걷는 게 더 빠르겠다고 생각했다. 그편이 더 위로가 될 듯했다. 차라리 걸어갔더라면 덜 초조했으리라. 마부는 드디어 호르투스 식물원 바로 뒤, 플란타허 파르클란에 있는 세련된 벽돌집 앞에 그녀를 내려 주었다.

"들어가십시오. 문은 열려 있으니 그냥 들어가시면 됩니다. 기다리고 계실 겁니다." 그가 앨마의 짐을 들어 내리며 어깨 너머로 말했다.

개인 주택에 말없이 그냥 들어가기가 좀 불안했지만 앨마는 시키는 대로 했다. 그래도 그 집은 전적으로 낯선 곳이 아니었다. 그녀의 생각이 틀리지 않는다면, 어머니는 이곳에서 태어났을 테니까.

현관 복도에서 조금 떨어진 곳에 열린 문이 보였고, 안을 들여다보았다. 거실이었다. 삼촌이 소파에 앉아서 그녀를 기다리고 있었다.

처음 그녀의 눈에 띈 것은, 믿기지 않게도 그의 무릎 위에 웅크리고 있는 로저였다.

이어서 데이스 삼촌이 오른손에 그녀의 논문을 들고서, 마치 개를 휴대용 책상으로 이용하듯, 가볍게 로저의 등에 받치고 있음을 알아차렸다.

또 그녀는 삼촌의 얼굴이 눈물로 젖어 있음을 알아챘다. 셔츠 깃도 흠뻑 젖어 있었다. 수염도 젖은 듯했다. 그의 턱은 바들바들 떨렸고 눈은 새빨갰다. 몇 시간째 울고 있었던 듯했다.

"데이스 삼촌! 무슨 일이세요?"

모든 것의 이름으로

앨마가 그의 곁으로 달려갔다.

노인은 울음을 삼키며 그녀의 손을 잡았다. 그의 손은 뜨겁고 축축했다. 한동안 그는 말을 하지 못했다. 그저 손만 꽉 잡을 뿐이었다. 그는 앨마의 손을 놓아주지 않으려고 했다.

마침내 그가 다른 손으로 논문을 들어 올렸다.

"오, 앨마."

그는 눈물을 닦아 낼 생각마저 못 했다.

"애야, 너에게 신의 은총이 내리기를. 넌 네 어머니의 두뇌를 가졌더구나."

29

사 년이 흘렀다.

앨마 휘태커에겐 행복한 시절이었다. 그러지 않을 이유가
무엇이 있겠는가? 그녀에게는 집(그녀의 삼촌은 곧장 앨마를 반
데벤더르 집안으로 받아들였다.)과 가족이 생겼다.(삼촌에게는
네 아들과 사랑스러운 네 며느리, 무럭무럭 자라나는 손자들이 있
었다.) 그리고 필라델피아에 있는 프루던스, 한네커와 정기적
으로 편지를 주고받을 수 있었고 호르투스 식물원에서 상당
한 중책도 맡게 되었다. 그녀의 공식 직함은 '쿠라토르 반 모센
(Curator van mossen)', 즉 이끼 큐레이터였다. 반 데벤더르 저
택에서 바로 두 집 건너에 있는 쾌적한 건물 2층에는 전용 사
무실도 생겼다.

앨마는 화이트에이커의 마차 차고에 있는 옛날 책과 공책
과 식물 표본집을 전부 보내 달라고 했다. 짐이 도착한 주간은

그녀에게 휴일 같았다. 그녀는 며칠간 짐을 전부 풀며 향수에 빠져들었다. 모든 물건과 책이 몹시 그리웠다. 책이 든 트렁크 맨 밑바닥에서 오래된 외설 서적을 발견한 그녀는 얼굴을 붉히며 웃음 지었다. 잘 숨겨야겠지만 대부분 그대로 보관하기로 했다. 일단 물의를 빚을 만한 책들을 어떻게 해야 잘 버릴 수 있을지 판단하기 어려웠다. 게다가 그 책들은 여전히 그녀를 자극하는 힘을 갖고 있었다. 어린 나이에도 고집스럽게 그녀의 몸 안을 떠돌던 그 거침 없는 욕망은 여전히 가끔씩 그녀의 밤으로 찾아와서 관심을 요구했고, 그럴 때면 앨마는 이불 밑에서 한 번 더 내일 아침의 맛과 앰브로즈의 체취와, 살면서 가장 완고하고 물러날 줄 모르는 성급한 욕구를 다시 한 번 떠올리며 익숙한 그곳으로 찾아들었다. 더는 그런 욕구와 맞서 싸울 시도조차 하지 않았다. 이제는 그 또한 그녀의 일부임이 확실해졌다.

앨마는 호르투스에서 두둑한 첫 봉급을 받은 뒤, 비서와 사환, 진균학 책임자, 양치식물 관리자와 돈을 나누어 가졌다.(모두들 그녀와 절친한 친구가 되었다. 첫 과학자 친구들이었다.) 시간이 흐르면서 그녀는 뛰어난 분류학자뿐만 아니라 훌륭한 사촌으로서도 평판을 얻었다. 앨마는 언제나 극도로 고독한 존재로 살아왔던 스스로가 분주하고 떠들썩한 가족 생활에 그토록 편안히 적응했다는 사실이 적잖이 기쁘고도 놀라웠다. 저녁 식탁에서 오가는 데이스의 자식들과 손주들의 우스갯소리에 큰 기쁨을 느꼈으며, 가족들이 이룬 수많은 성취와 재능에 자부심도 느꼈다. 여자아이들이 가슴 떨리면서도 위험한 로맨스 때문에 조언과 위로를 구하러 앨마를 찾아오는 일 역시 제법 자랑스럽게 여겨졌다. 그 애들이 들떠 있는 순간에는 레타의 모습이 얼핏 보였고, 억누르고자 애쓸 때면 프루던스의 일면이 보였으며, 의구심을 품을 때에는 자신의 모습이 보였다.

시간이 지나며 앨마는 식물원과 가족 모두에게 매우 귀중한 자산 같은 존재로 인정받기에 이르렀다. 사실 그 두 가지 역할을 엄격히 구분하기는 불가능했다. 앨마의 삼촌은 그늘진 야자수 온실 한 귀퉁이를 내어 주며, 이끼 동굴이라고 불리는 상설 전시를 기획해 보라고 권했다. 까다로우면서도 마음에 쏙 드는 과제였다. 이끼는 자기네가 태어나지 않은 장소에서는 잘 자라지 않았으므로, 앨마는 인공적 환경에서 이끼 서식지가 번성하는 데 필요한 조건(정확한 습도, 햇빛과 그늘의 올바른 조합, 기저 물질로 쓰일 적당한 돌과 자갈과 목재)을 형성할 때 어려움을 겪었다. 하지만 그녀는 그 과제를 성공적으로 수행했고, 곧 동굴에는 전 세계에서 온 이끼 품종들이 쑥쑥 자라났다. 지속적인 수분 공급(증기 기관의 도움으로 가능했다.)이 필수인 데다, 단열벽으로 서늘한 기온을 유지시켜 주어야 했고, 직사광선은 절대 금물이었으므로, 그 전시실을 계속 관리하기란 평생의 과업이 될 터였다. 희귀하고 조그맣게 자라는 이끼 품종이 자리를 차지할 수 있도록, 공격적으로 빠르게 자라나는 품종은 연신 성장을 억제해 주어야 했다. 앨마는 일본 승려들이 작은 핀셋으로 잡풀을 제거해 가며 이끼 정원을 유지

모든 것의 이름으로

한다는 글을 읽고, 바로 그 방법을 도입했다. 그녀는 매일 아침 광부 전용 등불로 이끼 동굴을 비춰 보며, 튼튼한 강철 족집게 끝으로 한 번에 하나씩 엉뚱한 곳에 침입한 외래종을 뽑아냈다. 그녀는 그 동굴이 완벽했으면 좋겠다고 생각했다. 수년 전 타히티에서 그녀와 내일 아침을 위해 빛을 발하던 특별한 동굴과 똑같이 에메랄드빛으로 반짝이게 하고 싶었다.

이끼 동굴은 호르투스 식물원의 인기 전시실이 되었지만, 한편으로는 특정한 유형의 사람들만 찾는 곳이기도 했다. 바로 서늘한 어둠과 고요함, 쉴 곳을 찾는 사람들이었다.(다시 말해 그런 사람들은 보란 듯이 피어난 화초나 큼지막한 백합꽃, 시끄러운 가족 관람객에게는 관심이 없었다.) 앨마는 동굴 구석에 앉아 자신이 만든 세상에 찾아오는 부류의 사람들을 관찰하길 좋아했다. 다들 부드러운 이끼 표면을 어루만지며 표정을 누그러뜨리고 긴장도 풀었다. 그녀는 그 조용한 사람들과 동질감을 느꼈다.

그런 세월을 보내면서 앨마는 경쟁적 변화 이론 연구에도 상당한 시간을 투자했다. 데이스 삼촌은 1854년에 처음 그 논문을 읽어 본 뒤로 줄곧 출판하라고 권유했지만, 앨마는 당시에도 거절했고 연신 고사했다. 그뿐만 아니라 앨마는 그가 다른 사람과 자기 이론에 대해 논의하는 일도 허락하지 않았다. 앨마의 이론이 중요할 뿐 아니라 아주 타당하다고 믿는 선량한 삼촌에게 그녀의 망설임은 좌절을 안겨 주었다. 그는 앨마가 너무 소심하게 움츠러든다며 나무랐다. 특히 그녀가 종교적 비난을 두려워하는 점을 지적하며, 연속 창생과 종의 변이에 관한 앨마의 개념을 공론화해야 한다고 주장했다.

"넌 그냥 신을 죽인 자가 될 용기가 없을 뿐이야." 평생 안식일마다 경건하게 교회를 방문하던 착실한 네덜란드 신교도가 말했다. "앨마, 뭐가 두려운 게냐? 네 아버지의 뻔뻔함을 조금이라도 보여 봐, 애야! 세상에 나아가서 위협적인 존재가 되어 봐! 필요하다면, 물고 늘어지기 좋아하는 말 많은 논객들도 다 깨워라! 호르투스가 너를 보호할 거야! 우리가 직접 출간할 수도 있다! 질책이 두렵다면, 내 이름으로 발표해도 된다고."

그러나 앨마는 교회가 두려워서 망설이는 게 아니라, 아직 자신의 이론을 과학적으로 반박의 여지 없이 확신하지 못하기 때문이었다. 그녀의 논리에는 작은 구멍이 나 있었는데, 그 구멍을 메울 방법을 도무지 찾아낼 수 없었다. 앨마는 완벽주의자에다 사소한 것까지 신경 쓰는 성격이어서, 아주 작은 구멍이더라도 도저히 무시한 채 발표할 수 없었다. 삼촌이 자주 언급하듯, 종교를 거스르는 일은 두렵지 않았다. 그녀로서는 그보다 훨씬 더 신성한 '이성'을 거스르기가 두려웠다.

앨마의 이론에 남은 구멍이란, 바로 이것이었다. 그녀는 이타주의와 자기희생에서 비롯하는 진화론적 이득을 평생 이해할 수 없었다. 자연계가 정말로 도덕관념 없이 생존을 위해 끊임없이 투쟁하는 공간이라면, 무조건 상대를 이기는 것만이 우세와 적응과 인내를 향한 열쇠가 되어야 했다. 그렇다면, 가령 프루던스 같은 사람은 어떻게 해석해야 할까?

앨마가 경쟁적 변화 이론의 관점에서 자매의 이름을 언급할 때마다 삼촌은 신음과 함께 수염을 잡아당기며, "또 그 이야기냐!"라고 외쳤다. "아무도 프루던스를 모른다, 앨마! 아무도 신경 쓰지 않아!"

하지만 앨마는 신경 쓰였고, 급기야 '프루던스 문제'라고 부르게 된 그 난제는 앨마의 이론 전체를 뒤흔드는 위협이었으므로 그녀의 마음을 꽤나 괴롭혔다. 모든 것이 굉장히 개인적인 문제였기 때문에 특히 괴로웠다. 결국 앨마는 거의 사십 년 전에 프루던스가 실천했던 위대한 배려와 자기희생 계획의 수혜자였고, 그녀는 그 사실을 절대로 잊지 않았다. 프루던스는 조지 호크스가 자기 대신 앨마와 결혼하기를, 그래서 '앨마가 그 결혼으로 이득을 누리기를' 바라며 묵묵히 하나뿐인 진실한 사랑을 포기했다. 프루던스의 희생이 완전 허사로 돌아갔다고 해도 그 행위의 진실함까지 사라지지는 않았다.

인간은 왜 그런 행동을 할까?

앨마는 도덕적 관점에서는 그 질문에 대답할 수 있었지만 (프루던스가 친절하고 이기심 없기 때문에) 생물학적 관점에서는 해명할 수가 없었다.(왜 친절함과 이타심이 존재할까?) 앨마는 스스로 프루던스의 이름을 언급할 때마다 외삼촌이 왜 수염을 잡아 뜯는지 전적으로 이해했다. 거대한 인간과 자연사의 범주에서 본다면 프루던스와 조지, 앨마 사이에 벌어진 비극적 삼각관계는 너무도 사소하고 하찮게 여겨져서 논란의 주제로 들먹이기조차 우스꽝스러울 지경이었다. 하지만 그래도 의문은 사라지지 않았다.

인간은 왜 그런 행동을 할까?

앨마는 프루던스를 생각할 때마다 그 질문을 다시 한 번 복기했고, 경쟁적 변화에 대한 자신의 이론이 눈앞에서 무너져 내리는 광경을 무기력하게 지켜보았다. 그렇다고 프루던스 휘태커 딕슨이 극히 희귀한 사례도 아니었다. '누가 되었건' 사리 추구의 범위를 벗어나는 행동을 하는 이유는 무엇일까? 예컨대, 어머니들이 자식들을 대신해 희생하는 것은 앨마로서도 충분히 설득할 수 있었지만(가계를 지속하는 데 이득이 되기 때문이다.), 부상당한 동료를 보호하려고 적진으로 곧장 뛰어드는 전우의 희생은 설명할 수 없었다. 그러한 행동이 용감한 병사나, 그의 가족에게 어떤 이득이 되는가? 아무것도 없었다. 자기희생 덕분에 이제 죽어 버린 그 병사는, 자기 미래를 던져 버렸을 뿐만 아니라 혈통의 존속마저 끊어 버렸다.

또한 앨마는 굶주린 죄수가 감방 동료에게 음식을 나눠 주는 이유도 설명할 수 없었다.

다른 여자의 아기를 구하려고 운하에 뛰어들었다가 익사하고 만 어느 숙녀의 행동도 마찬가지였다. 그 비극적 사건은 얼마 전 호르투스에서 그리 멀지 않은 동네에서 실제로 일어났다.

앨마는 만약 그런 상황이 닥치더라도 스스로 그토록 고결한 행동을 할 수 있을지 확신할 수 없었지만, 아무리 보아도 사람들은 분명 그러한 행동을 꽤 자주 했다. 다른 사람이 살 수 있다면 프루던스와 웰스 목사는(특이한 선함의 또 다른 모범 사례였다.) 주저 없이 자기 음식을 거부할 테고, 낯선 이의 아기나 심지어 고양이를 구하기 위해 다치거나 죽는 일까지 불사하리라는 데에 의심의 여지가 없었다.

더 나아가, 나머지 자연계에서도 인간이 보이는 자기희생의 극단적인 예시는 적잖이 나타난다. 벌집이나 늑대, 혹은 새들의 무리나 심지어 이끼 서식지 내부에서도 가끔씩 일부 개체는 집단의 더 큰 이득을 위해 죽어 갔다. 그런데 늑대가 벌의 목숨을 구하는 일은 결코 일어나지 않았다. 그저 자연스레 우러나온 호의에서, 소중한 수분을 개미에게 양보하고자 죽음을 선택하는 이끼 역시 절대 찾아볼 수 없었다!

앨마와 데이스가 수년째 밤늦도록 그 문제를 토론할 때마다 삼촌을 좌절하게 하는 것도 바로 그런 논리였다. 1858년 초봄에도 두 사람은 여전히 그 문제로 논쟁을 벌이고 있었다.

"따분한 궤변론자처럼 굴지 마라! 그냥 논문을 발표해!" 데이스가 말했다.

"전 궤변론자가 될 수밖에 없어요, 외삼촌. 기억하시죠, 전 어머니의 두뇌를 물려받았잖아요." 앨마가 미소 지으며 대꾸했다.

"넌 내 인내심을 시험하는구나. 논문을 출판해서, 이제는 세상이 그 문제를 토론하게 두고, 우리는 이 지긋지긋한 고민에서 좀 벗어나자꾸나."

그러나 앨마는 꿈쩍하지 않았다.

"제가 논리의 구멍을 볼 수 있다면 다른 사람도 분명히 그럴 테고, 제 연구는 진지하게 받아들여지지 않을 거예요. 경쟁적 변화 이론이 정말로 옳다면, 인간성을 포함한 자연계 전체에 옳게 적용되어야 한다고요."

"인간을 예외로 하면 되잖니. 아리스토텔레스는 그렇게 했다." 삼촌이 어깨를 으쓱하며 제안했다.

"'거대한 존재의 사슬'을 논하는 게 아니잖아요, 삼촌. 저는 윤리적이거나 철학적 주장에는 관심 없어요. 저는 보편적 생물학 이론에 관심이 있다고요. 자연법칙은 예외를 인정할 수 없고, 만약 그런다면 법칙이 될 수 없어요. 가령 프루던스는 중력에서 예외일 수 없잖아요. 따라서 제 이론이 정말로 맞다면, 경쟁적 변화 이론에서도 예외를 인정할 수 없어요."

"중력이라고?" 그가 눈을 굴렸다. "맙소사, 애야, 잘 생각해라. 넌 이제 뉴턴이 되고 싶은 것이로구나!"

"단지 옳고 싶은 거예요."

마음이 가벼울 때면 프루던스 문제는 거의 우스꽝스럽게 느껴졌다. 프루던스는 어린 시절 내내 앨마에게 문제였는데, 앨마가 자매로서 그녀를 사랑하고 이해하고 존경하게 되었음에도 '여전히' 문제로 남아 있었다.

"가끔 이 집안에서 두 번 다시 프루던스라는 이름이 언급되지 않기를 바랄 때도 있다. 프루던스 문제라면 고민할 만큼 했어." 데이스 삼촌이 말했다.

"그럼 설명해 보세요. 걔는 왜 흑인 노예의 고아를 입양할

모든 것의 이름으로

까요? 왜 푼돈까지 전부 다 가난한 사람들에게 나눠 줄까요? 그래서 프루던스는 무슨 이득을 얻죠? 그 애의 자손들에게도 무슨 이득이 되느냐고요? 설명 좀 해 보세요!"

"그 애는 기독교적 순교자라서 종종 십자가에 못 박히는 일마저 즐기는 사람이니까 이득이 되겠지. 난 그런 유형의 사람을 잘 안다. 지금쯤이면 너 역시 잘 알겠지만, 다른 사람들이 약탈과 살인에서 쾌감을 느끼는 만큼 목회 활동과 자기희생에서 쾌감을 느끼는 사람들도 있단 말이다. 그런 지루한 유형은 희귀하긴 하지만 분명 존재하지."

"그러니까 더더욱 우리가 직면한 문제의 핵심에 다시 부딪히게 되는 거예요! 제 이론이 옳다면, 그런 사람들은 전혀 존재하지 않아야 해요. 제 논문의 제목은 '자기희생의 쾌락에 관한 이론'이 아님을 명심하세요." 앨마가 비아냥거렸다.

"출판해라, 앨마. 멋진 사상이 담긴 온전한 논문이야. 그냥 그대로 출판하고, 논란의 여지에 대해선 세상이 떠들도록 하렴." 그가 지친 듯 말했다.

"아뇨, '논란의 여지가 없을' 때까지 발표 못 해요."

그래서 둘의 대화는 언제나처럼 돌고 돌아, 똑같이 절망스러운 부분에서 마무리되었다. 데이스 삼촌은 자기 무릎에 웅크리고 앉은 로저를 내려다보며 말했다. "내가 운하에 빠져 익사하려 하면 네가 구해 줄 거니, 친구?"

로저는 대답 대신 흥미롭다는 듯 꼬리를 까닥거렸다.

앨마도 인정해야 했다. 데이스 삼촌이 만일 운하에 빠졌거나 불길에 갇혔거나 감옥에서 굶주린다거나 무너진 건물 잔해에 깔려 있다면, 로저는 그를 구하러, 매우 높은 확률로 '뛰어들' 터다. 데이스도 로저를 위해서 틀림없이 똑같이 행동하리라. 데이스 삼촌과 로저 사이의 애정은 순식간에 생긴 감정치고 오래갔다. 서로 만난 순간부터 인간과 개, 둘은 한 번도 떨어진 적이 없었다. 사 년 전 암스테르담에 도착한 직후, 로저는 더 이상 앨마의 개가 아님을 그녀는 받아들여야 했다. 사실 녀석은 한 번도 그녀의 개였던 적이 없고 앰브로즈의 개였던 적도 없지만, 순수하고 확실한 운명의 힘으로 로저는 데이스의 개가 되었다. 로저가 머나먼 타히티에서 태어난 반면, 데이스 반 데벤더르가 네덜란드에서 살고 있다는 사실은 일종의 거대한 실수인 듯했고, 이제야 착오가 바로잡힌 셈이었다.

로저의 삶에서 앨마의 역할이란 단순히, 그 작고 겁 많은 주황색 생명체를 데리고 지구를 반 바퀴 돌아, 본래의 올바른 운명, 즉 영원하고 헌신적인 사랑으로 이끌어 준 운반자에 불과했다.

영원하고 헌신적인 사랑.

'어째서?'

로저는 앨마가 이해할 수 없는 또 하나의 존재였다.

로저와 프루던스 둘 다.

　1858년 여름은 갑작스러운 죽음의 계절이었다. 슬픔은 비통한 소식을 담은 프루던스의 편지를 받으면서 시작되었다.

　"알려야 할 죽음이 세 건이나 있어."라고 프루던스는 첫 줄부터 경고했다. "계속 읽기 전에 아마 어디든 앉는 편이 좋을 거야."

　앨마는 앉지 않았다. 그녀는 불안감에 덜덜 떨리는 손으로 멀리 필라델피아에서 날아온 그 비보를 읽으며 플란타허 파르클란에 자리한 반 데벤더르 저택의 현관에 서 있었다.

　우선, 한네커 데 그루트가 87세의 일기로 세상을 떠났다고 프루던스는 알려 왔다. 늙은 가정부는 개인 금고처럼 쇠창살을 친 화이트에이커의 지하실 방에서 안전하게 세상을 떠났다. 자다가 고통 없이 사망한 듯했다.

　"한네커 없이 어떻게 이곳을 운영할지 짐작도 못 하겠어. 얼마나 착하고 소중한 분이었는지는 굳이 이야기할 필요조차 없겠지. 너한테도 그랬겠지만 나한테는 어머니 같은 분이었어."

　하지만 한네커의 시신을 발견한 지 얼마 되지 않아, 조지호크스의 전갈을 가져온 소년이 화이트에이커를 찾았다고 프루던스는 적었다. "아무도 알아보지 못할 정도로 오랜 세월 광기에 사로잡혔던" 레타가 그리펀 정신 요양원 병실에서 사망했다는 소식이었다.

프루던스는 "어느 쪽을 더 애달파해야 하는지 고민스러웠어. 레타의 죽음인지, 아니면 레타의 서글픈 인생인지. 나는 오래전에 너무도 즐겁고 스스럼없었던 레타의 모습을 기억하려고 애썼어. 그 애의 정신에 그토록 끔찍한 구름이 뒤덮이기 이전의 모습을 나는 좀처럼 상상할 수가 없어……. 말했다시피 너무 오래전 일이고, 우린 다 너무도 젊었지."라고 적었다.

그다음으로는 가장 충격적인 소식이 이어졌다. 레타의 죽음 이후, 이틀이 채 지나기도 전에 조지 호크스마저 죽었다는 것이었다. 아내의 장례식을 준비하느라 그리펀에서 곧장 돌아오던 길에 그는 인쇄소 앞쪽 길에서 쓰러졌다. 그의 나이 향년 67세였다.

"미안하게도 이런 불행한 소식을 너한테 전하기까지 일주일도 더 걸렸어. 하지만 너무 혼란하고 괴로운 나머지 정신이 아득해져서 편지를 쓰기가 어려웠어. 정신을 차리기가 힘들더라. 이곳 식구들은 모두 슬픔과 충격에 빠져 있어. 편지 쓰기를 오래 미뤘던 까닭은, 만약 내가 가엾은 나의 자매에게 이런 소식을 전하지 않는다면 그 애는 슬픔을 견딜 필요가 없을 텐데, 하는 생각을 매 순간 떨칠 수 없었기 때문이야. 아주 조금이라도 너에게 위로가 될 만한 말을 고민해 봤지만 떠올리기가 어렵구나. 나 자신을 위한 위로도 좀처럼 생각나지 않는걸. 주님께서 저들을 모두 품고 보살펴 주시겠지. 용서해 줘, 어쩔 줄 모르겠어서 달리 해 줄 말이 없네. 학교는 잘 돌아가고 있어, 학생들도 늘어나고. 딕슨 씨와 아이들이 안부 전해 달래. 진실한 마음을 담아, 프루던스."

그제야 앨마는 자리에 앉아서 편지를 옆에 내려놓았다.

한네커와 레타, 조지가 단숨에 모두 가 버렸다.

"가엾은 프루던스."라고 앨마는 소리 내어 중얼거렸다.

조지 호크스를 영원히 잃다니, 정말로 가엾은 프루던스. 물론 프루던스는 아주 예전에 조지를 잃어버렸지만, 지금 또다시 그를 잃었고 이번만큼은 영원한 상실이었다. 프루던스는 조지에 대한 사랑을 멈춘 적이 없었고, 그도 마찬가지였다. 아무튼 한네커는 앨마에게 그렇게 말했다. 하지만 조지는 가엾은 레타를 무덤까지 따라갔고, 결코 사랑한 적 없는 비극적 아내의 운명과 영원히 한데 묶였다. 그들의 젊음에 깃들었던 모든 가능성은 허사로 돌아갔다. 자신과 프루던스의 운명이 얼마나 비슷했는지를, 앨마는 처음으로 깨달았다. 둘 다 가질 수 없는 남자를 사랑할 운명이었고, 그럼에도 둘 다 용감하게 인생을 살아 나가기로 결심했다. 물론 각자 최선을 다했으며 금욕에서 스스로 위엄을 찾기는 했지만, 이 세상의 슬픔이란 정말이지 좀처럼 견딜 수 없을 때가 있고, 사랑의 폭력이란 때로 가장 무자비한 폭력이라고 앨마는 생각했다.

처음에는 서둘러 집으로 돌아가야겠다는 충동이 일었다. 그러나 화이트에이커는 더 이상 그녀의 집이 아니었고, 그 낡은 저택에 걸어 들어가더라도 더 이상 한네커 데 그루트의 얼굴을 볼 수 없다고 상상하니 화가 나면서도 깊은 상실감이 밀려들었다. 그 대신 그녀는 사무실로 가서 답장을 쓰며 아주 작은 위로의 말이라도 마음속에서 찾아보았으나 쉽게 찾을 수 없었다. 평소답지 않게 그녀는 성경책을 펼쳐서 시편을 인용했다. 그녀는 자매에게 보내는 편지에 "여호와는 마음이 상한 자를 가까이 하시고."라고 적었다. 그녀는 온종일 문을 닫고 들어앉아서 조용히 몸을 웅크리고 슬픔에 잠겼다. 그 슬픈 소식으로 삼촌에게까지 짐을 지우지는 않았다. 그는 사랑하던 유모 한네커 데 그루트가 아직 살아 있다는 사실을 듣고서 대단히 기뻐했다. 그에게는 유모의 죽음이든 다른 죽음이든 차마 알릴 수가 없었다. 선량하고 쾌활한 그의 영혼에 시련을 주고 싶지 않았다.

✳

불과 이 주 뒤 데이스 삼촌은 열병에 걸렸고 와병한 지 하루 만에 세상을 떠났다. 앨마는 자신의 결정이 옳았다고 생각했다. 운하의 심각한 오염 탓에 악취가 나는 여름이면 암스테르담을 휩쓰는 주기적인 열병이었다. 어느 날 아침 데이스와 앨마와 로저가 함께 아침을 들었는데, 바로 다음 날 아침에는 데이스가 이 세상에 없었다. 그의 나이 76세였다. 다른 사람들과 마찬가지로 앨마 역시 상실감에 넋이 나가서 자신을 추스를 수 없었다. 밤이면 늑골이 갈라져서 심장이 바닥으로 떨어질 것 같은 두려움에 한 손으로 가슴을 짓누른 채 이 방 저 방 서성거렸다. 삼촌을 알고 지낸 세월이 너무 짧다고, 충분하지 않다고 느꼈다! 왜 시간은 절대로 충분하지 않을까? 멀쩡히 그 곳에 있던 사람이 바로 다음 날, 저세상으로 불려 갔다. 모두들 불려 갔다.

데이스 반 데벤더르 박사의 장례식에는 암스테르담 시민의 절반이 모인 듯했다. 그의 네 아들과 가장 큰 손자 둘이 플란타허 파르클란의 저택에서 길모퉁이에 있는 교회까지 관을 운구했다. 며느리들과 손주들이 서로 부둥켜안고 눈물을 흘렸다. 그들은 앨마를 행렬 가운데로 끌어당겼고, 그녀는 가족의 품에서 위로받았다. 데이스는 많은 사랑을 받았다. 모두들 큰 상실감을 느꼈다. 더욱이 교구 목사는 반 데벤더르 박사가 평생 묵묵히 자선을 펼쳐 온 시대의 귀감이었음을 밝혔다. 추모 객들 중 상당수가 수년간 그의 도움으로 생계를 잇거나 심지어 목숨을 구한 이들이었다.

한밤중까지 끊임없이 이어진 삼촌과의 논쟁을 떠올리며, 앨마는 목사가 밝힌 아이러니한 사실에 울고 싶기도 하고, 웃고 싶기도 했다. 평생 익명으로 자선을 베풀었으니 그는 분명 마이모니데스 스페인에서 태어나 이집트에서 활동한 12세기 유대 철학자.의 사다리에서 높은 곳을 차지하겠지만, 어느 시점에서든 그 사실을 귀띔해 주었어야 하지 않았을까! 본인은 비밀리에 쉼 없이 헌신했으면서 지난 수년간 어떻게 이타주의의 과학적 입증을 그렇게 무시할 수 있었을까? 앨마는 새삼스럽게 삼촌에게 놀라움을 느꼈다. 그가 그리워졌다. 자선에 대해 질문하며 놀려 대고 싶었지만 그는 벌써 가고 없었다.

장례식이 끝나고, 이제 호르투스의 책임자 자리를 물려받은 데이스의 장남 엘베르트가 앨마에게 다가와, 가족과 식물원에서 차지하는 그녀의 지위와 특권은 절대적으로 유지되리라고 약속했다.

　"미래는 염려하실 필요 없으세요. 우리 모두는 누님이 저희와 함께 계시기를 바랍니다."

　"고맙다, 엘베르트."

　앨마는 가까스로 대꾸했고, 두 사촌은 포옹했다.

　"누님도 저희처럼 아버님을 사랑했음을 알게 되어서 위안이 됩니다." 엘베르트가 말했다.

　하지만 로저보다 데이스를 더 사랑한 이는 없었다. 데이스가 처음 병든 순간부터 자그마한 주황색 잡종견은 주인 침대 곁에서 꼼짝도 하지 않았다. 시신을 치우고 난 뒤에도 움직이지 않았다. 그 녀석은 차가운 침대보에 파묻힌 채였다. 음식도 거부했다. 앨마가 손수 '벤텔테이피헤'를 준비해서 눈물을 흘리며 손으로 먹이려 했지만 그것조차 거부했다. 녀석은 벽으로 고개를 돌리고 눈을 감았다. 앨마는 머리를 쓰다듬으며 타히티어로 녀석의 고귀한 혈통을 떠올려 주었지만, 로저는 조금도 반응하지 않았다. 며칠 뒤 로저도 세상을 떠났다.

*

　1858년 앨마의 주변을 휩쓸고 지나간 죽음의 먹구름이 아니었다면, 그해 7월 1일 런던에서 열린 린네 학회 소식을 그녀 역시 분명 들었을 것이다. 대개의 경우, 앨마는 유럽과 미국 전역에서 벌어지는 주요 과학자들의 회합 소식을 꼭 읽는 편이었다. 그러나 그해 여름에는 정신이 딴 데 팔려 있었고 그럴 만도 했다. 그녀가 슬퍼하는 동안, 미처 못 읽은 잡지가 책상에 쌓여 갔다. 이끼 동굴을 돌보는 데만도 얼마 되지 않는 기력이 다 소진되었으니까. 나머지 일들은 대부분 내버려 두었다.

그래서 앨마는 그 사건을 놓치고 말았다.

사실 그녀는 다음 해 11월 말 어느 날 아침에 《타임스》를 펼쳤다가, 찰스 다윈이 쓴 『자연 선택을 통한 종의 기원에 관하여 또는 생존 투쟁에서 선호된 품종의 보존에 관하여 (On the Origin of Species by Means of Natural Selection, or the Preservation of Favoured Races in the Struggle for Life)』라는 책의 비평을 읽기 전까지, 그런 이야기를 들어 본 적조차 없었다.

30

물론 앨마는 찰스 다윈을 알고 있었다. 모두들 그랬다. 1839년, 그는 갈라파고스 섬에 대한 꽤 대중적인 여행기를 출간했다. 그 매력적인 책 덕분에 그는 당시 상당히 유명해졌다. 다윈은 가벼운 문체로 자연계에서 느낀 자신의 희열을 편안하고 부드럽게 전했으며, 각계각층의 독자들에게 환영받았다. 앨마는 다윈의 글솜씨에 감탄하며, 자기는 도저히 그렇게 재미있고 자유로운 산문을 쓸 수 없으리라고 생각했던 일을 떠올렸다.

지금 돌이켜 보니 다윈의 『비글호 항해기(The Voyage of the Beagle)』에서 앨마가 가장 명확하게 기억하는 부분은, 펭귄들이 밤에 인광을 뿜어내는 바닷물을 헤엄치며 어둠 속에서 '맹렬한 흔적'을 남겼다는 내용이었다. '맹렬한 흔적'이라니! 앨마는 그 표현에 감탄했고, 지난 이십 년 동안이나 기억 속에 남아 있었다. 심지어 타히티로 항해하는 '엘리엇 호'에서 보낸 그 경이로운 밤에, 다윈이 언급했던 인광을 직접 목격하며 그 문구를 떠올린 적도 있었다. 그러나 그 책의 나머지 부분에 대해서는 기억나지 않았고, 그 이후로 다윈 역시 특별히 두각을 드러내지 않았다. 그는 여행을 관두고 학자로서의 삶을 추구했으며, 앨마의 기억이 맞다면 따개비류 연구에 매진하고 있었다. 그녀는 다윈을 단 한 번도 당대의 주요한 자연 과학자라고 생각해 본 적이 없었다.

그러나 이제 그 놀라운 신간에 대한 비평을 읽고 나서 앨마는, 부드러운 어조로 따개비광(狂)이자 펭귄 애호가라고 자처하던 찰스 다윈이 회심의 패를 감추고 있었음을 깨달았다. 그는 세상에 기념비적 역작을 내놓은 것이었다.

앨마는 신문을 내려놓고 양손에 얼굴을 파묻었다.

정말로 맹렬한 흔적이었다.

＊

영국에서 실제로 책을 구해 오는 데는 거의 일주일이나 걸렸고, 앨마는 그 며칠 동안 무아지경 상태로 방황했다. 다른 사람들이 그에 관해 이미 떠들어 댄 이야기가 아니라 다윈 본인의 이야기가 무엇인지, 한 마디 한 마디 직접 읽어 보기 전까지 그 같은 역사적 사건의 추이에 대해 적절히 반응할 수 없었다.

1월 5일, 그녀의 육십 번째 생일에 책이 도착했다. 앨마는 필요한 만큼 오래 버틸 수 있도록 충분한 음식과 마실 것을 챙겨 들고 사무실에 숨어든 뒤 문을 잠갔다. 그러고는 『종의 기원에 관하여』 첫 장을 펼쳐서 다윈의 아름다운 산문을 읽기 시작했다. 그러자 어느 측면에서 보아도 그녀의 생각과 똑같은 반향을 불러일으키는, 깊고 깊은 동굴 속으로 빠져들어 갔다.

말할 필요도 없이 그는 앨마의 이론을 훔치지 않았다. 단 한순간도 그런 어처구니없는 생각은 떠오르지조차 않았다. 찰스 다윈은 앨마 휘태커에 대해 들어 본 적도 없었고, 그럴 이유도 없기 때문이었다. 하지만 다른 방향에서 같은 보물을 찾아 헤매는 두 명의 탐험가처럼, 그녀와 찰스 다윈은 둘 다 똑같은 보물 상자를 발견했다. 그녀가 이끼에서 도출한 이론을 그는 되새류에서 끄집어냈다. 앨마가 화이트에이커의 바위 초원에서 관찰한 것을 그는 갈라파고스 제도에서 똑같이 찾아냈다. 앨마의 바위 초원은 섬의 축소판에 지나지 않았다. 어차피 섬은 섬이었고, 너비가 삼 미터든 오 킬로미터든, 섬에 생겨난 야만적이고 경쟁적인 싸움터에서는 자연계에서 벌어지는 온갖 극적인 사건들이 대부분 일어나는 법이었다.

아름다운 책이었다. 책을 읽으며 줄곧 앨마는 비탄과 옹호, 회한과 감탄 사이에서 비틀거렸다.

다윈은 "생존 가능한 것보다 더 많은 개체가 탄생한다. 불확실한 상태의 알갱이 하나가 어느 개체는 살고, 어느 개체는 죽을지를 결정한다."라고 적고 있었다.

그는 "다시 말해, 우리는 어디서든, 유기적 세계의 어디에서든 아름다운 적응을 본다."라고 했다.

너무나 압도적이고 격렬하고 복잡한 감정에 휩싸임을 느끼며 앨마는 기절할지도 모른다고 생각했다. 용광로에서 튀어나온 불덩이처럼 그녀를 뒤흔드는 발상이었다. 그녀가 옳았다.

'그녀가 옳았다!'

책을 읽어 나가면서도 데이스 삼촌에 대한 생각이 뇌리를 떠나지 않았다. 지속적으로 떠오르는 그에 대한 생각은 서로 모순되었다. 삼촌이 살아서 이것을 보았더라면! 살아생전에 이걸 보지 못해서 얼마나 다행인지! 그분은 얼마나 자랑스러워하면서도 분노를 느꼈을까! 그가 마지막에 했을 법한 이야기는 이제 듣지 못할 것이다. "그것 봐라, 내가 발표하라고 '누누이' 말했지!" 하지만 그는 조카딸의 연구를 뒷받침해 주는 위대한 주장에 축하도 보냈을 것이다. 삼촌 없이 현재의 상황을 어떻게 소화해야 할지 알 수 없었다. 죽을 만큼 그가 그리웠다. 앨마는 삼촌의 마음이 편해진다면 기꺼이 꾸지람을 견뎠을 터다. 아버지도 살아 계셔서 이것을 보았더라면 좋았으리라는 생각 역시 어쩔 수 없이 떠올랐다. 그리고 어머니도 이것을 보았으면 했다. 물론, 앰브로즈도. 앨마는 그 논문을 발표했더라면 좋았을 텐데, 생각했다. 그러고는 무슨 생각을 해야 좋을지 몰랐다.

왜 발표를 하지 않았던가?

그 질문이 그녀를 쿡 찔러 댔다. 하지만 다윈의 걸작을 읽으며(분명 그것은 걸작이었다.) 앨마는 그 이론이 그의 것임을,

그의 것이어야 한다는 사실을 깨달았다. 그녀가 먼저 주장했더라도, 그녀는 결코 다윈보다 더 잘 풀어내지 못했으리라. 그 이론을 앨마가 출판했다면 아무도 귀담아 들으려 하지 않았을 가능성마저 있었다. 그녀가 여자라거나 모호한 인물이기 때문이 아니라(물론 도움이 될 만한 요소들도 아니었지만), 단지 다윈만큼 달변으로 세상을 설득하는 방법을 알지 못했기 때문이었다. 그녀의 과학적 학식은 완벽했지만 글쓰기는 그렇지 않았다. 앨마의 논문은 고작 40쪽이고『종의 기원에 관하여』는 무려 500쪽이 넘었지만, 다윈의 책이 훨씬 더 읽기 편한 작품이라는 데는 의문의 여지가 없었다. 다윈의 책은 예술이었다. 친근했다. 즐거웠다. 소설처럼 읽혔다.

그는 자신의 이론을 '자연 선택'이라고 칭했다. '경쟁적 변화 이론'이라는 앨마의 거창한 제목보다 간결하고 훌륭하고 빼어난 용어 선택이었다. 자연 선택에 관한 사례를 끈기 있게 제시하며, 다윈은 결코 공격적이거나 방어적인 태도를 취하지 않았다. 그는 독자에게 상냥한 이웃 같은 인상을 주었다. 앨마가 간파한 것처럼 끊임없이 죽이고 죽어 가는, 똑같이 어둡고 난폭한 세상에 대한 글을 썼는데도 그의 언어에는 폭력의 흔적이 담겨 있지 않았다. 앨마는 감히 그만큼 온화한 문체로 글을 써 본 적이 없었고, 앞으로도 그 방법을 알지 못할 것이었다. 앨마의 글은 망치였다. 다윈의 글은 찬송가였다. 그는 검이 아니라 촛불을 들고 다가왔다. 그뿐만 아니라 창조주를 언급하지 않으면서도 책장 곳곳에서 성령을 시사했다! 그는 시간 자체의 힘에 대한 광시곡을 들려주며 기적의 감각을 설파했다. 그는 "이성으로 파악할 수 없을 만큼 얼마나 많은 무한한 세대들이 오랜 세월에 걸쳐 서로를 계승해 왔는지!"라고 적었다. 그는 변화의 모든 '아름다운 결과'를 경이로워했다. 그는 지구상의 모든 생물(가장 초라한 딱정벌레마저도)을 소중하고 놀랍고 '고결하게' 보이도록 이끌어 온 적응의 신비를 아름답게 관찰해서 기록해 놓았다.

그는 "이 힘에 어떤 한계가 있을 수 있을까?"라고 반문했다.

그는 "우리는 환영의 빛을 내는 자연의 얼굴을 바라본다……."라고 했다.

그러고는 "생명에 대한 이 같은 견해에는 장엄함이 존재한다."라고 결론지었다.

앨마는 책을 다 읽고서 눈물을 흘렸다.

그토록 훌륭하고 충격적인 업적 앞에서 그녀가 할 수 있는 일이란 다만 눈물을 흘리는 것뿐이었다.

✳

1860년에는 모두가 『종의 기원에 관하여』를 읽었고 저마다 논쟁을 벌였지만, 앨마 휘태커보다 그 책을 주의 깊게 읽은 사람은 아무도 없었다. 자연 선택에 관해 집집마다 논란이 벌어지는 동안(그녀의 네덜란드 가족들조차 그 주제에 대해서 얘기했다.) 그녀는 입을 다물고 있었지만 모든 말에 귀를 기울였다.

앨마는 그 주제와 관련한 강연에 전부 참석했고, 감상문과 공격과 비평을 전부 읽었다. 그뿐만 아니라 감탄과 탐색을 함께 하는 기분으로 그 책을 되풀이해서 읽었다. 그녀는 과학자였기에, 다윈의 이론을 현미경 아래 놓고 싶었다. 그의 이론에 적용해서 자신의 이론을 시험해 보고 싶었다.

물론 가장 중요한 질문은 다윈이 프루던스 문제를 어떻게 해결했는가 하는 점이었다.

그 대답은 곧 드러났다. 그는 해결하지 않았다.

다윈은 상당히 교활하게도 책에서 인간이라는 주제를 회피했기 때문에 그 문제를 해결하지 않고 넘어갔다.『종의 기원에 관하여』는 자연에 관한 책이지만 인간에 대해서는 공공연히 다루지 않았다. 그는 그 부분에서 손놀림을 조심했다. 그는 되새와 펭귄, 이탈리아 그레이하운드, 경주마, 따개비의 진화를 논했지만, 인류는 절대 언급하지 않았다. 그는 "활기차고 건강하고 행복한 개체가 살아남아서 개체수를 늘린다."라고 썼으나 결코 '우리 역시 이 체계의 일부다.'라는 말을 덧붙이지 않았다. 과학적 사고를 지닌 독자라면 스스로 그런 결론에 도달할 것임을 다윈은 잘 알고 있었다. 종교적 사고를 가진 독자들 역시 그런 결론에 도달할 테고 신성 모독이라며 분개하겠지만, 다윈은 '실제로 그런 말을 하지 않았다.' 따라서 그는 스스로를 보호했다. 그는 대중의 분노 앞에서 결백한 모습으로 켄트에 자리한 조용한 시골집에 앉아 있을 수 있었다. '되새와 따개비에 대한 단순한 논의일 뿐인데, 뭐가 문제 되겠어?'

모든 것의 이름으로

앨마가 보기에 그 전략은 다윈의 탁월함을 가장 극명하게 보여 주는 부분이었다. 다윈은 문제 '전체'를 파헤치지 않았다. 혹시 나중에 다루게 될지 모르겠지만, 진화에 관한 조심스러운 초기 논의에서는 그렇게 하지 않았다. 그 같은 깨달음에 앨마는 또 한 번 혀를 내둘렀고, 말문이 막히는 바람에 이마를 쳤다. 훌륭한 과학자라면 어떤 주제가 되었든, 문제 '전체'와 곧장 씨름할 필요가 없다는 사실을 그녀는 한 번도 생각해 본 적이 없었다! 본질적으로 다윈의 방식은 데이스 삼촌이 수년간 앨마를 설득하던 내용과 똑같았다. 그는 아름다운 진화론을 출간했지만, 연구 영역을 식물학과 동물학에만 국한함으로써 인간들이 자신의 기원에 관해 벌이게 될 논란은 남겨 두었다.

앨마는 다윈과 이야기를 나누고 싶었다. 영국 해협을 단숨에 가로질러 켄트까지 기차를 탄 다음, 다윈의 집 문을 두들기며 묻고 싶었다. "끊임없는 생물학적 투쟁의 압도적 증거를 바탕으로, 나의 자매 프루던스와 자기희생의 개념을 해명해 보세요?" 그런데 당시에는 모두들 다윈과 이야기를 나누고 싶어 했고, 당대에 가장 인기 있는 과학자와 만남을 주선할 만한 영향력은 앨마에게 없었다.

시간이 지남에 따라 그녀는 찰스 다윈이라는 인물에 대해서 좀 더 명확한 청사진을 얻게 되었는데, 그 신사가 뛰어난 논객은 아님이 명백해졌다. 어차피 그는 아마 이름 모를 미국인 선태학자와의 논쟁을 반기지 않았을 것이다. 어쩌면 그는 앨마에게 상냥한 미소를 지어 보이며 문을 닫기 전에, "대체 '당신'이 무슨 생각을 했다는 겁니까, 부인?"이라고 말했을 터다.

지식인들의 세계는 온통 다윈에 대한 저마다의 생각을 정립하느라 들썩거렸지만 정작 그는 놀랄 만큼 침묵을 고수했다. 프린스턴에서 열린 신학 세미나에서 찰스 호지가 다윈을 이단으로 비난했을 때도 그는 자신을 변호하지 않았다. 캘빈 경이 그의 이론을 거부했을 때에도(캘빈의 동의가 있었다면 믿음직한 이론적 뒷받침이 되었을 것이므로 앨마는 그 결정을 안타깝게 생각했다.) 다윈은 반박하지 않았다. 그는 지지자들을 모으지도 않았다. 저명한 가톨릭계 천문학자인 조지 설이 자연 선택 이론은 상당히 논리적이며 가톨릭교회에 위협이 되지 않는다는 의견을 피력했을 때도 다윈은 응답하지 않았다. 영국 성공회 목사이자 소설가인 찰스 킹슬리가 자신 또한 "원시적 형태의 자기 발달 능력을" 신께서 창조했다는 데 반감이 없다고 공언했을 때조차 다윈은 동감을 표하지 않았다. 신학자 헨리 드루먼드가 성경으로 진화론을 옹호하려고 하자 다윈은 아예 논의를 회피했다.

자유로운 사고를 지닌 목사들이 은유에서 도피처를 찾는 동안(성경에 언급된 천지 창조의 7일은 실제로 일곱 단계의 '지질학적 시대'를 의미한다고 주장했다.) 루이 아가시 같은 보수적 고생물학자들은 분노로 눈이 시뻘게져서 다윈과 지지자들을 사악한 변절자라고 비난했는데, 앨마는 그 과정을 주시했다. 다른 사람들이 다윈 대신 싸웠다. 이를테면 영국의 막강한 토머스 헉슬리, 달변가인 미국의 아사 그레이 말이다. 하지만 정작 다윈은 영국 신사답게 모든 논란에서 멀찍이 떨어져 있었다.

한편 앨마는 지지 선언이 나올 때마다 남몰래 희열을 느꼈듯 자연 선택에 관한 모든 공격을 자기 일처럼 받아들였다. 그저 '다윈'의 생각만을 면밀히 검토해야 할 문제가 아니었다. 그 생각들은 '그녀의 것'이기도 했다. 다윈 본인보다 그녀가 그 같은 논란에 더 낙담하고 더 흥분하고 있다는 생각마저 들었다.(그 점은 그가 그 이론을 주장하는 데 앨마보다 더 나은 대변인이라는 또 하나의 이유가 되었다.) 하지만 다윈의 조심성이 실망스럽기도 했다. 가끔 그녀는 다윈을 흔들어 깨워서 싸우게 하고 싶었다. 자신이 그 사람의 입장이었다면 앨마는 헨리 휘태커처럼 떨치고 나아갔을 것이다. 그러는 과정에서 당연히 코피도 흘렸겠지만 다른 사람의 코피도 터뜨렸을 터였다. 그들의 이론을 옹호하기 위해(여러 지지자를 생각하면 '그들의' 이론이라고 하지 않을 수가 없었다.) 만신창이가 되도록 싸웠으리라……. 만약 그녀가 이론을 발표했다면 말이다. 물론 그녀는 그러지 않았다. 그래서 그녀에겐 싸울 권리가 없었다. 따라서 그녀는 아무 말도 하지 않았다.

그러고 있자니 너무도 초조하고 마음이 산란하고 어지러웠다.

그뿐만 아니라 아직 아무도 앨마를 만족시킬 만큼 프루던스 문제를 해결하지 못했다.

그녀가 보기에 그 이론에는 여전히 구멍이 나 있었다.

아직 완성되지 않았다.

*

　그러나 얼마 안 가서 앨마는 다른 데에 정신이 팔려 점점 그것에 사로잡혔다.

　다윈에 대한 논란이 점점 더 달아오르면서, 앨마는 그늘진 가장자리에 숨어 있던 또 다른 누군가에 대해서도 차츰 희미하게 파악하기 시작했다. 앨마가 젊었던 시절, 현미경 슬라이드의 반경 안에서 얼핏 움직이는 뭔가에 초점을 맞추고자 애쓰던(그게 뭔지 알기도 전에, 잘하면 중요한 것일지도 모른다고 짐작하던) 때와 마찬가지로 여전히 구석에 도사리고 있는, 약간은 이상하고 어쩌면 중요할지도 모를 것이 눈에 들어왔다. 위화감을 일으키는 뭔가가 거기 있었다. 뭔가가 찰스 다윈과 자연 선택 이론이 닿을 리 없는 곳에 존재했다. 그녀는 손잡이를 조절하고 레버를 올린 뒤, 그 미스터리에 초점을 맞추고 온통 관심을 집중했다. 그러다가 앨프리드 러셀 월리스라는 이름의 남자를 알게 되었다.

　앨마는 순전히 호기심에서, 자연 선택에 관한 첫 공식적인 언급을 살피다가 월리스의 이름을 처음 발견했다. 다윈의 이론이 공식적으로 선을 보인 곳은 1858년 7월 1일에 열린 런던 린네 학회 회의장이었다. 잇단 죽음을 애도하는 시간을 보내느라 앨마는 그 회의록이 처음 출간되었을 때 미처 보지 못했지만, 지금에야 새삼스럽게 당시 기록을 주의 깊게 살폈다. 이내 그녀는 무언가 이상한 것을 알아차렸다. 다윈의 논문이 소

　　　　　모든 것의 이름으로

개된 직후에, 그날 또 다른 논문이 발표되었다. 그 논문의 제목은「원형에서 무한히 멀어지는 변종의 경향에 관하여」였고, 저자는 A. R. 월리스였다.

앨마는 그 논문을 찾아내서 읽어 보았다. 다윈이 자연 선택 이론에서 언급한 것과 똑같은 이야기를 하고 있었다. 사실 그것은 앨마의 경쟁적 변화 이론과도 정확히 일치했다. 월리스는 생명이란 곧 존재를 위한 지속적 투쟁이라고 주장했다. 모든 개체를 위한 자원은 충분하지 않았다. 인구는 약탈자와 질병, 식량 수급에 따라 좌우되었다. 가장 약한 자가 항상 가장 먼저 죽었다. 월리스의 논문은 생존 여부에 영향을 미친 종의 변화는 결국 그 종 자체를 영구히 변하게 할 수도 있다고 계속 설명하고 있었다. 그는 제일 성공적인 변종이 번성하고, 반면 제일 변화에 실패한 종은 멸종한다고 이야기했다. 그것이 종을 생성, 변이, 번성, 멸종하게 하는 이치였다.

논문은 짧고 단순했고, 앨마에게는 지극히 친숙한 내용이었다.

'이 사람은 누구일까?'

앨마는 한 번도 들어 본 적 없는 이름이었다. 그녀는 과학계의 학자들을 모두 알아 두려는 노력을 기울였으므로 거의 있을 수 없는 일이었다. 그녀는 영국에 있는 동료 학자들 몇 명에게 편지를 써서, "앨프리드 러셀 월리스가 누구입니까? 그의 평판은 어떤가요? 1858년 7월 런던에서는 무슨 일이 있었죠?"라고 물었다.

돌아온 소식은 그녀를 더욱 매혹시켰을 뿐이었다. 월리스는 웨일스 근방 먼머스셔의 중산층 가정에서 태어났으나 훗날 힘겨운 시기를 보낸 인물이었다. 그래서 그는 독학으로 무역 감독관이 되었다. 모험심 충만한 젊은이였던 그는 배를 타고 수년에 걸쳐 다양한 정글을 누볐고, 쉼 없이 곤충과 새를 따라다니는 수집가가 되었다. 1853년에 월리스는『아마존의 야자수와 그 이용(Palm Trees of the Amazon and their Uses)』이라는 제목의 책을 출판했는데, 마침 앨마는 타히티를 떠나서 네덜란드로 향하는 여행 도중이었으므로 읽을 기회를 완전히 놓치고 말았다. 1854년 이후, 그는 말레이 제도에서 청개구리 따위를 연구했다.

　　셀레베스 섬의 머나먼 숲 속에서 월리스는 말라리아성 열병에 걸려 거의 죽을 뻔했다. 열병에 시달리며 그는 죽음에 몰두했고 그러다가 영감을 얻었다. 생존 경쟁을 바탕으로 하는 진화 이론이었다. 곧이어 그는 서둘러 쓴 논문을 셀레베스에서 영국까지, 딱 한 번 만났을 뿐이지만 굉장히 존경하던 찰스 다윈이라는 이름의 신사에게 부쳤다. 월리스는 그 같은 진화 이론이 혹시라도 가치 있을지, 예의를 갖추고 다윈 씨에게 물었다. 진심 어린 질문이었다. 다만 월리스는 다윈 역시, 대략 1840년부터 똑같은 아이디어에 매진하고 있었음을 알 길 없었다. 사실 다윈은 이미『종의 기원에 관하여』의 초고를 2000쪽 가까이 집필했지만, 자신의 연구 내용을 왕립 식물원 큐 가든에 있는 절친한 친구 조지프 후커 이외에는 아무한테도 보여 주지 않았다. 후커는 몇 년째 다윈에게 출판을 권유했지만, 앨마가 누구보다도 잘 이해하듯이 그는 확신하지 못한 채 망설였다.

과학사의 위대한 우연의 일치로 인해, 다윈이 거의 이십 년간 홀로 키워 왔던 아름답고 독창적인 아이디어가 이제 지구 반대편에서 말라리아에 시달리는 거의 알려지지도 않은 서른다섯 살의 독학 자연 과학자에 의해 거의 한 마디 한 마디 똑같은 문장으로 표현되어 있었다.

런던에 있는 앨마의 지인은 다윈이 자연 선택 이론을 발표하겠다는 월리스의 편지에 경악했으며, 월리스가 먼저 발표한다면 일반적 개념의 소유권을 잃을까 봐 두려워했다고 말해 주었다. 꽤나 아이러니한 일이지만 경쟁 개념을 논하던 다윈이 '경쟁에서 뒤처질까 봐' 두려워한 것 같다고 앨마는 생각했다. 신사의 마음을 가진 다윈은 1858년 7월 1일에 열린 린네 학회에서 월리스의 편지도(자연 선택에 관한 자신의 연구와 나란히) 발표하기로 결정하는 한편, 그 가설은 자신이 먼저 세운 것임을 입증하는 데 힘썼다. 『종의 기원에 관하여』의 출판은 그로부터 일 년 반 이내에 신속히 진행되었다. 서둘러 출판한 것으로 봐서 앨마는 다윈이 당황했음을 짐작할 수 있었다. 그럴 만도 했다! 월리스가 바짝 뒤쫓고 있었으니까! 몰살 위협에 처한 수많은 동물과 식물 들이 그러하듯, 찰스 다윈도 억지로 행동을 취하도록, 적응하도록 강요받았다. 앨마는 자기 이론에 직접 적어 놓은 글귀를 기억했다. "위기가 크면 클수록 진화는 더 빨라진다."

그러한 사안을 살펴보면서 앨마의 머릿속에는 달리 의문
이 없었다. 자연 선택은 다윈이 처음 제시한 아이디어였다. 그
러나 다윈의 '유일무이한' 아이디어는 아니었다. 앨마도 있었
지만, 다른 사람도 비슷한 생각을 하고 있었다. 앨마는 그 사실
을 깨닫고 놀라움을 뛰어넘을 만큼 놀랐다. 그것은 학계에서
전적으로 불가능한 일 같았다. 하지만 앨프리드 러셀 월리스
가 존재함을 알고 나니 묘하게 위안이 되었다. 혼자가 아니었
다는 사실은 그녀의 마음을 따뜻하게 해 주었다. 그녀에게는
함께해 주는 사람들이 있었다. 물론 앨마는 '그보다 더 모호한
존재'였기 때문에 비록 월리스로서는 앨마가 자신의 이름 없
는 동지임을 알 수 없었지만, 휘태커와 월리스, 그들은 동지였
다. 하지만 앨마는 그 사실을 알고 있었다. 영혼으로 맺어진 기
묘하고 기적적인 인연의 남동생이 그 사람의 모습으로 나타난
듯했다. 만약에 그녀가 조금만 더 종교적인 사람이었다면, 찰
스 다윈과 세상을 뒤바꾼 그의 엄청난 이론을 둘러싸고 벌어
진 떠들썩한 소란 속에서 적개심도 절망감도 수치심도 없이,
비뚤어지지 않고 의젓하게 행동하도록 해 준, 그 따뜻한 동료
의식으로 엮인 앨프리드 러셀 월리스의 이름을 두고 신께 감
사 기도를 드렸을지도 모를 일이었다.

그렇다, 다윈은 역사적 인물이 되었고, 앨마에게는 월리스
가 있었다.

그리고 최소한 당장은 그것만으로도 충분히 위로받을 수

있었다.

✳

　1860년대가 지나갔다. 네덜란드는 조용했지만 미합중국은 어림잡기도 어려운 큰 전쟁에 휩싸였다. 고향에서 끝없이 소름 돋는 살육과 죽음이 날아들던 그 끔찍한 시기에, 앨마도 과학적 담론 따위에 집중하기 힘들었다. 프루던스는 앤티텀 전투에서 장교였던 장남을 잃었다. 어린 손자 둘은 전쟁터를 보기도 전에 막사에서 전염병으로 죽었다. 프루던스는 한평생 노예 제도를 끝장내고자 싸웠고, 이제 끝이 났지만 그 싸움에서 혈육을 셋이나 잃었다. "나는 우선 아주 기쁘지만 사실 슬픔을 겪고 있어."라고 그녀는 앨마에게 편지를 보냈다. "이제 더더욱 많이 슬퍼하겠지." 앨마는 또 한 번 고향으로 가야 할지 고민했고, 그러겠다는 의향도 비쳐 봤으나 프루던스는 그녀에게 네덜란드에 남아 있기를 권했다. "이 나라는 손님을 맞이하기에 지금 너무나 큰 비극에 처해 있어. 좀 더 조용한 세상에 머물면서 그 평화를 축복하기를." 프루던스가 적어 보낸 내용이었다.

　프루던스는 용케도 전쟁 기간 내내 학교를 열었다. 그저 견뎌 내는 데 그치지 않고, 전시에 더 많은 아이들을 받아들였다. 전쟁이 끝났다. 대통령은 암살되었다. 동맹은 유지되었다. 대륙 횡단 철도가 완성되었다. 앨마는 어쩌면 막강한 철도의 거친 무쇠 바늘땀이 지금 미국을 하나로 연결해 주고 있는지도 모른다고 생각했다. 안전한 먼 곳에 있는 앨마의 눈에 비친 요즘 미국은 통제할 수 없을 만큼 급격히 성장하는 땅이었다. 거기에 있지 않음이 다행스러웠다. 미국은 그녀가 과거의 일생을 보낸 곳이었다. 더는 알아볼 수 없을 것 같았으며 그 나라 역시 그녀를 알아보지 못할 듯했다. 앨마는 네덜란드 여인으로서, 학자로서, 반 데벤더르로서 사는 삶을 사랑했다. 그녀는 모든 과학지를 구독했고 많은 논문을 발표했다. 커피와 빵을 앞에 두고 동료들과 활기찬 토론을 벌였다. 호르투스 식물원은 해마다 여름이면 대륙으로 건너가서 이끼를 수집해 오도록 앨마에게 한 달간 휴가를 주었다. 그녀는 지팡이와 수집 도구를 들고 장엄한 알프스 산맥의 곳곳을 누빈 덕분에 그곳을 꽤 잘 알게 되었다. 양치식물로 뒤덮인 축축한 독일의 숲도 알게 되었다.

그녀는 가장 행복한 삶을 살아가는 노부인이 되었다.

1870년대가 도래했다. 평화로운 암스테르담에서 앨마는 팔십 번째 해를 맞이했지만 여전히 일하고 있었다. 등산하는 일만큼은 어려웠지만, 호르투스에서 이끼 동굴을 돌보며 가끔 선태학을 주제로 강연을 했다. 시력이 나빠지기 시작했으므로 더는 이끼를 구분하지 못할까 봐 걱정스럽기는 했다. 그런 서글픈 순간이 불가항력적으로 다가올 때를 대비해서, 그녀는 촉감으로 구분하는 법을 터득하고자 어둠 속에서 이끼 연구를 꾸준히 연마했다. 꽤 능숙해졌다.(죽을 때까지 이끼를 꼭 '봐야 할' 필요성은 없었지만 그녀는 항상 이끼를 '알고' 싶어 할 터였다.) 다행히 이제는 훌륭한 조력자가 일을 거들어 주었다. 앨마가 가장 아끼던 어린 사촌 마거릿(애칭은 미미였다.)이 이끼에 깊은 관심을 드러내면서 곧 앨마의 제자가 되었다. 학업을 끝마친 그녀는 호르투스에서 앨마와 함께 일했다. 미미의 도움으로 앨마는 두 권짜리 책 『북유럽의 이끼(The Mosses of Northern Europe)』를 완성할 수 있었고, 그 책은 좋은 평가를 받았다. 이 책에 참여한 화가가 앰브로즈 파이크는 아니었지만, 아름다운 삽화도 들어갔다.

그러나 어느 누구도 앰브로즈 파이크가 되진 못했다. 아무도 될 수 없었다.

앨마는 찰스 다윈이 더욱 위대한 과학자가 되는 모습을 지켜보았다. 그의 성공을 시기하지는 않았다. 그는 칭찬받을 자격이 있었고 스스로도 품위를 유지해 냈다. 그는 자기만의 탁월함과 신중함을 내세우며 진화론을 계속 연구했다. 1871년에 그는 드디어 자연 선택의 원칙을 인간에게 적용한 역작 『인간의 유래(The Descent of Man)』를 출간했다. 그토록 오랜 시간 기다렸음은 정말 현명한 선택이었다고 앨마는 생각했다. 그의 시점에서 책의 마지막 결론('그래, 우린 원숭이다.')은 거의 당연한 귀결로 여겨졌다. 『종의 기원에 관하여』가 첫선을 보인 이후 수십 년간 세상은 '원숭이 문제'를 예상하고 토론해 왔다. 편들어 주는 주장이 나타났고, 수많은 논문 역시 나오면서 끊임없이 반박과 논거가 제시되었다. 다윈은 신이 흙으로 인간

을 창조하지 않았을지도 모른다는 놀라운 개념에 세상이 적응
하도록, 그 문제를 내놓기에 앞서 차분하게, 질서 정연하고 조
심스럽게 오래 기다린 듯했다. 앨마는 또 한 번, 그 누구보다
면밀히 그 책을 검토했고 깊이 감탄했다.

그래도 여전히 프루던스 문제에 대한 해결책은 보이지 않
았다.

앨마는 스스로의 진화 이론에 대해서, 그리고 다윈과 자신
의 보잘것없는 관련성에 대해서 아무한테도 이야기하지 않았
다. 여전히 그녀는 자기와 그림자 남매를 이루는 앨프리드 러
셀 월리스에게 더 관심이 갔다. 그녀는 수년간 그의 경력을 유
심히 지켜보면서, 그의 성공에는 무한한 자부심을, 실패에는
안타까움을 느꼈다. 처음에 월리스는 영원히 다윈의 부록, 아
니면 심복 정도로 남을 것만 같았다. 자연 선택과 다윈의 이론
을 전방위로 옹호하는 논문을 발표하면서 1860년대의 대부분
을 보냈기 때문이었다. 그러나 월리스는 엉뚱하게 방향을 틀
었다. 1860년대 중반에 그는 심령론과 최면술을 접했고, 좀 더
점잖게 말하자면 '신비술'이라고 불리는 분야를 탐구하기 시
작했다. 해협 건너편에서 찰스 다윈이 끄응 하고 신음을 흘리
는 소리가 거의 들리는 듯했다. 두 사람의 이름은 언제나 함께
언급되던 상황이었는데, 월리스가 돌연 논란이 그칠 줄 모르
는 비과학적인 공상의 세계로 떠나갔기 때문이었다. 월리스가
강신술과 손금을 읽는 모임에 가고, 죽은 사람과 대화를 나누
었다고 장담한 사실까지는 용서의 여지가 있었지만, 「초자연

적 현상의 과학적 측면」이라는 논문을 발표한 일만큼은 받아들이기 힘들었다.

하지만 앨마는 그의 특이한 믿음과, 열정적이고 용감한 주장 때문에 더더욱 월리스가 마음에 들었다. 그녀의 인생은 점점 더 고요해지고 한정되었지만, 절제를 모르는 무모한 사상가, 즉 월리스가 다방면적으로 학계를 혼란에 빠뜨리는 모습을 지켜보면서 앨마는 큰 기쁨을 누렸다. 그에게 다윈의 귀족적 예의범절 따위는 없었다. 다만 그때그때 떠오른 영감과 생각, 설익은 개념을 쏟아 낼 뿐이었다. 한 가지 생각에 오래 매달리는 일 없이, 즉흥적으로 이것저것을 찔러 댔다.

초월적 존재에 대한 월리스의 관심은 앨마에게 어쩔 수 없이 앰브로즈를 떠올리게 했고, 그래서 예전보다 그가 더 좋아졌다. 앰브로즈처럼 월리스도 몽상가였다. 그는 기적을 굳게 믿었다. 그는 우리가 감히 어떻게 자연 법칙을 이해한다고 주장할 수 있느냐면서, 오히려 자연 법칙에 위배되는 것을 연구하는 일이 가장 중요하다고 역설했다. 우리가 밝혀내기 전까지는 모든 것이 다만 기적이었다. 월리스는 최초로 날치를 본 인간이 아마 기적을 목격했노라 생각했으리라고 논리를 펼쳤다. 그리고 날치를 처음 '묘사'했던 사람은 분명 거짓말쟁이로 불렸으리라. 앨마는 그토록 장난스러우면서도 고집스러운 주장을 펼치는 그가 사랑스러웠다. 그러면 화이트에이커의 만찬 식탁에서 멋진 활약을 벌였으리라고 그녀는 종종 상상했다.

하지만 월리스는 좀 더 합법적인 과학적 탐구도 완전히 내려놓지는 않았다. 1876년에 그는 자신의 걸작『동물의 지질학적 분포(The Geographical Distribution of Animals)』를 출간했는데, 그 책은 나오자마자 동물 지리학 분야에서 가장 독보적인 교과서라고 칭송받았다. 멋진 책이었다. 앨마의 시력은 이제 상당히 어두워졌으므로 앨마의 젊은 조카 미미가 그 책의 내용을 대부분 읽어 주었다. 앨마는 책의 특정 문단에 드러나는 월리스의 아이디어가 너무 마음에 들어서 때로는 큰 소리로 환성을 질렀다.

책을 읽던 미미가 고개를 들고 말했다.

"앨프리드 러셀 월리스라는 분이 정말 마음에 드시나 봐요?"

"과학계의 왕자님이거든!" 앨마는 미소를 지었다.

하지만 월리스는 곧 급진적인 정치 사건에 휘말려 들면서 겨우 되찾은 평판을 또 잃고 말았다. 그는 토지 개혁과 여성 참정권, 가난한 사람들과 토지를 빼앗긴 사람들의 권리를 위해서 맹렬하게 싸웠다. 그는 투쟁을 떠나서는 살 수 없는 것 같았다. 고위직에 있는 친구들과 지지자들이 그를 괜찮은 기관의 안정된 자리에 앉히려 했지만, 월리스는 워낙 극단주의자로 널리 알려져 있었으므로 감히 그를 고용하려는 이는 거의 없었다. 앨마는 그의 재정 상태가 염려스러웠다. 씀씀이도 가히 지혜롭지 않으리라는 사실을 그녀는 간파했다. 모든 면에서 월리스는 모범적인 '영국 신사' 노릇을 거부했다. 아마 실제로도 그는 모범적인 영국 신사가 아니었다. 이를테면 말하기 전에 생각해 보지도 않거니와 논문을 출판하기 전에 절대 머뭇거리지 않는, 다혈질의 노동자 계급이었다. 혼돈과 논란에 대한 열정이 빈대처럼 그에게 들러붙어 있음을 보면서도, 앨마는 그가 물러서는 모습을 보고 싶지 않았다. 그녀는 월리스가 설령 바늘 한 개를 들었을지언정 세상을 콕콕 찌르는 광경을 보고 싶었다.

앨마는 그가 일으킨 가장 최신의 스캔들을 전해 들을 때마다 "당신이 뭐라고 해 줘야 해요. 당신은 저들에게 말해 줘야 한다고요!"라고 중얼거렸다.

다윈은 월리스에 대해서 공공연하게 악담을 한 적이 한 번도 없었고, 월리스 역시 다윈을 힐난한 적이 없었지만, 앨마는 그토록 명석하면서도 기질과 태도가 완전히 정반대인 두 사람이 서로에 대해 실제로 어떻게 생각할지 항상 궁금했다. 그녀의 의문은 1882년 4월, 찰스 다윈이 사망하면서 풀렸다. 다윈의 유언에 따라 앨프리드 러셀 월리스가 그 위대한 남자의 장례식에서 운구를 맡게 되었으니까.

두 사람은 서로 친애했음을 앨마는 깨달았다. 그들은 서로 이해했기 때문에 서로 사랑했다.

거기까지 생각이 미치자, 앨마는 수십 년 만에 처음으로 깊은 외로움을 느꼈다.

*

다윈의 죽음은, 이제 여든둘이 되어서 나날이 허약해지던 앨마의 마음에 걸림돌로 자리 잡았다. 다윈은 겨우 일흔세 살이었다! 그녀는 자기가 다윈보다 오래 살리라고는 절대 예상하지 못했다. 그 걸림돌은 다윈이 세상을 떠난 뒤 몇 달간 그녀를 괴롭혔다. 자신의 역사 한 조각이 그와 함께 죽은 것만 같았으나, 아무도 그 사실을 알아차리지 못했다. 물론 누구든 그 사실을 미리 알아챘을 리 없었지만, 앨마에게 커다란 의미였던 연결 고리 하나가 완전히 사라져 버린 것이다. 곧 앨마도 죽을 테고, 그러면 이제 고리는 하나밖에 남지 않는다. 젊은 월리스도 벌써 예순이 다 되었으니 어쩌면 그도 더는 젊은 나이가 아니었다. 항상 그래 왔듯 세상이 무심코 돌아갔더라면, 앨마는 다윈을 모르고 살았던 것처럼 월리스도 알지 못한 채 죽었으리라. 그런 일이 당장이라도 일어날 수 있다는 현실은 그녀를 아주 서글프게 했다. 그렇게 그냥 내버려 둘 문제가 아니었다.

앨마는 그 문제에 대해서 고민했다. 몇 달간이나 숙고했다. 그리고 마침내 그녀는 행동을 취했다. 그녀는 미미에게 부탁해서 호르투스 식물원의 공식 편지지에 앨프리드 러셀 월리스에게 보내는 멋진 글을 적었다. 1883년 봄, 암스테르담 호르투스 식물원에 찾아와서 자연 선택을 주제로 강연해 달라고 청했다. 그의 시간과 수고에 대한 사례비로 900파운드를 약속했고, 당연히 모든 여행 경비는 호르투스에서 부담할 예정이었다. 어떤 이들에게는 몇 년간의 연봉에 해당하는 거금이었으므로 미미는 아연실색했지만 앨마는 차분하게 대꾸했다. "비용은 일체 내가 지불할 거고, 무엇보다도 월리스 씨에게는 그 돈이 필요하단다."

월리스 씨의 숙소로 반 데벤더르 가문의 아늑한 개인 저택이 제공될 예정이며, 암스테르담의 가장 아름다운 지역에 자리한 식물원의 바로 옆에 있으니 마음 놓고 편하게 이용해 주시면 좋겠다는 내용이 이어졌다. 이 지역에서 활동하는 수많은 젊은 식물학자들은 저 유명한 생물학자에게 호르투스와 도시의 멋진 볼거리를 소개할 수 있는 기회를 갖게 되어서 무척 행복해할 테고, 이렇듯 훌륭한 손님을 초청하게 되어 식물원으로서도 무한한 영광을 누리게 되리라. 앨마는 편지에 '충심을 담아, 이끼 큐레이터 앨마 휘태커로부터.'라고 서명했다.

월리스의 부인 애니로부터 답장이 신속하게 날아왔다.(그녀의 아버지가 약학 분야의 위대한 화학자이자 일류 선태학자였던 윌리엄 미튼임을 알게 된 앨마는 짜릿한 기쁨을 맛보았다.) 월리스 부인은 남편이 암스테르담에 올 기회를 얻어서 기뻐한다고 적었다. 그는 1883년 3월 19일에 도착한 뒤, 이 주간 머물 예정이었다. 월리스 부부는 앨마의 초청에 무한한 감사를 전하며, 넉넉한 사례비에 진심으로 찬사를 보냈다. 앨마의 제안과 돈이 진짜로 필요한 상황이었음을 은연중에 느낄 수 있었다.

31

_____

그는 정말 키가 컸다!

그건 앨마도 예상하지 못했다. 앨프리드 러셀 월리스는 앰브로즈만큼이나 키가 크고 호리호리했다. 나이도 앰브로즈가 살아 있었다면 크게 차이 나지 않는 60대였고, 자세가 약간 구부정하기는 했지만(종을 연구하느라 오랜 세월 현미경을 들여다보던 사람으로서는 당연한 결과였다.) 퍽 건강했다. 머리는 백발이었고 수염이 성성했는데, 앨마는 손을 뻗어서 그의 얼굴을 어루만져 보고 싶은 충동을 억눌러야 했다. 이제는 시야가 밝지 못했으므로, 그녀는 그가 어떻게 생겼는지 좀 더 자세히 알고 싶었다. 하지만 초면에 그런다면 무례할 뿐만 아니라 당황스러운 짓이었으므로 자제했다. 어쨌든 앨마는 그 남자를 만나자마자 세상에서 가장 오래 알고 지낸 친구를 맞이하는 기분이었다.

모든 것의 이름으로

그러나 방문 초기에는 워낙 바쁜 일정이 많았으므로 앨마는 거의 군중에 파묻혀 지냈다. 풍채가 아무리 당당하더라도 그녀는 노인이었고, 나이 든 여인은, 비록 그녀가 모든 경비를 지불한 장본인일지라도 규모가 큰 행사에서 제외되곤 했다. 위대한 진화 생물학자를 만나려는 사람들은 넘쳐 났으며, 다들 열정적인 젊은 과학도였던 앨마의 어린 친척들 역시 연애에 푹 빠진 사람처럼 월리스를 에워싸고 자기에게 관심을 돌리는 데 열심이었다. 예의 바르고 다정한 성격의 월리스는 특히 젊은 사람들을 좋아했다. 그는 젊은이들이 저마다 연구 과제를 뽐내고 조언을 구하는 부탁을 받아 주었다. 당연히 젊은이들은 그와 함께 암스테르담을 쏘다니고 싶어 했는데, 따라서 며칠 정도는 그곳 시민들의 자부심이 한껏 드러난, 좀 우스꽝스러운 관광으로 시간을 보내야만 했다.

그러고는 야자수 온실에서 강연이 열렸고, 그다음으로 학자들과 기자들, 고위 관리들의 진지한 질문들이 쏟아졌으며, 정장을 차려입고 참석해야 하는 길고 지루한 만찬이 뒤를 따랐다. 월리스는 강단과 만찬장에서 늘 달변이었다. 그는 논란을 피해 가며, 자연 선택에 관한 지리하고도 멍청한 질문들마저 엄청난 인내심을 발휘해서 전부 응대해 주었다. 그의 아내가 행동거지를 잘 일러 뒀음이 틀림없다고 앨마는 생각했다. '잘했어요, 애니.'

앨마는 기다렸다. 그녀는 기다리는 일을 무서워하는 사람이 아니었다.

시간이 지나자 월리스의 방문이 가져온 새로운 분위기는 잦아들었고, 밀려들던 사람들도 뜸해졌다. 젊은이들은 다른 재미를 찾아서 옮겨 갔고, 그 덕분에 앨마는 손님과 연달아 몇 번이나 조찬을 즐길 수 있었다. 물론 그녀는 누구보다도 그를 잘 알았고, 그가 죽도록 자연 선택에 관한 이야기만 하고 싶어 하지 않음도 잘 알고 있었다. 그래서 앨마는 그가 진심으로 좋아하는 주제로 대화를 이끌어 갔다. 나비의 의태, 딱정벌레의 변종, 독심술, 채식주의, 유산 상속의 폐해, 곡물 거래소를 없애는 데 대한 그의 계획, 모든 전쟁을 종식하는 방법, 인도와 아일랜드의 자치에 대한 그의 옹호, 대영제국이 저지른 잔혹성에 대해서 당국이 전 세계에 용서를 빌어야 한다는 그의 제안, 사람들이 들고 회전할 수 있도록 지름이 120미터나 되는 교육용 풍선으로 거대한 지구 모형을 제작하겠다는 그의 포부……. 그런 화제들 말이다.

즉, 그는 앨마와 있을 때면 긴장을 풀었고 그녀도 마찬가지였다. 앨마가 늘 상상했던 모습 그대로 마음을 완전히 놓은 그는 유쾌한 대화 상대였는데, 끊임없이 광범위한 주제와 그것에 대한 열정을 기꺼이 털어놓았다. 그렇게 즐거운 시간은 오랜만의 일이었다. 워낙 친절하고 배려심 깊은 사람이었기에 그는 자기 이야기만 털어놓지 않고, 앨마의 인생에 대해서도 물어보았다. 그래서 앨마는 화이트에이커에서 보낸 어린 시절과 다섯 살 때 실크 수술 장식을 드리운 망아지를 데리고 나섰던 식물 수집에 대하여, 특별했던 부모님과 그분들이 주최

한 만찬 식탁의 도발적인 대화에 대하여, 아버지가 들려주었던 인어와 쿡 선장 이야기에 대하여, 저택에 있던 놀라운 도서관에 대하여, 우스꽝스러울 정도로 시대에 뒤떨어졌던 그녀의 고전 교육에 대하여, 필라델피아의 이끼밭을 연구하며 보냈던 세월에 대하여, 용감무쌍한 노예 폐지론자인 자매에 대하여, 타히티로 떠났던 모험에 대하여 어느새 월리스에게 이야기하고 있는 자신을 발견했다. 놀랍게도 수십 년간 앰브로즈에 대해서 누구에게도 언급한 적 없던 그녀가, 세상 그 누구보다 아름답게 난초 그림을 그렸으며 남태평양에서 세상을 떠난 멋진 남편에 대해서조차 월리스에게는 털어놓았다.

"참 대단한 인생을 사셨군요!" 월리스가 말했다.

그의 말을 들었을 때 앨마는 시선을 피해야 했다. 그런 말을 해 준 사람은 그가 처음이었다. 수줍음이 밀려들었지만, 그녀는 또 한 번 충동적으로 그의 얼굴에 손을 얹어서 생김새를 느껴 보고 싶었다. 요즘 그녀가 촉감으로 이끼를 느끼듯이, 더는 눈으로 감상할 수 없게 된 것들을 손가락으로 기억하고 싶었다.

*

앨마는 그에게 언제 말을 할지, 정확히 무슨 말을 할지 계획을 세우지 않았다. 사실 그에게 '반드시' 말해야겠다는 계획조차 없었다. 마지막 며칠 동안에는 아마 이야기를 못 하리라고 생각하였다. 솔직히 앨마는 오랜 세월 둘을 갈라놓았던 거리감을 좁힌 것만으로도 충분하다고 느꼈다.

그런데 암스테르담에서의 마지막 날 오후에 월리스는 앨마에게 개인적으로 이끼 동굴을 보고 싶다고 청했고, 결국 그녀는 그를 그곳으로 데려갔다. 그는 성가실 정도로 느리게 식물원을 가로지르는 앨마의 보행 속도를 잘 참아 주었다.

"너무 집 안에만 갇혀 살았던 노인이라 미안하군요. 아버지가 나를 단봉낙타라고 부르시던 때도 있었는데 요즘엔 열 발자국만 걸어도 지치네요." 앨마가 말했다.

"그럼 열 발자국마다 쉬죠, 뭐."라고 말하며 그는 앨마의 팔을 잡고 길을 안내해 주었다.

목요일 오후였고 보슬비까지 내려서, 식물원에는 거의 인적이 없었다. 앨마와 월리스는 이끼 동굴을 온전히 둘이서만 차지했다. 그녀는 각각의 바위를 선뵈며 각 대륙에서 온 이끼를 보여 주고, 어떻게 그들을 모두 한곳에서 키웠는지 설명했다. 이 세계를 사랑하는 사람이라면 누구나 그러하듯 그는 경이로워했다.

"저희 장인어른께서 여길 보시면 반하시겠는데요." 그가 말했다.

"알아요. 저도 항상 미튼 씨를 이곳에 모시고 싶었습니다. 어쩌면 언젠가 방문하실 날이 있겠죠."

"저는 가능하다면 여기 매일 오고 싶을 것 같습니다." 그가 전시장 중앙의 벤치에 앉으며 말했다.

모든 것의 이름으로

"나는 매일 오지요. 종종 손에 족집게를 들고, 무릎을 꿇고, 기어 다니면서요." 앨마가 그의 곁에 앉으며 말했다.

"참 엄청난 업적을 이루셨어요."

"엄청난 업적을 이루신 분에게 그런 말을 들으니 더 고마운 칭찬이군요, 월리스 씨."

"아닙니다." 그는 손을 내저으며 칭찬을 마다했다.

두 사람은 한동안 기분 좋은 침묵 속에 앉아 있었다. 앨마는 타히티에서 처음 내일 아침과 단둘이 있던 때를 생각했다. 그녀가 그에게 했던 말이 떠올랐다. "당신과 나는 생각보다 서로의 운명에 좀 더 가까이 얽혀 있다고 생각합니다." 그녀는 지금 앨프리드 러셀 월리스한테도 똑같은 말을 하고 싶었지만 과연 옳은 일일지 자신이 없었다. 자기 혼자 품어 온 진화 이론에 대해서 잘난 척하는 사람으로 비치고 싶진 않았다. 혹시나 그가 거짓말이라고 여긴다면 더 괴로운 일이었다. 또는 그의 업적이나 다윈의 유산에 그녀가 도전하는 듯 보이더라도 최악이었다. 아무래도 아무 말을 않는 편이 최선이었다.

하지만 그가 먼저 입을 열었다.

"휘태커 양, 당신과 보낸 마지막 며칠간은 정말로 즐거웠다고 꼭 말씀드리고 싶습니다."

"고마워요. 나도 즐거웠습니다. 당신이 예상하는 것 이상이었어요."

"닥치는 대로 모든 것에 관심을 보이는 제 생각에 귀를 기울여 주시다니 참 너그러우십니다. 당신 같은 분은 많지 않죠.

제가 생물학을 이야기하면 사람들은 저를 뉴턴과 견주더군요. 하지만 영혼에 대해 이야기하면 우유부단하고 유치한 얼간이라고 부릅니다."

"사람들의 말은 귀담아 듣지 말아요. 사람들이 당신을 모욕할 땐 나도 참 못마땅했어요." 앨마가 옹호하듯 그의 손을 두들기며 말했다.

한동안 침묵하던 그가 물었다. "뭘 좀 여쭤봐도 될까요, 휘태커 양?"

그녀는 고개를 끄덕였다.

"저에 대해서 어떻게 그리 잘 아시는지 여쭤봐도 되겠습니까? 언짢아서 묻는다고는 생각하지 말아 주십시오. 오히려 으쓱한 기분이지만, 아무리 생각해도 이해할 수가 없습니다. 당신의 연구 분야는 선태학이고, 제 분야는 다릅니다. 당신은 심령론자나 최면술사도 아니시죠. 그런데도 제가 연구해 온 모든 분야에 그토록 정통하시고, 저에 대한 비평까지 알고 계시네요. 장인어른이 누군지도 아실 정도이고요. 어떻게 그럴 수 있죠? 저는 도저히 이해가……."

그는 무례를 저질렀을까 봐 염려하듯 말꼬리를 흐렸다. 앨마는 그가 나이 든 노인에게 무례하게 굴었다고 자책하게 하고 싶지 않았다. 또한 이상한 집착에 사로잡힌 이상한 늙은이로 취급받고 싶지도 않았다. 그렇다면 어떻게 해야 할까?

앨마는 모든 것을 그에게 이야기했다.

∗

마침내 그녀가 이야기를 마치자 그는 오래 침묵한 끝에 물었다. "아직도 그 논문을 갖고 계십니까?"

"물론이죠."

"제가 읽어 봐도 될까요?"

더는 대화 없이 그들은 천천히 식물원의 대문을 나와서 앨마의 사무실로 갔다. 그녀는 계단 때문에 숨을 몰아쉬며 잠가 둔 문을 열고 들어간 뒤, 월리스 씨에게 편히 자기 책상에 앉을 것을 권했다. 구석에 있는 소파 밑에서 그녀는 먼지 낀 작은 가죽 가방(세상을 몇 바퀴는 돌아다닌 듯 낡은 가방이었는데, 실제로도 그러했다.)을 꺼내 열었다. 그 안에 든 물건은 하나뿐이었다. 손으로 적은 40쪽짜리 서류가 마치 아기처럼 플란넬 천에 덮여 있었다.

앨마는 그것을 월리스에게 가져다준 뒤, 그가 논문을 읽는 동안 소파에 편하게 자리 잡고 앉았다. 시간이 한참 걸렸다. 깜박 졸았는지(근래에는 영 터무니없는 순간에도 종종 졸곤 했다.) 이윽고 그의 목소리를 듣고 소스라치게 놀라며 깨어났다.

"이걸 언제 쓰셨다고 하셨죠?" 그가 물었다.

앨마는 눈을 비볐다. "그 뒤에 날짜가 적혀 있어요. 나중에 생각을 좀 덧붙이기도 했는데, 증보판은 아마 이 사무실 어딘가에 보관되어 있을 겁니다. 당신이 들고 있는 그 논문은 내가 1854년에 쓴 원본이에요."

그 말에 그는 생각에 잠겼다.

"그러니까 여전히 다윈이 맨 처음이네요." 마침내 그가 입을 열었다.

"아, 그럼요, 당연하죠. 다윈 씨는 최초이면서 가장 철저했어요. 그 점에는 전혀 의문의 여지가 없습니다. 월리스 씨, 내가 별다른 주장을 하려는 건 아님을 이해해 주세요⋯⋯."

"하지만 저보다는 당신이 먼저 이 결론에 도달하셨군요. 다윈이 우리 둘을 이겼음은 확실하지만, 당신은 저보다 사 년 먼저 이런 결론을 얻으셨어요."

"글쎄요⋯⋯." 앨마는 망설였다. "내가 하고 싶은 말은 그게 아니에요."

"하지만 휘태커 양, 그렇다면 우리 셋이 있었다는 의미잖아요!" 흥분과 깨달음으로 그의 목소리가 커졌다.

앨마는 순간적으로 숨을 쉴 수 없었다.

순식간에 그녀는 1819년 어느 화창한 가을날의 화이트에이커로 되돌아갔다. 그녀와 프루던스가 처음 레타 스노와 만난 날이었다. 그들은 모두 너무나 어렸고, 하늘은 푸르렀고, 사랑은 아직 그들에게 서글픈 상처를 입히지 않았다. 레타가 생기로 반짝거리는 눈을 들어서 앨마를 올려다보며 말했었다. "그러니까 이제 우리는 셋이 됐네요! 이런 행운이!"

레타가 우리 세 사람을 위해 만들어 낸 노래가 무엇이었더라?

우리는 바이올린, 포크, 스푼.
우리는 달과 함께 춤을 추네.
우리에게 도둑 키스를 하려면
서두르는 게 좋을걸!

앨마가 곧장 대꾸하지 않자, 월리스가 다가와서 그녀 곁에 앉았다.

"휘태커 양. 이해하시겠어요? 우리 셋이 있었음을."

"그래요, 월리스 씨. 그랬던 것 같군요."

"정말로 특별한 우연의 일치입니다."

"나도 늘 그렇게 생각했어요."

그는 한동안 벽을 응시하며 오래도록 말을 하지 않았다.

마침내 그가 물었다. "누가 또 이 논문에 대해서 알고 계십니까? 보증해 주실 분은 있나요?"

"데이스 삼촌밖에 안 계십니다."

"데이스 삼촌이라는 분은 어디에 계시는데요?"

"돌아가셨어요." 앨마는 웃음을 터뜨리지 않을 수 없었다. 월리스의 질문은 데이스 삼촌이 그녀에게 물어보았을 법한 말들이었다. 아, 앨마는 그 땅딸막한 네덜란드인이 너무나 그리웠다. 그가 살아 있었다면 이 순간을 얼마나 기뻐했을까.

"그런데 왜 논문을 발표하지 않으셨죠?"

"충분하지 못했으니까요."

"말도 안 됩니다! 여기 다 들어 있어요. 전체 이론이 다 이

안에 있습니다. 제가 1858년에 열에 달떠 다윈 씨에게 보냈던 우스꽝스러운 편지 속에서 떠들어 댄 이야기보다 확실히 훨씬 발전되어 있습니다. 지금이라도 발표해야 합니다."

"아니에요. 그걸 발표할 필요는 없습니다. 정말이지, 난 그러고 싶지 않아요. 방금 당신의 평가만으로도 충분합니다, 우리 셋이 있었다는 그 말이요. 나는 그걸로 됐어요. 당신 덕분에 나이 든 여인 하나가 행복해졌네요."

"하지만 출판할 수 있을 겁니다. 발표는 제가 대신 해 드릴 수도……."

앨마는 그에게 한 손을 들어 보이며 제지했다. "아니에요." 그녀가 단호하게 말했다. "내 말을 믿으세요. 그럴 필요 없습니다."

두 사람은 한동안 꼼짝도 않고 앉아 있었다.

"1854년에 왜 출판할 가치가 없다고 느끼셨는지 여쭤봐도 괜찮을까요?" 월리스가 침묵을 깨며 말했다.

"발표하지 않은 이유는, 내 이론에 무언가 빠져 있다고 믿었기 때문이에요. '아직도' 나는 이론에 무언가 빠져 있다고 믿습니다."

"그게 정확히 뭡니까?"

"인간의 이타주의와 자기희생에 대한 설득력 있는 진화론적 설명이요."

앨마는 제대로 설명해 줘야 할지 고민했다. 그 거대한 의문을 파고들 만한 기력이 남아 있는지, 스스로도 알 수 없었다.

모든 것의 이름으로

프루던스와 고아들에 대해서, 운하에서 아기를 구해 낸 여인들에 대해서, 낯선 사람을 구하려고 불에 뛰어든 사람들과 마지막 남은 음식 한 조각을 굶주리는 다른 죄수에게 나눠 준 사람들, 간음한 자들을 용서하는 선교사들, 정신병자를 돌보는 간호사들, 다른 사람들은 거들떠보지도 않는 개를 사랑하는 사람들, 그리고 그 밖의 모든 경우에 대해서 그에게 이야기를 해야 하는지.

하지만 특정한 사례를 들 필요는 없었다. 그는 즉시 이해했다.

"저도 같은 의문을 품고 있었습니다." 그가 말했다.

"그랬다는 건 알아요. 나는 다윈도 그런 의문을 품었는지, 그 점이 항상 궁금했어요." 앨마가 말했다.

"그럼요." 월리스가 말했다. 그러고는 잠시 뜸을 들이며 다시 생각에 잠겼다. "다윈이 그 문제에 어떤 결론을 내렸는지는 솔직히 정확히 모릅니다. 전적으로 확신할 때까지 그 무엇에 대해서도 절대로 공언하지 않는, 아주 신중한 분이니까요. 저와는 다르죠."

"당신과는 다르죠. 하지만 나와는 비슷해요." 앨마가 거들었다.

"네, 당신과는 비슷하죠."

"다윈 씨를 좋아하셨나요? 난 그게 항상 궁금했어요." 앨마가 물었다.

"아, 그럼요." 월리스가 흔쾌히 말했다. "아주 많이요. 그분은 최고였습니다. 우리 시대에서, 아니 전 시대를 아우르는 가장 위대한 사람이라고 생각해요. 그분을 누구와 견줄 수 있을까요? 아리스토텔레스가 있군요. 코페르니쿠스도 있고요. 또 갈릴레오가 있었죠. 뉴턴도 있었고요. 그리고 다윈이 있었습니다."

"그분한테 화난 적은 없나요?" 앨마가 물었다.

"절대 없죠. 과학계에서는 처음 발견한 사람에게 모든 혜택이 돌아가야 하므로, 자연 선택은 언제나 그분의 이론입니다. 게다가 그걸 감당할 만한 위엄을 갖춘 사람도 그분뿐이죠. 저는 그분이야말로 천국과 지옥, 연옥을 두루 거치며 우리 인류를 이끈 금세기의 베르길리우스라고 생각합니다. 그분은 우릴 인도하는 신성한 안내자이십니다."

"나도 늘 그렇게 생각했어요."

"휘태커 양께서 자연 선택 이론으로 저보다 앞섰음은 조금도 언짢지 않지만, 만약 당신이 다윈보다 앞섰음을 알았다면 전 크게 상심했을 겁니다. 그분은 제가 정말 존경하는 분이거든요. 저는 그분이 계속 왕좌를 지키는 모습을 보고 싶습니다."

"내가 그분의 왕좌를 위협하는 일은 없어요, 젊은이. 걱정 마세요." 앨마가 다정하게 말했다.

월리스는 웃음을 터뜨렸다. "휘태커 양께서 저를 젊은이라고 불러 주시니 상당히 기분 좋은데요. 일흔을 바라보는 사람한테는 대단한 칭찬입니다."

"아흔을 바라보는 늙은이한테는 그게 그저 진실일 뿐이죠."

앨마에게는 그가 정말로 젊게 보였다. 흥미롭게도 그녀가 누린 인생의 황금기는 늘 나이 든 남자들과 함께였다는 느낌이 들었다. 성숙하고 훌륭한 사고를 지닌 사람들과 식탁에 둘러앉아 끊임없이 아찔하게 펼쳐지는 대화를 지켜보았던 어린 시절도 그랬다. 화이트에이커에서 아버지와 밤늦도록 식물학과 무역에 대해 토론했던 시절도 있었다. 타히티에서 선량하고 점잖은 프렌시스 웰스 목사와 보낸 시절 역시 있었다. 데이스 삼촌이 돌아가시기 전까지 이곳 암스테르담에서 보낸 행복한 사 년도 있었다. 하지만 이제 그녀는 늙었고, 그녀보다 나이 든 사람이 더는 없었다! 지금 수염까지 백발이 된 구부정한 사람(고작 60대의 어린 사람)과 앉아 있는 그녀는 아주 늙은 거북이었다.

"제 믿음이 뭔지 아십니까? 인간의 연민과 자기희생의 근원에 대한 당신의 질문에 대해서 말입니다. 저는 진화론이 우리에 관한 '거의' 모든 것을 설명해 준다고, 나머지 자연계에 대해서는 전적으로 모든 것을 설명해 준다고 굳게 믿습니다. 하지만 진화론만으로 우리 인간의 독특한 양심을 설명할 수 있다고는 생각하지 않아요. 지식과 감정에 대한 예민한 감각은 진화론적으로 전혀 필요 없는 부분이죠. 현실적으로 우리는 그런 사고를 할 필요가 없습니다. 체스를 두는 사고력은 우리에게 필요하지 않아요. 종교를 발명하고 우리 인류의 기원에 대해서 논의하는 사고력도 필요하지 않습니다. 오페라에서 눈물을 흘리게 하는 마음 역시 필요 없어요. 그렇다면 오페라

도, 과학도, 예술도 필요 없죠. 윤리학이니 도덕성이니, 기품이
니 희생이니 하는 것들도 필요 없습니다. 애정이나 사랑도, 우
리가 느끼는 수준까지는 확실히 필요하지 않습니다. 오히려
우리의 감수성은 불행을 안겨 줄 수도 있는 골칫거리입니다.
그러므로 저는 자연 선택 과정에서 우리가 그런 정신을 갖게
되었다고는 믿지 않습니다. 우리의 몸과 대부분의 능력은 자
연 선택으로 이루어졌다고 믿으면서도 말이죠. 우리가 그토록
특별한 정신을 갖게 된 이유를 저는 어떻게 생각하는지 아세
요?"

"알아요. 난 당신의 업적에 관해서 많이 읽었거든요." 앨마
가 나직이 말했다.

그는 마치 앨마의 대꾸를 듣지 못한 사람처럼 말을 이었다.

"우리가 왜 그토록 특별한 정신과 영혼을 갖게 됐는지 제가
이유를 말씀드리죠. 그건 우리와 교감하기를 바라는 최고의
초월적 지성이 우주에 존재하기 때문입니다. 그게 우릴 부르
는 거죠. 우리가 그 신비에 가까이 다가가도록 불러내서, 우리
가 그 지성에 가닿도록, 그와 같은 뛰어난 정신을 갖도록 허락
한 겁니다. 우리가 찾아 주기를 원하는 거예요. 무엇보다도 우
리와 하나가 되기를 원하고 있는 거예요."

"나도 당신 생각이 뭔지 알고, 상당히 독창적인 개념이라고
생각합니다." 앨마는 다시 그의 손을 톡톡 두드렸다.

"제가 옳다고 생각하세요?"

"그렇다고 말할 순 없지만 아름다운 이론이군요. 지금까지,

그 어떤 것보다도 내 의문에 대한 해답에 가까워요. 하지만 여전히 당신은 미스터리를 또 다른 미스터리로 답하고 있군요. 난 그걸 과학이라고 부를 수가 없어요. 나라면 차라리 시라고 부르겠어요. 안타깝게도 나는 당신 친구 다윈 씨처럼 여전히 경험 과학이 일러 주는 확고한 해답을 찾고 있죠. 미안하지만 그게 내 본성이에요. 하지만 라이엘 씨는 당신에게 동의했을 겁니다. 그는 신성한 존재만이 인간의 정신을 창조해 낼 수 있었으리라고 주장했으니까요. 내 남편도 당신 생각을 좋아했을 거예요. 앰브로즈도 그런 사상을 신봉했죠. 그 사람은 당신이 언급한 그 최고의 초월적 지성과 하나가 되기를 갈망했어요. 그런 합일을 추구하다가 세상을 떠났죠."

그들은 다시 침묵했다.

한참 뒤 앨마는 미소를 지었다. "인간의 정신을 진화의 법칙에서 배제하는 것에 대해서, 그리고 우주적 차원에서 우릴 인도하는 최고의 초월적 지성에 관한 당신의 생각에 대해서 다윈 씨가 어떻게 생각했는지 나는 늘 궁금했어요."

월리스도 미소 지었다. "인정하지 않았습니다."

"그렇지 않았을 것 같은데요!"

"어휴, 그분은 전혀 마음에 들어 하지 않았습니다. 제가 그 이야기를 꺼낼 때마다 질색하셨죠. 오래도록 함께 싸워 왔으면서 제가 또 신을 끌어들이려 한다는 사실을 믿을 수 없어 했어요!"

"그럼 당신은 뭐라고 말했나요?"

"저는 '신'이라는 말은 언급한 적도 없다는 점을 설명하려고 애썼죠. 그 말을 쓴 건 그분이었어요. 저는 우주에 존재하는 최고의 초월적 존재가 우리와 합일하기를 갈망한다고 얘기했을 뿐이니까요. 저는 영혼의 세계를 믿습니다만, '신'이라는 단어를 과학적 토론의 장으로 끌어온 적은 단 한 번도 없습니다. 어쨌거나 저는 엄격한 무신론자거든요."

"당연히 그러시겠죠." 그녀는 또다시 그의 손을 두드렸다. 앨마는 그의 손을 두드리는 것이 정말로 즐거웠다. 그녀는 매 순간을 즐기고 있었다.

"저를 순진하다고 생각하시는군요." 윌리스가 말했다.

"난 당신이 대단하다고 생각해요. 현존하는 사람 중에서 당신이 가장 위대하다고 생각해요. 내가 아직 살아 있어서 당신 같은 사람을 만나게 되다니, 정말 기뻐요."

"당신이 모든 사람들보다 오래 살더라도, 당신은 이 세상에서 혼자가 아닙니다. 저는 우리가 보이지 않는 친구들과 사랑하는 사람들에게 둘러싸여 있다고 믿습니다. 지금은 세상을 떠났지만 우리 인생에 영향을 미쳤던 모든 이들은 결코 우리를 버리고 떠나지 않아요."

"사랑스러운 개념이네요." 앨마는 다시 한 번 그의 손을 두드리며 말했다.

"강신술 모임에 가 보셨습니까? 제가 모시고 갈 수도 있어요. 경계를 건너서 남편분과도 이야기를 나눌 수 있을 겁니다."

앨마는 그 제안을 곰곰 생각해 보았다. 밤에 앰브로즈와 제본실에 들어가서 손바닥을 통해 서로 이야기를 나누었던 때가 떠올랐다. 신비롭고 형언할 수 없는 단 한 번의 경험이었다. 아직도 그녀는 그게 무엇이었는지 정말로 알지 못했다. 아직도 그게 전적으로 사랑과 욕망에 빠져 있던 그녀의 상상이었는지 자신할 수 없었다. 그렇지 않다면 혹시 앰브로즈가 정녕 마법 같은 존재였을지도 모른다고 가끔씩 생각했다. 어쩌면 진화론적 변이가 그에게만 벌어진 까닭에 전혀 엉뚱한 상황에서 태어났거나 역사적으로 잘못된 순간에 태어난 것은 아닐까. 아마 그와 같은 또 다른 인간은 결코 존재하지 않으리라. 아니면 그 자신도 실패한 실험이었을지 모른다.

그가 어떤 존재였든 끝은 좋지 못했다.

"강신술 모임에 초대해 주겠다는 말은 고맙지만, 그러면 안 될 것 같네요. 나도 침묵의 교감에 대해서는 약간 경험이 있답니다. 경계를 넘어 다른 사람의 말을 '들을' 수 있다고 해서 필연적으로 서로를 '이해'할 수 있는 건 아니지요."

그가 웃음을 터뜨렸다. "혹시라도 마음이 바뀌시면 연락해 주십시오."

"꼭 그러죠. 하지만 그보다는 내가 죽은 다음에 강신술 모임에서 당신이 '나'에게 보낸 전갈을 받을 확률이 더 높을걸요! 나는 머지않아 떠날 테니, 오래 기다리지 않아도 그럴 기회가 오겠네요."

"당신은 절대로 떠나는 게 아닙니다. 영혼은 몸 안에 머물고 있을 뿐이에요. 죽음은 단지 그 둘을 분리하는 거죠."

"고마워요, 월리스 씨. 참 친절한 말을 해 주었어요. 하지만 나를 위로할 필요는 없습니다. 이제 난 너무 나이가 들어서 인생의 거창한 변화 따윈 두렵지 않거든요."

"저는 여기 와서 온갖 이론을 떠벌리고 있었으면서 이렇게 지혜로운 숙녀분께 무엇을 믿으시는지 여쭤본 적이 없네요."

"내가 믿는 건 아마 당신이 믿는 것처럼 재미있지 않을걸요."

"그래도 듣고 싶습니다."

앨마는 한숨을 쉬었다. 참 난감한 질문이었다. 무엇을 '믿느냐'고?

"나는 우리 모두가 일시적인 존재라고 믿어요." 그녀가 말문을 열었다. 그녀는 한참 생각하다가 덧붙였다. "나는 우리가 절반쯤 눈이 멀고 실수투성이라고 믿어요. 우리가 이해하는 건 아주 적고, 또 대부분 틀렸다고 믿습니다. '이건' 확실한 얘긴데, 생명은 영속할 수 없지만 운이 좋으면 꽤 오래 견뎌 낼 수 있죠. 운이 좋고 고집 있는 사람이라면 때로 생명을 즐길 수도 있겠고요."

"사후 세계를 믿으세요?" 월리스가 물었다.

앨마는 다시 그의 손을 두드렸다. "아, 월리스 씨, 난 사람들이 불편해하는 이야기라면 되도록 하지 않는답니다."

그가 다시 웃음을 터뜨렸다. "저는 생각하시는 만큼 그렇게 예민한 사람이 아닙니다. 믿는 대로 말씀해 주셔도 돼요."

"음, 꼭 알아야겠다면, 나는 대부분의 사람들이 상당히 나

모든 것의 이름으로

약하다고 믿어요. 우리 인간이 우주의 중심에 있지 않다고 갈릴레오가 선언했을 때, 그렇게 믿어 왔던 인간들에게는 분명 섬뜩한 타격이었을 거예요. 신이 어느 기적적인 순간에 특별히 우리를 빚어낸 게 아니라고 다윈이 선언했을 때 세상이 받았던 충격과 똑같겠죠. 대부분의 사람들은 그런 이야기를 듣기 힘들어한다고 생각해요. 스스로가 하찮은 존재라고 느껴지니까요. 이렇게 말하고 보니 궁금하군요, 월리스 씨. 영혼의 세계와 사후 세계에 대한 당신의 갈망은 혹시…… 자신을 중요한 존재라고 느끼고 싶어 하는 인간의 만성적인 증상이 아닐까요? 용서해요. 당신을 모욕할 의도는 없어요. 내가 깊이 사랑했던 사람은 당신과 똑같이 어떤 신비한 신적 존재와 교감하고, 육신과 이 세상을 초월하고, 더 나은 영역에서 중요한 존재로 남아 있으려는 욕구를 품고, 몸소 그런 길을 추구했었죠. 내 눈에는 그 사람이 참 고독해 보이더군요. 아름답지만 고독했어요. 당신도 고독한지는 모르겠지만, 그래서 놀라워요."

그는 그 말에 대답하지 않았다.

잠시 후 그가 물었다. "그럼 휘태커 양께는 그런 욕구가 없으십니까? 중요하게 느껴지고 싶다는?"

"당신께는 말씀드리죠. 나는 세상에서 가장 운이 좋은 여인이었다고 생각합니다. 물론 가슴 아픈 일도 겪었고, 내 소망은 대부분 실현되지 않았어요. 본인의 행동에 실망하기도 했고, 다른 사람들이 나를 실망시키기도 했죠. 나는 내가 사랑했던 거의 모든 이들보다 오래 살았어요. 이승에 남아 있는 사람은 자매 하나뿐인데, 개와는 삼십 년 이상 서로 보지 못했고, 평생 토록 친밀하게 지내지도 못했어요. 난 화려한 경력을 쌓지도 못했어요. 인생에서 단 한 번 독창적이고 아주 중요한 이론을 고안해 냈고, 우연히 그게 나를 널리 알려 줄 기회가 됐을 수도 있겠지만 앞으로 나서기를 망설인 바람에 결국 기회를 놓쳤어요. 내겐 남편이 없어요. 자손도 없죠. 한때는 부를 가졌지만 내려놓았어요. 시력도 나빠져 가고 허파와 다리도 나를 괴롭히고 있죠. 한 해 더 살아서 또 봄을 보게 되리라고 생각하지도 않아요. 나는 태어난 곳에서 바다를 건너와 이곳에서 죽을 테고, 나의 부모님, 자매와 멀리 떨어진 여기에 묻힐 겁니다. 지금쯤 당연히 속으로 반문하고 있겠죠? 이 비참하고 불행한 여자는 왜 스스로 운이 좋다고 말하는 거야?"

그는 아무 말도 하지 않았다. 그는 그런 질문에 대꾸하기에는 지나치게 친절한 사람이었다.

"걱정 마세요, 월리스 씨. 당신과 농담이나 주고받자는 게 아니니까. 나는 진심으로 운이 좋다고 믿어요. 세상을 연구하며 평생을 보낼 수 있었기 때문에 난 운이 좋았어요. 그러면서 나는 단 한 번도 스스로를 하찮은 존재라고 느껴 본 적이 없어요. 이 세상은 정말로 신비로우면서도 종종 시련의 장이지만, 그 안에서 무언가를 찾으려 한다면 인간은 언제든 성취할 수 있어요. 지식은 모든 필수 요소 중에서도 가장 소중하니까요."

그가 여전히 대꾸하지 않자 앨마는 말을 이어 갔다.

"내가 이 세상을 넘어서는 어딘가를 결코 고민하지 않았던

모든 것의 이름으로

까닭은 언제나 이 세상이 나에게 충분히 크고 아름다웠기 때문이에요. 나는 왜 이 세상이 다른 사람들에게 충분히 크고 아름답게 느껴지지 않는지 의아했어요. 어째서 그들이 보다 새롭고 경이로운 세계를 꿈꾸거나 이곳에서 벗어나기를 갈망하는지…… 하지만 내가 관여할 바는 아니겠죠. 우린 다 다르니까요. 내가 원했던 건 '이' 세상을 아는 것뿐이었어요. 이제 끝이 임박했으니, 처음 이곳에 당도했을 때보다 약간은 더 알게 됐다고 말할 수 있겠네요. 더욱이 얼마 안 되는 나의 지식 역시 다른 사람들이 축적해 놓은 지식의 역사에 더해졌어요. 말하자면 위대한 도서관에 힘을 보탠 거죠. 그건 사소한 업적이 아니에요. 이런 말을 할 수 있는 사람이라면 누구든 운 좋은 인생을 살았다고 해야겠죠."

이번에는 그가 앨마의 손을 두드렸다.

"아주 잘하셨습니다, 휘태커 양."

"암요."

＊

그 이후 두 사람의 대화는 끝이 난 듯했다. 그들은 둘 다 지쳐서 깊은 생각에 잠겼다. 앨마는 논문 원고를 앰브로즈의 가방에 다시 넣어서 소파 밑으로 밀어 넣은 뒤 사무실 문을 잠갔다. 두 번 다시 그것을 다른 사람에게 보여 주는 일은 없을 것이다. 월리스는 계단을 내려가는 그녀를 도왔다. 밖은 어둡고 안개가 끼어 있었다. 그들은 나란히 그리고 천천히 걸어서 두 집 건너에 자리한 반 데벤더르 저택으로 돌아갔다. 앨마는 그를 들여보냈고, 두 사람은 현관에 서서 서로에게 작별 인사를 했다. 월리스는 다음 날 아침 떠날 예정이므로 두 사람은 서로를 다시 보지 못할 것이었다.

"당신이 와 주어서 정말 기뻤습니다." 앨마가 그에게 말했다.

"불러 주셔서 정말 기뻤습니다."

그녀는 손을 뻗어서 그의 얼굴을 어루만졌다. 그도 가만히 있었다. 앨마는 그의 따뜻한 얼굴을 더듬었고 상냥한 얼굴임을 느낄 수 있었다.

그러고 나서 그는 계단을 올라 방으로 들어갔지만 앨마는 현관에서 기다렸다. 잠자리에 들 마음은 들지 않았다. 그의 방문이 닫히는 소리를 들은 그녀는 다시 지팡이와 숄을 챙겨 들고서 밖으로 나갔다. 어둠은 더 이상 앨마에게 문제가 되지 않았다. 어차피 낮에도 거의 보이지 않았고, 주변 환경은 감각으로 익히 알고 있었다. 그녀는 반 데벤더르 가문 사람들이 300년 동안 사용해 온 전용 출입구, 즉 뒷문으로 식물원에 들어갔다.

이끼 동굴로 되돌아가서 한동안 사색할 요량이었지만 숨이 차올랐으므로 앨마는 가장 가까운 나무에 기대어 한동안 휴식을 취했다. 맙소사, 정말로 늙었군! 얼마나 빠르게 늙어 버렸는지! 그녀는 옆에 서 있는 나무에게 고마움을 느꼈다. 어둠 속에서도 아름다운 식물원이 고마웠고, 조용히 쉴 수 있는 곳이 있음에 감사했다. 정신 나간, 가엾은 레타 스노가 하던 말이 떠올랐다. "땅이 있어서 얼마나 다행이야! 안 그러면 우리가 어디에 앉겠어?" 앨마는 약간 현기증을 느꼈다. 얼마나 인상적인 밤이었던가!

'우리 셋이 있었다.'라고 그가 말했다.

정말로 그들 셋이 있었지만 이제는 둘뿐이었다. 곧 하나만 남게 되리라. 그러고는 윌리스 역시 떠날 것이다. 하지만 지금은 최소한 그가 앨마의 존재를 알았다. 그녀도 '알려진' 것이다. 앨마는 나무에 얼굴을 기대며 모든 것에, 놀라운 속도로 벌어진 일들과 놀라운 만남에 대해서 경이로워했다.

하지만 인간은 영원히 말문을 잃은 채 경이로워할 수만은 없으므로, 이윽고 앨마는 이 나무가 정확히 어떤 종인지 궁금해하는 자신을 발견했다. 호르투스 식물원에 있는 나무는 전부 익숙했지만, 지금은 어디쯤 서 있는지 가늠할 수 없어서 기억해 낼 수조차 없었다. 친숙한 냄새가 났다. 그녀는 껍질을 어루만졌고 당연한 얘기지만 금세 알아냈다. 그것은 셸바크 히코리 나무였고, 암스테르담 전역에서 유일한 수종이었다. 호두나무 과였고, 그 특별한 품종은 100여 년 전 미국에서, 아마도 펜실베이니아 서부에서 옮겨 온 것이었다. 곧은 뿌리가 워낙 깊어서 옮겨 심기는 어려운 나무였다. 틀림없이 앙상한 묘목으로 건너왔을 터다. 저지대에서 자라는 수종이었다. 양질의 유사토를 좋아하고, 메추라기와 여우의 친구였으며, 냉해에 강하고 썩기 쉬웠다. 늙은 나무였다. 그녀도 늙었다.

사방에서 밀어닥치는 삶과 죽음, 진화의 선들이 앨마에게 모여들더니, 무시무시한 마지막 결론을 향해 그녀를 몰아붙이고 있었다. 곧, 정말로 곧 떠날 때가 오리라. 그녀는 그게 진실임을 알고 있었다. 오늘 밤은 아닐지 몰라도, 머지않아 다가올 어느 날 밤에. 이론적으로 그녀는 죽음이 두렵지 않았다. 오히려 그녀는 그 어떤 힘보다 강력하게 이 세상을 형성해 온 죽음한테 존경과 경건한 마음을 품었다. 그렇긴 해도 지금 이 순간에 죽고 싶지는 않았다. 과거에도 그랬듯이 여전히 그녀는 다음에 무슨 일이 벌어질지 지켜보고 싶었다. 가능하면 오래도록 침몰을 거부할 작정이었다.

그녀는 말의 목을 부둥켜안듯 거대한 나무를 껴안았다. 묵묵히 살아 있는 나무 옆구리에 뺨을 기댔다.

"너나 나나 고향에서 참 멀리도 왔구나, 그렇지?"

어두운 정원에서, 조용한 도시의 밤 한가운데, 나무는 아무런 말도 하지 않았다.

하지만 나무는 조금 더 오래 그녀를 서 있게 해 주었다.

작가의 말

지은이로서 도움과 영감을 준 이들에게 감사를 전하고 싶습니다. 왕립 식물원 큐 가든, 뉴욕 식물원, 암스테르담 호르투스 식물원, 바트럼즈 가든, 우드랜즈, 리버티홀 박물관과 에솔렌. 또한 마거릿 코디, 앤 코넬, 셰어 헴브리, 레야 일라이어스, 메리 블라이, 린다 셩커러 바레러, 토니 프로인드, 바버라 파커, 조엘 프라이, 마리 롱, 스티븐 사이넌, 미아 다반자, 코트니 앨런, 애덤 스콜닉, 셀레스티 브래시, 로이 위더스, 린다 투마레, 크리 르파부르, 조니 마일스, 어니 세스킨, 브라이언 포스터, 셰릴 몰러, 드보라 류프니츠, 앤 패칫, 아일린 마롤러, 캐런 레시그, 마이클과 샌드라 플러드, 톰과 딘 히긴스, 지넷 타이넌, 짐 노벅, 짐과 데이브 케이힐, 빌 버딘, 어니 마셜, 새러 칼펀트, 찰스 번천, 폴 슬로바크, 린지 프리벳, 미리엄 포이엘, 알렉산드라 프링글, 케이티 본드, 테리와 데버러 올슨, 캐서린 길

버트 머독, 존과 캐럴 길버트, 호세 누네스, 고 스탠리 길버트, 고 셀던 포터. 특히 로빈 월 키머러 박사(원조 이끼 수집가)와 과학계에서 활약한 역사 속의 모든 여성들에게 지극한 찬사를 보냅니다.

친애하는 친구여, 주목할 만한 위대한 과학과 예술은 여성들 특유의 이해와 섬세함으로 성취되었지요. 그리고 그것들이 지적 사색과 공들인 노동의 산물인 글쓰기와 예술 작품으로 탄생하였음은 틀림없는 사실입니다. 내가 수많은 본보기를 일러 드리지요.

— 크리스틴 드 피장(Christine de Pizan),
『여성들의 도시(Le Livre de la Cité des dames)』

엘리자베스 길버트

옮긴이의 말

　3대로 이루어진 대가족이 흔했던 어린 시절을 보냈기에 할머니가 수시로 들려주셨던 옛날이야기는 지금도 아련하고 소중한 유년의 추억이다. 구수하게 풀어내는 전래 동화도 재미있었지만, 일제 강점기에 태어나 몸종 딸린 꽃가마를 타고 시집와서 해방과 전쟁을 겪고 피난살이를 거쳐 타향에 정착해 자손들을 일궈 온 할머니의 인생담은 그 자체로 대하소설 같았다. 유독 나의 조부모 세대가 그토록 극적인 사건과 세기의 변화를 겪었으리라 여겨지지만 100세 시대라고 하는 요즘, 한 세기를 살아가는 인간이라면 누구나 놀라운 세월의 흐름을 겪을 수밖에 없을 터다.

　오늘날의 우리에겐 너무나 당연한 것들도 불과 100년만 시간을 거슬러 올라가 보면 사정이 달라진다. 100년 전만 해도 이 땅에는 왕이 살았고, 사람들 대부분은 한복을 입고 지냈다.

나라 안팎으로는 전 세계 영토가 제국주의의 깃발 아래 맹렬히 재편되고 있었다. 아니, 100년까지 거슬러 올라갈 것도 없다. 현대인의 필수품인 컴퓨터와 휴대 전화 같은 것들은 생겨난 지 수십 년도 채 되지 않았다. 자동차나 텔레비전은 또 어떤가. 그런데 그중 여성이야말로 최근 한두 세기 사이에 제일 많은 변화를 겪었을 것이다. 멀지 않은 과거엔 동등한 '시민'으로조차 인정받지 못했으므로.

지금도 사회 곳곳에 은밀한 '유리 천장'이 존재하지만, 단지 여성이라는 이유로 진출하지 못할 분야는 더는 존재하지 않는다. 다만 개인의 선택일 뿐이다. 이렇게 되기까지 얼마나 많은 사람들이 여러 분야에서 묵묵히 일하고 앞장서 싸웠는지 짐작할 수 없을 정도다. 이 책에는 그 가운데서도 드물게 식물학자로 활약한 여성이 등장한다. 1800년 새로운 세기와 함께 태어나, 여성에게는 고등 교육의 기회조차 주어지지 않았던 시절, 막대한 부와 독특한 교육관을 지닌 부모 덕분에 상상 이상의 자유와 기회를 누린 앨마 휘태커의 인생은 뜻밖의 인물들이 나타나면서 거듭 운명의 전환을 맞는다. 아버지마저 '못생겼다.'라고 단언하는 앨마의 거구와 독특한 용모를 더욱 도드라지게 하는 완벽한 미모의 입양 자매 프루던스, 종잡을 수 없는 성격이 결국 광기에까지 이른 둘도 없는 친구 레타, 그리고 인생에 단 한 번 찾아온 사랑이지만 마치 뜬구름 같았던 앰브로즈까지. 왕립 식물원 큐 가든이 있는 런던에서 시작해 필라델피아와 타히티, 암스테르담을 두루 거치는 여정을 따라가

다가 문득 마지막에 이르면, 어느덧 주인공의 고단한 노년을 함께 다독이게 된다.

현대 작가로서, 과학이 비약적 발전을 이루고 다윈의 진화론이 선보이던 19세기를 배경으로 주인공 앨마가 연구하는 이끼와 인생의 진화를 함께 풀어낸 엘리자베스 길버트의 전략은 영리한 선택이었다. 앨마의 지적 여정은 진짜 빅토리아 시대의 소설을 읽고 있는 듯한 느낌을 안겨 주며 자본, 계급, 종교, 사랑, 가족과 같은 주제를 하나하나 섬세하게 아우른다. 마치 나의 할머니에게 듣는 선대 할머니의 이야기처럼 때론 정겹고 때론 경악스럽고 때론 자랑스럽고 때론 안타까우며 때론 눈물 겹다. 또, 또, 재미있는 이야기를 들려 달라고 졸라 댈 할머니는 더는 안 계시지만 그런 마음이 들 때 집어 들 수 있는 또 한 권의 책이 우리에게 찾아왔구나 싶다. 눈을 밟으며 밤길을 걸을 때에는 내 발자국이 뒷사람에게 이정표가 될 수 있으니 함부로 걷지 말라는 글귀를 좋아한다. 내 깜냥으로는 그저 앞장서 걸어갔던 이들에게 감사와 존경을 품으며 잘 따라가기만 하면 될 일이다. 한밤중에 길을 내며 어렵사리 눈밭을 걸었던 역사 속 다른 인물들이 떠오른다면 그 또한 이번 독서의 덤이 아닐까.

변용란

옮긴이 변용란

건국대학교 영어영문학과를 졸업하고 연세대학교 영어영문학과 대학원에서
『제인 에어』를 주제로 석사 학위를 받았다. 옮긴 책으로는 『트와일라잇』,
『시간 여행자의 아내』, 『늙는다는 착각』, 『호르몬 찬가』, 『당신은 절대 잊히지
않을 것이다』, 『대실 해밋』 등이 있다.

모든 것의 이름으로

1판 1쇄 찍음 2014년 5월 12일
1판 1쇄 펴냄 2014년 5월 23일
2판 1쇄 찍음 2022년 9월 30일
2판 1쇄 펴냄 2022년 10월 7일

지은이 엘리자베스 길버트
옮긴이 변용란
발행인 박근섭·박상준
펴낸곳 (주)민음사

출판등록 1966. 5. 19. 제16-490호
주소   서울특별시 강남구 도산대로1길 62(신사동)
          강남출판문화센터 5층 (우편번호 06027)
대표전화 02-515-2000 | 팩시밀리 02-515-2007
홈페이지 www.minumsa.com

한국어판 ⓒ (주)민음사, 2014, 2022. Printed in Seoul, Korea

ISBN 978-89-374-4283-4 (03840)